Eckard Wille

Zitronenfalter im Dixiklo

© 2019 Eckard Wille

Verlag und Druck: tredition GmbH, Halenreie 40-44, 22359 Hamburg

ISBN
Paperback: 978-3-7482-6291-6
Hardcover: 978-3-7482-6292-3
e-Book: 978-3-7482-6293-0

Umschlaggestaltung: Manfred Tenge

Inhaltsverzeichnis

Für Hilde und Manni,
die uns das Leben gerettet haben.

Kurz davor

Um sieben Uhr abends saßen wir im Restaurant und genossen das leckere Essen sowie den köstlichen Wein. Fröhlich tauschten wir viele Erinnerungen an die letzten vierzig Jahre aus – wir hatten schließlich nur die wenigen alten Freunde eingeladen, die wir mindestens ebenso lange wie wir uns kannten: Christine und Eberhard – mit ihm habe ich schon als Vierzehnjähriger die Schulbank gedrückt, und die beiden haben sich zwei Jahre später kennengelernt; Birgit und Karl – er wurde mein Sitznachbar, nachdem er als mit Sechzehn aus Süddeutschland nach Hamburg gezogen war; Maren und Johannes, mit dem ich meine ersten Jahre auf dem Gymnasium in Eppendorf verbracht hatte; Theresa, die mit Franziska zusammen in Paderborn und später in Hamburg studiert hatte und schließlich Bettina und Rolf, die wir zwar erst im Berufsleben kennengelernt hatten, seitdem aber eine sehr harmonische Freundschaft pflegten.

Theresa, Bettina und Rolf übernachteten bei uns; die anderen hatten wir mittags in ihrem Hotel in der Nähe der Laeiszhalle abgeholt und uns bald im seichten Mairegen zum Hamburger Rathaus begeben. Nach Besichtigung des prächtigen Innenhofs und des in Erinnerung an die letzte große Choleraepidemie von 1892 gebauten Hygieia-Brunnens flohen wir bei heftigen Schauern in den „Keller" – den früheren Ratsweinkeller –, der heute auf den sinnigen Namen „Parlament" hört. Bald wurden bei Kaffee und Kuchen alte Anekdoten ausgegraben und allerlei Erlebnisse von früher erzählt:

„Und dann hat er mir im tiefsten Schottland mit seinem alten Käfer erst mal das Autofahren beigebracht", berichtete Karl in nahezu verträumter Erinnerung. „Natürlich völliger Murks mit dem Linksverkehr und der Linkssteuerung, weil man praktisch nie überholen konnte. Dafür hat er dann während der Fahrt im rechten Fußraum Spiegeleier auf dem Campingkocher gebraten, weil wir ständig Kohldampf schoben. Und vor größeren Ortschaften war immer Fahrerwechsel angesagt, weil ich doch keinen Führerschein hatte."

„Auch ohne waghalsige Überholmanöver mit unseren rasanten 34 PS warst Du aber wesentlich flotter unterwegs als Eberhard, der sich nie und nirgendwo schneller als achtzig zu fahren traute", erinnerte ich. „Und die Sache mit der Eierbraterei war schließlich eine Notmaßnahme, weil es in Schottland ständig geregnet hat und daher draußen der Gaskocher nicht funktioniert hätte."

„Und vor der Ära mit dem Käfer", berichtete Karl weiter, „waren wir andauernd mit seiner Kreidler unterwegs. Besonders lustig war die Tour, als uns auf einen verregneten Samstagabend zehn Kilometer vor Plön der Hinterreifen platzte, wir mit ausgebautem Hinterrad nach Plön trampten, sogar noch einen hilfsbereiten Zweiradhändler fanden, der das Teil wieder richtete, und den Rest der Nacht auf Bänken unten am See zu schlafen versuchten. Nur die Harten kommen in den Garten!"

„Klingt etwas ungemütlich, aber allemal harmonischer als der Beginn unserer Freundschaft", erzählte Johannes. „Wir haben uns in der fünften und sechsten Klasse in den Unterrichtspausen eigentlich ständig auf dem Schulhof geprügelt."

„Und wie habt Ihr Euch dann bis heute wieder vertragen?", wollte Eberhard wissen.

„Eigentlich überhaupt nicht. Mit vierzehn zog er ja mit seinen Eltern um, danach haben wir uns aus den Augen verloren. Als wir 24 waren, hatte sich meine damalige Freundin eines Abends mit ihrer Kommilitonin Franziska auf ein Bier in einer Studentenkneipe verabredet. Die Mädels brachten ihre Typen mit – und das waren er und ich. Allerdings hat er mich noch nicht mal wiedererkannt, ich ihn trotz seines roten Rauschebarts aber sofort."

Kein Wunder, dachte ich, immerhin war aus dem spargeldünnen Johannes der Schulhofprügeltage ein stattliches Mannsbild geworden. „Nun musst Du aber auch noch Teil II der Geschichte erzählen", forderte ich ihn auf, „denn die Serie unserer Lebenszufälle ist schließlich geradezu unglaublich!"

„Stimmt", fuhr Johannes fort. „Nach besagtem Kneipenbesuch in gedämpfter Wiedersehensfreude haben wir uns erneut viele Jahre lang nicht gesehen. Irgendwann Mitte der 1980er tauchten Franziska und er auf einer Geburtstagsfeier auf, zu der Maren und ich eingeladen waren. Das Geburtstagskind hatte Maren in einem Nähkurs kennengelernt, nachdem sie mit ihrem Mann von Stuttgart nach Hamburg gezogen waren."

„Und die kanntet Ihr aus Eurer Stuttgarter Zeit nach dem Studium?", fragte Theresa.

„Klar", antwortete Franziska, „schließlich haben die beiden drei Jahre lang über uns gewohnt und wir gemeinsam so manche Radtour unternommen."

„Schon irre", meinte Bettina, „erst prügelt man aufeinander ein, dann verliert man sich mit Unterbrechung fast zwanzig Jahre lang aus den Augen und schließlich übt man sich in offensichtlich schönster harmonischer Freundschaft."

„Ja", lachte Johannes, „wir haben auf der Geburtstagsfeier beschlossen, dass wir es nun bei den Zufällen bewenden lassen und unsere Freundschaft künftig selbst in die Hände nehmen wollten. Das hat sich nach meiner Einschätzung bis heute ganz gut bewährt", schloss er nüchtern.

„Zumal Johannes und Maren Ende der neunziger Jahre in dieselbe Straße der westfälischen Kleinstadt gezogen sind, in der ich groß geworden bin", ergänzte Franziska. „Jedes Mal, wenn wir meine Mutter besuchten, sahen wir auch Maren und Johannes, durften das Heranwachsen ihrer beiden prächtigen Kinder miterleben und an allerlei Familienfeiern teilnehmen."

Nach der Kaffeepause fuhren wir vom Rathaus mit der U-Bahn zu den Landungsbrücken. Inzwischen war auch die Sonne rausgekommen, und wir konnten nach dem kurvenreichen Aufstieg aus dem Untergrund zum Rödingsmarkt hinter der Station Baumwall herrliche Blicke auf die Speicherstadt, die gerade von ihren letzten Baukränen befreite Elbphilharmonie sowie die beiden Musicaltheater am südlichen Elbufer genießen.

An den St. Pauli Landungsbrücken wuseln am Wochenende praktisch zu jeder Jahreszeit unglaubliche Mengen von Touristen herum, so dass man seine Besucher leicht verlieren kann. Trotzdem gelang es uns, unsere Freunde gemeinsam auf das Oberdeck der Fähre 72 zu bugsieren, die nach wenigen Minuten Fahrt mit Blick auf die immer größer werdende Elbphilharmonie am gleichnamigen Anleger festmachte.

Wir schlenderten am Grasbrookhafen entlang zu den Marco-Polo-Terrassen und von dort noch ein paar Meter nach Norden zu den Magellan-Terrassen. Hier stand seit Ende 2008 ein kleiner kubischer Pavillon, der auch ein Holzmodell des großen Konzertsaals im Maßstab 1:10 beherbergte. Es diente dem weltberühmten Akustiker Yasuhisa Toyota zur Ermittlung der optimalen Beschallung – jeder der 2.100 Besucher sollte auf den „weinbergartig" angelegten Rängen des Saales wenn schon nicht zwingend dasselbe, dann doch zumindest ein sehr gutes Klangerlebnis haben, eine geradezu unglaubliche Herausforderung.

Im ersten Stockwerk des Pavillons befand sich auch ein kleiner Vortragsraum, der schon gut gefüllt war, so dass wir leider nur mit gereckten Hälsen die Präsentation auf der Leinwand verfolgen konnten. Kaum waren alle Stühle besetzt, wurde die Tür geschlossen und uns die „whole story" der Elbphilharmonie vorgetragen – beginnend mit der berühmten Papierserviette, auf der Alexander Gérard die erste Skizze der Silhouette gezeichnet hatte, über die schwierige Entscheidungsfindung im Lichte der gleichermaßen großen Begeisterung für das Vorhaben wie zugleich nachhaltiger Bedenken, ob sich das hanseatisch-kühle Hamburg einen derartigen Kunst- und Musentempel überhaupt leisten sollte und könnte, die Klimatisierung der Glaskuppelkonstruktion und die Herstellung und den Einbau der jeweils rund 1,6 Tonnen schweren, teilweise gewölbten und bedruckten Glaselemente selbst bis hin zum Streit über die Statik der Dachkonstruktion, der den Bau eineinhalb Jahre stilllegte. Und selbstverständlich durften auch einige kritische Bemerkungen zu den letztlich mehr als verzehnfachten Baukosten und deren Finanzierung nicht fehlen, die geschickt an den Schluss des Vortrags gestellt wurden, nachdem die Zuhörer begriffen hatten, dass es sich um ein Unikat mit bisher nie dagewesenen technischen Herausforderungen handelte. Letztlich ging es darum, den Gästen zu verdeutlichen, worin die einzigartige Architektur des Gebäudes liegt und wie sich die Elbphilharmonie von anderen Konzerthäusern unterscheidet.

Nach mehr als einer Stunde verließen wir ziemlich beeindruckt den Pavillon und suchten das Lokal auf, in dem wir einen Tisch reserviert und auch schon wieder hinreichend Hunger hatten, um uns auf ein viergängiges Menü zu freuen.

Um halb elf hatten wir auch den Kaffee getrunken und brachen zu Fuß wieder auf. Bis zum Hotel war es eine knappe halbe Stunde, in der Nähe parkte unser Auto, um halb zwölf waren wir mit Theresa, Bettina und Rolf in unserer schönen Wohnung, die sich im grünen Norden Hamburgs befand und die wir in den vergangenen Jahren mit großer Hingabe und noch mehr Zeitaufwand grundlegend renoviert und modernisiert hatten.

Erster Abschnitt: Alles Asche

Kapitel 1

Sasel

Nach knapp drei Stunden Schlaf träumte ich gerade, dass die Bauarbeiter der Elbphilharmonie als Zeitvertreib an ihren Wochenenden eine riesige Rutsche aus ungehobelten Holzbohlen in die Dachkonstruktion gebaut hatten, auf der ich im Rahmen einer Baustellenbesichtigung runterrutschen sollte. Aber die rauen Bretter ließen mich trotz des heftigen Gefälles keinen Zentimeter vorankommen, was bei den Arbeitern, die mit ihren roten Rauschebärten und Stierhörnerhauben wie Wikinger aussahen, lautes, hämisches Gejohle auslöste. Sie selbst setzten sich auf kleine Transportloren und sausten in halsbrecherischer Geschwindigkeit kreischend in die unergründliche Tiefe der insgesamt 26 Geschosse – ob sie irgendwo unversehrt angekommen waren, erschloss sich mir nicht.

Schweißgebadet blinzelte ich in noch fahles erstes Dämmerlicht, als Rolf mich sanft aber bestimmt weckte: „Du musst aufwachen, aus Eurer Badezimmertür schlagen Flammen!"

„Was ist los?", fragte ich schlaftrunken und, wenig intelligent: „Was für Flammen?"

„Vermutlich brennt es im Dachstuhl", meinte Rolf, „jedenfalls knastert es bei uns im Gästezimmer ziemlich im Gebälk."

„Oh Scheiße, Alter", stöhnte ich, nun schlagartig wach werdend, und schwang mich aus dem Bett. In der Tat züngelten oben ein paar Flammen aus der Türzarge, und ich hatte für höchstens fünf Sekunden die unrealistische Vorstellung, sie durch ein paar Hände Wasser vom Wasserhahn wieder löschen zu können. Dann erkannte ich, dass es sich hier um ein größeres Problem handeln musste und weckte Franziska.

„Aufwachen, es brennt, wir haben Feuer im Dachstuhl, wir müssen hier raus und die anderen Hausbewohner wecken!"

Wir wohnten in einem Mehrfamilienhaus mit vier jeweils zweigeschossigen Wohnungen – die Erdgeschosswohnungen verfügten über zusätzliche Räume in einem großzügigen Souterrain, unsere Wohnung begann im ersten Stock und führte nach oben in den ausgebauten Dachboden, wo sich unser Schlafzimmer, das kombinierte Gäste- und Arbeitszimmer sowie ein zweites Bad befanden.

„Was ist los?" fragte auch sie, die stets einen ungleich festeren Schlaf hatte als ich.

„Es brennt! Du musst aufstehen, wir müssen hier raus und nach unten. Geh runter, ich rufe die Feuerwehr!"

Das Telefon im Schlafzimmer gab jedoch keinen Laut von sich, weil das Feuer vermutlich bereits das Kabel oder die Leitung zum Router zerstört hatte. Da es sich um die Basisstation handelte, konnte auch der zweite Hörer im Wohnzimmer nicht mehr funktionieren. Zum Glück hatte ich mir schon vor Jahrzehnten angewöhnt, wichtige Dinge wie Schlüssel, Portemonnaie und Handy abends immer an derselben Stelle zu deponieren. Ich schnappte mir im Flur mein Handy, weckte Theresa, die im Wohnzimmer übernachtete, und wählte die 112. Bereits nach dem zweiten Klingelton nahm jemand ab:

„Notrufzentrale der Polizei und Feuerwehr in Hamburg, guten Morgen. Was kann ich für Sie tun?"

Ich nannte meinen Namen und meldete unter Angabe unserer Anschrift einen Dachstuhlbrand in einem Mehrfamilienhaus. Der Beamte fragte ruhig nach Verletzten und versprach, die Feuerwache in Sasel zu alarmieren

Ich zog mir Turnschuhe und meinen Anorak über dem Schlafanzug an, dann klopften und klingelten Franziska, die sich noch

Zeit für Socken genommen hatte, und ich an den Wohnungstüren der Hausmitbewohner, die um halb vier morgens erstaunlich schnell reagierten und ebenso ungläubig wie verunsichert ihre Wohnungen verließen. Nur das alte Ehepaar in der Nachbarwohnung sah hierzu keine Veranlassung, denn bei ihnen würde es ja nun mal nicht brennen, sondern lediglich etwas nach Rauch riechen.

Zum Glück hörten wir schon nach vier Minuten das Martinshorn eines Streifenwagens, dessen Besatzung mit geschultem Auftritt – „ich rufe jetzt einen Krankenwagen, der Sie dann mit Ihrer Rauchvergiftung ins Krankenhaus bringen kann..." – rasche Überzeugungsarbeit leistete. Keine Viertelstunde, nachdem Rolf mich geweckt hatte, standen sämtliche Hausbewohner in Nachbars Garten; Theresa, Bettina und Rolf hatten in Windeseile einige ihrer Habseligkeiten zusammengesucht und dann ebenfalls das Haus verlassen. Beruhigend, dass sich niemand mehr im Haus befand.

Nach einer weiteren Minute waren auch die ersten beiden Feuerwehrfahrzeuge eingetroffen, konnten jedoch nichts ausrichten: Unser Haus stand fünfzig Meter von der Straße entfernt und außerdem hinter vier Garagen, so dass sich weder eine Drehleiter einsetzen ließ noch die verfügbaren Schläuche ausreichten, um die knapp hundert Meter vom nächsten Hydranten bis zum Dach im hinteren Hausteil zu überbrücken. Dort schlug der Brand bereits durch die Dachpfannen. Während die Einsatzleitung weitere Schläuche und Leitern orderte, trafen noch zwei Streifenwagen sowie ein Krankenwagen zur „physischen und psychischen Betreuung der Brandgeschädigten" ein – zum Glück hatte niemand auch nur die geringste Blessur davongetragen, und alle hinterließen einen ruhigen und gefassten, wenn auch ersichtlich nachdenklichen Eindruck.

Schon bald waren erneut die Sirenen von weiteren fünf Einsatzfahrzeugen zu hören, die mit flackernden Blaulichtern in unsere Sackgasse einbogen und sich mit laufenden Dieselmotoren hintereinander aufreihten. Letztlich waren insgesamt 49 Feuerwehrleute sowohl der Berufsfeuerwehr als auch der Freiwilligen Feuerwehr sowie diverse Polizisten und Sanitäter im Einsatz, womit unser Dachstuhlbrand offensichtlich nicht als banal eingestuft worden war. Neben der Begrenzung des Schadens an unserem eigenen Haus musste auch ein Übergreifen des Feuers auf das sehr dicht stehende Haus unserer Nachbarn unbedingt verhindert werden.

Im hinteren Bereich ihres Gartens, wo man den brennenden Dachstuhl am besten einsehen konnte, richtete die Feuerwehr ihre Einsatzzentrale ein. Alle Bewohner mussten ihre Wohnungsschlüssel abgeben, ein Elektronotdienst war eilig gerufen worden, um im Keller sämtliche NH-Sicherungen zu ziehen und dadurch Kurzschlüsse infolge durchbrennender Kabel oder durch Löschwasser zu vermeiden. Das Risiko hierfür war besonders groß, weil das ganze Haus elektrisch beheizt wurde und sich insgesamt acht Durchlauferhitzer zur Warmwasserbereitung mit entsprechend dicken Leitungen im Haus befanden. Ein Polizeibeamter bemühte sich, die Personalien der Hausbewohner und unserer Besucher aufzunehmen, was ihm erst gelingen wollte, nachdem wir ihm sämtliche Namen und Daten mehrfach in den Block buchstabiert hatten – entweder war er des Schreibens unkundig oder er befand sich noch im Tiefschlaf: „Was glauben Sie", stotterte er, nachdem wir ihn auf seine extreme Fahrigkeit angesprochen hatten, „wo ich gerade herkomme?" Nun, vermutlich ebenso wie wir nach verkürzter Nacht aus dem Bett.

Mit Argwohn und Abscheu beobachteten wir aus den Augenwinkeln, dass auch die ersten sensationslüsternen Paparazzi durch die Gärten schlichen und das brennende Haus sowie dessen Bewohner filmten. Einer schien sogar kurz zu zögern, ob er noch näher auf uns zugehen sollte, um uns ein Interview zu entlocken. Ich hätte ihm vermutlich seine Kamera um die Ohren gehauen und ihn mit einem gewaltigen Tritt in den Hintern auf die Straße befördert.

Mehr als eine Stunde nach meinem Anruf bei der Notrufzentrale war es endlich gelungen, acht lange Schläuche bis in den hinteren Gartenbereich zu legen und das Hausdach an mehreren Stellen anzuleiten. Feuerwehrmänner kletterten angesichts der enormen Rauchentwicklung mit Atemgeräten und Sauerstoffflaschen auf dem Rücken nach oben, räumten Dachpfannen ab und kraxelten auf den Dachlatten weiter Richtung First. An mehreren Stellen hackten sie die alten Pappdocken auf und zogen die gelbe Dämmwolle raus, um von außen Löschwasser in die lodernden Flammen zu spritzen. Schon nach jeweils wenigen Minuten mussten sie gegen Kollegen ausgetauscht werden, weil sie infolge der anstrengenden Kletterei und der sengenden Hitze sowie leerer Sauerstoffflaschen nicht länger oben bleiben konnten. Gleichzeitig waren einige ihrer Kollegen im Haus unterwegs, um den Brandherd zu finden und – geradezu rührend – als Schutz gegen Löschwasser Folien über Möbel und technische Geräte zu legen.

Währenddessen beobachteten wir unten hilflos und mit großer Sorge das ganze Geschehen, während gleichzeitig tausend Fragen durch unsere Köpfe galoppierten: Was konnte den Brand ausgelöst haben? Wurde nun unser gesamtes Hab und Gut vernichtet? Waren wir ausreichend versichert? Würde die umfangreiche Diasammlung von unseren vielen schönen Reisen, die im Arbeits- und Gästezimmer lagerte, schon aufgrund der Hitze zerstört sein? Jedenfalls würde die viele Arbeit, die wir in den vergangenen Jahren in die Renovierung der inzwischen dreißig Jahre alten Wohnung gesteckt hatten, geradezu handstreichartig zunichte gemacht sein, auch wenn wir während der laufenden Löscharbeiten keine Vorstellung hatten, in welchem Umfang sie wirklich zerstört war oder vielleicht mit überschaubarem Aufwand wieder hergerichtet werden könnte.

Nachdem endlich ein paar Wasserstrahlen in das Dach gespritzt wurden, kam Rolf auf mich zu: „Aye, hast Du irgend 'ne Vorstellung, wie der ganze Scheiß passieren konnte?"

„Keine Ahnung", musste ich einräumen, „hab nur ein ziemlich blödes Gefühl, dass das Feuer in unserer Wohnung ausgebrochen sein muss, denn dort brennt es ja mit Abstand am meisten."

„Vielleicht hat's ja irgendwo 'nen Kurzen gegeben?"

„Wie das denn – mitten in der Nacht?"

„Marder im Dachstuhl, altersschwache Leitungen im Spitzboden, verklemmte Leitung im Rollladenkasten – weiß der Henker", meinte Rolf, der sich in vielen technischen Fragen ganz gut auskannte.

„Keine Ahnung", wiederholte ich und verschwieg, dass ich mir innerlich schon die ganze Zeit immer wieder die Frage stellte, ob ich im Rahmen der Renovierungsarbeiten trotz aller Vorsicht irgendeinen Fehler gemacht haben könnte. Und wenn, würden dann die Versicherungen zahlen? Oder hätte ich vielleicht sogar mit einem Verfahren wegen fahrlässiger Brandstiftung zu rechnen? Hätten wir aus eigener Tasche für den Schaden aufzukommen, wären wir mit Sicherheit schlagartig pleite und müssten kurz vor dem Ruhestand unser Leben auf völlig neue Füße stellen. Alle Gedanken rasten durch den Kopf – wie ein böser Traum, nur dass es sich hier um die nackte Wirklichkeit handelte.

Inzwischen kamen die Feuerwehrleute im Zweiminutentakt vom Dach wieder runter. In ihren dicken Monturen und angesichts der Hitze dort oben waren sie allesamt schweißüberströmt. Japsend rissen sie sich ihre Atemgeräte vom Kopf und schütteten literweise Getränke in sich hinein. Noch immer war der Brandherd nicht gefunden, noch immer qualmte es wie verrückt, noch immer züngelten meterhohe Flammen aus dem Dachstuhl. Unsere Befürchtung, dass vor unseren Augen unser Hausstand und alle liebgewordenen Erinnerungen vernichtet wurden, verdichtete sich mit jeder Minute.

Unsere Grundstücksnachbarn, in deren Garten wir alle standen, hatten sich schnell irgendwelche Klamotten angezogen, boten uns angesichts des zunächst frischen Morgens an, uns in ihrem Haus aufzuwärmen, kochten Kaffee und Tee, schmierten Brote und holten Stühle für alle, die nicht mehr stehen konnten oder wollten. Letztlich kümmerten sie sich den ganzen Morgen um uns, sagten später ihre eigenen Arbeitsverpflichtungen ab und halfen liebevoll und selbstlos, wo immer sie konnten. Das lenkte unsere grübelnden Köpfe zumindest etwas ab. Letztlich konnten wir alle nur abwarten, ob es gelingen würde, das Feuer zu löschen, oder das gesamte Haus abbrennen würde.

Nach drei Stunden schienen die Flammen endlich unter Kontrolle zu sein, denn es brannte nur noch wenig. Die Feuerwehr hatte schließlich einige Brandnester gezielt gelöscht, verkohlte Dachbalken ragten qualmend in den inzwischen blitzblauen Morgenhimmel und machten uns zugleich in erschreckender Deutlichkeit klar, dass wir einstweilen im wahrsten Sinne des Wortes kein Dach über dem Kopf haben würden. Wie mochte es in der Wohnung aussehen? Zumindest im oberen Stockwerk dürfte ja wohl kaum etwas überlebt haben. Hier befanden sich unsere gesamte Kleidung, Bettwäsche, Handtücher, Schuhe, unser großer Laptop, die Versicherungs- und sonstigen persönlichen Unterlagen und eben die Sammlung von knapp 20.000 Dias.

Um den Computer machte ich mir die geringsten Sorgen, auch wenn er neben tausenden von ausgewählten und ausnahmslos aufwendig bearbeiteten digitalen Fotos persönliche Erinnerungen wie die Berichte zu unseren Reisen und vor allem mein Tagebuch enthielt. Denn sämtliche Dateien waren schon seit Jahren auf zwei weiteren Laptops sowie einem USB-Stick gesichert, den ich in meinem Portemonnaie immer bei mir trug. Und einer der beiden Laptops befand sich sogar in meinem Büro in der Innenstadt.

Nicht so leicht zu ersetzen wäre unsere Kleidung. Abgesehen von dem Umstand, dass man in unserem fortgeschrittenen Lebensabschnitt schon längst mal gründlich hätte ausmisten sollen und die Schränke viel zu voll waren, musste es Franziska das Herz brechen, ihre zahllosen selbstgestrickten Pullover, Westen und Jacken vernichtet zu wissen.

Ziemlich ärgerlich und umständlich würde es sein, ohne die entsprechenden Unterlagen den Kontakt zu unseren Versicherungen aufzunehmen und vom Reisepass bis zur Lebensversicherungspolice alles neu zu beschaffen. Apropos Lebensversicherung: Hätte Rolf uns nicht geweckt, hätten wir den ganzen Schlamassel vermutlich nicht überlebt – auch dieser Gedanke beschäftigte mich schon sehr frühzeitig.

Um halb acht erklärte der Einsatzleiter den Brand für gelöscht. Die Männer zogen die Leitern ab, rollten einen halben Kilometer Schläuche zusammen, deponierten alle Geräte penibel an den vorgesehenen Stellen in den Fahrzeugen und freuten sich nicht nur über ihre erfolgreiche Arbeit, sondern auch über eine gewaltige Menge belegter Brötchen und Kaffee, die zwischenzeitlich angeliefert worden waren. Angesichts unseres Lobs über ihr professionelles Agieren gaben sie sich einerseits bescheiden – sie hätten schließlich nur ihren Job gemacht. Andererseits betonten insbesondere die Erfahreneren unter ihnen, dass es sich durchaus um einen größeren Einsatz gehandelt hätte, der im Wesentlichen der rückwärtigen Lage des Hauses und seiner schwierigen Erreichbarkeit geschuldet war.

Ich lief zum Einsatzleiter und fragte, ob wir nun wieder in unsere Wohnung gehen konnten, um zumindest unsere Portemonnaies aus einer bestimmten Schublade zu holen.

„Auf keinen Fall!", lautete die zu erwartende Antwort. „Das machen wir für Sie", ergänzte er jedoch und bat uns, einem seiner Männer zu beschreiben, wo sie das Gewünschte finden konnten. Wenige Minuten später überreichte der Kollege uns nicht nur unsere völlig unversehrten Geldbörsen, sondern bot uns auch an, in Begleitung von einigen Feuerwehrleuten einen Blick in unsere Wohnung zu werfen.

„Das gilt aber nur für das untere Stockwerk", betonte er. „Oben besteht Einsturzgefahr. Jederzeit können Dachpfannen und Balken herunterfallen. Ohne Schutzhelm dürfen wir Sie eigentlich überhaupt nicht reinlassen."

Und so setzten wir einen ersten vorsichtigen Schritt über unsere Wohnungsschwelle. Schon im Flur stand eine Menge Löschwasser, das sich mit viel Ruß zu einer dunklen Brühe vermengt hatte. Aus dem Garderobenschrank tropfte Wasser; wie es innen aussah, mochten wir uns gar nicht vorstellen. Die Treppe zum Obergeschoss lag voller verkohlter Holzteile und zerbrochener Dachpfannen. Links im Wohnzimmer tropfte ohne Unterlass Wasser aus einem großen Loch in der Decke, Tischbeine, Sofas, Sessel und Schrankwand standen bereits etliche Zentimeter im Nassen.

„Meinen Sie", wandte ich mich an einen unserer Begleiter, „Sie könnten mal vorsichtig nach oben gehen und schauen, ob es den Ordner mit unseren Versicherungsunterlagen noch gibt?"

„Und wo würde ich den finden?", fragte er hilfsbereit.

„Im hinteren Zimmer", erklärte ich, „wo es am meisten gebrannt hat. Dort steht an der rechten Wand ein kleiner Sekretär mit zwei Türen. Es ist ein dunkelroter Kunststoffordner."

„Okay, ich versuch mal mein Glück", sagte er und stapfte mit seinen dicken Sicherheitsschuhen und Schutzhelm auf dem Kopf nach oben.

Es dauerte Ewigkeiten. Ich hatte schon Befürchtungen, ihm sei da oben etwas zugestoßen und er benötigte Hilfe. Ich sprach einen seiner Kollegen an, der nun seinerseits unruhig wurde und ihm folgte. Nach weiteren gefühlt zehn Minuten hörten wir laute Schritte auf den obersten Stufen der schwer lädierten Treppe, und zu unserer maßlosen Verblüffung schleppten die beiden Männer den mittelschwer angekokelten und von Dachpfannen und Balken in arge Mitleidenschaft gezogenen kleinen Schreibtisch aus Massivholz die Treppe runter. Dass er mitsamt seinem Inhalt ein ziemliches Gewicht haben musste, schien sie nicht weiter zu beeindrucken.

„Wir konnten ihn nicht öffnen, weil zu viele Dachpfannen und rußige Balken davor lagen", erläuterten sie und stellten ihn im Flur ab. „Da haben wir ihn halt komplett runtergebracht, damit Sie an Ihre Sachen können."

Unglaublich. Andere hätten auf den zweiten Teil wohl verzichtet. So aber sollte sich diese Hilfsbereitschaft in den kommenden Tagen als großer Segen erweisen.

Wir nahmen den Versicherungsordner aus dem Schreibtisch und verließen das Haus, um von einer ruhigen Stelle aus erst mal unsere Hausratsversicherung anzurufen. Nachbar Robert Klein verließ gerade sein Haus, um sich auf den kurzen Weg zu seiner Praxis zu machen.

„Guten Morgen Robert", begrüßten wir ihn. „Hoffentlich hast Du genug geschlafen bei dem ganzen Trubel hier!" Immerhin lag sein Schlafzimmer nach vorne zur Straße.

„Was ist denn hier los?" fragte er angesichts der zahlreichen Einsatzfahrzeuge und vielen Feuerwehrleute.

„Nun erzähl' mir nicht, Du hast von den letzten viereinhalb Stunden nichts mitgekriegt. Bei dem Lärm ist das doch gar nicht vorstellbar!"

„Doch, da war irgendwann mal ein Rumpeln, aber ich habe tatsächlich bis vor einer halben Stunde geschlafen", beteuerte Robert. „Was machen denn die ganzen Feuerwehrautos hier, ist was passiert?"

„Wir sind abgebrannt", riefen wir, „das ist passiert!"

„Eure schöne Wohnung ist abgebrannt?", fragte Robert langsam und mit einem stark gedehnten ‚abgebrannt'. „Wie konnte das denn passieren? Und", nun kam der Arzt durch, „ist jemand verletzt?"

„Wie es passieren konnte, wissen wir auch noch nicht, aber nachher kommt noch die Brandermittlung und wird die Ursache suchen. Und zum Glück sind alle heil aus dem Haus herausgekommen", antwortete Franziska.

Nun schaute er um die Ecke und in unsere Einfahrt, konnte von dort aber nur ein Loch in der Schlafzimmerwand, ein paar fehlende Dachpfannen und im Übrigen noch leichten Rauch im hinteren Teil des Daches sehen. Mit Abstand am meisten hatte das Feuer ja im rückwärtigen Teil des Dachstuhls gewütet. Trotzdem gab Robert sich erschüttert:

„Ach du Scheiße", entfuhr es ihm nach einer Weile. „Könnt Ihr denn dort drinnen noch wohnen?"

„Ganz bestimmt nicht. Wir haben zwar eben erst einen Blick in den Flur werfen können, aber die Treppe schien regelrecht zugeschüttet mit Balken und Dachpfannen und von oben plätschert munter Löschwasser durch die Decken."

„Ich muss jetzt leider in meine Praxis. Ich gebe Euch mal meinen Schlüssel, dann habt Ihr für heute erst mal Asyl, 'ne Toilette und könnt Euch was zu essen machen und in Ruhe telefonieren."

Er löste seinen Hausschlüssel aus einem großen Etui und fuhr notgedrungen ausnahmsweise mit dem Rad zur Arbeit.

Wir setzten uns in sein kleines Büro und riefen bei der Hausratsversicherung an. Die zuständige Sachbearbeiterin hörte sich die Schadensmeldung unaufgeregt an und versprach, innerhalb der nächsten beiden Stunden einen Mitarbeiter vorbeizuschicken, der uns über unsere Ansprüche und die weitere Abwicklung des Falls unterrichten würde. Damit hatten wir den ersten aktiven Schritt in die ungewollte neue Lebenssituation getan. Danach rief ich die Hausverwaltung an. Noch bis vor wenigen Monaten hatte ich diesen Job für die kleine Hausgemeinschaft erledigt, dies dann jedoch einem Profi übertragen, nachdem ich mich zunehmend mit den ständigen Veränderungen und Verschärfungen des Wohnungseigentümergesetzes herumärgern durfte. Nun konnte sich die neue Hausverwaltung gleich einer echten Herausforderung stellen. Die für uns zuständige Sachbearbeiterin, Frau Silves, reagierte fassungslos auf meine Nachricht und machte sich sogleich auf den Weg, um ihr abgebranntes Verwaltungsobjekt in Augenschein zu nehmen.

Inzwischen war es halb neun geworden, und die neue Arbeitswoche hatte längst begonnen. Die Berufstätigen waren zur Arbeit, die Kinder zur Schule gefahren, die Müllabfuhr kam wegen der vielen Feuerwehren nicht in die Sackgasse, der Briefträger blieb mit offenem Mund vor unserem Haus stehen. Theresa machte sich auf den Weg zum Bahnhof, denn sie musste noch weiterreisen, Bettina und Rolf wollten zwar zurück nach Süddeutschland, aber ihr Auto war von Einsatzfahrzeugen blockiert. Außerdem hatte die Polizei sie gebeten, sich noch für die Brandermittler zur Verfügung zu halten. Wir selbst wussten im Moment nichts Besseres zu tun als im unteren Geschoss unserer Wohnung immer wieder das weiterhin aus der Decke tropfende schwarze Löschwasser aufzuwischen und ins Klo zu kippen. Irgendwann fiel uns ein, dass wir uns mal bei unseren Arbeitgebern melden sollten, die unsere Nachrichten ebenfalls mit Entsetzen aufnahmen und Verständnis dafür hatten, dass wir möglicherweise die gesamte Woche fehlen würden.

Bereits um halb zehn kam Herr Mangold von der Hausratsversicherung, erläuterte uns kurz und knapp, wie hoch unsere Versicherungssumme war und dass wir – wie so viele – es ja versäumt hatten, diese regelmäßig an die Realität anzupassen. Noch wussten wir zwar nicht, wie hoch der Schaden war, aber nach der ersten Wohnungsbesichtigung schien er sich zumindest in der unteren Etage in Grenzen zu halten, sofern das Löschwasser nicht noch sein böses Spiel treiben würde. Immerhin waren wir zum Neuwert und nicht etwa zum Zeitwert versichert.

Herr Mangold erklärte uns anschließend, dass der Schaden selbst nicht von der Versicherung, sondern von einem so genannten Regulierungsdienst abgewickelt würde, der seinerseits einen Sanierungsdienst damit beauftragte, unsere Wohnung zu räumen, mit uns zu entscheiden, was weiterbenutzt oder restauriert werden konnte oder aber wegzuwerfen wäre. Auch würde der Sanierungsdienst den verwertbaren Hausrat bis zum Wiedereinzug auf sein Lager nehmen.

„Das heißt", fragte ich vorsichtshalber nach, „wir selbst brauchen uns überhaupt nicht um ein Umzugsunternehmen und Hilfskräfte zu kümmern?"

„Richtig", antwortete Herr Mangold. „Noch heute Nachmittag wird Herr Gierstein von unserem Regulierungsdienst zu Ihnen kommen und Herrn Breitner vom Sanierungsdienst BreisaG mitbringen. Herr Breitner wird dann mit Ihnen entscheiden, was noch zu gebrauchen ist und dies nicht nur auf Lager nehmen, sondern auch die Reinigung der Kleidung und Teppichen sowie die Restaurierung von Möbeln veranlassen."

„Das ist ja unglaublich erleichternd! Wir haben uns schon gefragt, mit wessen Hilfe wir unsere Wohnung am schnellsten räumen können. Hab ja gar nicht gewusst, dass es derartige Dienstleister gibt!"

„Wie sollten Sie auch", antwortete Herr Mangold freundlich lächelnd. „Die meisten Versicherten haben ja zum Glück keine Erfahrungen mit Schadensfällen, und die wenigsten Betroffenen müssen ihre Erfahrungen ein zweites Mal machen. Im Grunde sind alle Hausratsversicherer so organisiert, und leider muss man sagen, dass die Sanierungsdienste durchweg gut zu tun haben. Aus Sicht der Versicherer passiert jedenfalls genug."

Wir bedankten uns für seine hilfreichen Informationen und verabschiedeten uns von ihm. Es wurde auch Zeit, dass wir unsere Plätze am Esstisch unserer Nachbarn räumten, denn inzwischen waren die Vertreter zweier weiterer Hausratsversicherer erschienen und wollten mit den anderen Bewohnern vermutlich ein ähnliches Ritual besprechen. Wir konnten einstweilen nur hoffen, dass die angekündigten Herren Gierstein und Breitner möglichst bald auftauchten und wir zügig unseren Hausstand zusammenpacken konnten. Denn so viel hatten wir in der letzten halben Stunde begriffen: Die Wohnung war einstweilen unbewohnbar: Im Dach klafften riesige Löcher, auf der Treppe lagen verkohlte Dachbalken, unten tropfte weiterhin Löschwasser aus der Decke. Zum Glück hatten wir einstweilen trockenes Wetter.

Um halb elf kamen drei Brandermittler vom Landeskriminalamt. Bis die Brandursache feststand, durfte außer ihnen niemand die Wohnung betreten. Könnten ja Spuren und Beweismittel vernichtet werden. Also standen wir mit Bettina und Rolf wieder in Nachbars Garten, betrachteten die immensen Schäden, die die Löscharbeiten auch dort hinterlassen hatten, und rätselten weiter, wodurch der Brand ausgebrochen sein konnte. Jedenfalls ertappte ich mich bei einer wieder wachsenden Nervosität, weil ich mich erneut fragte, ob mich als Do-it-yourself-Handwerker eine Mitschuld traf.

Bald ragten die Oberkörper der Brandermittler aus der nicht mehr vorhandenen Dachgaube, in der sich auch das obere Badezimmer befand. Sie stocherten in irgendetwas herum, zeigten mit ihren Fingern und besprachen sich, was wir unten natürlich nicht verstehen konnten.

„Dort steht der Durchlauferhitzer in der Abseite hinter dem Bad", erläuterte ich Bettina und Rolf, „kann der einen Kurzen gehabt haben?"

Normalerweise kam das Gerät dort oben kaum zum Einsatz, weil wir im unteren Bad duschten und oben immer nur kaltes Wasser benötigten. Möglicherweise hatten Bettina und Rolf dort Warmwasser benutzt. Gleichzeitig musste ich einräumen, noch nie von einem Kurzschluss in einem ordnungsgemäß installierten Durchlauferhitzer gehört zu haben. Und Kontakt zu der vor einigen Wochen in den Dachstuhl eingeblasenen Zellulosedämmung konnte er auch nicht haben, weil er in einer verfliesten Nische stand.

Dann verschwanden die Brandermittler wieder in der Wohnung, hielten nach uns Ausschau und baten Franziska und mich nach oben. Im Flur baumelten etliche von den insgesamt über fünfzig Halogeneinbaustrahlern, die ich vor acht Jahren in die Decken gelegt hatte, herab. Ich hatte mir damals sehr viele Gedanken um deren Hitzeentwicklung gemacht und mich deshalb ausführlich über die Frage der Entflammbarkeit von Glaswolle informiert, diese mit Abstandshaltern nach oben gedrückt und zumindest in der Nähe von Holzsparren oder -latten Aluminiumstreifen über die Strahler gelegt. Zielstrebig marschierte Herr Paulsen vom LKA zu den herabbaumelnden Strahlern:

„Wir haben den Brandherd sehr schnell gefunden. Er befindet sich oben im Badezimmer. Daraufhin hatten wir die Vermutung, dass es einen Kurzschluss in dem elektrischen Rollladen darunter gegeben haben könnte, aber dort war alles in Ordnung."

„Ich habe eben an einen Kurzschluss im Durchlauferhitzer dort oben gedacht", wand ich ein, „den haben Sie vielleicht noch gar nicht gesehen, weil er hinter einer Granitplatte in einer Nische steht."

„Stimmt, haben wir nicht. Wir gehen aber inzwischen mit ziemlicher Sicherheit davon aus, dass der Brand durch die Einbaustrahler ausgelöst worden ist."

Mir wurde ganz mulmig. Also hatte ich doch den ganzen Mist verbockt? Was würde da auf uns zukommen? Würde die Versicherung zahlen, wenn der engagierte Heimwerker gepfuscht hat?

„Schauen Sie hier", fuhr Paulsen fort, „auf fast allen Einbaustrahlern, die wir rausgezogen haben, lag dieses graue, staubige Zeug. Wissen Sie, was das ist?"

„Klar, das ist die Zellulose, die uns ein Fachbetrieb für Wärmedämmung vor ein paar Wochen in die Hohlräume der Wohnzimmergaube und in unsere abgesenkten Decken eingeblasen hat."

„Das hätte er nicht tun dürfen", stellte Paulsen ziemlich verärgert fest, „zumindest aber hätte er zuvor Keramikhütchen über die Strahler setzen müssen."

„Ich habe ihn mindestens fünf Mal auf den ja wirklich sehr offensichtlichen Umstand hingewiesen, dass wir hier zahlreiche Halogeneinbaustrahler haben und ihn gefragt, ob sich dies mit dem von ihm verwendeten Material verträgt", versuchte ich mich zu verteidigen.

„Und was hat er geantwortet?", fragte der andere Brandermittler.

„Er hat gesagt, das sei kein Problem, das Zeug sei schwer entflammbar", berichtete ich wahrheitsgemäß.

„Das war wohl etwas naiv", kommentierte Paulsen leicht genervt, „,schwer entflammbar' heißt nicht ,nicht brennbar'. Und falls ich möglicherweise etwas verärgert wirke, möchte ich Ihnen vorsichtshalber gerne erzählen, dass sich gerade in jüngerer Zeit Brandschäden infolge von Einblasdämmungen stark vermehrt haben. Meist sind es Kurzschlüsse, die das Feuer auslösen, was jedoch ohne die Zellulose mit ziemlicher Sicherheit auch nicht losgegangen wäre. Aber Ihr Fall hier grenzt ja schon an Dummheit. Jeder, der das Zeug verarbeitet, muss wissen, dass es brennen kann. Und Halogenstrahler verursachen nun mal eine enorme Hitze!"

„Das weiß ich. Deshalb habe ich den Handwerker ja immer wieder gefragt, ob sich die von ihm selbst vorgeschlagene Deckendämmung mit den Lampen verträgt. Vermutlich trifft mich eine Mitschuld", wollte ich mich nun absichern, „weil ich ihm angesichts meiner eigenen Bedenken nicht konkret untersagt habe, die Dämmung in den Decken durchzuführen."

„Sie trifft überhaupt keine Schuld", beruhigte Paulsen. „Wann haben Sie denn die Strahler einbauen lassen?"

„Die hängen hier seit etwa acht Jahren in den Decken", antwortete ich und beeilte mich zu ergänzen, dass sie ja die ganzen Jahre einwandfrei funktioniert hätten.

„Sehen Sie", erläuterte Paulsen, „es verhält sich nämlich immer so, dass derjenige, der eine neue, zusätzliche Maßnahme umsetzen will, sich zuvor über die vorhandenen örtlichen Gegebenheiten informieren muss. Hier hätte er Ihnen entweder vorschlagen müssen, die Strahler mit Keramikhütchen abzudecken oder – noch besser – auf die Maßnahme zu verzichten. Zellulose bis auf die Leuchtmittel selbst einzublasen ging jedenfalls gar nicht, wie man sieht."

„Es war doch seine eigene Idee, nach Dämmung der Wohnzimmergaube auch noch oben die Abseite hinter dem Schlafzimmer und in einem zweiten Termin die Hohlräume in den Decken auszublasen. Er war ja regelrecht begeistert, wie viel Zellulose er bei uns loswerden konnte!"

Plötzlich ging mir ein merkwürdiger Gedanke durch den Kopf: „Wo, sagten Sie, meinen Sie den Brandherd ausgemacht zu haben?"

„Wir lassen uns bei der Suche nach dem Brandherd immer von der größten Zerstörung leiten, denn dort muss das Feuer am längsten gebrannt haben. Und die Stelle haben wir oben in dem Badezimmer ganz hinten vorgefunden."

Ich versuchte, mir die etwas komplizierte Architektur unseres Dachstuhls und die Lage der Abseite hinter dem Schlafzimmer über dem Wohnzimmer vorzustellen. Fest stand, dass der Handwerker mit Schutzanzug und Atemmaske sechs oder sieben Meter tief in diese Abseite hineingekrochen war und sich damit hinter der Wand des in die Gaube eingebauten Badezimmers befunden haben musste.

„Kommen Sie bitte mal mit", forderte ich die beiden Kripobeamten auf und ging unter tropfendem Löschwasser vom Flur ins Wohnzimmer. „Dann müsste hier hinten links der letzte Halogenstrahler vor dem Fenster den Brand verursacht haben. Darüber befindet sich die Abseite, in die der Typ stolz mehrere Kubikmeter von dem Zeugs reingeblasen hat. Wahnsinn!"

„Ja", stimmte Paulsen zu, „wir haben da oben auch noch jede Menge Zellulose vorgefunden. Erklärt auch die enorme Rauchentwicklung, von der die Kollegen der Feuerwehr berichteten."

„Ich frage mich nur", schoss mir der nächste Gedanke durch den Kopf, „wie dort eine derartige Hitze entstanden sein kann. Wir schalten die Strahler im Wohnzimmer nämlich so gut wie nie ein – und schon gar nicht in der hellen Jahreszeit. Kann nicht doch ein Kurzschluss den Brand verursacht haben?"

„Theoretisch ja, so etwas passiert leider durch Marder im Dachstuhl auch immer wieder mal. Nicht zu unterschätzen sind auch die Trafos, die dort oben in der Decke liegen. Die können auch reichlich warm werden. Und der Brand hier wird nicht heute Nacht entstanden sein, sondern wahrscheinlich schon seit Wochen geschwelt haben. Wann sagten Sie, haben Sie die Dämmung durchführen lassen?"

„Teil I war etwa Mitte April, Teil II um die zwei Wochen später", antwortete Franziska.

„Sehen Sie!", bestätigte Paulsen seine Vermutung.

Kapitel 2

Sasel

Unten im Garten waren zahlreiche Stimmen zu hören. Wir gingen zur Wohnungstür und konnten durch das große Fenster im Treppenhaus sehen, wie sich eine lange Prozession von fremden Menschen eilig auf das Haus zu bewegte. Franziska und ich liefen ihnen entgegen, um sie abzufangen, weil wir vermuteten, dass es sich um weitere Versicherungsvertreter oder Hausratssanierer unserer Mitbewohner handelte, die sich ja nach wie vor bei den Nachbarn aufhielten.

„Balkhausen", schnarrte uns eine überaus selbstbewusst wirkende Dame Mitte vierzig auf ziemlich hohen High Heels entgegen. „Sind Sie die Eigentümer?"

„Einer Wohnung, nicht des gesamten Hauses. Und wer sind Sie?", wollte Franziska wissen.

„Wo sind die anderen Eigentümer?" fragte Madame Balkhausen mit verschärftem Schnarren statt zu antworten.

„Wer sind Sie, was und zu wem wollen Sie?" insistierte Franziska. Unangemessenes Selbstbewusstsein und mangelhafte Umgangsformen konnten wir beide auf den Tod nicht ausstehen.

„Sagte ich schon", blaffte Madame zurück, überreichte ihr dann aber professionell ihre Visitenkarte, auf Neudeutsch Business Card. „Balkhausen. Wir sind Ihre Gebäudesanierer. Und jetzt werden wir den Eigentümern erzählen, wie es hier weitergeht. Wo ist die Hausverwaltung?"

Ich war einigermaßen von den Socken. Abgesehen vom total nervigen Auftritt der Balkhausen war ich einerseits halb erfreut, dass hier offensichtlich bereits wenige Stunden nach dem Brand etwas passieren sollte. Andererseits fragte ich mich, wer „unsere Gebäudesanierer" mal eben vorbeigeschickt oder beauftragt hatte. Der Business Card durften wir entnehmen, dass Frau Balkhausen auf den Vornamen Viola hörte und bei der GERESA GmbH die sicherlich beeindruckende Position der „COM Sanierung" bekleidete.

„Und wer hat Sie hier vorbeigeschickt?", wollte ich also wissen, „woher wissen Sie überhaupt von dem Brand?"

„Wir arbeiten sehr eng mit der Hanseatischen Brandversicherung zusammen", erläuterte VB, wie ich sie insgeheim unter Verwendung des Namenskürzels für das beliebte australische Bier Victoria Bitter sofort nannte. „Dies hier ist Herr Krämer, der Sachverständige und Schadengutachter der Brandversicherung", endete sie etwas kryptisch, indem sie auf einen älteren Herrn zeigte, der freundlich lächelte und am Vormittag eines eher frischen Frühsommertags unter einer ziemlich feuchten Gesichtshaut litt. Er beeilte sich, uns seine nicht minder feuchte Hand mit einem brabbeligen ‚Krehma' zu reichen, was VB mit gequältem Lächeln zu missbilligen schien, bevor sie das Zepter wieder übernahm:

„Wir schauen uns hier jetzt mal ein wenig um. Bringen Sie", wandte sie sich kommandierend an uns, „die anderen Hausbewohner und vor allem die Hausverwaltung!"

Dann entschwand sie mit Krämer und vier weiteren Herren im Gefolge in unser Treppenhaus, bevor wir ihren Befehlston kommentieren oder gar infrage stellen konnten. Unter normalen Umständen wären wir wahrscheinlich hinterhergerannt und hätten ihr erzählt, dass man in unseren Breiten Bitten unter Verwendung der entsprechenden Vokabel vorträgt. Aber das hatte sie ja gar nicht nötig: Schließlich war sie es gewohnt, Menschen anzutreffen, die den soeben erlittenen Schaden noch nicht richtig verdaut hatten und – wie wir ja auch – letztlich froh waren, dass etwas in Sachen Schadensbeseitigung passierte. VB musste so auftreten, um die Professionalität der GERESA zu unterstreichen – wir können das und wir wissen, wie wir es machen müssen. Das duldet keinen Widerspruch. Im Gegenteil: Aktionismus war angesagt.

Ich nahm mein Handy aus der Tasche und rief zum zweiten Mal an diesem Vormittag Frau Silves an. Letztlich war sie auch die Lösung für den rätselhaften Auftritt von VB & Co., denn nach erster Inaugenscheinnahme unseres Brandschadens vor etwa zwei Stunden hatte sie sofort beim Gebäudeversicherer angerufen und den Schaden gemeldet. Und die hatten ihren Apparat routiniert in Bewegung gesetzt und offensichtlich der GERESA die Sanierung angeboten.

Wir gingen wieder zu den Nachbarn, um die Mitbewohner über unsere neuen Besucher zu informieren. Unterwegs trafen wir Bettina und Rolf, die auf der Straße geblieben waren, als die Brandermittler uns in unsere Wohnung gebeten hatten.

„Na, wie isset", wollte Rolf in seinem auch nach vielen Jahren in Süddeutschland nicht abgelegten Gelsenkirchener Slang wissen, „hat die Kripo die Brandursache gefunden?"

„Ja, scheint so. Mit großer Wahrscheinlichkeit hat sich unsere neue Einblasdämmung nicht mit der Hitze unserer Deckenstrahler vertragen – genau das hatte ich ja immer wieder gegenüber dem Handwerker problematisiert. Tatsächlich ist das Feuer wohl über dem letzten Strahler im Wohnzimmer ausgebrochen. Mir will nur noch nicht in den Kopf, wodurch die große Hitze entstanden sein soll. Muss Theresa mal gelegentlich fragen, ob sie die Lampen noch lange hat brennen lassen, nachdem wir ins Bett gegangen sind. Allerdings hat der Brandermittler auch gesagt, dass wir vielleicht schon seit Wochen einen schönen Schwelbrand im Dach gehabt haben können."

„Und gibt man Euch eine Mitschuld, weil Ihr die Dinger selbst eingebaut habt?"

„Nee, zum Glück nicht. Jeder, der etwas Neues macht, muss sich die bestehende Situation ansehen und darauf reagieren. Und der Handwerker hatte ja etliche Strahler rausgezogen um zu messen, wie viel Zellulose er einblasen konnte. Spätestens dabei hat er doch gesehen, dass sie keine Hütchen aus Keramik hatten, die hierfür erforderlich gewesen wären."

„Na, das klingt ja schon mal einigermaßen beruhigend", sagte Rolf. „Hat die Kripo auch gesagt, ob sie uns noch braucht? Wir würden sonst nämlich gerne langsam mal aufbrechen, nachdem die Feuerwehr abgerückt ist."

„Ich denke, sie werden gleich runterkommen, machen vielleicht noch ein, zwei Fotos. Ansonsten stören sie inzwischen bestimmt dort oben, weil eben doch ein Gebäudesanierer eingetroffen ist und sich mit dem Sachverständigen der Gebäudeversicherung einen Überblick verschaffen will."

„Ach die sind das", kommentierte Bettina. „Die rauschten ja hier mit einer Wichtigkeit durch, als könnten sie Euer Schlafzimmer bis heute Abend wieder herrichten. Apropos: Wisst Ihr denn schon, wo Ihr die nächsten Nächte verbringt?"

„Stimmt, die traten schon ziemlich rasant auf! Eigentlich ist man in unserer Situation ja auch nicht böse, wenn ein paar Profis zügig loslegen. Und um die nächsten Nächte müssen wir uns nachher mal kümmern, irgendein Hotel in der Nähe wird schon ein Plätzchen für uns haben. Da hatten wir bisher noch keinen Kopp für, wie Ihr sagen würdet. Wir sagen jetzt schon mal Tschüs, denn wir sollen gleich mit den übrigen Hausbewohnern und der Verwaltung zur Lagebesprechung mit der GERESA antreten. Danke für Euren Besuch, danke vor allem, dass Ihr uns geweckt habt, sonst würden wir hier vielleicht nicht mehr stehen. Und fahrt vorsichtig!"

„Kopf hoch, Alter", sagte Rolf zum Abschied. „Die werden Eure Kiste schon wieder aufbauen. In ein paar Wochen könnt Ihr bestimmt wieder zu Hause schlafen."

„Na, da wäre ich mal vorsichtig", antwortete Franziska, „ich gehe lieber von ein paar Monaten aus. Irgendwie kommen wir aus dem Schlamassel bestimmt wieder raus."

Im Wohnzimmer der Nachbarn hatte sich zwischenzeitlich eine große Versammlung gebildet: Neben unseren fünf Mitbewohnern und Vertretern ihrer jeweiligen Hausratsversicherungen waren Kinder und Freunde eingetroffen, um ihre Unterstützung, insbesondere aber ein Bett für die ersten Nächte anzubieten. Alle redeten wild durcheinander; entsprechend schwierig war es, die Versammlung aufzulösen und in unser eigenes Gebäude zu bitten.

„Ach, ist das alles furchtbar", lamentierte unsere zwar hochbetagte, aber geistig völlig intakte Wohnungsnachbarin ein ums andere Mal. „Wie konnte das nur passieren?" Und an Franziska und mich gewandt: „Jetzt haben Sie all die Jahre so viel Zeit und Arbeit in die Renovierung Ihrer schönen Wohnung gesteckt, und nun ist womöglich alles vernichtet! Ist das alles furchtbar", wiederholte sie.

Ich ignorierte ihr Lamento und versuchte, mir in dem allgemeinen Stimmengewirr Gehör zu verschaffen:

„Darf ich mal kurz unterbrechen?", startete ich den ersten Versuch, „nebenan sind Vertreter der Gebäudeversicherung und eines Sanierungsbetriebs eingetroffen, um...". Zwecklos, der Lärmpegel stieg, um den Störenfried zu übertönen.

„Hallo, liebe Mitbewohner!", versuchte ich es erneut, „darf ich mal kurz um Ihre Aufmerksamkeit bitten?"

Auch hierauf gab es keine Reaktion – wahrscheinlich war meine Stimme einfach zu kraftlos. Inzwischen war Franziska von einem zum nächsten gegangen und hatte alle einzeln gebeten, ihre Gespräche zu unterbrechen. Nach einer Weile ebbten die Stimmen ab, und die Mitbewohner folgten uns auf unser Grundstück, denn hier würden sie ja nun erfahren, wie es weiterging.

VB, Krämer und die anderen Herren kamen gerade aus dem Haus, so dass die gestresste COM-Sanierung glücklicherweise keinen unnützen Leerlauf in Kauf nehmen musste. Sie war aber ohnehin auf dem Absprung:

„Dies hier ist Herr Neumann", stellte sie uns einen ihrer Begleiter vor. „Herr Neumann ist Projektleiter und wird Ihnen nun erzählen, wie das hier alles weitergeht. Ich muss zum nächsten Fall, ist ja noch mehr passiert", verkündete sie mit der größten Selbstverständlichkeit und stöckelte wie ein Flamingo beim Balztanz davon.

Nur keine überflüssige Energie verschwenden, dachte ich, nachdem sie grußlos und ohne die in unserer Situation möglicherweise angebrachten guten Wünsche gegangen war. Im Grunde hatte ich ja auch gar keine entsprechende Erwartungshaltung.

„Wer war das denn?", wollte unser alter Wohnungsnachbar wissen. Wie seine Frau, durfte auch er sich eines völlig intakten Oberstübchens erfreuen.

„Das war Frau Balkhausen, unser Chief Operating Manager", erläuterte Neumann dem alten Herrn wenig hilfreich. „Sie entscheidet darüber, welche Projekte wir annehmen und welche nicht. Ist die Hausverwaltung inzwischen eingetroffen?", wandte er sich mit seiner erschöpfenden Auskunft an mich.

„Vielleicht können Sie uns erst mal sagen, wer Sie eigentlich sind und wer sie geschickt hat", bat nun eine andere Mitbewohnerin. „Uns wurde eben gesagt, Sie seien Mitarbeiter eines Sanierungsunternehmens."

„Stimmt", bestätigte Neumann, „wir sind von der GERESA, die sich um derartige Brandschäden kümmert. Entschuldigung, hier ist meine Karte." GERESA GmbH, stand dort zu lesen und: Jürgen Neumann, Projektleiter. Anschrift, Telefonnummern, Email. That's it – what will you more?

„Und was haben Sie uns nun konkret zu erzählen, Herr Neumann?", fragte Franziska ihn in ihrer zielführenden Art.

„Der Sachverständige – Herr Krämer –, Frau Balkhausen und ich sowie unsere anderen Kollegen sind nach erster Inaugenscheinnahme übereinstimmend zu dem Ergebnis gekommen, dass hier ein sehr schwerer Schaden vorliegt und der gesamte Dachstuhl des Hauses abgerissen und wieder aufgebaut werden muss. Wir gehen ferner davon aus, dass die Wasserschäden in den Erdgeschosswohnungen getrocknet werden können."

Während er sprach, schaute ich mir seine Kollegen an. Der eine, so um die vierzig, schien mehr oder weniger an seinen Lippen zu kleben und nickte ständig akklamierend. Den zweiten taxierte ich auf Anfang bis Mitte fünfzig. Er wirkte ruhig und sachlich und hörte ohne erkennbare Gefühlsregung zu. Der dritte war deutlich jünger als die beiden anderen, was er durch seinen topmodischen Haarschnitt unterstrich: Rasierte Schläfen bis zur Schädeldecke, die von einem gegelten Kamm gekrönt wurde. Dazu grinste er ständig, hatte einen leicht wirren Blick und schien sich im Übrigen nicht wirklich für die gesamte Szenerie zu interessieren. Wahrscheinlich ein Azubi oder Praktikant, der einfach den ganzen Tag nur mitlaufen soll, dachte ich, unwichtig.

„Das mit der Trocknung", wandte ich ein, „dürfte wohl nicht ganz einfach werden. In den Fußböden liegen elektrische Heizschleifen."

„Alles kein Problem", erwiderte Neumann, „selbstverständlich werden wir Probebohrungen durchführen, um festzustellen, ob Wasser in die Böden eingedrungen ist. Notfalls gibt es geeignete Trocknungsverfahren, kein Problem", wiederholte er.

Endlich traf Frau Silves ein, der Neumann ebenfalls vortrug, dass die GERESA die Sanierung des Gebäudes durchführen und er noch heute Kollegen vorbeischicken würde, um das offene Dach abzuplanen.

„Wir müssen nur noch überlegen, wie man mit Geräten und Material an das Haus herankommt. An den Garagen kann man ja alles nur händisch vorbeitragen, das kostet viel Zeit und wird extrem teuer. Aber das beraten wir im Büro", verabschiedete er sich mit seinen Leuten.

Einigermaßen verdattert ließen sie uns Hausbewohner und Frau Silves zurück. Einerseits war niemand böse, dass zeitnah etwas passierte, andererseits fragten wir uns, ob es einem geordneten Verfahren entsprach, dass die Brandversicherung uns Eigentümern einen Sanierungsbetrieb gewissermaßen vor die Nase setzte. Es lohnte aber auch nicht, darüber nachzudenken, denn wir alle kannten keine Alternative.

Rothenburgsort

„Was ist also alles zu tun?", fragte Peter Schröder in die Runde, „lassen sich die Wohnungen mit Pinsel und Farbe wieder herrichten?"

„Ausgeschlossen", antwortete Jürgen Neumann. Er und seine Kollegen saßen bereits eine Stunde nach Besichtigung unseres Brandschadens in Schröders großzügigem Büro an seinem imposanten Besprechungstisch. Er war der alleinige für Sanierung zuständige Bereichsleiter der GERESA, während zwei seiner Kollegen für das Hauptgeschäft, die Gebäudereinigung, verantwortlich waren.

„Das Dach ist offen, der Dachstuhl ist teilweise ausgebrannt, die Trockenbauzimmerdecken sind entweder heruntergefallen oder haben zumindest Löcher, die Möbel in den oberen Stockwerken kannste vergessen, die beiden oberen Wohnungen sind absolut unbewohnbar. In die Erdgeschosswohnung links sind große Mengen Löschwasser eingedrungen, da wird man zumindest um eine Komplettrenovierung nicht umhin kommen."

„Und was sagt Krämer?", wollte Schröder wissen.

„Krämer brauchte – wie wir selbst ja auch – keine drei Minuten für seine Einschätzung, dass das Gebäude zumindest bis zum

Trauf komplett abgetragen und wieder aufgebaut werden muss", erläuterte Svenzke.

Thorsten Svenzke war einer der erfahrensten Architekten bei der GERESA, der in seiner ruhigen und umsichtigen Art schon bei zahlreichen durch Feuer oder Wasser zerstörten Gebäuden den erfolgreichen Bauleiter unter Beweis gestellt hatte. Bislang war es ihm auch regelmäßig gelungen, mit der von der Versicherung vorgegebenen Kostenobergrenze, der von ihr ermittelten Schadenssumme, auszukommen – zum einen, weil er sich im Vorfeld des Schadengutachtens mit Sachverständigen wie Krämer zusammensetzte und seine Erfahrungen und Fachkompetenz frühzeitig einzubringen versuchte, zum anderen, weil er es ablehnte, die Gewerke ausschließlich nach dem günstigsten Angebot zu beauftragen. Sofern er nicht aufgrund vorangegangener Leistungen um deren handwerkliche Qualität wusste, zog er gegebenenfalls Erkundigungen hierzu ein. Denn „Pfusch wird teuer, und teuer können wir uns nicht leisten", lautete seine Devise. Hinzu kam, dass Anbieter für von der GERESA ausgeschriebene Leistungen regelrechte Dumpingangebote vorlegten, weil sie sich lukrativere Anschlussaufträge erhofften. Svenzke hatte eine ziemlich klare Vorstellung, wie sie bei derartigen Preisen trotzdem noch etwas verdienen konnten. Das Thema Mindestlohn oder die Frage nach einer deutschen Arbeitserlaubnis sollte man in diesem Zusammenhang jedoch besser vermeiden, wie es auch um das Qualitätsbewusstsein derartiger Anbieter in den meisten Fällen nicht zum Besten stand.

„Das Problem hierbei ist nicht", fuhr er fort, „dass das Gebäude hierzu natürlich komplett eingehaust werden muss. Das machen wir ja alle Tage. Problematisch ist vielmehr die besondere Lage des Objekts. Das Haus liegt etwa fünfzig Meter von der Straße entfernt und ist weder mit Lkw noch mit Kränen erreichbar."

„Handelt es sich denn um ein Pfeifenstielgrundstück?", wollte Schröder wissen, „und gibt es dort keine Pkw-Zufahrt"?

„Ich hab' vorhin mal ein paar Aufnahmen gemacht", schaltete sich Neumann ein. „Da ist deutlich zu sehen, dass das Wohngebäude hinter vier Einzelgaragen steht, an denen nur ein Gartenweg von eins fünfzig Breite vorbeiführt."

„Dann muss man eben eine der Garagen wegknacken", stellte Schröder fest. „Eine händische Einhausung in dieser Größe – das sind bestimmt vierhundert Quadratmeter Dachfläche und fünfzehn Meter Gerüsthöhe", schätzte er anhand Neumanns Aufnahmen, „kann ja keine Sau bezahlen. Wie ist die Zuwegung zu den Garagen?"

„Gepflasterte Betonverbundsteine, nur in Pkw-Breite und mit einer geschätzten Belastbarkeit von fünf Tonnen", antwortete Svenzke, „könnte man durch Rodung erweitern."

„Dann erkundigt Euch meinetwegen mal bei Gerüstbauern, Zimmerern und Dachdeckern, was sie mit und ohne Lkw- und Kranzufahrt haben wollen. Ich gehe jede Wette ein, dass eine neue Garage billiger wird. Was ist sonst zu berücksichtigen? Müssen Fenster und Türen erneuert werden?"

„Klar", meinte Svenzke, „neben den Wohnräumen im Dachbodenbereich gibt es auf beiden Seiten des Hauses große Gauben mit Fenstern. Die fliegen natürlich beim Abriss alle raus."

„Ok", resümierte Schröder, „insgesamt scheint das Haus doch rechtzeitig gelöscht worden zu sein und kann überwiegend stehenbleiben. Dach runter, neues Dach wieder drauf, paar Fenster rein, paar Trockenbauwände, tapezieren und streichen. Sollte eigentlich kein allzu großes Problem werden", meinte er in seiner nassforschen Art zwischen Großspurig- und Oberflächlichkeit. „Wer also übernimmt die kleine neue Baustelle?", schloss er mit der von Allen befürchteten Frage.

Die GERESA war schon in den 1960er Jahren als öffentliches Unternehmen der Stadt gegründet worden, um die zahllosen Räumlichkeiten der Universität professionell und in einheitlichem Standard zu reinigen. Vor einigen Jahren waren dem Staatsbetrieb jedoch derartige Reinigungsaufträge zuhauf weggebrochen, nachdem sie, wie viele andere Dienstleistungen auch, infolge des EU-Rechts ausgeschrieben werden mussten und zunehmend private Anbieter auf den Markt traten. Da öffentliche Unternehmen grundsätzlich ohne Gewinnerzielungsabsicht arbeiten, wäre es für die GERESA ein Leichtes gewesen, sich den veränderten Marktgegebenheiten anzupassen und den Personalkörper im Zuge der natürlichen Fluktuation zu verringern. Stattdessen hatte Anfang der 1990er Jahre der damalige Vorstand nach einem nahezu banalen Ereignis die Idee, neben den Reinigungsdiensten einen zweiten Geschäftsbereich „Gebäudesanierung" zu eröffnen, zumal dabei stets auch Reinigungsarbeiten anstanden. Außerdem konnte er so der wachsenden Akademisierung des Arbeitsmarkts Rechnung tragen, indem das Unternehmen immer mehr Ingenieure und Architekten einstellte.

Damals hatte in einem Chemielabor der Universität an der Grindelallee ein Versuch mit Magnesium zu einem Feuer in einem Übungsraum geführt, dessen Folgen sich nicht allein durch Reinigung beseitigen ließen. Vielmehr mussten die Deckenverkleidung und die Elektrik erneuert, der Fußbodenbelag ausgetauscht und die Wände neu verputzt und gestrichen werden. „Kriegen wir hin", behauptete der damalige Geschäftsführer und trat mit eigenem Personal, einem Maler sowie einem Elektrofachbetrieb den Beweis an. In der Folge hat sich das Unternehmen umfirmiert: Aus der GEREG mbH wurde die GERESA GmbH. Seitdem wuchs der Bereich Sanierung stetig und ausgesprochen ertragreich.

„Also, ich hab immer noch die Bismarckstraße am Hals, dazu die Wasserschäden in Neumühlen und das Altenheim in Rosengarten", zählte Svenzke seine aktuellen Sanierungsobjekte auf. In der Bismarckstraße in Eimsbüttel hatte es 2014 in einem alten Gebäude mit 24 Wohnungen nach Schweißarbeiten auf dem Dach gebrannt. Obwohl das Feuer keine einzige Wohnung zerstört hatte, war das ganze Haus unbewohnbar, nachdem riesige Mengen Löschwasser vom Dach bis in den Keller gelaufen waren. Die Sanierung zog sich bereits ins zweite Jahr, weil die Denkmalschützer die Arbeiten mit immer neuen Auflagen verzögerten.

„Und ich habe nach wie vor den Bauernhof in Iserbrook, die Schule am Vossbarg und den Umbau der JVA Neuengamme", erinnerte Neumann. Streng genommen stand die Schule zwar im niedersächsischen Neu Wulmsdorf und damit außerhalb des eigentlichen Zuständigkeitsbereichs eines hamburgischen öffentlichen Unternehmens; und der längst überfällige Umbau der Haftanstalt hatte hingegen kaum etwas mit dem Thema „Sanierung" zu tun, aber es handelte sich immerhin um ein öffentliches Gebäude. Die Gemeindeverwaltung Neu Wulmsdorf und die Hamburger Justizbehörde waren indes äußerst dankbar, dass ein staatliches Unternehmen für sie die Bauaufsicht führte, mit der sie hoffnungslos überfordert gewesen wären. Die GERESA tat ihnen gerne den Gefallen, denn sie kassierte auch hierbei allein für die Koordinierung und Überwachung der Bauarbeiten eine Pauschale von fünfzehn Prozent – angesichts der Auftragsvolumina ein Vielfaches von Neumanns Gehalt.

Mit an Schröders Besprechungstisch saß der junge Fischer, der erst vor wenigen Monaten die Fachhochschule verlassen und nicht zuletzt dank seines forschen Auftretens bei der GERESA seinen ersten Job als Architekt gefunden hatte. Er war bislang bei Neumann und Svenzke nur mitgelaufen und hatte ein paar kleinere Aufträge erhalten, bei denen Svenzke sorgfältig darauf geachtet hatte, dass sie nicht seine mit viel Geduld und einigem diplomatischen Geschick aufgebauten guten Kontakte zur Brandversicherung, zu diversen Gewerken und zu Sachverständigen gefährden konnten. Denn er hatte allzu schnell erkennen müssen, dass Fischer regelmäßig ein für sein Alter und seine fehlende Berufserfahrung unangemessenes, oft sogar nicht nachvollziehbares Selbstbewusstsein an den Tag legte. Neumann hingegen betrachtete den neuen Kollegen entspannter. Im Laufe der Jahre hatte er sich zunehmend die Einstellung von Schröder zu Eigen gemacht, wonach er auf alle Fälle möglichst selten Überstunden machen wollte, um sich seinem eigenen Hausneubau und dem Golfspiel widmen zu können. Im Übrigen war Neumann in der Regel nicht böse, wenn andere die Arbeit erledigten. Frühzeitig hatte er auch begriffen, dass es im Sanierungsgeschäft häufig nicht auf den letzten Feinschliff ankam, weil die Opfer von Brand- und Wasserschäden in erster Linie überhaupt wieder in ihre gewohnte Behausung und Umgebung zurückziehen wollten. Insoweit war er auch froh, dass die GERESA Anfang des Jahres eine weitere Stelle mit einem Architekten besetzt hatte, der kurz über lang einige Sanierungsprojekte würde übernehmen können. Erfahrungsgemäß war eine eigenverantwortliche Übernahme derartiger Aufgaben vor Ablauf eines Jahres als „Mitläufer" allerdings kaum denkbar.

„Muss ich wohl akzeptieren", beantwortete Schröder schließlich seine eigene Frage, nachdem er freiwillige Begeisterung für eine weitere Baustelle nicht erkennen konnte, „dass Thorsten und Jürgen mit den aktuellen Objekten schon einigermaßen ausgelastet sind. Andererseits kann ich mir aber auch nicht vorstellen, dass das Dach unseres neuen Objekts hier nicht auch noch von Euch beaufsichtigt werden könnte."

Svenzke schluckte angesichts Schröders geringschätziger Bemerkung, ließ sich aber in seiner loyalen Art nichts anmerken. Regelmäßig kam er auf eine 65-Stunden-Woche, Urlaub hatte er in den ersten fünf Monaten des Jahres noch nicht nehmen können, und einmal im Monat musste er Wochenendbereitschaft und damit den gesamten Bereich von Schröder abdecken. Und „beaufsichtigen" war eine sehr freundliche Umschreibung dessen, was ein Bauleiter zu leisten hatte. Einer der größten Zeitfresser bestand in der Suche, Beauftragung, Koordinierung und qualitativen Überwachung der regelmäßig zahlreichen einzusetzenden Gewerke. Darum hatten Vorgesetzte wie Schröder sich ja nie kümmern müssen.

Der hatte indes keine andere Wahl, als auch die Wiederherrichtung unseres Wohnhauses einem seiner Mitarbeiter aufzudrücken. Denn seine ehrgeizige Kollegin Balkhausen hatte der Brandversicherung faktisch schon vor Besichtigung des neuen Schadensfalls zugesagt, dass die GERESA auch hier bereit war, die Rolle des Sanierungsträgers auszuüben. Im Grunde war er jedes Mal stinkig, wenn die Balkhausen sich mit dieser Masche in seinen Verantwortungsbereich einmischte, aber letztlich trug sie damit ebenso regelmäßig zum guten Ergebnis des Unternehmens bei. Vor diesem Hintergrund war es Schröder ziemlich egal, ob die Kollegen in den unteren Etagen etwas mehr zu tun hatten, denn er blieb vom operativen Geschäft weitgehend verschont.

„Wie wäre es denn", wandte er sich nun an Fischer, nachdem er gemerkt hatte, dass von Neumann und Svenzke Gegenwind zu erwarten sein würde, „wenn unsere Neuerwerbung ihre Krabbelgruppe vorzeitig verlässt und mit dem kleinen Übungsobjekt etwas Praxistauglichkeit unter Beweis stellt?"

Boris Fischer hatte hierauf gewartet und gehofft. Schließlich war es ihm vom ersten Tag an zu langweilig gewesen, immer nur im Windschatten der älteren Kollegen mitzulaufen, statt selbst die einzelnen Gewerke beauftragen und vor allem zeigen zu können, dass er über die weitaus aktuelleren Kenntnisse zu Materialien und modernen Techniken verfügte. Außerdem gingen ihm Svenzkes betuliche Art und sein pingeliger Anspruch an die Beachtung von gültigen Normen und sonstigen Bauvorschriften gegen den Strich. Nicht umsonst hatte er sich darum bemüht, im Sanierungsgewerbe einen Fuß in die Tür zu bekommen, nachdem er schon während des Studiums feststellen musste, dass ihm das Auswendiglernen von oft überzogenen oder gar überflüssigen Vorgaben und die Berechnung von Koeffizienten und Vergleichsparametern in der Planungsphase viel weniger lagen als die Umsetzung der Pläne selbst. Damit bewegte er sich also eher im Fahrwasser von Neumann, nämlich einer sich insbesondere bei Sanierungen anbietenden Toleranzbereitschaft; dass manches Gesamtergebnis und zahlreiche Detaillösungen jeden Bausachverständigen zur Weißglut bringen würden, interessierte ihn nicht.

„Klar Herr Schröder", erwiderte Fischer also, „ich muss zwar noch die Pläne für fördern & wohnen fertigstellen, aber das werde ich nebenbei sicherlich schaffen. Wenn Sie mir das also schon zutrauen wollen…", vergewisserte er sich vorsichtshalber, obwohl für ihn völlig klar war, dass er eine so kleine Baustelle mit Leichtigkeit würde betreuen können.

„Das wirst Du schon hinkriegen", antwortete Schröder, der jeden Mitarbeiter duzte, umgekehrt dies für sich selbst hingegen erst zuließ, wenn sich langjährige Gefolgschaft oder sogar Freundschaften gebildet hatten. „Außerdem lassen wir Dich damit ja auch nicht im Regen stehen. Du weißt, dass Du Dir jederzeit Rat und Hilfe bei Deinen Kollegen und selbstverständlich auch bei mir holen kannst. Am besten lässt Du Dir von Jürgen Neumann erst mal eine Liste der mit uns zusammenarbeitenden Gewerke geben und schickst einige von denen auf die Baustelle. Sobald Krämer sein Schadengutachten fertig hat, müssen wir auch Angebote vorliegen haben, um diese mit dem Kostenrahmen vergleichen zu können."

„Weiß ich", sagte Fischer, „ich denke, ich mache mich zunächst an eine Zusammenstellung, welche Gewerke überhaupt benötigt werden. Zuerst wird doch sicherlich ein Abbruchunternehmen gebraucht."

„Klar", antwortete Schröder, „davon haben wir seit Jahren einige an der Hand. Zum Glück kommt es da ja nicht so sehr darauf an, ob die was kaputtmachen oder nicht", schloss er und wieherte voller Freude über seinen gelungenen Joke lauthals. „Dann mal an die Arbeit, meine Herren", beendete er die Besprechung in dem glücklichen Bewusstsein, so schnell eine Lösung gefunden zu haben. Das wird für den jungen Fischer zwar vielleicht ein Sprung ins kalte Wasser, dachte er, aber dann soll er mal zeigen, was er drauf hat.

Kapitel 3

Sasel

„Lass uns noch mal rübergehen", schlug Franziska vor, „und schauen, ob wir uns einen groben Überblick über die einzelnen Zimmer machen können. Ich würde zu gerne wissen, was völlig platt und was noch zu retten ist. Das Wohnzimmer mit dem großen Loch in der Decke sah ja nicht so toll aus. Und an oben mag ich gar nicht denken."

„Klar, geht mir genauso. Müssen nur höllisch aufpassen, dass uns nicht ein paar Dachbalken auf den Kopf fallen. Ich hole mal unsere Fahrradhelme aus der Garage und meine Gartenschuhe mit den dicken Sohlen aus dem Keller. Ist vielleicht besser als nichts."

Mit gemischten Gefühlen betraten wir also erneut das Haus, in dem wir so viele glückliche Jahre verbracht hatten. Alle Wohnungstüren standen offen und in der Wohnung unter uns war es stockdunkel, weil sämtliche Rollläden seit dem Vorabend geschlossen waren und wegen der gezogenen Hauptsicherungen auch nicht hochgefahren werden konnten. Die Nachbarwohnung unten schien weitgehend unversehrt; in der Wohnung unserer alten Nachbarn klafften etliche Löcher im Dachstuhl, außerdem gab es hier an Inventar und Wänden Schäden durch Löschwasser. Den absoluten Vogel hatte hingegen unser Domizil abgeschossen, weil durch das Loch in der Wohnzimmerdecke unentwegt Wasser tropfte und das gesamte Obergeschoss eigentlich nur noch das Prädikat „Schutthalde" verdiente.

Nachdem wir in der unteren Etage festgestellt hatten, dass zumindest unser Esszimmer, die Küche und das Duschbad völlig unversehrt geblieben waren, stapften wir zögerlich die halb verkohlte, halb mit Schutt und Asche bedeckte Treppe nach oben, wo zunächst die Alu-Einschubtreppe zum Spitzboden in merkwürdiger Verrenkung auf dem Flur lag, nachdem ihr hölzerner Einbaurahmen verbrannt war. In die beiden Zimmer sowie das obere Bad zu gehen, trauten wir uns nicht, aber ein Blick durch die Türen reichte: Ein Dach gab es hier praktisch nicht mehr, die Fußböden lagen voller Dachpfannenteile und Dachbalken sowie Reste der Dämmwolle, im Bad waren die Spiegel zersplittert. Die Feuerwehr hatte diverse Schränke und Kommoden umgeworfen, um an Brandnester heranzukommen, auf unserem Bett stapelten sich Dachlatten, Dämmwolle und Asche. Wie es in den Schränken aussah, mochten wir uns zu diesem Zeitpunkt erst gar nicht vorstellen.

Unten rief jemand nach uns. Es war Herr Gierstein vom Schadensregulierungsdienst der Hausratsversicherung. Bis wir die Treppe wieder vorsichtig hinuntergegangen waren, hatte er sich offensichtlich schon einen ersten Überblick über die untere Etage unserer Wohnung verschafft. Er machte einen ruhigen, sachlichen und sympathischen Eindruck.

„Das sieht ja ziemlich schlimm aus, was Ihnen hier passiert ist", kommentierte er, „aber das meiste hier unten dürfte sich sicherlich restaurieren lassen, sofern es uns gelingt, die Möbel möglichst schnell aus dem Wasser zu räumen."

„Mag sein", sagte ich, „oben hingegen ist wohl kaum noch was zu machen. Allerdings wissen wir noch nicht, wie es in den Schränken aussieht."

„Leider konnte ich Herrn Breitner von unserem Sanierungsdienst nicht mitbringen, weil er in einem anderen Schadensfall dringend eine Wohnung leerräumen muss. Er hat mir aber zugesichert, sich morgen ab acht Uhr um Ihre Wohnung zu kümmern. Er wird mit Ihnen entscheiden, was noch zu gebrauchen ist, was saniert werden kann, was nur noch Schrottwert hat und was Sie für Ihre Zwischenunterkunft einpacken sollten. Apropos: Wissen Sie schon, wo Sie in den nächsten Tagen bleiben?"

Ich stellte fest, über die Vielzahl der heutigen Ereignisse mein stets sehr gutes Zeitgefühl verloren zu haben und schaute nach der Uhr: Viertel vor eins war es inzwischen, und bis auf ein paar kleine Häppchen bei unseren Nachbarn hatten wir auch noch nichts gegessen.

„Nein", antwortete ich, „bislang hatten wir wirklich keine Gelegenheit, uns um eine Unterkunft für die nächsten Nächte zu kümmern. Aber wir gehen zuversichtlich davon aus, dass irgendein Hotel schon ein Bett für uns haben wird."

„Ja, sollte man eigentlich unterstellen. Und Sie wissen inzwischen sicherlich auch, dass die Versicherung Ihnen auch eine Dauerunterkunft für die nächsten Monate vermitteln kann, oder? Denn das hier wird ja wohl eine ganze Weile dauern."

Auch hieran hatten wir in dem ganzen Trubel noch keinen Gedanken verschwendet, sollten uns aber langsam darum kümmern. In unserer Wohnung gab es momentan nichts für uns zu tun, außer immer wieder die Fußböden aufzuwischen und das schwarze Wasser ins Klo zu kippen. Die Kühlschränke waren wegen unserer Übernachtungsgäste voll, Strom zum Kühlen gab es jedoch im ganzen Haus nicht, also sollten wir zusehen, dass wir noch ein paar Lebensmittel unters Volk brachten und als nächstes eine Unterkunft für die kommenden Nächte fanden.

„Ich kann hier eigentlich auch nicht viel mehr tun, als Ihnen fürs Erste ein paar tausend Euro anweisen zu lassen, denn Sie werden ja nun erst mal allerlei einkaufen müssen. Herr Breitner kommt, wie gesagt, morgen früh, Sie können mich auch jederzeit anrufen, wenn Sie weitere Hilfe benötigen."

Wir bedankten uns und verabschiedeten Herrn Gierstein, der neben aller Zuversicht, dass es irgendwie weitergehen würde, bei uns auch das Bewusstsein hinterlassen hatte, dass wir keinesfalls die Ersten waren, denen derartiges Pech widerfuhr. Wahrscheinlich sah es in vielen Fällen sogar wesentlich schlimmer aus als bei uns, die wir wohl davon ausgehen durften, dass zumindest große Teile unseres Hausstands den Brand und seine Folgewirkungen überlebt hatten.

Wir holten uns etwas zu essen und machten eine erste Bestandsaufnahme: Unsere schöne Wohnung wie vermutlich auch das übrige Haus war einstweilen unbewohnbar; in den nächsten Tagen würden wir sie zusammen mit den Mitarbeitern des Sanierungsdiensts BreisaG komplett leerräumen und dabei auch bereits entscheiden müssen, was wir in eine Übergangsbleibe mitnehmen wollten. Die aber hatten wir bislang ebenso wenig wie überhaupt eine halbwegs klare Vorstellung, wo man eigentlich in einer derartigen Situation dauerhaft bleiben konnte. Sicherlich nicht in einem Hotelzimmer, das hält man nicht länger als vier Wochen durch. Möglicherweise in einer Ferienwohnung, sofern man eine längerfristig anmieten könnte – dann bräuchte man keine eigenen Möbel. Dass wir kurzfristig eine freie unmöblierte Wohnung finden würden, um dort mit einem Teil unserer eigenen Möbel einzuziehen, hielten wir für einigermaßen unwahrscheinlich. Also bliebe eine von der Versicherung vermittelte Wohnung, wobei man nach Möglichkeit nicht gerade die erstbeste Krachbude beziehen wollte.

Einstweilen war jedoch Steuern auf Sicht angesagt. Zunächst brauchten wir für die kommende Nacht und nach Möglichkeit ein paar weitere Tage ein Bett, danach konnten wir uns an die Suche nach einer mittelfristigen Lösung machen. Ich rief also im nächsten mir bekannten Hotel, der „Alsteridylle", an, wobei ich die Vorstellung hatte, dass dieses bereits etwas in die Jahre gekommene Haus zu keinem Zeitpunkt wirklich ausgebucht sein würde.

„Tut mir leid", bedauerte die freundliche Dame an der Rezeption, nachdem ich unseren Notfall geschildert hatte, „wir würden Ihnen wirklich gerne helfen, haben derzeit aber absolut kein Zimmer frei."

Da dies für uns schwer nachvollziehbar war, gingen wir davon aus, dass man an Brandopfern nicht wirklich interessiert war, weil sie vielleicht etwas abgewrackt herumliefen und dem Renommee des Hotels schaden konnten.

„Wie ist das hier draußen um diese Jahreszeit denn möglich?", insistierte ich daher, „wir bräuchten notfalls auch erst mal nur für die kommende Nacht ein Bett!"

„Ja, warten Sie", lenkte die Rezeptionistin ein, „das einzige, was ich Ihnen anbieten könnte, ist unser Appartement – wenn auch nur für drei Nächte."

Ohne zu zögern nahmen wir auch das Appartement, das sogar über eine kleine Küchenzeile verfügte und somit den praktischen Nebeneffekt hatte, dass wir zumindest einen Teil unserer Lebensmittel kühlen und auch zubereiten konnten.

Jegliches Packen von Kleidung entfiel, denn wir hatten ja nur das, was wir gerade trugen. Sämtliche Kleidung, Schuhe, Unterwäsche und Handtücher waren im Obergeschoss und entweder völlig hinüber oder zumindest kurzfristig nicht benutzbar. Zumindest würde alles stinken wie eine alte Räucherkammer. Zum Glück gab es im kleinen Duschbad im unteren Stockwerk Zahnbürsten, Zahnpasta und eine Haarbürste.

Um vier Uhr kamen zwei Mitarbeiter der GERESA und kletterten mit dünnen Planen und ein paar Dachlatten bewaffnet auf die kläglichen Reste unseres Dachs, um die großen Löcher notdürftig gegen Regen zu schützen. Angesichts des unzulänglichen Materials und der frischen Brise, die schon in den frühen Morgenstunden zu einer enormen Verbreitung des Rauchs geführt hatte, wurde die Aktion zu einem zwar anstrengenden, aber ziemlich erfolglosen Unterfangen. Die dünne Plane beutelte und flatterte über den großen Dachlücken, so dass es nur eine Frage der Zeit sein würde, bis sie wieder losgerissen war. Abgesehen davon hatte sich der Dachstuhl noch längst nicht so weit abgekühlt, dass man ihn mit einer Kunststofffolie abdecken konnte. Die Feuerwehr musste nachmittags noch zwei Mal und auch nachts nochmals nachlöschen.

Wir konnten nun nicht mehr tun, als unsere Lebensmittel in den beiden Kühlschränken nach Haltbarkeit zu sortieren, zwischendurch erneut das unverdrossen aus der Wohnzimmerdecke tropfende Wasser aufzuwischen, damit unsere Schrankwand möglichst wenig Schaden nahm, und uns mit Zettel und Bleistift in das unversehrte Esszimmer zu setzen, um aufzulisten, was wir am dringendsten benötigten: Unterwäsche, Schlafanzüge, Wäschekörbe, Eimer, Müllsäcke... Und wir zogen eine erste Bilanz, was uns auf alle Fälle erhalten geblieben war: Unser Kellerraum mit einigen Vorräten und meiner reichhaltigen Werkzeugausrüstung, die Garage, unser Auto und unsere Fahrräder.

Poppenbüttel

Um sechs Uhr packten wir einen Einkaufskorb mit Lebensmitteln sowie einen Leinenbeutel mit unseren bescheidenen Toilettenartikeln und verabschiedeten uns von unseren Nachbarn, die von dem langen Tag und ihrem selbstlosen Einsatz sichtlich erschöpft waren. Zum Glück waren die übrigen Hausbewohner schon um die Mittagszeit zu Freunden oder ihren Kindern gefahren oder gebracht worden, so dass die Nachbarn ihr Haus auch mal wieder für sich hatten. Wir bezogen das Appartement in der „Alsteridylle", gönnten uns zunächst eine ausgiebige Dusche und machten in der kleinen Pantry etwas Essen warm. Derart entspannt und mit gestärktem Nervenkostüm versuchten wir, nach vorne zu blicken: Morgen früh um acht würden wir wiederkommen, um mit der BreisaG unsere Sachen zu packen. Nach 27 Jahren in derselben Wohnung würde das wohl ein Weilchen dauern.

Zweiter Abschnitt: Explosiver Tapetenwechsel

Kapitel 4

Poppenbüttel

Rasch einzuschlafen, war nach dem langen, aufregenden Tag und der kurzen vorangegangenen Nacht kein Problem; jedoch begannen bereits nach drei Stunden die Gedanken zu kreisen, und der Kopf versuchte in einer Art vorauseilendem Gehorsam Antworten auf die vielen Fragen zu finden, die uns in den kommenden Tagen, Wochen und Monaten beschäftigen würden: Schließlich mussten wir unser Leben und unseren Alltag für einen längeren Zeitraum neu organisieren und mit einem deutlich reduzierten Hausstand zurechtkommen.

Franziska brachte es immerhin auf fünf Stunden Schlaf, begann jedoch bereits ab drei Uhr ebenfalls, sich hin und her zu wälzen und bemühte sich vergebens, nochmals zur Ruhe zu finden. Anfang Juni dämmerte es wenig später zwar bereits, aber weder würden wir vor sieben Uhr Frühstück bekommen, noch gab es vor Tau und Tag irgendetwas Sinnvolles für uns zu tun. So versuchten wir zumindest, diszipliniert und ruhig liegen zu bleiben, um unseren Körpern ein Mindestmaß an Entspannung zu bieten. Die nächsten Tage würden anstrengend genug werden.

Um fünf Uhr hielt ich es schließlich nicht länger im Bett aus. Glücklicherweise hatte unser kleiner Laptop in einer Schublade im Wohnzimmer gelegen und dort den Brand wie auch das Löschwasser völlig unbeschadet überstanden. Wir hatten das Gerät ins Hotel mitgenommen, um einerseits alles aufschreiben und festhalten zu können, andererseits Internetzugang zu haben. Auch wollten wir diesen gerade begonnenen Abschnitt unseres Lebens sehr sorgfältig dokumentieren, denn irgendwann würde man sich nicht mehr an Einzelheiten erinnern und die Authentizität daher verblassen.

Ich setzte mich in das kleine Wohnzimmer des Appartements und versuchte, die gestrigen Geschehnisse, ihre zeitliche Zuordnung und die vielen Namen, mit denen wir konfrontiert worden waren, festzuhalten. Dabei musste ich feststellen, dass bereits innerhalb der ersten 24 Stunden die einzelnen Ereignisse ständig von den folgenden verdrängt wurden und ich mich daher nur mit Mühe an einigermaßen zutreffende Uhrzeiten erinnern konnte. Wann hatte Rolf mich geweckt? Wie lange hatte es gedauert, bis die erste Feuerwehr eingetroffen war? Wann hatten alle Bewohner das Haus verlassen? Wann waren unsere Nachbarn wach geworden und hatten begonnen, uns zu beherbergen und zu versorgen? Wie lange hatte es gedauert, bis Löschwasser bereitstand? Wie lange dauerten die Löscharbeiten? Wie hieß der Sachverständige der Brandversicherung, wie der Schadensregulierer? Und erinnerte ich alle Namen der Vertreter der GERESA?

Um sechs Uhr stellte ich mich erneut unter die heiße Dusche, weil ich das Gefühl nicht loswurde, immer noch nach Rauch zu stinken. Selbst viel Seife half nur begrenzt, weil wir ja anschließend dieselben Sachen anziehen mussten, in denen wir gestern gekommen waren. Um sieben gingen wir frühstücken, wobei wir von der jungen Hotelinhaberin persönlich und trotz unseres fragwürdigen Outfits sehr freundlich bedient wurden. Sie war offensichtlich froh, uns zumindest für ein paar Nächte helfen zu können – und sicherlich auch ein wenig neugierig, etwas über das Feuer zu erfahren; schließlich hat man nicht alle Tage abgebrannte Gäste.

Gut gestärkt standen wir nach dem Frühstück im kleinen Hotelgarten und telefonierten mit unseren Büros. Besprechungen mussten abgesagt oder verschoben, Vertretungen eingewiesen, unsere Aufgaben bei einzelnen Projekten von Kollegen wahrgenommen werden. Selbstverständlich beeilten sich alle zu versichern, dass wir uns keine Sorgen machen müssten und die anstehenden Arbeiten auch ohne uns vorangebracht würden. Davon gingen wir ohnehin aus. Niemand ist unersetzbar.

Sasel

Schon kurz vor acht waren wir zurück in unserer Wohnung, wo wir als erstes die über Nacht vollgelaufenen Eimer leerten. Nach wie vor tropfte es aus der Wohnzimmerdecke – inzwischen kaum noch vorstellbar, dass unsere magere Dämmwolle so viel Löschwasser gespeichert haben sollte. Die Sockelleisten der Schrankwand standen weiterhin im Wasser, und wir konnten nur hoffen, dass das Massivholz hierdurch keinen dauerhaften Schaden nahm. Ich holte unsere Spiegelreflex aus einer der Schubladen und machte die ersten Aufnahmen von der abgebrannten Wohnung: Die Löcher in der Zimmerdecke, die schwarze Brühe auf dem Fußboden, vom oberen Flur aus in die beiden Zimmer und das Bad hinein, wo es wirklich aussah wie nach einem Bombenangriff: Schutt und Asche stapelten sich im Wechsel mit Holzteilen der Einbauschränke, den darin gelagerten, angesengten Handtüchern und den zerborstenen Spiegeln. Hier dürfte wohl nichts mehr zu gebrauchen sein.

Schließlich traute ich mich erstmals ins Schlafzimmer, auch wenn man dort kaum treten konnte. Vorsichtig zog ich an einer der Schranktüren, stets hoffend, dass mir keiner der auf dem Schrank liegenden verkohlten Dachbalken mit herausragenden Nägeln auf den Kopf fiel.

„Unsere Klamotten scheinen die ganze Misere ja ziemlich gut überstanden zu haben", rief ich nach unten zu Franziska, nachdem es mir gelungen war, zwei Türen zumindest eine Handbreit zu öffnen und zu fühlen, ob sie Löschwasser abbekommen hatten.

„Na, da wäre ich skeptisch", rief sie zurück, „bestimmt stinkt alles nach Osterfeuer. Das kriegst Du nie wieder raus. Können wir alles in die Tonne treten und uns komplett neu einkleiden!" Hatte ich beim letzten Satz eine leicht freudig klingende Betonung her- ausgehört – Neueinkleidung zu Lasten der Versicherung? Wirk- lich traurig wäre sie zweifellos über ihre bemerkenswert große Kollektion an selbstgestrickten Pullovern und Jacken. Nicht aus- zumalen, wie viel Arbeit sie im Laufe der Jahre da investiert hatte.

„Wollte nicht dieser Herr Breitner um acht Uhr kommen?"

„Ja, zumindest war das die Ansage von Herrn Gierstein ges- tern. Wie spät ist es denn?"

„Immerhin schon halb neun", stellte Franziska fest. Mangelnde Verlässlichkeit und Unpünktlichkeit liebten wir nicht besonders.

„Na ja", versuchte ich einzulenken, „bei dem heutigen Ver- kehrsaufkommen – wir wissen ja nicht, aus welcher Ecke Ham- burgs er anreisen muss. Außerdem können wir es ohnehin nicht ändern, weil wir schließlich von ihm abhängig sind. Das wird uns die nächsten Monate noch öfter so gehen."

Ich ging in der schönen Morgensonne ums Haus und fotogra- fierte die Brandschäden von allen Seiten. Riesige Löcher klafften in dem großen Satteldach. Unsere Wohnzimmergaube mit dem oberen Bad darin existierte praktisch nicht mehr. Die gestern be- festigte dünne Plane hatte sich angesichts des heftigen Winds fast völlig wieder losgerissen und bot keinen Schutz. Zum Glück war das Wetter momentan trocken, aber das konnte sich täglich än- dern. Der Rasen war übersät mit überwiegend in kleinste Einzel- teile zerbrochenen Dachpfannen. Der Zaun zu unseren Nachbarn war komplett runtergetreten, nachdem die Feuerwehrleute zig- mal hinübergestiegen waren, um sich bei ihrer Einsatzzentrale an- und abzumelden. Auf allen Balkonen lagen dicke, angekohlte Dachsparren. Der Spitzboden war mehr oder weniger komplett abgefackelt. Völlig logisch, dass dies alles abgetragen und neu wieder aufgebaut werden musste – welch ein Wahnsinn!

Breitner kam schließlich um kurz nach neun, erwies sich als ausgesprochen freundlicher Zeitgenosse und entschuldigte sich auch gleich für seine Verspätung:

„Da war ein Unfall auf der Autobahn", erläuterte er, „ich habe über eine Stunde im Stau gestanden."

„Wo kommen Sie denn ganz her?", fragte ich ihn. Hätte ja wenigstens anrufen können.

„Na, aus Kaltenkirchen, wo wir unser Lager haben. Wussten Sie das nicht?"

Nein, wussten wir nicht, war aber auch egal.

Schnell erfasste er die Situation und bestätigte das Offensichtliche: Unsere untere Etage musste möglichst rasch eingepackt und auf Lager genommen werden. Nachdem er alleine gekommen war und auch nur fünf Umzugskartons mitgebracht hatte, schlug ich vor, bei einer Möbelspedition nach kurzfristig verfügbarer Hilfe zu fragen. In der Wohnung unter uns waren inzwischen immerhin sechs Möbelpacker damit beschäftigt, den gewaltigen Haushalt einzupacken, die Möbel zu zerlegen und zu verladen.

„Das ist nicht nötig", wehrte Breitner ab, „gleich kommt noch mein Mitarbeiter mit einem ganzen Wagen voller Kartons. Wir können am Ende des Tages ohnehin nur so viel mitnehmen wie in den Wagen reinpasst. Muss auf dem Lager ja schließlich auch alles wieder ausgeladen und vor allem dokumentiert werden. Zu allererst müssen wir die Schrankwand ausräumen und zerlegen, damit sie aus dem Wasser kommt. Danach sollten wir oben schauen, ob wir Ihre Kleidung retten können. Konnten Sie schon feststellen, ob das Löschwasser großen Schaden in den Schränken angerichtet hat?"

„Offensichtlich alles trocken", beantwortete Franziska seine Frage, „aber einen gründlichen Überblick konnten wir uns bislang noch nicht verschaffen. Und natürlich völlig verräuchert", ergänzte sie etwas resigniert.

„Macht nichts", kommentierte Breitner ihre letzte Bemerkung knapp. Na denn.

Wir gingen also zu dritt an die ernüchternde Arbeit, die große Schrankwand auszuräumen und den Inhalt in Kartons zu packen. Zuletzt hatten wir dies vor fünf Jahren getan, als wir auch unserem Wohnzimmer einen neuen Fliesenboden gönnten und es hierfür leergeräumt werden musste. Damals waren wir auf 27 Kartons allein aus der Schrankwand gekommen, hatten aber auch die Bücherkartons bis an den Rand vollgestopft, weil wir sie nur bis in den Flur zu schieben brauchten. Jetzt mussten sie transportabel sein und durften deswegen nur bis zur Hälfte befüllt werden.

Kaum waren die von Breitner mitgebrachten fünf Kartons voll, tauchte auch sein Mitarbeiter Schulz auf, der sich nicht lange aufhielt, sondern erst mal die vollen Kartons runterschleppte. Auf den Rückwegen brachte er weitere Kartons und Verpackungsmaterial sowie schließlich einen riesigen Werkzeugkoffer mit. Erst half er beim Ausräumen und Packen, dann schleppte er wieder alles runter, schließlich machte er sich daran, die leergeräumten Teile der Schrankwand auseinanderzunehmen und endlich ins Trockene zu bringen. Außer einem freundlichen „Moin" hatte er noch kein Wort gesprochen.

Kurz vor Mittag entdeckten wir unten im Garten Neumann von der GERESA mit dem Azubi im Schlepptau. Sie interessierten sich jedoch weniger für uns, als vielmehr für die Garagen. Nachdem sie diese von allen Seiten inspiziert hatten, kamen sie nach oben und fragten, ob wir mal eine aufschließen könnten.

„Klar", sagte ich, „Brandschäden werden Sie dort sicherlich nicht finden."

„Nein, das ist schon richtig", antwortete Neumann unbeeindruckt von meiner ironischen Bemerkung, „aber wir würden gerne wissen, ob es sich um Fertiggaragen handelt. Denn die sind selbsttragend und dann könnten zwei eventuell ausgehoben werden."

„Es sind Fertiggaragen aus den frühen 1980er Jahren", erläuterte ich, während wir über den Gartenweg gingen. Neugierig hakte ich etwas ungläubig nach: „Und wie soll das funktionieren mit dem Ausheben? Halten das unsere altersschwachen Garagen denn überhaupt aus, oder zerkrümeln sie genauso wie unsere Dachpfannen?"

„Dafür gibt es Spezialfahrzeuge; die fahren mit einem Tisch in die Garage und können sie damit hochheben. Vorher müssen zwar noch die Tore ausgebaut werden, aber das ist alles kein Problem."

„Und wofür soll der ganze Aufwand gut sein?", fragte ich. Wehmütig dachte ich daran, dass die Dachpappe der Garagendächer erst vor wenigen Monaten erneuert worden war und nun nicht nur sie, sondern auch die schicke neue Edelstahlkrempe an den Dächern wieder zerstört werden würde. „Das kostet doch sicher ein Vermögen, so eine Garage rauszukriegen, zu transportieren und monatelang irgendwo zu lagern. Und anschließend der ganze Zirkus retour."

„Hierzu gibt es definitiv keine Alternative, denn das ist erheblich preiswerter als sie abzureißen und neue zu bauen", erläuterte Neumann, nachdem sie Schröders Empfehlung befolgt und bei Gerüstbauern, Zimmerern, Dachdeckern und Containerdiensten gefragt hatten, mit wie viel Mehraufwand ohne Lkw-Zufahrt zu rechnen wäre. Allein der Gerüstbauer ging schon auf der Grundlage ihm zugemailter Fotos von zusätzlichen Kosten in Höhe von

„sicherlich 35.000 Euro" aus. Allein dieser Betrag stand in keinem Verhältnis zu vermutlich wenigen tausend Euro für das Wegsetzen und Lagern von zwei Garagen.

„Wir müssen mit schwerem Gerät an das Haus herankommen. Anders würde sich die Sanierung um ein Vielfaches verteuern", fuhr Neumann fort. „Das bezahlt die Versicherung aber nicht. Wir sind gehalten, möglichst kostengünstig zu sanieren. Abgesehen davon würden Abriss und Wiederaufbau des Hauses natürlich erheblich länger dauern, wenn keine Kräne eingesetzt werden und Lastwagen nicht bis zum Haus fahren können."

„In Süditalien wird notfalls sogar mit Lasteseln und Körben gebaut", sagte ich schulterzuckend. Hatte ich neulich in einem Fernsehbericht über die Amalfiküste gesehen.

Neumann ließ sich nicht aus der Ruhe bringen: „So widrige Rahmenbedingungen liegen hier zum Glück ja nicht vor."

„Und was wäre, wenn es sich nicht um Fertiggaragen handeln würde, die man nicht mal eben ,ausheben' kann?", wollte ich trotzdem noch wissen.

„Das wäre auch kein großes Problem", sagte Neumann. „Dann würden wir sie nämlich abreißen und hinterher neue bauen. Wird aber, wie gesagt, deutlich teurer."

„Ganz so einfach wäre das ja wohl nicht", fiel mir zu dieser Brechstangenmentalität ein, „da müsste ja sicherlich der entsprechende Eigentümer zustimmen."

„Das muss er auch beim Ausheben", erklärte Neumann, „wir werden jedenfalls Ihre Hausverwaltung bitten, einen entsprechenden Antrag auf Zustimmung vorzubereiten. Schönen Tag noch."

Mit dieser dämlichen Floskel, über die man sich in unserer Situation eigentlich nicht wirklich freuen konnte, verschwanden die beiden wieder. Wie schon gestern hatte der Azubi die ganze Zeit über kein Sterbenswörtchen von sich gegeben, dafür ständig mit den Augen gezwinkert und nach meiner Wahrnehmung gegrinst, als Neumann vom Abriss der Garagen sprach.

Rothenburgsort

Zurück im Dienstgebäude der GERESA erläuterte Neumann seinem Kollegen Fischer, dass die logistischen Probleme der neuen Baustelle auch mit ausgehobenen Garagen bei weitem nicht bewältigt wären. Schließlich befände sich das Gebäude am Ende einer schmalen Sackgasse mit nur kleinem Wendehammer.

„Hängerbetrieb entfällt komplett. Am besten bittest Du die einzelnen Gewerke, sich die Rangiermöglichkeiten mal vor Ort anzuschauen, bevor Du ihnen Aufträge erteilst."

„Das wird schon irgendwie gehen", antwortete Fischer. Schließlich müsse die Einfahrt doch ohnehin verbreitert werden, hierfür seien Kantsteine auszuheben und „das ganze Grünzeug muss raus. Am besten fällt man auch gleich die hohen Bäume auf dem Grundstück, dann kann man sie nicht mehr verletzten", schlug er vor.

„Das geht nicht so einfach", sagte Neumann. „Nach der Baumschutzverordnung dürfen Bäume nur gefällt werden, wenn sie eine Gefährdung darstellen oder eine objektive Störung vorliegt. Für Bauzwecke reicht es meist, sie auf Lkw-Höhe auszuschneiden und die Stämme zu ummanteln."

„Schade eigentlich", kommentierte Fischer. „Ohne die vielen Bäume könnte man in Hamburg doch viel mehr Wohnungen bauen. Würde sich sicherlich günstig auf die Mieten auswirken." Nachdem er nun seine erste Anstellung hatte, wollte er nur zu gerne seine kleine Studentenwohnung gegen etwas Größeres und Moderneres eintauschen, staunte jedoch nicht schlecht über das Mietniveau für Neubauwohnungen.

Neumann schaute seinen Kollegen mit leicht gerunzelter Stirn an, verkniff sich aber weitere Kommentare. Er dachte an seinen eigenen Hausbau, der in einem Stadtteil stattfand, wo es ebenfalls etwas grüner war und auch ein paar Bäume für bessere Luft sorgten.

Zurück in seinem kleinen Büro in der GERESA sah sich Fischer bald mit einer ersten Herausforderung konfrontiert: Er fand das ganze Internet rauf und runter in Hamburg keinen Betrieb, der die von Neumann vorhin erwähnten Spezialfahrzeuge mit Tisch vermietete. Ebenso wenig schien es einen zu geben, der Fertiggaragen aushob und lagerte. Schließlich rief er Neumann an, um ihm das Ergebnis seiner lästigen Recherche zu präsentieren:

„Die Garagen müssen doch abgerissen werden!", platzte er heraus.

„Warum das denn?", wollte Neumann wissen, „wir haben doch vorhin festgestellt, dass es sich um Fertiggaragen handelt, die ausgehoben werden können."

„Stimmt", sagte Fischer, „es gibt aber keinen Betrieb, der dies anbietet oder zumindest entsprechende Fahrzeuge hat."

„Das mag schon sein", räumte Neumann ein, „kommt ja auch viel zu selten vor. Frag mal Garagenhersteller, ob sie das übernehmen können. Die müssen ja schon für die Auslieferung solche Fahrzeuge vorhalten."

Fischer ging frustriert in sein Büro zurück und telefonierte sich bis zum Feierabend der einzelnen Betriebe die Finger wund. Die ersten drei Unternehmen wollten rigoros nichts davon wissen, ihre Fahrzeuge für andere als ihre eigenen Bedarfe einzusetzen, da könne ja jeder kommen, und man beschäftige schließlich weder Leiharbeiter, noch betreibe man eine Lkw-Vermietung. Und im Übrigen gebe es keine Stellflächen, um zwei Garagen über Monate hinweg lagern zu können.

Der vierte Betrieb befand sich weit außerhalb von Hamburg, nämlich nördlich von Bargteheide, und witterte offensichtlich ein lukratives Zusatzgeschäft, wies angesichts der „chronisch überkapazitätsmäßigen" Auslastung seines Unternehmens jedoch darauf hin, die Garagen nicht als Extratour, sondern allenfalls auf der Rückfahrt nach Auslieferung von zwei Garagen in der Nähe transportieren zu können. Und: „Tausend Mäuse pro Transportfahrt müsste ich dafür schon haben."

Dieser Betrag kam Fischer einigermaßen abenteuerlich vor – schließlich hatte er in seinen ersten Monaten bei der GERESA gelernt und verinnerlicht, dass bei Schadensanierungen nicht unbegrenzte Budgets zur Verfügung standen, sondern streng darauf zu achten war, die vom Gutachter ermittelten Kostenobergrenzen einzuhalten. Trotzdem fragte er vorsichtshalber, wann denn mit einer „logistisch passenden" Auslieferung gerechnet werden könnte.

Der Garagenbauer stöhnte, weil er hierzu erst umständlich in seinen Produktionskalender schauen musste, und stellte schließlich fest, dass voraussichtlich frühestens in drei Wochen eine geeignete Tour anfallen würde. Das ging natürlich überhaupt nicht. Fischer konnte nicht drei Wochen lang Däumchen drehen und wieder bei Neumann und Svenzke hinterherlaufen, bis man mit dem Abriss des Gebäudes beginnen konnte.

Ernüchtert wählte er also die letzte der insgesamt fünf gefundenen Nummern. Es handelte sich um die „Fixport GmbH" in Buxtehude, was in Bezug auf den Hamburger Norden ja auch nicht gerade um die Ecke lag.

„Ja bitte", meldete sich vorsichtig eine leise Stimme. Vermutlich wollte der Mann gerade in den Feierabend entschwinden.

„GERESA Hamburg, Fischer", stellte Fischer sich in nicht verständlicher Geschwindigkeit vor und wiederholte sein Anliegen ein weiteres Mal.

„Das können wir gerne machen", willigte sein Gesprächspartner ohne zu zögern ein. Wahrscheinlich war sein Betrieb „chronisch unterkapazitätsmäßig" ausgelastet, vermutete Fischer nach den vorangegangenen Telefonaten. „Aber nur den Transport", fuhr der Mann in Buxtehude fort, „Lagerkapazität können wir nicht anbieten".

Nächstes Problem, dachte Fischer. Warum kann man die Dinger nicht einfach abreißen? „Und was wollt Ihr für den Transport haben?", erkundigte er sich vorsichtshalber dennoch.

„Na ja", antwortete der Mann in Buxtehude zögerlich: „Da kommen bestimmt zweihundert Kilometer für den Wagen zusammen und zwei Garagen hin und her, da ist der Fahrer sechs Stunden unterwegs, da müssten wir wohl einen Tausender für bekommen."

Immerhin halb so viel wie der Überkapazitätsmäßige. Fischer willigte erleichtert ein und versprach, sich erneut zu melden, sobald er einen Lagerplatz gefunden hätte. Erneut wollte er Neumann um Hilfe bitten, aber der war offensichtlich schon im Feierabend, um sich seinem eigenen Hausbau zu widmen.

Sasel

Wir packten, demontierten, verluden und wischten zwischendurch immer wieder das Wasser auf, bis gegen fünf Uhr der große Iveco Daily der BreisaG randvoll war. Bevor sich unsere beiden Helfer bis morgen verabschiedeten, betonten sie erneut, nun noch lange keinen Feierabend zu haben, denn neben der um diese Uhrzeit langen Rückfahrt bis Kaltenkirchen müssten sie unsere Fuhre nicht nur entladen und auf Lager nehmen, sondern die gesamte Ladung auch noch archivieren. Schließlich sei unser Haushalt nicht der einzige, den sie eingelagert hätten, und wir wollten irgendwann doch sicherlich unsere eigenen Sachen wiederbekommen, oder?

Wir hatten uns bislang noch keine Gedanken um die Aufgaben und Organisation derartiger Hausratssanierer gemacht. Im Rahmen einer Vierzigstundenwoche konnte man in diesem Gewerbe jedenfalls sein Geld nicht verdienen.

Wir waren auch nicht böse, ebenfalls in der Wohnung aufhören zu können. Die Schrankwand war leer, große Teile von ihr sowie sechzig Kartons mit Büchern, der Stereoanlage, alten Schallplatten und vielen CDs, der umfangreichen Fotoausrüstung, Gläsern, Tischdecken und allerlei Kleinkram hatten wir in den Daily verladen. Die übrigen Schrankteile wurden im Esszimmer gelagert, wo sie keinen weiteren Schaden nehmen konnten.

Poppenbüttel

Am dringlichsten erschien uns das Problem, ein weiteres Bett für die Nächte ab übermorgen zu finden. Außerdem mussten wir uns ernsthaft um eine dauerhafte Unterkunft kümmern. Von der „Alsteridylle" aus riefen wir daher im nächstgelegenen Hotel, dem „Schleusenhof", an, um dort nach einem Zimmer zu fragen.

„Tut mir leid", lautete die Antwort wie in einer Verschwörung gegen Brandgeschädigte auch hier, „wir sind komplett ausgebucht." Auf meine Frage, warum eigentlich außerhalb der Ferienzeit und unter der Woche mehrere Hotels im Hamburger Norden zeitgleich vollständig belegt sein konnten, antwortete die freundliche Dame, dass zurzeit eine der beliebtesten deutschen Schlagersängerinnen in Hamburg gastieren und außerdem mal wieder eine Messe zu Buche schlagen würde. „Wir könnten Ihnen allenfalls", fuhr sie ebenso fort wie gestern die Rezeptionistin der „Alsteridylle", „für maximal fünf Nächte unser Appartement anbieten, sofern Ihnen das nicht zu teuer ist."

War es nicht, zumal wir davon ausgingen, dass eine der Versicherungen unsere Ausgaben schon erstatten würde. Und etwas komfortabler als lediglich ein Doppelbett mit Dusche durfte es momentan ja auch sehr gerne sein.

Anschließend recherchierten wir im Internet nach Ferienwohnungen in und um Hamburg. Von etlichen Urlaubsreisen wussten wir, dass dabei in Großstädten durchaus Möglichkeiten angeboten wurden, in denen man es auch dauerhaft aushalten konnte. Die Frage war, ob so etwas auch für einen längeren Zeitraum zu einem günstigeren Tarif vermietet wurde. Eine Option wäre es allemal, käme ein wenig auf die Lage an.

Nachdem wir geduscht und gegessen hatten, rief Franziska ihre Schwester an, um ihr von unserem Unglück zu berichten. Zunächst wollte sie erwartungsgemäß nicht glauben, was sie da hörte und betonte schließlich, dass es doch ein Riesenjammer um unsere so schön renovierte Wohnung sei. Im weiteren Verlauf erwies sich dieses Telefonat als großer Segen für uns, denn ihr fiel ein, dass ihr Bruder Michael am Wochenende aus seiner Eigentumswohnung in Hoheluft ausziehen würde und Mieter suchte. Vielleicht könnten einstweilen wir dort wohnen und während der Sanierungsphase halbwegs vernünftig und vielleicht auch mit ein paar eigenen Sachen unterkommen? Also hat Franziska auch mit Michael telefoniert, der bestätigte, sich bislang noch nicht um Mieter gekümmert zu haben. Gerne könnten wir seine Wohnung morgen Mittag mal anschauen. Um zehn Uhr fielen uns die Augen zu. War ja auch ein langer und anstrengender Tag nach erneut kurzer Nacht.

Kapitel 5

Im ersten sommerlichen Dämmerlicht überlegte ich, dass wir langsam die übrige Verwandtschaft und den Freundeskreis von unserem Unglück in Kenntnis setzen sollten. Jedoch verspürte ich weder Lust noch hatten wir absehbar Zeit, ungefähr fünfzig Telefonate zu führen und immer wieder dieselben Geschichten zu erzählen und vermutlich auch die gleichen Fragen zu beantworten. Pragmatischer und auf alle Fälle ökonomischer wäre eine einzige „Massenmail", die man nüchtern und präziser formulieren konnte und die zugleich kein rückfragendes Lamento auslöste: Einerseits die klare Ansage, dass uns etwas Furchtbares passiert, gleichzeitig glücklicherweise niemand zu Schaden gekommen war. Andererseits galt es, Mitleidsbekundungen oder sogar viertel- bis halbherzig gemeinte Hilfeangeboten möglichst zu vermeiden – wir hatten hier und in den kommenden Monaten unser Päckchen eines ungewollten Lebensabschnitts zu tragen. Und wir waren sicher, auch diesen zu bewältigen, während für alle anderen deren Alltag in den gewohnten Strukturen weiterging. Und wenn wir über die bereits angelaufene professionelle Hilfe hinaus weitere aus dem Freundeskreis benötigten, würden wir selbst und gezielt darum bitten. Mit einem pflichtschuldigen „wenn wir irgendetwas für Euch tun können, lasst es uns wissen!" war uns jedenfalls nicht gedient.

Nachdem ich auch heute ohnehin nicht mehr schlafen konnte, stand ich also gegen vier Uhr auf und setzte mich wieder an den Laptop, um einen Text zu entwerfen. Bald überlegte ich, dass wir die Mail erst nach Besichtigung von Michaels Wohnung versenden sollten. Vielleicht wurde sie ja wirklich unsere Interimsunterkunft, und wir konnten gleich unsere künftige Anschrift mitteilen. Auch sollten wir noch mit unserem Telefonanbieter kontaktieren, ob wir unsere Telefonnummer in die Ersatzwohnung mitnehmen konnten.

Um kurz vor fünf Uhr kam Franziska aus dem kleinen Schlafzimmer und berichtete, sehr fest, jedoch ebenfalls seit vier Uhr nicht mehr geschlafen zu haben. Kein Wunder angesichts der vielen Dinge und Eindrücke, mit denen wir in diesen Tagen konfrontiert wurden, ohne sie tagsüber abschließend verarbeiten zu können.

„Was machen wir eigentlich mit unserer Reise?", fragte sie mich zur Begrüßung, „die müssen wir ja wohl stornieren, oder?"

Stimmt. Da war ja noch was. Hatte ich bislang völlig ausgeblendet. In zehn, nein, inzwischen nur neun Tagen wollten wir für insgesamt drei Wochen nach Großbritannien und Schottland fahren. Konnte oder durfte man in einer Situation wie der unseren mal eben für drei Wochen verreisen?

„Würde ich auf den ersten Blick auch so sehen", antwortete ich. „Vielleicht können wir nachher beim Frühstück mal verschärft darüber nachdenken. Ich habe mich die letzte Stunde gerade mit einer ,Mail an alle' beschäftigt, bevor sich die ersten wundern, dass sie uns telefonisch nicht erreichen."

„Willst Du da wirklich so 'ne Wolke draus machen?", fragte Franziska, die bisweilen dazu tendierte, selbst offensichtlich wichtige Nachrichten nicht durch die halbe Welt zu posaunen. „Von vielen Verwandten und Freunden hören wir sonst doch auch manchmal monatelang nichts."

„Ich denke, es ist praktischer, sich bei allen mit demselben standardisierten Text zu melden", sagte ich. „Dann kann später auch niemand behaupten, er hätte dies oder jenes noch gar nicht mitbekommen. Auf alle Fälle sollten wir warten, bis wir heute Mittag Michaels Wohnung angesehen haben."

„Das sowieso", stimmte Franziska zu, „aber über unsere Reisepläne können wir auch jetzt gleich reden und so die knapp zwei Stunden bis zum Frühstück nutzen. Wenn man wenigstens schon mal eine Tasse Kaffee bekommen könnte!", seufzte sie enttäuscht.

Mir ging es genauso. Die Köpfe waren noch müde. Da wäre ein kleiner schwarzer Wachmacher nicht schlecht. Das Appartement verfügte zwar über die Küchenzeile mit zwei Kochplatten. Kaffeepulver und Filtertüten einzupacken hatten wir aber versäumt. Sollten wir nachholen.

„Wir müssen nachher wohl erst mal Breitner fragen, wie lange wir noch benötigen, um die Wohnung zu räumen", sagte ich. „Nach meiner Einschätzung könnten wir damit morgen Abend fertig sein. Außerdem müssen wir wissen, ob das mit Michaels Wohnung klar geht. Solange wir keine Bleibe haben, können wir sicherlich auch nicht verreisen."

„Das ist völlig klar", sagte Franziska. „Ich denke, dass wir mit großer Wahrscheinlichkeit in Michaels Wohnung einziehen. Schließlich hat er selbst viele Jahre darin gelebt, wird also schon nicht das letzte Loch sein."

Aber wir haben ihn ebenso viele Jahre dort nie besucht, dachte ich. Michael war zwar hin und wieder mal bei uns gewesen, wir hingegen nie bei ihm. Einen besonders innigen Kontakt pflegten die beiden Geschwister nicht.

„Na ja", fuhr ich fort, „und wenn wir dort einziehen würden oder könnten, müssten wir uns zunächst dringend um ein neues Bett kümmern, das dann ja zeitnah auch geliefert werden sollte. Wir müssen das Telefon ummelden und heute mit Breitner klipp und klar entscheiden, was wir an Möbeln und Hausrat mit in die Interimswohnung nehmen können."

„So gut wie gar nichts, schätze ich", vermutete Franziska. „Die Ledergarnitur muss in die Restaurierung, von der Schrankwand können wir nur hoffen, dass sie überlebt, Esszimmer brauchen wir vermutlich nicht, alles andere muss neu beschafft werden. Ich denke, dass wir uns einstweilen mit ein paar Balkonstühlen und -tischen aus unserem Keller zufrieden geben müssen. Außerdem sollten wir wegen der Reise vielleicht noch abwarten, bis das

Ergebnis der Brandermittler vorliegt. Nicht dass die uns noch vorwerfen, wir würden irgendwie abtauchen. Zumindest könnten sie noch weitere Fragen an uns haben."

„Und wenn wir wie geplant verreisen wollten, müssten wir wohl erst mal einen Großeinkauf durchziehen. Wir haben ja noch nicht mal einen Koffer!", erinnerte ich. Unsere Koffer und Taschen hatten wir auf dem Spitzboden gelagert, den es nun ja nicht mehr gab.

„Im Ergebnis könnten wir schließlich wohl abwägen, was nerviger und zeitraubender ist: Entweder tausenderlei Dinge besorgen, um uns reisefähig auszustatten, oder Flüge, Mietwagen und die Unterkünfte stornieren", fasste Franziska zusammen. „Jedenfalls gehe ich davon aus, dass die Reiserücktrittversicherung hier greift und wir nicht noch auf den ganzen Kosten sitzen bleiben."

„Wäre ich nicht so sicher. Kann mir auch vorstellen, dass die Versicherung nur in Krankheits- und Todesfällen eintritt. Und selbst dann musst du den Halsabschneidern vermutlich noch nachweisen, dass du nicht vorsätzlich oder absehbar krank geworden oder gestorben bist."

„Nun mal halb so pessimistisch!", lachte sie. „Können wir dann klären, wenn wir uns zum Hierbleiben entschieden haben. Jedenfalls darf die Frage der Kostenübernahme nicht ausschlaggebend für unsere Entscheidung sein. Ich gehe jetzt duschen", verkündete sie und verschwand im Badezimmer.

Sasel

Um acht Uhr waren wir wieder auf der Baustelle, wie wir unsere abgefackelte Wohnung schon damals bezeichneten. Wahrscheinlich handelte es sich dabei um einen Fall von Motivationspsychologie, weil wir damit unbewusst die Vorstellung verbanden, dass es voran ging. Dass vielmehr erst mal alles abgerissen werden musste, hatten wir zu dem Zeitpunkt wohl noch milde ausgeblendet.

Breitner und Schulz fuhren auch gerade vor. Auf meine besorgte Frage, wann sie denn Feierabend gehabt hätten, knurrten sie ohne zu klagen nur Unverständliches. Wahrscheinlich waren unmittelbar nach eingetretenen Schäden Doppelschichten in ihrem Gewerbe an der Tagesordnung.

Wie schon gestern, stand bereits ein großer Umzugswagen vor dem Haus. Dieselben sechs Möbelpacker waren weiter damit beschäftigt, die Wohnung unter uns zu räumen. Die Eigentümer hatten sie vor etlichen Jahren gegen ihr großzügiges Einzelhaus getauscht und ihren Hausstand dabei offensichtlich kaum verkleinert. Entsprechend gab es unendliche Mengen von Einbauschränken und Regalen, die mit Büchern, Fotoalben, Geschirr, Gläsern und persönlichen Erinnerungen vollgestopft waren. Alles musste ausgeräumt, verpackt und zerlegt werden, zu guter Letzt auch die Einbauküche. Fast taten uns die Männer leid, weil sie infolge des Stromausfalls ja nur im Lichte von starken Akkuscheinwerfern arbeiten konnten.

Als wir gerade unsere Esszimmermöbel nach unten trugen, rief Neumann von der GERESA an:

„Ich bin ja Ihr Projektleiter", brachte er sich mit freundlicher Stimme in Erinnerung. Aha, Projektleiter also. Stimmt, hatte VB ihn neulich nicht auch so vorgestellt? Bislang hatten wir uns keine Gedanken darum gemacht, was für Personal man in so einem Sanierungsfall benötigt. Auf alle Fälle sicherlich alle möglichen Gewerke für Abriss und Wiederaufbau, vielleicht einen Statiker und bestimmt auch einen Architekten. Aber darum würde sich ja offensichtlich unser neuer Projektleiter kümmern.

„Haben Sie Ihre Wohnung inzwischen leer?", fragte er sodann in leicht vorwurfsvoll klingendem Tonfall.

„Wie stellen Sie sich das denn vor?", gab ich über so viel Naivität leicht verärgert zurück. „Wir haben doch gestern erst mit der Räumung beginnen können!"

„Na gut", lenkte er ein und versuchte seine Frage als nicht ernst gemeinten Scherz zu deklarieren. „Sie müssen bis Freitagabend alles rausgeräumt haben, was Sie noch behalten wollen. Nächsten Montag fängt der Abbruchunternehmer an. Alles, was sich dann noch in der Wohnung befindet, schmeißt er in den Container. Und Ihre obere Etage dürfen Sie ohnehin nicht betreten, da besteht absolute Einsturzgefahr."

Nicht unbedingt traurig, dass die GERESA so zügig loslegte, ignorierte ich die etwas harsche Wortwahl und vergewisserte mich bei Breitner, ob die Wohnung bis Freitag leer sein würde.

„Klar, spätestens morgen Nachmittag ist hier alles raus."

„Freitag sind wir hier fertig", teilte ich also Neumann mit. „Ist ja super, dass Sie so zügig mit den Arbeiten beginnen können!"

„Selbstverständlich fangen wir umgehend an. Schließlich sollen Sie spätestens Weihnachten wieder zu Hause sein. Wissen Sie eigentlich schon, wo Sie inzwischen wohnen werden?"

Ich berichtete, dass wir bereits heute Mittag eine Wohnung besichtigen würden; die näheren Umstände hierzu mussten ihn ja nicht weiter interessieren. Im Übrigen beschloss ich, die Sache mit der Einsturzgefahr nicht ganz so ernst zu nehmen. Schließlich waren wir inzwischen schon mehrfach in der oberen Etage gewesen und wussten um die Gefahren. Außerdem wollten wir zumindest versuchen, Kleidung und Schuhe zu retten, nachdem Breitner uns versichert hatte, dass alles gereinigt würde und anschließend solange in Ozonkammern kam, bis nichts mehr nach Feuer und Rauch stank. Schließlich waren wir ausgesprochen neugierig, ob von unserer Diasammlung noch irgendetwas zu gebrauchen war.

Ich setzte also wieder meinen Fahrradhelm auf und bewaffnete mich mit einer Rolle großer Müllsäcke. Nur darin, hatten wir überlegt, hätten wir eine realistische Chance, unsere Kleidung halbwegs sauber aus dem Dreck der oberen Räume und vorbei an den nassen Fußböden bis in den Transporter der BreisaG zu transportieren. Schon der erste Versuch zeigte, dass dies alleine kaum zu bewältigen war: Mit einer Hand musste man eine Schranktür öffnen und auch festhalten, weil die sich auf dem Fußboden stapelnden Dachsparren, Dämmwolle und Rigipsplatten sie wieder zuzudrücken drohten. Mit dieser Hand musste man gleichzeitig den Müllsack halten, weil man ihn nicht auf den Schutt und in herausragende Nägel stellen wollte. Die andere Hand wurde benötigt, um durch den schmalen Öffnungsspalt die Kleidung heraus zu bugsieren und in den Müllsack stopfen. Das ging so lange einigermaßen gut, wie man nur im vorderen Schrankbereich und auf Brusthöhe arbeitete. Unten, auf den oberen Böden, weiter hinten und bei „Bügelware" ging es nicht ohne Hilfe.

Nach etwa einer Stunde hatte ich Unterwäsche, Socken, T-Shirts, Bettwäsche und das Sportzeug vorsichtig in sechs Säcke gepackt und diese nach unten getragen. Hier wurden sie sofort von Breitner mit Aufklebern versehen und gegebenenfalls umgepackt, weil er nach „reinigen" und „Express" unterschied, falls man etwas möglichst schnell wiederhaben wollte. Franziska hatte zudem die kluge Idee, etwas Unterwäsche und ein paar Shirts in die nächste Wäscherei zu bringen, damit wir auch mal etwas Frisches anziehen konnten – im Keller gab es zwar Waschmaschine und Trockner, aber im gesamten Haus weiterhin keinen Strom. Den restlichen Vormittag standen wir also zu zweit vor dem vier Meter langen Kleiderschrank und räumten ihn systematisch aus. Alle Hosen, Kleider, Hemden und Sakkos kamen mit Bügeln in die Säcke, was diese extrem schnell füllte.

Hoheluft

Um zwölf mussten wir unterbrechen und unsere Helfer eine Weile alleine lassen, um Michaels Wohnung anzuschauen. Er hatte für unsere Verabredung nicht ohne Grund die Mittagszeit vorgeschlagen, weil dann die größte Chance bestand, in fußläufiger Entfernung einen Parkplatz zu finden. Denn sie lag in einer der beliebtesten Wohnstraßen Hamburgs und war zweifelsfrei allein durch Mundpropaganda nicht nur in fünf Minuten, sondern auch zu einem horrenden Preis zu vermieten. Unterwegs gaben wir noch unser Päckchen mit Wäsche in der Reinigung ab.

Wir waren pünktlich, fanden tatsächlich unweit des Hauseingangs eine Parke und stellten zunächst fest, dass in den viergeschossigen Jugendstilhäusern jede Menge Menschen lebten. Gleichwohl war es erfreulicherweise in der Mitte der kleinen Wohnstraße absolut ruhig. Michaels Wohnung befand sich in der dritten Etage, wo gerade die Mittagssonne kräftig in die Fenster schien. Also keine düstere Erdgeschosswohnung mit traffic vor den Fenstern – ganz angenehme Rahmenbedingungen.

Wenige Minuten später kam auch Michael und teilte uns, während wir die sechzig Stufen in den dritten Stock bewältigten, nochmals mit, am kommenden Wochenende in seine neue Wohnung umzuziehen, so dass wir die jetzige theoretisch bereits ab Montag nutzen könnten. Nachmieter hätte er noch nicht gesucht, weil im Badezimmer noch ein paar Renovierungsmaßnahmen erforderlich waren. Gerne könnte er ein paar Kleinmöbel, Lampen, Vorhänge sowie insbesondere die komplette Einbauküche mit Waschmaschine, Geschirrspüler, Tisch und Stühlen in der Wohnung lassen.

Es handelte sich um eine der begehrten, gut renovierten Altbauwohnungen aus den frühen Jahren des zwanzigsten Jahrhunderts mit hohen Räumen und knarrenden Fußbodendielen. Vorne waren zwei Räume durch eine Schiebetür miteinander verbunden, der größere hatte Zugang zu einem Minibalkon hoch über der Straße, den man jedoch angesichts seines maroden Zustands besser nicht betrat. Von dem schier endlos langen Flur ging es zunächst in ein winziges Schlafzimmer, das ein großes Fenster zum rückwärtigen Innenhof hatte und zudem mit einem bis zur Decke reichenden Einbauschrank ausgestattet war. Dahinter schloss sich das Badezimmer an, das nach Einbeziehung der ehemaligen Mädchenkammer durchaus großzügig wirkte. Daneben befand sich die Küche, die über alles zu verfügen schien, was wir benötigten. Der lange Flur mündete in ein um die frühere Speisekammer vergrößertes Zimmer, vor dem nachträglich ein zweiter Balkon angebracht worden war. Insgesamt handelte es sich um knapp hundert Quadratmeter – eigentlich viel zu groß für ein nur wenige Monate benötigtes Ausweichquartier mit sparsamster Möblierung.

Unter dem Strich entpuppte sich dieser unglaubliche Zufall als günstiger Wink des Schicksals in unserem Unglück: Die Wohnung war für unsere Zwecke mehr als in Ordnung, die Lage zwar ungewohnt „mitten im prallen Leben" und zugleich in durchaus bürgerlicher Umgebung, unsere Arbeitsstätten waren gut erreichbar. Also zögerten wir nicht lange und teilten Michael mit, dass wir gerne seine Mieter wären. Dass er stattliche siebzehn Euro je Quadratmeter haben wollte, störte uns weniger, gingen wir doch zuversichtlich davon aus, dass die Versicherung zumindest den Großteil übernehmen würde. Bereits am Sonntag konnten wir die geräumte Wohnung abnehmen und den Mietvertrag unterschreiben.

Erleichtert über diese unerwartete Perspektive machten wir uns auf den Rückweg zur Baustelle.

„Bis kommenden Dienstag haben wir uns ja im Schleusenhof eingemietet", sagte ich auf der Rückfahrt nach Sasel. „Also müssten wir nicht gleich am Montag bei Deinem Bruder einziehen. Aber am Dienstag bräuchten wir definitiv irgendein Bett, wenn wir dort schlafen wollen."

„Das ist richtig. Jedenfalls habe ich keine Lust, auf zwei Gartenstühlen zu übernachten, die wir ja in unserem Keller hätten. Lass uns gleich nachher noch zu dem Bettengeschäft in Poppenbüttel fahren, von dem unsere Mitbewohner so geschwärmt haben", schlug Franziska vor, „vielleicht können die uns kurzfristig eine Lösung anbieten. Ikea hatten wir nun wirklich lange genug", spielte sie auf unser in die Jahre gekommenes Schlafzimmer an, mit dessen Erneuerung wir zwar schon lange geliebäugelt hatten, uns bislang aber nicht dazu entschließen konnten, weil es funktional noch völlig in Ordnung gewesen war. Nun lagen die Dinge anders, denn sowohl das Bett als auch die Schränke und insbesondere Decken und Matratzen waren nicht mehr zu gebrauchen.

Sasel

Breitner und Schulz freuten sich für uns, dass wir tatsächlich bereits eine Ersatzwohnung gefunden hatten und Anfang nächster Woche dort einziehen konnten. Dies bedeutete auch, dass wir nun beim Ausräumen der Küchenschränke gut überlegen mussten, was wir mitnehmen sollten.

„Weswegen müssen wir denn eigentlich die Küche räumen?", fragte ich Breitner. „Die ist doch völlig unversehrt und kann doch so, wie sie ist, weiterverwendet werden."

„Dazu würde ich nicht raten", antwortete er. „Hier wird demnächst abgerissen und mit schwerem Gerät saniert. Sie würden Ihre schöne Küche hinterher nicht mehr wiedererkennen. Deshalb muss alles raus, was noch weiter genutzt werden kann. Wir nehmen sie auf Lager und bauen sie später auch wieder ein. Abgesehen davon müssen alle Schränke geleert werden, bevor dies andere für uns erledigen – hier schwirren demnächst hunderte von Handwerkern rum… Und jetzt sagen Sie uns einfach, was Sie für Ihre Ersatzwohnung brauchen und was auf unser Lager soll, dann haben wir heute Abend auch die Küchenutensilien verpackt und können sie morgen ausbauen."

Schnell waren vier Kartons gefüllt: Kochtöpfe, Pfannen, Bestecke, einige Schüsseln, Küchengeschirr, ein paar Gläser, Aufbewahrungsschachteln, allerlei Gewürze.

Anschließend fuhren wir zu dem Bettengeschäft, damit wir überhaupt eine Chance hatten, innerhalb einer Woche zumindest ein paar neue Matratzen, Decken und Kissen zu bekommen. Der alteingesessene Familienbetrieb erwies sich als ausgesprochen hilfsbereit, beriet uns kompetent zu den gewünschten Bettenmaßen und Matratzen-, Decken- und Kissenqualitäten und versicherte uns schließlich, die Produktion unserer Matratzen vorzuziehen und alles am kommenden Dienstag in Hoheluft anzuliefern. Betten hatte er hingegen nur für Ausstellungszwecke und verwies uns daher entweder an eines der großen Möbelhäuser oder Möbeltischler Jungnickel in unmittelbarer Nähe, mit dem man seit vielen Jahren eng kooperierte. Wir riefen ihn an und verabredeten uns noch für heute um halb sechs.

Um drei Uhr kam ein Elektriker, der den Auftrag hatte, Baustrom in die beiden oberen Wohnungen zu legen. Offensichtlich ließ er ihn über die Leitungen der Nachbarwohnung laufen, denn er bohrte ein gewaltiges Loch durch die Trennwand zwischen den beiden Wohnungen und schloss auf unserer Flurseite ein großes Holzbrett mit allen möglichen Steckdosen und Sicherungen an. Ein ähnliches Brett hängte er in den Anschlusskeller, und irgendwie hatte er es ganz nebenbei auch geschafft, die Waschküche wieder mit Strom zu versorgen. Nur unser eigener Keller blieb leider dunkel, denn der lief ja auf unseren Wohnungszähler, der bis zur Wiederherrichtung unserer Wohnung abgeklemmt blieb.

Irgendwann wurden wir tatsächlich mit dem langen Kleiderschrank fertig. Wir haben nicht mitgezählt, wie viele Säcke wir auf der demolierten Treppe runtergeschleppt haben, wunderten uns jedoch zunehmend, was die Schränke alles hergaben. Zum Schluss musste im Gästezimmer noch der Schrank mit Franziskas zahllosen Strickwaren geräumt werden, was vergleichsweise zügig ging.

Dann rief ich unseren Telefonanbieter an, wobei sich der von den Feuerwehrleuten auf den Flur geschleppte Schreibtisch wieder als ungeheuer nützlich erwies. Leider würde die Umstellung des Telefons auf unsere neue Adresse erst in einem Monat erfolgen können. Bis dahin mussten wir also mit Handys und ohne privates Internet auskommen.

Gegen fünf starteten Breitner und Schulz mit ihrem erneut vollgepackten Iveco nach Kaltenkirchen. Ich mochte mir gar nicht vorstellen, dass irgendein Reinigungsbetrieb nun tausende von Etiketten an jedes einzelne Kleidungsstück heften musste, damit wir später alles ordnungsgemäß wiederbekommen würden. Zuvor mussten die beiden noch alles in ihrem Computer dokumentieren. Morgen sollte endlich auch eine Teppichwäscherei kommen und die patschnassen Orientteppiche aus dem Wohnzimmer abholen, von denen wir uns nicht vorstellen konnten, dass sie das viele Wasser schadlos überlebt haben würden.

Um halb sechs saßen wir bei Tischler Jungnickel und planten unser künftiges Bett. Wir hatten beschlossen, es passend zu den neuen Matratzen auf Maß anfertigen zu lassen – für das übrige Schlafzimmer würden wir zu gegebener Zeit schauen, ob es irgendwo etwas Passendes gab. Jungnickel erwies sich als aufgeschlossener und netter Tischler, der sein Handwerk gut zu verstehen schien, denn es dauerte keine halbe Stunde, bis er eine grobe Konstruktionsskizze zu unseren Vorstellungen zu Papier gebracht hatte, mit der wir gut leben konnten.

Auf meine wahrscheinlich extrem naive Frage, ob er die neuen Betten denn binnen einer Woche gebaut haben würde, lachte er: „Daraus wird leider nichts. Zuvor müssen wir noch andere Aufträge mit fester Terminzusage abarbeiten. Ich schätze, dass ich Ihre Betten innerhalb der nächsten sechs Wochen produzieren kann. Bis dahin müssten Sie wohl mit einem Matratzenlager vorlieb nehmen."

Auf dem Rückweg zur Baustelle meinte Franziska: „Schon wieder ein Grund, dass wir unsere geplante Reise doch antreten."

„Wieso, welcher?", fragte ich.

„Na, dann hätten wir schon die Hälfte von Jungnickels sechs Wochen überbrückt und müssten nicht die ganze Zeit auf dem Fußboden schlafen."

„Na ja", wand ich ein, „so dick, wie unsere neuen Matratzen sind, wird uns das kaum wie ein Fußbodenlager vorkommen."

Wir wischten für heute ein letztes Mal den Wohnzimmerfußboden auf, nachdem es weiterhin aus der Decke tropfte. Irgendetwas stimmte da nicht. Da noch niemand wieder im Haus wohnte, ging ich in den Keller und drehte den Haupthahn ab. Mal sehen, ob morgen immer noch Wasser aus der Decke kam. Dann holten wir Kaffee und Filtertüten sowie etwas zu essen aus unserem Kellerkühlschrank und machten uns das dritte und letzte Mal auf den Weg in die „Alsteridylle". Nachdem wir geduscht und gegessen hatten, setzen wir unsere Massenmail ab und fuhren anschließend sofort den Laptop runter. Wir waren einfach zu müde und zu kaputt, abends noch eventuelle erste Reaktionen einzusehen oder womöglich sogar darauf zu reagieren. Vielmehr resümierten wir beim Einschlafen, insgesamt doch auf einen recht erfolgreichen Tag zurückblicken zu können: Wir hatten eine Übergangswohnung, alle Kleidung und ein Großteil unserer Möbel schienen gerettet; ab nächste Woche würden wir wieder in so etwas Ähnlichem wie unserem eigenem Bett schlafen.

Kapitel 6

Poppenbüttel

Nach drei Nächten verließen wir mit unserem Einkaufskorb und inzwischen bereits zwei Leinenbeuteln die „Alsteridylle". Schon beim Frühstück hatten wir beschlossen, die geplante Urlaubsreise anzutreten und die freie Zeit zu nutzen, um abzuschalten, uns abzulenken und vor allem Kraft für all das zu tanken, was uns noch bevorstand. Nachdem die Wohnung ohnehin bis morgen Abend geräumt sein musste und voraussichtlich schon heute Nachmittag leer sein würde, gab es hier kaum noch etwas für uns zu tun. Wir würden nach dem Wochenende wieder arbeiten gehen, am Dienstag mit einer Minimalausstattung in unsere Interimswohnung ziehen und dann nur abwarten können, wann die GERESA mit den Abbrucharbeiten begann. Auch hierbei wurden wir nicht benötigt – anders als beim späteren Wiederaufbau, den wir sehr eng begleiten wollten, damit unsere Wohnung hinterher wieder mindestens so schön wurde wie vor dem Brand. So weit würde man innerhalb der nächsten drei bis vier Wochen mit Sicherheit nicht sein. Allein für die Einhausung des Hauses, also das Stellen eines riesigen Gerüsts und das Verlegen eines Blechdachs darüber, wurden nach Neumanns Einschätzung eher zehn Tage als eine Woche benötigt. Spätestens morgen Nachmittag konnten wir zu unserem Reisebüro fahren und die Reiseunterlagen abholen, worin wir eine schöne Perspektive sahen.

Sasel

Um zwanzig vor acht verabschiedeten wir uns von der Inhaberin der „Alsteridylle" und fuhren zur vermutlich letzten Räumungsaktion. Die uns inzwischen gut vertrauten Möbelpacker hatten auch heute bereits damit begonnen, Möbelwagen Nummer vier aus der unteren Wohnung zu beladen. Als langjährige Mitbewohner kannten wir die Wohnung auch von innen gut und wunderten uns umso mehr, dass sie so viel Inventar barg: Am Nachmittag kam noch ein kleiner Kastenwagen für alle Reste, die auch auf den vierten Möbelwagen nicht mehr passten. Damit summierte sich das Umzugsgut auf unglaubliche 35 Laderaummeter.

Wir gingen nach oben in unser Wohnzimmer: Tatsächlich war über Nacht kein neues Wasser mehr aus der verkohlten Decke getropft.

„Dann muss oben im Bad eine Leitung beschädigt sein", sagte ich zu Franziska. „Konnte mir auch wirklich nicht vorstellen, dass es sich immer noch um Löschwasser in der dünnen Dämmwolle handeln sollte."

„Du steigst da jetzt nicht hoch und versuchst, in dem ganzen Schutt und Müll den Absperrhahn zuzudrehen!", stellte Franziska klar. „Da ist ein großes Loch in der Decke zum Wohnzimmer, nicht dass Du da durchbrichst!"

„Keine Sorge, so blöd bin ich dann auch nicht. Außerdem weiß ich doch gar nicht, ob sich die Leckage vor oder hinter dem Absperrhahn befindet. Und lebensmüde bin ich erst recht nicht."

Ich nahm Neumanns Visitenkarte aus meinem Portemonnaie und rief ihn in der GERESA an. Zum Glück saß er schon an seinem Schreibtisch. Nachdem ich ihm unsere Beobachtungen geschildert hatte, versprach er, möglichst schnell jemanden vorbei zu schicken, der sich darum kümmern würde. Schließlich konnten wir nicht den ganzen Tag für das gesamte Haus das Wasser abgestellt lassen. Wir brauchten unsere Toilettenspülungen und wollten auch eine Waschmaschine anstellen, nachdem die Waschküche wieder Strom hatte. Außerdem hatten unsere Mitbewohner aus der so gut wie unversehrten Erdgeschosswohnung angekündigt, heute Abend wieder im Haus zu schlafen.

Inzwischen waren auch Breitner und Schulz eingetroffen und hatten auch noch einen weiteren Helfer mitgebracht. „Brauche ich für die Küchenoberschränke", kommentierte Schulz ungewöhnlich wortreich meine entsprechende Frage und machte sich daran, sie abzubauen.

Wir hingegen gingen mit Breitner nach oben und widmeten uns endlich der spannenden Frage, wie es unserer Diasammlung ergangen sein mochte. Knapp 20.000 Bilder lagerten in rund 150 Magazinkästen aus Kunststoff, die wiederum in drei alten Ikeaschränken gestapelt waren. Der mittlere lag umgekippt auf seinen Türen, die beiden anderen standen noch an ihrem Platz. Wir bildeten eine kleine Kette: Breitner holte die Kästen aus dem linken Schrank und reichte sie Franziska, nachdem er zu unserer großen Freude nach und nach festgestellt hatte, dass sie unversehrt schienen. Sie verstaute die Magazine in einem Umzugskarton, den ich, auf dem Flur stehend, in der Luft hielt, um jeglichen Dreck durch Asche und Kohle zu vermeiden. Nach jeweils fünfzehn Kästen waren die Kartons so schwer, dass ich sie nach unten brachte und einen neuen faltete. Als ich mit dem dritten Karton wieder oben angekommen war, hatte Breitner gerade den mittleren Schrank aufgerichtet und geöffnet, so dass wir nun auch die Schranktüren oder vielmehr das, was von ihnen übrig geblieben war, zu Gesicht bekamen. Zwanzig Jahre altes Kieferholz brannte gut. Hoffnung löste der Anblick jedenfalls nicht aus.

„Oh je", meinte er bedauernd, nachdem er den ersten Magazinkasten zu öffnen versucht hatte, „hier dürfte wohl nicht viel Gutes übrig geblieben sein. Ich denke, dass die Feuerwehr den Schrank umgeworfen hat, um an eines der Brandnester zu kommen. Damit war es hier wohl etwas zu heiß für Zelluloid und Kunststoff."

Und für das Schrankholz auch, dachte ich. In der Tat konnte man die meisten Magazine überhaupt nicht öffnen, weil der Kunststoff zusammengeschmolzen war; in den wenigen übrigen hatte sich der Inhalt zu einem großen Kunststoffklumpen verformt. Da half auch die beste Reinigung nicht mehr. Ohne dies momentan genauer eingrenzen zu können, hatte ich aufgrund der chronologischen Ordnung in meinen Schränken eine relativ klare Vorstellung, dass hier nicht nur mindestens ein Drittel unserer Bildersammlung, sondern damit auch Erinnerungen an besonders schöne und aufwendige Reisen etwa aus dem Zeitraum Anfang der 1990er Jahre bis etwa 2010 vernichtet waren. Die entsprechenden Dias hatten wir uns nicht nur selbst immer wieder gerne angeschaut, sondern sie waren auch Bestandteil vieler Vorträge gewesen. Auch wenn wir stets „parallel" fotografierten – die meisten Bilder sowohl als Dia als auch mit einer zweiten Spiegelreflex für Papierbilder erst vom Negativfilm, später digital –, konnten insbesondere die analogen Abzüge in Farbwiedergabe, Kontrast und Tiefenwirkung nie und nimmer mit einem auf der Leinwand präsentierten Dia mithalten. Zudem hatten wir uns schon vor vielen Jahren einen sündhaft teuren Überblendprojektor angeschafft, mit dem jede Vorführung zu einem wundervollen Erlebnis wurde.

„Damit müssen wir wohl leben", sagte ich traurig zu Breitner, „zumal wir wohl in erster Linie froh und dankbar sein dürfen, dass wir selbst ungeschoren davon gekommen sind. Und zum Glück haben wir zumindest sehr ähnliche Bilder in den vielen Fotoalben unten im Flurschrank, die wir ja auch noch einpacken müssen."

„Das ist zumindest ein kleiner Trost. Ich schaue trotzdem in jeden Kasten rein, ob noch irgendetwas Brauchbares dabei ist."

„Können Sie gerne tun", freute ich mich über seine Geduld und sein Einfühlungsvermögen. „Ich werde spätestens auf der Leinwand feststellen, ob auch die scheinbar unversehrten Dias wirklich hundertprozentig erhalten sind oder vielleicht doch irgendwelche Hitzepickelchen oder eingebrannte Aschekrümel haben."

Bevor wir uns dem dritten Schrank zuwenden konnten, hörte ich unten jemanden rufen. Es waren zwei Monteure, auf deren

Overalls ein großer Schriftzug „GERESA GmbH – kompetent und zügig" prangte.

„Tach auch", begrüßte mich der eine, als ich die Treppe runterkam. „Wir sollen uns hier um 'ne Wasserleitung kümmern."

„Ist richtig. Da oben ist ein Badezimmer, wo durch den Brand oder die Löscharbeiten irgendetwas gebrochen zu sein scheint. Ich glaube aber nicht, dass wir an die Leitungen herankommen, weil da alles voller Schutt und Asche liegt."

„Schauen wir uns mal an", beschloss der ältere Monteur und stapfte die ramponierte Treppe hoch. Vor der offenen Tür zum Badezimmer blieb er jedoch stehen und pfiff durch die Zähne.

„Heiliger Strohsack, das sieht ja so richtig gemütlich hier aus!", kommentierte er das Chaos aus halb verbrannten Schränken und Handtüchern, Dachbalken, zerborstenen Spiegeln und Bergen von nasser, grauer Asche. „Hier wird man an die Leitung wohl erst im Rahmen der Aufräum- und Abbrucharbeiten herankommen. Hierfür haben wir weder Gerät noch Behälter dabei."

„Ich denke, dass wir die Steigleitung vielleicht schon im unteren Stockwerk kappen und dort verschließen können."

„Dat ward woll ook nix", meinte er. „Da müssten wir ja irgendwo eine Wand aufstemmen und die Leitung suchen. Weiß so genau normalerweise doch kein Mensch, wo die Dinger langlaufen."

„Doch, weiß ich", antwortete ich. Vor einigen Jahren hatten wir die beiden Badezimmer umgebaut und hierfür das obere völlig entkernt. Dabei hatte ich auch gesehen, wo die Leitungen verliefen. „Zu- und Abwasser gehen durch die große Gaube im Wohnzimmer nach oben. Brauchen wir wohl nur ein Stück Rigipsplatte rauszunehmen oder aufzuschneiden, dann kämen wir da ran."

Verblüfft und neugierig folgten mir die beiden ins Wohnzimmer und ließen sich das entsprechende Wandstück zwischen den beiden Gaubenfenstern zeigen. Tatsächlich hatte es ja auch in diesem Bereich am stärksten aus der Decke getropft. Immer noch misstrauisch holten sie jedoch Kuhfuß, Stechbeitel und Hammer aus ihrem Werkzeugkoffer und begannen beherzt, die Wand zu bearbeiten.

„Besonders umsichtig müssen wir ja wohl nicht vorgehen", versuchten sie ihre grobe Vorgehensweise zu rechtfertigen, „kommt ja sowieso alles raus, oder?"

„So war die Ansage von Ihrem Chef. Der Dachstuhl soll komplett erneuert werden."

„Na, dann freuen Sie sich schon mal auf ein schickes neues Dach – das ist auf alle Fälle ein Gewinn", stellte er uns in Aussicht, als hätten wir das große Los gezogen.

Währenddessen hatten sie auch schon die erste Rigipsplatte rausgebrochen und zerrten an der dünnen gelben Glaswolle dahinter. Dann kamen unsere Wasserleitung aus Kupfer und dahinter das Abwasserrohr aus Kunststoff zum Vorschein. Nachdem sie sich vergewissert hatten, dass der Haupthahn im Keller wirklich zugedreht war, sägten sie die Wasserleitung durch und pressten eine Verschlusskappe auf den unteren Stutzen. Zur zusätzlichen Absicherung schraubten sie noch einen stabilen Klemmring auf das Rohrstück. Das sollte wohl dem Hauswasserdruck standhalten, meinten sie und drehten den Haupthahn wieder auf. Tatsächlich blieb das Rohr trocken, und aus der Decke tropfte auch nichts mehr.

Das Ganze hatte keine halbe Stunde gedauert, die Franziska und Breitner nutzten, um die Diakästen in dem dritten Schrank durchzusehen. Wie auch die aus dem ersten Schrank seien sie nach erster Inaugenscheinnahme ebenfalls unversehrt geblieben, verkündeten sie freudig. Schön, dachte ich. Wenigstens also sind die jüngeren Jahre erhalten und damit auch diejenigen Bilder, die mit den zwischenzeitlich besseren Filmen und Objektiven aufgenommen wurden. Rasch hatten wir die letzten Kartons damit gefüllt und konnten uns nun vom oberen Stockwerk endgültig verabschieden. Nichts von alledem, was hier noch stand oder lagerte, war noch zu gebrauchen, zu reinigen oder zu restaurieren. In kurzer Zeit würden auch die Räume selbst verschwunden sein. Und bis zur Wiedererrichtung durften wir uns konstruktive Gedanken um ihre Neumöblierung machen.

In der Küche hatten Schulz und sein Helfer inzwischen die Oberschränke abgehängt und in Folien verpackt. Nun schraubte er gerade an den großen Hochschränken rum, die auch nicht stehenbleiben sollten. Geradezu virtuos bediente er dabei seinen Akkuschrauber – schrauben war wohl sein Ding.

„Die Unterschränke werden wir extrem gut einpacken", schlug Breitner vor. „Die können wir wegen der schweren Granitarbeitsplatten ja unmöglich ausbauen."

„Ich weiß ja, wie gesagt, ohnehin nicht, was hier in der Küche zu sanieren ist. Hat doch überhaupt keinen Schaden durch den Brand genommen!"

„Ist schon richtig. Aber wo gehobelt wird, da fallen bekanntlich Späne. Und wenn da oben alles abgerissen und neu wieder aufgebaut wird, dürften früher oder später alle anderen Räume Ihrer Wohnung auch in Mitleidenschaft geraten. Das ist nun mal so bei Sanierungen", schloss er im Lichte seiner langjährigen Erfahrungen.

„Dann mache ich mich wohl mal lieber dran und schraube im Duschbad sämtliche Accessoires ab. Waren schließlich teuer genug." Ich ging in den Keller, um geeignetes Werkzeug zu holen.

Franziska begleitete mich. Sie wollte ein paar T-Shirts und Hemden waschen, nachdem es in der Waschküche wieder Wasser und Strom gab. Draußen war herrliches Sommerwetter mit frischem Wind, da würde alles schnell trocknen. Vielleicht stinken die Sachen hinterher ja schon nicht mehr, meinte sie. Während die erste Maschine lief, packte sie mit Breitner ihre unzähligen Fotoalben ein. Die waren so schwer, dass die Kartons immer nur bis zur Hälfte befüllt werden durften. Ich machte mich an das Duschbad und demontierte anschließend Lampen, Stereoanlage und Lautsprecher. Breitner verpackte sorgfältig hunderte von Bildern, die an unseren Wänden hingen.

Gegen vier Uhr war Land in Sicht. Der acht Meter lange Daily war erneut rappelvoll, im ansonsten leeren Esszimmer stapelten sich weitere Kartons und Kleinmöbel, die sie morgen noch abholen wollten. Und wir würden die wenigen Dinge, die wir in der Ersatzwohnung haben wollten, im Keller deponieren, damit sie ab Montag nicht der Abbruchtruppe in die Hände fielen. Auch in der Wohnung unter uns kehrte langsam Ruhe ein. Sechs Männer hatten drei Tage lang gearbeitet, um sie zu räumen.

Als wir um kurz vor sechs im Garten nach der Wäsche schauen und die inzwischen recht durstigen Pflanzen versorgen wollten, kam Brandermittler Paulsen vom LKA, um uns die Unterlagen zu den Wärmedämmmaßnahmen zurückzugeben.

„Ich sehe mit Freude, dass Sie schon wieder an Ihre Pflanzen und nicht nur an Ihre abgefackelte Wohnung denken können", begrüßte er uns.

„Was können die armen Pflanzen dafür, dass es gebrannt hat?", fragte ich ihn. „Fiel uns offen gestanden auch eben gerade erst ein, dass hier dringend mal der eine oder andere Schluck Wasser benötigt wird. Bis vor einer halben Stunde haben wir die ganze Zeit wie die Tiere gearbeitet, um unsere Wohnung leer zu räumen, zu retten, was noch zu retten war und uns zwischendurch immer wieder um ein neues Bett zu kümmern."

Ob wir denn schon wüssten, wo wir die nächsten Monate – und es würden ja bestimmt einige werden – bleiben würden, wollte Paulsen wissen. Klang mitfühlend, gehörte in seinem Job aber vermutlich zum Standardrepertoire. Schließlich hatte er ja ständig mit Abgebrannten zu tun.

„Ja, wir haben ein Riesenglück", antwortete Franziska, während ich dem nächsten Rhododendron eine halbe Kanne Wasser spendierte. „Bis Dienstag schlafen wir noch im Hotel. Dann können wir in die Wohnung meines Bruders ziehen, der am Wochenende dort auszieht. Und nachdem wir wissen, dass wir das Thema ‚Wohnungssuche' also erst mal abhaken können, haben wir uns gerade heute früh sogar entschlossen, Ende nächster Woche unsere geplante Urlaubsreise anzutreten und nicht zu stornieren, wie wir zunächst dachten", ergänzte sie in ungewohnter Leutseligkeit. Paulsen gehörte zweifelsfrei zu den Menschen, die auf natürliche Art und Weise Vertrauen ausstrahlen.

„Das ist ja echt klasse!", schien er sich mit uns zu freuen. „Und die Sache mit dem Urlaub ist wohl das Beste, was Sie machen können, wenn Sie hier erst mal nicht mehr gebraucht werden."

„Brauchen Sie uns denn noch?", wollte ich vorsichtshalber wissen. Nach wie vor wollte mir nicht aus dem Kopf, ob uns womöglich nicht doch zumindest eine Mitschuld an unserem Desaster angelastet werden konnte.

„Von mir aus können Sie verreisen wohin und solange Sie möchten", antwortete Paulsen. „Ich habe in den vergangenen Tagen mit allen Beteiligten des Wärmedämmbetriebs gesprochen. Aus deren Sicht sind sie natürlich alle unschuldig. Das ist immer so. Der eine hat nur akquiriert und wusste überhaupt nichts von den Deckendämmungen; der nächste war nur der Handlanger und sei nie in Ihrer Wohnung gewesen; der dritte hat das Zeug zwar eingeblasen, sich bei seinem Chef aber abgesichert und behauptet zudem, über keinerlei Materialkenntnis darüber zu verfügen, was er da verarbeitet; und der vierte, der Chef nämlich, besteht darauf, seinen Mitarbeiter sehr wohl eingewiesen zu haben und sich im Übrigen um solch kleine Aufträge wie Ihren nicht selbst vor Ort kümmern zu können. Ist doch super, oder?"

„Und wie gehen Sie mit diesem Affentheater um?", wollte Franziska wissen. „Letztlich beweisen kann man doch wohl nur, wer die Arbeiten ausgeführt hat und dass da nicht das richtige Zeug an der richtigen Stelle gelandet ist."

„Richtig", griff Paulsen ihre Worte unbewusst auf. „Jedenfalls trägt der Firmeninhaber ja wohl immer noch die unternehmerische Gesamtverantwortung. Und der wird von der Staatsanwaltschaft eine Anklage wegen fahrlässiger Brandstiftung erhalten. Solange er deswegen nicht mit einer Verurteilung zu rechnen hat, wird ihm das mit großer Wahrscheinlichkeit vermutlich auch noch egal sein. Denn zum Glück hat er eine Betriebshaftpflichtversicherung, die in letzter Konsequenz für den Schaden einstehen muss."

„Na, dann kann sich die Brandversicherung ja freuen, dass sie die ganze Kohle wiederkriegt. Wissen Sie zufällig, bei wem der Typ versichert ist?", wollte ich aus irgendeiner neugierigen Laune heraus wissen.

„Ja", antwortete Paulsen, „weiß ich. Zum Glück nicht bei der kleinsten Klitsche, sondern bei der Nord Assekuranz."

„Das ist ja toll!", rief ich. „Die Brandversicherung ist doch vor einigen Jahren von der Nord Assekuranz übernommen worden. Mutti, zahl mal!"

„Sieh an", kommentierte Paulsen.

Nachdem er gefahren war, gingen wir nochmals in die Wohnung, um zu überprüfen, ob wir noch irgendetwas übersehen hatten oder morgen bedenken mussten. Irgendwie fühlten wir uns bei dem Anblick an unsere schon viele Jahre zurückliegenden Umzüge erinnert, und in genau einer solchen Situation befanden wir uns ja auch. Allerdings würden wir den aktuell bevorstehenden Umzug mit lediglich ein bis zwei Prozent unseres Hausstands über die Bühne bringen, während alles andere entweder vernichtet war oder uns monatelang nicht zur Verfügung stand. Eigentlich auch mal eine ganz nette Übung, sagten wir uns, einfach mal ausprobieren, mit wie wenigen Sachen wir über einen längeren Zeitraum auskommen. Morgen würden wir sie zusammenstellen. Jetzt war Feierabend, und wir sollten mal in unserer neuen Unterkunft einchecken.

Poppenbüttel

Das uns im „Schleusenhof" angebotene Appartement entpuppte sich als edle, moderne Designerwohnung der Fünfsternekategorie. Kein Wunder, dass das Mädel an der Rezeption uns etwas merkwürdig musterte, als wir mit meiner inzwischen ziemlich schmutzigen Hose, meinen dicken Gartenschuhen und nach vier Tagen sicherlich auch etwas streng riechenden Hemden vor ihr standen und um den Schlüssel baten. Hinzu kam unser wenig trendiges Gepäck in Form des Einkaufskorbs und der zwei Leinenbeutel. Sie klickte wie eine Verrückte mit der Maus auf ihrem Bildschirm herum, als könnte sie das einzige Appartement des Hotels nicht finden. Dabei wanderten immer wieder verstohlene Blicke in unsere Richtung. Als ich gerade zu erläuternden Worten ansetzen und ihr auch anbieten wollte, unsere Rechnung im Voraus zu bezahlen, entschuldigte sie sich mit dem Hinweis, dass irgendetwas mit dem System nicht stimmen würde. Damit verschwand sie in dem kleinen Büro hinter der Rezeption, ließ aber die Tür angelehnt, so dass wir neben ihrem aufgeregten Flüstern bald auch eine weitere Stimme und das Wort „abgebrannt" ausmachen konnten. Daraufhin kehrte sie bald zu uns zurück.

„Entschuldigen Sie bitte", setzte sie zu einer Erläuterung an, „ich arbeite noch nicht sehr lange hier und habe noch nie Gäste für unser Appartement empfangen. Ich muss da vorhin eine verkehrte Schlüsselnummer eingegeben haben. Hier ist Ihr Schlüssel, und ich wünsche Ihnen einen angenehmen Aufenthalt."

Wir bedankten uns artig und suchten unsere neue Unterkunft auf. Zumindest konnten wir nach dem Duschen endlich mal ein frisches Hemd anziehen.

Nachdem wir die Wohnungstür aufgeschlossen hatten, mussten wir dann doch ein paar Mal kräftig schlucken: Wir standen in einer großzügigen Zweizimmerwohnung von gefühlt 80 Quadratmeter Größe, riesiges Wohnzimmer, üppiges Schlafzimmer, nagelneue Designerküche, verschwenderisches Bad. Im Wohnzimmer stand ein riesiger Flach-TV auf einer geschnitzten Holztruhe, im Schlafzimmer hing zu Füßen des Betts ein nicht minder großes Gerät an der Wand. Die Küche war nicht nur mit Geschirrspüler, Mikrowelle und Dampfgarer, sondern auch mit einem hochwertigen Kaffeeautomaten sowie Kochgeschirr, Porzellan und Gläsern der gehobenen Kategorie ausgestattet. Die Dusche verfügte neben der schnöden Handbrause über eine Regenwaldbrause mit einem Durchmesser von mindestens vierzig Zentimetern und zusätzlichen Brauseköpfen, die in die Wand eingelassen waren und irgendwie an eine Autowaschanlage erinnerten. Eine kurze Einweisung in die entsprechende Regeltechnik wäre wahrscheinlich auch nicht verkehrt. Hier musste jemand kräftig investiert haben – waren wir versehentlich in einer der Musterwohnungen in der Elbphilharmonie abgestiegen?

„Na, hier können wir es die nächsten fünf Tage wohl aushalten", beendete Franziska schließlich unseren staunenden Rundgang. „In dem breiten Bett werde ich herrlich schlafen, und in der Küche können wir uns mit unseren letzten Vorräten aus dem Keller auch mal wieder etwas Leckeres kochen", stellte sie voller Vorfreude fest.

„Und ich freue mich erst mal auf die Dusche und ein neues Hemd", ergänzte ich. „Muss ja allmählich müffeln wie ein nasser Fuchs."

Tatsächlich war es inzwischen mächtig warm geworden. Während wir am Brandmorgen, der mittlerweile nicht nur dreieinhalb

Tage, sondern schon mindestens zwei Wochen zurückzuliegen schien, noch fröstelnd in Nachbars Garten gestanden hatten, war die Temperatur heute Nachmittag auf knapp dreißig Grad angestiegen. Für morgen waren dreiunddreißig angesagt.

Nachdem wir uns gewaschen und so gut es ging neu eingekleidet hatten, beschlossen wir, den Einzug in unser Luxusappartement zu vergolden: Unten an der Alster gab es eine nette Kneipe mit einem schattigen Biergarten. Dort gönnten wir uns zwei herrliche Salate und einen großen Topf Bier.

Nach Rückkehr in unser neues Domizil sichteten wir unsere Mails. Wie nicht anders zu erwarten, gab es reichlich Reaktionen auf unsere Meldung vom Brandgeschehen, und in allen kam unisono Erschütterung, Fassungslosigkeit und Mitgefühl wie auch Erleichterung, dass uns nichts passiert war, zum Ausdruck. Die mehrfach mit dem Pulitzer-Preis ausgezeichnete amerikanische Historikerin Babara Tuchman hat einmal auf die ebenso einleuchtende wie geradezu banale Erkenntnis hingewiesen, dass eine Nachricht erst dadurch Betroffenheit auszulösen vermag, indem man von ihr erfährt. Angesichts der Nachrichtenschwemme, mit der wir heutzutage konfrontiert werden, darf konsequenterweise gleichzeitig nicht verwundern, dass Betroffenheit in aller Regel nur solange währt, wie die ihr zugrunde liegende Botschaft nicht von der nächsten verdrängt wird. Und wie vermutet, gab es auch das eine oder andere Angebot, uns zu helfen – wie und wobei auch immer. Wir konnten es wirklich niemandem übel nehmen, allenfalls ansatzweise über eine Vorstellung von dem zu verfügen, was wir in den vergangenen Tagen durchgemacht hatten und welch organisatorischer Aufwand trotz der geradezu unbezahlbaren Hilfe durch Breitner, Schulz & Co. mit unserer Situation verbunden war. Ist es nicht allzu menschlich, dass man bei Nachrichten von Unfällen, Unglücken, Krankheiten und Katastrophen regelmäßig froh ist, dass es andere und nicht sich selbst getroffen hat?

Mit dem einigermaßen beruhigenden Gedanken, dass die anfängliche Perspektivlosigkeit bereits nach wenigen Tagen von relativ klaren Vorstellungen über unsere nähere Zukunft verdrängt schien, schliefen wir bald ein.

Kapitel 7

Rothenburgsort

Boris Fischer schwang sich schon um kurz nach sechs auf sein Fahrrad, um die wenigen Kilometer von seiner kleinen Dachgeschosswohnung in Hamm zur GERESA zu fahren. Angesichts der Wärme in dem schlecht isolierten Altbau war er nicht nur schlecht eingeschlafen, sondern wälzte sich auch schon seit drei Uhr hin und her. Zudem ärgerte ihn, dass er noch nicht das Kommando zum Abriss seines ersten Sanierungsobjekts geben konnte, sondern ihm aus verschiedenen Gründen die Hände gebunden waren. Insbesondere hatte Neumann ihn gestern Vormittag erneut darauf hingewiesen, dass er keinerlei Aufträge erteilen durfte, solange das Schadengutachten von Krämer und die Auftragserteilung der Hausverwaltung an die GERESA als Generalunternehmerin nicht vorlagen. Zuvor hatte Fischer ihm stolz von dem Gespräch mit dem Garagenhersteller in Buxtehude berichtet und gehofft, ihn beauftragen zu können, sobald er einen Stellplatz für die Garagen gefunden hatte.

„Ich habe neulich gegenüber den Eigentümern zwar ordentlich Dampf gemacht", hatte Neumann ergänzt, „dass sie ihre Wohnungen bis Freitagabend geräumt haben müssen. Trotzdem wird am Montag niemand mit dem Abbruch beginnen können, weil kein Abbruchunternehmen ohne Gerüst arbeiten und kein Gerüstbauer ein Gerüst stellen wird, bevor nicht die blöden Garagen weg sind. Und die kannst Du erst ausheben lassen, wenn die Hausverwaltung die Zustimmung aller Eigentümer hierzu eingeholt hat."

„Und was sollte dann der Druck mit Montag?"

„Das machen wir regelmäßig so, um möglichst früh an die Haus- und Wohnungsschlüssel ranzukommen und die Schlösser gegen Bauschließzylinder austauschen zu können. Je weniger die Eigentümer da rumlungern und meinen, ihre Nase überall reinstecken zu müssen, desto ungestörter können wir unserer Arbeit nachgehen."

„Und was soll ich dann die ganze Zeit machen, bis es wirklich losgeht?", hatte Fischer noch wissen wollen.

„Es ist bereits wirklich losgegangen", erwiderte Neumann stirnrunzelnd. „Du machst genau das, was Schröder neulich gesagt hat: Kümmerst Dich um die benötigten Gewerke, fragst sie nach Verfügbarkeiten und Kapazitäten und machst sie hübsch heiß, möglichst unschlagbare Angebote für die anstehenden Arbeiten einzureichen. Denn Krämers Gutachten wird uns wie immer zu äußerster Sparsamkeit zwingen. Und dafür wirst Du auch sehr zeitnah die Schlüssel zum Haus benötigen, denn niemand wird Dir ein Angebot vorlegen, ohne das Objekt vorher eingehend besichtigt zu haben."

Also saß Fischer bereits um halb sieben an seinem Schreibtisch und klappte den Ordner mit den Gewerken auf, den Neumann ihm zur Verfügung gestellt hatte. Fein säuberlich nach Tätigkeitsfeldern untergliedert waren hier alle Handwerksbetriebe und Dienstleister zusammengestellt, die bislang für die GERESA gearbeitet hatten: Zimmerer, Installateure, Dachdecker, Fliesenleger, Maurer, Gerüstbauer, Elektriker, Maler, Trockenbauer, Glaser, Fenster- und Türenbauer, Landschaftsgärtner, Abbruchunternehmen, Containerdienste und viele andere mehr, die möglicherweise eher selten benötigt wurden. Und in jeder dieser Kategorien fanden sich bis zu zehn Exposés zu einzelnen Firmen, in denen die von ihnen durchgeführten Arbeiten vom jeweiligen Bauleiter datumsmäßig und mit Vermerken zur Art und Qualität ihrer Ausführung sowie der Zusammenarbeit dokumentiert waren. Eine Höllenarbeit, dies alles durchzusehen und womöglich mit vielen telefonieren zu müssen, zumal Fischer die allermeisten Firmennamen nichts sagten.

Schon bald hatte er einen schlauen Plan entwickelt, um möglichst rasch geeignete Betriebe auswählen zu können: Er pickte sich aus jedem Gewerk diejenigen Betriebe heraus, die am häufigsten Aufträge der GERESA erhalten hatten – die mussten sich doch bewährt haben. Schon um kurz nach sieben tippte er die Nummer des ersten Gerüstbauers ins Telefon, denn der wurde ja mit Sicherheit nicht nur überhaupt, sondern auch als einer der ersten benötigt.

„Tut mir leid", gab ihm eine freundliche weibliche Stimme zur Antwort, „die Herren sind alle bei der Einteilung und fahren dann vor Ort. Könnten Sie nach zehn nochmal anrufen?"

Beim nächsten Betrieb erreichte er zwar den Chef persönlich, der mit einem deutlichen Anflug von Sarkasmus fröhlich lachte, als Fischer ihn fragte, ob er in Kürze ein Wohngebäude einhausen könnte:

„Würde ich sehr gerne, mein Freund. Würde auch gerne noch mehr Gerüste stellen. Aber ich finde keine Leute mehr. Das ist mein Problem."

Auch beim dritten Betrieb hatte er Glück, der Unternehmer selbst war am Telefon. Allerdings lagen hier die letzten Aufträge durch die GERESA schon zwei Jahre zurück, hatte er dem Firmenexposé entnommen.

„GERESA?", fragte der Mann gedehnt. „Können wir uns leider nicht mehr leisten", erklärte er und legte auf.

Poppenbüttel

Das Frühstück im „Schleusenhof" war erwartungsgemäß hervorragend und ließ trotz der weltweit vielfältigen Essensgewohnheiten und Vorlieben vermutlich für keinen Gast irgendwelche Wünsche offen. Außerdem wurde es bereits ab sechs Uhr angeboten, was uns durchaus entgegenkam, obwohl wir es erstmals seit dem Brand auf sieben Stunden Schlaf gebracht hatten. Also schlemmerten wir uns ab halb sieben durch das opulente Buffet und überlegten, was heute und an den beiden Wochenendtagen zu erledigen war. Zum Glück schienen die Arbeiten mit den größten körperlichen Anstrengungen erledigt, denn schon um sieben Uhr wurden nach den Nachrichten fünfundzwanzig Grad gemeldet.

„Erst mal zusammenstellen, was wir in Michaels Wohnung haben wollen", sagte Franziska. „Wir können doch den kleineren Glastisch für das Wohnzimmer mitnehmen, der große wäre für die winzige Bude sicher zu groß."

„Können wir nicht, die Stahlbeine der beiden Tische sind vom Wasser aufgequollen."

„Wie soll das denn gehen? Metall quillt doch wohl nicht, oder?"

„Reingefallen – sind Holzbeine, die silbern angestrichen worden sind. Habe ich auch gestern erst entdeckt. Werde nachher Breitner mal fragen, ob man die nachbauen kann, damit wir die schönen Tische nicht gleich wegschmeißen müssen."

„Dann bleibt ja nur, den größten der Beistelltische mitzunehmen", schlug Franziska vor. „Und wie sieht es mit Lampen für das Wohnzimmer aus?"

„Die beiden Stehlampen kannst Du vergessen, die haben beide tagelang im Wasser gestanden. Da gibt es nun schicken, modernen Ersatz mit LED. Bleibt nur die Tischlampe vom Ecktisch. Die stand hoch genug und außerdem in einer trockenen Ecke."

„Und wo sollen wir sie draufstellen? Auf dem Fußboden nützt sie mit ihrem kurzen Stiel ja nur wenig."

„Wir nehmen die beiden Klapphocker aus dem Keller mit. Auf den einen kommt die Lampe, auf den anderen der Fernseher. Dazu noch zwei Gartenstühle, und schon können wir es uns abends gemütlich machen in der hohen Luft des dritten Stocks."

„Ist ja nur für ein paar Tage", räumte Franziska ein. „Vielleicht haben sie nach unserem Urlaub schon das kleine Sofa und einen Sessel restauriert."

„Dann sind wir mit dem Wohnzimmer schon fertig. Küche brauchen wir nichts, da lässt uns Michael den kleinen Tisch und die beiden Stühle stehen. Im Schlafzimmer haben wir seinen Einbauschrank und ab Dienstag unsere neuen Matratzen. That's it – oder fällt Dir noch was ein?"

„Na ja, irgendwie bräuchten wir etwas für unsere Schuhe, obwohl wir die auch erst mal unten im Kleiderschrank unterbringen könnten. Und wo lassen wir die Ordner aus dem Schreibtisch?"

„Kommt alles in Umzugskartons. Die kann man auf die Seite drehen und aufeinander stapeln. Das gibt bildhübsche Regale."

„Super", kommentierte Franziska meinen dekorativen Vorschlag. „Jedenfalls müssen wir auch noch etwas Putzzeug und den Staubsauger mitnehmen. Wird sicherlich auch in Hoheluft etwas stauben."

„Dann lass uns mal zur Arbeit fahren. Ab heute Nachmittag haben wir zum Glück ja frei…".

Vergangenes Wochenende hatten wir unsere Freunde zu Besuch gehabt. Und Montagfrüh hatte es gebrannt. Länger lag das wirklich noch nicht zurück. Nicht zu fassen.

„Morgen müssen wir erst mal einkaufen gehen", riss Franziska mich aus meinen Gedanken. „Wir brauchen Koffer, ein neues Reisenecessaire, einen Föhn, ein Bügeleisen, Bettwäsche, Handtücher, etwas Unterwäsche, Schlafanzüge, eine Nagelschere, Haarspangen, Haarbürste, Schminkzeug…"

„Und ein neues Telefon, zwei Wecker, einen neuen Ebook-Reader, weil meiner im Schutt des Schlafzimmers liegt, eine neue Lesebrille für mich und einen neuen Router", schloss ich meine Aufzählung ab.

„Zettel machen", empfahl Franziska und ging Zähne putzen.

Sasel

Schulz kam ohne Breitner, jedoch mit seinem Helfer und brachte außerdem schon Sachen aus der Expressreinigung mit: Ein paar Hosen und Sakkos, ein paar Hemden und Blusen, ein paar Schuhe. Ab Montag wollten wir ja wieder in den Dienst gehen, Ende der nächsten Woche unseren Urlaub antreten. Nachdem sie die wirklich nicht mehr stinkende Kleidung in unser Auto umgeladen hatten, machten sie sich daran, die schätzungsweise fünfundzwanzig Kartons aus dem Esszimmer in ihren Transporter zu verladen. Ich sortierte in der Zwischenzeit alle Kabel, Adapter, Stecker und Ladegeräte zusammen, die wir sowohl in der Ersatzwohnung als auch im Urlaub benötigen würden.

Franziska war in den Keller gegangen, um sich einen Überblick über unsere Vorräte zu verschaffen und außerdem nachzusehen, ob wir noch etwas Nützliches für die neue Wohnung gebrauchen konnten. Nach einer halben Stunde war sie wieder oben:

„Ich habe alle Gläser und Dosen durchgesehen, die haben noch reichlich Haltbarkeit und können deswegen hier bleiben. Wichtig ist nur, dass wir langsam mal unseren Gefrierschrank leer machen. Ich werde uns heute Abend in unserer Luxushause etwas Leckeres kochen", kündigte sie nochmals an. Außerdem hätte sie noch eine alte Stehlampe gefunden, die wir vielleicht mitnehmen könnten.

In einer Verschnaufpause zeigte ich Schulz die aufgequollenen Beine unserer Wohnzimmertische.

„Kann man bestimmt nachbauen", meinte er und schnappte sich den nächsten Geschirrkarton.

Im Laufe des Vormittags tauchte der Sohn unserer alten Nachbarn auf, weil er noch allerlei Dinge aus ihrer Wohnung holen wollte. Seinen Eltern, die derzeit bei ihm und seiner Familie wohnten, ginge es zwar soweit ganz gut, aber sie würden den ganzen Tag jammern, dass sie ihre schöne Wohnung verloren hätten, in der sie ähnlich lange wie wir gelebt hatten. Im Übrigen hätten sie bereits am Brandmorgen beschlossen, nicht mehr zurückzukehren, zumal ihnen inzwischen die vielen Treppen viel zu schwer fielen. Er hätte sich ja schon seit Jahren um eine Möglichkeit in seiner Nähe gekümmert und nun eine betreute Wohnung für sie angemietet, in die sie in knapp vier Wochen einziehen konnten. Die bisherige Wohnung seiner Eltern wollte ihr Vermieter nach der Wiederherrichtung verkaufen.

Damit würden Franziska und ich die einzigen Hausbewohner sein, die wieder in das Haus zurückzogen: Die Bewohner der unversehrten Wohnung im Erdgeschoss hatten ihre gerade verkauft, weil sie lieber in die Nähe ihrer Kinder und Enkelkinder irgendwo in Süddeutschland ziehen wollten; nach ihrem Auszug wollten die neuen Eigentümer erhebliche Umbau- und Renovierungsarbeiten durchführen. Der alte Herr Mohr unter uns hatte sich nach dem plötzlichen Tod seiner Frau Ende letzten Jahres ebenfalls entschlossen, die für ihn allein viel zu große Wohnung aufzugeben. Ob er sie schon verkauft und bereits eine andere Wohnung gefunden hatte, wussten wir nicht. Im Gegensatz zu seiner kontaktfreudigen Frau gehörte er dem Typus Eigenbrötler an. Jedenfalls stand er nun vor der Herkulesaufgabe, auf dem Lager seines Hausratssanierers zu entscheiden, was er aus seinem riesigen Hausstand in seine künftige Wohnung mitnehmen wollte und konnte und was mit dem sicherlich riesigen Rest passieren sollte.

Im Klartext hieß das, dass wir die einzigen Hausbewohner waren, die das Haus hinreichend gut kannten und sich um eine ordnungsgemäße Wiederherstellung der Ruine kümmern konnten.

Wir stellten unser mageres Umzugsgut in unserem großen Kellerraum zusammen, der mehr und mehr zu unserem letzten Refugium wurde, zumal er außer unseren Essens- und Weinvorräten, Hunderten von Blumenübertöpfen, unseren beiden Besucherfahrrädern und meiner umfangreichen Heimwerkerausstattung auch allerlei Bücher, Reiseliteratur, Landkarten sowie Ordner mit unserer früher sehr intensiven Korrespondenz enthielt, die in einer alten Schrankwand untergebracht waren. Dadurch wirkte er fast wohnlich, auch wenn es nach wie vor keinen Strom dort gab und wir uns nur mit Taschenlampen orientieren konnten. Dabei fiel mir ein, auch ein paar Lampenfassungen einzupacken, die wir in Michaels Wohnung unter die hohen Decken hängen konnten, sowie eine Minimalausstattung an Werkzeug. Aber was immer auch fehlte, konnten wir ja jederzeit mitbringen, denn wir würden mindestens einmal wöchentlich auf der Baustelle nach dem Rechten sehen.

Nachdem Schulz ein letztes Mal mit dem Iveco nach Kaltenkirchen gestartet war, holten wir Franziskas Schmuck aus dem kleinen Tresor im Schlafzimmer und brachten in einer Kühlbox die letzten Kühlschrankinhalte in das Appartement im „Schleusenhof". Dort gab es in der Designerküche schließlich eine üppige Gefrierkombination. Nach einem kleinen Imbiss fuhren wir zu unserer Bank und eröffneten ein Schließfach, in dem wir sogleich den Schmuck deponierten. Noch vor unserer Abreise würden wir dort auch wichtige Unterlagen aufbewahren.

Dann fuhren wir in die Stadt zu unserem Reisebüro. Unsere Beraterin, die schon seit vielen Jahren für uns arbeitete, geriet völlig außer Fassung, als wir ihr von dem Brand erzählten. Minutenlang starrte sie uns ohne ein Wort zu sagen abwechselnd an, als wollte sie sich Gewissheit verschaffen, dass wir wirklich gesund und lebendig vor ihr saßen. Empfand sie es womöglich als unpassend oder gar ungehörig, dass wir nach einem derartigen Schicksalsschlag an unseren Reiseplänen festhalten wollten? Ohne ihr hierzu in irgendeiner Weise Rechenschaft zu schulden, erläuterten wir ihr nochmals, dass wir – zumal mit der Hilfe professioneller Hilfskräfte – in der nun zu Ende gehenden Woche alles erledigt hätten, was zu erledigen war, die Wohnung nun leer sei und wir nichts weiter tun könnten, als kommende Woche in unsere Ersatzwohnung zu ziehen.

„Entschuldigen Sie bitte", fand sie schließlich ihre Sprache wieder. „Ich habe mir eben nur durch den Kopf gehen lassen, wie mein Mann und ich in einer derartigen Situation reagieren würden, nachdem man lieb gewordene Erinnerungen verloren hat und noch einmal von vorne anfangen muss. Sie machen dabei einen so unglaublich gefassten Eindruck!"

„Was sollen wir denn sonst machen?", fragte Franziska. „Wir können uns doch nicht tränenzerknirscht in irgendeine Ecke setzen und abwarten, bis unser Zuhause wieder hergestellt ist. Und bei Licht betrachtet", ergänzte sie, „ist uns letztlich ja auch gar nicht so viel passiert. Andere Menschen müssen zum Beispiel nach Überflutungen oder Tornados mit viel größeren Schäden und der Vernichtung ihres gesamten Hab und Guts auch irgendwie fertig werden."

„Und ob dies von Versicherungen abgedeckt ist, dürfte die nächste Frage sein", fügte ich hinzu.

„Ich finde das ja auch ganz toll, dass Sie die Ruhe finden, Ihre geplante Urlaubsreise anzutreten. Ich hatte mir eben auch durch den Kopf gehen lassen, ob man Ihre Buchungen so kurzfristig stornieren könnte, ohne Sie auf dem Großteil der Kosten sitzen zu lassen. Da müsste ich mich nämlich in einem anderen Fall als Krankheit und Tod auch erst mal schlau machen. Aber das brauchen wir nun ja nicht", endete sie erleichtert.

Schon beim Durchsprechen unserer Reiseroute und der vorgebuchten Quartiere merkten wir, wie wir abschalteten und unsere Köpfe sich in wenigen Minuten umorientierten. Die Reise anzu-

treten, war absolut richtig. Wir würden die Drehzahl runterfah-
ren, den Brand verdrängen und unterwegs sicherlich auch die
eine oder andere Idee zum Wiederaufbau entwickeln. Ein Hauch
von Vorfreude setzte ein.

Kapitel 8

Innenstadt

Am Montag gingen wir wieder arbeiten. Zumindest versuchten wir es, denn wie kaum anders zu erwarten, löcherten unsere Kolleginnen und Kollegen neugierig die Brandopfer und erbaten ausführliche Berichterstattungen. Einer meiner Mitarbeiter spielte mir ein Utube-Filmchen vor, das unser Haus zeigte, als die Flammen munter aus dem Dachstuhl schlugen. Also hatten die Paparazzi, die am Brandmorgen durch die Gärten geschlichen waren, nicht nur gefilmt, sondern ihre Realityshow auch noch ins Internet gestellt. Unser vergleichsweise unspektakulärer Dachstuhlbrand ohne Verletzte und Tote hatte wahrscheinlich weder eine der Tageszeitungen noch eine Nachrichtenagentur interessiert, so dass sie ihr Material frustriert zumindest im Netz veröffentlicht wissen wollten. Gibt es für das Fotografieren und Filmen von privaten Wohngebäuden eigentlich so etwas wie Privatsphäre oder Urheberrechte? Bei Google Street View konnte man sein Wohngebäude doch auch verpixeln lassen.

Letztlich hatten wir in unseren Büros nicht nur genug zu erzählen, sondern auch jede Menge zu regeln. Urlaub für die letzte Woche musste nachträglich genehmigt werden, was uns unsere Dienststellen insoweit vereinfachten, als sie uns aufgrund der Seltenheit und der Schwere des Ereignisses drei Tage Sonderurlaub gewährten. Weiteren Urlaub mussten wir für die Ende der Woche startende Reise nach Großbritannien beantragen. Und auch morgen benötigten wir bereits erneut einen freien Tag, denn wir wollten ja in unsere neue Unterkunft umziehen und dort auch die Lieferung der Matratzen abwarten.

Den Samstagvormittag hatten wir genutzt, um unsere immer länger werdende Einkaufsliste abzuarbeiten. Krönender Abschluss war der Erwerb eines neuen Laptops, nachdem wir unseren löschwassergeschädigten vergessen konnten. Mittags war der

Kofferraum unseres Autos nicht nur mit drei neuen Koffern, sondern auch mit vielen anderen schönen neuen Dingen gefüllt, die versprachen, unseren bevorstehenden Umzug ins Ersatzdomizil in gewisser Weise auch zu einem kleinen Neustart werden zu lassen.

Sasel

Am Samstagnachmittag räumten wir die Garage leer und machten sie damit transportfähig. Schließlich waren wir vom kommenden Wochenende an für drei Wochen nicht im Lande, und spätestens in der Zeit – wenn nicht bereits in der nächsten Woche – würde die Ausheberei mit Sicherheit über die Bühne gehen. Unsere neuen Fahrräder schloss ich im Haus unter der Treppe zusammen und sicherte sie zusätzlich mit Franziskas altem Rad davor; mein altes wollte ich nach Hoheluft mitnehmen, um von dort täglich die paar Kilometer ins Büro zu radeln. Die Winterreifen, die an der Garagenwand hingen, schleppte ich in unseren inzwischen gut gefüllten Keller und stapelte sie dort. Dann blieb noch das große Regal an der Stirnfront, in dem neben allerlei Auto- und Fahrradzubehör, Äxten und Sägen insbesondere Brennholz lagerte. Dieses passte beim besten Willen nicht mehr in den Keller und war sicherlich auch kein Fall für das Hausratslager bei der BreisaG. Ich stapelte es daher hinter der Gartengerätehütte und deckte es mit einer stabilen Plane ab. Besonders zügig kam ich dabei nicht voran, weil mich bei jeder Schubkarrenfuhre von allen Seiten die Nachbarn ansprachen, die nach fast einer Woche endlich Genaueres zum Brand in Erfahrung bringen wollten. Niemand konnte sich zu diesem Zeitpunkt auch nur halbwegs realistisch ausmalen, was auch ihnen in den kommenden Monaten noch bevorstehen würde.

Franziska hatte derweil eine weitere Waschmaschine in Gang gesetzt und zum wiederholten Mal durch die verwaiste Wohnung geschaut. Dann hatte sie sich mit unseren hilfsbereiten Nachbarn darauf verständigt, dass sie einem Teil unserer Pflanzen Asyl gewährten und die entsprechenden Blumentöpfe mindestens eine Stunde lang runter und nach nebenan geschleppt. Danach kam sie mich in der Garage besuchen:

„Wenn Du mit dem Holz und der Garage fertig bist, musst Du noch die Gardinenstange in der Küche abmontieren. Die war damals schließlich schweineteuer und sollte nicht unter die Räder kommen!"

„Stimmt, haben wir übersehen, als Schulz in der Küche rumbastelte. Mache ich als nächstes – bin gleich fertig hier." In der Tat hatten wir vor ein paar Jahren nicht schlecht gestaunt, was eine etwas über drei Meter lange Edelstahlstange mit den dazu gehörenden Halterungen kostete. Auch sie würde in unserem Keller noch ein Plätzchen zum Übersommern finden.

Schließlich hatte ich noch den Rasen gemäht, weil dies in den nächsten vier Wochen ja niemand tun würde. Dabei gab der Rasenmäher alle Nase lang abenteuerliche Geräusche von sich, als er Dachpfannenteile, Nägel, Holzstücke und Zinkbleche zu häckseln versuchte.

Um sieben Uhr waren wir schließlich in jeder Beziehung fertig. Die sicherlich nett gemeinte Einladung der Nachbarn zum Grillen haben wir dankend abgelehnt. Zum einen wollten wir ihnen nicht noch mehr und länger zur Last fallen, zum anderen hatten wir das dringende Bedürfnis nach einer ausgiebigen Dusche. Außerdem wollte Franziska ja noch die edle Designerküche ausprobieren. Und nach dem Essen würden wir die Füße hochlegen und bei einem erfrischenden Riesling entspannen.

Sonntagmorgen, während Franziska noch tief und fest schlief, gelang es mir, in dem High-Tech-Kaffeeautomaten einen anregenden Cappuccino zuzubereiten. Danach setzte ich mich ins Wohnzimmer und begann mit einer Auflistung unseres gesamten Inventars. Gierstein hatte uns darum gebeten. Das Ganze sollte nach „unversehrt", „restaurierbar" und „Neubeschaffung" sortiert werden. Ich ging zimmerweise vor und ergänzte bald eine vierte Kategorie: „Verzichtbar". Unser Brandschaden entpuppte sich als gute Gelegenheit, sich endlich von einigen Dingen zu trennen. Auch unsere Kleidung wollten wir sorgfältig durchgehen. Früher oder später würden wir jedes einzelne Teil frisch gereinigt zurückbekommen – geradezu ideal, um sie sogleich an Bedürftige abzugeben.

Poppenbüttel

Sonntags gab es im „Schleusenhof" erst ab halb acht Frühstück. Franziska hatte die Zeit gut genutzt, bis sieben Uhr geschlafen und war danach nochmals im Regenwald duschen gegangen. Als erste Gäste machten wir uns erneut über das üppige Frühstücksbuffet her, wobei wir gerne darauf verzichteten, uns mit Hilfe von Bratwürsten, fettem Speck und heißem Porridge schon mal auf den bevorstehenden Urlaub im UK einzustimmen.

„Wir sollten den Sonntag und das schöne Wetter nutzen, um einen großen Spaziergang zu machen und mittags irgendwo nett essen zu gehen", schlug Franziska zwischen Lachs mit Rührei und Rustique vor. „Ich wüsste nicht, was wir heute in der Wohnung oder im Haus erledigen könnten."

„Gute Idee", stimmte ich sofort zu. In den letzten sechs Tagen hatten wir zwar ein munteres körperliches Trainingsprogramm absolviert, das indes kaum etwas mit einer kleinen Wanderung durch das Alstertal und das noch frische Grün der vielen Bäume dort gemein hatte. Als wir gegen vier Uhr wieder in den „Schleusenhof" zurückkehrten, lagen mindestens fünfzehn Kilometer hinter uns, denn wir waren bis zum Südrand des herrlichen Buchenwalds in Wohldorf gelaufen und auf dem Rückweg auch noch zu einem kleinen Imbiss eingekehrt. Wir hatten abgeschaltet und sogar erste Ideen entwickelt, was man beim Wiederaufbau in unserer Wohnung und im übrigen Haus optimieren könnte. Anschließend fuhren wir nach Hoheluft, um unsere Ersatzwohnung von Michael zu übernehmen und den Mietvertrag zu unterzeichnen. Abends schrieb ich lange an meinem Tagebuch, das in den letzten Tagen stark vernachlässigt worden war.

„Vielleicht sollten wir das mit dem Sonntagsausflug beibehalten, bis wir wieder zurückgezogen sind", fasste Franziska vor dem Schlafengehen zusammen. „Wir werden nach dem Urlaub ja wieder fünf Tage die Woche arbeiten, samstags einkaufen und die Baustelle besichtigen, dann sollten wir den Sonntag konsequent zu unserer Entspannung nutzen."

Am Dienstagmorgen verabschiedeten wir uns vom „Schleusenhof". Nachdem wir hier vor fünf Tagen noch etwas abgewrackt aufgeschlagen hatten, verließen wir das Hotel nunmehr mit frischer Kleidung und neuem Koffer statt Einkaufskorb. Leider hatte die junge Rezeptionistin, die uns empfangen hatte, keinen Dienst. Sie hätte sicherlich aufgeatmet.

Breitner und Schulz kamen um kurz vor neun und brachten jede Menge „Hängeware" aus der Reinigung mit. Damit konnten wir den Einbauschrank in Hoheluft schon mal gut befüllen. Wir benötigten keine halbe Stunde, um die paar Umzugskartons mit Küchenutensilien, zwei Gartenstühle, die beiden Klapphocker und mein altes Fahrrad zu verladen; den Fernseher und den gläsernen Beistelltisch, der uns also zunächst als minimalistischer Wohnzimmertisch dienen musste, verfrachteten wir lieber in den Pkw. War irgendwie ein komisches Gefühl, umzuziehen, obwohl man dies eigentlich gar nicht vorhatte.

Hoheluft

Unterwegs hielten wir noch bei einem Bäcker, um uns zwei belegte Brötchen als Mittagsimbiss zu kaufen, denn irgendwann um die Mittagszeit sollten die neuen Matratzen und das Bettzeug angeliefert werden. Mit dem langen Daily im Schlepptau parkten wir bereits in einiger Entfernung, nachdem wir eine hinreichend lange Lücke für beide Fahrzeuge entdeckt hatten. Als wir dorthin zurückkehrten, rief Franziska erschrocken:

„Das kann doch nicht wahr sein, inzwischen wurde unser Auto aufgebrochen!"

So viel Dreistigkeit konnte ich mir überhaupt nicht vorstellen, weil doch Breitner und Schulz direkt hinter unserem Auto in ihrem Wagen saßen.

„Wie kommst Du denn darauf?", fragte ich, als ich mich nun auch langsam unserem Auto näherte. Die Bedienung in dem Bäckerladen hatte eine Ewigkeit und einen Taschenrechner benötigt, um herauszufinden, wie viel ich insgesamt für die beiden Brötchen zu 2,85 und 2,65 Euro bezahlen musste. Meinem mehrfach vorgetragenen „fünf Euro fünfzig" schenkte sie in Konzentration auf ihre Rechenaufgabe kein Gehör. Dann sah ich, was Franziska so erschreckt haben musste: Der gesamte Innenraum unseres Autos war komplett mit Glasbrocken und Splittern übersät. Sie hatte daher vermutet, man hätte eine der Seitenscheiben eingeschlagen, doch die waren alle heil und hochgefahren.

„Der Glastisch ist explodiert!", rief ich, nachdem dort, wo wir ihn auf die Rückbank gelegt hatten, keiner mehr war. „Wie konnte das denn passieren?", fragte ich ohne jegliche Vorstellung, warum sich ein Glastisch mal eben in Tausende kleinste Einzelteile zerlegen konnte. Ich fragte Breitner und Schulz, ob sie zufällig einen lauten Knall oder dergleichen gehört hätten.

„Ja, da war vorhin ein Knall. Klang wie eine kräftig zugeschlagene Autotür. Was ist denn passiert?", wollte Breitner wissen.

„Unser Glastisch ist explodiert", antworteten wir, „das ganze Auto liegt voller Glassplitter."

„Ach du Elend", meinten die beiden und stiegen aus, um sich das Malheur anzuschauen.

„Da können Sie wirklich von Glück reden", sagte Schulz, „dass Sie gerade Brötchen kaufen waren. So 'n Glasbrocken im Hals oder Kopf ist wahrscheinlich nicht so angenehm.

„Nee, stelle ich mir auch nicht so lustig vor", grummelte ich. „Da hatten wir innerhalb einer Woche wohl gerade zum zweiten Mal einen Schutzengel."

„Herzlichen Glückwünsch", nickte Breitner.

„Haben Sie eine Idee, wie so etwas passieren kann?", fragte Franziska unsere beiden Hausratssanierer, die sich mutmaßlich in allen praktischen Lebensfragen auskannten.

„Das ist Sicherheitsglas", antwortete Schulz. „Vermutlich irgendwo ein kleiner Haarriss durch unachtsames Umsetzen des Tischs. Dadurch stand er unter Spannung. Aber nun hat er ja entspannt."

Franziska stand das Entsetzen immer noch ins Gesicht geschrieben. Die Vorstellung von während der Fahrt durch das Auto sausenden, rasierklingenscharfen Glasbrocken war mit unseren ohnehin leicht strapazierten Nervenkostümen nicht richtig kompatibel. Notdürftig sammelten wir schließlich dutzende Glasbrocken von den Vordersitzen, dann fuhren wir bis zur nächsten Tankstelle und saugten knapp zehn Kilo Glas aus dem Auto.

In Hoheluft wurden wir für den Zwischenfall zumindest dadurch entschädigt, dass wir direkt vor der Haustür eine lange Parklücke fanden, in die Schulz den acht Meter langen Kastenwagen geschickt bugsierte. Das sei ja schon eine andere Nummer als bei uns in Sasel, meinte Breitner, als er sah, wie viele Menschen hier auf engstem Raum lebten, Parkplatzsuche ein ständiges Thema war und Fahrräder in Doppelreihe an die schmiedeeisernen Gartenzäune angeschlossen waren. Er blieb auf dem Wagen, wir anderen liefen jeder vier Mal die sechzig Stufen in den dritten Stock, dann waren unser Minihaushalt und zwei Meter Hängeware in unserer Ersatzwohnung angekommen. Die beiden verabschiedeten sich und wünschten einen schönen Urlaub; wir versprachen, uns unmittelbar danach bei ihnen zu melden und sie stets auf dem Laufenden zu halten.

In der Hoffnung, dass unsere Matratzen nun auch bald geliefert wurden, ging ich mit runter, um die schöne lange Parklücke frei zu halten. Ich hatte nochmals Glück: Bereits nach zehn Minuten bog ein weißer Kastenwagen aus dem Eppendorfer Weg ein, auf dessen Seitenwand ich bald den Namen des Bettenfachgeschäfts ausmachen konnte. Die Inhaberin hatte uns zu fünfundzwanzig Zentimeter dicken Tonnentaschenfederkernmatratzen geraten, die offensichtlich ganz schön schwer waren. Jedenfalls schwitzten die beiden Jungs nicht schlecht, nachdem sie auch die zweite nach oben gewuchtet hatten. Hier Spannbettlaken aufzuziehen, konnte künftig ja eine sportliche Herausforderung werden.

„Die Ureinwohner dieser Häuser müssen wohl kleinere Betten gehabt haben", begrüßte Franziska mich lachend, als ich wieder in der Wohnung war. Die neuen Matratzen lagen in dem kleinen Schlafzimmer auf dem Fußboden, von ihrem Fußende bis zur Tür war wohl noch ein Meter Platz. Links und rechts unseres Matratzenlagers gab es jeweils nur knapp 30 Zentimeter – immerhin genug, um das Bett nicht von hinten entern zu müssen.

Altona

Krämer hatte von mir noch am Brandtag Grund- und Aufrisse für das gesamte Haus erhalten und zudem jede Menge Aufnahmen sowohl von dem Gebäude als auch den einzelnen Wohnungen gemacht. Zurück in seinem Ingenieurbüro „KLM-Architekten", in dem er zusammen mit seinen jüngeren Partnern Laarmann und Mathiszik nach wie vor als Seniorpartner tätig war, brachte er einem der jüngeren Mitarbeiter dieses Material und bat ihn schnellstmöglich um eine nach einzelnen Gewerken aufge-schlüsselte Zusammenstellung der erforderlichen Leistungsmen-gen. Diese erste Einschätzung vom grünen Tisch aus war in der-artigen Schadensfällen durchaus üblich, weil mit Hilfe der Grund- und Aufrisse sämtliche Flächen wie etwa für Fußboden-beläge oder Tapeten ermittelt werden konnten.

Wie in der Branche weit verbreitet, bearbeiteten auch die KLM-Architekten Bauprojekte aller Art. Ihr Leistungsspektrum reichte von der Stadtplanung und Stadtentwicklung über private und öf-fentliche Einzelobjekte bis zur alters- und schadensbedingten Sa-nierung. Außerdem erstellte das Büro Gutachten aller Art.

Schon vor mehr als dreißig Jahren war in diesem Zusammen-hang auch die Brandversicherung auf Krämer aufmerksam ge-worden und hatte ihn 1988 erstmals mit der Erstellung eines Scha-dengutachtens beauftragt, nachdem im Stadtteil Horn infolge ei-ner Gasexplosion ein Mehrfamilienhaus teilweise eingestürzt war. Weil es dabei nicht nur mehrere Verletzte, sondern sogar ei-nen Toten gegeben hatte, war über das Ereignis in allen örtlichen Zeitungen berichtet worden.

Für den jungen Krämer deutete die Höhe dieses Schadens nach erster Einschätzung recht eindeutig darauf hin, dass das schwer beschädigte dreigeschossige Wohngebäude schon aus statischen Erwägungen am besten abzureißen und in moderner Bauweise neu zu errichten sein würde. Insoweit war er einigermaßen über-rascht, als seine Auftraggeberin ihn alternativ um eine Kosten-schätzung zur Sanierung des Gebäudes bat, denn darin befänden sich doch immerhin achtzehn Wohneinheiten, die teilweise kaum oder sogar überhaupt nicht beschädigt worden wären. Mit der zweiten Überraschung sah Krämer sich konfrontiert, als er nach seinen gründlichen und mehrfach nachgeprüften Berechnungen feststellen musste, dass die Sanierung weniger als die Hälfte der Abriss- und Neubaukosten verursachen würde. Dies hatte zwar auch Auswirkungen auf das ihm nach der HOAI zustehende Honorar, jedoch war er weitsichtig genug mit seiner Vermutung gewesen, dass er nur mit einer möglichst niedrigen Kostenschätzung einen Fuß in die Tür eines der größten Gebäudeversicherer bekommen würde. Tatsächlich war die in den kommenden Jahren beachtliche Expansion seines damals noch sehr kleinen Ingenieurbüros nicht nur auf seinen Fleiß und das Engagement seiner beiden Mitarbeiter, sondern zu erklecklichen Teilen auf ihre Tätigkeit als Sachverständige und Schadengutachter für die Brandversicherung zurückzuführen.

Inzwischen hätte Krämer eigentlich schon vor zwei Jahren in den Ruhestand gehen können, zumal sich seine beiden Partner und die inzwischen achtundzwanzig Mitarbeiter sehr gut im schwer umkämpften Wettbewerb zu behaupten wussten. Dennoch bereitete es ihm nach wie vor große Freude, nicht nur gut nachgefragt zu sein, sondern dank seiner langjährigen Architekten- und Berufserfahrung viele Lösungen mal eben aus dem Ärmel schütteln zu können. Hinzu kam, dass in Hamburg die Zahl der Wohnungs- und insbesondere Dachstuhlbrände seit einigen Jahren rapide zunahm und die Brandversicherung ihn immer wieder mit durchaus lukrativen Gutachten beauftragte. Dies wiederum war maßgeblich darauf zurückzuführen, dass er seit seinem Erstlingswerk zum Horner Mehrfamilienhaus ständig neue Ideen und Tricks entwickelt hatte, um die Kostenobergrenzen ganz im Sinne seiner Auftraggeberin zu drücken. In den Reihen der Gebäudesanierer genossen die KLM-Architekten daher mittlerweile einen zweifelhaften Ruf, denn sie waren nicht nur gehalten, mit ihren Budgetvorgaben für die von ihnen zu beauftragenden Gewerke auszukommen, sondern litten aufgrund der pauschalen Vergütung ihrer Leistungen auch selbst unter derartigen Dumpingbudgets. Beeinflussen konnten sie dies hingegen nicht.

Dirk Mallinckrodt, der nach seinem Architekturstudium an der TU Dortmund seit nunmehr einem Jahr zum Team der KLM-

Architekten gehörte und sich an die zunächst stupide Arbeit machen durfte, aus den von Krämer mitgebrachten Plänen die Boden- und Wandflächen sowie die Raumumfänge zu berechnen, wusste von dem engen Verhältnis zwischen seinem Arbeitgeber und der Brandversicherung. Auch bei dem neuen Schadengutachten würde wieder das Ziel zu verfolgen sein, dem Gebäudesanierer eine möglichst niedrige Kostenobergrenze vorzugeben. Bei den Flächenangaben gab es hierfür zwar kaum Ansatzpunkte, denn die konnten jederzeit nachgemessen werden. Größere Beeinflussungsmöglichkeiten lagen hingegen in den Standards sowohl der Materialien als auch der Art der Ausführung. Dieser kreative Teil eines Schadengutachtens war der zweite Schritt, bei dem Krämers Fotos zwar bereits zu ersten Ideen und Vorstellungen führen, ganz gewiss aber nicht die eine oder andere Besichtigung vor Ort ersetzen konnten. Das brachte etwas Abwechslung in den Alltag, denn so konnte Mallinckrodt das Großraumbüro in der Beerenstraße hin und wieder für ein paar Stunden verlassen, andere Stadtteile und damit auch die vielen unterschiedlichen Baustile Hamburgs kennenlernen und sich mit dem einen oder anderen Kollegen von den Gebäudesanierern austauschen. Zunächst jedoch mussten Raum für Raum die Maße berechnet werden; immerhin handelte es sich insgesamt um beachtliche siebenhundert Quadratmeter Wohn- und Kellerraum.

Nachdem er hiermit fertig war, setzte Mallinckrodt sich an die weitaus lästigere Strafarbeit, die Länge aller Leitungen, die Größe aller Fenster, die Höhe der Verfliesungen in den Küchen und Bädern sowie die Anzahl der Steckdosen, Lichtschalter sowie der Rundfunk- und Fernsehsteckdosen zu ermitteln. Dies war zwar grundsätzlich ebenfalls unabdingbarer Bestandteil eines jeden Gutachtens, doch Krämer war in diesem Punkt besonders pingelig, nachdem er in seinen ersten Jahren als Sachverständiger mehrfach Nachträge hatte genehmigen müssen, weil die Gewerke größere Längen- und Flächenmaße abgerechnet hatten als es seinen Schätzungen entsprach. Folglich legte er seitdem großen Wert auf einen möglichst präzisen Nachweis jeglicher Infrastruktur – wenn der Elektriker dann auf Wunsch des Bauherrn in der Küche fünf Steckdosen mehr einbaute als vorher, sollte er sich die auch von diesem bezahlen lassen oder von seinem eigenen Gewinn abziehen.

Mallinckrodt fing also mit den Sanitärinstallationen an: Kalt- und Warmwasserleitungen, Abwasser-und Fäkalienrohre. Auch diese Arbeiten konnten im Wesentlichen erledigt werden, ohne vor Ort aufschlagen zu müssen, weil es Vorschriften und allgemein angewandte Praktiken gab, wie und wo etwas sinnvollerweise zu installieren war. Lediglich bei Altbauten sowie bei An- und Umbauten aus der Heimwerkerszene stieß man hin und wieder auf zum Teil kuriose Abweichungen von der Norm. Strenge Vorschriften gab es für die Verkabelung von Wohnungen, allerdings hatte Krämer nicht jede einzelne Steckdose fotografiert. Hier wie auch zur Art der Warmwasserbereitung musste also vor Ort recherchiert werden. Er würde sich beizeiten mit der GERESA in Verbindung setzen, um Zugang zu den einzelnen Wohnungen zu bekommen. Wenn sie ihn begleiten wollten, umso besser. Dann konnten sie seine Angaben nämlich sogleich bestätigen.

Hoheluft

Nachdem die Matratzenlieferanten wieder gegangen waren, aßen wir unsere Brötchen und räumten Geschirr, Gläser, Bestecke und die Kochutensilien in die wenigen Küchenschränke. Einen der leeren Umzugskartons ließ ich aufgefaltet und trug ihn ins Wohnzimmer – er musste einstweilen als Ersatz für den Glastisch herhalten.

Nachmittags gingen wir die fünfhundert Meter zum nächsten Rewe, um für die wenigen Tage bis zu unserem Urlaub noch etwas für den kleinen Kühlschrank zu besorgen. Der Laden war grässlich voll, an den Kassen warteten lange Schlangen. Uns fiel auf, dass die Menschen jeweils nur wenige Artikel kauften und die Beträge in Höhe von drei bis maximal sieben Euro durchweg mit Karte bezahlten. Nachdem ich unseren Einkaufskorb wieder in den dritten Stock geschleppt hatte, fand ich zumindest für das erste Phänomen eine Erklärung: Auf jedem Gang wurden ein paar Einkäufe erledigt, um möglichst wenig Gewicht tragen zu müssen. Die Sache mit der Kartenzahlung war wohl eine Generationsfrage – schließlich lebten wir nun inmitten einer Vielzahl junger Familien.

Am nächsten Morgen brachte ich Franziska mit dem Auto zu ihrer Dienststelle. Anschließend parkte ich es auf unserem Tiefgaragenstellplatz in der City und ging in mein Büro. Abends fuhr Franziska mit Bussen und der U-Bahn nach Hause, ich lieh mir ein Stadtrad und würde vom nächsten Tag an täglich mit meinem alten Rad zum Dienst fahren.

Am Freitagnachmittag holten wir das Auto noch einmal aus der Garage und fuhren zur Baustelle, um zu sehen, was in der Zwischenzeit passiert war: Nichts. Die Garagen standen sämtlich an ihren Plätzen, von Gerüstbau keine Spur, weder waren die Einfahrt verbreitert noch die Pflanzen beschnitten worden. Warum hatte Neumann uns so bedrängt, bis Freitag vergangener Woche unsere Wohnung zu räumen? Warum war entgegen seiner Ankündigung noch nicht mit dem Ausräumen unserer oberen Etage und dem Abbruch begonnen worden? Unsere anfängliche Euphorie über den zeitnahen Aktionismus der GERESA begann zu bröckeln. Ich wählte Neumanns Nummer, um ihn nach Gründen für die Verzögerungen zu befragen. Der war offensichtlich schon im Wochenende. Also rief ich Frau Silves von unserer Hausverwaltung an, die auch gerade auf dem Sprung war. Meine Frage, ob sie etwas von der GERESA gehört hätte, wann mit welchen Arbeiten begonnen werden sollte, verneinte sie und vermutete, dass Neumann & Co. das Schadengutachten des Sachverständigen Krämer abzuwarten hatten, bevor sie Aufträge erteilen konnten. Einen besonders flotten Eindruck hatte der alte Herr bei uns ja nicht gerade hinterlassen. Wir konnten morgen früh wohl wirklich beruhigt nach Heathrow starten. Erst in drei Wochen würden wir wieder nach unserer Baustelle sehen.

Dritter Abschnitt: Ausflug zu Airbus

Kapitel 9

Hoheluft

Anfang Juli landeten wir samstags am frühen Nachmittag gut erholt und voller Tatendrang wieder in Fuhlsbüttel. Die nach dreizehn Jahren erneute Reise durch England und Schottland war erwartungsgemäß sehr abwechslungsreich und interessant gewesen, und dank des erstaunlich guten Wetters konnten wir nicht nur lange Spaziergänge durch die wunderschönen Gärten und Parks der südenglischen Herrenhäuser, sondern auch ausgedehnte Wanderungen etwa im Lake District oder um manches schottische Loch herum unternehmen.

In den touristisch besonders begehrten Orten hatten wir Bed & Breakfast schon vor einigen Monaten gebucht; andernorts war es kein Problem, auch nachmittags noch ein geeignetes Quartier zu finden. Regelmäßig diskutierten wir schon morgens beim stets reichhaltigen English Breakfast die über Nacht kreierten Ideen zur Optimierung des abgebrannten Hauses und unserer Wohnung. Im Wesentlichen ging es dabei um eine geschicktere Nutzung des Wohnraums unter dem Dach durch flachere Dachneigung, eine steilere Gaube oder zumindest eine Erhöhung des Drempels. Franziska hatte eines Morgens die keinen praktischen Nutzen stiftende, dennoch optisch durchaus interessante Idee, künftig über den oberen Räumen auf die Decke zum Spitzboden zu verzichten und sie dadurch nach oben hin zu erweitern. Auf alle Fälle wollten wir die gute Gelegenheit nutzen, um endlich unseren langjährigen Wunsch nach zusätzlichen Dachflächenfenstern im Esszimmer und im Gäste- und Arbeitszimmer zu realisieren. Die gab es inzwischen mit so niedrigen U-Werten, dass man sich den erheblichen Lichtgewinn auch unter energetischen Gesichtspunkten durchaus leisten konnte.

Dass man beim Wiederaufbau des Dachstuhls eine dickere Dämmerung einbauen würde als die mickrigen zehn Zentimeter der frühen 1980er Jahre, schien uns selbstverständlich. Bereits anlässlich der nachträglichen Dämmung des Spitzbodens hatte ich festgestellt, dass die Dachsparren 26 Zentimeter maßen und das Dach mit entsprechend viel Mineralwolle gedämmt werden konnte. Und außerdem würden wir nicht nur einen neuen Dachstuhl, sondern bereits nach rund dreißig Jahren auch ein neues Dach bekommen. Dabei wollten wir frühzeitig darauf dringen, dass angesichts der vielen hohen Bäume und des ständigen Moosbefalls engobierte Dachpfannen verlegt wurden.

„Und selbstverständlich", sagte ich eines Morgens, „gibt es in Zukunft statt der Halogendeckenstrahler nur welche mit LED. Die sparen nicht nur Strom, sondern werden auch längst nicht so heiß. Inzwischen lässt sich LED auch einigermaßen dimmen", berichtete ich von verschiedenen Informationen, die ich schon vor Längerem hierzu eingeholt hatte.

„Und wir sollten uns endlich eine neue Wohnungstür leisten", ergänzte Franziska. „Die derzeitige ist ja kaum besser als eine aus Pappe und bietet Null Sicherheit."

„Abgemacht. Wird ja kein Vermögen kosten."

Derartige Extrawünsche wie auch die zusätzlichen Dachflächenfenster und die engobierten Dachpfannen mussten natürlich von uns und gegebenenfalls den Miteigentümern bezahlt werden. Die Brandversicherung würde nicht mehr aber auch nicht weniger als die Wiederherstellung des vorherigen Zustands finanzieren, wobei jedoch aktuelle Bauvorschriften zu beachten waren und wir insoweit unter dem Strich einige energetische und technische Verbesserungen erwarteten.

Nachdem wir in unserer spartanisch ausgestatteten Ersatzwohnung die Koffer ausgepackt und eine erste Waschmaschine angestellt hatten, trug ich mein Fahrrad aus dem Keller nach oben und fuhr zur Tiefgarage, in der unser Auto während der vergangenen Wochen wesentlich besser untergebracht gewesen war als in der engen Wohnstraße und unter klebrigen Lindenbäumen. Nach wenig mehr als einer halben Stunde war ich wieder in Hoheluft und holte Franziska ab, denn wir wollten noch zur Baustelle fahren, um zu sehen, was inzwischen dort passiert war.

Rothenburgsort

An unserem ersten Ferientag in England hatte Dirk Mallinckrodt Neumann in der GERESA angerufen, um Zugang zu unserem Haus und den einzelnen Wohnungen und Kellerräumen zu erhalten. Auf den meist verwackelten und daher unscharfen Smartphonefotos seines Chefs waren erwartungsgemäß keine verlässlichen Details zum Ausstattungsniveau der einzelnen Wohnungen auszumachen, so dass er sich hierüber vor Ort einen Überblick verschaffen musste. Denn Krämer hatte nur eine grobe Einschätzung des Gesamtschadens abgegeben – um Details brauchte er sich hingegen nicht zu kümmern, dafür hatte er ja seine Leute.

„Ich verbinde Sie mal mit dem Kollegen Fischer", hatte Neumann geantwortet. „Ich bin zwar weiterhin Projektleiter, die Bauleitung aber haben wir Herrn Fischer übertragen. Er hat auch die Schlüssel zur Haustür und zu den einzelnen Wohnungen."

Fischer hörte sich Mallinckrodts Anliegen kurz an und verbarg seine Enttäuschung über das auch zu Beginn der dritten Woche offensichtlich noch nicht fertige Gutachten. Immerhin hatte er die vergangenen beiden Wochen gut genutzt, um sich mit einer Vielzahl von Handwerkern auf der Baustelle zu verabreden und sie um eine erste Einschätzung der jeweils erforderlichen Arbeiten und zu erwartenden Kosten zu bitten. Konkrete Angebote konnte er ohne Kenntnis des von der Brandversicherung vorgegebenen Kostenrahmens indes noch nicht einholen; sicherlich nur eine kurzfristige Formsache.

„Ich komme mit, wir können uns da draußen treffen", sagte er zu Mallinckrodts Freude, der vorgeschlagen hatte, die Schlüssel in Rothenburgsort abzuholen und sich das Sanierungsobjekt alleine gründlich anzuschauen.

Sasel

Am frühen Nachmittag hatten sich die beiden jungen Männer in Sasel getroffen und den Brand- und Löschwasserschaden in allen Einzelheiten aufgenommen. Die pauschale Eingangsbemerkung von Fischer, dass „oben ohnehin alles abgerissen" werden müsse und die Wohnung unten links „völlig durchgeregnet" sei, kommentierte Mallinckrodt auch angesichts Fischers Erscheinungsbild, seines merkwürdigen Augenzwinkerns und seiner Unfähigkeit, dem Gesprächspartner in die Augen zu sehen, nicht. Vielmehr klappte er seinen Laptop auf und startete die Gutachtensoftware, in der sich auch ein Modul zur präzisen Erhebung von geschädigten Objekten befand.

In den folgenden zwei Stunden inventarisierte er mit einem zunehmend ungeduldigen Boris Fischer im Schlepptau sorgfältig und gewissenhaft die Ausstattung jedes einzelnen Raums – von der Art und Qualität des Bodenbelags und der Tapeten über die Anzahl und Fabrikate der Lichtschalter, Steckdosen, Dimmer, Taster und Wechselschalter, Umfang und Höhe der Wandverfliesungen in den Bädern und Küchen, die Zahl der Brennstellen in den Decken bis hin zu den Türdrückern und Fenstergriffen, die in den einzelnen Wohnungen nicht nur von unterschiedlicher Qualität, sondern teilweise auch abschließbar waren. Er erfasste in unseren renovierten Bädern die Unterputzarmaturen und Wandspülkästen für die Toiletten, während sich in den anderen Wohnungen noch die weniger eleganten Aufputzlösungen sowie sichtbare Spülkästen befanden. Anschließend stellte er Überlegungen zum Verlauf der Elektroleitungen an und maß die entsprechenden Strecken aus.

Fischer wollte nicht einleuchten, wozu dieser pingelige Erhebungsaufwand gut sein sollte, wenn doch ohnehin alles abgerissen und neu installiert werden musste. Da würde man doch zweckmäßigerweise einen zeitgemäßen und gleichzeitig preiswerteren gemeinsamen Standard wählen, und ein paar Steckdosen mehr oder weniger sollten wohl in der Gesamtsumme verrieseln.

„Was ist mit den Fußböden?", fragte Mallinckrodt schließlich. Krämer hatte ihn darüber informiert, dass in ihnen elektrische Heizschleifen lagen und die Estriche als Speicher für die Fußbodenheizungen dienten.

„Wieso die Fußböden?", hatte Fischer gefragt, weil er vermutete, dass Mallinckrodts Frage sich auf das viele Löschwasser beziehen sollte: „Die kann man trocknen."

„Wir müssen unbedingt Probebohrungen durchführen, wie tief die Feuchtigkeit in die Böden eingedrungen ist", erklärte Mallinckrodt, „wenn die Heizschleifen und die darunter liegende Trittschalldämmung nass geworden sind, haben wir ein kleines Problem."

„Kann man ja, wie gesagt, trocknen und anschließend vom Elektriker durchmessen lassen, ob die Heizmatten noch funktionieren", schlug Fischer vor.

„Kann man", erwiderte Mallinckrodt, der nicht nur an die Heizmatten dachte. „Bei einem dreißig Jahre alten Haus ist allerdings davon auszugehen, dass die Trittschalldämmungen mit großer Wahrscheinlichkeit noch aus Jutefilz oder Holzfasern bestehen. Und wenn die nass geworden sind – dann gute Nacht, Marie! Den Schimmel und modrigen Geruch kriegst du nie wieder raus." Und ergänzte angesichts der vielen nassen Asche, die insbesondere in den oberen Wohnungen überall auf den Fußböden lag: „Von dem rauchigen Beigeschmack des Löschwassers will ich erst gar nicht reden. Also: Bohren und messen. Machen wir", fügte er unter Betonung des Personalpronomens hinzu, um sicherzustellen, dass ihm niemand unzureichende oder gar unzutreffende Messergebnisse unterjubelte.

Altona

Zurück im Büro der KLM-Architekten in der Beerenstraße informierte Mallinckrodt zunächst Krämer über seine Vermutung, dass die Fußböden und Estriche zumindest aus den beiden oberen Wohnungen rausgestemmt werden müssten. Er erreichte ihn in seinem 7er BMW, als Krämer an der Anschlussstelle Othmarschen gerade auf die A 7 einbog, um zu einem neuen Schadensfall in Harburg zu fahren. Zum Glück lagen im Elbtunnel Antennen, so dass sie ohne Störung weitertelefonieren konnten.

„Wat mut dat mut", kommentierte Krämer den Bericht seines erfreulich fähigen jungen Mitarbeiters knapp, als er sich gerade an die veränderten Lichtverhältnisse im Tunnel zu gewöhnen versuchte und daher stärker auf den Verkehr vor ihm konzentrieren musste. „Besser, wir wissen das jetzt bereits und der Versicherer kann sich entsprechend darauf einrichten, als dass der Sanierer Schäden erst im Rahmen des Abbruchs oder überhaupt nicht feststellt. Dann würde man uns nicht nur vorwerfen, wir hätten nicht sorgfältig gearbeitet, sondern die Sanierung würde je nach Baufortschritt auch erheblich teurer werden. Bohren Sie also ein paar kleine Löcher – und nehmen Sie am besten Jessen mit, der hat so etwas schon ein paar Mal gemacht", empfahl er und beendete das Gespräch. Telefonieren während der Fahrt war nicht mehr sein Ding. Krämer schwitzte trotz eingeschalteter Klimaanlage.

Sasel

Neugierig näherten wir uns in der kleinen Sackgasse unserem Wohnhaus und stellten das Auto auf dem Gehweg ab. Während unseres Urlaubs hatte man in der Tat die Einfahrt zu den Garagen verbreitert, indem sowohl Kantsteine als auch die gesamte Randbepflanzung entfernt worden waren, zudem die schöne große Blutbuche, deren unterste Zweige nach Regenfällen schon mal bis auf Kopfhöhe runterhingen, auf vier Meter ausgesägt, was ziemlich traurig aussah. Aber es half ja nichts, wie sollten sonst Kräne und Lkws auf das Grundstück gelangen? Die Garagen standen nach wie vor auf ihren Fundamenten, jedoch waren die schicken neuen Edelstahlkrempen bereits ebenso hässlich durchtrennt wie auch die vielen elektrischen Leitungen innerhalb der Garagen entfernt worden. Neben der ersten Garage verlief der Gartenweg und daneben eine lange Rabatte, in der wir Eiben, Rhododendren, Lebens- und Buchsbäume sowie Azaleen gepflanzt und im Verlauf der Jahre drei prächtige Exemplare der extrem langsam wachsenden Korkenzieherhaselsträucher hochgezogen hatten. Alles war ausgerodet und weg – fünfundzwanzig Jahre Gärtnerfreude mal eben futsch.

Franziska war den Tränen nahe, denn insbesondere bei den Buchsbäumen und der Korkenzieherhaselnuss handelte es sich inzwischen um recht wertvolle Gewächse, die sie alljährlich mit viel Liebe beschnitten hatte.

„Das müssen sie uns hinterher alles wieder reinpflanzen", versuchte ich sie zu trösten.

„Kein Mensch wird uns die Pflanzen in der bisherigen Größe wiederbeschaffen!", schimpfte sie, „wenn sie überhaupt eine Neubepflanzung bezahlen. Die interessieren sich doch nur für das Wohngebäude. Und da hinten haben sie auch den Ahorn völlig verunstaltet", rief sie entsetzt aus. In der Tat präsentierte sich auch der alte Ahorn bis weit über die Dachtraufe ausgelichtet, weil man sonst auf der Seite des Gebäudes kein Gerüst stellen konnte.

„Hier habe ich genug gesehen", sagte Franziska, „lass uns mal in der Wohnung nachschauen, ob dort inzwischen irgendetwas passiert ist."

Wir schlossen die Haustür auf und gingen die inzwischen mit Vlies ausgelegten zwei Treppen nach oben. Unsere Wohnungstür war nicht abgeschlossen – so hatten wir sie garantiert nicht zurückgelassen. Im Untergeschoss sah es bis auf ein paar abgeschlagene Sockelleisten und defekte Fußbodenfliesen im Wesentlichen unverändert aus; die Küchenunterschränke und Arbeitsplatten hatten Breitner und Schulz noch dick in Vlies und Pappen gehüllt. Das Obergeschoss war geräumt und der verbliebene Dachstuhl mit Baustützen abgesichert. Die immer noch provisorischen Planen über den gewaltigen Löchern in unserem Dach waren an vielen Stellen abgerissen oder vom Wind zerfetzt. Schutz boten sie eigentlich nicht. Überall auf den Fußböden lagen reichlich Dreck und Asche.

Nachdenklich beendeten wir bald unseren Rundgang durch die Wohnung, weil ja nichts zu verrichten war, außer ein paar Fotos zu machen. Einerseits waren wir erstaunt, dass in der Zwischenzeit kaum etwas passiert war, andererseits stimmte es traurig, die demolierte und ramponierte Wohnung so erleben zu müssen. Welches Bild würde sich demnächst hier bieten, wenn der Dachstuhl erst abgerissen war? Nach der von Neumann vollmundig angekündigten „Rückkehr bis Weihnachten" sahen die bisherigen Arbeiten jedenfalls nicht aus.

Wir schlossen die Wohnungstür ab und gingen in den Keller, um noch ein paar Dinge für die Ersatzwohnung zu holen. Zwischen dem Treppenhaus und dem Kellerflur befand sich eine Stahltür, die stets abgeschlossen war. Vom Kellerflur aus ging es durch eine gewöhnliche Zimmertür zu unserem großen Kellerraum.

Die Stahltür war unverschlossen und bei näherem Hinsehen stellte sich heraus, dass sie aufgebrochen worden war. Ich ging zu unserem Keller und sah, dass auch dessen Tür offen stand und diese wie auch die Zarge beschädigt war. Das Schließblech lag auf dem Fußboden, dazwischen Holzsplitter. Hier war eingebrochen worden! Wir holten eine Taschenlampe aus dem Auto, um in unserem nach wie vor unbeleuchteten Keller festzustellen, ob etwas gestohlen wurde. Auf den ersten Blick schien alles wie gewohnt in den Regalen und Fächern zu liegen. Dann öffnete ich meinen gut ausgestatteten Werkzeugschrank, in dem sämtliche elektrische Geräte wie Kreis- und Stichsäge, Bohr- und Schleifmaschine, Akkuschrauber und Heißluftpistole fehlten. Für die mechanischen Werkzeuge hatten sich die Diebe hingegen ebenso wenig interessiert wie für unser bescheidenes Weinregal.

Auch die Tür zum gemeinschaftlichen Anschlusskeller mit den Stromzählern stand sperrangelweit offen. Hier lagerten die wertvolleren Gartengeräte der Hausgemeinschaft wie Motorsäge, Heckenschere, Hochdruckreiniger, Industriesauger, Kabeltrommel, Ast- und Rasenkantenscheren sowie eine große Aluleiter. Auch dies war alles verschwunden. Wir gingen nach oben, um nachzusehen, ob man vielleicht sogar unsere Gerätehütte aufgebrochen hatte. Als wir den Gartenwasserhahn passierten, stellten wir fest, dass auch unser Schlauchwagen nicht mehr dort stand, wo sich 25 Jahre lang niemand für ihn interessiert hatte. Bis zur Gerätehütte, die sich hinter dem Haus befand, waren die Diebe offensichtlich doch nicht mehr vorgedrungen – sie war verschlossen und unversehrt.

„Wir müssen sofort die Polizei rufen", sagte Franziska, „denn der Einbruch muss ja schon wegen der Versicherungen aufgenommen werden."

„Klar. Weiß nur nicht, ob unsere Gartengeräte irgendwo versichert sind. Auf alle Fälle werde ich Neumann am Montag auffordern, das Haus sofort mit einem Bauzaun abzusichern."

„Wer kommt denn nur auf die Idee, in unsere Keller einzubrechen und alles mitzunehmen, was nicht niet- und nagelfest ist?", fragte Franziska, die über derlei Unverfrorenheit reichlich wütend werden konnte.

„Vandalismus setzt doch sofort ein, wenn etwas unbewohnt oder defekt erscheint und dazu unbeaufsichtigt ist. Und hier war in den letzten drei Wochen niemand außer den Arbeitern, die unsere Pflanzen zerstört und weggeschmissen haben und irgendwelchen Hirnis, die unsere Bude leer räumen sollten."

„Eben", meinte Franziska. „Konnten doch bestimmt jede Menge Werkzeug gut gebrauchen...".

Schon eine Viertelstunde nach unserem Anruf bei der Polizei kam ein Streifenwagen mit zwei netten Beamten vorbei. Wir berichteten ihnen, dass es hier vor einem Monat gebrannt hatte, wir gerade von einer Reise zurückkämen und man in der Zwischenzeit unsere Keller aufgebrochen hätte.

„Abgebrannt reicht ja wahrscheinlich noch nicht", meinte der eine mitfühlend und bestätigte, dass ein verlassenes Haus immer ein besonderes Risiko darstelle. Immerhin erkannten die beiden Beamten rasch, dass die Haustür unversehrt war – der oder die Täter mussten also ungehindert ins Haus gekommen sein. Letztlich konnten sie uns nur ein Aktenzeichen geben und die Einbruchsspuren sowie die entwendeten Dinge sorgfältig aufnehmen. Dass irgendeine Chance bestand, die Täter zu identifizieren oder gar unser Hab und Gut wiederzufinden, hielten sie für weitgehend unrealistisch.

Innenstadt

Montagmorgen setzte ich mich um halb sieben auf mein altes Rad und strampelte ins Büro. Ab sieben versuchte ich in der Annahme, dass man im Sanierungsgewerbe ebenso wie im Handwerk zeitig mit der Arbeit beginnt, Neumann in der GERESA zu erreichen. Um zehn vor acht nahm er schließlich ab.

Ich berichtete ihm von den aufgebrochenen Kellern und den geklauten Geräten und wies darauf hin, dass Einbruch und Diebstähle wohl nur passiert sein konnten, während jemand vor Ort und die Haustür nicht nur aufgeschlossen, sondern sogar geöffnet und mit einem Holzkeil am Zufallen gehindert war. Und außer zum Leerräumen der oberen Wohnungen und zum Stellen einiger Baustützen sei in letzter Zeit ja wohl niemand im Haus gewesen.

„Das ist ein ziemlich heftiger Vorwurf, den Sie da erheben!", maulte er. „Indirekt unterstellen Sie damit, dass jemand von uns oder von der GERESA beauftragte Personen den Einbruch verübt haben. Das halte ich für absolut ausgeschlossen!

Ich lenkte ein, dass den Einbruch theoretisch auch ein fremder Dritter begangen haben konnte, die GERESA sich dann aber mit dem Vorwurf konfrontiert sehe, ihre Sorgfaltspflicht verletzt zu haben, indem sie die Haustür unkontrolliert und einladend offen stehen ließ. Anschließend forderte ich ihn auf, einen Bauzaun zu stellen, um weiterem Vandalismus zumindest etwas Widerstand zu bieten.

„Das sollten Sie mal mit Herrn Fischer besprechen, dem wir zwischenzeitlich die Bauleitung übertragen haben", versuchte er das unangenehm werdende Gespräch möglichst zügig loszuwerden. Wir hatten also einen Bauleiter. Klang ja nicht so schlecht, wenn sich jemand exquisit um unsere Baustelle kümmerte, der hoffentlich sein Fach verstand. „Ich bin ja nur der Projektleiter", verabschiedete sich Neumann kokettierend und stellte meinen Anruf durch.

Ich führte gegenüber Herrn Fischer also zunächst Franziska und mich als langjährige Bewohner der am meisten geschädigten Wohnung und zudem einzige Eigentümer ein, die nach der Sanierung des Wohngebäudes dorthin zurückziehen würden. Außerdem berichtete ich ihm, dass mir der bisherige Vermieter unserer Nachbarn eine Generalvollmacht erteilt hätte, mit der ich über alle Entscheidungen und Veränderungen in seiner Wohnung befinden durfte. Erst dann berichtete ich auch ihm von dem Kellereinbruch und den Diebstählen.

Kaum hatte ich auch ihm meinen Verdacht vorgetragen, dass wohl nur mit den bisherigen Aufräumarbeiten beauftragte Personen hierfür infrage kommen konnten, unterbrach er mich und antwortete deutlich entrüstet in rasendem Tempo:

„Dafür würde ich meine Hand ins Feuer legen, dass es keiner von unseren Leuten war. Ich kann mich auch nicht daran erinnern, dass hier so etwas schon mal vorgekommen ist."

Auf meine Frage, wie denn sonst jemand ins Haus gekommen sein konnte, ohne die Haustür aufzubrechen, sagte er:

„Da kann sich doch unten jemand ins Haus geschlichen haben, während ganz oben gearbeitet wurde. Das bekommt man da oben doch gar nicht mit."

„Und warum machen die Arbeiter dann die Haustür nicht zu, wenn sie oben außer Sicht- und Hörweite arbeiten?", wollte ich dennoch wissen.

„Das ist so üblich, das machen doch alle so, weil niemand, der etwas zu tragen hat, dabei auch noch eine Tür bedienen will", antwortete Fischer. „Auf alle Fälle werden wir in den nächsten Tagen alle Schlösser gegen einheitliche Bauschließzylinder austauschen. Dann können Sie Ihre Schlüssel schon mal zurückbekommen."

„Nützt ja auch nicht viel gegen offen stehende Haustüren", kommentierte ich sein Ablenkungsmanöver. „Deswegen erwarte ich, dass Sie möglichst bald einen Bauzaun stellen, der nachts abgeschlossen wird."

„Da muss ich noch mal ins Schadengutachten schauen", gab Fischer vor. „Ich kann mich nicht erinnern, dass dort ein Bauzaun vorgesehen ist."

Ich verdeutlichte ihm, dass mir dies ziemlich egal und ich nicht bereit sei, Einbruch und Diebstahl in Kauf zu nehmen, nur weil der Sachverständige einen – bei derartigen Sanierungsprojekten doch sicherlich üblichen – Bauzaun vergessen hatte.

„Ich glaube nicht", antwortete er, „dass der Gutachter den vergessen hat. Ich vermute vielmehr, dass er ihn angesichts der schwierigen Zuwegung für nicht praktikabel hielt. Ein großer Lkw kommt ja schon so kaum auf das Grundstück", betonte er vorwurfsvoll.

„Man wird doch wohl einen Bauzaun so aufstellen, ausrichten und tagsüber öffnen können, dass er die Zufahrt auf das Grundstück nicht behindert", erwiderte ich leicht verärgert über seine Argumentation. „Dann schicken Sie mir bitte das Gutachten, das ich selbstverständlich ohnehin einsehen möchte. Ich kann dann ja dem Gutachter mitteilen, in welchen Punkten ich es für ergänzungsbedürftig oder nicht zutreffend halte."

„Das wird nicht gehen", sagte Fischer. „Ich darf Ihnen das Schadengutachten nicht aushändigen." Langsam ging meine Geduld dann doch zur Neige:

„Warum das denn nicht? Ich bin nicht nur Miteigentümer und Hauptbetroffener, sondern auch der Einzige, der das Haus von A bis Z kennt. Wenn jemand Mängel im Gutachten aufdecken kann, dann bin ich das!", wurde ich etwas deutlicher.

„Das mag ja alles sein. Sie sind aber, wie Sie selbst gerade gesagt haben, nur Miteigentümer und nicht unser Auftraggeber. Deswegen darf ich Ihnen das Gutachten nicht geben."

Welche Spielchen wurden da gespielt? Auftraggeber war die Brandversicherung, die einen Sachverständigen beauftragt hat, ein Schadengutachten zu erstellen, das nur sie und die von ihr beauftragte GERESA kennen durfte? Das konnte doch alles nicht wahr sein. Ich wollte es aus Fischers Mund hören:

„Und wer ist bitte Ihr Auftraggeber"?

„Ihre Hausverwaltung", kam die prompte Antwort. „Sie hat uns mit der Sanierung beauftragt."

Das war mir neu und musste während unseres Urlaubs gelaufen sein. Frau Silves anrufen, notierte ich mir. Warum hat sie einen Auftrag an die GERESA unterschrieben? Und wie konnte sie dies tun, ohne zuvor mit den Eigentümern zu sprechen? Uns hatte doch niemand gefragt, ob die GERESA für uns arbeiten sollte, die stand ja schließlich kurz nach dem Brand in Form der wichtigen VB und ihrem Gefolge sowie dem Sachverständigen der Brandversicherung Krämer vor der Tür. Musste ich alles erst mal mit Frau Silves und den Miteigentümern klären, machte momentan keinen Sinn, das Thema mit diesem Fischer zu vertiefen, der ja offensichtlich eloquent genug zu sein schien, um auf jede Frage eine rasche Antwort zu finden. Ich sprach daher den nächsten Punkt an, den ich mir für das Telefonat mit Neumann aufgeschrieben hatte:

„Wir haben in unserer Wohnung gesehen, dass an einigen Stellen die Sockelleisten und die Fliesenfußböden beschädigt worden sind. Die sind teilweise noch keine fünf Jahre alt. Kann man die schönen Fliesen während der Sanierung nicht durch eine Holz- oder Pappabdeckung schützen?"

„Gut, dass Sie das ansprechen", sagte Fischer hörbar erleichtert über den Themenwechsel. „Wir haben an einigen Stellen Probebohrungen durchgeführt, um festzustellen, wie viel Wasser in den Estrich eingedrungen ist. Die hatten zum Ergebnis, dass die Fußböden alle rausgestemmt werden müssen."

„Was?", fragte ich entsetzt, „unsere neuen Fußbodenfliesen sollen alle wieder raus? Kann man so etwas denn nicht trocknen?"

„Nicht nur die Fliesen", antwortete Fischer. „Die gesamten Fußböden kommen raus. Also Estrich, Heizung und Trittschalldämmung. Deshalb müssen Sie Ihren Hausratssanierer auch bitten, bis Ende der Woche die Küche komplett zu räumen."

„Küche gehört in Hamburg doch zur Wohnung", wandte ich ein. „Damit dürfte es doch wohl Aufgabe des Gebäudesanierers

sein, die Unterschränke und die Arbeitsplatten raus zu räumen."
Schließlich war mir völlig klar, weswegen Breitner sich nicht an
die schweren Granitplatten gewagt hatte. „Außerdem kann ich
mir nicht vorstellen, dass es Sinn macht, auch in der Küche die
Fußböden raus zu stemmen. Sie ist sowohl vom Brand als auch
vom Löschwasser völlig unbehelligt. Kein Tropfen Wasser ist dort
durch die Decke gekommen oder auf dem Fußboden gelandet!"

„Doch, kommt alles raus", beharrte Fischer. „Wir laufen sonst
Gefahr, dass sich irgendwo Schimmel bildet und es modrig riecht.
Und außerdem haben wir mit Ihrem Hausratssanierer vereinbart,
dass er sich weiter um die Küche kümmert, nachdem er schon die
Oberschränke abgehängt und auf sein Lager genommen hat.
Dann soll er auch den Rest machen. Kriegt er ja erstattet. Bis Freitag also muss alles raus, damit der Abbruchunternehmer endlich
loslegen kann", beendete Fischer die Diskussion um den Küchen-
ausbau. „Ich kann Ihnen aber im Zusammenhang mit der Erneuerung der Fußböden noch einen guten Vorschlag machen, der Sie
sicherlich damit versöhnen wird."

„Tut mir leid, ich habe jetzt erst mal eine Besprechung. Kann
Sie ja heute Nachmittag noch mal anrufen", kündigte ich unter
Hinweis auf einen bereits um acht Uhr begonnenen Termin an
und legte auf.

Nach meiner Besprechung rief ich sofort Breitner an, um ihm
mitzuteilen, dass er leider auch die Küchenunterschränke noch
ausbauen und auf sein Lager nehmen musste.

„Die Schränke sollen wohl kein Problem sein", sagte er mit
Hinweis auf seine dann ja überflüssigen Bemühungen, sie sorgfältig gegen Beschädigung zu schützen. „Aber an die Granitplatten gehen wir nicht ran. Da haben wir weder Erfahrung noch die
Manpower, um mit solchen Gewichten umzugehen."

„Dann frage ich mal den Küchenhersteller", antwortete ich, „ob der die Platten ausbaut. Wer sie eingesetzt hat, muss sie doch auch wieder rausnehmen können."

„Sollte man meinen", kommentierte Breitner meinen Vorschlag und bot an, parallel einen ihm bekannten Möbeltischler nach einer Lösung des Problems zu befragen.

Kapitel 10

Sasel

Das kann ja lustig werden, dachte Boris Fischer. Mischt sich der Besserwisser gleich zu Beginn in die Baustellenorganisation ein und führt sich auf wie der Obergutachter. Aber nun hat er ja erst mal ein neues Problem. Wahrscheinlich kann man seine edlen Granitarbeitsplatten nur wieder ausbauen, indem sie man sie vorher mit dem Vorschlaghammer zertrümmert. Und hinterher gibt es dann kunststoffbeschichtete Pressspanplatten. Küche ist im Gutachten ja auch nicht vorgesehen.

Krämers Schadengutachten hatte Ende vergangener Woche endlich vorgelegen. Zuvor hatten Mallinckrodt und Jessen die Fußböden der beiden oberen Wohnungen mit einem elektronischen Feuchtigkeitsmesser und in die Bohrlöcher abgesenkten Sonden überprüft und in unserem Wohnzimmer und im Flur Werte von weit über 100 digits ermittelt. Dies galt als nass. In den übrigen Räumen wie auch in der Nachbarwohnung schwankten die Anzeigen zwar zwischen lediglich 50 und noch tolerablen 70 digits; Jessen empfahl, lieber auf die sichere Seite zu gehen und auch hier die alten Fußböden komplett zu entfernen.

„Alles andere wäre Stückwerk und Provisorium", sagte er zu Mallinckrodt und ergänzte, dass man ohnehin nicht wissen könne, ob die alten Heizschleifen mit modernen, sicherlich mit größerem Querschnitt und entsprechend höherem Widerstand, kompatibel wären und die Verfliesung der trockeneren Fußböden überhaupt die Erschütterungen der Bohrhämmer aushielten, die zum Rausstemmen der dicken Speicherestriche eingesetzt werden mussten. „Dann lieber Ende mit Schrecken und hinterher alles neu", war sein Fazit, dem sich Krämer sofort anschloss.

Wenige Tage später hatte Fischer sich im Rahmen seiner Verabredungen mit den verschiedenen Gewerken auch mit dem Mitinhaber des Sanitär- und Installationsbetriebs Pyczek & Mommsen auf der Baustelle getroffen, um ihm die insbesondere im Bereich der oberen Bäder anfallenden Arbeiten zu zeigen.

„Also ausbauen und Neuinstallation?", fragte Pyczek, nachdem Fischer ihm überflüssigerweise den allzu offensichtlichen Umstand erläutert hatte, dass dort der Dachstuhl und damit auch die Bäder komplett zu erneuern waren.

„Ausbauen machen wir", antwortete Fischer, denn hierfür hatte die GERESA Abbruchunternehmer unter Vertrag, die deutlich preiswerter waren als jeder deutsche Handwerksbetrieb. Oft waren die überwiegend aus Osteuropa stammenden Männer sogar bereit, auch unterhalb des Mindestlohns zu arbeiten. Dafür fanden sie meist noch eine Verwendung für so schöne Dinge wie intakte Badewannen, Toiletten, Duschtassen und Waschbecken sowie „vergessene" Accessoires. Betriebe wie Pyczek & Mommsen würden dies hingegen zum deutschen Gesellenstundentarif „fachgerecht entsorgen".

„Schade eigentlich." Pyczek hatte sich nach Fischers telefonischer Schilderung des Sanierungsprojekts ein umfangreicheres Auftragsvolumen vorgestellt.

„Immerhin handelt es sich ja um vier Bäder", betonte Fischer, der Pyczek bei Laune halten wollte, um nicht mit weiteren Installationsbetrieben einen zusätzlichen Besichtigungstermin durchführen zu müssen. „Und vielleicht können wir den Besitzer der Nachbarwohnung sogar davon überzeugen, dass er im Rahmen der Sanierung auch mal sein Duschbad im Untergeschoss erneuert. Da ist nämlich immer noch die hübsche Erstausstattung von anno Tobak zu bewundern."

Damit gingen sie nach unten und in die andere Wohnung. In der Tat gab es dort noch dunkelgrüne Wandfliesen, beigebraune Keramik, eine ziemlich unappetitliche, weil verkalkte und mit schwarzem Schimmel überzogene Duschabtrennung von Duscholux sowie über dem farblich hervorragend abgestimmten

Spülkasten aus Kunststoff für das Stand-WC den in den 1980er Jahren noch üblichen hydraulischen Durchlauferhitzer.

„Das gehört ja wirklich alles ins Museum", stellte Pyczek abfällig fest. „Den versifften Schrott wird ja wohl niemand ernsthaft wieder einbauen wollen." Und auf den Durchlauferhitzer zeigend fragte er: „Haben die hier überall elektrische Warmwasserversorgung?"

„Nicht nur Warmwasser", antwortete Fischer, „die heizen sogar mit Strom."

„Wie das?", wollte Pyczek wissen, der nirgends ein Heizgerät entdecken konnte.

„Hier liegen überall elektrische Heizschleifen im Fußboden", antwortete Fischer, dem diese Technik auch noch nie untergekommen war. Mallinckrodt, der sich an der TU Dortmund für ein Forschungsprojekt zur Speicherung alternativer Energien interessiert hatte, hatte ihm erzählt, dass früher insbesondere in Nordrhein-Westfalen und Hamburg vielfach elektrische Nachspeicheröfen eingebaut worden sind, um mit günstigen Nachtstromtarifen die Atomkraftwerke gleichmäßiger auszulasten. Und im gehobenen Wohnungsbau hätte man dann in den 1980er Jahren oft die komfortable Variante in die Fußböden gelegt, wobei ein besonders dicker Estrich als Speicher diente. Inzwischen gebe es zunehmend Überlegungen, elektrische Speicherheizungen in Verbindung mit intelligenten Stromzählern als Speichermedien zu nutzen. Die EnEV 2009 hätte sogar ein grundsätzliches Verbot vorgesehen, das jedoch nach Fukushima wieder aufhoben worden sei.

„Das ist doch völlig behämmert", meinte Pyczek, nachdem Fischer ihm Mallinckrodts Fachwissen als sein eigenes verkauft hatte. „Gas ist doch energetisch viel sinnvoller. Und Strom wird immer teurer."

„Schon richtig", sagte Fischer. „Aber was willste machen, wenn das vor dreißig Jahren mal so verbaut worden ist?"

„Könnte man jetzt doch 'ne Brennwerttherme hinstellen und Heizkörper an die Wände hängen", schlug Pyczek in der Hoffnung auf einen lukrativen Zusatzauftrag vor.

„Brauchst du nicht", kommentierte Fischer. „Die Fußböden müssen ohnehin alle raus. Dann könnte man auch Rohre unter den Estrich legen", fiel ihm in diesem Augenblick ein. „Passt nur kostenmäßig bestimmt nicht in unser Schadengutachten."

„Dann müssen die Eigentümer eben was draufzahlen", antwortete Pyczek. „Das amortisiert sich doch ratzfatz über den Gaspreis. Ich kalkuliere mal, was so 'ne Heizung hier kostet, und Du schaust mal in Dein Gutachten, was für den Elektromurks vorgesehen ist. Kannst ja den Eigentümern schon mal vorschlagen, ihre Heizkosten künftig mindestens zu halbieren."

Hoheluft

Als ich abends Franziska zu Hause – wir hatten beizeiten beschlossen, unsere Interimswohnung in Hoheluft als unser vorübergehendes Zuhause zu bezeichnen – berichtete, dass unsere Fußböden bis auf die Zimmerdecke der unteren Wohnungen komplett rausgestemmt werden sollten und daher auch die restliche Küche ausgebaut werden musste, reagierte sie verzweifelt, weil sie sehr an ihrer schönen Küche hing, die wir erst vor einigen Jahren erneuert hatten:

„Die wird doch nie wieder so akkurat und unversehrt eingebaut wie sie mir in den vergangenen Jahren täglich Freude bereitet hat!", beklagte sie.

„Es hilft doch nichts! Wir können doch nicht ein paar Unterschränke dort stehen lassen, wenn drum herum alles weggebrochen wird, zumal natürlich auch unter den Schränken der Estrich raus muss. Und das Risiko von Beschädigungen wäre vor Ort ja ohnehin wesentlich größer als auf Breitners Lager. Schulz hat doch bisher alles super vorsichtig ausgebaut und transportiert. Wird schon gut gehen", versuchte ich sie zu beruhigen.

„Kann er denn auch die Granitplatten ausbauen? Die größte habt Ihr zu fünft hochgeschleppt. Ich dachte damals, Du stirbst vor Anstrengung!"

„Nein, ja, kann er vielleicht, macht er aber nicht", stammelte ich. „Weiß der Henker, zu schwer, zu gefährlich. Jedenfalls hat Breitner gesagt, Schulz hätte keine Erfahrung mit Stein und mache sich da nicht ran."

„Und wer soll sie dann ausbauen und transportieren?", fragte Franziska.

„Weiß ich auch noch nicht. Jedenfalls habe ich heute Nachmittag schon bei Küchen Komplett angerufen und gefragt, ob sie eine Küche, die sie vor ein paar Jahren eingebaut haben, auch wieder ausbauen."

„Und?"

„Machen sie nicht. Sie würden nur einbauen, niemals wieder ausbauen. Dafür hätten sie keine Kapazität, meinte die Tusnelda etwas schnippisch, als hätte ich ihr einen unsittlichen Antrag gemacht."

„Merkwürdig. Und nun?"

„Breitner will noch einen Möbeltischler fragen, den er kennt. Müssen wir wohl erst mal das Ergebnis abwarten."

„Gut, machen wir das. Sind ja auch noch vier Tage Zeit. Wat 'ne Scheiße alles", fluchte Franziska leise vor sich hin.

„Ja, ist es", bestätigte ich. „Und wir fangen gerade erst an."

Innenstadt

Am nächsten Vormittag meldete Breitner sich zunächst mit der erfreulichen Botschaft, uns übermorgen unsere restliche Kleidung, das kleine Sofa, einen Sessel, den kleinen Glastisch und unser Schränkchen aus der Putzkammer, das wir zum Badezimmerschrank umfunktionieren wollten, vorbeibringen zu können.

„Prima", freute ich mich, abends nicht mehr auf dem harten Gartenstuhl sitzen und als Ersatztisch nicht mehr einen wackeligen Umzugskarton benutzen zu müssen. „Wann wollen Sie denn kommen?"

„Ich denke, gegen Mittag haben wir die größte Chance, eine große Parklücke vor Ihrer Haustür zu finden. Sagen wir so gegen eins, wenn Sie das einrichten können."

„Klar kann ich, bin um eins da." Ich hatte mit meiner Dienststelle vereinbart, außerhalb von offiziellen Besprechungsterminen jederzeit für Bauangelegenheiten abkömmlich sein zu dürfen. Ich war ohnehin jeden Morgen weit vor sieben Uhr im Büro und ging abends selten vor sechs nach Hause.

„Und was ist mit unseren Arbeitsplatten?", fragte ich Breitner noch, bevor er auflegte. „Haben Sie Ihren Möbeltischler erreicht?"

„Ja, habe ich. Der war leider nicht wirklich begeistert und sagte, richtig gut kenne er sich eigentlich nur mit Holz aus. Aber er hat einen ziemlich großen Betrieb und ist gut vernetzt. Er hat eine Mitarbeiterin gebeten, so lange in der Weltgeschichte rumzutelefonieren, bis sie jemanden gefunden hat, der Ihre Platten ausbaut."

„Wollen wir mal hoffen, dass sie fündig wird", verabschiedete ich mich bis übermorgen mit dem Hinweis, dass ja noch drei Tage Zeit blieben.

Rothenburgsort

Nachdem Krämers Schadengutachten vom zuständigen Sachbearbeiter der Brandversicherung durchgesehen und die Kostenobergrenze freigegeben war, konnte Fischer endlich die von ihm ausgewählten Handwerksbetriebe um Angebote bitten. Je mehr Kostenvoranschläge er bekam, desto eher würde es ihm gelingen, den Kostenrahmen einzuhalten wenn nicht sogar zu unterschreiten, sagte er sich. Schließlich wollte er mit seiner ersten Bauleitung bei der GERESA unter Beweis stellen, dass er nicht nur die fachliche Kompetenz besaß, sondern auch hart verhandeln konnte.

Indes war das Problem mit den Garagen immer noch nicht gelöst. Fischer hatte zwar eines Morgens auf dem Weg zur Arbeit sein Fahrrad unvermittelt in die Einfahrt einer Spedition in der Nähe der GERESA gelenkt und dort aus einer spontanen Idee heraus gefragt, ob sie für ein paar Monate Platz für zwei Garagen hätten. Und zu seiner großen Erleichterung wollte man ihm für eine Monatsmiete von hundert Euro pro Garage tatsächlich auch gerne diesen Gefallen tun. Sein zweiter Anruf bei der Fixport GmbH in Buxtehude zwecks Terminvereinbarung für den Transport war hingegen ein herber Rückschlag. Der Unternehmer, mit dem er dieses Mal selbst telefonierte, war zwar von seinem einzigen noch verbliebenen Lkw-Fahrer am nächsten Morgen unterrichtet worden, dass sie „einen schönen Auftrag in Aussicht" hätten. Mangels eines geeigneten Spezialfahrzeugs, auf das sie angesichts ihrer nur noch geringen Produktion neuer Garagen „unter Wirtschaftlichkeitsaspekten schon seit Jahren verzichteten", könnte er solche Aufträge aber nicht annehmen. Im Übrigen hätte sich seine Firma inzwischen auf die Wartung und Reparatur von Toren spezialisiert. Sein Mitarbeiter hätte das Hilfeangebot sicherlich gut gemeint, beendete er das Telefongespräch mit leichtem Galgenhumor, sei aber wohl ein wenig voreilig gewesen.

Reumütig hatte Fischer daher auch den Garagenbauer nördlich von Bargteheide erneut angerufen und mit der frohen Botschaft zu locken versucht, dass er sogar Lagerplätze für die beiden Garagen gefunden hätte.

„Und wo befinden die sich?", wollte der Hersteller wissen.

„Gleich bei uns um die Ecke", hatte Fischer geantwortet und, als er merkte, dass sein Gesprächspartner mit dieser Ortsangabe wenig anfangen konnte, hinzugefügt: „Rothenburgsort".

„Oha", meinte der Unternehmer, „da unten hatte ich noch nie Kundschaft. Das wird dann ja 'ne hübsch lange Tour: Bargteheide – Sasel – Rothenburgsort – Sasel – Rothenburgsort – Bargteheide. Da sind wir mit Ausheben und Absetzen ja wohl einen vollen Tag zugange."

„Und bleibt es bei dem vereinbarten Tausender je Garage?", fragte Fischer in böser Vorahnung.

„Den können Sie knicken", erwiderte sein Gesprächspartner, „ich kann ja wohl nicht noch was drauflegen, bloß damit Ihr Eure Garagen los seid. Fünfzehnhundert pro Tour, aber nett, wie ich bin, zurück derselbe Preis, auch wenn das korrekte Aufstellen und Ausrichten wesentlich aufwendiger ist als Garagen mal eben bei einer Spedition abzusetzen."

„Okay", willigte Fischer schließlich ein. Geht das dafür diese Woche noch über die Bühne?", drängelte er, um bei dem Preis wenigstens noch etwas rausschinden zu können.

„Das können Sie sich abschminken, junger Mann", sagte der Unternehmer, der längst gemerkt hatte, dass es sich bei Fischer um einen jüngeren Mitarbeiter handelte. „Diese Woche habe ich keinen Wagen mehr frei. Nächste Woche Mittwoch kann ich bieten."

Fischer legte stöhnend auf. Sechstausend plus voraussichtlich tausend für die Platzmiete der Spedition. Was würden Neumann und Schröder dazu sagen?

Innenstadt/Rothenburgsort

Zwei Tage nach unserem unterbrochenen Telefonat fiel mir ein, dass ich Fischer gegenüber angekündigt hatte, ihn noch einmal anzurufen, weil er mir ja noch irgendeinen interessanten Vorschlag unterbreiten wollte. Und auch ich hatte noch ein paar offene Punkte. Also wählte ich morgens um viertel vor sieben seine Nummer, weil er dann am besten zu erreichen war:

„Ich habe mir überlegt", ließ ich ihn zunächst berichten, „dass es unter energetischen Gesichtspunkten doch viel sinnvoller wäre, in Ihre Fußböden nicht wieder elektrische Heizschleifen zu legen."

„Sondern?", fragte ich. Tatsächlich hatten wir vor vielen Jahren schon einmal für das gesamte Haus mit dem Gedanken gespielt, auf den angenehmen Komfort eines warmen Fußbodens zu verzichten, konventionelle Heizkörper an die Wände zu hängen und diese durch eine Gastherme im Keller zu beheizen. Hintergrund waren die hohen Wärmeverluste in den Dachgeschosswohnungen infolge des schlecht isolierten Dachs. An kalten Tagen kam es schon mal vor, dass die in den Fußböden gespeicherte Wärme abends nur noch für Zimmertemperaturen von sechzehn Grad ausreichte. Das war aber weit vor der Energiewende gewesen, als der Strompreis noch deutlich niedriger war und die Preisdifferenzen zwischen Öl, Gas und Strom nicht so zu Buche schlugen wie heute. Doch die damaligen Bewohner der unteren Wohnungen waren mit ihrer Wärmeausbeute ganz zufrieden, während die älteren Herrschaften in unserer Nachbarwohnung sich vor Gas im Haus fürchteten. Richtig begeistern konnten wir uns letztlich für eine derartige Umrüstung auch deswegen nicht, weil im ganzen

Haus Rohre zu verlegen gewesen wären und wir anschließend ständig kalte Fliesenfußböden gehabt hätten.

„Wir könnten Ihnen doch gegen einen geringen Aufpreis", fuhr Fischer fort, ohne von Pyczek eine entsprechende Zahl gehört zu haben, „eine moderne Brennwerttherme einbauen und die Fußböden mit Warmwasser beheizen. Alternativ könnten wir auch Heizkörper an die Wände hängen."

„Keine schlechte Idee", antwortete ich, weil wir damit nicht mehr auf gespeicherte Wärme angewiesen wären, sondern zu jeder beliebigen Tages- und Nachtzeit die Temperatur regeln könnten. „Auf alle Fälle werden wir wohl wieder eine Fußbodenheizung haben wollen. Und welche ‚energetischen Gesichtspunkte' wären da besonders vorteilhaft?"

„Na, das liegt doch wohl auf der Hand", kicherte Fischer. „Gas ist doch viel günstiger als Strom, zumal der Strompreis immer weiter ansteigt. Sie müssen doch horrende Heizkosten haben!", vermutete er nicht ganz zu Unrecht. So richtig preiswert war unsere Heizung inzwischen wirklich nicht mehr, nachdem die Nachttarife sich in den vergangenen Jahren immer mehr den Tagestarifen angeglichen hatten und zudem die EEG-Umlage mehrfach angehoben worden war.

„Dann meinen Sie also rein wirtschaftliche Gesichtspunkte, denn ich kann mir nicht vorstellen, dass ich durch den Wechsel des Energieträgers auch weniger Energie benötige."

„Ja, schon richtig", räumte Fischer hörbar genervt über meine Schlaumeierei ein. „Fest steht doch allemal, dass Sie deutlich weniger bezahlen würden, zumal die Brennwerttherme natürlich auch das Warmwasser erzeugt."

„Solange Putin uns sein Gas günstig verkauft. Und wo würden Sie so eine Therme aufstellen?", fragte ich.

„Egal, in Ihrem Flur, oder meinethalben auch im Keller. Vielleicht würde sich ja Ihr Nachbar anschließen, dann bräuchte man nur eine Leitung nach oben zu führen. Ist jedenfalls alles kein Problem", schloss er mit Neumanns Lieblingssatz.

„Das will alles sorgfältig durchdacht sein. Sie oder der von Ihnen beauftragte Installationsbetrieb können uns ja mal ein entsprechendes Angebot unterbreiten. Wir würden uns das dann in Ruhe ansehen."

„Aber der Installateur müsste derartige Zusatzarbeiten natürlich beizeiten in seiner Arbeitsplanung berücksichtigen", drängelte Fischer, der sich sorgte, dass Pyczek ohne die Gasheizung vielleicht auch die Installation der Bäder nicht übernehmen würde. Es war ohnehin schwierig genug gewesen, mit Pyczek & Mommsen einen Betrieb zu finden, der überhaupt bereit war, die anstehenden Arbeiten zu übernehmen. Klempner und Schlosser waren in einer Zeit, in der nicht nur Unmengen von neuen Wohnungen, sondern auch Unterkünfte für die enorm gestiegenen Flüchtlingszahlen gebaut wurden, absolute Mangelware. Und die meisten konnten es sich daher erlauben, Preisforderungen zu stellen, die nicht recht in den Kostenrahmen der Brandversicherung passen wollten.

„Noch sind die Fußböden ja nicht raus", antwortete ich. „Schicken Sie mir erst mal Ihr Angebot. Und apropos ‚Zusatzarbeiten berücksichtigen': Ich maile Ihnen gleich mal die Montageanleitung unseres Ofenbauers weiter, die ich soeben erhalten habe. Daraus geht nämlich hervor, dass unter unserem neuen Kaminofen natürlich kein schwimmender Estrich liegen darf, sondern Verbundestrich geschüttet werden muss. Und ich empfehle, dies in der Nachbarwohnung entsprechend vorzusehen, falls dort auch wieder jemand einen Ofen aufstellen möchte."

„In Ordnung. Gebe ich zu gegebener Zeit so an den Estrichleger weiter."

„Und zu dem Thema ‚alternatives Heizsystem‘, fuhr ich nach diesem kleinen Exkurs fort, „passt ja vielleicht unsere Überlegung, ob man die Gelegenheit nutzen kann, um noch ein paar andere bauliche Veränderungen vorzunehmen."

„Woran haben Sie da gedacht?"

„Zum Beispiel eine flachere Dachneigung, eine Verlängerung der Gaube oder eine Aufstockung der gemauerten Außenwände. Alles mit dem Ziel, den Raum unter dem Dach optimal zu nutzen."

„Das wird nicht gehen", wandte Fischer sofort ein, „derartige Veränderungen würden einen neuen Bauantrag erfordern, und der kann zu monatelangen Verzögerungen führen. Das dürfte auch nicht in Ihrem Interesse liegen."

„Deswegen würden wir uns ja gerne beizeiten mit einem Architekten zusammensetzen, vielleicht gibt es ja einige sinnvolle Maßnahmen, die man auch ohne Bauantrag umsetzen könnte. Sicherlich haben Sie da jemanden an der Hand, oder sollen wir uns um einen Architekten kümmern?"

Fischer lachte leise: „Ich bin Architekt. Ich bin damit auch Ihr Architekt."

Rothenburgsort

Wie jeden Mittwochnachmittag saß Schröder mit seinen Projekt- und Bauleitern in großer Runde in einer Besprechung, um sich über die Entwicklung der einzelnen Sanierungsobjekte zu informieren. In Bezug auf seinen jüngsten Mitarbeiter Fischer hatte er bislang noch nichts gehört, dass der mit seiner neuen Aufgabe überfordert war oder die erfahrenen Kollegen unentwegt um Rat fragte.

Routiniert, um möglichst rasch wieder an den eigenen Schreibtisch zu kommen, wo angesichts der von der GERESA übernommenen Vielzahl von Sanierungs- und Neubauobjekten genügend Arbeit wartete, berichteten Neumann, Svenzke und die übrigen älteren Kollegen vom Stand ihrer verschiedenen Projekte, wobei Neumann ständig darauf hinwies, mit riesigen Problemen konfrontiert zu sein, er diese jedoch ebenso weitsichtig wie fachkundig und stets zum Wohle der GERESA zu lösen verstand. Ein anderer Vorgesetzter als Schröder hätte daraus möglicherweise hergeleitet, dass Neumann etwas überfordert schien. Svenzkes Vortrag hingegen war stets von größter Sachlichkeit und Prägnanz, und er selbst war sich auch völlig sicher, dass er niemals Probleme haben würde, zu denen er den Rat Schröders einfordern müsste.

Nach wenigen Minuten schon hatte die Runde ihren Rapport beendet und Schröder wandte sich neugierig Fischer zu, um ihm den aktuellen Stand des jüngsten Sanierungsvorhabens der GERESA zu entlocken:

„Na Fischer", begann er mit väterlicher Gönnermiene, „dann erzähl mal, was Du in den vergangenen Tagen alles erreicht hast!"

„Das größte Problem war es tatsächlich", begann der Angesprochene in rasantem Tempo, „jemanden zu finden, der die beiden Garagen ausheben und transportieren kann. Außerdem war keiner der möglichen Betriebe bereit, die beiden Teile zu lagern. Jetzt können sie am kommenden Mittwoch endlich weggesetzt werden", endete er stolz und bekräftigte seinen Erfolg mit heftigem Zwinkern.

„Und wo werden sie dann also zwischengelagert?", wollte Schröder wissen.

„Gar nicht weit von hier", antwortete Fischer. „Die Hanse Sped hat sich bereiterklärt, uns entsprechende Flächen auf ihrem Betriebshof zu vermieten. Und gleich werde ich dem Gerüstbauer

Bescheid sagen, dass er morgen früh mit der Montage beginnen kann."

„Wirst Du nicht", sagte Schröder, „wir haben nämlich zwischendurch noch ein kleines anderes Problem am Haken."

Fischers Zwinkern verstärkte sich. „Und was wäre das?"

„Krämer hat mich vorhin angerufen. Er hat noch mal seinen Statiker durch das geräumte Haus gejagt. Und der besteht darauf, dass ein Doppel-T-Träger erneuert wird, bevor wir den alten Dachstuhl abreißen."

„Was für ein Doppel-T-Träger?", wollte Neumann wissen.

„Na, ein Stahlträger eben, der längs durch das ganze Haus verläuft. Keine Ahnung, wo genau. Scheint jedenfalls keine ganz kleine Operation zu sein und kann natürlich auch nur gemacht werden, solange die Hütte nicht eingerüstet ist."

„Das ist sicherlich richtig", warf Svenzke ein. „Das größere Problem bei der Aktion dürfte wohl sein, einen Schlosser zu finden, der kurzfristig einen entsprechenden Träger liefern und auswechseln kann.

„Schon klar", meinte Schröder, „da muss sich Fischer wohl mal zügig ans Telefon hängen."

Kapitel 11

Hoheluft

Am Mittwoch brachten Breitner und Schulz das kleine Sofa, einen Sessel, den kleinen Glastisch, zwei Lampen, das Putzschränkchen und jede Menge Pakete mit gereinigter Kleidung. Die Ledermöbel sahen aus wie neu, ließen sich aber nur fluchend und schwitzend in den dritten Stock wuchten. Danach sah es schon halbwegs gemütlich in dem kleinen Wohnzimmer aus, und angesichts unserer eigenen Möbel kam sogar so etwas Ähnliches wie Heimatgefühl auf.

Mit der Kleidung und Wäsche füllten wir nach und nach mehrere Umzugskartons, die wir im nicht benötigten Zimmer vier Lagen hoch übereinander stapelten. Unsere Winterkleidung lagerte weiterhin in Kaltenkirchen, die würden wir zu gegebener Zeit holen.

Anschließend fuhr ich nach Sasel, montierte den Fahrradträger und holte unsere neuen Fahrräder wieder unter der Treppe hervor, um sie nach Hoheluft zu transportieren. Wir wollten nicht riskieren, dass sie beim nächsten Einbruch auch noch unters Volk kamen, und lagerten sie mitsamt Träger lieber ebenfalls in dem hinteren Zimmer. Dieses beherbergte ferner das Putzzeug sowie aus Umzugskartons gebaute provisorische Schuhregale. Langsam füllte sich der Raum und erhielt bald die Bezeichnung „Kellerzimmer".

Innenstadt

Am nächsten Morgen rief mich eine Frau Samtleben im Büro an. Sie stellte sich als die Mitarbeiterin des Möbeltischlers vor, die sich um den Ausbau unserer Küchenarbeitsplatten kümmern sollte. Ihr wäre es bislang zwar nicht gelungen, jemanden zu finden, der diese Arbeit übernehmen wollte, aber sie sei inzwischen auf die Idee gekommen, mich nach dem Küchenhersteller zu fragen, der die Platten auch geliefert und eingebaut hatte – der müsste sie doch bestimmt auch wieder ausbauen können.

„Die Nummer habe ich bereits hinter mir", sagte ich. „Die wollen davon allerdings nichts wissen. Das habe ich übrigens Herrn Breitner auch schon erzählt", ergänzte ich etwas verwundert, dass dies nicht bei ihr angekommen war.

„Ich kenne keinen Herrn Breitner", sagte Frau Samtleben. „Ich habe ja nur von meinem Chef den Auftrag, ein geeignetes Unternehmen zu finden. Vielleicht sollte ich es dann noch bei einem Steinmetz versuchen", fuhr sie leicht resigniert fort, „sonst fällt mir leider niemand mehr ein, der dies machen könnte."

„Danke für den guten Tipp!", rief ich. Ohne es zu ahnen, hatte sie mich an den Natursteinbetrieb erinnerte, dem wir vor ein paar Jahren im Zuge der Renovierung unserer Bäder schon einmal ein paar kleinere Aufträge erteilt hatten. Ich versprach Frau Samtleben, die Firma Marmor Natursteine sofort zu kontaktieren und ihr das Ergebnis mitzuteilen. Leider meldete sich nur der Anrufbeantworter mit dem Hinweis, dass das Büro morgen ab acht Uhr wieder besetzt sei. Morgen war Freitag. Langsam wurde es eng und mir ein wenig mulmig. Wir konnten doch nicht zulassen, dass die GERESA nach dem Wochenende unsere schöne Küche zertrümmerte, nur um völlig intakte Fußböden zu entfernen. Und dieser Fischer schien ja einen gewissen Hang zu destruktiven Arbeiten zu haben. Jedenfalls hatte er das Wort „rausstemmen" immer so komisch betont.

„Selbstverständlich helfen wir Ihnen", sagte Herr Marmor, nachdem ich ihm am nächsten Morgen von unserem Wohnungsbrand und der Notwendigkeit, die Granitarbeitsplatten in der Küche auszubauen, erzählt hatte. Er schien das passende Gewerbe zu seinem Namen gefunden zu haben. „Das soll doch wohl kein allzu großes Problem für uns sein."

Ein Stein fiel mir vom Herzen. „Und wann könnten Sie das einrichten?", fragte ich und ergänzte, dass eigentlich die ganze Küche bis heute Abend ausgebaut sein sollte.

„Das machen wir noch heute. Ab Montag haben wir nämlich drei Wochen Betriebsferien."

Ich rief erst Frau Samtleben und danach Breitner an, um ihnen mitzuteilen, dass das Problem mit den Arbeitsplatten noch heute gelöst wurde. Dann fragte ich ihn, ob Schulz Montagmorgen kommen könnte, um mit mir die restlichen Schränke auszubauen und abzutransportieren.

„Klar", meinte er, „ist um neun bei Ihnen."

Anschließend rief ich Fischer an und versicherte ihm, dass die Küche am Montagvormittag geräumt sein würde und sie ja sicherlich nicht zwingend dort beginnen müssten, die Fußböden zu zertrümmern.

„Kein Problem", kommentierte er die kleine Verzögerung und klang dabei richtig entgegenkommend.

Sasel

Bis drei Uhr nachmittags hatte Marmor sechs kräftige Männer zusammengetrommelt, die in einer dreiviertel Stunde unsere Arbeitsplatten ebenso fachkundig wie umsichtig auf ihren Pritschenwagen verluden. Die größte bewältigten auch sie nur zu fünft und fluchten nicht schlecht. Dreihundert Kilo waren nun mal kein Daunenkissen.

In der Nacht zum Samstag regnete es wie verrückt, tagsüber blieb es trocken und wurde sehr schwül. Ich fuhr nach dem Frühstück mit dem Rad zur Tiefgarage, holte das Auto und danach Franziska in Hoheluft ab, weil in Sasel allerlei Gartenarbeit wartete. Nebenbei trockneten wir die am Vorabend in Michaels Wohnung gewaschene Wäsche, denn im Waschkeller stand ja ein

Tümmler, und es gab dort auch wieder Strom. Dieses Ritual würde in den kommenden Monaten unsere Wochenenden bestimmen: Freitagabend Wäsche waschen, Samstagmorgen mit dem Rad zur Tiefgarage, mit dem Auto Franziska und die Wäsche abholen, nach Sasel, Wäsche in den Tümmler, meistens auf den Wochenmarkt oder zu sonstigen Einkäufen fahren, eventuell Gartenarbeit und dabei mit den Nachbarn klönen. Einkäufe und Franziska nach Hoheluft bringen, Wäsche und Einkäufe in den dritten Stock schleppen, Auto in die Tiefgarage stellen, mit dem Rad zurück nach Hoheluft. Oft wurde es darüber sechs Uhr oder sogar halb sieben. Dann konnten wir endlich duschen, kochen und essen. Zum Feierabend fläzten wir uns in unsere frisch restaurierten Ledermöbel.

Am Montagmorgen dauerte es kaum länger als eine Stunde, bis wir die Unterschränke auf den Daily der BreisaG verladen hatten. Damit war unsere Wohnung nun völlig leer. Im Wohnzimmer tropfte es nach den heftigen Regenfällen vom Wochenende wieder munter aus der Decke, denn die nach dem Brand verlegten dünnen Planen über den riesigen Löchern im Dach waren inzwischen zwar voller Löcher, jedoch nicht erneuert worden.

Die Garagen standen unverdrossen auf ihren Fundamenten und warteten auf ihren Abtransport. Vorher würde kein Gerüstbauer mit der Einhausung beginnen. Inzwischen war es Ende Juli – seit dem Feuer waren also bereits sieben Wochen vergangen.

Innenstadt

„Wenn das so weitergeht", sagte ich zu Franziska, als ich sie von meinem Büro aus kurz anrief, um zu berichten, dass unsere Küchenschränke wohl verpackt auf dem Weg nach Kaltenkirchen waren, „sitzen wir nicht nur Weihnachten, sondern auch das gesamte nächste Frühjahr noch in Michaels Wohnung. So richtig in die Puschen kommen die ja nicht mit ihrer ‚kompetenten und zügigen' Gebäudesanierung", stellte ich, den Werbeslogan der GERESA aufgreifend, ziemlich resigniert fest.

„Da sitzen wir gut und trocken", antwortete sie. „Hauptsache es wird wieder ordentlich und nicht in Hektik gepfuscht."

„Wir werden aufpassen, dass es ordentlicher wird als vorher", versprach ich.

Für den Rest der Woche hatten wir keinen Anlass, erneut zur Baustelle zu fahren, und immerhin ja auch noch unseren Jobs nachzugehen. Am Mittwoch juckte es mich in den Fingern und ich rief Fischer an, um zu fragen, wie es voranging und ob insbesondere die Garagen zwischenzeitlich ausgehoben und abtransportiert waren.

„Die kommen heute weg", antwortete er kurz angebunden. Im Übrigen sei der Abbruchunternehmer bereits dabei, die beiden oberen Wohnungen abzutragen.

„Wir sollten uns in der Zwischenzeit schon mal zusammensetzen", schlug er vor, um Ihre neuen Bodenfliesen und die Zimmertüren zu bemustern.

„Wieso die Zimmertüren? Die sind doch neu und völlig unversehrt!"

„Die kommen natürlich auch raus. Wenn die Fußböden rausgestemmt werden, bleiben die Zargen nicht heile. Also muss alles neu."

Auch nicht schlecht. Ich wusste zwar nicht, weswegen man sich bereits jetzt um Fliesen und Türen kümmern sollte, aber das konnte mir egal sein. Was man hat, das hat man.

„Mit den Fliesen ist es wahrscheinlich sehr einfach", antwortete ich. „Als wir die Fußböden vor fünf Jahren erneuert haben, gab es noch einige tausend Quadratmeter von der Serie. Ich gehe mal davon aus, dass auch heute noch genug verfügbar ist. Ich kann das gerne recherchieren", schlug ich vor. „Und das gleiche gilt für die Türen: Da sollen möglichst genau die gleichen wieder rein wie jetzt. Und falls es die nach so wenigen Jahren nicht mehr geben sollte, gibt es wahrscheinlich sehr ähnliche. Viel wichtiger erscheint mir", wechselte ich das Thema, „dass wir uns frühzeitig über die Fenster unterhalten."

„Was ist mit den Fenstern?", wollte Fischer wissen.

Nachdem uns das Schadengutachten von Frau Silves unverzüglich weitergeleitet worden war, hatten wir es so bald wie möglich sorgfältig durchgesehen. Es verfolgte grundsätzlich den Ansatz, alles wieder in den vorherigen Zustand zu bringen. Dies betraf auch die Fenster, die, ganz im gehobenen Stil der achtziger Jahre, aus edlem Mahagoniholz gefertigt waren und die wir im Rahmen unserer Renovierungsarbeiten von innen weiß gestrichen hatten.

„Nun, im Gutachten ist ja vorgesehen, den bisherigen Zustand wieder herzustellen, das hieße also, Mahagonifenster einzusetzen und diese von innen weiß zu streichen. Ich denke, dass dies nicht viel Sinn macht und zudem sehr teuer ist. Mahagoni will heutzutage ja schon aus ökologischen Gründen niemand mehr haben, und weil auch dunkelbraune Fensterrahmen nicht mehr in sind, wäre es doch ziemlicher Unsinn, das teure Mahagoni auch noch weiß zu streichen. Können wir stattdessen nicht moderne Kunststofffenster bekommen, die außen braun und innen weiß sind?"

Wir hatten bereits in Erfahrung gebracht, dass es so etwas nicht nur gab, sondern auch erheblich preiswerter war als Mahagoni. Und eine bessere Isolierung als über dreißig Jahre alte Fenster würden sie mit Sicherheit auch haben.

„Werde ich den Fensterbauer mal fragen", nahm Fischer meine Anregung auf. „Klingt ja auch deswegen ganz vernünftig, weil Sie die nie wieder zu streichen bräuchten."

„Ja, richtig. Und außerdem möchten wir in einigen Zimmern gerne ein paar zusätzliche Dachflächenfenster einbauen – auf unsere Kosten natürlich, versteht sich."

„Da sehe ich überhaupt kein Problem", antwortete Fischer. „Aber das müssen wir mit den Zimmerern besprechen, damit sie die erforderlichen Wechsel rechtzeitig vorsehen, und auch den Fensterbauer um entsprechende Angebote bitten. Kann ich ihm ja schon mal mitteilen. Übrigens werden heute noch die Bauschließzylinder in Ihre Wohnungstüren eingesetzt. Dann können Sie also nicht mehr rein. Dürfen Sie während der Abbrucharbeiten wegen der Einsturzgefahr ja ohnehin nicht", beendete er unser Gespräch.

Sasel

Am darauffolgenden Samstag waren wir turnusgemäß wieder auf der Baustelle. Auch ohne Wäsche und notwendige Gartenarbeiten wären wir viel zu neugierig gewesen, was sich gegenüber dem vergangenen Wochenende getan hatte.

Tatsächlich fehlten zwei der vier Garagen. An ihrer Stelle hatte man Erdreich und Kies zu einer kleinen Rampe verdichtet, damit schweres Gerät bis zum Haus fahren konnte. Im Vorgarten standen drei Bauschuttcontainer. Und unweit der Haustür prangte – nicht unbedingt zur Zierde des schönen Gartens – eine blaue Baustellentoilette, um die wir schon vor unserem Urlaub gebeten hatten, damit die Arbeiter nicht unsere einzig verbliebene Wohnungstoilette verdreckten. Doch wer geht schon auf ein Dixiklo, solange er ein komfortableres in der Wohnung vorfindet? Inzwischen konnte uns dies egal sein, denn auch die Toilette würde ausgebaut und durch eine neue ersetzt werden.

In unsere Wohnung kamen wir ja nun ohnehin nicht mehr rein und vielleicht war es auch ganz gut, nicht hautnah ansehen zu müssen, wie die Ergebnisse unserer umfassenden Renovierungsarbeiten der letzten Jahre wieder zerstört wurden. Damit wurden wir einstweilen zu Kellerasseln, denn wir konnten uns sinnvollerweise nur im Wäschekeller oder – wenn auch ohne Licht – in unserem eigenen Keller aufhalten, wo es zumindest noch etwas persönliches Hab und Gut gab. Nahezu regelmäßig nahmen wir davon auch etwas mit in unsere Interimswohnung: Mal benötigte ich ein Werkzeug, mal Franziska einen Blumenübertopf. Nach und nach nahmen wir auch unsere Lebensmittelvorräte in Gläsern und Konserven, hin und wieder auch eine schöne Flasche Wein mit. Insofern empfanden wir es als nette Abwechslung, hin und wieder ein wenig in unseren „Schätzen" zu stöbern.

„Wie lange werden die jetzt wohl für das Gerüst brauchen?", fragte Franziska, als wir die Gartengeräte wieder in die Gerätehütte brachten.

„Keine Ahnung. Gerüstbauer sind ein hart gesottenes Volk, die auch gerne mal zehn bis zwölf Stunden am Tag ranklotzen. Vielleicht schaffen die das ja in einer Woche."

„Und dann soll oben ja noch ein Dach drauf und sicherlich auch alles mit Planen verhängt werden. Das ist doch alles nicht mal eben gemacht. Und schon sind wir mitten im August."

„Ist doch egal", versuchte heute ich den Gelassenen zu spielen. Beeinflussen konnten wir die Zeitabläufe ohnehin nicht. „Deshalb betreiben sie doch diesen ganzen Aufwand mit der Einhausung – damit sie witterungsunabhängig abreißen und neu bauen können."

„Ja, lassen wir uns überraschen." Das klang jedoch etwas resigniert.

Montagnachmittag hatte sie einen Termin in der Nähe unserer abgebrannten Wohnung, den ich nutzte, um erneut nach der Baustelle zu sehen. Die sah gegenüber Samstag unverändert aus, und weit und breit waren keine Handwerker in Sicht. Ich holte mein Handy aus der Tasche und wählte Fischers Nummer. Dort war dauerbesetzt. Also rief ich bei Neumann an, obwohl ich Zweifel hatte, dass er um fünf Uhr noch im Büro sein würde. Ich hatte

Glück und fragte ihn, ob er sich zusammenreimen könnte, warum unsere Baustelle heute ruhte. Er wollte mich zunächst wieder zu Fischer durchstellen, schien sich aber durch meinen Hinweis auf dessen dauerbesetztes Telefon eines besseren zu besinnen:

„Hat Ihnen Fischer nichts gesagt?", fragte er zurück.

„Was gesagt?"

„Na, da muss doch noch ein großer Stahlträger im Dachstuhl ausgewechselt werden, bevor die Gerüstbauer mit der Einhausung beginnen können", erläuterte er. „Und Fischer können Sie wahrscheinlich nicht erreichen, weil er verzweifelt einen Schlosser sucht, der das Teil kurzfristig auswechselt."

„Und wieso muss da ein Stahlträger ausgewechselt werden? Und wieso überhaupt ein Stahlträger? Ich dachte immer, so ein Dachstuhl besteht ausschließlich aus Holz."

„Bei größeren Dächern nimmt man an besonders belasteten Stellen auch Stahl", erläuterte Neumann. „Das gibt mehr Stabilität. Und der Statiker besteht darauf, diesen einen auszutauschen, weil er durch das Feuer Schaden genommen haben soll."

„Unvorstellbar, wie sollte er denn Schaden nehmen?"

„Was glauben Sie, wie heiß es dort oben geworden ist, nachdem es ein paar Stunden gebrannt hat?"

„Keine Ahnung. Offensichtlich heiß genug, um Stahl zu verformen."

„Oder zumindest seine statische Belastbarkeit zu verringern", erläuterte Neumann.

Kapitel 12

Innenstadt

Ich erreichte Fischer schließlich am Donnerstag und fragte ihn in leicht vorwurfsvollem Ton, warum er uns nichts von der Sache mit dem Stahlträger erzählt hatte. Er erwiderte ziemlich unfreundlich, dass wir damit doch überhaupt nichts zu tun hätten und es uns als Wohnungseigentümer auch gar nichts anginge. Formal gesehen mochte er Recht haben; trotzdem appellierte ich an seine Kooperationsbereitschaft und rief ihm in Erinnerung, dass uns als Hauptbetroffene sowie mit meiner Verantwortung auch für die Nachbarwohnung sicherlich alles etwas anginge, was die Wiederherrichtung unseres Wohngebäudes betraf. Schließlich habe ich ihm nochmals verdeutlicht, dass wir nicht nur die langjährigsten Bewohner des Hauses waren, sondern als einzige auch zurückziehen würden. Insoweit könnten Fragen zum Bestand im Zweifel nur von uns beantwortet werden. Insgeheim vermutete ich inzwischen, dass er nicht viel davon hielt, sich bei uns schlau zu machen, sondern lieber eigene Entscheidungen fällte.

„Kann ich auch nichts für", antwortete er hörbar genervt in seinem unverkennbaren hamburgischen Jargon. „Was gemacht werden muss, muss eben gemacht werden. Aber ich kann Sie auch schon wieder beruhigen, denn seit heute Vormittag habe ich endlich einen Schlosser gefunden, der versprochen hat, das Teil bis Ende nächster Woche auszuwechseln."

„Herzlichen Glückwunsch", gratulierte ich und kündigte noch an, dass wir am morgigen Samstag zu unserem früheren Fliesenhändler fahren wollten, um nach der Verfügbarkeit unserer Bodenfliesen zu fragen. Darauf schlug er vor, dass wir uns Mitte der kommenden Woche mal mit dem Fensterbauer auf der Baustelle verabreden sollten. Möglicherweise hätte er dann auch schon genauere Informationen zu den Türen und „Ihrer neuen Heizungsanlage".

Sasel

Für Mittwoch der Folgewoche waren wir also um ein Uhr mittags mit Fischer und dem Fensterbauer auf der Baustelle verabredet, der ein Muster unserer möglichen künftigen Fensterrahmen mitbringen wollte. So würden wir unseren Bauleiter endlich auch einmal persönlich kennenlernen, nachdem ich ja nun einen ganzen Monat lang mit ihm ausschließlich telefoniert hatte.

Franziska und ich waren schon um halb eins dort, weil wir uns zunächst alleine über die zwischenzeitlichen Arbeiten informieren wollten. Unten im Garten standen nach wie vor die drei Container, in die die verschiedenen Materialien getrennt entsorgt und die im Tagesrhythmus abgeholt wurden: Holz, Metall und Bauschutt. Im Holzcontainer konnten wir viele der angebrannten Sparren und Dachlatten wiederfinden, im Bauschuttcontainer stapelten sich insbesondere Dachpfannen sowie die Rigipsplatten sowohl der Dachschrägen als auch der Zimmerwände aus dem oberen Stockwerk. Das Dachflächenfenster unseres oberen Badezimmers lehnte am Metallcontainer, und im Eingangsbereich des Hauses fanden wir unsere Matratzen wieder – die würde ja wohl niemand noch benutzen wollen. Die alte Dämmwolle füllte bereits ein Dutzend großer Plastiksäcke, die auf dem Rasen auf ihren Abtransport warteten.

Ein Arbeiter schleppte nacheinander vier große Eimer nach unten und schüttete weitere unversehrte und zerbrochene Dachpfannen in den Container. Alles händisch. Das kann ja Ewigkeiten dauern, bis die damit durch sind, dachte ich.

Um kurz vor eins erschien ein freundlicher Herr, der sich mit „Rieckmann von der HTF" vorstellte. Er sei mit Herrn Fischer verabredet und fragte, ob ich dies sei.

„Nein", sagte ich. „Wir sind die Eigentümer der hauptbetroffenen Wohnung und warten ebenfalls auf Herrn Fischer. Wofür steht ‚HTF'?", wollte ich erst mal wissen.

160

„Oh, pardon: ‚Hansa Türen und Fenster GmbH', heißt unsere Firma ausgeschrieben. Wir haben uns natürlich angewöhnt, immer nur unsere Abkürzung zu nennen."

Ich bedankte mich für die Erläuterung und sagte Rieckmann, dass wir daran dachten, moderne Kunststofffenster einzubauen und auch nicht länger ein schlechtes Gewissen wegen des wertvollen Mahagoniholzes haben wollten.

„Ich kann Ihnen auch wieder Mahagonifenster einbauen", meinte er lächelnd. „Im Grunde macht das heutzutage ja kein Mensch mehr, zumal die neuen Fenster aus PVC unter energetischen Gesichtspunkten viel besser sind als jeder Holzrahmen."

„Und wahrscheinlich auch noch weniger kosten?"

„Ja, selbstverständlich. Die sind ja schon preiswerter als Nadelholz. Und zu Mahagoni sind es Welten. Geht gar nicht", stellte er achselzuckend fest.

„Hauptsache", räumte Franziska ein, die immer ein gutes Gespür für Farben hatte, „Sie können uns welche anbieten, die ungefähr zu dem Mahagonibraun im Erdgeschoss passen. Das Haus muss außen ja wohl einigermaßen einheitlich aussehen."

Als Rieckmann gerade ansetzen wollte, ihr zu versichern, dass auch dies völlig unproblematisch sei, bog ein junger Mann um die Ecke, der mir irgendwie bekannt vorkam. Angesichts der hochsommerlichen Tage hatte er eine geradezu unglaublich blasse Gesichtsfarbe, die noch weißer wirkte, weil er sich offensichtlich nur gelegentlich rasierte und ungleichmäßig verteilte schwarze Bartstoppeln mit seiner Haut kontrastierten. Stoppelartig waren auch seine beiden Kopfseiten rasiert, während das Haupt von einem wirren Büschel pechschwarzer Haare gekrönt wurde, die ersichtlich schon seit etlichen Tagen nicht mit einem Kamm oder einer Bürste in Berührung gekommen waren. Aus seinem kurzärmeligen, mehrere Nummern zu großen, olivgrünen T-Shirt ragten lange Arme, die nicht nur ebenso weiß waren wie sein Gesicht, sondern erstaunlicherweise auch völlig unbehaart. Der restliche Körper steckte in dreiviertel langen Bermudashorts aus Camouflage, während pinkfarbene Sneaker seine Füße zierten.

„Moin moin", begrüßte er uns, nachdem er vor uns zum Stehen gekommen war. Er zwinkerte Franziska und mir zu und wandte sich an Rieckmann: „Herr Rieckmann?"

„Der bin ich. Und Sie sind wohl Herr Fischer?", fragte er leicht verunsichert.

„Boris Fischer, ja."

„Sie sind Herr Fischer?", fragte ich ungläubig, obwohl mir inzwischen auch klar geworden war, wen wir da vor uns hatten. Im Geist hatte ich die ganzen Wochen über mit dem älteren Kollegen telefoniert, der am Brandmorgen ebenfalls zur Delegation der wichtigen VB von der GERESA zählte. Aber da war ja auch noch der Azubi, der immer in Neumanns Schlepptau hinterher gedackelt war und nie ein Sterbenswörtchen gesagt hatte. Einen Moment lang war ich irritiert gewesen und hatte ihn zunächst nicht wiedererkannt, weil seine damals rasierten Schläfen nun zumindest stoppelig behaart waren und sein gegelter Kamm zu dem ungepflegten Mob mutiert war. Hatte ich die ganze Zeit über in der irrigen Vorstellung gelebt, dass unsere Baustelle von einem erfahrenen Mitarbeiter der GERESA geleitet wurde, musste ich mich nun erst mal an den Gedanken gewöhnen, dass man uns vielmehr einen blutjungen Kollegen zugeteilt hatte. Schließlich war so ein Vierparteienwohnhaus ja auch nicht unbedingt ein Riesenobjekt, da konnte man die Bauleitung auch schon mal einem unerfahrenen Anfänger übertragen. Und wenn etwas schief ging, handelte es sich ja um privaten Wohnungsbau, deren Bewohner ohnehin keine Ahnung vom Bau hatten, jedoch umso erfreuter möglichst bald wieder in ihre vertrauten vier Wände einziehen wollten. Vermutlich war Fischer gerade frisch mit dem Studium fertig, denn davon, dass er studiert hatte, musste man ja ausgehen, nachdem er sich neulich als Architekt zu erkennen gegeben hatte. Wahrscheinlich nur FH-Abschluss, mutmaßte ich, obwohl dies häufig nicht die schlechtesten Praktiker waren. Also erst mal gute Miene zum bösen Spiel machen. Schließlich konnten wir nicht die GERESA um einen anderen Bauleiter bitten, nur weil uns ihr Mitarbeiter zu jung war.

„Klar", grinste er fröhlich und zwinkerte erneut mit den Augen, ohne uns dabei anzuschauen. „Wussten Sie das nicht?"

„Na, dann lasst uns mal anfangen", bewahrte Franziska mich vor einer peinlichen Antwort und rollte mit den Augen. Sie hatte ein Elefantengedächtnis für Gesichter und Fischer sofort richtig eingeordnet. „Ich muss nämlich möglichst bald wieder zurück ins Büro."

Rieckmann packte vor der offenen Haustür das Muster eines Fensterrahmens aus und erläuterte uns den technischen Aufbau. Die Zimmerseite war matt weiß und sah zweifelsfrei deutlich besser aus als unsere gestrichenen Mahagonifenster. Außen war der Rahmen mit einer Folie überzogen, die nicht nur exakt den Farbton der alten Fenster hatte, sondern mit einer Struktur sogar Holz recht gut imitierte. Der Clou waren mehrere Kammern im Rahmeninnern, die für eine wesentlich bessere Isolierung sorgten als jeder massive Holzkern.

„Zusammen mit den beschichteten und durch Gasfüllung getrennten Fensterscheiben erreichen wir bei diesem System einen U-Wert von 1,1", erläuterte Rieckmann. „Dreifachverglasung schafft sogar bis zu 0,7, aber dann sind die Profile noch dicker. Damit hätten wir hier im Bestand einige Probleme, zumal die Fenster auch deutlich teurer wären."

Der Wärmedurchgangskoeffizient oder U-Wert sagte uns durchaus etwas, weil wir uns ja schon seit Jahren damit befassten, wie man unsere Dachgeschosswohnung besser isolieren konnte. Während wir für unsere bisherigen doppelverglasten Fenster aus den frühen 1980er Jahren von einem Wert im Bereich von 3,0 ausgehen durften, war ein U-Wert von 1,1 bereits zwischen einer modernen Wärmeschutzverglasung und im Passivhausstandard verwendeten Fenstern einzuordnen. Auch die von uns geplanten zusätzlichen Dachflächenfenster sollten eine entsprechende Wärmedämmung aufweisen. Insgesamt also eine recht hübsche Verbesserung.

„Und wie dick wird unsere neue Dachdämmung?", wandte ich mich an Fischer.

„Je nach Stärke der Dachsparren – 24 oder 26 Zentimeter", antwortete er und ergänzte: „Weniger geht ja nicht, weil wir sonst die EnEV 2015 nicht einhalten." Schien ja seine Hausaufgaben gemacht zu haben.

Also deutlich mehr Dämmung als unsere bisherigen zehn Zentimeter. Und um ein Vielfaches bessere Fenster. Das waren verlockende Aussichten. Endlich hatten wir die Chance auf ein warmes Dach über dem Kopf. Ich wusste aber auch, dass derartige Maßnahmen nur voll zur Wirkung kommen konnten, wenn sie konsequent umgesetzt wurden. Wir mussten daher dafür sorgen, dass nicht nur die vom Feuer geschädigten, sondern möglichst alle Fenster ausgetauscht wurden. Den Mehrpreis würden wir nur zu gerne investieren.

„Dann würde ich Sie bitten", wandte ich mich an Rieckmann, „uns mal ein Angebot zu unterbreiten, was ein Austausch sämtlicher Fenster und der Balkonschiebetür kosten würde. Denn wir sind sicherlich gut beraten, im Rahmen der Sanierung sämtliche Fenster durch moderne zu ersetzen."

„Das sind Sie", bestätigte Rieckmann. „Rechne ich Ihnen gerne aus."

„Das Angebot bekommen Sie aber von uns", wandte Fischer ein. „Die GERESA ist im Rahmen der Sanierung Auftraggeberin der HTF und erlaubt nicht, dass Sie eigene Verträge mit den von uns beauftragten Gewerken eingehen. Dafür bekommen wir bessere Konditionen als Sie", verriet er, indem seine Augen ständig zwischen dem Haus, dem Dixiklo und Rieckmann hin und her wanderten.

Was ich nicht nachprüfen kann, dachte ich. Wahrscheinlich knebelten sie die HTF mit zwanzig Prozent Großabnehmerrabatt und schlugen gegenüber der Brandversicherung oder uns ihre so genannte Vermittlungspauschale oder dergleichen in Höhe von fünfzehn Prozent wieder drauf. Dieses Spielchen mussten wir nolens volens mitspielen, denn wir konnten ja schon aus Gründen der Gesamthaftung schlecht andere Firmen ins Spiel bringen.

„Dann warten wir eben auf Ihr Angebot", richtete ich mich also an Fischer. „Ich wüsste ja nur gerne, was da auf uns zukommt, wenn wir alle Fenster auswechseln."

Nachdem Rieckmann sich verabschiedet hatte, berichteten wir Fischer von unserem Besuch beim Fliesenhändler am vergangenen Samstag: Von den derzeitigen Fliesen aus Feinsteinzeug waren noch rund 180 Quadratmeter verfügbar, die wir vorsichtshalber vollständig reserviert hatten. Schließlich wurden sie mit Ausnahme der Bäder nicht nur für alle übrigen Fußböden, sondern auch für Fliesenschilde in der Küche und insbesondere für die Sockelleisten benötigt – und das bedeutete eine Menge Verschnitt, weil man hierfür nur die gefasten Kanten der Fliesen verwenden konnte. Doch 180 Quadratmeter würden reichen, hatten wir überschlagen.

Fischer hatte in der Zwischenzeit festgestellt, dass es auch unsere Zimmertüren noch gab. Warum wir neue bekommen sollten und man nicht die jetzigen vorsichtig lagern konnte, verstand ich nach wie vor nicht. Wahrscheinlich kämen Transport und Lagerung teurer als die Neubeschaffung.

„Und was macht Ihr Vorschlag mit der Gasheizung?", wollte ich noch wissen, bevor wir wieder in die Stadt fuhren – neulich hatte er ja so getan, als müssten wir uns innerhalb der nächsten 24 Stunden entscheiden.

„Ist noch in Arbeit", sagte er zwinkernd zur Haustür. „Bin aber am Ball."

Innenstadt/Wandsbek

Am nächsten Tag erhielten wir ein Schreiben der bezirklichen Bauaufsicht, das gleichlautend auch den übrigen Eigentümern zugegangen war. Mit verwunderten Augen lasen wir, dass sie vom „brandermittelnden Landeskriminalamt über die widrigen Umstände der Personenrettung, vornehmlich aus dem Spitzboden" unterrichtet worden wäre. Angesichts „des im Bereich der Wintergärten nicht möglichen Anleiterns" sei es erforderlich, bei der Wiederherrichtung des Gebäudes die Vorschriften der Hamburger Bauordnung zum 1. und 2. Rettungsweg zu beachten, andernfalls wir mit einer gebührenpflichtigen Anordnung zur Nutzungsuntersagung des Spitzbodens zu rechnen hätten. Bestes Amtsdeutsch also, ich hatte keine Ahnung, was der Sachbearbeiter von uns wollte und deswegen das dumpfe Gefühl, er hätte die Baustelle verwechselt: Weder hatte es bei uns eine schwierige Rettungsaktion gegeben, noch verfügte eine der Wohnungen über einen Wintergarten.

Ich griff also zum Hörer und rief die im Briefkopf aufgeführte Telefonnummer im Bezirksamt an. Bei dritten Versuch meldete sich nach dem neunten Klingelton eine zaghafte Stimme: „Ja bitte?" Nicht gerade korrektes Kommunikationsverhalten eines Behördenmitarbeiters, dachte ich. Ich überzeugte mich zunächst, dass es sich um den Unterzeichner des Schreibens, Herrn Grot, handelte und fragte ihn sodann, ob er tatsächlich unser Haus besichtigt oder es möglicherweise mit einem anderen Schadensfall verwechselt hätte. Denn im Gegensatz zu seiner Darstellung hätten in der Brandnacht alle Bewohner und Besucher das Haus und auch den „Spitzboden" völlig problemlos auf ihren eigenen Beinen verlassen.

Die Sache mit der unkomplizierten Rettung der Bewohner nahm Herr Grot mit Erleichterung auf, wie er beteuerte, und entschuldigte sich für seinen Irrtum. Dieser sei wohl darauf zurückzuführen, dass für ihn aus dem Bericht der örtlichen Polizeiwache hervorgegangen sei, einige Bewohner hätten das Haus nicht ohne Unterstützung von Rettungskräften verlassen können.

„Das ist so nicht richtig", erwiderte ich und ging davon aus, dass die anfängliche Weigerung unserer alten Wohnungsnachbarn, ihre Wohnung zu verlassen, auch nicht in diesem Wortlaut dokumentiert worden war. Ich beschloss, diesen eher nebensächlichen Punkt nicht weiter zu vertiefen. „Und wo haben Sie die Wintergärten gesehen, die es bei uns nicht gibt?", wollte ich stattdessen gerne wissen.

Die seien für ihn auf den Fotos zu erkennen gewesen, die ihm die Kollegen der Brandermittlung zugemailt hätten, versicherte er, wobei er noch leiser als ohnehin schon sprach. Schien ungern zu telefonieren.

„Das sind raumhohe Terrassentüren", erläuterte ich, als mir klar wurde, dass er im Gegensatz zu der Darstellung in seinem Schreiben eine persönliche Inaugenscheinnahme des von ihm monierten Objekts offensichtlich nicht für erforderlich gehalten hatte. „Und darüber befinden sich die Balkone der oberen Wohnungen", fuhr ich fort. „Die sind, was Sie auf Ihren Fotos auch erkennen müssten, mit einer massiven Brüstung umwehrt, an die man von den Terrassen aus prima anleitern könnte. Musste man aber nicht", fügte ich hinzu und versuchte, möglichst sachlich zu bleiben, „weil es insbesondere am anderen Ende des Hauses gebrannt hat und die Feuerwehr über den Trauf und die Dachrinnen angeleitert hat. Und schon gar nicht", konnte ich mir nun nicht verkneifen, ihm noch einmal zusammenfassend zu erläutern,

„musste irgendwo angeleitet werden, um Personen aus dem Spitzboden zu retten."

„Das ist schön", kommentierte er meine Ausführungen knapp. „Trotzdem benötigen Sie auf jeden Fall einen zweiten Rettungsweg im Bereich des ausgebauten Spitzbodens. Andernfalls müsste ich eine Nutzungsuntersagung beantragen."

„Genießen wir nicht eine Art Bestandsschutz?", fragte ich Grot. „Schließlich ist das Gebäude bereits über dreißig Jahre alt!"

„Ich fürchte nicht", gab er bereitwillig zur Antwort. „Es gibt zahlreiche gerichtliche Entscheidungen, wonach dem Brandschutz der Vorrang gegenüber Bestandsschutz einzuräumen ist."

Ich ging davon aus, dass es sich bei Herrn Grot um einen gewissenhaften Schreibtischtäter handelte, der einerseits die für sein Sachgebiet erforderlichen Vorschriften und Normen rauf und runter singen konnte, andererseits eine nur geringe Neigung erkennen ließ, sein Büro zu verlassen, um sich vor Ort ein eigenes Bild zu verschaffen. Brauchte man ja vielleicht auch nicht, wenn die Gesetzeslage so eindeutig war.

„Und was ist bitte ein zweiter Rettungsweg?", fragte ich ihn, „und können Sie mir bei der Gelegenheit bitte auch erklären, was ich unter einer ‚notwendigen Treppe' zu verstehen habe?"

Nun schien Grot in seinem Element zu sein und erläuterte mir recht umständlich, gleichwohl immerhin nachvollziehbar, dass sich unsere Wohnung in einem MFH – „bitte?", „ach so, Entschuldigung: Mehrfamilienhaus" – der Gebäudeklasse 3 befand und dort Aufenthaltsräume einer jeden Etage über das Treppenhaus erreichbar sein müssten. So viel zur „notwendigen Treppe". Meinen Einwand, dass in einem zweigeschossigen Einfamilienhaus die oberen Wohnräume – wie bei uns – doch auch nur über die wohnungsinterne Treppe zu erreichen seien, ließ er nicht gelten, denn hier handele es sich nun mal um einen Haustyp der Gebäudeklasse 1. In jedem Fall seien in Gebäuden für jede Nutzungseinheit mit Aufenthaltsräumen zwei Rettungswege gefordert – der eine eben über eine notwendige Treppe und der zweite Rettungsweg, über den wir uns in Sicherheit bringen und sodann von der Feuerwehr mit Hilfe von Dreh- oder Standleitern gerettet werden könnten. Wir könnten also beispielsweise eines der Fenster als Tür vorsehen und davor ein Podest montieren lassen, das mit Hilfe von Leitern zu erreichen sei. Der zweite Rettungsweg könnte auch aus einer in der Hauswand verankerten Stahlleiter oder – etwas komfortabler – einer Außentreppe vom Dachgeschoss bis in den Garten bestehen, geeignetenfalls auch um ein vollständig zu öffnendes Dachflächenfenster mit einem Podest auf dem Dach. In jedem Fall müsse aber zunächst die Frage der Anleiterbarkeit geklärt werden, weil die Feuerwehr in unserem Brandfall infolge der hinderlichen Garagen keine Drehleiter hätte einsetzen können, die ab einer gewissen Nutzungshöhe zwingend vorgeschrieben sei.

„Und bis zu welcher Höhe darf auf eine Drehleiter verzichtet werden?", unterbrach ich ihn schon deswegen, weil ich befürchtete, er würde mir innerhalb der nächsten Stunde die halbe Bauordnung vorbeten. Außerdem war ich neugierig, ob wir entsprechend seiner Auslegung tatsächlich vor den Alternativen standen, entweder auf unsere oberen Räume oder auf mindestens eine Garage zu verzichten, wobei die Entscheidung selbstverständlich zugunsten der zweiten Variante ausfallen würde.

„Acht Meter über der Geländeoberfläche", antwortete Grot.

„Wie, acht Meter? Bis zur Zimmerdecke oder bis zum Fußboden?"

„Weder noch. Acht Meter bis zur erreichbaren Stelle der Nutzungseinheit", erläuterte er und ergänzte in der zutreffenden Vermutung, dass ich als Laie auch diese Formulierung nicht korrekt interpretieren konnte: „Das kann der Fußboden sein, wenn zum

Beispiel eine Balkontür nach draußen führt. Im Falle eines Fensterausstiegs ist es die Höhe der Fensterbrüstung."

Ich rechnete schnell im Kopf zusammen: Bis zum Fußboden der Erdgeschosswohnungen gab es sechs Stufen, das war ungefähr der erste Meter. Die unteren Wohnungen hatten eine Raumhöhe von zwei Meter siebzig, die oberen zwei fünfzig. Damit waren wir schon bei sechs Meter zwanzig. Dazwischen die Zimmerdecken und die wegen der Speicherheizungen besonders dicken Fußböden, vielleicht jeweils 35 Zentimeter. Machte sechs Meter neunzig. Unsere Fensterbänke mochten höchstens einen Meter über den Fußböden liegen – insgesamt also sieben Meter neunzig. Konnte also knapp werden für die Idee, die ich während der letzten von Grots Ausführungen entwickelt hatte:

„Das Podest, von dem Sie vorhin sprachen, haben wir bereits: Vor den Schlafzimmerfenstern und damit auf der Straßenseite befindet sich ein flaches Vordach, weil das Treppenhaus gewissermaßen nach vorne aus dem Haus herausragt. Etwa drei Meter mal eins zwanzig", ergänzte ich. „Wäre das groß genug?"

Nun klärte Grot mich ausführlich darüber auf, dass man diese Frage keinesfalls pauschal beantworten könne. Zum einen hätte nach der Musterbauordnung jeder Bestandteil eines Rettungswegs in unserem Haus eine Mindestbreite von einem Meter zwanzig aufzuweisen, wobei er in einer Höhe von weniger als neunzig Zentimetern über der Nutzungsfläche erreichbar sein müsse. Letzteres könne er anhand der ihm vorliegenden Fotos nicht abschätzen, die Mindestbreite von eins zwanzig hätten unsere beiden Fensterflügel hingegen sicherlich nicht. Darüber hinaus erfordere ein im Rahmen eines Rettungswegs zu nutzendes Podest eine stabile Umwehrung, die in unserem Falle ja offensichtlich nicht vorhanden sei. Und zum Dritten hätte er große Zweifel, dass dieses Podest mit Standleitern überhaupt zu erreichen sei, weil deren Anstellwinkel aufgrund des Vordachs über unserer Hauseingangstür nach den Vorschriften für die Arbeitssicherheit die zulässige Höchstgrenze „augenscheinlich signifikant" überschreite.

„Am besten besprechen Sie das in Ruhe mit Ihren Miteigentümern", schlug Grot daher unvermittelt vor, als müsste er nach unserem langen Telefonat erst mal dringend aufs Klo, „und schlagen mir eine Lösung vor. Wir werden dann prüfen, ob sie den Vorschriften entspricht."

Reichlich genervt legte ich auf. Feuerwehrzufahrt, Feuerwehrleiter, Rettungspodest, Balkontür statt Fenster wohl nur mit Bauantrag und entsprechenden Verzögerungen, Umwehrung. Mir schwirrte der Kopf. Am absurdesten war doch wohl die Idee, in das Dach ein Dachflächenfenster einzubauen, das zu einem Podest davor führte. Im Falle unseres Brands hätten wir uns also prima dorthin retten können und wären zusammen mit dem Dachstuhl verbrannt.

Zwar waren Franziska und ich die Hauptbetroffenen, weil die Nachbarwohnung verkauft werden sollte und es den neuen Eigentümern der Erdgeschosswohnungen vermutlich egal sein dürfte, wie wir beim nächsten Feuer aus unserem „ausgebauten Spitzboden" gerettet werden konnten. Formal betrafen die von Grot verlangten Veränderungen gleichwohl nicht nur unsere Wohnung, sondern das gesamte Haus. Ich rief also Frau Silves an und gab mir größte Mühe, ihr den wesentlichen Inhalt des knapp einstündigen Telefonats mit Grot in aller Kürze wiederzugeben.

„Ich denke, dass der gute Mann sich wohl nur von professionellen Vorschlägen überzeugen lassen wird", sagte sie. „Scheint ja jemand zu sein, der sich sehr darüber freut, wenn er mit Vorschriften glänzen kann."

„Und wie kommen wir zu professionellen Vorschlägen?", fragte ich.

„Eigentlich müsste die GERESA dies übernehmen. Schließlich muss sie die Sanierung des Gebäudes unter Berücksichtigung der geltenden Vorschriften durchführen. Fragt sich nur, ob sie sich den Schuh auch anziehen, zumal die Bauaufsicht nicht sie, sondern die Eigentümer angeschrieben hat."

„Das ist zu befürchten", bestätigte ich. „Zumal unser jungdynamischer Bauleiter mit derlei Querschlägen und Extrawürsten entweder objektiv überfordert ist oder sie zumindest als erhebliche Störung einordnet. Sie können es ja mal versuchen!", ermunterte ich sie etwas hilflos.

„Oder soll ich gleich bei seinem Vorgesetzten Neumann anrufen?", fragte Frau Silves. „Der machte doch einen ganz erfahrenen und entgegenkommenden Eindruck."

„Erscheint mir inzwischen aussichtslos", antwortete ich. „Bei unserem letzten Telefonat verwies er mich, als es etwas anstrengender zu werden drohte, glücklich an unseren neuen Bauleiter Fischer und kokettierte, selbst doch nur der Projektleiter zu sein. Ich wünsche viel Glück!", beendete ich das Telefonat, um mich nach gefühlt zwei Stunden auch mal wieder meiner eigentlichen Arbeit widmen zu können.

Daraus wurde jedoch nicht viel. Nach knapp zwanzig Minuten rief Frau Silves erneut an, um mir von ihren Bemühungen bei der GERESA zu berichten:

„Sie hatten Recht! Neumann hat mich nach Aufzählung seiner vielen anderen Projekte an seinen Kollegen Fischer verwiesen und im Übrigen betont, das Schadengutachten nicht detailliert genug zu kennen, um zu wissen, ob hierin etwas zum Thema zweiter Rettungsweg steht."

„Ganz bestimmt nicht", rief ich ärgerlich, „wie sollte ein Gutachter unaufgefordert auf dieses Thema kommen, zumal es die von Grot geforderte grandiose Umwehrung bislang nicht gab?"

„Richtig. Neumann muss aber Fischer zumindest kurz vorgewarnt haben, denn bei dem war ein paar Minuten lang besetzt."

„Und was hat der so instruierte Fischer Ihnen dann für Auskünfte erteilt?", fragte ich etwas gelangweilt, weil ich inzwischen ja schon mehrfach in den Genuss seiner erstaunlichen Schlagfertigkeit und Eloquenz gekommen war.

„Der hat mich darauf hingewiesen, dass im Schadengutachten weder ein zweiter Rettungsweg noch eine Umwehrung des Vordachs thematisiert wurde und der Gebäudesanierer nur das wieder herrichtet, was durch das Feuer zerstört worden ist. Und da es bisher keine entsprechende Umwehrung gegeben hätte, müssten wir nun einen externen Architekten mit entsprechenden Vorschlägen beauftragen, den, wie auch die Umwehrung selbst, die Eigentümer zu bezahlen hätten."

„Tja, das habe ich befürchtet", räumte ich ein. „Allerdings bezahle ich lieber ein paar hundert Euro für einen Architekten und seine bauaufsichtlich genehmigungsfähigen Vorschläge als dass ich künftig auf meine halbe Wohnung verzichte."

„Ich setze mal einen entsprechenden Umlaufbeschluss für die Miteigentümer auf", kündigte Frau Silves an.

Kapitel 13

Hoheluft

Mitte August rief mich Möbeltischler Jungnickel an, als ich gerade beim Mittagessen saß, und teilte mir freudig mit, dass unsere vor neun Wochen bestellten neuen Betten nunmehr fertig seien und er sie gerne in Hoheluft anliefern wollte. Unser Matratzenlager würde also absehbar ein Ende haben!

Als er mit seinem Gesellen bereits am nächsten Morgen vorfuhr, regnete es in Strömen. Ich hatte unter einem Regenschirm schon mindestens eine halbe Stunde unten auf dem Gehweg gewartet, um ihm in Haustürnähe eine geeignete Parklücke freizuhalten. Nachdem er seinen Ford Transit hinein rangiert hatte, schleppten wir die einzelnen Bettteile sowie die Lattenroste die sechzig Stufen nach oben. Anschließend montierten die beiden die Betten. Damit war unser kleines Schlafzimmer nunmehr fast vollständig ausgefüllt. Trotzdem genossen wir von der kommenden Nacht an einen bislang unbekannten Schlafkomfort, und nur zu gerne ging ich abends sehr frühzeitig ins Bett, um dort noch eine Weile zu lesen.

Innenstadt/Rothenburgsort

Unter der Woche in Erfahrung zu bringen, wie die Arbeiten auf der Baustelle vorangingen, wäre eigentlich kein Problem gewesen, denn wir hätten uns nur ein paar Stunden frei nehmen und nach Sasel fahren müssen, während dort gearbeitet wurde. Alle Türen standen ganztägig sperrangelweit offen, und wir selbst hatten am wenigsten einen Überblick, ob sich im Haus Personen befanden, die dort nichts zu suchen hatten. Allerdings machte der Abbruchunternehmer jedes Mal ein Riesentheater, wenn wir im Bürooutfit dort auftauchten, und weigerte sich mit dem penetranten Hinweis auf die Einsturzgefahr strikt, uns in unsere Wohnung zu lassen. Da nützte es auch wenig, seine Frühstücks- oder Mittagspause abzuwarten, denn sobald er uns erspähte, ließ er sein Zwiebelmettbrötchen und die in seinem staubigen Gewerbe offenbar unverzichtbare Bierflasche stehen und liegen, um sich uns wie ein Türsteher aus dem Rotlichtmilieu in den Weg zu stellen. Dabei wurde er nicht müde zu betonen, dass dies nur zu unserer eigenen Sicherheit sei und er in der Abbruchphase nun mal die Verantwortung für das Gebäude trüge. Ich hatte ihn schon bei unserer ersten Begegnung der Kategorie „schleimiger Wichtigtuer" zugeordnet.

Wir mussten somit an den Wochenenden einen Weg finden, in unsere Wohnung zu gelangen, für die wir momentan keinen passenden Schlüssel hatten. Ich rief Fischer an, um zu fragen, ob wir einen der sicherlich zahlreichen Schlüssel zu den Bauschließzylindern bekommen könnten, um uns nach Feierabend der Handwerker oder an den Wochenenden ein Bild vom Gang der Dinge zu machen.

„Wir dürfen Sie wegen der akuten Einsturzgefahr des restlichen Dachstuhls derzeit nicht in die Wohnung lassen", dozierte er wichtig. „Außerdem haben wir keinen Schlüssel übrig. Sind alle an die einzelnen Gewerke verteilt."

Ich wies ihn darauf hin, dass wir bis vor kurzem bereits vielfach in der abgebrannten Wohnung gewesen wären und daher inzwischen sehr wohl wüssten, an welchen Stellen überhaupt noch Gefahren drohen könnten, nachdem doch alle Dachpfannen und die losen Dachsparren und -latten abgetragen waren. Zudem seien wir bereit, die Verantwortung für unsere Baustellenbesuche selbst zu tragen.

„Es geht uns doch auch gar nicht darum, den Fortschritt der Arbeiten zu kontrollieren", erläuterte ich ihm schließlich, „sondern diese für uns gewissermaßen historische Situation in Wort und Bild zu dokumentieren. Dürfte ja wohl auch unsere Verwandten und Freunde interessieren, wie es in unserer Wohnung derzeit und in den nächsten Monaten aussieht. Vielleicht reden Sie mal mit Herrn Neumann hierüber", regte ich abschließend an, weil ich befürchtete, dass er keine Erfahrungen zu unserer Bitte hatte. Was für eine absurde Situation, um Zutritt in die eigene Wohnung betteln zu müssen.

Zu meiner großen Überraschung rief er bereits nach einer halben Stunde zurück und berichtete in kaum verständlicher Geschwindigkeit, dass Neumann nichts dagegen einzuwenden hatte, wenn wir an den Wochenenden in unsere Wohnung wollten. Er hatte jedoch einen Weg gefunden, uns doch ein paar Knüppel zwischen die Beine zu werfen:

„Einen Schlüssel können wir Ihnen jeweils nur leihweise überlassen. Sie können ihn nach vorheriger Anmeldung freitags ab siebzehn Uhr bei unserer Rezeption abholen und müssen ihn bis Sonntagabend zwanzig Uhr zurückbringen."

Vermutlich setzte er darauf, dass uns dieses Verfahren zu umständlich sein würde.

Hoheluft/Sasel

Es entsprach offensichtlich nicht seinem Vorstellungsvermögen, dass es für die Betroffenen auch richtig spannend sein kann, wenn das eigene Dach über dem Kopf abgerissen und die ganze Bude wieder neu aufgebaut wird. Und wer hat sogar Fotos von seinem halb verbrannten Dachstuhl?

Also riefen wir Fischer am Freitagnachmittag an und baten ihn, für Samstagmorgen einen Schlüssel beim Pförtner zu hinterlegen. Dabei konnte er es sich nicht verkneifen, uns an die Rückgabe bis Sonntagabend zu erinnern. Wahrscheinlich befürchtete er, wir wollten uns lediglich einen ungehinderten Zugang zur Baustelle erschleichen.

Damit erweiterten wir ab dem folgenden Samstag unser übliches Wochenendprogramm um zwei Schlenker zur GERESA. In einer leider zu kurzen Regenpause fuhr ich um acht Uhr mit dem Fahrrad zur Tiefgarage und holte unser Auto. In Hoheluft stieg Franziska mit dem Wäschekorb zu und danach ging es wieder in die Gegenrichtung nach Rothenburgsort. Beim ersten Mal dauerte es etwas, bis wir die richtige Einfahrt am Ende der Ausschläger Allee gefunden hatten, denn das Betriebsgebäude der GERESA mit großem Parkplatz für ihre Servicefahrzeuge lag nicht direkt an der Straße, sondern in zweiter Reihe. Jedenfalls konnte der Pförtner uns einen mit unserem Namen beschrifteten Umschlag aushändigen, der auch einen Schlüssel enthielt. Anschließend starteten wir zur letzten halben Stunde unserer vormittäglichen Reise nach Sasel – vor etwa eineinhalb Stunden war ich mit dem Rad zur ersten Etappe aufgebrochen.

An der Baustelle angekommen, hörten wir bereits beim Aussteigen kräftige Hammerschläge und den nervigen Zweitakter einer Motorsäge. Tatsächlich war am Donnerstag der beschädigte Stahlträger ausgewechselt worden, denn der alte lag unübersehbar im Garten, und die Zimmerer arbeiteten zur Freude unserer Nachbarn nun auch am Samstag am Dachstuhl. Sie wollten – oder sollten – die Verzögerungen der vergangenen Wochen wieder wettmachen. Wir brachten die Wäsche in den Keller, stellten den Trockner an und gingen nach oben in unsere Wohnung. Wie schon die Haustür stand auch die Wohnungstür sperrangelweit offen, insoweit hätten wir noch nicht mal einen Schlüssel benötigt. Merkwürdig, dass Fischer als Bauleiter nichts von den Arbeiten am Samstag gewusst haben sollte – oder teilten sich die Gewerke ihre Kapazitäten selbständig ein? Verwunderlich wäre es nicht, wenn angesichts des immensen Baubooms in der Stadt auch hier Überstunden geschoben werden mussten.

Der Gerüstbauer hatte gestern ein gewaltiges und an den beiden Hausseiten besonders breites Baugerüst schon bis auf Dachrinnenhöhe hochgezogen. Neben unendlichen Mengen von Planken und Streben standen im Garten an die dreißig in Gitterkörbe eingeschlagene Kunststoffbehälter mit einem Fassungsvermögen von jeweils einem Kubikmeter. Wofür die benötigt würden, erschloss sich uns zu diesem Zeitpunkt noch nicht.

Wir trafen die beiden Zimmerer erwartungsgemäß im Dachgeschoss an, wo sie die alten Dachsparren dort absägten, wo das Feuer sie unversehrt gelassen hatte. Es handelte sich um zwei kräftige, wettergegerbte Männer, von denen der ältere wohl schon die fünfzig erreicht haben mochte, während der andere mit einer Größe von schätzungsweise eins fünfundneunzig Anfang dreißig war. Als sie uns sahen, unterbrachen sie ihre Arbeit sofort.

„Wir wollten sowieso gerade Frühstück machen", meinte der Ältere, nachdem wir uns als die Eigentümer der Wohnung vorgestellt hatten. „Außerdem haben wir gehofft, dass Sie mal vorbeikommen."

„Wieso?", fragte ich lachend, „wollen Sie uns ein paar hübsche Vorschläge machen, wie wir ohne Bauantrag unseren Dachstuhl optimieren können?"

„Nein nein", antwortete er, wobei er durchaus verstanden hatte, dass meine Frage nicht ganz ernst gemeint war. „Das wird ja nicht gehen", bekräftigte er vorsichtshalber dennoch. „Und wir tun hier auch nichts anderes, als Ihr altes Dach eins zu eins wieder herzustellen."

„Klar. Und wie können wir Ihnen dabei helfen?"

„Eigentlich nicht wirklich", antwortete er sein Wurstbrot kauend. „Aber wir haben uns während der Abrissarbeiten immer wieder gesagt, dass wir Ihnen, wenn wir Sie mal treffen, eigentlich von Herzen dazu gratulieren sollten, dass Ihr Dachstuhl abgebrannt ist."

„Na ja", erwiderte ich etwas verständnislos, „so richtig lustig fanden wir das eigentlich nicht."

„Nein, so war das auch nicht gemeint", sagte der Zimmerer. „Nur, also abgesehen davon, dass Sie jetzt eine viel dickere Dämmung ins Dach bekommen, haben wir noch große Mengen von Ihrer nachträglichen Wärmedämmung unter den alten Pappdocken gefunden. Und da hätten Sie spätestens in zwei Jahren Ihre helle Freude dran gehabt!"

„Wie das? War das Zeug nicht richtig eingeblasen worden?"

„Weiß ich nicht, kenne ich mich nicht richtig mit aus. Aber im Zusammenhang mit den alten Pappdocken hätte sich das Zeugs in Nullkommanichts mit Kondenswasser vollgesaugt, und aus der schönen kuscheligen Flockendämmung wäre steinharter Eierkarton geworden."

„Mit der Folge", vermutete ich, „dass die zusätzliche Dämmwirkung wieder gegen Null tendiert hätte?"

„Richtig, das wohl auch", sagte er und wurde nun sehr ernst. „Viel schlimmer wäre wohl das Kondenswasser gewesen, das auf Ihre schrägen Wände getropft und die Rigipsplatten früher oder später aufgelöst hätte. Spätestens dann hätten Sie wirklich ein neues Dach gebraucht", beschloss er seine Ausführungen.

Franziska wurde ganz blass angesichts derartiger Horrorvorstellungen. „Ist das wirklich so?", stöhnte sie, nachdem sie sich vom ersten Schrecken erholt hatte. „Und warum ist das bisher nicht passiert? Pappdocken und Rigipsplatten hatten wir doch auch vor der Wärmedämmung schon im Dach."

„Stimmt", räumte der Zimmerer ein. „Aber da hatten Sie auch jede Menge Wind im Dachstuhl, der immer alles schön trocken gehalten hat. Und nun hatte Ihr Dämmspezi sämtliche Hohlräume mit seinem Zeugs ausgepustet, was zwingend den Einbau einer Dampfbremse erfordert hätte. Ziemlich dilettantisch das Ganze."

Klang alles ziemlich plausibel, zumal die beiden Handwerker richtig nette Männer waren, die sehr bodenständig wirkten und bei uns nicht den Eindruck hinterließen, uns einen Bären aufbinden zu wollen.

„Heiliger Strohsack", entfuhr es mir schließlich, „und für so einen Mist beauftragt man einen Fachbetrieb für Wärmedämmung!"

„Krass", nickte der Jüngere, „zum Thema Dämmung gibt es nicht nur schöne Geschichten, sondern bekanntlich auch erhebliche Folgeschäden. Bei Ihnen ja auch", stellte er fast entschuldigend fest.

„Und wir haben noch etwas gefunden", übernahm der Ältere jetzt wieder das Wort. „Die Wohnzimmergaube der Nachbarwohnung war reichlich morsch. Da muss Wasser eingedrungen sein. In wenigen Jahren wäre das Dach dort eingebrochen.

Ich erinnerte mich daran, vor ein paar Jahren bei den alten Herrschaften einmal die Regenabläufe ihres Dachflächenfensters im Badezimmer gereinigt zu haben. Angesichts mehrerer Eimer besten Humus inklusive Regenwürmern sowie Birken- und Ahorntrieben hatte ich sie damals gefragt, ob sie irgendwo in der Wohnung schon mal Feuchtigkeit an den Wänden oder in den Decken gehabt hätten. Und tatsächlich erzählten sie mir daraufhin arglos, dass vor ein paar Jahren in ihrem Wohnzimmer aus dem Lichtaustritt in der Decke Wasser auf ihren Wohnzimmertisch getropft hätte.

„Und was haben Sie dagegen unternommen?", hatte ich daraufhin wissen wollen.

„Nichts", hatte die Nachbarin geantwortet, „es hat ja irgendwann wieder aufgehört."

„Das hätten Sie mir sagen müssen!", hatte ich sie ermahnt. Schließlich war ich damals noch für die Hausverwaltung zuständig gewesen.

Unglaublich. Passte gut zu der Geschichte am Brandmorgen, als ihr Rauchmelder zwar lautstark gepiept hatte, sie sich trotz des Rauchgeruchs aber wieder schlafen gelegt hatten, weil es bei ihnen doch nicht brannte.

„Tja", meinten die Zimmerer, die während unserer Unterhaltung ihre Brote gegessen und jeder eine Flasche Mineralwasser getrunken hatten, „dann wollen wir mal wieder einen Schlag reinhauen, damit Sie vor Wintereinbruch hier wieder einziehen können."

„Glauben Sie ernsthaft, bis dahin ist hier alles wieder fertig?", fragte Franziska, die von vornherein nicht Neumanns großspurige Ankündigung unseres Wiedereinzugs bis Weihnachten getraut hatte. „Immerhin haben wir bereits August!"

„Wenn zügig weitergearbeitet wird", antwortete der Zimmerer, „sollte das bei guter Organisation wohl zu schaffen sein", schloss er.

Erst nach diesem Gespräch hatten wir Muße, unsere ausgeschlachtete Wohnung etwas genauer zu inspizieren. Sie wirkte nackt wie ein juveniler Neubau. Die Fußböden im Obergeschoss gab es nicht mehr, und auch in der Küche und im Esszimmer fehlten Fliesen und Estrich, so dass man auf der Zimmerdecke der Erdgeschosswohnung stand. Die Zwischendecke zum Dachgeschoss war größtenteils offen, so dass man intakte und angebrannte Holzbalken sah. Unsere mühevoll weiß gestrichenen Türzargen hatte man bereits rausgenommen, überall lagen Balken, Sparren, Dachlatten, Halteklammern und jede Menge Sägemehl. Ich packte unsere Kamera aus und machte ein paar Fotos. Dann gingen wir über die ramponierte Treppe nach oben, wo eine dünne Spanplatte, die man auf die Holzbalken gelegt hatte, den einzigen Fußbodenbelag bildete. Die Fußbodenfliesen des oberen Badezimmers lagen noch, dahinter ragte ein nackter Schornstein wie ein Mahnmal in den Himmel und verdeutlichte uns, wie wichtig es wurde, die Einhausung voranzutreiben.

Nach einigen weiteren Aufnahmen hatten wir genug gesehen. Wir mähten den hinteren Rasen und fegten den Keller aus, bis schließlich unsere Wäsche trocken war.

Am darauffolgenden Dienstag bot sich erneut eine günstige Gelegenheit, nach den Fortschritten der Gerüstbauer zu sehen. Während nach nur einem weiteren Arbeitstag das Gerüst bereits der Neigung des Satteldachs und der beiden Dachgauben folgte, hatten andere Arbeiter offensichtlich den Tag damit verbracht, auf beiden Hausseiten die knapp dreißig Kunststoffbehälter in die breiten untersten Gerüstplanken zu stellen und mit Wasser zu befüllen. Sie dienten also als Ballast, damit, wie mir einer der Arbeiter erklärte, später die gesamte Einhausung auch orkanartigen Sturmböen standhielt.

Auch am Donnerstag machten wir etwas früher Feierabend und fuhren erneut zur Baustelle. Schon von weitem war der gewaltig lange Teleskopausleger eines Autokrans über den Gärten zu sehen, der seit morgens um halb sieben die einzelnen Teile des provisorischen Blechdachs in das fertige Gerüst hob. Etwa vier Meter über dem First und damit in schwindelerregender Höhe von knapp zwanzig Metern befestigten Arbeiter die Elemente auf den Gerüststreben. Etwa die Hälfte des Blechdachs hatten sie bereits gebaut.

Wir parkten auf dem schmalen Gehweg und stiegen aus. Als wir nach wenigen Schritten in unsere Einfahrt abbogen, konnten wir auch das Monstrum von Kran sehen, dessen Fahrer es irgendwie geschafft haben musste, seinen Fünfachser aus der schmalen Sackgasse in die Einfahrt zu rangieren. Der Teleskopausleger des

Autokrans konnte bis zu sechzig Meter lang ausfahren – lang genug, um die Dachelemente bis an das hintere Hausende einzuschwenken.

Im Wendehammer stand ein überlanger Lkw-Dreiachser des Kranvermieters, dessen Fahrer gelangweilt dem Einsatz seines Kollegen im Führerstand des Autokrans zuschaute. Er musste die tonnenschweren Ballastgewichte des Krans transportieren.

„Das ist ja unglaublich", sprach ich ihn an, „wie Ihr Kollege es geschafft hat, sein Riesengefährt in unsere kleine Einfahrt zu bugsieren!" Spätestens hier wurde deutlich, warum die Garagenzufahrt verbreitert und die Bäume bis auf vier Meter Höhe ausgeschnitten werden mussten.

„Ach", winkte der Lkw-Fahrer ab, „das geht mit den Kränen meist besser als mit meinem langen Lkw. Schließlich haben die vier lenkbare Achsen und ich nur zwei", klärte er mich auf.

„Und worauf warten Sie hier?", fragte ich neugierig mit einem Blick auf die Uhr. „Sie haben doch bestimmt schon längst Feierabend!"

„Erst wenn das hier fertig ist", antwortete der Mann. „Der Kran ist nur für einen Tag gemietet, deshalb müssen die Jungs da oben noch ein paar Stunden rumturnen. Ist nicht unüblich in der hellen Jahreszeit", fuhr er schulterzuckend fort, „dass wir schon mal bis abends um neun im Einsatz sind."

Wir machten ein paar Fotos von dem riesigen Kran, dem halbfertigen Blechdach und den schwindelfreien Arbeitern. Schließlich hatten wir eine derartige Einhausung noch nie mit Bewusstsein gesehen – und schon gar nicht am und über dem eigenen Haus. Jedenfalls hatten die Gerüstbauer – sicherlich unter Einsatz von erheblichen Überstunden – das für uns vor einigen Tagen noch Unvorstellbare geschafft, innerhalb von weniger als einer Woche fertig zu werden. Nun würde es sicherlich auch mit den übrigen Arbeiten zügiger vorangehen, ohne weitere Schäden durch sommerliche Regenfälle befürchten müssen. Der dritte Monat war ja auch schon fast zur Hälfte um.

Innenstadt

Am nächsten Tag zeigten wir unseren Kollegen stolz ein paar Aufnahmen von der Einhausung und dem riesigen Autokran. Insbesondere die Architekten und Ingenieure unter ihnen hatten sich von Anfang an hochgradig interessiert an unserem Schicksalsschlag gezeigt und standen mir jederzeit mit sachdienlichen Erläuterungen und guten Ratschlägen zur Verfügung – eine Hilfestellung, die ich Fischer wie auch der gesamten GERESA gegenüber ums Verrecken nicht preis zu geben gedachte. Die Reaktionen der Kolleginnen und Kollegen zu unserem Blechdach reichten selbst bei den Experten von Kopfschütteln bis zu anerkennender Bewunderung – als ob wir persönlich die Dachelemente auf zwanzig Meter Höhe transportiert und dort verlegt hätten. „Montagehalle" war angesichts der Dimensionen noch die harmloseste Bezeichnung. Andere ließen sich zu „Flugzeughangar", wieder andere schlicht zu „Airbus" hinreißen, weil sie unsere Einhausung mit den neuen Produktionshallen für den A 380 in Finkenwerder verglichen. Viele fanden das Ungetüm aus Stahl und Blech „futuristisch", ein Kollege bezeichnete es als „außerirdisch".

Schließlich wurde gefrotzelt, dass wir nun doch wieder zurückziehen könnten, nachdem wir ein so schönes, neues Dach über dem Kopf hätten. Andere fragten angesichts unserer Fotos realistischer, ob denn in dem Haus derzeit irgendjemand wohnen würde, was doch eigentlich gar nicht denkbar wäre, wenn oben alles abgerissen würde. Nein, da konnten wir beruhigen: Das ganze Haus war leer.

Zuvor hatte ich gleich am frühen Morgen Fischer in der GERESA angerufen, um das weitere Vorgehen mit ihm zu besprechen.

„Das Dach ist also schon drauf?", fragte er, „ich dachte, die werden erst heute fertig."

„Nein, gestern um sechs Uhr fehlte wohl noch ein Drittel. Und die Arbeiter sagten, dass sie noch abends fertig werden müssten", berichtete ich, wobei ich mich wunderte, dass Fischer nichts von dem für nur einen Tag gemieteten Autokran wusste.

Sasel

Auch am nächsten Nachmittag konnten wir es uns nicht verkneifen, zur Baustelle zu fahren. Die Gerüstbauer hatten tatsächlich nicht nur das restliche Blechdach gebaut, sondern auch alle nicht benötigten Teile abgefahren. Außerdem war vor dem Haus noch ein Bauaufzug montiert worden, der bis zu einer Bühne im ersten Stockwerk fuhr, damit die Arbeiter die vielen Materialien und Bauteile nicht mühsam durch das Treppenhaus tragen mussten.

Im Anschlusskeller hatten die Elektriker einen neuen Verteilerkasten angebracht, der zahlreiche Sicherungen und Steckdosen enthielt und über den Stromzähler der Hausgemeinschaft lief. Ein Drehstromanschluss versorgte über ein dickes Kabel, das durch das gekippte Kellerfenster nach draußen führte, den Bauaufzug.

Und in der Waschküche lagerten die beiden sorgfältig ausgebauten Duschbäder aus unserer und der Nachbarwohnung einschließlich der ekeligen alten Duscholuxwand und des Wasserkastens für das WC unserer alten Mitbewohner. In einer Ecke lehnten die drei Elemente unserer Vollglasabtrennung für die Dusche an der Wand. Weder diese noch die alten Sachen der Nachbarn würde man sinnvollerweise wieder einbauen. Davon abgesehen konnten wir uns nach dem Erlebnis mit dem explodierten Glastisch nicht mit der Vorstellung anfreunden, künftig hinter einer durch den Ausbau und Transport in den Keller möglicherweise mit einem feinen Haarriss beschädigten Glaswand zu duschen.

Da aus dem Dachgeschoss noch die Bohrhämmer dröhnten, lief ich nach oben und fand den Abbruchunternehmer in unserem Wohnzimmer, wo er sich schwitzend und fluchend durch zwei Lagen Fliesen, jede Menge Fliesenkleber und schließlich zwölf Zentimeter Estrich arbeitete. Ich hatte im Rahmen der Erneuerung unserer Bäder den Fußboden im oberen Badezimmer rausgestemmt und beneidete ihn nicht um seine Arbeit, zumal die schließlich abgesprengten Estrichbrocken unten noch durch die Heizdrähte zusammengehalten wurden, was ihre endgültige Entfernung nochmals erschwerte. Bevor ich den unsympathischen Mann durch Gesten bitten konnte, seine Höllenmaschine abzustellen und seinen Hörschutz abzusetzen, legte er seinen Bohrhammer beiseite und schimpfte:

„Ich hab Ihnen doch schon mehrfach gesagt, dass Sie nicht in die Wohnung dürfen, ist viel zu gefährlich!"

„Ja, weiß ich schon", antwortete ich genervt dem Wichtigtuer. „Dann gehen wir am besten mal vor die Wohnungstür, ich will Sie was fragen."

„Hab ich eigentlich keine Zeit für", wollte er mich am liebsten sofort wieder loswerden. „Herr Fischer hat gesagt, dass wir möglichst schnell mit dem Abbruch fertig werden sollen. Und wir arbeiten schon jeden Tag mehr als zwölf Stunden."

„Dauert nicht lange", erwiderte ich. „Will nur wissen, warum Sie die vorsintflutlichen Teile aus dem Duschbad der Nachbarwohnung sorgfältig demontiert haben und unten in der Waschküche lagern. Das alte Zeugs wird doch kein Mensch wieder einbauen."

„Ist wohl richtig", antwortete er. „Aber so lautete die Anweisung von Herrn Fischer. Ich mache nichts ohne Auftrag."

„Na toll", sagte ich. „Dann werde ich also Fischer fragen."

Ich erreichte ihn wieder sehr früh am nächsten Morgen. Als ich ihm ohne Umschweife verdeutlichte, dass er offensichtlich völlig überflüssige Arbeiten beauftragt hatte, die nicht im Einklang mit seinem sonstigen Bedürfnis nach schnellen Baufortschritten standen, rechtfertigte er sich in seiner üblichen schnellen Rhetorik:

„Ging nicht anders. Ich habe den Eigentümer der Wohnung nicht erreicht, der mir hätte sagen können, was mit den Sachen passieren soll."

„Sie hätten mich fragen können", hielt ich ihm vor, „ich hätte ihnen schon gesagt, dass das alles in den Bauschuttcontainer gehört."

„Sie, wieso Sie?", fragte Fischer. „Haben Sie die Wohnung inzwischen gekauft?"

„Nein, aber ich habe Ihnen inzwischen schon mindestens zwei Mal gesagt, dass ich eine Generalvollmacht zu allen Veränderungen und Entscheidungen für die Nachbarwohnung besitze."

„Davon wusste ich nichts, sonst hätte ich Sie selbstverständlich angerufen", versuchte Fischer sich zu rechtfertigen.

Ich ließ es dabei bewenden. Verfahrensfragen lohnten hier angesichts eines überschaubaren zeitlichen Mehraufwands nicht.

Hoheluft/Rothenburgsort

In der Nacht zum Montag gab es nach den vorangegangenen schwülen Tagen heftige Gewitter, und es schüttete wie aus Eimern. Morgens um sechs riefen unsere Nachbarn an, dass das Regenwasser in hohem Bogen von dem Blechdach über unserem Haus nicht nur auf ihr Grundstück stürzte, sondern sie bereits reichlich Wasser in ihrem Keller hätten. Auf der gegenüberliegenden Hausseite dürfte es bei den dortigen Nachbarn ähnlich aussehen.

Als der Regen wenig später endlich aufgehört hatte, radelte ich um halb sieben ins Büro und rief sofort Fischer an.

„Da können wir doch nichts für", wies er meine vorwurfsvolle Schilderung des Wassereinbruchs bei den Nachbarn zurück, „wenn Ihre Nachbarn ihre Kellerfenster offen lassen."

Ich schluckte. Abgesehen von seiner nur auf einer Vermutung basierenden Argumentation hatte er es nach meinem Dafürhalten als Bauleiter schlicht versäumt, für eine Regenwasserableitung zu sorgen oder zumindest zu kontrollieren, ob eine gelegt worden war. Stattdessen suchte er die Schuld bei unbeteiligten Dritten. Eine praktische Einstellung, dachte ich, sagte aber nichts, weil mir nicht an einem Zuständigkeitsstreit, sondern an einer Lösung gelegen war.

„Müssen sie ja wohl normalerweise auch nicht", stellte ich daher klar. „Regen wird unter dem breiten Dachtrauf dort ja wohl kaum in die Kellerfenster dringen. Hier müssen jedoch regelrechte Sturzbäche in hohem Bogen vom Blechdach geschossen sein – das muss doch irgendwie abgeleitet werden!", forderte ich ihn energisch auf.

„Ist normalerweise eigentlich nicht üblich", stellte er sich immer noch quer.

„Sie können doch nicht monatelang das Regenwasser in die Gärten der Nachbarn pladdern lassen und sie auffordern, ihre Kellerfenster bis zum Rückbau des Gerüsts geschlossen zu halten und am besten auch noch abzudichten – wozu haben wir in Hamburg denn ein eigenes Regenwassersiel?", rief ich verärgert und ergänzte, dass es doch sicherlich nicht besonders schwierig sein dürfte, Regenrinnen am Blechdach zu befestigen und an die Fallrohre anzuschließen.

„Ich werde mal mit dem Gerüstbauer sprechen, was ihm dazu einfällt", lenkte er schließlich ein.

Sasel

Mittwochnachmittag fuhr ich erneut zur Baustelle, um nachzusehen, ob in dieser Angelegenheit etwas passiert war. Immerhin konnte ich auf beiden Seiten des Blechdachs eine Holzrinne ausmachen, die mit einer großen Kunststofffolie ausgekleidet war. Darin sollte nun also das Regenwasser abgeleitet werden. Allerdings war das Ende der Holzrinne nicht an das Regenwassersiel angeschlossen worden, so dass das Wasser an beiden Hausseiten in den vorderen Garten schoss.

Ich nahm mein Handy aus der Tasche und wählte Fischers Nummer. Er meldete sich nicht. Kann ja auch schon Feierabend haben, sagte ich mir, wenn er immer so früh beginnt.

Am frühen nächsten Morgen erreichte ich ihn und hielt ihm vor, dass die neue Konstruktion zur Ableitung des Regenwassers völlig unbefriedigend sei. Schnell wurde mir aufgrund seiner Nachfragen klar, dass er sich die vom Gerüstbauer montierte Lösung bislang überhaupt nicht angesehen hatte.

„Warum kann man die provisorische Dachrinne nicht über einen Trichter und flexible Schläuche an das vorhandene Fallrohr anschließen? Das kann doch für den Boden nicht gut sein, wenn das gesamte Regenwasser von mehr als dreihundert Quadratmetern Dachfläche ständig und ausschließlich an zwei Stellen im Garten versickert."

„Das bisschen Regenwasser wird schon nicht schaden", fiel Fischer hierzu ein und ergänzte, mal wieder merkwürdig kichernd, dass wir dann dort ja nicht den Rasen zu sprengen bräuchten.

„Denken Sie doch etwas längerfristig!", forderte ich ihn auf. „In wenigen Monaten nehmen die Regenfälle in Hamburg bekanntlich deutlich zu – und das soll dann auch alles so konzentriert den Boden aufweichen?"

„In wenigen Monaten", ging Fischer auf meine Bedenken ein, „wird das Blechdach dort nicht mehr liegen. Die Zimmerleute arbeiten jetzt auf Hochtouren und bauen den neuen Dachstuhl. Danach wird das Dach neu eingedeckt. Das Ganze dauert keine zwei, drei Wochen. Und bis dahin wird Ihr Garten schon nicht absaufen."

Abgesehen von Fischers deutlich verändertem Tonfall, den ich als eine Mischung aus genervt und frech empfand, gab ich mich argumentativ erst mal geschlagen. Dauerregen war im August und September normalerweise tatsächlich nicht zu erwarten. Und das neue Dach würde ja sicherlich sofort eine Dachrinne bekommen, die man unkompliziert an die Fallrohre anschließen konnte.

Vierter Abschnitt: Wladimir lässt grüßen

Kapitel 14

Hoheluft

Als wir am letzten Donnerstag im August abends nach Hause kamen, hatte man auch vor dem Jugendstilhaus begonnen, die gesamte Fassade einzurüsten. Damit gab es allein in dieser Straße sieben Baustellen, weil an den meist mehr als hundertzehn Jahre alten Häusern ständig etwas zu renovieren, reparieren und sanieren war. Franziskas Bruder Michael hatte uns zwar darüber informiert, dass im Laufe des Jahres Arbeiten an den winzigen Balkonen auf der Straßenseite anstanden, weil ihr Unterbau aus Holz inzwischen morsch war und sie nicht mehr betreten werden durften; arglos waren wir aber nicht davon ausgegangen, dass deswegen das ganze Haus hinter einem Gerüst verschwinden würde. Bei Licht betrachtet erschien es hingegen absolut nachvollziehbar, dass eine grundlegende Balkonsanierung anders überhaupt nicht möglich war.

„Und bevor sie anfangen zu arbeiten", kündigte Franziska an, „werden sie sicherlich auch hier noch eine Plane vor das Gerüst hängen, weil das sonst in der Enge und bei den vielen Menschen viel zu gefährlich wäre."

So kam es. Freitagnachmittag war das Gerüst fertig und ließ noch etwas Nachmittagslicht in das kleine Wohnzimmer; am Montag hing eine blickdichte stabile Plane davor, die nur noch zu einer stark reduzierten Lichtausbeute führte. Wir überlegten kurzfristig, ob wir das Wohnzimmer in den rückwärtigen Teil der Wohnung und damit ins „Kellerzimmer" verlegen sollten, nahmen hiervon jedoch bald wieder Abstand, weil wir hofften, dass die Arbeiten nach ein paar Wochen und damit vor der dunkelsten Jahreszeit wieder abgeschlossen sein würden. Außerdem nutzten wir das Wohnzimmer nur begrenzt: Unter der Woche waren wir tagsüber nicht in der Wohnung, an den Wochenenden samstags auf der Baustelle, sonntags machten wir, wann immer möglich, unsere Ausflüge mit dem öffentlichen Nahverkehr. Gegessen wurde am Küchentisch, der auch als Schreibtisch herhalten musste. Und lesen konnten wir abends inzwischen ohnehin nur mit Hilfe unserer beiden einzigen noch funktionierenden Leselampen.

Sasel

An einem der ersten Septembertage hatte uns Fischer auf die Baustelle gebeten, um zusammen mit dem Elektriker und dem Installateur vor Ort die Vor- und Nachteile einer Umstellung unserer elektrischen Fußbodenspeicherheizung auf Gasbetrieb zu erörtern. Es waren einige Tage verstrichen, bis die beiden Handwerker sich auf einen Termin verständigt hatten, wobei sie wie selbstverständlich zu unterstellen schienen, dass wir ihre Vorstellungen jederzeit mit unseren dienstlichen Verpflichtungen vereinbaren konnten. Jedoch passte es genau an dem von ihnen vorgeschlagenen Donnerstag weder Franziska noch mir: Sie musste Personalauswahlgespräche leiten, ich für zwei Tage auf eine Dienstreise. Überrascht von so viel Mut, in Zeiten des Handwerkermangels einfach deren knappe Terminangebote auszuschlagen, bat Elektriker Schachtschneider uns also, ihm ein paar Uhrzeiten zur Auswahl anzubieten – er würde sich sodann mit dem Installationsbetrieb Pyczek & Mommsen verständigen. Und so trafen wir uns trotz aller vermeintlicher Terminenge bereits am darauf folgenden Dienstag.

Als wir um Punkt zwölf vorfuhren, parkten auf dem Gehweg bereits ein Audi A 6 sowie ein 5er BMW. Dahinter standen zwei Männer in den Vierzigern, beide in Jeans und Lederjacken. Wir stiegen aus und fragten, nachdem wir uns als die Eigentümer der oberen Wohnung zu erkennen gegeben hatten, ob einer von ihnen Herr Schachtschneider oder Herr Pyczek sei, worauf der kleinere sich als Peter Pyczek und den anderen als seinen Partner Thomas Mommsen vorstellte.

„Sehr vernünftig", begann Pyczek sogleich forsch, „dass Sie sich von dem alten Elektromurks trennen und eine schöne, moderne Gastherme einbauen wollen. Sie müssen ja bisher Ihr Geld zum Dach rausgeheizt haben!"

„Ist schon richtig", antwortete ich. „Anfangs ging das ja noch, nur in den letzten Jahren ist Strom leider immer teurer geworden. Am meisten gestört hat uns, dass das Haus so schlecht isoliert war und die gespeicherte Wärme abends nicht mehr ausreichte, um es halbwegs gemütlich zu haben."

„Sehen Sie", meinte Pyczek mit aufgesetztem Grinsen, „und mit unserer schicken, modernen Therme können Sie jederzeit heizen, bis Ihnen die Fußsohlen verbrennen und tausenderlei Heizkurven für Ihre persönlichen Bedürfnisse einstellen. Außerdem haben Sie ständig heißes Wasser."

„Haben wir jetzt auch. Und ich denke, dass wir mit einem gut isolierten Dach und besseren Fenstern auch ganz gut mit der bisherigen Technik klar kämen."

„Das ist doch energetisch völliger Unfug!", ereiferte sich Pyczek. Daher also hatte Fischer seine merkwürdige Argumentation. Der war inzwischen auch vorgefahren und gesellte sich zu uns. Ich konnte es mir in seinem Beisein daher nicht verkneifen, auch Pyczek einen ähnlichen Vortrag zu halten wie neulich ihm:

„Herr Pyczek", sagte ich, „energetischer Unfug ist es, viel Energie aufzuwenden, um eine schlecht isolierte Bude warm zu bekommen. Was Sie meinen, sind Kostenvorteile, weil der Strom infolge der Energiewende derzeit immer teurer wird und Putin uns sein Gas günstig verkauft. Das hat mit energetisch leider nichts zu tun", beendete ich leicht verärgert meine Schulmeisterei. Fischer zwinkerte nervös mit den Augen.

„Aber die Kosten sind doch letztlich das Entscheidende", versuchte Mommsen mich zu beschwichtigen. „Niemand zahlt gerne mehr als er muss."

„Wir auch nicht", meinte Franziska, „ganz bestimmt nicht. Doch um die Kostenvorteile zu erreichen, müssen wir ja auch erst mal kräftig investieren."

„So teuer ist so eine moderne Heizungsanlage heutzutage auch nicht mehr", wandte Pyczek verkaufstüchtig ein. „Und außerdem verzichten Sie ja auf den Elektrokram. Den bekommen sie doch sicherlich von der Versicherung erstattet?", wandte er sich an Fischer.

„Ja, natürlich", beeilte sich der Angesprochene zwinkernd zu antworten. „Das ist ja im Schadengutachten so vorgesehen."

„Da wird schon eine erhebliche Differenz übrigbleiben", vermutete ich. „Das bisherige System braucht keine Therme, keine Gasleitung in das Haus und keine Leitungen nach oben."

„Wieso", wandte sich Pyczek erneut an Fischer, „liegt hier noch kein Gas?"

„Nö", meinte der, „alles nur Strom. Habe ich Dir doch neulich erzählt."

„Schon wieder vergessen bei den vielen Baustellen", winkte Pyczek ab. „Ist aber 'ne Kleinigkeit, eine Gasleitung durch den Garten zu schießen. Machen wir alle Tage."

„Ja ja", sagte ich langsam und begann, mich über die Nonchalance von Pyczek zu ärgern. Inzwischen hatten wir uns längst schlau gemacht und wussten, dass es doch nicht ganz so einfach war wie uns der flotte Klempner hier weismachen wollte. „Kostet nur einen Tag Arbeit, nachdem man sich einen Aufgrabungsschein beschafft und einen Termin mit dem Gasversorger sowie dem Kampfmittelräumdienst zustande gebracht hat. Übernehmen die Energieversorger nur zu gerne, wenn wir sie damit locken, anschließend über viele Jahre hinweg ihr Gas zu kaufen. Doch so weit sind wir ja noch nicht. Erst mal würden wir gerne über die grundsätzlichen Probleme diskutieren."

„Was für Probleme?", wollte Fischer wissen.

„Nun, zum Beispiel Größe der Therme und des Warmwasserspeichers, wo könnten sie stehen oder hängen, wo kommen die Verteilungen hin, wo sollen die Leitungen verlaufen, kann man sie im Zuge der Sanierung in die Wände und Fußböden legen? Wir haben es hier mit einer Wohnung zu tun, in der bislang kein Platz für eine Gasheizung vorgesehen war. Also müssen wir hierfür Platz und Raum finden."

„Am besten", schlug Pyczek nun vor, „tun Sie sich mit Ihrem Nachbarn zusammen, und wenn der auch auf Gas umstellen will, könnten wir die Therme in den Keller stellen und eine Leitung nach oben legen."

„In welchen Keller?"

„Was weiß ich, den Anschlussraum, die Waschküche."

„Keine gute Idee. Sind Gemeinschaftskeller", sagte ich.

Schnell stellte sich heraus, dass die Installateure auch nicht annähernd eine akzeptable Vorstellung davon hatten, wie sie eine entsprechende Heizungsanlage und wo sie vor allem die Therme einbauen wollten. Ihre anfänglichen Hinweise auf hocheffiziente winzige Geräte, die man „optisch völlig unauffällig irgendwo in einer Nische an die Wand hängen" könnte, wurden angesichts der Größe und Zweigeschossigkeit unserer Wohnung bald zugunsten zweier großer Blechschränke im Waschmaschinenformat aufs Abstellgleis geschoben. Und auch für deren Unterbringung sei schließlich alles möglich: Therme im unteren Flur oder – noch viel besser – in einem der oberen Zimmer. Dort könnte man sie in einem Einbauschrank verstecken, und das Abgasrohr ließe sich auf kürzestem Weg gleich durch das Dach ziehen. Es war offensichtlich, dass Pyczek alles unternahm, um uns den Technologiewechsel möglichst schmackhaft zu machen, obwohl er in technischen Einzelheiten sehr oberflächlich blieb. Hier war sein Partner Mommsen versierter, der jedoch von Pyczek mehrfach brüsk unterbrochen wurde, sobald er auch nur ansatzweise andeutete, dass der vorgeschlagene Umstieg auf eine Gasfußbodenheizung nicht völlig trivial war.

Nach einer halben Stunde traf auch Elektromeister Schachtschneider ein und gesellte sich zu uns, ohne sich für seine Verspätung zu entschuldigen. Auch hielt er es nicht für nötig, sich vorzustellen. Angesichts Fischers kurzen zwinkernden Nickens bei seiner Ankunft durften wir wohl davon ausgehen, dass es sich um den Erwarteten handelte. Statt einer Begrüßung beantwortete er zunächst einen Anruf auf seinem Telefon, worauf Franziska genervt ihre linke Augenbraue in bedrohliche Höhe zog. Nach Beendigung seines Telefongesprächs fragte sie ihn ohne Umschweife:

„Haben Sie so eine elektrisch betriebene Fußbodenspeicherheizung, wie wir sie bisher in unserer Wohnung hatten, überhaupt schon mal installiert?"

„Wir haben die Installierung von den Heizungen in den oberen Wohnungen doch ausgeschrieben, und daraufhin hat sich Herr Schachtschneider um den Auftrag beworben. Das hätte er ohne die hierfür notwendige Fachkompetenz sicherlich nicht getan", antwortete Fischer in rasantem Stakkato an Schachtschneiders Stelle.

„Ich habe aber nicht Sie gefragt, Herr Fischer, sondern Herrn Schachtschneider, was ja auch richtig war, weil Sie meine Frage wahrscheinlich gar nicht beantworten können", wies Franziska unseren jungen Bauleiter zurecht. Ich hatte ihr mehrfach berichtet, dass mir seine Unart, unangenehme Fragen und Probleme mit seiner flotten Rhetorik einfach vom Tisch zu wischen, zunehmend auf die Nerven ging und er bei mir immer wieder den Eindruck hinterließ, uns wie x-beliebige Mieter zu behandeln, die dankbar sein sollten, dass er ihnen wieder ein Dach über dem Kopf herrichtete.

„Also?", wandte sie sich daher erneut an den Elektriker und hob zugleich die linke Hand, um Fischer davon abzuhalten, nochmals zu antworten.

„Ja, nun, also", suchte Schachtschneider offensichtlich immer noch nach einer geeigneten Antwort. „Heizmatten haben wir natürlich schon vielfach verlegt, das kommt ja quasi alle Tage vor. Das ist auch wirklich keine große Hexerei und dürfte wohl keinen Elektriker überfordern."

„Sonst hätten wir Euch ja auch gar nicht den Zuschlag erteilt", beeilte sich Fischer erneut einzuspringen. „Dann hätten wir den Punkt ja geklärt."

„Nichts ist geklärt", wies ich Fischer genervt zurecht. „Meine Frau hat nicht nach der banalen Verlegung einer Heizmatte gefragt, was ja wohl sogar jeder halbwegs versierte Hobbyhandwerker zustande bringt, sondern ob die Firma Schachtschneider schon mal eine komplette elektrische Speicherheizung unter den schwimmenden Estrich einer Wohnung oder eines Hauses verlegt hat. Dazu gehört ein Außentemperaturfühler, dazu gehören Restwärmefühler in den Fußböden jedes Zimmers, dazu gehören Aufladeregler und insbesondere Kenntnisse über die elektronische Vor- oder Rückwärtssteuerung eines derartigen Heizsystems."

Fischer meldete sich erneut zu Wort: „Wenn Sie Ihre Heizung ohnehin auf Gas umstellen, spielt das alles doch keine Rolle."

„Wir haben aber noch nicht auf Gas umgestellt, Herr Fischer", sagte ich. „Und wir werden dies auch frühestens tun, nachdem wir entsprechende Angebote zu beiden Systemen gesehen haben.

Vielleicht könnte Herr Schachtschneider dann mal die Frage meiner Frau beantworten?", ließ ich Fischer stehen und wandte mich nochmals an den Elektromeister.

„Ja, nee, wenn Sie so konkret fragen, also: Haben wir nicht."

„Und warum haben Sie sich dann überhaupt auf die Ausschreibung beworben?", wollte Franziska nun wissen. Sie biss gerne noch einmal zu, wenn jemand Schwäche zeigte.

„Weil wir auch die übrigen Elektroinstallationen übernommen haben und ich davon ausging, dass es für einen Elektriker nicht sonderlich kompliziert sein dürfte, so eine Heizung zu verlegen. Und irgendwann macht man immer alles zum ersten Mal im Leben", antwortete Schachtschneider achselzuckend.

„Na prima", kommentierte ich ruhig. „Schicken Sie uns das Angebot von Pyczek & Mommsen, Herr Fischer. Die im Schadengutachten veranschlagten Kosten für die Elektroheizung kann ich mir selbst raussuchen. Und ich werde auch noch den uns seit Jahren beratenden Fachbetrieb Busche um seine Einschätzung bitten, ob die dort genannte Summe realistisch ist. Für heute sind wir hier wohl fertig", stellte ich fest und ging mit Franziska zu unserem Auto.

Sasel - Innenstadt

„Und solche Handwerker sollen unsere Wohnung wieder zusammenzimmern?", schimpfte Franziska, kaum dass wir im Auto saßen. „Dem Autoverkäufer Pyczek scheint ja alles egal zu sein – Hauptsache er bekommt seinen Auftrag. Und von dem Elektriker würde ich mir lieber keine neue Heizung einbauen lassen, wenn er es noch nie gemacht hat."

„Und dazwischen der nervige Fischer, der das ganze Thema überhaupt ins Rollen gebracht hat und nun heldenhaft seine Gewerke verteidigt", ergänzte ich. „Eigentlich ging es uns doch um die Frage, ob wir von Strom auf Gas umstellen sollen und wie man das in der Wohnung am besten umsetzen könnte. Nach deren Auftritt von eben frage ich mich allerdings, wem wir es überhaupt zutrauen, eine halbwegs vernünftige Arbeit abzuliefern."

„Stimmt", sagte Franziska, „zumindest war es von dem rüpeligen Elektriker ganz ehrenwert, schließlich einzuräumen, sich mit unserem Heizungssystem nicht auszukennen, während dieser Pyczek uns am liebsten die größte Gastherme mit riesigem Warmwasserspeicher irgendwo in die Wohnung stellen würde, egal wie beschissen es aussieht und stört."

„Richtig anfreunden kann ich mich mit dem Gedanken eigentlich immer noch nicht", murmelte ich etwas gedankenverloren, als ich gerade in die Saseler Chaussee einfädelte.

„Womit?"

„Dass wir uns irgendwo zwei große Blechkästen in die Wohnung stellen, dort hin und wieder eine schöne, blaugelbe Flamme brennt, überall Rohre verlaufen und ein zweiter Schornstein durch die Dachschräge geführt wird."

„Hässlich und unheimlich", fasste Franziska kurz zusammen. „Und warum sollten wir es dann tun? Um monatlich fünfzig Euro zu sparen, die unseren investiven Aufwand womöglich erst nach fünfzehn Jahren amortisieren? Und dann kommen die nächsten fünftausend für eine neue Gastherme?"

„Eigentlich hatten wir uns auf eine Heizung gefreut, die man besser und vor allem zu jeder Tages- und Nachtzeit regulieren kann als unsere alte Speicherheizung", rief ich in Erinnerung. „Was uns die ganzen Jahre über doch wirklich gestört hat, ist der Umstand, dass es im Winter abends nicht richtig warm war. Deswegen hatten unsere Vorgänger ja auch den hässlichen Kachelofen setzen lassen."

„Weiß ich doch", räumte Franziska ein. „Müsste es mit einem besser insolierten Dach und neuen Fenstern nicht deutlich angenehmer werden als vorher?"

„Müsste es. Noch ist nichts zu entscheiden. In ein paar Tagen haben wir sicherlich Pyczeks Angebot vorliegen."

Sasel

„Keine einfachen Kunden", sagte Schachtschneider zu den anderen drei Männern, nachdem wir sie verlassen hatten.

„Stimmt", sagte Fischer. „Haben ständig Extrawünsche und meinen, alles besser zu wissen."

„Scheinen sich aber auch um die Dinge zu kümmern und schlau zu machen", gab Mommsen zu bedenken. „Würde ich auch tun, wenn mir die Bude abgefackelt wäre und ich die Chance auf Veränderungen hätte."

„Geht alles zu Lasten unserer Sanierung", schimpfte Fischer. „Kann mich doch nicht bei jeder Maßnahme um mindestens zwei Alternativen kümmern."

„Brauchst Du auch nicht", tröstete Pyczek. „Musst nur die bessere nehmen", fuhr er fort und bemühte sich, Schachtschneider nicht anzusehen. „Wir schicken Dir unser Angebot."

Rothenburgsort

Als Fischer in die GERESA zurückkehrte, begegnete er auf dem Flur seinem Chef.

„Na Fischer", fragte Schröder ihn sogleich, „was macht Deine Baustelle?"

„Och", antwortete Fischer betont genervt, „ich versuche gerade, die Verzögerungen auszubügeln, die mir die Eigentümer einbrocken."

„Was für Verzögerungen?", wollte Schröder wissen.

„Die wissen einfach nicht, was sie wollen", berichtete Fischer. „Erst wollen sie von ihrer hirnrissigen E-Heizung auf Gas umstellen, dann trifft man sich mit ihnen und dem Installateur vor Ort, um die Details zu besprechen, dann stellen sie wieder alles infrage, machen den Elektriker an und wollen erst Angebote sehen – als ob allein sie beurteilen könnten, wie man ihre Heizung richtig einbaut. Das war neulich bei den Fenstern auch schon so", setzte er noch einen drauf.

„Wird denn auch eine Gasheizung vom Schadengutachten abgedeckt?", fragte Schröder, der sich hiermit nur oberflächlich befasst hatte.

„Im Gutachten ist natürlich die Wiederherrichtung der bisherigen E-Heizung vorgesehen", zitierte Fischer. „Und ich könnte mir vorstellen, dass die Umstellung auf Gas letztlich deutlich teurer wird. Da müssten die Eigentümer vermutlich etwas draufzahlen. Kann ich ausrechnen, wenn ich das Angebot von Pyczek kenne."

„Und warum hat er das noch nicht vorgelegt?", bohrte Schröder nach.

„Weil er das erst tun will, wenn er weiß, dass sich die Eigentümer für die Umstellung entschieden haben."

„Na, da beißt sich ja wohl die Katze in den Schwanz", resümierte Schröder. „Wenn ich etwas privat bezahlen müsste, würde ich auch gerne vorher wissen, wie viel und wofür. Dann soll dieser Pyczek mal hurtig in die Puschen kommen."

„Ich befürchte sogar", vertraute Fischer nun seinem Chef mit besorgter Miene an, „dass er mir komplett abspringt, wenn er den Heizungsauftrag nicht bekommt. Dann kann ich wieder auf die Suche gehen, wer mir die Sanitärinstallationen macht. Kostet alles Zeit und Kapazität."

„Wir können die Eigentümer ja mal etwas unter Druck setzen und ihnen ein Pauschalangebot vorlegen. Vielleicht beschleunigt das ihre Entscheidungsfindung. Ich denke mir mal was aus und schicke es Dir gleich zur Unterzeichnung rüber", kündigte Schröder schmunzelnd an, der auf jeden Fall den Eindruck vermeiden wollte, er hätte sich in die Angelegenheiten seines Bauleiters eingemischt.

Innenstadt

Am nächsten Morgen fand ich in meinen dienstlichen Emails auch eine von Fischer vor, bei der ich mich nach erstem Durchlesen fragte, ob er sie selbst geschrieben hatte. Denn im Unterschied zu seinem bisherigen Schriftverkehr glänzte sie durch eine anspruchsvollere Wortwahl, grammatikalische Korrektheit und ließ seine üblichen Kommafehler vermissen.

„Nach der gestern von Ihnen getroffenen Grundsatzentscheidung", las ich staunend, *„müssen wir Sie zur Vermeidung weiterer Verzögerungen bei der Sanierung des brandgeschädigten Mehrfamilienhauses bitten, den angehängten Auftrag zur Installierung einer gasbefeuerten Fußbodenheizung unverzüglich freizuzeichnen. Er umfasst eine identische Anlage in Ihrer Nachbarwohnung. Die Kosten werden wir mit dem im Schadengutachten bezifferten Ansatz für die Wiederherrichtung der bisherigen elektrischen Speicherheizung verrechnen."*

Ich rieb mir verwundert die Augen und las den Sermon erneut. Dann griff ich zum Telefonhörer und hämmerte Fischers Nummer in die Tasten.

„Was schicken Sie mir da für eine bescheuerte Mail?", beschimpfte ich ihn, „waren Sie gestern irgendwie in einem anderen Film?"

„Wieso?", rasselte der sofort in den Hörer, „Sie haben sich doch mit der Bitte um das Angebot von Pyczek & Mommsen verabschiedet."

„Stimmt", sagte ich, „noch habe ich keines – wie auch, in so kurzer Zeit?"

„Die Handwerker und ich haben Sie gestern so verstanden, dass Sie sich für die Umrüstung auf Gas entschlossen haben, nachdem Ihre Frau die Kompetenz der Firma Schachtschneider bezweifelt hat. Das war übrigens voll krass! Wir arbeiten hier nur mit Gewerken zusammen, die selbstverständlich die von uns ausgeschriebenen Arbeiten auch ordnungsgemäß ausführen", keifte er mich in rasendem Tempo an.

„Ist doch Unfug", wies ich ihn zurecht. „Schachtschneider hat ja selbst eingeräumt, solch ein Heizungssystem noch nie installiert zu haben. Da können Sie doch nicht behaupten, er würde die Arbeit ordnungsgemäß ausführen."

„Natürlich kann er das", beharrte Fischer, „das kann doch jeder Elektriker. Ist doch ein Klacks, ein paar Heizmatten in die Fußböden zu legen und an die Verteilung anzuschließen."

Ich hatte keine Lust, mir die vorschnelle Oberflächlichkeit unseres jungen Bauleiters länger anzuhören und sagte so ruhig wie möglich: „Ich fürchte, Sie haben keine rechte Vorstellung von diesem Heizsystem. Vielleicht unterhalten Sie sich mal mit dem Chef der Firma Elektro-Busche. Herr Busche kann Ihnen sicherlich sehr sachlich die Komplexität der Heizungssteuerung schildern. Und wenn wir bei der E-Heizung bleiben sollten", ergänzte ich, „was wir wie gesagt erst nach Vorlage eines Angebots zur Gasheizung entscheiden werden, würde ich insbesondere nach dem Auftritt von Herrn Schachtschneider gestern sehr dafür plädieren, dass die Arbeiten von der Firma Busche ausgeführt werden."

„Das wird nicht gehen", antwortete Fischer sofort.

„Das sehen wir, wenn es soweit ist. Inzwischen warte ich auf Ihr Angebot", sagte ich und legte wütend auf.

Sasel

Am 20. September hatte der Abbruchunternehmer endlich sämtliche Fußböden aus den beiden oberen Wohnungen gestemmt. Wie der wochenlange Umgang mit dem Bohrhammer seinem Rücken bekommen ist und wie viele Wochen später seine Arme immer noch zitterten, wurde uns nicht überliefert. Jedenfalls waren wir nicht traurig, dass sein Auftritt auf unserer Baustelle damit beendet war und wir künftig weder seine Wichtigtuerei noch seine Schlitzohrigkeit ertragen mussten. Nach wie vor gingen wir ja auch davon aus, dass er bei den Einbrüchen in unsere Keller zumindest eine maßgebliche Rolle gespielt hatte. Aber das konnten wir nicht beweisen.

Währenddessen hatten die Zimmerer zwar nur zu zweit, dafür an bis zu vierzehnstündigen Arbeitstagen am neuen Dachstuhl gearbeitet. Nachdem unsere Nachbarn tagelang das ohrenbetäubende Jaulen der Zweitakter ihrer Motorsägen ertragen mussten, als sie den alten Dachstuhl absägten und zerlegten, wurden diese in der Aufbauphase zwar seltener eingesetzt. Dafür waren über viele Straßen und Häuser hinweg die unzähligen Hammerschläge zu hören, mit denen die Männer ihre zwanzig Zentimeter langen Sparrennägel ins Holz trieben. Bis in die zweite Septemberhälfte hinein gab es also eine doppelte Lärmbelästigung sowohl durch den Stemmhammer des Abbruchunternehmers als auch das Hämmern der Zimmerer.

Tagtäglich rechneten wir mit den Angeboten sowohl der HTF zu neuen Fenstern als auch des Installateurs zur Heizungsumrüstung. Sobald der Dachstuhl fertig war, so unsere Vorstellung, würde man nicht nur das Dach decken, sondern auch die neuen Fenster einbauen, um möglichst bald das Blechdach abtragen und die Wohnung frei von Witterungseinflüssen weiter ausbauen zu können. Nachfragen bei unserem Bauleiter nach dem Verbleib der Angebote führten stets zu der lapidaren Antwort, sie seien in Arbeit.

Ende September hatten wir eines Vormittags eine erneute Besprechung auf der Baustelle. Hierbei ging es um den zweiten Rettungsweg. Frau Silves hatte pragmatisch die KLM-Architekten gefragt, ob sie uns hierzu geeignete konstruktive Vorschläge unterbreiten könnten, und diese hatten den zusätzlichen Auftrag nicht nur gerne übernommen, sondern auch angedeutet, dass die Versicherung Dank eines entsprechenden Hinweises von Krämer voraussichtlich auch diese Dienstleistung erstatten würde, weil die Sanierung schließlich auch den Vorschriften der Bauaufsicht entsprechen musste.

„Bin ja gespannt, mit welchen Ideen sie nachher aufwarten", meinte Franziska auf der Fahrt nach Sasel. „Wahrscheinlich finden sie so eine Feuerleiter im runden Drahtkäfig am besten, das gereicht dann dem Haus zur besonderen Zierde", lästerte sie.

„Nee, geht doch gar nicht", antwortete ich, „die könnte man ja nur bis zum Balkon vor unserem Wohnzimmer bauen."

„Ist doch perfekt", insistierte Franziska, „und von dort haben wir ungehinderten Zugang ins Wohnzimmer und über den Flur ins Treppenhaus. Das war doch das, was dieser Grot von der Bauaufsicht am liebsten wollte: Anbindung sämtlicher Wohnräume an seine notwendige Treppe."

„Und was machst Du auf dem Balkon, wenn die Balkontür von innen verschlossen ist?", gab ich zu bedenken. „Auch nicht wirklich hilfreich."

Wir bogen bereits in unsere Sackgasse ein und beendeten die wenig konstruktive Diskussion. Vor der Baustelle standen neben dem VW-Transporter der Zimmerei, dem Kleinwagen der Hausverwaltung sowie dem Firmenwagen der GERESA, mit dem Fischer immer unterwegs war, zwei Pkws der Oberklasse, von denen wir nur Krämers 7er BMW kannten.

„Scheinen ja alle schon da zu sein", sagte ich verwundert, denn es war noch deutlich vor der vereinbarten Zeit. „Na, dann lass uns mal schnell reingehen."

In unserem ziemlich trostlos wirkenden Wohnzimmer begrüßten wir neben Fischer und Frau Silves den Sachverständigen Krämer sowie einen weiteren mittelalterlichen Herrn, der sich als Fischers Vorgesetzter Schröder vorstellte. Obwohl die Frage eines zweiten Rettungswegs eigentlich nur mit uns als den Wohnungseigentümern und der Hausverwaltung zu erörtern gewesen wäre, hatte sich die GERESA entschlossen, ebenfalls den Termin wahrzunehmen, damit sie eventuell erforderliche bauliche Veränderungen bei der weiteren Sanierung berücksichtigen konnte. Den letzten der kleinen Versammlung bildete ein sympathischer und aufgeweckt wirkender junger Mann, der die Dreißig kaum überschritten haben mochte. Er stellte sich höflich als Mitarbeiter der KLM-Architekten namens Dirk Mallinckrodt vor. Und Krämer ergänzte, Herrn Mallinckrodt, „der das Haus und die Wohnungen schon kennt, weil er Hauptautor des Schadengutachtens" sei, damit beauftragt zu haben, einen „bauaufsichtlich genehmigungsfähigen" Vorschlag zum geforderten zweiten Rettungsweg auszuarbeiten.

Mit dem Hinweis, anschließend noch einen weiteren Termin wahrnehmen zu müssen, bat er uns sodann über die ramponierte Treppe in das Obergeschoss. Dort jedoch sah es mit abgesägten Dachbalken, fehlenden Wänden, provisorischem Holzfußboden und gelagerten Sparren und Latten nicht unbedingt nach Wohnräumen und einem Badezimmer aus, sondern vielmehr nach einem offenen Holzlager. Mallinckrodt stellte angesichts dieser Szene eher nachdenklich als ironisch fest, dass sich „das hier ja ganz schön verändert" hat. Schröder hingegen war heute zum ersten Mal auf der ersten Baustelle seines jüngsten Mitarbeiters.

„Wir haben uns überlegt", begann Mallinckrodt seinen kurzen Vortrag, „dass es sicherlich am einfachsten wäre, das glücklicherweise bereits vorhandene Podest vor den Schlafzimmerfenstern als zweiten Rettungsweg zu nutzen. Dies würde erstens keine baulichen Veränderungen und somit auch kein eigenes Genehmigungsverfahren erfordern und zweitens eine hoffentlich genehmigungsfähige Lösung mit geringstmöglichem Aufwand herbeiführen. Wir bräuchten dann nämlich lediglich eine Umwehrung des Podests, damit zu rettende Personen nicht abstürzen können", schloss er seine sachlich wirkenden Ausführungen.

„Das hatte ich in der Tat gegenüber dem Sachbearbeiter der Bauaufsicht auch ausgeführt", berichtete ich. „Leider sah er an zwei Punkten erhebliche Schwierigkeiten."

„Und welche sollten das sein?", fragte Mallinckrodt höflich.

„Zum einen wies er mich darauf hin, dass der Ausstieg auf das Podest entweder bodentief, also durch eine Tür, oder zumindest durch ein mindestens eins zwanzig breites Fenster erfolgen müsse. Dies ist wahrscheinlich relativ einfach zu realisieren, indem man künftig zwei unterschiedlich breite Fensterflügel einbaut. Zum anderen hatte er Zweifel, dass man am Vordach über der Hauseingangstür vorbei eine Leiter an das Podest hier oben anstellen kann."

Mallinckrodt hatte bei meinen Ausführungen fleißig genickt und sich ein paar knappe Notizen gemacht.

„Das Problem mit den Fenstern", antwortete er, nachdem ich geendet hatte, „ist mit Hilfe von Stulpfenstern sogar noch einfacher zu lösen."

„Was für Fenster?"

„Pardon", entschuldigte sich Mallinckrodt. Schröder grinste, Fischer zwinkerte mit den Augen und Krämer schwitzte schon wieder, obwohl es an diesem spätsommerlichen Vormittag in den zugigen Resten unseres Schlafzimmers wirklich nicht warm war. „Bei mehrflügeligen Fenstern, um die es sich hier ja handelt", erläuterte sein Mitarbeiter, „kann man den mittleren Setzpfosten an einem der Fensterflügel befestigen und erspart sich dadurch eine Unterteilung des Fensterrahmens. Dadurch gewinnt man eine einteilige und damit doppelt so große Fensteröffnung und meistens auch noch etwas mehr Glasfläche. Hiermit dürften wir die Vorgaben der Bauaufsicht einhalten. Der einzige Nachteil ist", schloss er seine Erläuterung, „dass Sie bei Stulpfenstern nur einen Flügel in Kippstellung bringen können."

„Das reicht ja wohl aus und klingt im Übrigen ziemlich genial", sagte Franziska. „Müssten wir nur Herrn Rieckmann von der HTF rechtzeitig mitteilen, dass er die entsprechenden Fenster bestellt", wandte sie sich an Fischer. Der nickte und kritzelte etwas auf sein Schreibbrett.

„Gut", sagte Mallinckrodt, „dann könnten Sie damit also leben. Und was die Sache mit dem Anstellwinkel von Rettungsleitern betrifft", fuhr er fort, „auch das haben wir alles nachgemessen und berechnet. Demnach kommen wir bei einer sieben Meter langen Steck- oder Schiebleiter auf einen Anstellwinkel von genau 70 Prozent. Und das entspricht exakt den Dienstvorschriften der Feuerwehren, wonach Leitern in einem Winkel von mindestens 65 und höchstens 75 Prozent zu stellen sind."

„Super", warf Frau Silves ein. „Vielleicht hat der Architekt des Hauses das damals schon berücksichtigt. Nur eine Umwehrung des Podestes hielt er wohl nicht für erforderlich."

„Die war damals noch nicht vorgeschrieben", erläuterte Krämer und wischte sich zum wiederholten Mal den Schweiß von der Stirn.

„Wenn Sie also einverstanden sind", beendete Mallinckrodt seinen Auftritt, „würden wir diesen Lösungsvorschlag dann wie soeben dargelegt und besprochen ausarbeiten und uns mit der

Feuerwehr und der Bauaufsicht ins Benehmen setzen. Schließlich müssen beide ihren Haken setzen."

„Ja, klingt gut", sagte ich, „und wenn Sie uns und Frau Silves sogar noch die Behördengänge abnehmen, ist für uns die Sorge mit unserem zweiten Rettungsweg ja schon so gut wie erledigt."

„Fischer", meldete sich nun Schröder erstmals zu Wort, „hast Du Bedenken?"

„Ich?", fragte der Angesprochene. „Nö, klingt doch cool."

„Dann verbleiben wir so", fasste Krämer die kurze Besprechung zusammen und verabschiedete sich hektisch. Andere Menschen wären in seinem Alter schon längst im Ruhestand und würden etwas für ihre Gesundheit tun, dachte ich.

Hoheluft

Abends in unserer Interimswohnung fragte Franziska:

„Was wollte eigentlich dieser Schröder heute Vormittag? Hätte es nicht gereicht, dass unser Superbauleiter Fischer sich ggf. ein paar Notizen zu baulichen Veränderungen gemacht hätte?"

„Habe ich mich auch die ganze Zeit gefragt. Zuerst habe ich mir überlegt, ob er seinen jungen Bauleiter mal in Aktion erleben wollte, aber dafür war es heute wohl nicht die richtige Veranstaltung. Dann dachte ich, dass er vielleicht für den Fall bereitstehen wollte, dass Krämer ihm Kosten aufs Auge drücken würde, die im Schadengutachten nicht vorgesehen waren."

„Nee, macht ja auch wenig Sinn", sagte Franziska, „das weiß Krämer doch als erster, dass in solchen Fällen Nachträge fällig sind. Und er hat ja auch die ganze Zeit immer nur im Hintergrund gestanden und wie ein Zuschauer ein Theaterstück verfolgt."

„Ja, ist mir auch aufgefallen. Ich glaube inzwischen, dass er schlicht eine Gelegenheit genutzt hat, um uns mal kennenzulernen."

„Warum das?", fragte Franziska.

„Ich denke, dass er es war, der Anfang September nach der Besprechung mit Pyczek, Mommsen und Schachtschneider diese merkwürdige Mail verfasst hat, in der wir um unverzügliche Freizeichnung der Gasheizung gebeten worden sind. Würde nur zu gerne wissen, was Fischer ihm über uns erzählt hat, dass er sich hierzu hat hinreißen lassen. Wahrscheinlich stellt er uns immer als völlig hirnige Vollpfosten dar."

„Solange wir uns nicht so verhalten, soll mir das auch egal sein", kommentierte Franziska meine Vermutung schmunzelnd. „Hauptsache, sie bauen die Bude wieder so zusammen, wie wir es uns vorstellen und pfuschen nicht."

Ende September war der neue Dachstuhl im Wesentlichen fertig. Ein offizielles Richtfest, wie es bei Neubauten Tradition ist, gab es nicht. Gleichwohl holten Franziska und ich eine gute Flasche Sekt aus dem Kühlschrank und stießen darauf an, dass es voran ging und wir nun bald ein neues Dach haben würden.

Kapitel 15

Sasel

In der ersten Oktoberwoche werkelten die Zimmerer immer noch auf dem Dach: Auf beiden Seiten des Hauses mussten sie noch die großen Gauben für jeweils zwei Wohnzimmerfenster bauen. Danach deckten sie den gesamten Dachstuhl und die Fensteröffnungen in den Gauben und im oberen Stockwerk mit Unterspannbahnen ab, damit weder der zunehmende Herbstregen noch später Feuchtigkeit in die Dämmung gelangen konnten. Schließlich mussten sie noch die Lattung für die Dachpfannen anbringen. Bei 330 Quadratmeter Dachfläche und den zwei Trapezgauben dauerte es ein paar Tage, bis sie auch mit diesen Arbeiten fertig waren.

Parallel begann der Gerüstbauer, das Blechdach über dem Haus wieder abzutragen. Da noch keine einzige Dachpfanne verlegt war, rief ich Fischer an, um ihn zu fragen, ob diese Vorgehensweise nicht kontraproduktiv sei, weil doch sicherlich Regenwasser in das Haus dringen könnte. Er lachte über meine Befürchtungen und versicherte, dass Wasserundurchlässigkeit eine der zentralen Anforderungen an Unterspannbahnen sei. Wir hofften sehr, dass sie insbesondere dort, wo sie als provisorischer Fensterersatz angenagelt waren, auch den frühherbstlichen Windböen standhielten.

Inzwischen hatte Fischer Kunststofffenster für die beiden oberen Wohnungen bestellt, obwohl wir nach wie vor kein Angebot gesehen hatten. Als ich Frau Silves hiervon beiläufig erzählte, wies sie darauf hin, dass wir für eine Umrüstung der bisherigen Mahagoni- auf Kunststofffenster die Zustimmung der Eigentümerversammlung einholen sollten.

„Warum das denn?", fragte ich leicht gereizt über diese weitere Hürde, die mir mal wieder Ausdruck deutscher Formalbürokratie zu sein schien. Denn sie hatten mit ihrer täuschend echten Mahagonifolie auf den Außenseiten keine sichtbaren Auswirkungen auf das optische Erscheinungsbild des Hauses.

„Ist nur zu Ihrem Vorteil", versuchte sie mich zu beruhigen, „die Kunststofffenster müssen ja nicht mehr gestrichen werden. Also können die beiden oberen Wohnungen davon befreit werden, das regelmäßige Streichen der Fenster von den unteren Wohnungen mitzufinanzieren. Dies setzt allerdings eine formale Zustimmung aller Eigentümer zu den anstehenden Veränderungen voraus."

„Klingt nicht schlecht", sagte ich, „dann sollten wir das unverzüglich angehen."

Mitte Oktober schienen sich die Ereignisse zu überschlagen: Die Zimmerer waren endgültig fertig und verließen das Haus; das Blechdach war zwar abgetragen, das Gerüst selbst stand mitsamt seinen 28.000 Litern Wasserballast aber unverdrossen an Ort und Stelle. Ich schickte Fischer eine Mail und bat ihn sicherlich zum sechsten Mal und nun auch schriftlich, das Wasser aus den Behältern abzupumpen und nicht auch noch im Garten verrieseln zu lassen, nachdem dort über Monate hinweg die erheblichen Regenmengen vom Blechdach konzentriert in das Erdreich gelaufen waren. Zusammen mit den sich im Herbst verstärkenden Niederschlägen könne dieses sicherlich kein weiteres Wasser mehr aufnehmen, und es bestünde die Gefahr einer Durchfeuchtung der Keller. Sinngemäß antwortete er mir wie bei meinen vorangegangenen Anrufen: Alles kein Problem. Dabei konnten wir uns frei entscheiden, ob er das Abpumpen oder das Verrieseln meinte.

Die Dachdecker verlegten innerhalb von einer Woche die Dachpfannen und mussten sich mit dem Lieferanten der Dachflächenfenster abstimmen, die er zeitgleich einbauen sollte. Bei unserem nächsten Besuch der Baustelle konnten wir die schicken, seidenmatt glänzenden engobierten Dachpfannen und vor allem vier zusätzliche Veluxfenster bewundern. Sie würden nicht nur für erheblich mehr Licht, sondern auch für ein großzügigeres Raumgefühl sorgen. Der Innenausbau konnte beginnen.

Auch unsere Wochenendbesuche auf der Baustelle machten wieder mehr Sinn, weil inzwischen das Laub zu fallen begann und wir noch Pflanzen beschneiden mussten, die wegen des Gerüsts bislang nicht zugänglich waren. Einige waren eingegangen oder so stark beschädigt, dass sie nicht überleben würden, andere versuchten wir durch dramatisches Rückschneiden wieder „in die Spur" zu bringen. Außerdem wurde es Zeit, die Winterreifen aufzuziehen, die ich vor dem Abtransport der Garagen in unseren Keller gebracht hatte.

Innenstadt

An einem der letzten Oktobertage erhielt ich morgens eine knappe Mail von Fischer mit dem Hinweis, dass sein Schreibdienst gerade dabei sei, die Angebote zu den neuen Fenstern und der Gasheizung zusammenzustellen. Zwei Stunden später fand ich diese endlich auf meinem Bildschirm vor. Für mittags hatten wir uns ohnehin mit ihm und Pyczek auf der Baustelle verabredet, um die Details einer möglichen Gasheizung zu besprechen. Insoweit betrachtete ich es als mittelschwere Frechheit, uns dermaßen kurzfristig über Art, Ausführung und Kosten einer alternativen Heizungsanlage – das Angebot zu den Fenstern war infolge ihrer zwischenzeitlichen Bestellung mittlerweile ja obsolet – zu informieren. Zweifelsfrei handelte es sich hierbei um eine gezielte Taktik, um uns vor vollendete Tatsachen zu stellen. Grund genug, die Unterlagen umso sorgfältiger zu studieren.

Beim ersten Überfliegen durfte ich zu meiner großen Freude feststellen, dass der komplette Austausch sämtlicher – also nicht nur der durch den Brand beschädigten und entsorgten – Fenster deutlich weniger kostete als der Ersatz nur der zerstörten in Mahagoniausführung. Zu dieser Umrüstung auf flächendeckend moderne Kunststofffenster hätte es also tatsächlich keine zwei

Meinungen gegeben. Die weitere Lektüre der insgesamt fünfzehn Seiten zu den beiden oberen Wohnungen verursachte mir hingegen zunehmend Stirnrunzeln, denn die von Pyczek – pardon, von der GERESA – vorgeschlagene Heizungsanlage sollte etwa doppelt so viel kosten wie die im Schadengutachten vorgesehene Summe für den Wiedereinbau unserer bisherigen elektrischen Fußbodenspeicherheizung. Die größten Brocken entfielen dabei auf die Gastherme, aufwendige, jedoch nach unseren Recherchen verzichtbare Platten zur Aufnahme der Heizrohre im Fußboden sowie die Verlegung des Gasanschlusses von der Straße bis zu unserem Haus.

Ich wählte Franziskas Büronummer und schickte ihr die Angebote der GERESA in derselben Sekunde:

„Ich habe das Gefühl, dass die uns über den Tisch ziehen wollen", erläuterte ich kurz die ungeplante Störung in ihrem Büro, die sie gar nicht liebte. Eigentlich hatten wir beide keine Zeit für unsere privaten Sanierungsfragen, und außerdem waren wir bereits für zwei Uhr auf der Baustelle verabredet. „Die haben zum einen die beiden Angebote für die Fenster und für die Heizung gegeneinander verrechnet, was ja schon mal gar nicht geht ist. Sie haben wohl gemerkt, dass wir bei Kunststofffenstern eigentlich noch was rausbekommen müssten, was sie uns aber nicht geben wollen. Also sollen die Fenster die Heizung quersubventionieren. Damit nicht genug: Ich habe auch das Gefühl, dass sie uns einzelne Positionen der neuen Heizungsanlage mit zweihundert bis dreihundert Prozent Gewinnmarge unterjubeln wollen."

Angesichts der Eilbedürftigkeit gingen wir arbeitsteilig vor: Franziska rief beim bekanntesten Versorgungsunternehmen Hamburgs an, um zu fragen, wie teuer ein Gasanschluss des Hauses an das Netz wäre. Ich machte mich im Internet schlau, wie viel die von Pyczek vorgesehene Gastherme kosten sollte, deren Hersteller jedenfalls nicht zu den fünf Namen zählte, die mir zu diesem Thema spontan einfielen. Demnach wurde die Therme allgemein zu wenig mehr als einem Drittel des von der GERESA aufgelisteten Preises gehandelt und darüber hinaus ohnehin davon abgeraten, sie überhaupt einzubauen. Franziska kam zu einem ähnlich schrägen Ergebnis, denn der Gasanbieter verlangte für die Leitungsverlegung noch nicht einmal ein Viertel des im Angebot geforderten Preises.

Sasel

Punkt zwei Uhr trafen wir vor unserem Haus einen fröhlich grinsenden Pyczek sowie einen mächtig zwinkernden Fischer an. Pyczeks Grinsen verwandelte sich schnell in einen leicht unsicheren Gesichtsausdruck, als er sah, dass wir mit deutlich ernsteren Mienen auf sie zukamen. Ich wandte mich allerdings zunächst nicht an ihn, sondern in barschem Tonfall an Fischer:

„Können Sie uns mal sagen, was Sie für eine Strategie verfolgen, indem Sie uns knapp zwei Monate lang entscheidungsrelevante Angebote vorenthalten, uns zwischendurch beschuldigen, die Sanierung unseres Hauses zu verzögern und schließlich am Vormittag der heutigen Besprechung fünfzehn Seiten mailen, die wir bisher neben unseren eigentlichen Jobs wohl kaum im Detail lesen konnten?"

„Das ging nicht schneller", behauptete Fischer in gewohnter Eloquenz. „Der Tischler kam mit dem Angebot für die Fenster nicht eher rüber."

„Das ist ja wohl völliger Quatsch!", rief ich und fixierte seine zwinkernden Augen. „Sie haben mir neulich erzählt, dass Sie die neuen Fenster bereits bestellt hatten, und das werden Sie ja wohl nicht ohne ein entsprechendes Angebot von Rieckmann getan haben!"

„Er hat mir natürlich schon mal eine grobe Summe genannt", erwiderte Fischer, „und die passte gut in das Schadengutachten."

„Stimmt", wandte Franziska ein, „vermutlich so gut, dass wir nach Umrüstung auf die Kunststofffenster noch einige tausend Euro gutgeschrieben bekommen müssten. Und die verrechnen Sie nun mit einer völlig überteuerten Heizung."

„Das ist völlig legitim, das machen wir immer so", rechtfertigte sich Fischer. „Ist doch nur zu Ihrem Vorteil."

„Und immer mit Mondpreisen?" fragte ich und drehte meinen Kopf dabei in Pyczeks Richtung.

„Wieso Mondpreise?", fragte der zurück. „Sie bekommen eine hochwertige Heizungsanlage nach dem modernsten Stand der Technik – nur vom Feinsten", ergänzte er schelmisch grinsend.

„Da haben wir erhebliche Zweifel. Für das viele Geld hätten wir gerne zumindest eine Therme von einem der führenden Hersteller und nicht ein Modell, das nur in Baumärkten verramscht wird."

„Und außerdem wüssten wir gerne, warum Sie uns eigentlich eine so horrende Summe für die Gasleitung berechnen wollen, wenn dies die Energieversorgungsunternehmen doch für einen Bruchteil erledigen", ergänzte Franziska.

„Das machen die hier nicht", behauptete Pyczek, „viel zu schwierige Verhältnisse innerhalb der vorhandenen Bebauung und vor allem mit dem Wurzelwerk der vielen Bäume."

„Ich glaube, das machen die häufiger und haben damit mehr Erfahrung als jeder Installateur. Jedenfalls müssen wir in Ihr Angebot noch mal kräftig einsteigen, bevor wir uns einig werden. So jedenfalls ist es für uns keinesfalls akzeptabel. Und die Vorgehensweise der GERESA", wandte ich mich wieder an Fischer, „ebenfalls nicht. Dies betrifft den späten Zeitpunkt der Zusendung und insbesondere die Verrechnung mit der viel zu teuren Heizungsanlage. Wir schauen uns das in Ruhe noch einmal gründlich durch, dann melden wir uns bei Ihnen."

„Das geht nicht", protestierte Fischer, „die Angebote sind nicht mehr verhandelbar."

„Warum das denn nicht?", fragte Franziska entrüstet.

„Weil wir mit den Arbeiten sofort beginnen müssen. Sonst müssen Sie die entsprechenden bauseitigen Verzögerungen verantworten."

„Der einzige, der hier Verzögerungen verantworten muss, sind Sie!", fuhr ich Fischer verärgert an. „Wer hat denn hier Blankoentscheidungen von uns eingefordert und ist anschließend wochenlang nicht zu Pott gekommen? Wie oft habe ich in diesen vielen Wochen immer wieder bei Ihnen nachgefragt, was die Angebote machen? Und jetzt kommen Sie und behaupten, wir müssen uns innerhalb von Stunden für ein aus unserer Sicht nicht akzeptables Angebot entscheiden?"

„Sie wollten doch eine Umrüstung Ihrer Heizung auf Gasbetrieb!", gab sich Fischer unbeeindruckt. „Jetzt haben wir Ihnen das gewünschte Angebot vorgelegt, das Sie nur noch freizuzeichnen brauchen. Dann können wir hier morgen weitermachen, nicht wahr, Peter?", wandte er sich zwinkernd an Pyczek.

„Na, morgen vielleicht nicht gerade", meinte der zögernd, „hab ja schließlich noch ein paar andere Aufträge am Hals. Vielleicht könnte ich das nächste Woche einrichten. Dauert ja nur ein paar Tage", schloss er mit fachmännischer Miene.

Ich schaute Franziska fragend an. Sie nickte, was sowohl Fischer als auch Pyczek erleichtert zur Kenntnis zu nehmen schienen. Allerdings hatten sie unsere wortlose Verständigung missinterpretiert:

„Geben Sie mir Ihr Exemplar des Angebots!", forderte ich Fischer auf. Er zögerte eine Weile und wühlte, nachdem ich mich mit offener Hand vor ihn gestellt hatte, schließlich das erbetene

Papier aus seiner Mappe. Ich blätterte bis zur Summe der Tischlerarbeiten und erläuterte, während ich schrieb: „Wir zeichnen Ihnen das Angebot der HTF zu den neuen Fenstern frei und erwarten, dass der sich nach dem Schadengutachten ergebende Restbetrag mit einer neuen Wohnungseingangstür verrechnet wird. Ich schreibe das hier eben noch zu Ende rein", erklärte ich, indem ich mit einer Handbewegung um Geduld bat.

„Und was ist mit der Heizung?", unterbrach Fischer mich unbekümmert.

„Die zeichnen wir nicht frei", antwortete Franziska, die sah, dass ich noch die Zusatzklausel formulierte. „Mit uns wird es keine Friss-oder-stirb-Spielchen geben, das sollten Sie eigentlich langsam begriffen haben, Herr Fischer", ermahnte sie ihn mit langsamen und deutlichen Worten. Währenddessen hatte ich unsere Forderungen aufgeschrieben, strich nun sämtliche Folgeseiten des Angebots diagonal komplett durch und versah jeden einzelnen Strich mit meiner Signatur. Danach gab ich Fischer sein Exemplar zurück.

„Was soll denn nun mit der Heizung werden?", fragte er erneut. „Wir müssen hier weitermachen und können die Baustelle nicht ewig offenhalten. Von uns werden Sie kein anderes Angebot erhalten. Sämtliche Kosten, die durch Ihr Verschulden entstehen, müssen wir auf Sie abwälzen", drohte er, wobei er leicht unsicher wirkte.

„Wir brauchen auch kein weiteres Angebot", erläuterte ich. „Wir nehmen den für Sie einfachsten Weg und halten uns schlicht an das Gutachten."

„Wie, welches Gutachten?", fragte Fischer, der sonst stets auf alles eine rasche Antwort parat hatte.

„Das Schadengutachten", sagte ich. „Da ist schließlich die Wiederherrichtung des bisherigen Heizungssystems vorgesehen. Und genau das bauen Sie jetzt wieder ein."

„Das wird nicht so einfach gehen", schnaubte Fischer und sah wieder Boden unter seinen rosa Turnschuhen.

„Warum nicht?", knurrte Franziska.

„Weil ich erst klären muss, ob die Firma Schachtschneider nach Ihrer Entscheidung für eine Gasheizung hierfür noch Kapazität hat."

„Zum letzten Mal: Es gab noch keine Entscheidung zur Gasheizung! Und wir wären ganz nebenbei auch nicht traurig, wenn Schachtschneider keine Kapazitäten hierfür hätte. Ich hatte Ihnen neulich schon empfohlen, sich mit der Firma Busche kurzzuschließen, dann können Sie nämlich sicher sein, dass hinterher alles ordnungsgemäß funktioniert und keine langen Mängellisten abzuarbeiten sind."

„Das wird nicht gehen", wiederholte Fischer seine früheren Behauptungen.

„Und warum nicht?"

„Weil wir Herrn Schachtschneider schon den Zuschlag zum Einbau der E-Heizung erteilt haben. Sonst hätte er die übrigen Elektroarbeiten auch gar nicht übernommen", ließ Fischer sich erstmals in die Karten blicken.

„Dann wird er ja auch noch Kapazität haben, oder ist er zwischenzeitlich abgesprungen?", fragte Franziska.

„Nee, ist er nicht", antwortete Fischer. „Hat wohl noch genug andere Aufträge."

„Also alles Bluff. Und – springen Sie jetzt ab?", wandte Franziska sich unvermittelt an Pyczek.

„Ich, äh, muss ich mal durchkalkulieren", zog sich der Gefragte aus der Affäre.

Wir beendeten unsere Besprechung mit der Ankündigung, Fischers Vorgesetztem Schröder unsere Entscheidung schriftlich mitzuteilen und ihn auch über das höchst fragwürdige Verfahrensmanagement der GERESA zu unterrichten. Wurde dringend Zeit, dass er seinem jungdynamischen Nachwuchsbauleiter mal etwas intensiver auf die Finger sah.

Rothenburgsort

Am nächsten Tag fand nachmittags bei Schröder die wöchentliche Besprechung mit seinen Bauleitern statt. Noch am Vorabend hatten wir ihn – Neumann und Fischer cc – per Mail möglichst sachlich und nüchtern darüber unterrichtet, dass das frühere Heizungssystem wieder eingebaut werden sollte. Das bereits für Mitte September zugesagte Angebot zu dem von Fischer alternativ vorgeschlagenen Einbau einer gasbefeuerten Fußbodenheizung sei erst heute Vormittag und damit wenige Stunden vor der hierfür anberaumten Besprechung mit ihm und der Installationsfirma Pyczek & Mommsen eingegangen und nach erster, nur überschlägig möglicher Durchsicht sowohl fachlich als auch preislich völlig inakzeptabel. Zudem sei es nach Aussage von Herrn Fischer nicht mehr verhandelbar und sollte mit dem sich aus unserer Entscheidung für Kunststofffenster und dem Ansatz im Schadengutachten für die bisherigen Mahagonifenster ergebenden Überschuss verrechnet werden. Stattdessen haben wir darum gebeten, diesen für eine zeitgemäße Wohnungstür zu verwenden. Diese Mail hatte Schröder nun vor sich auf dem Tisch liegen.

Als er an der Reihe war, Rapport über die vergangene Woche zu erstatten, beklagte sich Fischer zunächst, dass er noch wahnsinnig werden würde, denn gestern hätten wir ihm erneut erhebliche Steine in den Weg gelegt.

„Was war Deiner Meinung nach denn ausschlaggebend, dass die Eigentümer sich umentschlossen haben?", fragte Schröder.

„Ach, was weiß ich", antwortete Fischer in genervtem Allegro. „Wahrscheinlich keine Kohle. Die neuen Fenster wollen sie sich schenken lassen, für eine vernünftige Heizung aber nichts drauflegen. Und ständig haben sie auf dem Angebot von Pyczek rumgehackt und so getan, als würden sie sich in sämtlichen technischen Einzelfragen bestens auskennen."

„Wie viel hätten sie denn draufzahlen müssen?", fragte Schröder, der das uns zugeleitete Sammelangebot ungeprüft unterschrieben hatte.

„Ach, was weiß ich", wiederholte Fischer, „irgendwas um die fünfzehntausend."

„Fünfzehntausend?", meldete sich Svenzke zu Wort, „das scheint mir nach Anrechnung der E-Heizung eine ganze Menge! So unterschiedlich ist der Installationsaufwand zwischen den beiden Systemen schließlich nicht. Allein die Therme und die Gasleitung könnten zusätzlich zu Buche schlagen, das macht über den Daumen vielleicht fünftausend."

Schröder hob die Augenbrauen. Nach seiner Erfahrung konnte man Svenzke kein X für ein U vormachen; außerdem äußerte er sich ungefragt nur, wenn er sich absolut sicher war, dass seine Angaben zutrafen. Er bat Fischer daher, das Angebot von Pyczek seinem Kollegen Svenzke zu geben, damit dieser es „mal mit dem feuchten Daumen" durchgehen konnte. Svenzke brauchte nicht lange, um die kritischen Punkte zu finden:

„Die Therme ist völlig überteuert", berichtete er bald, „die ist ja dreimal so teuer wie die Modelle der besten Hersteller. Und ich habe auch noch nicht gehört, dass diese hier irgendjemand schon mal eingebaut hätte."

„Dreimal so viel ist 'ne Menge", wandte Schröder ein, „hundert Prozent Aufschlag könnte man vielleicht noch akzeptieren, schließlich wollen die Leute auch leben. Aber das Dreifache ist schon ziemlich dreist, oder?"

„Und hier", blätterte Svenzke das Angebot weiter durch, „warum will er denn die teuren Noppenplatten legen, wenn doch bestimmt eine Trittschalldämmung vorgesehen ist? Das ist dann überflüssig und geht bei den vielen Quadratmetern richtig ins Geld."

„Wahrscheinlich, damit die Rohre nicht verrutschen", mutmaßte Fischer, der sich in Heizungsfragen eigentlich überhaupt nicht auskannte.

„Unfug, braucht man nicht", antwortete Svenzke. „Braucht man nicht", wiederholte er, „und kommt ja auch noch Estrich drauf. Da bleibt jedes Rohr schön brav liegen. Und sieh mal an: Hier bringt er fast neuntausend Euro für das Verlegen der Gasleitung in Anschlag. Das macht jedes EVU für ein Fünftel, weil die Leitung geschossen wird. Angeblich muss er von Hand graben, Wegplatten aufnehmen und wieder hinlegen – sieht ja aus wie eine Arbeitsbeschaffungsmaßnahme. Der Garten wird doch nach der Sanierung ohnehin neu angelegt, oder?"

„Na, das riecht ja schon ziemlich danach, dass die Eigentümer über den Tisch gezogen werden sollten", kommentierte Neumann den Vortrag von Svenzke. „Kein Wunder, dass sie einen Fallrückzieher gemacht haben. Und wir hätten durch unsere Vermittlungsprovision von fünfzehn Prozent auch noch überproportional daran mitverdient. Macht sich gar nicht gut und stärkt auch nicht unbedingt unseren Ruf", gab er zu bedenken. „Wo kommt denn dieser Pyczek eigentlich her, ich kann mich nicht erinnern, dass wir den schon mal beauftragt hätten?"

„Stimmt", antwortete Fischer ungerührt, „ich habe die Firma aus der Liste der noch nicht beauftragten Gewerke. Machte im Exposé keinen schlechten Eindruck", rechtfertigte er sein Vorgehen.

„Und warum hast du nicht einen unserer bewährten Betriebe aus den Top Ten genommen?", fragte Neumann.

„Hab ich ja versucht", antwortete Fischer, „aber denen war entweder das Auftragsvolumen zu klein oder sie hatten genug andere Aufträge."

„Während diesem Pyczek angesichts seiner Preisforderungen ja wohl das Wasser bis zum Hals zu stehen scheint", überlegte Svenzke. „Bin gespannt, ob er weiterhin bereit ist, auch ohne die beiden Heizungen noch die übrigen Arbeiten auszuführen."

„Ich glaube, dass er abspringt", meinte Fischer, „jedenfalls hat er damit immer gedroht, falls wieder die E-Heizung eingebaut werden sollte."

„Ach so läuft der Hase", schaltete sich Schröder wieder ein. „Frag ihn, Fischer. Und wenn er die Arbeiten nun doch noch machen will, kündigst Du ihm. Solche Kandidaten vermasseln uns unseren guten Ruf", griff er Neumanns Bedenken auf.

„Ich kann in dem Stadium doch nicht wieder anfangen, einen neuen Installateur zu suchen!", protestierte Fischer.

„Da findest Du schon eine Lösung", versprach Schröder mit zuversichtlicher Stimme.

Fünfter Abschnitt: Anners geiht dat nich?

Kapitel 16

Sasel

Anfang November waren fünf Monate seit dem Brand vergangen. Immerhin hatten wir inzwischen wieder ein neues Dach, und die Innenarbeiten konnten endlich beginnen.

Sobald die Zimmerer und Dachdecker fertig waren, begann der Trockenbauer, die beiden oberen Wohnungen mit sechsundzwanzig Zentimeter dicker Mineralwolle zu dämmen. Nachdem wir am ersten Novembersamstag unsere übliche Tour – mit dem Fahrrad in inzwischen recht kalter Morgenluft zur Tiefgarage, mit dem Auto nach Hoheluft, weiter nach Rothenburgsort, um den Schlüssel bei der GERESA zu holen, und schließlich zur Baustelle nach Sasel – beendet hatten, sahen wir zu unserer Freude, dass im Esszimmer und Teilen des Wohnzimmers die gelbe Dämmwolle bereits die Zwischenräume der Dachsparren füllte. Endlich würden wir ein auch unter energetischen Gesichtspunkten modernes Dach über unserer Wohnung bekommen, von dem wir schon seit vielen Jahren träumten. Auch dem Laien erschloss sich angesichts der dicken Dämmschicht sofort, dass die Kälte künftig nur sehr langsam von außen nach innen gelangen und umgekehrt die kostbare Speicherwärme kaum nach außen dringen würde.

Natürlich hatten wir die Rückkehr zur E-Heizung auch in dem Bewusstsein entschieden, dass die bessere Isolierung und die neuen Fenster zu einem deutlich niedrigeren Energieverbrauch als vor dem Brand führen würden und vor allem die nur nachts und in den Mittagsstunden erzeugte Wärme – hoffentlich – bis in die Abendstunden zur Verfügung stand. Darüber hinaus waren wir immer mehr davon überzeugt, im Zeitalter der Energiewende zukunftsträchtig und ökologisch sinnvoll entschieden zu haben:

„Stell Dir vor", sagte ich, nachdem ich den dicken Kälteschutz bewundert hatte, „wir heizen künftig nur noch mit Ökostrom, nachts drehen sich die Windräder und bei uns werden die Fußböden schön warm!"

„Außerdem jammert doch alle Welt", ergänzte Franziska, „dass man viel zu wenig Speicherkapazitäten für gerade nicht benötigten Ökostrom hat. Wir bieten welchen!"

„Jedenfalls besser als den in Schleswig-Holstein nachts erzeugten Windstrom nach Norwegen zu schicken, ihn dort für Pumpen einzusetzen, die Wasser in hoch gelegene Speicherbecken transportieren, tagsüber wieder Generatoren anzutreiben und den damit erneut produzierten Strom wieder zurück nach Deutschland zu leiten. Klingt doch mehr als umständlich."

Tatsächlich galten elektrische Speicherheizungen in jüngster Zeit als idealer Puffer für Wind- und Solarenergie. Inzwischen hatte man zahlreiche Versuche durchgeführt und hoffte, dass künftig deutlich mehr als die bundesweit bislang 1,4 Millionen Haushalte mit derartiger Technik ausgestattet würden. Kombiniert mit intelligenter Lade- und Regeltechnik sollten elektrische Speicherheizungen nämlich zu einem unverzichtbaren Bestandteil der Energiewende werden.

Vor diesem Hintergrund waren wir von Beginn an nur begrenzt von einer Umrüstung auf die aktuell zwar preiswerte, politisch aber sensible und letztlich, wie alle fossilen Brennstoffe, nicht unendlich zur Verfügung stehende Alternative Erdgas zu begeistern. In anderen Ländern wie Frankreich und Norwegen, in denen günstiger Strom aus Atom- oder Wasserkraft in ganz anderen Dimensionen emissionsfrei zur Verfügung steht, werden bis zu neunzig Prozent der Wohnungen elektrisch beheizt. Wir waren bereit, einen Aufpreis gegenüber Gas zu bezahlen und so einen Beitrag zur Energiewende zu leisten. Die dilettantischen Versuche von Fischer und Pyczek, sich einen rotzfrech überteuerten

Auftrag zu verschaffen, hatten letztlich unsere Entscheidung erleichtert. Dabei fragte ich mich zunehmend, ob man sich angesichts des immer lauter propagierten Einsatzes von elektrischen Pkws und nun auch der elektrischen Beheizung von Wohnraum eigentlich schon hinreichend Gedanken um den künftigen Bedarf an elektrischer Energie gemacht hatte.

Innenstadt

Im November gab es zwar noch ein paar schöne Tage, morgens um halb sieben war es nun aber nicht nur noch dunkel, sondern auch verflixt kalt auf dem Rad. Zum Glück hatte ich ja nur wenige Kilometer zu fahren, und es gab warme Handschuhe und Mützen. Auf dem Heimweg stand nun ebenfalls kein Tageslicht mehr zur Verfügung, und angesichts des dichten Radverkehrs in der Hamburger Innenstadt war ich froh, bereits im Sommer die Lichtanlage meines alten Fahrrads modernisiert zu haben. Da mein alter Rollendynamo bei Nässe nicht richtig griff, hatte ich mir zusätzlich eine blinkende LED-Rückleuchte gekauft und zog zudem stets eine Warnweste über meinen Anorak, um nicht übersehen zu werden. Denn der innerstädtische Fahrradverkehr hatte gerade in den vergangenen Jahren enorm zugenommen und wurde von vielen Autofahrern durchaus als lästige Konkurrenz empfunden.

Der Kollegenkreis, der über die Sanierung unserer Wohnung stets auf dem Laufenden gehalten werden wollte, freute sich aufrichtig mit uns, dass es nun offensichtlich in die Phase des Innenausbaus ging und wir viele Ideen zur Verbesserung unserer Wohnung umsetzen konnten. Unsere Entscheidung zugunsten der bisherigen E-Heizung wurde jedoch weit überwiegend mit Erstaunen zur Kenntnis genommen, weil Strom im Verhältnis zu Gas wie auch zu Öl doch unverhältnismäßig teuer wäre. Manch Häuslebauer unter den Kollegen prahlte mit unvorstellbar niedrigen Heizkosten, die wir auch mit neuen Fenstern und deutlich verbesserter Isolierung nicht annähernd erreichen würden, zumal wir als Stromkonsumenten ja auch zur Finanzierung der Energiewende beitragen mussten.

„Entspricht doch voll und ganz dem aktuellen Trend", argumentierte ich ein ums andere Mal, „wenn langfristig keine fossilen Brennstoffe mehr verwendet werden dürfen, ist es doch nur konsequent, mit Strom nicht nur Autos anzutreiben, sondern auch zu heizen."

Damit waren wir derzeit noch Exoten; keiner unserer Kollegen betrieb trotz der in Hamburg verbreiteten Nachtspeicherheizungen ein vergleichbares System.

Sasel

Inzwischen hatte auch der Elektriker mit seiner Mammutaufgabe begonnen. Da die beiden oberen Wohnungen völlig entkernt waren, gab es dort keine einzige Steckdose mehr, keinen Lichtschalter, keinen Meter Elektroleitung, keinen Verteilerkasten. Auch die Sanitärinstallation war in den vergangenen Wochen vollständig entfernt worden. Alles musste komplett neu verlegt werden.

Voller Vorfreude auf die Aussicht auf eine schöne Neubauwohnung mit moderner technischer Ausstattung fuhren wir am Sonntag bei schönstem Sonnenschein und bereits intensiver Laubfärbung mit diversen Bussen und der S-Bahn erstmals in unserem Leben in den Wildpark Schwarze Berge, wo wir entspannt mehr als drei Stunden spazieren gingen.

Bereits am Montagmorgen besuchten wir erneut die Baustelle, um Lage und Menge der Steckdosen und Schalter festzulegen. Der Geselle von Elektro-Schachtschneider, Herr Martin, entpuppte sich als erfahrener und ruhiger Handwerker, der stets etwas verschmitzt wirkte und uns von vornherein empfahl, lieber eine Dose mehr einzuplanen, denn davon könne man eigentlich ja nie genug haben. Und die Gelegenheit hierzu sei ja einmalig günstig.

Wir händigten ihm einen Grundriss unserer Wohnung aus, in den wir sämtliche Schalter, Taster, Dimmer, Steckdosen sowie die Antennen- und Lautsprecheranschlüsse eingezeichnet hatten, die er installieren sollte. Dabei hatten wir einiges gegenüber der bisherigen Ausstattung optimiert.

„Das ist ja eine ziemlich gute Vorarbeit", lobte Martin, nachdem er sich durch die Symbole und deren Legende durchgearbeitet hatte. „Dann muss ich ja nur noch das entsprechende Material bestellen und ein paar Meter Kabel verlegen", kokettierte er mit einem schelmischen Blick auf das knappe Dutzend Kabelrollen in verschiedenen Stärken und Farben zu jeweils hundert Meter Länge, die er bereits in unserer Wohnung deponiert hatte.

„Und nicht die Übergabepunkte für die Heizungsschleifen und die Revisionsdosen für den Außen- und die Restwärmefühler in den einzelnen Räumen vergessen!", ergänzte ich.

„Hab' ich auf dem Zeiger. Der Heizungshersteller hat mir einen minutiösen Verlegeplan zugeschickt. Wenn man sich an den hält, dürfte eigentlich nichts schiefgehen", versuchte er uns zu beruhigen. Offensichtlich hatte sein Chef ihm von unseren Bedenken zur Heizungsverlegung berichtet.

Ende Oktober hatte ich noch mit Herrn Busche von Elektro-Busche telefoniert, dem wir liebend gerne die Installation unserer neuen Heizung anvertraut hätten. Dabei hatte er mir zugesichert, sich mit einem Vorlauf von zwei Wochen ein entsprechendes Zeitfenster einrichten zu können. Bei der GERESA stießen wir mit dieser Idee jedoch weiterhin auf Granit. Den Zuschlag hätte nun mal die Firma Schachtschneider bekommen, das ließe sich schon aufgrund der strengen Vergabebedingungen, an die sie sich als öffentliches Unternehmen zu halten hätte, nicht mehr rückgängig machen. Insbesondere hätte sich Elektro-Busche seinerzeit überhaupt nicht auf die Ausschreibung der Arbeiten beworben. Damit könne dieser Betrieb keinesfalls gegenüber dem Gewinner der Ausschreibung bevorzugt werden. Gegen dieses Argument ließ sich in der Tat nichts einwenden. Resigniert hatten Franziska und ich daraufhin beschlossen, dass ich in der fraglichen Zeit möglichst zweimal wöchentlich zur Baustelle fuhr, um nach dem Stand der Arbeiten zu sehen. Auf eine qualifizierte und kritische Überwachung durch unseren jungen Bauleiter mochten wir jedenfalls nicht vertrauen, zumal er das schräge Angebot von Pyczek in keinem Punkt hinterfragt hatte.

„Hier unten kann man sich ja noch ganz gut vorstellen, wo die einzelnen Sachen gelegen haben und wie die Leitungen verlaufen sind", knurrte Martin, indem er auf die verschiedenen Ausfräsungen in den gemauerten Wänden für die Installationsdosen hinwies.

„Bis auf die ganzen Anschlüsse in den Drempeln", gab ich zu bedenken. „Da muss dann wohl erst mal der Trockenbauer in Vorleistung treten."

„Etwa bis auf Höhe der Fensterbänke?", fragte Martin nach einem Blick in die offene Dachkonstruktion im Wohnzimmer.

„Richtig. Dort wird nach Dämmung und der Dampfbremse noch eine einen Meter hohe Trockenbauwand unterhalb der Dachschrägen gestellt."

„Versteht sich", brummte Martin. „Und da kommen Steckdosen rein?"

„Ja, sowohl hier im Wohnzimmer als auch im Esszimmer. Und oben ohnehin. Außerdem müssen Sie Anschlüsse für die Elektroantriebe der Veluxfenster und ihrer Rollläden berücksichtigen. Und im Wohnzimmer, im Flur, in der Küche und im gesamten oberen Stockwerk kommen jede Menge Strahler in die Decken."

Martin schaute nach oben. Dort gab es keine Decken, sondern nur Balken und ein paar Quadratmeter Dämmwolle. Vom Trockenbauer war weit und breit nichts zu sehen; seine Arbeit schien zu ruhen.

„Kein Problem, solange hier alles so schön offen ist", kommentierte Martin. „Kann man prima Leitungen verlegen. Dann lass uns man nach oben gehen."

Im oberen Stockwerk sah es nach wie vor mehr nach einer Scheune als nach Wohnräumen aus. Abgesehen von der Trennwand zur Nachbarwohnung und dem monolithisch durch die Dachsparren ragenden Schornstein gab es hier keinerlei Mauerwerk und derzeit auch keine Trennwände zwischen den drei Räumen. Entsprechend dauerte es eine Weile, bis wir Martin die bisherige Raumaufteilung und die gewünschte Steckdosenanordnung erläutert hatten. Als wir damit schließlich durch waren, sagte er:

„Na, dann wünsche ich Ihnen noch einen schönen Tag. Ich mach' jetzt erst mal Frühstück und fahr' dann am besten wieder in die Firma, um das ganze Material zu bestellen. Kommt ja 'ne ganze Menge bei rüber."

„Mit Ausnahme der Deckenstrahler genau das Doppelte."

„Wie, das Doppelte?"

„Na, eben das gleiche noch mal für die Nachbarwohnung", erklärte ich.

„Stimmt", grinste Martin. „Hätte ich beinahe vergessen. Die wollen sicherlich auch noch ein paar Steckdosen haben."

Innenstadt

Zurück in meinem Büro rief ich Fischer an und teilte ihm mit, dass wir mit der Firma Schachtschneider die Elektrik besprochen hätten. Anschließend fragte ich ihn, warum an einem Montagmorgen bis zehn Uhr kein Trockenbauer auf der Baustelle war, um seine Arbeit fortzusetzen. „Weil Sie uns ja immer gerne für sämtliche Verzögerungen verantwortlich machen", konnte ich mir nicht verkneifen zu ergänzen.

„Genau", konterte Fischer vorwurfsvoll. „Deswegen sitze ich seit sieben Uhr hier am Telefon und versuche einen anderen Sanitärbetrieb zu finden, nachdem Pyczek & Mommsen wegen Ihnen abgesprungen ist." Korrektes Deutsch war eben Glückssache.

„Abgesprungen?", fragte ich scheinheilig und innerlich erfreut, diesen schlitzohrigen und wenig verlässlich wirkenden Handwerker offensichtlich losgeworden zu sein. „Kann er nur Heizungen, aber keine Bäder?"

„Quatsch", vergriff sich Fischer genervt im Ton. „War ihm ohne die Heizungen wohl das Auftragsvolumen zu gering", mutmaßte er, nachdem er mir gegenüber wohl kaum eingestehen wollte, dass Schröder ihn angewiesen hatte, sich von Pyczek zu trennen.

„Ach so", sagte ich. „Zu gering. Aber die Heizungen waren doch gar nicht Bestandteil der Ausschreibung, auf die sich Pyczek beworben hat."

„Was weiß ich; wahrscheinlich hatte er die Arbeiten nicht nötig. Genug andere Aufträge. Geht ja derzeit fast allen Handwerkern so. Deshalb finde ich auch niemand, der für ihn einspringt."

„Alles eine Frage der Konditionen", stellte ich mit einiger Genugtuung fest. „Fragen Sie zwischendurch trotzdem mal beim Trockenbauer nach, wann er seine Arbeit fortsetzen wird. Er muss sich ja möglichst bald mit dem Elektriker abstimmen."

„Der Bauleiter bin ich!", nörgelte Fischer schnodderig.

„Und ich bin der Bauherr", antwortete ich und legte auf.

Sasel

Zwei Tage später machte ich mich vormittags erneut auf den Weg zu unserem Sanierungsobjekt. Im Garten parkten drei verschiedene Handwerkerautos. Bis vor kurzem hatten hier noch die Abbruchcontainer für die unterschiedlichen Materialien gestanden, nun wollte jeder am liebsten bis ins Treppenhaus fahren, um Fußwege zu minimieren. Neben dem mir bereits bekannten Bulli von Elektro-Schachtschneider schien ein ziemlich runtergekommener Renault Trafic ohne Firmenbeschriftung sein Gnadenbrot zu fristen. Bei dem dritten Wagen handelte es sich um einen gepflegten Mercedes Vito, auf dessen Seitenwänden das Konterfei eines freundlichen Fuchskopfs sowie in Gelb der Name der Firma „Sanitär-Fuchs" prangten. Schien Fischer also doch Ersatz für Pyczek & Mommsen gefunden zu haben. Bei näherem Hinsehen staunte ich allerdings nicht schlecht, denn der Fuchs hatte seinen Bau irgendwo in Neuenfelde und damit auf der Südseite der Elbe. Dies bedeutete mindestens eine Stunde Anfahrt nach Sasel, im morgendlichen und abendlichen Berufsverkehr vermutlich sogar eher mehr. Da konnte man ja nur hoffen, dass die Firma ihrem Namen gerecht wurde und es sich nicht um einen dritt- bis viertklassigen Handwerker handelte, der mangels anderer Aufträge auch weite Wege in Kauf nahm.

Oben blies mir aus beiden Wohnungen warme Luft entgegen, denn die GERESA hatte angesichts der inzwischen deutlich kühleren Außentemperaturen zwei Heizkanonen aufgestellt, damit die Handwerker nicht frieren mussten. In unserem Flur begrüßte Martin mich wie einen alten Bekannten:

„Tach auch. Heute sind sogar zwei Trockenbauer hier", berichtete er sofort. „Die wollten hier schon die Decken dämmen. Aber da kann ich sie nicht brauchen", stellte er mit einem Kopfnicken zu den überall herumliegenden Kabel in schönstem Hamburgisch fest.

„Kann ich mir denken, wenn Sie mit Ihren Leitungen hier erst mal von einem Stockwerk in das andere kommen wollen. Und wo sind die beiden jetzt?"

„Genau. Hab sie erst mal in die Nachbarwohnung geschickt. Da können sie ein paar Tage lang die Dämmung in die Sparren setzen. Dann bin ich hier auch weiter."

Aus der Küche kam ein sympathisch wirkender junger Mann in einem tadellosen fuchsroten Overall und gesellte sich zu uns auf dem Flur:

„Entschuldigung, dass ich Sie unterbreche", wandte er sich höflich an mich, „sind Sie der Wohnungseigentümer?"

„Der bin ich", antwortete ich und nannte ihm meinen Namen. „Und wer sind Sie?"

„Mein Name ist Jens Wolgast", stellte er sich formvollendet vor. „Ich bin Monteur beim Installationsbetrieb Fuchs und soll hier die Sanitärarbeiten durchführen".

„Das freut mich", versicherte ich ihm und meinte es auch so, denn ich hatte bei dem jungen Gesellen auf Anhieb ein gutes Gefühl. „Hat man Sie denn bereits in die beiden Wohnungen hier eingewiesen?"

„Ja, schon", erklärte Jens Wolgast. „Ich war ja vorhin um acht Uhr schon mit dem jungen Mitarbeiter des Sanierungsbetriebs hier verabredet. Bin deswegen schon um halb sieben in der Firma losgefahren", berichtete er.

„Mit Herrn Fischer, unserem Bauleiter?", fragte ich.

„Ach so, ja, wahrscheinlich. Hat sich nur mit Boris vorgestellt und dass er von dieser Sanierungsfirma sei. War auch ziemlich schnell wieder verschwunden, nachdem er mir die Küche und das Duschbad gezeigt hat. Das hätte ich sicherlich auch alleine gefunden. Und nun stehe ich hier und habe eigentlich eine Menge Fragen", grinste er etwas verlegen und schaute mich treuherzig an: „Gut, dass Sie gerade kommen. Vielleicht können Sie ja ein paar beantworten."

„Vorher würde ich gerne Sie etwas fragen."

„Gerne. Und was?"

„Ist das nicht eine ungewöhnlich weite Anreise von Ihrer Firma in Neuenfelde bis hierher zu unserer Baustelle? Sie haben eben ja selbst von eineinhalb Stunden gesprochen. Und zurück das Ganze noch mal."

„Klar ist das reichlich weit", antwortete Wolgast. „Macht bei dem heutigen Verkehr auch wirklich keinen Spaß, so lange durch den Stadtverkehr zu kriechen. Normalerweise bedienen wir auch eher den Süderelberaum. Ist ja naheliegend."

„Und was hat Ihren Chef – doch das kann er mir ja gelegentlich auch selbst beantworten, falls Sie es nicht tun wollen – bewogen, diesen ungewöhnlich entlegenen Auftrag anzunehmen?"

„Kann mir schon denken, worauf Sie hinaus wollen", lachte Wolgast, der alles andere als auf den Kopf gefallen zu sein schien. „Und eigentlich sind wir auch auf Monate hinaus bis unters Dach mit Aufträgen eingedeckt. Dies hier ist wohl so eine Art Freundschaftsdienst. Ich wurde deswegen auch von einem Neubau in Neu Wulmsdorf abgezogen."

„Freundschaftsdienst?", fragte ich erstaunt. Darauf wäre ich wohl als letztes gekommen.

„Ja, wie gesagt, so eine Art. Genaueres weiß ich dazu auch nicht. Da müssten Sie wirklich mal mit Herrn Fuchs reden."

Ich bedankte mich bei ihm, und wir begannen nun unseren Rundgang durch die Wohnung. Während Martin weitere Kabelrollen öffnete und Leitungen provisorisch verlegte, empfahl Wolgast mir, für das Abwasserrohr der Küche einen höheren Querschnitt zu wählen und fragte, ob das des oberen Badezimmers schallgedämmt sein sollte, weil es doch im Bereich der Wohnzimmergaube von oben nach unten führte. Und apropos oben: Dort hätte ihm Fischer praktisch überhaupt nichts erklärt, sondern nur darauf hingewiesen, dass dort durch den Brand alles zerstört war und er auch nicht wüsste, wo welche Anschlüsse zu installieren seien. Langsam begann ich, mich über unseren jungen Bauleiter nicht nur zu wundern, sondern ziemlich zu ärgern. Er musste vor Abriss des Obergeschosses doch vielfach in der Wohnung gewesen sein.

Ich erläuterte Wolgast detailliert, wie es dort noch vor wenigen Monaten ausgesehen hatte, dass wir in jedem Stockwerk einen Durchlauferhitzer für die Warmwasserversorgung hatten und insbesondere, wie der Zuschnitt des oberen Badezimmers war, von dem es derzeit ja keine einzige Wand und erst recht keine Tür gab. Vielmehr konnte man von der Treppe aus tief in die flache Dachgaube schauen und sich eigentlich nicht vorstellen, dass es hier einmal ein geräumiges Badezimmer geben würde. Rasch stellte ich fest, dass der junge Mann sehr aufmerksam zuhörte, sich hin und wieder knappe Notizen machte und in vielen Details mitdachte. Darüber hinaus bedankte er sich nach jeder Erläuterung höflich und versicherte zum Schluss, dass er gerne alles genau so wieder herrichten wollte, wie es unseren Vorstellungen und Wünschen entsprach. Dies sei im Übrigen auch die generelle Ansage seines Chefs, Herrn Fuchs, den wir sicherlich anlässlich einer der nächsten Besprechungen kennenlernen würden.

Welchen Kontrast bildete dieser Junge nicht nur zu dem vorlauten und oberflächlichen Pyczek, sondern insbesondere zu unserem Nachwuchsbauleiter mit seinen meist rüpelhaften Manieren, seiner Gleichgültigkeit und seinem oft unpassenden Tonfall! Hoffnungsvoll, dass es durchaus noch Mitmenschen gab, die mit den Vokabeln „Kunde" und „Dienstleistung" etwas anfangen konnten, ging ich in die Nebenwohnung, um die Trockenbauer zu begrüßen.

Zwei Männer mittleren Alters und mit gedrungenen Staturen schnitten gerade mit langen Messern Dämmwolle von dicken Rollen ab und legten sie in die Fächer zwischen den Dachsparren, wobei sie sich munter in einer osteuropäisch klingenden Sprache unterhielten. Schnell stellte sich heraus, dass sie außer einem stark verfärbten „guten Tag" keiner weiteren deutschen Wörter mächtig waren – mir sollte es egal sein, wenn sie denn selbst wussten oder irgendjemand ihnen erklären konnte, was sie tun sollten.

Ich kehrte in unsere Wohnung zurück und fragte Martin, der gerade ein paar Nägel in die gemauerte Wand hinter unserer Treppe geschlagen und eine Elektroleitung waagerecht darüber gelegt hatte, wie er den beiden Trockenbauern beigebracht hätte, ihn nicht bei seiner Arbeit zu stören, sondern in der Nachbarwohnung tätig zu werden.

„Na, mit Händen und Füßen eben", antwortete er lachend. „Ich habe ihnen einfach gezeigt, was sie bisher hier gemacht haben und sie drüben an die gleichen Stellen geführt. Dort sind sie nun hoffentlich am Basteln", schloss er seine Erläuterung ab.

„Sind sie", bestätigte ich. „Dann scheint ja hier alles zu laufen, und ich fahre auch mal wieder zu meiner Arbeit. Die Leitung hier", fragte ich beim Rausgehen noch, indem ich auf die soeben provisorisch aufgehängte deutete, „wollen Sie nicht ernsthaft hier verlegen, oder?"

Wieder lachte Martin: „Nee, die kommt natürlich noch unter Putz, die wollte ich hier nicht hängen lassen."

„Richtig, unter Putz. Aber doch sicherlich nicht an dieser Stelle?"

„Ist doch der kürzeste Weg, um ins Obergeschoss zu kommen", erläuterte Martin. „Wo soll ich sie denn sonst legen?"

„Das ist doch auf Augenhöhe, wenn ich auf halber Treppenhöhe stehe!", rief ich. „Da kommen noch ein paar Lampen an die Wand und wir wollen dort sicherlich auch ein paar Bilder aufhängen. Da kann ich doch keine E-Leitung gebrauchen. Ganz abgesehen davon ist es, soweit ich weiß, nicht zulässig, Leitungen mal eben in beliebiger Höhe quer durch die Wände zu legen."

Im hellen Schein seiner Bauleuchte konnte ich sehen, dass Martins Kopf rot anlief.

„Und wo soll ich die Leitung Ihrer Meinung nach sonst nach oben führen?", fragte er sichtbar genervt leise.

„Das werden Sie doch besser wissen als ich", antwortete ich. „Ich denke, Sie müssen in der Ecke bis an die obere Decke zum Spitzboden gehen, die es bisher noch nicht gibt, dann waagerecht rüber und dort wieder runter auf Steckdosenhöhe."

„Und wie soll ich über der Treppe da oben ankommen?", fragte Martin.

„Vermutlich mit einem kleinen Treppengerüst", schlug ich vor. „Aber das ist dann leider Ihr Problem", beendete ich die Diskussion und ging.

Hoheluft

Abends berichtete ich Franziska von meinem morgendlichen Wechselbad der Gefühle: Zunächst lobte ich den höflichen und aufgeschlossenen Jens Wolgast, dann bedauerte ich Elektriker Martin ob seines Puzzlespiels mit den vielen Leitungen und kritisierte zugleich seine sehr pragmatische und bequeme, womöglich unzulässige, zumindest nicht fachgerechte Art der Ausführung. Schließlich mokierte ich mich über die sicherlich extrem günstigen Arbeitskräfte aus dem Ostblock, die weder Deutsch sprachen

noch sich vermutlich mit Vorschriften wie der EnEV 2015 auskannten.

„Dann ist es ja wohl umso wichtiger, dass wir jetzt noch besser
am Ball bleiben, damit wir gleich monieren können, wenn gepfuscht wird. Und wofür haben wir eigentlich einen Bauleiter?",
fragte Franziska.

„Tja, der scheint seine Aufgabe überwiegend als Back-office-
Job zu verstehen. Taucht zwar hin und wieder kurz auf der Baustelle auf, um den jeweiligen Handwerkern die Schlüssel auszu-
händigen und ihnen kurz zu zeigen, worum es geht. Aber außer
zu den wenigen Besprechungen mit ihm habe ich ihn dort noch
nie zu Gesicht bekommen. Und die Handwerker sind doch auch
froh, wenn er sie in Ruhe lässt."

„Habe ich mir eigentlich anders vorgestellt", kommentierte
Franziska. „Wahrscheinlich verlässt er sich darauf, dass sie alles
richtig machen."

„Würde ich an seiner Stelle nicht riskieren", sagte ich, „aber im
Gegensatz zu uns will Fischer dort ja auch nicht wieder einziehen
und wohnen. Hoffen wir mal, dass sich meine verstärkte Anwe-
senheit irgendwie auswirkt. Und wenn die Handwerker sich genervt fühlen, dass wir ihnen auf die Finger schauen, kann ich es
auch nicht ändern. Schließlich sind wir die Bauherren. Und wenn
sie gut sind, gibt es gerne auch mal Bakschisch."

„Mir macht derzeit vor allem Sorge", wechselte Franziska das
Thema, „dass oben und in der Wohnzimmergaube immer noch
keine Fenster eingebaut sind. Für das Wochenende sind starke Regenfälle und Sturmböen angesagt."

„Tja, da kann man wirklich nur hoffen, dass diese lächerlich
dünne Unterspannbahn das hält, was Fischer verspricht. Dass es
bei morgendlichen drei Grad inzwischen lausekalt durch die

Bude zieht, können die neuen Heizkanonen ja halbwegs auffangen. Doch was ist, wenn das Holz und die neue Dämmwolle nass werden?"

„Keine Ahnung. Wir schauen uns das am Samstag jedenfalls sorgfältig an."

Noch am selben Abend zerrte immer stärkerer Wind an den Plastikplanen, mit denen unsere Übergangswohnung verhangen war. Bald hatten sich erste Teile gelöst, was dazu führte, dass lose Planen und Befestigungsschlaufen kräftig gegen die Metallstreben des Gerüsts schlugen. Auf der rückwärtigen Gebäudeseite peitschte kräftiger Regen gegen das Schlafzimmerfenster.

Kapitel 17

Sasel

Am nächsten Morgen – unserem turnusmäßigen Baustellensamstag – war es so kühl und stürmisch geworden, dass ich anstelle des Fahrrads den Bus nahm, um das Auto aus der Tiefgarage zu holen. Angesichts des anhaltenden Regens war ich froh, dass in der Innenstadt bereits einige Einkaufspassagen für Reinigungs- und Lieferdienste geöffnet hatten und ich so den restlichen Fußweg halbwegs geschützt zurücklegen konnte. Zurück in Hoheluft fand ich ausgerechnet heute keinen Parkplatz in Haustürnähe, weil bei dem Hundewetter vermutlich noch niemand vor die Tür gehen mochte. Franziska hatte vorsichtshalber eine große Plastiktüte über den Wäschekorb gelegt, damit die frisch gewaschene Wäsche nicht wieder nass wurde und vor allem nicht durch das von den Bäumen schüttende Laub verschmutzte.

Als wir nach der üblichen langwierigen Anreise das Haus betraten, schlug uns schon im Treppenhaus warme und extrem feuchte Luft entgegen. Nicht nur waren alle Wände patschnass, sondern auch von den Fensterscheiben lief Kondenswasser in Rinnsalen auf den Treppenabsatz. Auch im Keller fühlten sich die Wände mehr als feucht an. Nachdem wir den Wäschetrockner angestellt hatten, drehten wir unsere übliche Runde durch das Untergeschoss und entdeckten im Kellerraum der Nachbarwohnung eine große Wasserlache auf dem Fußboden. Trotz gründlicher Suche konnten wir nicht ausmachen, wie sie entstanden sein mochte: Alle in der Nähe verlaufenden Wasserleitungen waren trocken, eine Leckage war nirgendwo zu entdecken. Und dass Wasser durch die Gebäudesohle gedrungen sein sollte, konnten wir uns nicht ernsthaft vorstellen.

Oben machten wir zunächst die Ursache für das warme Treppenhaus aus, denn in beiden Wohnungen bliesen die Heizkanonen auf höchster Stufe heiße Luft nicht nur in die zugigen Räume, sondern durch die geöffneten Wohnungstüren auch in das Treppenhaus. Zusätzlich wurde so wahrscheinlich ein Großteil der durch den anhaltenden Regen nassen Außenluft regelrecht in das Haus gesogen. Im Wohnzimmer war es wohl an die dreißig Grad warm. Vermutlich ließen die Handwerker unter der Woche nach wie vor die Haustür offen, so dass viel von der für sie produzierten Wärme nach außen entwich und oben die höchste Heizstufe erforderlich war, um die offenen Wohnungen einigermaßen warm zu bekommen. Zum Wochenende hatten sie die Haustür zwar geschlossen; auf die Idee, die Heizkanonen mit ihren zwei Mal 6.000 Watt entweder vollständig abzuschalten oder zumindest auf eine kleinere Stufe zu stellen, war hingegen offensichtlich niemand gekommen. Wahrscheinlich hatte sich hierfür keiner der Handwerker zuständig gefühlt.

Im Wohnzimmer zerrte der Sturm heftig an den schwarzen Kunststoffbahnen, die provisorisch vor die Gaube gespannt waren. Bei jedem Windstoß beulten sie kräftig in den Raum, schienen gleichwohl fest angebracht zu sein. Im oberen Stockwerk jedoch, wo mit Ausnahme der Veluxfenster sämtliche Fensterausschnitte noch mit Unterspannbahnen verhangen waren, hatten sich bereits erste Planen losgerissen und ließen Sturm und Regen ungehindert in die neue Dämmwolle peitschen. An einigen Stellen war sie klatschnass; auf dem provisorischen Holzfußboden standen bereits kleine Wasserlachen.

„Ich rufe bei der GERESA an", rief ich. Es muss sofort jemand kommen und die Planen wieder anständig befestigen. Wenn hier noch mehr Wasser eindringt, können sie wieder von vorne anfangen."

„Warum konnten die nicht das Blechdach liegen lassen, bis die neuen Fenster eingebaut sind? Das bekommen wir doch im Leben nicht mehr trocken und dürfen schließlich in eine feuchte Bude zurückziehen", befürchtete sie.

Ich wählte die Nummer der GERESA, wo sich der alte Pförtner an der rund um die Uhr besetzten Zentrale zum Glück bald meldete. Da er uns vor einer Stunde gerade unseren Bauschlüssel ausgehändigt hatte, konnte er zum Glück mit meinem Namen etwas anfangen und hörte sich pflichtbewusst meine laut vorgetragene Bestandsaufnahme an:

„Wir brauchen hier dringend jemand, der die losgerissenen Planen vor den Fensterausschnitten wieder befestigt. Der Sturm drückt jede Menge Regen in das Haus. Überall ist die neue Dämmwolle schon durchnässt. Im Keller und im Treppenhaus sind die Wände durchfeuchtet, in einem Keller steht eine Wasserlache. Ob das Wasser von außen eingedrungen ist oder es sich um Kondenswasser handelt, weil hier oben riesige Heizkanonen eine Affenhitze verbreiten, weiß ich nicht. Ich weiß auch nicht, wie man sie abschalten könnte und ob sie überhaupt das gesamte Wochenende auf Hochtouren laufen sollen."

Es war zumindest gut, dass ich sehr laut gesprochen hatte, vermutlich waren es in der Kürze und meiner Aufgeregtheit aber viel zu viele Informationen für den Mann. Der Rentner, der sich seine sicherlich nicht besonders üppigen Alterseinkünfte etwas aufzubessern schien, bat um nochmalige Berichterstattung zum Mitschreiben.

„Das will ich denn man gleich an den zuständigen Bereitschaftsdienst so weitergeben", versprach er mir. „Das ist an diesem Wochenende unser Herr Svenzke. Der wird sich in Kürze bei Ihnen melden."

Ich dankte und nutzte die Wartezeit, um in der Nachbarwohnung nach dem Rechten zu sehen. Hier hatten die Unterspannbahnen bislang zum Glück gehalten; das Wetter kam ja von der gegenüberliegenden Seite.

Tatsächlich dauerte es keine zwei Minuten, bis mein Handy klingelte und Herr Svenzke sich mit klarer Stimme meldete:

„Unsere Zentrale hat mir Ihren Anruf durchgegeben und mir gesagt, dass es ein paar Probleme auf Ihrer Baustelle gibt. Wie kann ich Ihnen helfen?", fragte er freundlich.

Ich schilderte nochmals die unseres Erachtens katastrophalen Zustände und bat ihn, möglichst umgehend sowie mit hinreichenden Mengen an stabilen Planen und Dachlatten sowie nach Möglichkeit einem Nasssauger vorbei zu kommen, was er ohne Zögern zusagte und ergänzte:

„Ich denke, dass wir in spätestens einer halben Stunde bei Ihnen sein werden."

Wir nahmen unseren großen Regenschirm und gingen nach draußen, um zu sehen, ob wir weitere Schäden entdecken konnten. Zum Glück stand das Baugerüst ja immer noch um das gesamte Haus, so dass man die losgerissenen Planen im zweiten Geschoss von außen wieder befestigen konnte. An beiden vorderen Hausecken pladderte das Regenwasser munter in den Garten, denn die neuen Dachrinnen waren nicht an die Fallrohre angeschlossen, weil die Gerüstkonstruktion dies zu verhindern schien.

Bevor wir uns hierzu weitere Gedanken machen konnten, fuhr bereits ein Firmenwagen der GERESA vor, gefolgt von einem ihrer Sprinter.

„Thorsten Svenzke", stellte sich ein groß gewachsener, drahtiger Mittfünfziger vor. „Dann lassen Sie uns mal schauen, was hier los ist", sagte er, indem er sich zu den beiden Arbeitern umwandte und ihnen signalisierte, gleich mitzukommen.

Als wir das Haus betraten, schreckten auch sie sofort zurück, weil sie nicht mit einer tropenähnlichen Feuchtigkeit gerechnet hatten.

„Sofort abstellen!", wies Svenzke die Arbeiter an, nachdem er die beiden Heizkanonen entdeckt hatte. „Wieso hat die vor dem

Wochenende denn niemand runter gedreht?", fragte er wohl eher rhetorisch.

„Kann ich Ihnen leider nicht beantworten", antwortete ich trotzdem, „gestern war es hier längst nicht so warm, aber da stand ja auch wie immer die Haustür sperrangelweit offen und hat für genügend Luftaustausch gesorgt."

Wir führten die drei Männer nach oben, wo inzwischen weitere Dämmwolle durchnässt war und sich auf dem provisorischen Holzfußboden größere Wasserlachen gebildet hatten.

„Das sieht nicht gut aus", kommentierte Svenzke seinen ersten Eindruck und beriet mit den beiden Männern, wie sie von außen zusätzliche Planen vor den Fensteröffnungen anbringen konnten. „Ist ja gut, dass Sie zufällig hier draußen waren", nickte er anerkennend in unsere Richtung, „sonst könnte der Trockenbauer wohl wirklich wieder von vorne beginnen."

„Wir sind jeden Samstag hier", klärte Franziska ihn auf, „und finden zum Leidwesen Ihres Kollegen Fischer auch regelmäßig irgendwelche Missstände. Fragen uns inzwischen, warum wir ihn ebenso regelmäßig montags damit überraschen können, obwohl er doch eigentlich am besten wissen müsste, wie es auf seiner Baustelle aussieht. Vielleicht wäre dann auch nicht dieser Mist hier passiert!", ließ sie ihrem Frust freien Lauf.

„Kann man denn die völlig durchnässte Dämmwolle überhaupt noch verwenden?", wandte ich mich an Svenzke. „Ich kann mir jedenfalls nicht vorstellen, dass das Zeug jemals wieder trocknet. Und dann haben wir später jede Menge Feuchtigkeit in unseren Rigipswänden, oder?"

„Mineralwolle", erläuterte Svenzke, „ist in der Lage, eine gewisse Feuchtigkeitsmenge aufzunehmen und auch wieder abzugeben. Das muss sie auch in einer fertigen und geschlossenen Dachkonstruktion ständig tun, weil sich Kondenswasser durch die Temperaturunterschiede zwischen innen und außen nicht vermeiden lässt. Sie darf nur nicht", erklärte er weiter mit Sachverstand und Ruhe, „so sehr mit Wasser vollgesogen sein, dass sie zusammenfällt. Dann nämlich verliert sie nicht nur ihre Dämmfähigkeit, sondern kann auch das Wasser nicht mehr hergeben. Das scheint hier noch nicht der Fall zu sein, muss aber von Herrn Fischer in den nächsten Tagen noch genauer geprüft werden", beendete er seine Erläuterung, nachdem er seinen Arm wohl einen halben Meter tief in die Dachsparren geschoben hatte.

„Das wäre ja etwas völlig Neues!", entfuhr es Franziska.

„Was wäre neu?", fragte Svenzke höflich, der sich auf ihre Bemerkung keinen Reim machen konnte.

„Dass Ihr Kollege Fischer hier mal etwas ‚genauer prüft'", sagte Franziska in vorwurfsvollem Ton und fuhr in derselben Gangart fort: „Ich weiß nicht, wie oft mein Mann ihn in den letzten Wochen darauf hingewiesen hat, dass hier erst vom Blechdach und inzwischen vom neuen Hausdach Unmengen von Wasser statt in die Kanalisation im Erdreich versickern. Und jetzt haben wir November, und der Deutsche Wetterdienst hat gerade gestern Abend angekündigt, dass wir in diesem Monat voraussichtlich doppelt so hohe Regenmengen wie im Durchschnitt der letzten zehn Jahre zu erwarten haben. Von Herrn Fischer kamen hierzu so nützliche Antworten, dass wir den Rasen ja nicht zu sprengen bräuchten, wenn alles Wasser in den Garten läuft. Offen gestanden glauben wir aufgrund unserer bisherigen Erfahrungen weder, dass er hier irgendetwas überprüft, noch würde ich dem Ergebnis einer möglichen Überprüfung durch Herrn Fischer trauen."

Svenzke hatte ihre deutlichen Anschuldigungen aufmerksam, jedoch ohne erkennbare Gefühlsregung verfolgt. Schon längst war ihm aufgefallen, dass sein junger Kollege einerseits oft oberflächlich handelte, andererseits noch jede Menge Erfahrung sammeln musste. Dass er sich im Oktober von Pyczek mit dessen Angebot zur Heizungsumstellung so offensichtlich und vorbehaltlos hatte über den Tisch ziehen lassen, hatte Svenzke nicht nur erstaunt, sondern regelrecht verärgert. Bislang konnte die GERESA mit Fug und Recht für sich in Anspruch nehmen, auch im Bereich der Gebäudesanierung stets eine ordentliche Arbeit abgeliefert zu haben, was letztlich auch damit zusammenhing, dass sie Gewerke beauftragte, die etwas von ihrem Handwerk verstanden. Schließlich legte er selbst besonderen Wert auf Sorgfalt, Qualitätssicherung und eine strenge Beachtung technischer und baurechtlicher Vorschriften.

Vor diesem Hintergrund hatte er nach der Entscheidung Schröders, sich von Pyczek & Mommsen schleunigst wieder zu trennen, und weil Fischer kurzfristig partout keinen anderen Installateur finden konnte, in Francop seinen Nachbarn Lothar Fuchs gefragt, ob er trotz der langen Anfahrtswege ausnahmsweise für die GERESA arbeiten würde, um in Sasel die Sanitärinstallationen durchzuführen. Glücklicherweise hatte Lothar nicht lange gezögert, sondern vielmehr schnell begriffen, dass hier Handlungsbedarf bestand. Svenzke wusste, dass der Installationsbetrieb seines Nachbarn einen tadellosen Ruf genoss, immer eine gute Arbeit ablieferte und es daher nicht nötig hatte, nach den Vorgaben von Versicherungen und damit zu Dumpingpreisen für Sanierungsunternehmen wie die GERESA tätig zu werden. Fischer, der erleichtert über die Vermittlung durch seinen älteren Kollegen war, hatte ihm versichert, dass er die Mehrkosten der Firma Fuchs gegenüber dem gutachtlichen Rahmen „schon irgendwie unterbringen" würde – wie, das sollte dann nicht mehr Svenzkes Problem sein.

Trotz seiner nur begrenzten Sympathie für seinen jungen Kollegen wäre es Svenzke jedoch nie in den Sinn gekommen, sich gegenüber Bauherren oder Auftraggebern kritisch über ihn zu äußern. Er überlegte daher, wie er auf die sicherlich nicht ganz unberechtigten Anwürfe von Franziska möglichst objektiv reagieren konnte:

„Da brauchen Sie sich wohl keine Sorgen zu machen", antwortete er schließlich. „Selbstverständlich bin ich als Bereitschaftsdienst verpflichtet, unsere Einsätze an den Wochenenden zu dokumentieren. Und die Ergebnisse werden immer gleich am Montagmorgen per Mail an die zuständigen Bau- und Projektleiter verteilt."

„Und wer kontrolliert die Bauleiter, ob die am Wochenende festgestellten Mängel auch abgestellt worden sind?", fragte ich.

„Nun, das wird jeweils mittwochs ein weiteres Mal in der wöchentlichen Besprechung mit unserem Chef erörtert", versuchte Svenzke uns zu beruhigen. Im Grunde war er froh, uns hier und heute einmal persönlich kennengelernt zu haben. Den von Fischer mehrfach verbreiteten Eindruck, es handele sich bei uns nur um unentschlossene Querulanten und lästige Besserwisser, mochte er jedenfalls nicht teilen.

„Dann wollen wir mal hoffen, dass die Planen nun zumindest bis Montag halten und das Erdreich in der Lage ist, weiteres Regenwasser aufzunehmen."

„Ja, das wünsche ich mir auch", antwortete Svenzke und wies seine Arbeiter an, vorsorglich auch an der Wohnzimmergaube noch ein paar Dachlatten vor die Unterspannbahnen zu nageln. „Und Herr Fischer findet in meinem Protokoll über unseren heutigen Einsatz gleich am Montagmorgen automatisch die Anweisung vor, hier nochmals nach dem Rechten zu sehen", ergänzte er.

Sasel - Innenstadt

Mit einem ziemlich mulmigen Gefühl, wie die Baustelle mit Sturm und Starkregen über das verbleibende Wochenende fertig werden würde, verabschiedeten wir uns und fuhren durchnässt und frierend wieder zurück in die Stadt, um das Auto in der Tiefgarage abzustellen. Den Umweg über Rothenburgsort sparten wir uns, weil wir den Schlüssel vorsichtshalber noch behielten. Wir konnten ihn auch am Sonntagabend noch zurückbringen.

„Dieser Svenzke macht ja eigentlich einen ganz sachlichen und kompetenten Eindruck", sagte Franziska, nachdem wir im Auto saßen und die Heizung kräftig angestellt hatten.

„Bist ganz hübsch über Fischer hergezogen! Sicherlich hast Du nicht erwartet, dass er begeistert in Deine Kritik einstimmte, oder?"

„Nein, natürlich nicht. Aber das war doch eine einmalige Gelegenheit, mal gegenüber einem Verantwortlichen der GERESA unseren Frust über die Untätigkeit, Ignoranz und Gewissenlosigkeit von Fischer loszuwerden!"

„Schon richtig. Bleibt nur zu hoffen, dass das innerhalb des Ladens irgendwie kommuniziert wird."

„Und warum konnten wir nicht diesen Svenzke als Bauleiter bekommen?"

„Hast Du neulich den Artikel in der Zeitung gelesen, wonach sich die Brandversicherung über die zunehmende Zahl an Wohnungs- und insbesondere Dachstuhlbränden beklagte? Ich denke, dass die GERESA sich bis unters Dach mit Sanierungsprojekten eingedeckt hat und weder ein Svenzke noch ein Neumann auch nur eine Wochenstunde Kapazität übrig hätten, sich um einen weiteren Sanierungsfall zu kümmern."

„Und deswegen dürfen wir uns nun mit dem unerfahrensten Mitarbeiter rumschlagen", maulte Franziska.

„Genau. Kleines Mehrfamilienhaus, keine zentrale Lage. Eben im Zweifel weniger öffentlichkeitswirksam als vergangenes Jahr die Bismarckstraße in Eimsbüttel mit über zwanzig Wohnungen oder der Dachstuhlbrand in der Eppendorfer Landstraße im fünften Stock, wo vermutlich ein paar Bewohner mehr als wir Druck machen, wenn irgendwas in die Grütze geht. Und jeden Tag Tausende vorbeikommen, die registrieren können, ob die Arbeiten vorangehen oder Probleme entstehen."

„Und wo vielleicht auch ein Bauleiter verantwortlich ist, der weiß, wie man Verantwortung schreibt", ergänzte Franziska.

Sie stieg am Jungfernstieg aus, um schon mit dem Bus nach Hause zu fahren, während ich noch das Auto zur Garage brachte. So konnte sie sich bereits unter der heißen Dusche wieder etwas aufwärmen. Ich hatte nur noch ein paar hundert Meter bis zu unserem Parkplatz. Von dort waren es wenige Minuten zu Fuß bis zum Gänsemarkt, wo ich dann ebenfalls in den hyperlangen Bus der Linie 5 stieg, die tagtäglich im Fünfminutentakt an die 60.000 Menschen nutzten.

Ich lief durch zugige Häuserschluchten und im unablässigen Regen, der infolge des anhaltenden Sturms nahezu waagerecht unter dem dunklen Novemberhimmel durch die Straßen peitschte, zur Bushaltestelle. Dabei ging mir durch den Kopf, dass mir auf der Baustelle irgendetwas aufgefallen war, was ich noch mit Svenzke erörtern wollte. Ich versuchte mich zu erinnern, musste mich aber darauf konzentrieren, dass mir der Regenschirm weder umknickte noch aus den Händen gerissen wurde. Im Bus fand ich am Samstagnachmittag sogar einen Sitzplatz und versuchte, mich auf der knapp viertelstündigen Fahrt ein wenig zu entspannen. Trotzdem wollte mir nicht einfallen, was ich Svenzke hatte fragen wollen.

Hoheluft

„Irgendetwas habe ich vorhin vergessen", sagte ich zu Franziska, nachdem ich meinen patschnassen Anorak über der Badewanne aufgehängt hatte. Sie kam gerade aus der Dusche und wunderte sich, dass ich bereits zehn Minuten nach ihr angekommen war. „Ich habe heute Nachmittag etwas gesehen, worauf ich

Svenzke ansprechen wollte. Kann mich beim besten Willen nicht mehr erinnern, was es war."

„Schwerer Fall von retrograder Amnesie", meinte Franziska grinsend. „Zu viele Eindrücke heute, zu wenig gegessen, Unterzuckerung. Da arbeitet so ein alter Kopf nicht gerade im Optimodus. Geh erst mal duschen, ich mache uns inzwischen etwas zu essen, dann fällt Dir Dein Schlüsselerlebnis bestimmt wieder ein."

Als wir uns nach dem Essen ein entspannendes Glas Merlot eingeschenkt hatten, rief Rolf an. Da Bettina und er als einzige unserer Freunde den Brand hautnah miterlebt hatten und wir nicht müde wurden, sie als unsere Lebensretter zu preisen, meldete er sich von Zeit zu Zeit, um sich nach dem Fortgang der Dinge zu erkundigen. Darüber hinaus hatte er als Stadtplaner Architektur studiert, weswegen wir ihn als einschlägig vorgebildet betrachteten und er uns in der Tat während der letzten Monate schon manchen nützlichen Ratschlag erteilen konnte.

„Wir ersaufen hier gerade im ersten heftigen Novemberregen", berichtete ich ihm heute. „Und der Sturm hat uns schon die ersten Unterspannbahnen von den Fenster gerissen."

„Wie", fragte Rolf, „noch keine Fenster drin, aber Eure Montagehalle schon wieder abgetragen?"

„Genau", antwortete ich. „Erst haben sie uns sechs Wochen lang auf das Angebot zu den neuen Fenstern warten lassen und zwischendurch trotzdem schon welche bestellt, und nun schaffen sie es nicht, die einzubauen. Oder sie können nicht produziert werden oder weiß der Henker. Jedenfalls musste das Blechdach plangerecht wieder weg. Wär sonst wahrscheinlich zu teuer geworden."

„Und was sagt Euer toller Bauleiter dazu?", fragte Rolf.

„Keine Ahnung. Wir haben heute erst mal den Notdienst gerufen, damit die Planen wieder festgenagelt wurden. War schon jede Menge Wasser in unserer schönen neuen Dämmwolle."

„Nehmt Euch einen Sachverständigen", riet Rolf. „Ihr seid beide nicht vom Fach und kämpft im Zweifel gegen Windmühlen, weil Ihr vermutlich nicht ernst genommen werdet. Jetzt beim Innenausbau geht es um tausend technische Finessen, die ein Laie überhaupt nicht kennen oder beurteilen kann."

Ich berichtete Franziska von Rolfs Vorschlag.

„Klingt nicht unvernünftig. Hätten wir vielleicht schon längst machen sollen. Sollten wir am Montag mit Frau Silves besprechen – schließlich ist sie die Auftraggeberin."

Wie so häufig in dieser Zeit, war ich nach spätestens fünf Stunden Schlaf morgens um drei wieder wach. Meist blieb ich dann ruhig liegen, versuchte in meinem Kopf die anstehenden Dinge des kommenden Tages zu sortieren, formulierte in Gedanken schon mal die eine oder andere Email. Manchmal döste ich am Wochenende gegen fünf nochmals ein – unter der Woche stand ich dann hingegen auf. An diesem Sonntag blieb ich wach, denn mir war im Schlaf eingefallen, was ich gestern nicht erinnern konnte:

Beim Rundgang um unser Haus hatte ich gesehen, dass das Regenwasser wie ein kleiner Sturzbach aus dem kurzen Stutzen prasselte, mit dem eine Dachrinne an das Fallrohr angeschlossen wird. Dieses ragte jedoch einen halben Meter daneben nutzlos nach oben, weil das Gerüst verhinderte, dass es sich mit dem Austrittsstutzen verbinden ließ. Ich hatte Svenzke fragen wollen, ob es nicht irgendein flexibles Rohr gab, um das Regenwasser letztlich am Gerüst vorbei doch in das Fallrohr zu leiten.

Als ich um sechs aufstand, hatte der Regen deutlich nachgelassen. Im knapp fünfzehn Kilometer entfernten Sasel würde sich die Lage hoffentlich ebenfalls etwas entspannt haben. Ich ging also um sieben zum Bäcker und holte frische Brötchen. Kurz danach frühstückten wir, denn auch sonntags konnte Franziska nicht länger schlafen. Ich berichtete ihr, meine retrograde Amnesie besiegt zu haben, nun jedoch auch keinen aktuellen Handlungsbedarf mehr zu erkennen, nachdem der Regen aufgehört hätte. „Werde ich wohl morgen früh gleich bei Fischer ansprechen müssen", sagte ich, „damit das Gepladdere ein für alle Mal aufhört."

„Der wird sich doch sicherlich wieder darauf zurückziehen, dass im Schadengutachten für ein flexibles Kunststoffrohr kein Geld vorgesehen ist", lästerte sie.

Vormittags erledigten wir unseren spärlichen Haushalt und etwas Ablage, und ich entwarf eine Mail an Fischer, die Neumann, Schröder, Frau Silves sowie unsere Miteigentümer cc bekommen sollten. Darin forderten wir ihn in aller Deutlichkeit auf, endlich dafür Sorge zu tragen, dass das Regenwasser vom Hausdach ins Siel geleitet wurde, nachdem einzelne Kellerwände bereits feucht seien. Zusammen mit den heftigen Regenfällen des bisherigen Novembers sei im Bereich der beiden vorderen Gebäudewände in den letzten Monaten vermutlich die 120-fache Wassermenge des jährlichen Gesamtwerts in das Erdreich eingedrungen, das nun vollgesogen wie eine nasser Schwamm sein müsste.

Mittags fing es erneut an zu regnen – nicht mehr als gestern, aber eben auch nicht weniger.

„Lass uns nach dem Essen noch mal auf die Baustelle fahren", schlug Franziska deshalb vor. „Irgendwie habe ich langsam kein gutes Gefühl mehr."

Also liefen wir zur Bushaltestelle, warteten unter dem Regenschirm am Sonntag unsägliche zwanzig Minuten auf den nächsten Bus, holten das Auto aus der Tiefgarage und fuhren erneut nach Norden.

Sechster Abschnitt: Unterwasser

Kapitel 18

Sasel

Schon auf den untersten Stufen der Kellertreppe sahen wir, dass aus dem Kellerflur größere Wassermengen ins Treppenhaus gelaufen waren. Die Kellertür schloss infolge des Einbruchs im Juni nach wie vor nicht. Das Wasser stand bereits knöchelhoch. In allen vier Kellerräumen und damit auf beiden Seiten des Hauses lief das Wasser in breiten Rinnsalen von den Wänden. Der Wasserdruck auf das Mauerwerk war nun also endgültig zu groß geworden. Angesichts der elektrischen Fußbodenheizungen im Souterrain der unteren Wohnungen bestand höchste Alarmstufe, denn es gab dort unten eine einfache zweite Wohnungstür, die das Wasser kaum zurückhalten würde. Zumindest bestand nicht die Gefahr eines enormen Kurzschlusses, weil ja gleich am Brandmorgen die NH-Sicherungen gezogen worden waren. Und für Bauzwecke war nur ein Zähler wieder aktiviert, der nichts mit dem Heizungsstrom zu tun hatte.

Ich lief nach oben und rief erneut bei der GERESA an. Es meldete sich der gleiche Pförtner wie gestern. Ich fragte ihn, ob Herr Svenzke auch heute Bereitschaftsdienst hatte, was er mit dem Hinweis, dass dieser immer den gesamten Zeitraum von Freitagabend bis Montagfrüh umfasste, bejahte.

„Dann geben Sie mir bitte seine Rufnummer", rief ich in mein Handy, „wir haben hier massiven Wassereinbruch und benötigen dringend seine Hilfe!"

„Er ist hier in seinem Büro", sagte der Pförtner, „ich stelle durch."

Svenzke war sofort am Apparat: „Unsere schlimmsten Befürchtungen sind eingetreten", berichtete ich ihm, „unsere Keller laufen mit Wasser voll, das durch die Außenwände drückt und schon knöchelhoch auf der Kellersohle steht. Soll ich die Feuerwehr rufen?", fragte ich in der Annahme, dass diese üblicherweise für das Leerpumpen vollgelaufener Keller zuständig war.

„Nein, das machen wir", antwortete Svenzke. „Wir haben ebenfalls Tauchpumpen und Nasssauger. Zuerst muss aber die Ursache für den Wassereinbruch abgestellt werden. Das würde die Feuerwehr nicht tun."

„Die Ursache ist völlig durchweichtes Erdreich, das werden Sie nicht mal eben abstellen können", versuchte ich, sachlich zu bleiben. „Die Feuerwehr könnte vielleicht bereits in zehn Minuten hier sein und hätte entsprechend lange Schläuche, um das Wasser in die Siele zu pumpen."

„Machen Sie sich keine Sorgen", gab Svenzke sich alle Mühe, mich zu beruhigen. „Ich bin schon unterwegs zu Ihnen. Und ich rufe jetzt sofort unsere Bereitschaftsmannschaft an, dass sie sich mit allem Notwendigen eindecken und ebenfalls so schnell wie möglich zu Ihnen fahren."

Ich musste notgedrungen einsehen, dass es keinen Sinn machte, länger mit Svenzke zu diskutieren, denn er brauchte eine freie Leitung, um seine Leute zu alarmieren. Ich bat ihn noch um seine Handynummer und legte auf.

„Kein Fall für die Feuerwehr?", fragte Franziska stirnrunzelnd, die den kurzen Wortwechsel verfolgt hatte.

„Nein, er ist bereits unterwegs, seine Leute kommen mit Pumpen nach."

„Und wie stoppen wir das Regenwasser?"

„Richtig, Moment!"

Ich rief erneut Svenzke an und bat ihn, flexible Schläuche mitzubringen, um die Dachrinnen an die Fallrohre anschließen zu können. Er wollte es weitergeben, war sich allerdings nicht sicher, dass die GERESA derartiges Material in ihrem Magazin lagerte.

Als nächstes rief ich den jungen neuen Eigentümer der rechten Erdgeschosswohnung sowie Herrn Mohr aus der verwaisten Wohnung unter unserer an. Sie mussten beide kommen, um in ihren Wohnungen nachzuschauen, wie viel Wasser in die Souterrainräume lief oder bereits gelaufen war. Mit Blick auf die elektrischen Heizschleifen in ihren Fußböden konnte sich hier schnell ein Kapitalschaden entwickeln. Sie versprachen beide, sofort loszufahren.

Danach ging ich im strömenden Regen zu den beiden vorderen Hausecken, wo das Regenwasser weiterhin in den Garten schoss. Wie konnte man nur ein Gerüst so stellen, dass sich die Fallrohre nicht anschließen ließen, dachte ich. Hat sich Fischer das eigentlich niemals angesehen, obwohl ich ihn vielfach darauf hingewiesen und ihm nicht nur meine Bedenken vorgetragen, sondern ihn immer wieder, zuletzt sogar schriftlich, um Abhilfe gebeten hatte?

Tatsächlich war Svenzke nach einer Viertelstunde bei uns. Er musste selbst an dem verkehrsarmen Sonntagnachmittag ordentlich Gas gegeben haben, um die Strecke von Rothenburgsort in so kurzer Zeit zu bewältigen. Im Gegensatz zu sämtlichen seiner Kollegen hielt er sich während seiner Bereitschaftsdienste nicht zu Hause, sondern stets im Dienstgebäude der GERESA auf. Francop war einfach zu weit entlegen, um schnell insbesondere im Hamburger Norden, Westen und Osten sein zu können. Dies ließ sich nicht mit seiner Pflichtauffassung vereinbaren. Außerdem konnte er außerhalb von Einsätzen liegen gebliebene Arbeiten in Ruhe erledigen, die sich ständig auf seinem Schreibtisch fanden. Die drei Nächte bis zum Montagmorgen verbrachte er, sofern er nicht zu Störungen musste, auf einem Schlafsofa, das er zu diesem Zweck in sein Büro gestellt hatte.

Ich lief ihm entgegen und führte ihn sofort zur linken Hausseite. Dort zeigte ich ihm, wie gestern schon, erneut den Wasserschwall, der sich aus der Dachrinne nach unten ergoss.

„Ich bin ja beim besten Willen kein Gerüstbauer", begann ich, meine Idee zu erläutern „und habe keine Ahnung, wie es dort oben aussieht. Ich habe überlegt, ob man vielleicht unterhalb des Austrittsstutzens eine Planke rausnehmen könnte, ohne dass die ganze Konstruktion zusammenbricht."

„Selbstverständlich", nickte Svenzke, „Sie können alle Planken rausnehmen. Das Gerüst ist ja in der Wand verankert."

„Schön", erläuterte ich ihm meine simple Idee: „Dann könnte man vielleicht das Fallrohr so weit schwenken, dass es sich unter dem Stutzen befindet. Und ein kurzes Stück Rohr werden Ihre Männer ja wohl auf ihrem Wagen haben."

Svenzke klappte den Kragen seiner stabilen Jacke hoch und kletterte ohne weiteren Kommentar in das große Baugerüst. Irgendwo öffnete er eine Klappe und stieg in die nächste Etage. Dann stand er an der Hausecke, schaute sich die Konstruktion kurz an und nahm eine der Gerüstplanken hoch. Anschließend griff er nach dem Fallrohr und führte es unter den Austritt der Dachrinne. Obwohl etwa dreißig Zentimeter Rohr fehlten, fand das Wasser nun weit überwiegend seinen ordnungsgemäßen Weg in die Kanalisation. Als er das Rohr losließ, schwenkte es jedoch zurück in seine vorherige Lage, weil es infolge der monatelangen Schieflage unter Spannung stand.

Svenzke kletterte wieder vom Gerüst und kam völlig durchnässt auf mich zu: „Wir werden das irgendwie fixieren; gute Idee", bestätigte er und fragte sich hoffentlich, warum weder der Gerüstbauer noch der Dachdecker, Fischer oder er selbst auf diese einfache Lösung gekommen waren. „Meine Leute müssen gleich hier sein", versuchte er uns zu trösten, nachdem er gemerkt hatte, dass wir Angst vor jedem weiteren Liter Wasser hatten, der in das Erdreich drang.

Inzwischen waren auch unsere beiden Miteigentümer angekommen und hatten in Svenzkes Begleitung die Souterrainräume ihrer Wohnungen inspiziert. Wie nicht anders zu erwarten, war das Wasser unter den unteren Wohnungstüren eingedrungen, wenn auch in der einen Wohnung nur bis in den Flur, während sich in der Wohnung von Herrn Mohr auch in dem großen unteren Wohnraum Lachen gebildet hatten.

Tatsächlich dauerte es noch eine weitere halbe Stunde, bis der Sprinter der GERESA mit denselben Arbeitern wie gestern vorfuhr. In der Zwischenzeit hatten wir Svenzke noch zwei Mal angedroht, die Feuerwehr zu rufen, schließlich sei nunmehr mehr als eine Stunde seit meinem Anruf vergangen und das Wasser im Keller sicherlich weiter gestiegen. Er erläuterte seinen Kollegen sofort, dass auch auf der rechten Hausseite eine Gerüstplanke beseitigt und das Fallrohr „irgendwie" unter dem Austrittsstutzen der Dachrinne befestigt werden sollte. Ein entsprechendes Kunststoffrohr hatten sie hingegen nicht in ihrem Wagen.

Immerhin gelang es ihnen, innerhalb der nächsten halben Stunde nicht nur die beiden Fallrohre mit Schnur an die nächsten Gerüststreben anzubinden und so dafür zu sorgen, dass das meiste Regenwasser seinen vorgesehenen Weg nahm. Außerdem befestigten sie mit Draht einfache Plastiktüten am Austrittsstutzen und schnitten sie unmittelbar über den Fallrohren auf, so dass nun wirklich mehr als neunzig Prozent des Regenwassers in das Siel liefen. Ein unglaubliches und zumindest vorübergehend halbwegs wirksames Provisorium.

„Dann fangen wir jetzt an zu pumpen", verkündete Svenzke, nachdem er mit den Bastelarbeiten der beiden Arbeiter zufrieden schien. Gemeinsam liefen sie zu ihrem Wagen und trugen drei Lenzpumpen, einen Nasssauger, Rollen mit Verlängerungsschläuchen und eine Kabeltrommel ins Haus. Die Arbeiter zogen

Gummistiefel an und ließen sich die Steckdose im Anschlusskeller zeigen. Dort steckten sie die Kabeltrommel ein, die sie neben die Haustür stellten. Die Schläuche wurden mittels Bajonettanschlüssen mit den Pumpen verbunden, und auf der Gartenseite nutzten sie alles übrige Schlauchmaterial, um das hochgepumpte Wasser möglichst weit vom Haus entfernt zu entsorgen. Bis zum ersten Gulli des Regenwassersiels reichten ihre Schläuche aber nicht. Es würde also, wenn auch nicht unmittelbar neben den Hauswänden, erneut im Erdreich versickern.

In der Zwischenzeit schleppten Svenzke und ich zwei Holzpaletten, die seit Monaten an den verbliebenen Garagen lehnten, ins Haus. Darauf wollte ich später die Waschmaschine und den Wäschetrockner stellen, die im Wasser gestanden hatten. Ob ihre Elektrik hierdurch Schaden genommen hatte, würden wir später feststellen. Nun sollten sie nach dem Abpumpen erst mal halbwegs trocken und luftig stehen.

Die Pumpen arbeiteten kräftig genug, um die Keller innerhalb von zehn Minuten vom meisten Wasser zu befreien. Danach schalteten die Arbeiter den Nasssauger ein und beseitigten nahezu sämtliche verbliebenen Pfützen. Die Waschküche hatte ich vor vielen Jahren mit PVC ausgelegt, unter dem sich nun jede Menge von der braunen Brühe angesammelt hatte. Mit Hilfe eines scharfen Messers, das mir einer der Arbeiter lieh, schnitt ich den Bodenbelag auseinander und brachte ihn in handlichen Rollen nach draußen. Zum Schluss stellten wir mit vereinten Kräften die hundert Kilo schwere Waschmaschine und den deutlich leichteren Trockner auf die Paletten.

Nun schaute ich erstmals in unseren Keller, wo das Wasser nicht ganz so hoch gestiegen war wie in der Waschküche und im Flur. Offensichtlich lag die Kellersohle nicht in der Waage, oder die Estriche waren unterschiedlich dick geschüttet worden. Trotzdem hatten die alten Holzschränke und Regale zu lange im Wasser gestanden, um dies schadlos zu überstehen. Insbesondere stand dort ein Kleiderschrank mit unserer saisonalen Kleidung. Auch diesen Keller hatte ich vor vielen Jahren mit PVC ausgelegt, auf dem nun jede Menge Schränke, Regale, Gartenstühle, unser Weinregal sowie nicht zuletzt unsere Sommerreifen aus der Garage standen und lagerten. Dies würden wir in einem riesigen Kraftakt erst alles leer räumen müssen, bevor wir den Bodenbelag entfernen konnten.

Franziska räumte mit Hilfe unseres Handscheinwerfers alles Hab und Gut, das in Bodennähe gelagert war, in die oberen Fächer. Schließlich konnte man nicht wissen, wie lange weiterhin Wasser in die Keller eindringen oder sogar wieder steigen würde. Immerhin musste ich mir um mein elektrisches Werkzeug keine Sorgen mehr machen, nachdem es kurz nach dem Brand ja gestohlen worden war.

Inzwischen war es fünf Uhr geworden, womit es Ende November in Hamburg praktisch kein Tageslicht mehr gab. Ich sah mich in den leer gepumpten Kellern um und stellte fest, dass kein Wasser mehr durch die Außenwände sickerte. Kaum zu glauben, dass die provisorische Ableitung der Dachrinne so schnell Wirkung gezeigt haben sollte. Immerhin hatte der Regen vor knapp einer Stunde auch mal wieder aufgehört.

Bis die Männer ihre Gerätschaften, Schläuche und Kabel wieder verstaut hatten, war es schließlich sechs Uhr geworden. Wir alle waren klatschnass, Franziska, Svenzke und ich liefen seit Stunden in völlig durchweichten Schuhen herum, weil wir im Gegensatz zu seinen Helfern keine Gummistiefel hatten.

„Wenn Sie mir Ihren Schlüssel geben, kommen wir nachher noch mal wieder und stellen Entfeuchter auf", sagte Svenzke, der beim besten Willen nicht erkennen ließ, ob er müde, erschöpft, wütend oder hungrig war. „Die müssen wir erst noch holen."

„Können wir gerne so machen", antwortete ich, „dann brauchen wir nicht noch in Ihre Firma zu fahren und sind eine halbe Stunde eher zu Hause."

„Und außerdem können die Männer nachts noch mal vorbeischauen, um zu sehen, ob nachgepumpt werden muss", fügte Svenzke hinzu. „Ab morgen früh um sieben wird sich Herr Fischer hierum kümmern."

Franziska schaute ihn an und runzelte die Stirn, sagte aber nichts. Svenzke hatte auch so verstanden.

Hoheluft

Nass und durchgefroren waren wir also direkt nach Hoheluft gefahren und hätten das Auto ausnahmsweise dort auch unter die inzwischen kahlen Bäume gestellt. Leider erwies sich die Hoffnung auf eine freie Parklücke an einem trüben Novembersonntagabend um kurz vor sieben als völlig illusorisch. Der erneute Weg in die Stadt und mit dem Bus zurück blieb mir nicht erspart. Zumindest war seit fünf Uhr kein weiterer Regen gefallen.

Franziska hatte schon geduscht und sich ein paar warme Sachen angezogen. Auf dem Herd dampften die Reste einer leckeren Hühnersuppe, von der ich gierig schon mal ein paar Löffel nahm, bevor ich meine nassen Klamotten im Kellerzimmer auszog und mich ebenfalls unter der heißen Dusche abschrubbte.

„Und wie soll es nun weitergehen?", fragte sie, als wir um kurz vor acht schließlich am Küchentisch saßen und die heiße Suppe löffelten.

„Tja, meine Mail an Fischer, die ich heute Vormittag entworfen habe, scheint nun ja wohl nicht mehr ganz aktuell. Die heutigen und gestrigen Ereignisse wird er alle im Protokoll von Svenzke nachlesen können. Ich denke, wir sollten trotzdem der GERESA schreiben, und zwar direkt an den Obermufti Schröder und alle anderen einschließlich unserer Hausverwaltung in Kopie: Wir beschweren uns über die Nachlässigkeit seines Bauleiters und fordern für morgen Nachmittag eine dringliche Baubesprechung ein."

„Und was machen wir mit unserem Keller?", fragte Franziska weiter, „den müssen wir doch möglichst schnell leerräumen, bevor die Kleidung Schimmel ansetzt und die alten Schränke vermodern. Abgesehen davon wird ja unter dem PVC jede Menge von der ekeligen Brühe schwappen."

„Stimmt. Und wir dachten immer, dort unten hätten wir nach dem Wohnungsbrand unser letztes Refugium."

„Abgebrannt und ausgeraubt reicht ja offensichtlich nicht. Vielleicht können wir Breitner bitten, uns nun auch bei der Räumung des Kellers zu helfen – schließlich ist er doch unser Hausratssanierer."

„Gute Idee. Alleine würden wir wahrscheinlich mehrere Tage benötigen. Und er kann sicherlich eine ganze Menge unserer Sachen in seinen Transporter laden und auf Lager nehmen."

„Oder gleich auf den Sperrmüll", schlug Franziska mit leichtem Galgenhumor vor.

Rothenburgsort

Als Boris Fischer am Montagmorgen um kurz vor sieben seinen Computer hochfuhr, glaubte er seinen Augen nicht zu trauen: Ausgerechnet zu seiner Baustelle musste der Bereitschaftsdienst zwei Mal ausrücken. Und ausgerechnet Svenzke, dessen knappe und präzise Berichte im gesamten Unternehmen niemals jemand in Frage stellte, hatte Bereitschaft. Seine Einsätze sowohl am Samstag als auch am gestrigen Sonntag waren lediglich stichwortartig dokumentiert:

- *Durchfeuchtete Mineralwolle infolge losgerissener Unterspannbahnen im Obergeschoss; neue Bahnen verspannt. Vor Trapezgaube Verlattung verstärkt.*

- *Wassereintritt im Kellergeschoss infolge durchnässter Wände; Regenwasserableitung provisorisch hergestellt, Keller leer gepumpt und feucht gesaugt, Entfeuchter gestellt.*

Das las sich wenig aufregend und klang noch weniger nach stundenlangen Einsätzen im strömenden Regen. Allerdings hatte Svenzke noch zwei Sachen ergänzt: Zum einen forderte er Fischer als zuständigen Bauleiter auf, beim ersten Tageslicht zu seiner Baustelle zu fahren, um sich selbst ein Bild zu machen, die provisorischen Maßnahmen vom Wochenende zu überprüfen und durch dauerhafte Lösungen zu ersetzen. Zum anderen musste er immer festhalten, wer seinen Bereitschaftseinsatz angefordert hatte, denn dass er aus Eigeninitiative oder Langeweile zur Baustelle seines jungen Kollegen gefahren sein sollte, war sicherlich unwahrscheinlich. Schließlich hatte Svenzke sein Protokoll nicht nur an Fischer und den zuständigen Projektleiter Neumann, sondern auch an den Leiter der Sanierung, seinen Chef Peter Schröder, geschickt. Letzteres war seines Erachtens schon deswegen erforderlich und korrekt, weil insbesondere der Wassereinbruch zu nachhaltigen finanziellen Folgen führen konnte. Hierüber war nicht mehr auf der Ebene der Projektleitungen zu entscheiden, sondern zu überlegen, ob die Betriebshaftpflichtversicherung eines der beauftragten Gewerke oder die der GERESA selbst hierfür in Anspruch genommen werden musste und konnte.

„Bullshit", grummelte Fischer in seinen Bildschirm. „Ausgerechnet Svenzke. Und warum musste sich dieser Besserwisser von Eigentümer am Wochenende wieder dort draußen rumtreiben?" Hätte Neumann doch nur nicht eingewilligt, ihm an den Wochenenden einen Bauschlüssel zu überlassen!

Nun war also passiert, was wir seit Monaten befürchtet hatten. Doch was konnte er, Boris Fischer, eigentlich dafür, dass das Haus keine anständige Drainage hatte und die alten Kellerwände dem bisschen Regenwasser nicht standhielten?

Schröder würde sicherlich alles andere als begeistert sein, klar. Zusätzliche Schäden in einem Sanierungsobjekt mochte niemand richtig gerne. Sicherlich würden ihm schon ein paar stichhaltige Erklärungen einfallen, um alle Beteiligten davon zu überzeugen, dass ihm nichts anzulasten war. Erst mal sollte er sich ja den angeblichen Schlamassel vor Ort anschauen. Er schaute auf die Uhr: Halb acht. Draußen dämmerte es. Schröder kam meist erst gegen halb neun in den Betrieb. Um zwanzig nach acht saß Fischer in seinem Dienstwagen und fuhr nach Sasel.

Rothenburgsort

Fröhlich und entspannt betrat Schröder nach einem erholsamen Wochenende an der stürmischen Nordsee um halb neun sein Vorzimmer und fragte seine Assistentin Anja Schönfelder routinemäßig nach irgendwelchen besonderen Vorkommnissen.

„Sie sollten sich vielleicht zunächst die Mail von Herrn Svenzke ansehen", schlug sie vor, „der war mit unseren Leuten gestern und vorgestern wohl mehrfach im Einsatz. Liegt ausgedruckt auf Ihrem Schreibtisch."

„Mach ich", versprach Schröder und bettelte in bewährter Rhetorik: „Wenn Sie mir noch einen schönen Kaffee machen. Bin noch hundemüde von zwei Tagen guter Nordseeluft."

„Ist fertig, Herr Schröder, bringe ich gleich rein. Und Ihren PC habe ich auch bereits hochgefahren. Falls Sie direkt antworten möchten."

Anja Schönfelder arbeitete seit nunmehr fünf Jahren mit Schröder zusammen und kannte inzwischen jede seiner Vorlieben, Marotten, Launen, Redewendungen und Gewohnheiten. Zuvor hatte sie erst im allgemeinen Schreibdienst der Schulbehörde gearbeitet und danach einen der begehrten Posten im Vorzimmer eines Amtsleiters bekommen. Als Mutter von zwei schulpflichtigen Söhnen war es nicht einmal uninteressant gewesen, im Zentrum der hamburgischen Bildungspolitik arbeiten zu dürfen. Leider war selbst als Vorzimmerdame die Bezahlung alles andere als üppig, weswegen sie mit Interesse die Ausschreibung einer Assistenz im Bereich der Sanierung bei der GERESA gesehen hatte, wo ihr Gehalt auf einen Schlag um fünfzig Prozent steigen würde. Und nachdem ihre Söhne mit damals fünfzehn und dreizehn zunehmend selbstständig durch den Alltag kamen, hatte sie sich wie ein Schneekönig gefreut, den Job auch zu bekommen, zumal ihr Mann als Intensivkrankenpfleger auch nicht gerade Goldbarren nach Hause brachte.

„Und dann ist heute früh in Ihrem Postfach noch eine Mail eingegangen, offensichtlich von den Wohnungseigentümern aus Sasel. Habe ich ebenfalls ausgedruckt. Die bitten um eine dringende Baubesprechung noch heute Nachmittag unter Ihrer Teilnahme."

„Kann ja jeder kommen", kommentierte Schröder grinsend und begab sich an seinen Schreibtisch.

Den ersten Spiegelstrich von Svenzkes Mail tat er schulterzuckend ab. So etwas kam alle Tage vor, und wenn es in Hamburg ebenso gestürmt hatte wie an der Nordsee, dann wären dies auch nicht die einzigen Unterspannbahnen gewesen, die am vergangenen Wochenende durch die Gegend gesegelt waren.

Den zweiten Spiegelstrich las er jedoch mit Stirnrunzeln: *Regenwasserableitung provisorisch hergestellt* – hatte es bislang etwa keine gegeben? Wenn eine vorhandene beschädigt oder losgerissen worden wäre, hätte Svenzke todsicher *repariert* oder *wieder hergestellt* geschrieben. Schließlich war er nicht nur innerhalb der GERESA als geradezu manisch pedantisch bekannt. Und zu einer bisher nicht funktionierenden Regenwasserableitung passten auch die *durchnässten Wände*. Andere hätten vielleicht „durch-feuchtet" geschrieben, aber wenn Svenzke sich zu *durchnässt* ent-schlossen hatte, dann waren die Kellerwände auch nass. Sehr nass vermutlich, denn mit ihrem äußeren Bitumenanstrich hält so eine Kellerwand schon einiges aus. Keinesfalls wird sie von jetzt auf gleich nass, da muss ja schon über einen längeren Zeitraum etwas schief gelaufen sein, schloss Schröder seine erste Einschätzung ab.

Er wandte sich nun der zweiten, deutlich längeren Mail zu, die ich ihm um kurz nach sieben geschickt hatte. Sie bestätigte seine Vermutungen, denn wir hatten ihm geschrieben, unseren Bauleiter Fischer schon seit Monaten wiederholt und zuletzt schriftlich auf das im vorderen Bereich des Hauses konzentriert ins Erdreich versickernde Regenwasser – erst des Blechdachs, dann des neuen Hausdachs und in jüngster Zeit auch noch aus den Ballastbehältern – hingewiesen und um Abhilfe gebeten zu haben. Der nun eingetretene Schaden sei nicht nur vermeidbar gewesen, sondern insbesondere für die Besitzer der beiden Erdgeschosswohnungen wegen der auch im Souterrain verlegten elektrischen Fußbodenheizung vermutlich als hoch einzuschätzen und seine Beseitigung sicherlich mit erheblichem Aufwand verbunden. Um möglichst umgehend das weitere Vorgehen zu erörtern, hatten wir schließlich für heute, vierzehn Uhr, um eine Besprechung vor Ort gebeten und die Mail mit der Bitte, ebenfalls zu erscheinen, auch Neumann und Fischer sowie unseren Miteigentümern und der Hausverwaltung zugeleitet.

Ohne seinen Kaffee angerührt zu haben, war Schröder nun hellwach. Abgesehen davon, dass der Wassereinbruch einen famosen zusätzlichen Schaden bildete, für den auf den ersten Blick die GERESA selbst in Regress genommen werden konnte, musste auf jeden Fall vermieden werden, dass hiervon ihr Aufsichtsrat Kenntnis erhielt. Dort stellte immer irgendein Mitglied unangenehme Fragen. Und sei es nur aus Neid. Denn auch wenn Mitte der siebziger Jahre der Geschäftszweck der GERESA von der Gebäudereinigung auf die Gebäudesanierung erweitert worden war, handelte es sich unverändert um ein öffentliches Unternehmen, dem nicht ganz unberechtigt die Frage vorgehalten werden konnte, warum es sich im Bereich der Sanierung privaten Wohnraums tummelte. Gerade diese Aufträge waren es indes, die seine Kollegin Balkhausen mit besonderer Vorliebe akquirierte und die zumindest den oberen Etagen des Unternehmens und somit auch ihm selbst außerordentlich komfortable Gehälter sowie noch nie problematisierte zusätzliche Tantiemen sicherten.

Ärgerlich, dass die Eigentümer von dem Dilemma schon wussten, da sie die Schäden ja offensichtlich selbst entdeckt hatten. Gleichzeitig musste man ihnen fairerweise wohl eher dankbar sein, dass sie sich am Wochenende dort draußen rumgetrieben hatten. Vermutlich wäre der Schaden sonst noch größer ausgefallen. Zumal man sich mit Fug und Recht fragen durfte, wann einer der Handwerker oder der Bauleiter mal einen Blick in die Keller geworfen hätten, wenn es doch ihre Aufgabe war, im Dachgeschoss zwei Wohnungen zu sanieren.

„Könnten Sie Svenzke, Neumann und Fischer bitte mal vorbei schicken?", bat er Frau Schönfelder telefonisch, nachdem er sich hinreichend die möglichen Folgen des Wasserschadens hatte durch den Kopf gehen lassen. Hier gab es ja wohl einiges zu besprechen. Am besten immer gleich mit allen Beteiligten gemeinsam.

„Die Herren Neumann und Svenzke sind schon auf dem Weg", meldete ihm seine Assistentin nach wenigen Sekunden. „Herrn Fischer kann ich in seinem Büro nicht erreichen."

Kaum hatte sie aufgelegt, erschien auch schon Neumann und marschierte nach kurzer Begrüßung von Frau Schönfelder in Schröders Büro durch.

„Guten Morgen Peter", begrüßte er seinen Chef mit sorgenvoller Miene. „Das klingt ja gar nicht gut, was Thorsten da aufgeschrieben hat."

„Kann man wohl sagen", antwortete Schröder ebenso ernst, „mal sehen, was er uns dazu mündlich noch ausführen kann. Ach, da kommt er ja schon, moin Thorsten."

„Guten Morgen allerseits", erwiderte Svenzke, nachdem er ebenfalls das großzügige Büro von Schröder betreten hatte. Im Grunde war es ihm nicht sonderlich sympathisch, dass sich hier alle und über die Hierarchien hinweg duzten; er wollte mit seiner vermutlich altmodischen Auffassung aber nicht die Rolle des Exoten spielen. Also duzte auch er Schröder und vermied es tunlichst, ihn ebenso vertrauensvoll wie soeben Neumann beim Vornamen anzusprechen.

„Kommt Fischer auch noch?", fragte Svenzke, bevor sich die drei an Schröders langen Besprechungstisch setzten.

„Scheint momentan nicht im Hause zu sein", antwortete Schröder, „jedenfalls haben wir ihn nicht an seinem Schreibtisch erreicht."

„Dann ist er wahrscheinlich bereits auf der Baustelle", mutmaßte Svenzke. „Muss ja möglichst bald unsere gestrigen Bastelarbeiten durch dauerhafte Lösungen ersetzen."

„Und", wandte sich Schröder an seine beiden Kollegen, „ist es denn wirklich richtig, dass das Regenwasser seit Monaten, also wahrscheinlich von Beginn an, nicht ordnungsgemäß abgeleitet worden ist? Ist ja kein ganz kleines Dach."

„Das entspricht dem, was die Eigentümer mir gestern berichtet haben", bestätigte Svenzke. „Ich selbst war gestern allerdings das erste Mal seit dem Brandtag wieder auf dem Grundstück, insoweit kann ich keine eigenen Eindrücke wiedergeben. Klang aber sehr plausibel, zumal es sich um ein konstruktiv denkendes Ehepaar zu handeln scheint, das viel Verantwortung für das gesamte Haus zeigt."

„Und was hast Du gesehen, Jürgen?", wandte Schröder sich nunmehr Neumann zu. „Gab es wirklich keine dicken gelben flexiblen Schläuche zwischen Dach und Regenwassersiel?"

„Ich war zuletzt dort draußen, als es um die ersten Überlegungen ging, die Garagen auszuheben", winkte er ab. „Danach hast Du ja Boris Fischer die Bauleitung übertragen, so dass ich mich wieder auf meine anderen Projekte konzentrieren konnte."

Ja, ja, dachte Schröder, schiebt dem Peter man ruhig den schwarzen Peter zu. Habt ja sogar Recht. Schließlich habe ich entschieden, den jungen Fischer aus der Krabbelecke rauszuholen und ihn an einem kleineren Projekt zeigen zu lassen, dass er auch selbständig arbeiten kann.

„Ich zieh mir den Schuh schon an", räumte Schröder also grummelnd ein. „Zu meiner Entlastung kann ich nur vortragen, dass Viola uns damals zu viele Aufträge an Land gezogen hat und wir damit unsere Kapazitätsgrenze langsam überschritten haben. Fischer war unsere einzige Reserve", rechtfertigte er sich.

Die Kapazitätsgrenze war schon längst überschritten, dachte Svenzke. Aber Schröder kann ja auch den Hals nicht voll kriegen, um unter Beweis zu stellen, wie großartig er seinen Bereich leitet. Dabei riss er sich nicht gerade in Bein aus, während die Überstundenkonten seiner Mitarbeiter oft mehr als grenzwertig waren. „Funktionszeiten" nannte Schröder das großzügig und fügte gerne hinzu: „Kriegst auch 'nen ordentliches Gehalt."

„Und wie geht es nun weiter?", fragte Schröder schließlich seine beiden Kollegen. „Wer bezahlt den ganzen Schaden, wie verhalten wir uns gegenüber den Eigentümern? Und sollen wir heute Nachmittag dort auftauchen?"

„Würde ich nicht machen", riet Neumann. „Das sieht eher nach einem Schuldeingeständnis aus. Ich schlage vor, dass wir beide jetzt erst mal zur Baustelle fahren und uns ein eigenes Bild machen. Vielleicht treffen wir auch Fischer noch dort vor Ort. Dann kann er uns mal seine Sichtweise schildern. Erst danach kann man sich zu der Frage äußern, ob wir den Schaden auf die Haftpflicht des Gerüstbauers oder des Dachdeckers abwälzen können. Und wir sollten Richard mitnehmen, der kennt sich mit der Trocknung von Fußböden aus."

„So machen wir das", ging Schröder auf Neumanns Vorschlag ein. „Wir treffen uns in zehn Minuten bei meinem Wagen. Will nur eben noch die Eigentümer anrufen und ihnen sagen, dass ich mir erst mal selbst ein Bild der Lage machen muss, bevor wir miteinander reden können."

Sasel

Um kurz vor neun stellte Fischer seinen Firmenwagen neben den Bulli von Elektriker Martin in unseren Garten, durch den sich nach den Regenfällen der letzten Wochen inzwischen schlammige Reifenspuren zogen. Wie immer, stand auch heute die Haustür offen, und frische Luft strömte durch das Treppenhaus. Oben liefen die Heizkanonen und sorgten für wohlige Wärme.

„Moin", begrüßte Martin Fischer überrascht. „Was machst Du denn hier auf den frühen Montagmorgen? Schleppst doch nicht etwa noch weitere Gewerke zwischen meine Leitungen?"

„Nö, keine Sorgen. Will nur mal oben nach den Unterspannbahnen vor den Fenstern sehen. War ja am Wochenende ziemlich windig."

„Nicht nur windig", erinnerte Martin. „Schüttete auch jede Menge Wasser vom Himmel."

„Stimmt", sagte Fischer und stieg über unsere lädierte Wohnungstreppe in das Dachgeschoss. Dort hatten die Kollegen vom

Bereitschaftsdienst saubere Arbeit geleistet und so viele Dachlatten vor neue Kunststoffbahnen genagelt, dass diese stramm und nahezu winddicht vor den Fenstern hingen. Er ging wieder nach unten und warf einen Blick ins Wohnzimmer. Auch hier waren die Abstände zwischen den einzelnen Dachlatten nun deutlich geringer, so dass der Wind die Bahnen nicht mehr so stark nach innen drücken konnte.

„Alles okay hier soweit", nickte er Martin zu, der gerade dabei war, die neunte Leitung nach oben zu führen. „Trockenbauer nicht bei der Arbeit?", fragte er abschließend, denn unten hatte kein weiterer Wagen gestanden.

„Bin bislang allein auf weiter Flur", antwortete Martin. „Vielleicht haben die ja ihren eigenen Arbeitsrhythmus. Oder ihnen ist die Dämmwolle ausgegangen", feixte er und wünschte Fischer noch einen „scheun Tach".

Der knipste nun seine große Taschenlampe an und ging in den Keller. Hier sah es alles andere als nach einem großen Wasserschaden aus – die Fußböden wirkten trocken, und es gab keine einzige Pfütze. Lediglich der weiße Anstrich der Außenwände hatte sich durch das braune Wasser etwas verfärbt; wie er zuvor ausgesehen hatte, konnte Fischer indes nicht erinnern.

In der Waschküche standen die Waschgeräte auf Paletten – als ob dies etwas nützen würde, wenn sie wirklich im Wasser gestanden hatten. Und vor allen Kellerfenstern liefen Entfeuchter, die über lange Schläuche in das Handwaschbecken in der Waschküche entwässerten.

Nach seinem Rundgang ging er erleichtert wieder nach oben und schaute sich die provisorische Regenwasserableitung an. Als er die unten aufgeschnittenen und in die Fallrohre gestopften Plastiktüten sah, musste er unwillkürlich lachen: „Ist doch viel zu dilettantisch für den Kollegen Svenzke", murmelte er, „will gleich mal den Dachdecker anrufen, dass er hier anständige Verbindungen herstellt."

Die herausgenommenen Gerüstplanken sah er nicht und fuhr wieder zurück zur GERESA. Bestimmt würde Schröder ihn dort bald sprechen wollen. „Alles halb so schlimm", würde er ihm sagen, „wahrscheinlich ist bei dem starken Regen Wasser durch die auf Kippe gestellten Kellerfenster eingedrungen."

Sasel

Wenig später betraten Schröder, Neumann und Richard das Haus. Fischer waren sie unterwegs nicht begegnet.

„Das haben unsere Jungs ja sauber trockengesaugt", sagte Neumann anerkennend, nachdem sie die einzelnen Kellerräume inspiziert hatten.

„Ja, unsere Nasssauger sind nicht schlecht", bestätigte Richard, „manchmal hat man das Gefühl, sie ziehen auch noch die Feuchtigkeit aus dem Estrich raus."

„Auch nicht schlecht", kommentierte Schröder, der über diese Vorstellung schmunzeln musste.

Inzwischen hatte Neumann seinen Feuchtigkeitsmesser ausgepackt und an verschiedenen Stellen an die Fußböden und die Kellerinnen- und -außenwände gehalten. Diese waren mit über 160 digits „nass wie ein Schwamm", wie Neumann anschließend verkündete. Auch die Fußböden waren mit über 120 digits noch deutlich nasser als es der von Richard hochgelobten Leistung der Nasssauger entsprochen hätte. Lediglich die Innenwände waren mit 50 digits und niedriger voll im Bereich des Normalen.

„Am besten wäre es sicher, das Haus von außen aufgraben, innen Trocknungsapparate stellen und die Wände drei Monate lang durchlüften. Ist aber zwecklos um die Jahreszeit. Könnte eher schlimmer werden", vermutete Neumann, der wie manch anderer Hamburger beim Infinitiv gefehlt zu haben schien.

„Nee, machen wir ohnehin nicht", wandte Schröder ein, der die nicht immer perfekte Grammatik seiner Techniker schon lange nicht mehr beachtete. „Erst mal muss die Schuldfrage geklärt werden."

„Die ist doch wohl eindeutig!", rief Neumann, „mangelnde..." Bauaufsicht, wollte er sagen, schluckte dies jedoch im letzten Moment hinunter, um seinen jungen Kollegen nicht in die Pfanne zu hauen.

„Eben", wandte Schröder ein. „Bisher kennen wir alles nur vom Hörensagen. Eindeutig wird es erst, wenn die Versicherer ihre Gutachter vorbeigeschickt haben", ergänzte er nicht ohne Sarkasmus.

Angesichts seiner weitgehend geräuschlosen Tätigkeit – ausmessen von Leitungslängen, zuschneiden und durch die Deckenbalken ziehen – waren Martin zwei Stockwerke höher die unbekannten Stimmen im Haus nicht entgangen. Nachdem auch Fischer die Haustür sicherlich nicht geschlossen hatte, lief er lieber nach unten, um nachzusehen, was da los war. Vorsichtig schaute er in den Kellerflur, von dem aus drei Männer gerade in eine der unteren Wohnungen gehen wollten.

„Ach Herr Martin", rief Neumann, nachdem er ihn erkannt hatte, „sind Sie auch mal wieder für uns im Einsatz?"

„Klar, tach auch die Herren", sagte Martin erleichtert, nachdem er das bekannte Gesicht von Neumann entdeckt hatte und somit alles seine Ordnung zu haben schien. „Ich hatte nur Stimmen gehört und wollte mal nachschauen. Weil ich doch da oben immer noch mutterseelenallein bin."

„Und Sie sind der Elektriker?" fragte Schröder, der das Firmenschild auf Martins Arbeitsjacke gesehen hatte.

„Der bin ich", antwortete Martin, „fummel seit ein paar Tagen neue Leitungen in die Wohnungen oben. Ziemlich stumpfsinnig. Braucht man eigentlich keinen gelernten Elektriker für."

„Na, vielleicht können Sie uns ja kurz helfen", schlug Schröder vor, „denn hier gibt es ein paar Probleme."

„Licht brennt doch", stellte Martin fest, „dann kann es ja wohl kein E-Problem sein."

„Nee, eher ein Wasserschaden", klärte Neumann ihn auf.

„Wasserschaden?", fragte Martin erstaunt, „hat Boris vorhin gar nichts von gesagt."

„Ach, Herr Fischer war schon hier?", fragte Schröder.

„Ja, wohl vor 'ner halben Stunde oder so. Hat sich nach dem Sturm gestern oben die Verspannung der Fensterhöhlen angesehen und ist wieder gegangen. Und was habe ich mit einem Wasserschaden zu tun?", fragte er.

„In den Wohnräumen hier unten", sagte Neumann und trat nun endgültig in die untere Wohnung ein, „liegen elektrische Heizschleifen in den Fußböden."

„Kenn ich", unterbrach Martin ihn, „soll ich oben auch wieder verlegen."

„Weiß ich", fuhr Neumann fort. „Und wir müssen irgendwie herausfinden, ob die hier unten durch den Wassereinbruch Schaden genommen haben oder weiter betrieben werden können."

„Anbohren und durchlüften", schlug Richard vor, „damit habe ich bisher jeden Fußboden wieder trocken bekommen."

„Ist wohl keine gute Idee", wandte Martin ein, der inzwischen wusste, dass die Heizdrähte in sehr engen Radien verliefen. „Wo willste denn da bohren ohne zu wissen, ob du gerade einen Draht triffst? Da würde ich nicht bei gehen."

Schröder runzelte die Stirn. Das Schadenspotenzial durch den Wassereinbruch wurde immer größer. Nicht auszudenken, wenn auch hier unten alle Fußböden rausgestemmt, neue Heizschleifen verlegt und dann wieder Estrich geschüttet werden musste. Zumal die Wohnung, in der sie sich befanden, durch den Brand und das Löschwasser nahezu unversehrt war. Jedenfalls konnte er sich erinnern, dass Neumann ihm nach dem Brand so etwas gesagt hatte. Hier wollten die neuen Eigentümer nur allerlei umbauen und dann möglichst bald einziehen. Würden sicherlich nicht so begeistert über neuerliche Verzögerungen sein.

Kapitel 19

Rothenburgsort

Als sie in die GERESA zurückkehrten, war es zehn Uhr geworden. Schröder fragte Frau Schönfelder, ob sie Fischer inzwischen erreicht hätte und berief sofort eine Besprechung mit ihm, Svenzke und Neumann ein.

Fischer zwinkerte wie verrückt, als er Schröders Vorzimmer betrat. „Gehen Sie gleich durch", ermunterte ihn Frau Schönfelder, die sich in ihrem stets adretten und geschmackvollen Erscheinungsbild regelmäßig über die extrem legere, eigentlich eher ungepflegte Aufmachung ihres jungen Kollegen wunderte. „Die Herren erwarten Sie schon."

„So, da bist Du ja, Fischer", begrüßte Schröder ihn in freundlichem Ton. „Da ist ja gestern ein ziemlicher Mist auf Deiner Baustelle passiert! Du warst schon draußen und hast den Schaden angesehen? Wir kommen da auch gerade her. Also sind wir jetzt alle im Film und können beraten, wie es weitergehen kann."

Fischer traute seinen Ohren nicht: Keine Vorwürfe, keine Schuldzuweisungen. Eine günstige Situation, um seine Sichtweise vorzutragen:

„Ich glaube nicht, dass da viel Wasser eingedrungen ist. Die Fußböden sahen schon wieder ganz gut aus, und das bisschen Feuchtigkeit auf den Außenwänden kommt wahrscheinlich daher, dass überall die Kellerfenster auf Kippe standen und es reingeregnet hat."

„Svenzke?", forderte Schröder den Angesprochenen knapp auf, seine Einschätzung darzulegen. Auch wenn er gerne jeden duzte, sprach er seine Mitarbeiter in Besprechungen lieber beim Nachnamen an. Das unterstrich seine Autorität, behauptete er.

„Von einem ‚bisschen Feuchtigkeit' kann nun wirklich keine Rede sein", erläuterte Svenzke. „Als die Eigentümer mich um 14 Uhr 13 anriefen, berichteten sie bereits von knöchelhohem Wasser. Bis wir um kurz vor vier Uhr endlich anfangen konnten zu lenzen, war es mit Sicherheit auf fünfzehn Zentimeter angestiegen, wenn nicht mehr. Und es war auch nicht durch die Kellerfenster gekommen, sondern drückte eindeutig durch die Außenwände. Aus einigen Mauerfugen liefen sogar kleine Wasserstrahlen nach innen."

„Und wieso hast Du nicht gesehen, dass es die ganze Zeit über keine Regenwasserableitung gegeben hat?", richtete sich Schröder nach Svenzkes Ausführungen wieder an Fischer. „Das ist doch eigentlich schwer zu übersehen, dass Wasserabführungen erforderlich sind, wenn neue Dächer gebaut werden."

„Ich, äh, ja, weiß nicht – offen gestanden war ich wohl nie da draußen, wenn es geregnet hat. Jedenfalls habe ich nie gesehen, dass Wasser vom Dach in den Garten gefallen sein soll."

Schröder überging Fischers hilflose Einlassung: „Aber die Eigentümer schreiben, sie hätten Dich immer wieder darauf aufmerksam gemacht, dass große Mengen Wasser im Garten versickern statt in die Kanalisation abgeleitet zu werden."

„Ja, schon", antwortete Fischer, „die nörgeln ständig an irgendwas rum. Meistens halten sie damit nur den ganzen Betrieb auf. Allein die ellenlangen Mails von dem Typen zu lesen und auch noch beantworten zu müssen, kostet reichlich Zeit."

„Von den Eigentümern", antwortete Schröder etwas lauter, „hatte ich anlässlich unserer Besprechung zum zweiten Rettungsweg jedoch nicht den Eindruck, dass es sich um Nörgler und Hobbyschriftsteller handelt. Vielmehr scheinen sie sich wesentlich besser um ihre Baustelle zu kümmern als Du es bisher getan hast. Abgesehen davon – hat Dich bislang denn irgendjemand zur Eile gedrängt? Hattest Du etwa keine Zeit, eine ordentliche Arbeit abzuliefern?" Schröders Lautstärke war inzwischen deutlich angestiegen.

„Äh, nö, eigentlich nicht. Hatte nur meinen Job hier immer so verstanden, dass wir möglichst schnell fertig werden sollten. Jürgen Neumann hat doch schon im Sommer großspurig angekündigt, dass zu Weihnachten alles fertig sein würde. Dass ich nicht lache. Ist doch überhaupt nicht zu halten!"

Ehe Neumann protestieren konnte, ergriff Schröder erneut das Wort. Schließlich hatte er Fischer eingesetzt und war sein Vorgesetzter.

„Fischer", erläuterte er mit nun wieder ruhiger und langsamer Stimme, „wir sind hier in der Abteilung ‚Gebäudesanierung'. Das ist eine andere Liga als ‚Papierkörbe leeren' oder ‚Hallen und Flure fegen'. Gebäudesanierung bedeutet, dass Gebäude, die beschädigt oder zerstört sind, optisch und funktionell wieder hergerichtet werden müssen. Dabei sind auch aktuelle technische und baurechtliche Vorschriften zu beachten, weil man heute ein Haus von 1980 nicht mehr so wie damals bauen kann und darf. Das machen die meisten Handwerker, die wir damit beauftragen, in der Regel auch ganz ordentlich. Trotzdem müssen wir sie überwachen, und damit verdienen wir unser Geld. Wenn etwas schief läuft, dann müssen wir es als erste nicht nur wissen, sondern am besten auch feststellen. Deshalb setzen wir Bauleiter ein. Ein Bauleiter organisiert und überwacht seine Baustelle, damit alles reibungslos abläuft und im Ergebnis stimmig ist. Ist das bis hierhin einvernehmlich?" fragte Schröder, der im Verlauf seiner Ausführungen erneut deutlich lauter geworden war und dessen Gesichtsfarbe ebenfalls keine Zweifel an seiner Stimmung zuließ.

„Ähm, klar, ist es, Herr Schröder", stotterte Fischer unter rasantem Augenzwinkern.

Neumann und Svenzke sahen einander fragend an, gaben vor lauter Anspannung aber keinen Mucks von sich. Sie ahnten, was gleich kommen würde, weil sie Schröder schon ein paarmal so richtig sauer erlebt hatten.

„Na, dann ist ja gut", erwiderte Schröder in freundlichem Ton. „Mag ja angehen, dass Du nie bei Regen auf Deiner Baustelle warst, was angesichts des vielen Regens in diesem Sommer und Herbst beinahe das gleiche wäre, als hättest Du dort überhaupt noch nie nach dem Rechten gesehen."

„Nein, stimmt natürlich nicht!", warf Fischer ein.

„Aber dass Du angesichts dieser Regenmengen insbesondere während der letzten Wochen und nach mehrfachen Hinweisen durch die Bauherren – die Bauherren, Fischer! – nicht mal drei und drei zusammengezählt hast, sondern Unmengen von Wasser unmittelbar neben dem Haus im Erdreich hast versickern lassen, zeigt ja wohl eher, dass Dein Gehirn die ganze Zeit über bestenfalls im Stand-by-Modus geschlummert hat!"

Neumann rutschte unbehaglich auf seinem mit Leder bezogenen Stuhl herum.

„Um es ganz deutlich zu sagen", fuhr Schröder fort und wurde dabei eher noch leiser, „Du hast hier einen riesigen Bockmist gebaut und Deine Karre so tief in den Dreck gefahren, dass wir ziemlich lange brauchen werden, um sie dort wieder rauszukriegen. Ich weiß, dass ich Dir den Job übertragen habe, als Du bei uns noch längst nicht alle Bereiche und Fachabteilungen durchlaufen hattest. Und ich habe schon seit der Nummer mit dem Klempner geahnt, dass es ein weiterer Fehler war, Dich an der langen Leine laufen zu lassen. Aber ich habe Dir auch gesagt, dass Dir insbesondere Jürgen Neumann und Thorsten Svenzke jederzeit zur Seite stehen, wenn es irgendwo hakelt oder brennt. Mir ist bislang jedoch nicht zu Ohren gekommen, dass Du jemals irgendjemanden irgendetwas gefragt hättest!"

„Bin nicht so ein Frager", rutschte es Fischer raus, dessen Zwinkern sich nochmals beschleunigt hatte. Zudem sah er auf der auf Hochglanz polierten Tischplatte kleine Wasserlachen von seinen Handflächen. Er musste hier raus. Hoffentlich war Schröder bald fertig.

„Dann solltest Du am besten ganz schnell einer werden", parierte Schröder. „Als erstes könnest Du uns zum Beispiel mal fragen, wie es hier jetzt weitergeht mit Deiner abgebrannten und abgesoffenen Baustelle!"

„Wahrscheinlich nehmen Sie mir die jetzt wieder weg", mutmaßte Fischer, der damit aktuell durchaus die Hoffnung verband, sich möglichst rasch dem zunehmend unangenehmen Gespräch entziehen und lieber eine rauchen zu können.

„Das könnte Dir so passen", grinste Schröder hämisch in die kleine Runde, „im Gegenteil: Du wirst jetzt wohl ein bisschen mehr Arbeit mit Deinem Projekt bekommen."

Neumann, der in der Tat schon befürchtet hatte, künftig Fischers Baustelle zusätzlich übernehmen und ihn dabei wieder im Schlepptau hinter sich her ziehen zu sollen, zog fragend die rechte Augenbraue in die Höhe. Svenzke saß wie immer ohne erkennbare innere Regung kerzengerade auf seinem Stuhl.

„Inwiefern?", fragte Fischer.

„Insofern, als Du künftig wöchentlich eine Baubesprechung mit der Auftraggeberin und den Eigentümern durchführen und diese sorgfältig protokollieren wirst. Der Kollege Neumann wird Dich auf jede dieser Besprechungen begleiten. Und die Protokolle will ich jeweils am nächsten Tag sehen", ordnete Schröder an.

„Klar, kein Problem, Herr Schröder, wird erledigt", antwortete Fischer erleichtert, weil er davon ausging, dass die unangenehme Besprechung bald beendet war.

„Und außerdem", fuhr Schröder indes fort, der sich dieses Vorgehen vorhin auf der Rückfahrt zur GERESA zurechtgelegt hatte, „wirst Du, sobald wir hier fertig sind, Deinen kleinen Arsch in Bewegung setzen und beim Gerüstbauer und beim Dachdecker dafür sorgen, dass ihre Betriebshaftpflicht den Schaden übernimmt. Nasse Kellerwände sind nämlich ein Dauerbrenner", erläuterte er, „und diese komischen Fußbodenheizungen in den Souterrains könnten zu einem Fass ohne Boden werden. Keinesfalls werde ich zulassen, dass hierfür unsere eigene Haftpflicht in Anspruch genommen wird. Keinesfalls!", wiederholte er nach zunehmendem Crescendo.

Keinesfalls auch, hatte er sich im Auto überlegt, sollte er Fischer die Baustelle wieder wegnehmen, denn dies würde einen Aufstand unter den übrigen Bauleitern auslösen, die sämtlich bis unters Dach in Arbeit steckten. Schon schlimm genug, Neumann jede Woche zwei weitere Stunden für die Begleitung zu den Baubesprechungen aufzuhalsen. Außerdem musste Fischer da jetzt durch, nachdem er alles vermasselt hatte. Und keinesfalls durfte im Bereich Sanierung und bei einem Auftrag durch die Brandversicherung die Betriebshaftpflicht der GERESA Lunte riechen, denn sie war ja die Konzernmutter der Brandversicherung. Dies könnte die künftige Auftragslage seines Sanierungsbereichs unliebsam reduzieren. Zumal ihm Krämer schon vor einiger Zeit gesteckt hatte, dass auch der den Brandschaden verursachende Wärmedämmbetrieb beim selben Konzern versichert war und dieser daher wohl die gesamte Schadenssumme in seiner Bilanz abbilden musste. Vermutlich würde er nur mäßig begeistert reagieren, wenn er auch noch einen Schaden übernehmen sollte, den der Gebäudesanierer im Zuge der Wiederherrichtung verbockt hatte. Doch das war alles höhere Unternehmenspolitik, damit musste er seine Jungs hier und heute nicht belästigen.

„Ich rufe jetzt", beendete Schröder schließlich die Besprechung, „die Eigentümer an, die uns gestern den Schaden gemeldet haben, erkläre ihnen unsere weitere Vorgehensweise und kündige ihnen gleichzeitig an, dass Du sie in den nächsten Tagen zur ersten Baubesprechung – gab ja wohl bislang noch keine, Fischer, oder? – einladen wirst. An die Arbeit, meine Herren!"

Innenstadt

Nachdem ich um kurz nach sieben unsere Mail an Schröder und den cc-Verteiler abgeschickt hatte, sah ich meinen Posteingang durch und warf einen Blick in meinen Terminkalender. Ich überlegte, welche Besprechungen ich vom morgigen Dienstag entweder auf heute vorverlegen oder auf die restlichen Tage der Woche verschieben konnte. Einfach würde dies nicht werden, weil wir uns Ende November immer auf dem Höhepunkt unserer jährlichen Kampagne befanden und das ganze Haus über Wochen hinweg unverrückbar durchgetaktet zu sein schien. Sofern es irgendeine Chance gab und falls Breitner mir seine Hilfe so kurzfristig überhaupt zusagen konnte, wollte ich mich morgen möglichst um unseren Keller kümmern, um schlimmere Folgeschäden zu vermeiden.

Kurz nach acht wählte ich Breitners Nummer in Kaltenkirchen. Ich hatte bald gelernt, dass er vorher nicht nur selten ans Telefon ging, sondern auch einigermaßen ungehalten über derartige frühmorgendliche Störversuche werden konnte. Dies hing damit zusammen, dass er und seine Mitarbeiter oft nachts bis in die Puppen damit beschäftigt waren, den tagsüber geretteten Hausrat zu sortieren und vor allem in endlosen Listen zu dokumentieren, bevor sie ihn so auf ihr Lager verbringen konnten, dass sie ihn eines fernen Tages auch wieder an die rechtmäßigen Besitzer auszuliefern vermochten.

Ich hatte Glück. Breitner nahm nicht nur nach dem dritten Klingeln ab; er schien am Sonntagabend auch vor Mitternacht ins

Bett gekommen zu sein und klang nur mäßig müde. Als ich ihm schilderte, dass wir gestern zu allem Überfluss abgesoffen waren und nun auch noch unseren nach sechsundzwanzig Jahren gut bestückten Keller räumen mussten, reagierte er mit leichtem Galgenhumor:

„Ihnen bleibt ja wohl nichts erspart: Erst abgebrannt, dann ausgeraubt und nun auch noch ein Wasserschaden – was planen Sie als nächstes?"

„Unseren Keller ausräumen", wiederholte ich trocken. „Und wir haben offen gestanden die Hoffnung, dass Sie uns dabei behilflich sein können. Zumal wir einiges wohl noch auf Ihr Lager geben müssten, während anderes vermutlich nur noch für den Sperrmüll taugen wird."

Es schien länger nicht gebrannt zu haben, denn Breitner sagte ohne zu zögern: „Wir sind morgen früh um neun bei Ihnen."

Also schrieb ich einige Emails und führte etliche Telefonate, um einen Tag freinehmen zu können. Schließlich rief ich Franziska an, um ihr mitzuteilen, dass Breitner und ich morgen unseren Keller leer räumen würden.

„Ich komme mit", antwortete sie zu meiner Überraschung, „habe hier schon alles entsprechend geregelt. Werde Dich nicht alleine über unsere unterirdischen Schätze entscheiden lassen!"

Klang irgendwie nach einem Kampf um jeden ihrer 293 Blumentöpfe.

Obwohl ich kaum damit rechnete, dass Schröder selbst auf meine Mail antwortete, war ich gleichwohl gespannt, ob überhaupt, wann und von wem ich etwas hören würde. Das war auch der Hauptgrund für meine Bitte um eine Baubesprechung heute um 14 Uhr gewesen, auf die man ja sicherlich irgendwie reagieren musste. Sicherlich nicht vor 13 Uhr und mutmaßlich mit dem Hinweis, dass der viel beschäftigte Herr Schröder erst soeben meine

Mail erhalten hätte und sich bedauerlicherweise außerstande sah, so kurzfristig an einer Besprechung teilzunehmen.

Umso erstaunter war ich, als bereits um kurz nach neun eine für mich neue Durchwahlnummer der GERESA auf meinem Display erschien und sich eine sehr freundliche weibliche Stimme in gepflegter Ausdrucksweise als „Assistentin von Herrn Schröder, Anja Schönfelder" vorstellte.

„Herr Schröder hat Ihre Mail selbstverständlich sofort gelesen, als er heute Morgen seinen Dienst antrat", teilte sie mir sodann mit. „Und er hat mich danach soeben gebeten, Ihnen mitzuteilen, dass er die von Ihnen verständlicherweise erbetene Besprechung vor Ort zwar für verfrüht hält, er Sie heute Nachmittag aber auf jeden Fall noch persönlich anrufen wird. In diesem Moment ist er gerade auf dem Weg zu Ihrer Baustelle, um sich einen eigenen Überblick über das Vorgefallene zu verschaffen. Anschließend wird er sicherlich mit seinen Mitarbeitern das weitere Prozedere erörtern."

Frau Schönfelder hatte diese wenigen Sätze nicht nur in erfreulich gepflegtem Deutsch, sondern so freundlich und ruhig vorgetragen, dass mir nicht die geringsten Zweifel an ihrer inhaltlichen Korrektheit kamen. Ich bedankte mich für die Zwischennachricht und fragte sie, ob wir den für nachmittags avisierten Anruf ihres Chefs zeitlich etwas enger eingrenzen könnten, weil ich selbst auch noch einige Besprechungen hätte.

„Nachdem Sie selbst für 14 Uhr eine Besprechung vorgeschlagen haben", führte sie daraufhin hörbar lächelnd aus, „nehme ich an, dass wir versuchen dürfen, Sie zwischen 13 Uhr 30 und 14 Uhr 30 zu erreichen."

Da dachte jemand mit. War mir sofort sympathisch.

„Auf alle Fälle", bestätigte ich. „Ich werde mich dann in meinem Büro aufhalten."

„Vielen Dank!", beendete Frau Schönfelder unser kurzes Telefonat, „dann werde ich dieses Zeitfenster in Herrn Schröders Kalender blockieren und darf Sie dann mit ihm verbinden."

Rothenburgsort

Im Anschluss an seine Besprechung mit Fischer, Neumann und Svenzke bat Schröder den Justiziar der GERESA, Herrn Hochgreve, sowie die Chefin der Finanzbuchhaltung, Frau Zimmermann, zu sich. Nach Rückkehr von unserer Baustelle hatte ihm Frau Schönfelder selbstverständlich eine frisch gebrühte Tasse Kaffee aus dem sündhaft teuren Automaten im Vorzimmer hingestellt. Während er diese nun im Gegensatz zu der am Morgen mit Genuss trank, wollte ihm die Frage nicht aus dem Kopf gehen, wie sich die GERESA in Bezug auf den neuen Wasserschaden verhalten sollte, sofern die Versicherungen der Gewerke eine Schadensanerkennung ablehnten. Eine Inanspruchnahme der eigenen Betriebshaftpflicht der GERESA kam für ihn jedenfalls weiterhin nicht in Betracht.

Nach bewusst allgemeinen Ausführungen über den „rein theoretischen" Fall, dass die GERESA als Schadensverursacherin haften müsste, fragte Schröder vor dem Hintergrund der regelmäßig allenfalls knapp erwirtschafteten „schwarzen Null" des Unternehmens zunächst seine Kollegin Zimmermann, ob der „Ende November doch sicherlich bereits absehbare" voraussichtliche Jahresabschluss des Unternehmens es gegebenenfalls gestatten würde, Schadensersatz in einer Größenordnung „nehmen wir mal einfach an in Höhe von lediglich 50.000 Euro" direkt an Geschädigte zu leisten, ohne die Betriebshaftpflicht zu beanspruchen. Diese, „wie gesagt, rein hypothetische Frage" lasse sich vermutlich erst beantworten, wenn das Justiziariat eine belastbare Aussage abgeben könnte, ob die Aufsicht führende Behörde der Stadt in Höhe einer derartigen außergewöhnlichen Schadensersatzleistung auf die Gewinnabführung der GERESA verzichten würde.

„Ich denke, dass wir das Justiziariat hiermit überhaupt nicht belästigen müssen", erwiderte Frau Zimmermann ohne Umschweife, nachdem sie sofort erkannt hatte, dass Schröder sich offensichtlich in einer unangenehmen Situation befand. „In unserer GuV ist schließlich keine Position vorgesehen, wonach wir neben den Versicherungsprämien nach Gutdünken und damit gewissermaßen ohne eine gutachtliche Feststellung Schadensersatzleistungen verbuchen können", erläuterte sie ihre Bewertung.

„Könnte man so etwas nicht als Ersatzleistung oder Erstattung ausweisen?", fragte Schröder, der sich als Bauingenieur kaum jemals mit der hohen Kunst der Rechnungslegung und Bilanzierung auseinandergesetzt hatte.

„Da dürfte schon der Abschlussprüfer nicht mitspielen", antwortete Frau Zimmermann, obwohl ihr klar war, dass es im Rahmen einer risikoorientierten Stichprobenprüfung schon mit dem Teufel zugehen musste, wenn man überhaupt über eine derartige Lappalie stolpern würde. Aber diese Vermutung durfte sie offiziell nicht artikulieren und schon gar nicht vertreten, zumal sie nicht davon ausging, dass Schröder sich in den Tiefen der Abschlussprüfung auskannte. „Denn er würde doch sofort nach der ‚Gegenleistung' für eine derartige Erstattung fragen und feststellen, dass es kein Soll für das Haben gibt", erläuterte sie in ihrem fachspezifischen Vokabular etwas kryptisch.

„Sind die wirklich so pingelig?" fragte Schröder, der sich angesichts der vielfältigen geschäftlichen Verflechtungen der GERESA und damit einer zweifelsfrei ungeheuer großen Menge an Buchungsvorgängen nicht vorstellen konnte, dass jemand so einem kleinen Vorgang nachgehen würde.

„Das kann man nie wissen", gab Frau Zimmermann zu bedenken, „spätestens Herr Boysen wird eine derartige Falschbuchung aber mit Sicherheit entdecken."

„Welcher Herr Boysen?", fragte Schröder.

„Herr Boysen aus der Finanzbehörde. Sitzt in unserem Aufsichtsrat und nimmt alle Jahre wieder mit der allergrößten Genugtuung den Entwurf des Abschlussprüferberichts bis ins letzte Detail auseinander, um mich anschließend im Aufsichtsrat nach allen Regeln der Buchhalterkunst vorzuführen. Scheint ihn irgendwie sexuell zu befriedigen", berichtete Frau Zimmermann mit verächtlichem Grinsen.

„Abgesehen davon", meldete sich nun der Hausjurist Hochgreve zu Wort, nachdem ihm die letzte Bemerkung seiner Kollegin eine Spur zu weit ging, „müssen wir jederzeit damit rechnen, dass bei uns eine Betriebsprüfung durchgeführt wird. Da hätten die von Ihnen angesprochenen Erstattungen leicht den Beigeschmack der steuerlichen Vorteilsnahme. Macht sich gar nicht gut bei einem öffentlichen Unternehmen."

„Betriebsprüfung bei öffentlichen Unternehmen?", fragte Schröder ungläubig, der diesen Fall in den zwölf Jahren seiner Unternehmenszugehörigkeit noch nicht erlebt hatte und auch nicht davon ausging, dass dies hier eine Rolle spielen könnte.

„Selbstverständlich", belehrte ihn der formalistische Justiziar: „Jede wirtschaftlich selbständig operierende Einheit – vom Einmann-Zeitungskiosk bis zum milliardenschweren Autokonzern – muss jederzeit damit rechnen, einer Betriebsprüfung unterzogen zu werden. Und öffentlichen Unternehmen", konnte er sich nicht verkneifen, den allzu arglosen Kollegen Schröder zu verunsichern, „droht darüber hinaus sogar die Kontrolle durch den jeweiligen Landes- oder den Bundesrechnungshof."

„Auch das noch", winkte Schröder ab, dem es langsam zu bunt wurde.

„Geradezu verheerend wäre es hingegen", band Hochgreve den Sack schließlich zu, nachdem ihm nicht entgangen war, dass Schröder begonnen hatte, unruhig auf seinem Besprechungsstuhl hin und her zu rutschen, „wenn die öffentliche Finanzkontrolle dabei feststellen würde, dass wir Sanierungsaufträge aus dem privaten Wohnungsbau oder gewerblichen Bereich übernommen haben. Das mochte noch vertretbar gewesen sein, solange die Brandversicherung selbst noch ein öffentliches Unternehmen war; seit ihrer Veräußerung an die Nord Assekuranz geht dies grundsätzlich eigentlich nicht mehr."

Schröder hatte verstanden. Sein Plan B würde sich schon im eigenen Hause kaum kommunizieren lassen. Er liebte es ja eher nice and easy. Sollte Fischer also erst mal zusehen, wie er Dachdecker und Gerüstbauer knebeln konnte. Frech genug war er ja, auf den Mund gefallen hingegen nicht. Wenigstens das musste man dem Jungen lassen.

Innenstadt

Nach Rückkehr von seinem Lunch im schnell erreichbaren Entenwerder Fährhaus war es fast zwei Uhr geworden. Frau Schönfelder fragte ihren Chef daher schon beim Betreten des Vorzimmers, ob sie ihn sogleich mit mir verbinden durfte, um das morgens angekündigte Telefonat zu führen.

„Wat mutt dat mutt", antwortete Schröder, „stellen Sie nur durch!"

Nach Austausch der üblichen Begrüßungsformeln hob Schröder geradezu antichambrierend darauf ab, dass wir uns neulich anlässlich der Besprechung zum zweiten Rettungsweg ja schon kurz kennengelernt hätten.

„Kennengelernt ist vielleicht zu viel gesagt", relativierte ich, nachdem er damals ganze zwei Worte gesprochen hatte, „zumindest haben wir beide ein Gesicht vor Augen und wissen, mit wem wir telefonieren."

„So ist es", bestätigte er und bedauerte anschließend etwas aufgesetzt und wortreich den „Schlamassel, der da bei Ihnen passiert ist".

„Wäre vermeidbar gewesen", sagte ich.

„Klar, wäre er vielleicht. Obwohl ja kein normaler Mensch damit rechnen konnte, dass es diesen Sommer und Herbst so extrem viel geregnet hat", versuchte Schröder von der Schuldfrage abzulenken.

„Immerhin hat man von vornherein damit gerechnet, dass es ziemlich stürmisch werden könnte", erinnerte ich, „denn sonst hätte man wohl kaum das Gerüst mit achtundzwanzig Tonnen Ballast orkanfest gebaut."

„Das sind die Vorschriften", erläuterte Schröder, „sonst darf man kein Blechdach draufsetzen."

„Meinetwegen; dann hätte man in diesem Zusammenhang praktischerweise auch gleich an eine Regenwasserableitung denken oder zumindest später auf unsere entsprechenden Hinweise reagieren können", warf ich ihm vor.

„Bringt uns doch jetzt nicht weiter", versuchte er zunächst die unangenehme Diskussion um Schuld und Verursachung abzuwürgen. Anschließend verkündete er zu meiner Überraschung: „Den Wasserschaden nehmen wir ja auch auf unsere Kappe. Doch ich würde Ihnen nun lieber einen Vorschlag machen, wie es künftig in geordneten Bahnen weitergehen kann bei Ihnen da draußen."

„Erst mal wüsste ich eigentlich gerne, wie wir unsere Keller wieder trocken bekommen", bremste ich ihn nochmals aus.

Schröder lachte leise und versuchte es mit dem nächsten Ablenkungsmanöver: „Eigentlich sind Sie mit Ihrem Kellerraum ja noch ganz gut davon gekommen. Da werden ein paar Trockenapparate gestellt, und in ein paar Wochen ist der wieder so gut wie neu. Viel schlimmer sind doch die Eigentümer aus den unteren Wohnungen mit den beheizten Wohnräumen dort unten dran. Davon sind Sie ja zum Glück nicht betroffen."

„Gibt auch noch ein paar Gemeinschaftsräume dort unten. Auch für die muss ja eine Lösung herbeigeführt werden", erinnerte ich.

„Klar doch", verfiel er wieder in seinen jovialen Tonfall. „Da gilt das gleiche wie für Ihren Keller: Trockenapparate und abwarten."

In den folgenden zehn Minuten präsentierte er mir dann stolz seine Entscheidung, die weiteren Sanierungsarbeiten mit einem „engmaschigen Monitoring zu überwachen". Wöchentlich sollte eine Baubesprechung mit unserer Auftraggeberin – der Hausverwaltung – sowie allen interessierten Eigentümern stattfinden, wobei seitens der GERESA neben dem Bauleiter Fischer auch der uns „bestens vertraute" Projektleiter Neumann teilnehmen würde. Die Protokolle zu diesen Besprechungen lasse Schröder sich zeitnah vorlegen, so dass mögliche Fehlentwicklungen sowie organisatorische oder technische Probleme kurzfristig korrigiert werden könnten. Im Übrigen sei es in Zeiten des nochmals intensivierten Wohnungsbauprogramms des Hamburger Senats einerseits sowie der erheblichen Herausforderungen durch die immensen Flüchtlingsströme andererseits auch für die GERESA extrem schwierig, ihre Sanierungsprogramme im gewohnten Tempo durchzuführen, weil es teilweise schlicht keine Handwerker mehr auf dem Markt gebe.

Ich versicherte Schröder, dass Franziska und ich dafür sehr wohl Verständnis hätten und auch keinesfalls erwarteten, in irgendeiner Weise bevorzugt bedient zu werden. Auch seien wir von Beginn an nicht davon ausgegangen, noch in diesem Jahr in unsere wieder hergerichtete Wohnung zurückziehen zu können. Mit unserer Interimsunterkunft hätten wir Glück gehabt und würden es dort auch noch ein paar Monate länger aushalten. An erster Stelle stünde daher für uns, dass bei der Sanierung keine weiteren Fehler passierten, deren Behebung nicht nur zu aufwändiger Doppel- und Mehrarbeit führte, sondern die möglicherweise erst nach unserem Wiedereinzug aufgedeckt würden, was ihre Beseitigung zwangsläufig enorm erschwerte. „Qualität vor Geschwindigkeit" lautete auf einen kurzen Nenner gebracht unsere Vorstellung vom Wiederaufbau des Hauses und unserer Wohnung.

„Das höre ich sehr gerne", bekräftigte Schröder, „denn es ist zweifellos auch unsere oberste Maxime, eine saubere und handwerklich tadellose Arbeit abzuliefern. Herr Fischer wird Sie spätestens morgen zu der ersten Baubesprechung einladen, die möglichst noch diese Woche stattfinden sollte."

„Morgen werden wir uns damit amüsieren, unseren abgesoffenen Keller zu räumen", erwiderte ich und bedankte mich leicht reserviert für seinen Anruf.

Sasel

Am nächsten Morgen bogen wir nahezu zeitgleich mit dem Iveco Daily der BreisaG in unsere Sackgasse ein. Am Steuer saß Breitners Mitarbeiter Schulz, der noch einen jungen Mann mitbrachte. Hinter dem Wagen rumpelte ein Anhänger in die ramponierte Einfahrt, den wir abkuppelten und erst mal beiseite stellten. Danach rangierte Schulz den langen Kleinlaster rückwärts bis vor die Haustür.

„Gute Idee mit dem Hänger", begrüßte ich die beiden. „Den können wir vielleicht mit allem vollladen, was am besten ohnehin gleich auf den Recyclinghof geht", schlug ich vor.

„Kostet aber 'ne Menge, wenn wir da gewerblich und mit Segeberger Nummernschild auftauchen", wandte Schulz ein.

„Dann nehmen wir dafür eben unser Auto", schlug ich vor. „Hat ja auch 'ne Anhängerkupplung."

In den folgenden sechs Stunden schufteten wir zu viert und bei nur kurzer Brötchenpause, um unseren sicherlich zwanzig Quadratmeter großen Keller zu entrümpeln und Verwertbares auf den Daily für unser Hausratslager in Kaltenkirchen zu laden. Als erstes schlug ich vor, unsere ziemlich neue Gefrierkombination nach oben zu transportieren, die seit dem Brand und ohne Stromversorgung hier völlig nutzlos rumstand und ähnlich wie die Waschgeräte später auf ihre Funktionsfähigkeit zu überprüfen sein würde. Da sie nicht ganz leicht und höher als der Türausschnitt war, kamen unsere Helfer gleich zu Beginn gut ins Schwitzen.

Danach packten wir aus unserem „Saisonkleiderschrank" die Kleidung und Schuhe in mehrere Umzugskartons. Nachdem Franziska sich oben bei Tageslicht davon überzeugt hatte, dass sie außer ihrem leicht modrigen Geruch offensichtlich keinen weiteren Schaden durch den Wassereinbruch genommen hatten, wurden die Kartons ebenfalls in dem Kastenwagen verstaut. Reinigung und Ozonkammern würden auch hier Wunder bewirken – damit kannten wir uns inzwischen ja aus. Der billige Ikea-Kleiderschrank selbst hatte sich mit seinem Fußbad jedoch nicht anfreunden können: Die Seitenwangen sowie die Sockelleisten waren aufgequollen, er würde sich nie wieder aufstellen lassen. Wir würden ihn ohnehin nicht mehr benötigen. Also zerlegten wir das alte Möbel und warfen die Einzelteile auf den Hänger, den wir inzwischen neben den Iveco geschoben hatten.

Das gleiche Schicksal erfuhr eine ausgediente Schuhkommode aus demselben schwedischen Möbelhaus, deren Schubladen aufgequollen waren und sich kaum öffnen ließen. In ihnen fanden wir insbesondere Landkarten und Prospektmaterial von unseren vielen Reisen. Nachdem wir diese Dinge inzwischen bis zu zwanzig Jahre hier ungenutzt aufbewahrt hatten, kamen sie nun ausnahmslos in die Altpapiertonne, denn unsere Reisen waren ausgewertet und dokumentiert; wenn wir jemals ein weiteres Mal an diese Orte fahren wollten, würde es – abgesehen von den inzwischen famosen Möglichkeiten im Internet – sicherlich aktuelles Material geben.

Anschließend widmeten wir uns Unmengen von Holz jeder Qualität und Größe: Über all die vielen Jahre hatte ich alle Einzelteile unserer in Studentenjahren teilweise selbst gebauten Möbel, jedes Vierkantholz, die überzähligen Dachlatten und Fichtebretter, die im Zusammenhang mit meiner im Frühjahr gerade erst abgeschlossenen Dämmung des Spitzbodens angefallen waren, die vielen langen Mahagonifußleisten aus der Erstausstattung unserer Wohnung und jedes gehobelte Brett aufgehoben und gehortet. Schließlich wusste man nie, wofür – und sei es nur für den Ofen – man es noch verwenden konnte. Nun brachten wir das allermeiste nach oben und in den Hof, wo noch ein Container für Holz stand. Das gleiche Schicksal erfuhren mehrere einfache Holzregale, in denen ich als ehemals recht aktiver Ebayer Kartons, Luftpolsterfolien, Styroporkugeln und sonstiges Verpackungsmaterial gelagert hatte. Ihr Inhalt landete entweder auf dem Hänger oder in den Altpapier- und Wertstofftonnen.

In einem Regal lagerten dutzende Rollen Tapeten und Tapetenreste. Sie hatten wir brav aufgehoben, weil eines fernen Tages vielleicht etwas ausgebessert werden musste. Nachdem nun die Decken und Wände unserer Wohnung entweder überhaupt nicht mehr existierten oder zumindest ihre Tapeten abgezogen worden waren, konnten auch diese Rollen und Reste ins Altpapier.

Ein weiteres Schrankelement war mit alten Farbeimern und Lackdosen gefüllt. Den in regelmäßigen Abständen aufkeimenden guten Vorsätzen entsprechend wollte ich diese Sammlung schon immer mal durchgesehen haben, ob die Farben überhaupt noch verwendbar waren oder die Farbtöne überhaupt noch unseren aktuellen Vorstellungen entsprachen. Nun füllten wir damit einen großen Umzugskarton, um sie auf dem Recyclinghof als Problemstoffe zu entsorgen.

Mehrere Kartons waren prall gefüllt mit Elektrokabeln, Verlängerungen, Verteilern, Lampenfassungen, Auf- und Unterputzsteckdosen, Steckern und Schaltern sowie einem unfassbaren Wirrwarr an Anschluss- und Verbindungskabeln für Stereoanlagen und Telefone. Sie hatten ein ähnliches Schicksal hinter sich wie die vielen Farbdosen: Immer wieder angeschaut und angesichts der großen Menge beschlossen, sich später mal darüber herzumachen. Die Inhalte dieser Kartons auf schätzungsweise ein Zehntel zu reduzieren, erwies sich angesichts der inzwischen oft überhaupt nicht mehr gängigen Anschlüsse und Stecker als vergleichsweise einfaches Unterfangen; neun Zehntel konnten somit in den Elektroschrott wandern.

Mit einem Anflug von Nostalgie trennten wir uns hingegen von unserem Faltboot, das seit knapp dreißig Jahren niemand angefasst, geschweige denn benutzt hatte und dessen im Transportsack aufgefaltete Kunststoffhaut nach dieser langen Zeit sicherlich kaum noch wasserdicht war. Wir hatten es uns schon zu Studentenzeiten mit einem damals geradezu sündhaften finanziellen Klimmzug angeschafft, um im Rahmen einer Zeltreise durch Schweden und Finnland auch ein paar von den unzähligen Seen befahren zu können. Danach kam es noch ein paar Mal auf der Oberalster zum Einsatz, aber als die enthusiastischen Paddler haben wir uns nie entpuppt. Nun landete es ebenfalls auf dem Hänger.

Die kargen Restbestände unseres Weinregals hatten wir in den vergangenen fünf Monaten weitgehend nach Hoheluft transportiert; die restlichen Flaschen brachten wir nun in unseren Pkw, das Weinregal aus Kunststoff hatte keinen Schaden genommen. Es kam, ebenso wie die Balkonmöbel und unsere vielen Gartenstühle, die wir vor vielen Jahren einmal in größerer Zahl als sehr günstigen Restposten erworben hatten, in den Transporter.

Schließlich widmeten wir uns dem dominierenden Möbelstück des Kellerraums, den raumhohen dreieinhalb Metern einer früheren Bücher- und Schrankwand. Sie bot in vielen offenen Regalen, Schubladen und hinter zahlreichen Türen und Klappen reichlich Platz, um sich auch bei eigentlich nie benötigten Dingen höchst selten die Frage zu stellen, ob sie noch weiter aufgehoben oder besser entsorgt werden sollten. „Wen stört es denn hier unten?" antwortete Franziska regelmäßig mit einer lakonischen Gegenfrage, wenn ich schätzungsweise alle zwei Jahre die Frage nach dem weiteren Verbleib der mannigfaltigen, indes höchst selten benötigten Inhalte zu stellen wagte. Sie hielt es nicht so mit dem Wegwerfen. Hier lagerten Bücher, die wir oben in der Wohnung schon längst nicht mehr stellen konnten und die wir voraussichtlich auch kein zweites Mal lesen würden, bis zu sechzig Jahre alte Dias meines Vaters, die ich im Ruhestand ganz gewiss einmal kritisch durchsehen und sortieren wollte, Oster- und Weihnachtsschmuck in den vielfältigsten Ausprägungen sowie eine große Sammlung an Pflanz- und Übertöpfen, über deren unterschiedliche Stilepochen der Kustos eines jeden Heimatmuseums mit glänzenden Augen ins Schwärmen geraten wäre.

Hierfür war heute auch nicht der geeignete Zeitpunkt, um eine abschließende Ordnung zu erzielen, denn Schulz und sein Helfer standen inzwischen mehr oder weniger tatenlos herum, nachdem sie auch noch die Sommerreifen in den Kastenwagen verladen und den in Streifen geschnittenen PVC-Belag auf den Hänger geschmissen hatten. Es ging auf halb vier zu, und sie wollten zurück nach Kaltenkirchen. Ich rangierte also unser Auto vor den Hänger und fuhr noch schnell zum Recyclinghof.

In der Zwischenzeit hatte Franziska sich die Schrankwand etwas genauer angesehen:

„Die musst Du ohnehin komplett abbauen, auseinandernehmen und vor allem von unten ansehen. Ich glaube nicht, dass man sie wieder aufbauen kann, nachdem sie im Wasser gestanden hat.

Ist doch alles alte Pressspanplatte, die inzwischen reichlich Schimmel angesetzt haben dürfte. Brauchen das Monstrum doch nicht mehr", stellte sie abschließend fest, nachdem wir heute schon mal eine ordentliche Fuhre entsorgt hatten.

Sasel

Für den folgenden Donnerstagvormittag hatte uns Fischer tatsächlich zu einer „offiziellen Baubesprechung" eingeladen. Niemand hatte seinen Termin problematisiert. Der alte Herr Mohr hatte Herrn Hansen, einen befreundeten Architekten, mitgebracht, um argumentativ gegen Fischer gewappnet zu sein. Bei unserer leicht verfrühten Ankunft hatte er uns anvertraut, sich seit Monaten nur noch schriftlich mit Fischer auszutauschen, weil er am Telefon immer nur hinhaltende und in seinen Augen oft unverschämte Antworten bekommen hätte. Er wartete nunmehr bereits im sechsten Monat nach dem Feuer darauf, dass die GERESA endlich damit begann, seine vom Löschwasser stark geschädigte Wohnung zu renovieren, denn er war inzwischen in eine kleine altersgerechte umgezogen und wollte die andere möglichst zügig verkaufen. Aber Fischer würde ihn ein ums andere Mal mit dem Hinweis auf den noch nicht abgeschlossenen Trocknungsprozess seiner Fußböden hinhalten. „Und nun auch noch der erneute Wasserschaden im Souterrain!", stöhnte er genervt.

Fischer erschien mir noch blasser als sonst und zwinkerte schon beim Eintreten mächtig mit den Augen. Unsere Frage, ob Herr Neumann auch noch teilnehme, verneinte er mit Hinweis auf dessen plötzliche Verhinderung. „Weitere Fragen?", zwinkerte er sodann knapp in die Runde.

„Davon können Sie wohl ausgehen!", rief Franziska entrüstet und schüttelte angesichts seines dreisten Tonfalls den Kopf.

„Dann fragen Sie", forderte Fischer die verdutzten Gesprächsteilnehmer auf, „ich habe schließlich nicht ewig Zeit."

Mit einem leichten Zittern in der Stimme ergriff Herr Mohr das Wort: „Wir alle würden sicherlich zunächst mal wissen wollen, wie Sie die Suppe wieder auslöffeln möchten, die Sie uns hier eingebrockt haben. Oben im Dachgeschoss können die Arbeiten ja sicherlich wie geplant weitergehen, aber die Renovierung meiner Wohnung wird sich nun weiter verzögern, weil erst die Kellerräume getrocknet werden müssen."

„Das Wasser ist nur deswegen in die Keller eingedrungen, weil die Außenwände völlig marode sind", erläuterte Fischer im Tempo des gehetzten Affen. „Müssen Sie aufgraben und den Bitumenanstrich erneuern. Da kann ich nichts für."

„Das ist völliger Unsinn", meldete sich Herr Hansen zu Wort. „Nach dem, was mir zugetragen worden ist, sind hier in den letzten Wochen immense Mengen an Regenwasser immer an den beiden gleichen Stellen im Erdreich versickert. Als Architekt müssten Sie eigentlich wissen, dass einem derartigen Druck auch die beste Kellerwand und der dickste Bitumenanstrich nicht standhalten."

„Ich verbitte mir diesen Tonfall!", fuhr Fischer den Mittfünfziger an. „Sie haben Ihren Kenntnisstand doch lediglich vom Hörensagen. Ein eigenes Bild haben Sie sich wohl nie gemacht", warf er ihm vor und ergänzte: „Die Kellerwände waren doch schon die ganze Zeit über durchfeuchtet. Sehen Sie sich doch den vergammelten Weißanstrich an!"

„Blödsinn", entfuhr es mir, „der war bis zum vergangenen Wochenende tadellos, und das ist für dreißig Jahre ja wohl nicht schlecht."

„Weitere Fragen?", wiederholte Fischer pampig.

Ich schaute Frau Silves an. „Die Eigentümer möchten verständlicherweise wissen", unternahm sie als Hausverwalterin pflichtschuldigst einen neuen Anlauf, „wie die GERESA mit den neuen Schäden im Keller umgehen wird. Die Wände müssen getrocknet werden, in den Fußböden muss die Heizung überprüft werden. Wann kann Herr Mohr mit der Fertigstellung seiner Wohnung rechnen?"

„Wir haben Trocknungsapparate und Entfeuchter gestellt, wir werden die Fußböden anbohren und mit hohem Luftdruck trocknen, weiteres Regenwasser wird abgeleitet. Mehr können wir nicht tun. Müssen Sie, wie gesagt, von außen aufgraben und abdichten. Sonst passiert das immer wieder."

„Ihr Chef, Herr Schröder, hat mir vor genau drei Tagen versichert", berichtete ich, „dass die GERESA für den Wasserschaden geradesteht, da können Sie uns doch heute nicht erzählen, dass wir unser Haus aufgraben und abdichten sollen!"

„Hab Ihnen doch gerade erzählt, wie wir die Schäden beseitigen", antwortete Fischer knapp und stellte fest: „Wenn es keine weiteren Fragen gibt, beende ich die Besprechung."

Siebter Abschnitt: Ganz schnell, ganz falsch

Kapitel 20

Rothenburgsort

Fischer war es zu seiner eigenen Überraschung in erstaunlich kurzer Zeit gelungen, den Gerüstbauer und den Dachdecker davon zu überzeugen, als Verursacher des Wasserschadens einzutreten und hierfür ihre jeweiligen Betriebshaftpflichtversicherungen in Anspruch zu nehmen. Zwar versuchte der Gerüstbauer zunächst, den Schaden auf die Großwetterlage und damit die überdurchschnittlichen Regenfälle im November zurückzuführen. Davon wollte Fischer aber nichts wissen:

„Stärkere Regenfälle muss jede Kellerwand schon mal aushalten", argumentierte er mal wieder situativ. „Ihr habt das Wasser von Eurem Blechdach nicht ordnungsgemäß ins Siel abgeleitet."

„Wir sollten im Sommer doch nur eine Ableitung bauen, damit das Wasser nicht bei den Nachbarn in die Gärten und in die Keller lief. Und das haben wir auch getan."

„Schon richtig", antwortete Fischer. „Und die hättet Ihr eben noch an die Kanalisation anschließen müssen. Stattdessen ist der Regen die ganze Zeit vorne in den Garten gelaufen. Konnte ja nicht gutgehen."

Der Dachdecker hingegen zeigte sich von vornherein einsichtig: „Klar hätten wir die Dachrinnen mit dem Fallrohr verbinden können – entweder so, wie ihr es jetzt gemacht habt oder mit einer kleinen Umleitung um die Gerüstplanken. War wohl reine Nachlässigkeit. Dumm gelaufen eben. Wofür gibt es Versicherungen?"

Fischer musste sich zwar noch mit den Gutachtern der Versicherungen auf der Baustelle treffen, damit diese sich ein eigenes Bild von den Schadensursachen machen konnten. Niemand stellte dabei infrage, ob der Wasserschaden im Untergeschoss hätte vermieden werden können, wenn das Regenwasser über all die vielen Monate hinweg ordnungsmäßig abgeleitet worden wäre. Insoweit konnte man ihm in seiner Eigenschaft als Bauleiter auch keine Schuld anlasten, sagte er sich, nachdem die Versicherungsmaschinerie ganz im Sinne der GERESA in Gang gekommen war.

Schröder zeigte sich höchst zufrieden: Weder musste die GERESA ihre eigene Betriebshaftpflicht beanspruchen und damit auch nicht um ihren Ruf gegenüber der Brandversicherung bangen, noch brauchte er sich weitere Gedanken um einen Plan B zu machen.

„Gut gemacht, Fischer", lobte er ihn schließlich sogar, was selten genug vorkam. Sollten die Trocknungsgeräte und Entfeuchter bis zum Sankt Nimmerleinstag laufen, dann konnten die Eigentümer wenigstens das Gefühl haben, dass die GERESA alles unternommen hatte, um den bedauerlichen Schaden möglichst zügig wieder zu beseitigen.

Sasel

Knapp sechs Monate nach dem Brand waren Ende November die beiden oberen Wohnungen komplett in die dicke neue Dämmwolle eingehüllt, über die der Trockenbauer teilweise bereits die Dampfbremse geklebt hatte. Elektriker Martin schien inzwischen sämtliche Leitungen gelegt zu haben, um die Brennstellen und Steckdosen in den einzelnen Räumen sowie Küchengeräte und Durchlauferhitzer mit Strom versorgen zu können. Vor dem Verteilerkasten im Flur drängten sich als offensichtlich wohl durchdachtes Chaos im oberen Bereich zahlreiche aufgerollte Elektrokabel, während unten die dicken Stromleitungen für die Fußbodenheizung auf ihren Anschluss warteten. Der junge Wolgast vom Sanitär Fuchs war ebenfalls fleißig gewesen und hatte zumindest im Untergeschoss alle Anschlüsse und Rohre für die Küche und das Duschbad gelegt; die Abwasserleitung vom oberen Badezimmer verlief unmittelbar vor den Verschalungsbrettern der Wohnzimmergaube und war damit nicht isoliert. Er würde sie weiter nach innen verschwenken müssen, damit noch ein ordentliches Paket Dämmwolle dazwischen passte.

Auf den Laien wirkte die Wohnung in diesen Tagen wie ein einziges Provisorium: Überall hingen Planen und Leitungen von den Decken, lagen Latten und Hölzer herum, stapelten sich bereits die ersten Rigipsplatten und Aluprofile, warteten weitere Rollen mit Dämmwolle auf ihren Einsatz in den Trockenbauwänden im Obergeschoss.

Nach seinem denkwürdigen Auftritt vor der Eigentümergemeinschaft war Fischer inzwischen wieder um ein gewisses Maß an Höflichkeit bemüht und kündigte bei jeder Gelegenheit an, dass bis Ende Februar alles fertig sein sollte. Ein Protokoll zu besagter Besprechung von Ende November hatten wir indes bislang nicht gesehen. Anfang Dezember rief er mich in meinem Büro an und fragte nach der Montageanleitung für unseren neuen Kaminofen, aus der auch die erforderliche Zone für den Verbundestrich unter dem Ofen hervorging:

„Habe ich Ihnen doch schon im August zugemailt", erinnerte ich ihn.

„Weiß ich. Muss ich irgendwo verbuddelt haben. Kann ich jedenfalls nicht mehr finden."

„Kein Problem, ist schon unterwegs", verkündete ich nach ein paar Klicks mit der Maus.

Tatsächlich war ich in dieser Zeit nicht nur jeden Samstag zusammen mit Franziska, sondern auch zwei Mal unter der Woche alleine auf der Baustelle. Eines Mittags in der ersten Dezemberwoche hatten die Trockenbauer damit begonnen, die oberen Trennwände zu stellen und damit den großen Spitzbodenraum wieder in unser Schlafzimmer, das obere Badezimmer und das Arbeitszimmer zu unterteilen. Abgesehen davon, dass der Elektriker hierüber alles andere als begeistert war, weil sie über sämtliche seiner vorgesehenen Austritte für Schalter, Steckdosen und Revisionsdosen für die Heizung Rigipsplatten geschraubt hatten, rieb ich mir verwundert die Augen, nachdem ich über die wackelige und quietschende Treppe nach oben gegangen war: Der Ausschnitt für die Badezimmertür war dort vorgesehen, wo die Badewanne stehen sollte, unsere Nische für den Waschtisch war nicht nur viel zu schmal, sondern auch nur fünfunddreißig statt wie bisher sechzig Zentimeter tief, das Schlafzimmer entsprechend größer und die Wand zum Badezimmer überflüssigerweise mehrfach verwinkelt.

Ich suchte den Trockenbauer und rief ihm zu:

„Sofort aufhören – das ist alles falsch!"

„Falsch?", fragte der Mann mit deutlich osteuropäischem Akzent.

Ich holte den Grundriss mit seinen millimetergenauen Maßangaben, den ich hierfür an die Scheibe des Badezimmerfensters geklebt hatte, und begann zu erläutern:

„Hier, die Tür sitzt viel zu weit rechts, die Wand zum Schlafzimmer ist zu weit links, die Nische für das Waschbecken zu klein. Das muss alles wieder rückgebaut werden."

Der Mann schaute mich fragend an und ließ erkennen, dass ich ihn mit meinem Wortschwall völlig überfordert hatte. „Muss Fischer fragen", antwortete er schließlich, weil er weder eine Ahnung hatte, wer ich überhaupt war, noch was ich von ihm wollte.

„Ist gut", lenkte ich ein, „ich rufe Fischer an", und machte eine entsprechende Geste mit der rechten Hand. „Für heute Feierabend", ergänzte ich, bevor er noch weitere Wände falsch stellen konnte, und schob ihn mit sanftem Druck nach unten.

Zurück im Büro, wählte ich Fischers Nummer und schimpfte, dass die ersten Versuche des Trockenbauers im Obergeschoss ein ziemlicher Misserfolg waren: „Und dabei hatte ich extra den Grundriss des Badezimmers an die Fensterscheibe geklebt. Da stehen alle Maße drauf! Reicht ja wohl nicht, dass die Jungs kein Deutsch verstehen, sie scheinen noch nicht mal lesen zu können!", rief ich verärgert ins Telefon. Als ich ihm auch noch erzählte, den Mann nach Hause geschickt zu haben, damit er nicht noch mehr Unfug anrichten konnte, verfiel Fischer erneut in seinen pampigen Tonfall:

„Ich verbitte mir, dass Sie sich hinter meinem Rücken in den Arbeitseinsatz der Handwerker einmischen!", nörgelte er verärgert. „Ich bin hier der Bauleiter."

„Wir treffen uns morgen Mittag Punkt zwölf auf der Baustelle", antwortete ich und legte auf.

Hoheluft

Als ich Franziska abends von der ersten Pleite beim Innenausbau berichtete, sagte sie:

„Rolf hat Recht. Wir brauchen wirklich einen Sachverständigen. Oder einen neuen Bauleiter. Oder am besten beides. Falsch oder schief gestellte Wände können wir ja wohl noch mit eigenen Augen entdecken. Aber woher wissen wir, ob richtig gedämmt wurde, die Dampfbremse dicht ist, die Elektrik den Vorschriften entspricht und die Sanitärinstallierung später einwandfrei funktioniert? Das kannst Du gar nicht alles selbst beurteilen, selbst wenn Du den ganzen Tag danebenstehst. Und im Zweifel verklickert Dir Fischer in seiner schnodderigen Art, dass es genau so seine Richtigkeit hat."

„Stimme Dir ja zu", gab ich zur Antwort, „davon müssen wir aber auch die Miteigentümer überzeugen und schließlich noch jemanden unseres Vertrauens finden."

„Und wie wäre es mit diesem Hansen, den Herr Mohr neulich mitgebracht hat?"

„Gute Idee, rufe ich morgen mal an."

Sasel

Am nächsten Mittag lernte ich den Chef der Trockenbaufirma, Herrn Burmeister, kennen. Fischer hatte ihm meinen kurzfristig eingeforderten Besprechungstermin weitergeleitet. Er war mit einem uralten, rostigen und verbeulten Ford Mondeo gekommen und hinterließ mit seinem eigenen Erscheinungsbild ebenfalls einen ziemlich abgewrackten Eindruck. Seine gerötete Gesichtsfarbe und seine leicht verschleierten Augen ließen kein völlig makelloses Vorleben vermuten. Und sein persönlicher Auftritt schwankte zwischen traurig, lustlos und unterwürfig, als hätte er mit unserer Baustelle seinen letzten Auftrag erhalten, der ihn und seine kleine Firma notdürftig über Wasser zu halten vermochte. Was hatte Fischer da nur für einen fragwürdigen Betrieb an Land gezogen! Immerhin brachte Burmeister einen netten Gesellen mit, der nicht nur perfekt Deutsch sprach, sondern augenscheinlich mehr von seinem Fach verstand als sein Chef.

Fischer erschien erst mit einiger Verspätung. Vermutlich hatte er es absichtlich darauf angelegt, mich ein wenig warten zu lassen. Heftig zwinkernd kam er über die wackelige Wohnungstreppe ins Obergeschoss, wo Burmeister, sein Geselle und ich schon über die Fehler seines Arbeiters gesprochen hatten.

„Und Sie behaupten, die Wände hier stehen falsch?", fragte Fischer, nachdem er das Werk des Vortages knapp zehn Sekunden lang betrachtet hatte.

Statt einer Antwort reichte ich ihm den Grundriss des Badezimmers. „Wo soll zum Beispiel die Badewanne stehen, wenn genau dort jetzt die Tür vorgesehen ist?", konfrontierte ich ihn mit einer Gegenfrage.

„Das soll ja wohl kein Problem sein, den Türausschnitt noch etwas nach links zu versetzen", gab Fischer zurück, „wenn es weiter nichts ist."

„Doch, ist es", antwortete ich. „In die hier vorgesehene Nische für den Waschtisch bekomme ich im Leben keinen sechziger Unterschrank, wie er vorher hier gestanden hat. Die Nische ist nur halb so breit und tief wie erforderlich. Das ganze Badezimmer ist zu lang und zu schmal. Und es ist auf beiden Stirnseiten in die beiden Nebenzimmer hinein versetzt. Dafür ist der Flur viel breiter als vorher, keine Ahnung, wie das überhaupt passieren konnte, wenn der frühere Grundriss hier gehangen hat. Völliger Murks!", beendete ich meine Bestandsaufnahme, bevor ich noch ärgerlicher wurde.

Fischer zwinkerte genervt. Burmeisters Gesichtsfarbe nahm noch etwas an Röte zu, bevor er sich einsichtig zeigte:

„Dann müssen wir eben die Wand zum Flur noch mal neu stellen, wenn da rechts 'ne Badewanne rein soll und Sie die Tür weiter links brauchen. Aber wie wir die Nische breiter bauen sollen, weiß ich beim besten Willen nicht."

„War vorher so", sagte ich schulterzuckend.

„Geht nicht anders", meldete Fischer sich erneut zu Wort. „Wahrscheinlich hängt das damit zusammen, dass der Zimmerer die Dachsparren jetzt anders gelegt hat als vorher."

„Blödsinn!", herrschte ich ihn an. „Das kann doch überhaupt nichts damit zu tun haben! Dann hätte sich ja wohl auch die Dachneigung geändert, wofür wir nach Ihren eigenen Aussagen einen Bauantrag hätten stellen müssen. Außerdem hat der Zimmerer teilweise an die alten Sparren angeflanscht und damit die bisherige Dachneigung übernommen."

„Die Tür muss weiter nach links, mittig ungefähr", wandte Fischer sich überflüssigerweise an Burmeister, der traurig nickte.

„Mit der Waschtischnische müssen Sie sich abfinden", drehte er sich zwinkernd in meine Richtung. „Die Wände stehen, das lässt sich nicht mehr ändern."

„Kommt nicht in Frage! Das sieht nicht nur alles völlig bescheuert aus, sondern ist auch unter funktionalen Gesichtspunkten überhaupt nicht akzeptabel. Wenn falsch gebaut worden ist, muss eben neu gebaut werden. So geht das – und nicht etwa ‚geht nicht anders'. Und wenn das hier bis zu unserer nächsten Besprechung am kommenden Montag nicht wieder so aufgebaut ist wie es vor dem Brand war, kommt das ins Protokoll und Herr Burmeister kann das Bad gerne ein drittes Mal bauen."

Rothenburgsort

Zurück in der GERESA begegnete Fischer Neumann auf dem Flur, dem er vormittags gesagt hatte, mittags kurz zu unserer Baustelle zu fahren. Dabei hatte er nicht versäumt darauf hinzuweisen, dass wir schon wieder Sonderwünsche hatten und die Arbeiten verzögerten, indem ich die Handwerker schon mittags nach Hause schickte. Das ginge in der Tat zu weit, stimmte Neumann ihm zu.

„Alles klar?", fragte er Fischer nun.

„Zum Kotzen! In meinen Augen alles reine Geschmackssache. Der dämliche Klugscheißer macht mal wieder Stress, weil ihm sein komisches Badezimmer unter dem Dach nun zu lang und zu schmal vorkommt. Soll doch mal abwarten, bis es fertig und eingerichtet ist, dann sieht es plötzlich ganz anders aus. Und außerdem sei die Badezimmertür ausgerechnet dort, wo sie ihre Badewanne haben wollen. Als ob heute noch jemand badet!"

„Wieso?", fragte Neumann, „warum hat der Trockenbauer es denn nicht so gebaut wie es vorher war? Hast Du ihn denn nicht entsprechend eingewiesen?"

„Ich bin davon ausgegangen, dass Burmeister seinen Leuten erzählt, was sie zu tun haben", antwortete Fischer. „Hat doch mit den Zimmerern und den Dachdeckern auch geklappt. Und nun hat er die Nische für einen Waschtisch auch noch nur halb so tief gestellt wie sie angeblich vorher war. Ist doch eigentlich viel besser, dann kann man wenigstens die Füße unterstellen."

Neumann runzelte die Stirn, nachdem er ahnte, dass mit dem Trockenbau wohl deutlich mehr schief gelaufen sein musste als Fischer ihm berichtete: „Grundsätzlich wird alles wieder so hergerichtet wie es vor dem Schadenseintritt aussah – es sei denn, die Bauherren haben Sonderwünsche oder möchten Veränderungen wie zum Beispiel mit den zusätzlichen Dachflächenfenstern."

„Ist schon klar", räumte Fischer ein, „aber die Bauherren könnten ja auch mal etwas kompromissbereiter sein, wenn irgendwelche Lappalien passieren. Geht ja schließlich nicht die Welt von unter, wenn sie beim Zähneputzen zehn Zentimeter weiter vorne oder hinten stehen."

„Müssen sie aber nicht", wies Neumann die Ausflüchte seines Kollegen verärgert zurück. „Ich frage mich nur, wie das überhaupt passieren konnte. Meines Wissens hatten wir doch auch Grundrisse von der ganzen Wohnung."

„Stimmt. Hing auch der alte Grundriss an der Fensterscheibe", rechtfertigte sich Fischer. „Kann doch auch nichts für, wenn die Hirnis von Burmeister nicht lesen können."

„Was denn für ein Burmeister eigentlich?", wollte Neumann nun wissen. „Haben wir nach meiner Erinnerung noch nie beauftragt."

„Hatte das günstigste Angebot abgegeben."

Kapitel 21

Sasel

Als wir am ersten Dezembersamstag unsere Wohnung betraten, legten zwei junge Männer gerade die Fußböden der unteren Etage mit einer fünf Zentimeter dicken Trittschalldämmung aus Styropor aus. Darüber rollten sie eine dicke Kunststofffolie, auf der später die Heizschleifen liegen sollten. Sie arbeiteten in verblüffender Geschwindigkeit und waren nach lediglich zwei Stunden fertig. Als wir ihnen erklärten, oben nachsehen zu müssen, ob der Trockenbauer seine jüngsten Mängel beseitigt hatte, baten sie uns, das empfindliche Styropor nur ohne Schuhe zu betreten.

Auf Socken schlichen wir also über die schwankende Treppe ins Obergeschoss. Tatsächlich hatten die Trockenbauer alle Wände des Badezimmers wieder abgebaut und neu gestellt. Die Waschtischnische hatte nun die gewünschte Tiefe, womit zugleich auch der Versatz in der Wand zum Schlafzimmer verschwunden war. Aber sie war schmaler als vorher, da konnte man kaum ein normalgroßes Waschbecken einbauen und würde sich außerdem beim Händewaschen links und rechts die Ellbogen stoßen. Die Badezimmertür war zwar immer noch ein Stück zu weit rechts vorgesehen, doch passte nun immerhin eine Badewanne dahinter. Allerdings wirkte der Raum selbst immer noch schmaler als vorher und der Flur entsprechend breiter. So würde man keine 180er Wanne stellen können; dafür hatte man es nun noch länger gebaut und dadurch insbesondere unser Arbeitszimmer verkleinert.

Ich ging vom Bad ins Schlafzimmer, von dort über den Flur ins Arbeitszimmer und betrachtete die verschiedenen Wandabschnitte aus allen Blickwinkeln. Warum war das Bad so schmal und der Flur zu breit? Was hatte man hier nur verkehrt gemacht? Die Türausschnitte der beiden oberen Zimmer konnten jedenfalls nicht noch weiter nach innen verlegt werden, denn der Platz wurde für die Treppe benötigt. War vielleicht der Drempel im Badezimmer höher als vorher und nahm dadurch Breite weg?

Es gehörte selbst für uns, die wir die Wohnung bis in jeden Winkel und Zentimeter kannten, eine gehörige Portion Fantasie dazu, sich zwischen den grünen Trockenbauwänden und der metertief offenen Dachgaube sowie mit der dünnen Holzplatte, auf der wir hier standen, wieder ein schmuckes und funktionstüchtiges Badezimmer vorzustellen. Rasch erinnerten wir uns daran, dass es hier kaum anders ausgesehen hatte, als die Bäder vor vielen Jahren komplett umgebaut wurden. Damals mussten wir ebenfalls den Fußboden rausstemmen, weil wir die Badewanne auf die andere Seite verlegten und daher auch die Fußbodenheizung entsprechend anzupassen war. Und auch die Wand zur Gaube fehlte, weil dort der Durchlauferhitzer und der Spülkasten für die Toilette verschwinden sollten. Der einzige Unterschied war, dass wir damals in die nackten Dachziegel sehen konnten, während wir heute auf dicke Schichten Mineralwolle blickten.

„Was haben die hier nur falsch gemacht?", fragte ich Franziska, die, wie immer mit Zollstock und Handscheinwerfer bewaffnet, ebenso ratlos schien wie ich. „Wenn der Flur schmaler wäre, könnte man das Bad entsprechend breiter bauen. Dann hätten wir wieder unsere früheren Maße. Aber wenn wir den Flur schmaler bauen, passen die Türen nicht mehr rein."

„Wie breit waren denn früher die Türen hier oben?", fragte sie plötzlich. „Waren sie nicht schmaler als die Zimmertüren unten?"

„Das stimmt. Sind wir doch drüber gestolpert, als wir vor fünf Jahren die alten braunen Türen gegen die neuen weißen ausgetauscht haben. Die genauen Maße habe ich nicht im Kopf, irgendwas mit siebzig hier oben und achtzig unten. Und die Wohnzimmertür noch breiter. Kann ich zu Hause nachsehen, die Rechnung habe ich ja noch."

Franziska zückte den Zollstock und maß die vorgesehenen Türausschnitte. „96", verkündete sie das Ergebnis, „also bestimmt zu breit für eine Tür in den Siebzigern."

Ich nahm den Zollstock und ging in das provisorische Badezimmer. „Genau", rief ich ihr zu: „Die Nische ist knapp zwölf Zentimeter zu schmal und der Flur vermutlich entsprechend zu breit. Und dann dürfte ja wohl auch", fuhr ich fort, indem ich wieder auf den Flur und von dort ins Schlafzimmer ging, „diese komische Aussparung in der Schräge nicht mehr erforderlich sein." Ich verwies auf eine merkwürdige Vertiefung, die es vor dem Brand dort nicht gegeben hatte.

„Da werden sich diese Vollpfosten ja freuen, wenn sie noch einen dritten Anlauf unternehmen dürfen!", kommentierte Franziska unsere Diagnose.

In die Decke des oberen Flurs hatten die Trockenbauer inzwischen ein Loch für die Bodenluke geschnitten, das uns jedoch viel zu klein vorkam. Vermutlich würde man es beim Einbau der ausziehbaren Bodentreppe noch vergrößern müssen. Immerhin ermöglichte es einen Blick in den Spitzboden, wo die Dachpfannen auf der Unterseite nur durch die schwarzen Unterspannbahnen verdeckt waren. Angesichts des geringen Tageslichts holte ich eine Leiter und nahm den großen Handscheinwerfer, weil ich nicht glauben wollte, was ich dort zu sehen meinte. Doch es stimmte: Zwischen den beiden Wohnungen fehlte die Trennwand, an die offensichtlich niemand gedacht hatte, bevor die Decke über den Schlafzimmern erst gedämmt und dann mit Trockenbauplatten von unten verschlossen worden war. Wie würde man in diesem Stadium noch die sich durch die gesamte Hauslänge von fünfzehn Metern ziehende Wand bauen können, zumal sich wahrscheinlich nur ein noch nicht ausgewachsener Azubi im ersten Lehrjahr durch die enge Lücke in der Decke zwängen konnte? Dass sie wieder gestellt werden musste, stand außer Frage. Schließlich wollte niemand direkt über den Schlafzimmern eine offene Verbindung zwischen den beiden Wohnungen haben. Fischer hingegen würde vermutlich fragen, ob diese Trennwand überhaupt erforderlich wäre und darauf hinweisen, dass sich dies nun nicht mehr ändern ließ.

In den beiden oberen Zimmern hingen seit Oktober noch immer lediglich die schwarzen Unterspannbahnen vor den Fensterausschnitten. Im Arbeitszimmer ragte das erste von drei Entlüftungsrohren für die Badezimmer aus dem Fußboden. Und im Schlafzimmer baumelten überall Kabelenden von der Decke, denn auch hier sollten wieder Einbaustrahler eingesetzt werden.

„Hier oben sind wir für heute wohl fertig", beschloss ich. „Lass uns mal sehen, was in den letzten Tagen sonst noch schief gelaufen ist."

Auf der Treppe fiel mir erst jetzt auf, dass der Elektriker seine provisorische Lichtleitung nun doch auf halber Wandhöhe waagerecht in die Wand gefräst hatte.

„Das ist doch wohl ein dickfelliger Idiot!", schimpfte ich laut.

„Wer?", fragte Franziska.

„Der Elektriker, Martin. Hat hier seine Leitung quer in die Wand gelegt, obwohl ich ihm gesagt habe, dass dies sicherlich nicht zulässig ist und wir hier Lampen und Bilder aufhängen wollen."

„Dann hattest Du vielleicht Unrecht, und es ist zulässig."

„Nein, ist es nicht. Hab mich natürlich inzwischen schlau gemacht. Demnach sind nur Installationszonen erlaubt, in denen die Leitungen vor mechanischen Beschädigungen geschützt sind. Ich denke, er war nur zu faul, sich ein Gerüst zu bauen, um die Leitung oben unter der Decke zu verlegen."

„Sachverständiger", kommentierte Franziska.

Im Esszimmer hatten die Trockenbauer bereits begonnen, die Dachschrägen zu beplanken. Dadurch wirkten die neuen Veluxfenster nun noch schöner und ließen erahnen, dass wir hier künftig nicht nur mehr Licht, sondern durch die tiefen Fensterlaibungen auch ein großzügigeres Raumgefühl haben würden. Irgendetwas schien jedoch auch hier nicht zu stimmen. Vielleicht war dies nur eine unbegründete Vermutung, weil wir inzwischen wahrscheinlich überall Gespenster sahen.

Auch im Wohnzimmer gab es immer noch keine neuen Fenster in der großen Gaube. In der Dachschräge lief ein schwerer Stahlträger nach oben zu dem neuen, der im Sommer vor Abriss des alten Dachstuhls noch ausgetauscht werden musste. Er war weder auf der Innen- noch auf der Außenseite gedämmt und bildete eine famose Wärmebrücke. Hier war im Frühjahr der hauptsächliche Ansatzpunkt für unsere nachträgliche Dämmmaßnahme gewesen, ohne dass wir damals ahnten, dass Stahl der Hauptschuldige für die ständig kalte Wand war. Da musste nun noch jede Menge Dämmwolle eingebracht werden. Als ich Franziska auch hierauf hinwies, wiederholte sie:

„Sachverständiger."

„Ist ja gut! Ich spreche am Montag mit der Silves, vielleicht haben die als professionelle Hausverwaltung sogar jemanden an der Hand. Sonst rufe ich diesen Hansen endlich mal an."

Was ich in den letzten Tagen noch nicht geschafft hatte. Wir schauten noch in den Keller, wo Tag und Nacht die Entfeuchter arbeiteten und es einigermaßen trocken wirkte. Ohne entsprechende Messgeräte konnten wir jedoch nicht feststellen, ob die Fußböden und Wände noch feucht waren.

„Lass uns noch eine Stunde an der Schrankwand arbeiten", schlug Franziska vor, „der Tag ist ja noch jung, und irgendwann müssen wir das ohnehin alles ausräumen und zerlegen."

Lust hatten wir beide keine. Doch die Dinge erledigten sich auch nicht von selbst. Nach einer Stunde hatten wir zwei Umzugskartons gepackt: Einen für den Recyclinghof und einen mit Sachen zum Aufheben.

Hoheluft

Unsere Sonntagsausflüge beschränkten sich angesichts der spätherbstlichen Jahreszeit und der ungemütlichen Witterung inzwischen darauf, über Mittag einen längeren Spaziergang durch Eimsbüttel und Eppendorf zu unternehmen. Am ersten Dezembersonntag fuhren wir mit dem Bus in die Stadt, gingen etwas essen und liefen durch Planten un Blomen wieder zurück.

Sasel

Am Montag hatten wir die nächste der seit dem Wassereinbruch turnusmäßigen wöchentlichen Baubesprechungen mit allen Eigentümern und der Hausverwaltung. Fischer erschien erneut ohne Neumann und wirkte sichtlich gereizt, weil er diese Termine als überflüssig betrachtete und sie ihm nur kostbare Zeit stahlen. Am Morgen hatten wir ein äußerst kryptisches Protokoll zu der Besprechung vom letzten Montag erhalten, aus dem lediglich hervorging, dass wir das Haus von außen aufgraben und in unserer Wohnung „Korrekturen beim Trockenbau" vorgenommen werden sollten.

„Fragen hierzu?", richtete er sich knapp an die Versammlung, die keine Fragen hierzu hatte.

„Weitere Fragen?"

„Der Stahlträger in der Dachschräge unseres Wohnzimmers ist beidseitig nicht gedämmt", trug ich vor. „Das muss dringend nachgebessert werden, weil er so eine riesige Wärmebrücke bildet. Und die Elektroleitung über unserer Treppe liegt außerhalb der zulässigen Installationszone."

Fischer wies in seinem üblichen Hochgeschwindigkeitstempo zunächst dreist darauf hin, dass die von Martin verlegte Elektroleitung über unserer Treppe schon deswegen nicht fehlerhaft verlegt sein konnte, weil die Firma Schachtschneider selbstverständlich nur normgerecht arbeitete. Und zu dem ungedämmten Stahlträger hatte er eine Antwort parat, gegen die ich noch nicht mal etwas einwenden konnte:

„Der Trockenbauer ist doch noch gar nicht fertig. Sie können nicht etwas monieren, was noch in Arbeit ist!"

Meinen Hinweis, dass man derartige Mängel und Fehler nur feststellen konnte, solange die Beplankung noch offen war, ließ er unkommentiert.

Franziska wechselte das Thema: „Warum haben Sie eigentlich vor dem Abriss des Dachstuhls kein Aufmaß genommen? Das würde doch den Wiederaufbau und insbesondere den Trockenbau erheblich erleichtern."

„Weil im Schadengutachten kein Aufmaß vorgesehen war", antwortete Fischer frech, indem er sich von uns abwandte und an die anderen richtete: „Weitere Fragen?"

Langsam ging mir der Junge verschärft auf den Senkel. „Nun bleiben Sie mal auf dem Teppich!", fuhr ich ihn an. „Sie können sich nicht immer wieder hinter Ihrem dämlichen Gutachten verstecken. Das fehlende Aufmaß ist Ihr persönliches Versäumnis, und Sie wissen ganz genau, dass es mit einem Laserzollstock keine Stunde dauert, so eine Wohnung komplett von A bis Z durchzumessen."

Herr Moritz, der anstelle seines Chefs Hansen anwesend war, um die Interessen von Herrn Mohr zu unterstützen, nickte.

„Und was soll das jetzt?", fragte Fischer, „Ihre Frage ist inzwischen doch völlig überflüssig, wir haben einen neuen Dachstuhl, da kann ich den alten ja wohl nicht mehr ausmessen."

„Ist richtig", räumte ich ein. „Ich wollte ja auch nur darauf hinweisen, dass die vielen Fehler des Trockenbauers, die wir laufend feststellen, hätten vermieden werden können, wenn Sie anfänglich Ihre Hausaufgaben gemacht hätten."

„Ich verbitte mir diesen Tonfall!", schäumte Fischer daraufhin. „Ihre ‚vielen Fehler' sind lediglich die paar kleinen Korrekturen an Ihrem Badezimmer, über die wir letzte Woche gesprochen haben. Und die sind ja inzwischen ausgeführt worden."

„Sind sie", bestätigte ich. „Es ist trotzdem erneut falsch geworden, weil Sie und damit auch der Trockenbauer kein Aufmaß hatten. Wäre in diesem Fall wohl noch nicht mal nötig gewesen, denn Sie müssen ja die Maße unserer Zimmertüren irgendwann mal an Herrn Rieckmann von der HTF durchgegeben haben."

„Was soll das jetzt wieder?", polterte Fischer genervt zurück. „Die Türen hat Rieckmann selbst ausgemessen, da bin ich außen vor. Aber bei den Türen sind wir ja noch nicht."

„Unser Badezimmer und in der Folge auch der Flur sowie Teile der beiden Zimmer dort oben sind falsch gebaut worden, weil der Trockenbauer zu breite Türen vorgesehen hat. Die waren dort vorher nicht drin und die kommen jetzt auch nicht rein!"

„Das glaube ich nicht!", rief Fischer.

„Glauben Sie, was Sie wollen, fragen Sie Rieckmann nach den früheren Maßen und messen Sie die jetzigen Türausschnitte nach – als Architekt werden Sie ja wohl wissen, welche Ausschnittbreiten für welche Türen vorzusehen sind. Bringen Sie das in Ordnung, bevor Sie in Ihrer jugendlichen Ungeduld auch noch auf die Idee kommen, hier müsste möglichst bald der Estrich geschüttet werden. Und wenn Sie schon da oben sind, schauen Sie auch mal zur Decke. Dort ist, wie Sie eigentlich wissen sollten, inzwischen ein Loch für die Bodentreppe in die Decke geschnitten worden. Das ist allerdings so klein, dass kein normaler Mensch durchpasst. Und als nächstes suchen Sie sich mal einen schönen schlanken Hering, der sich trotzdem dort durchzwängen kann, denn irgendjemand muss auf dem Spitzboden noch die Trennwand zwischen den Wohnungen bauen, die es bislang nicht gibt!"

Bei meinen letzten Worten schien Fischer noch blasser geworden zu sein als ohnehin schon, obwohl dies angesichts seiner Hautfarbe eigentlich kaum vorstellbar erschien. Er zwinkerte wie verrückt und wusste lange nicht, wie er auf meine schimpfend vorgetragenen Mängel reagieren sollte.

„Ich sehe mir das gleich mal an", sagte er schließlich in einem deutlich leiseren und höflicheren Tonfall als bisher.

„Das sollten Sie unbedingt tun", ermunterte ich ihn und verkniff mir den Zusatz, dass er damit wohl zum ersten Mal Arbeitsergebnisse überprüfte.

Innenstadt

Wieder zurück in meiner Dienststelle begegnete ich auf dem Flur einer unserer Ingenieurinnen, die sich sogleich mitfühlend erkundigte, ob es auf unserer Baustelle voranging. Ich klagte ihr mein Leid, dass wir angesichts der Ignoranz und offensichtlichen Unfähigkeit unseres jungen Bauleiters inzwischen ziemlich verzweifelt waren und dringend einen Sachverständigen benötigten.

„Und was ist jetzt wieder schief gelaufen?", wollte sie wissen, nachdem ich ihr neulich auch schon die Geschichte mit der fehlenden Regenwasserableitung und dem Wassereinbruch im Keller erzählt hatte.

„Ach, bestimmt alles nur halb so schlimm. Unser Badezimmer muss jetzt zum dritten Mal gebaut werden, weil der Bauleiter den Handwerkern nicht die richtigen Türmaße durchgegeben hat oder sie so wenig Deutsch können, dass sie ihn nicht verstanden haben. Für die Bodentreppe haben sie eine Lücke vorgesehen, durch die kein Mensch passt und für die es sicherlich auch keine ausziehbare Treppe gibt. Und – man höre und staune – auf dem Spitzboden hat man die Trennwand zwischen den beiden Wohnungen vergessen, was eigentlich völlig egal ist, weil darunter nur die Schlafzimmer liegen. Wie man die jetzt noch durch die enge Bodenluke bauen will, weiß ich auch nicht. Da müssen sie wohl die fünfzehn Meter Trockenbauwand in schmale Streifen schneiden."

„Klingt ja gar nicht gut. Wie kann man zwei Mal hintereinander die Wände falsch stellen und nicht mitbekommen, dass da oben noch die Trennwand fehlt?"

„Kann man problemlos, wenn man den Gewerken immer nur sagt, sie sollen dies und das machen und zwar möglichst schnell, sich hinterher aber nicht darum kümmert, was und vor allem wie sie es gemacht haben."

Einen Sachverständigen kannte sie leider auch nicht, konnte mich jedoch zumindest ein wenig aufheitern:

„Ja ja, wer glaubt, dass ein Bauleiter den Bau leitet, der glaubt auch, dass ein Zitronenfalter Zitronen faltet."

„Auch nicht schlecht", lachte ich.

Ich ging in mein Büro und rief endlich Frau Silves an. Nachdem ich ihr hoffnungsvoll unterstellt hatte, dass sie als Hausverwaltung doch sicherlich einen Bausachverständigen an der Hand hätte, antwortete sie:

„Tut mir leid, da kann ich Ihnen leider nicht weiterhelfen. Offensichtlich bestand bei uns bislang kein Bedarf hierfür."

Sie hätte als Interessenvertreterin der Hausgemeinschaft und Auftraggeberin der GERESA auch anbieten können, sich um eine entsprechende Adresse zu bemühen. Doch das war in der Verwaltergebühr vermutlich nicht vorgesehen. Immerhin hielt sie es seit dem Wassereinbruch für vernünftig, einen Sachverständigen zu beauftragen und bedankte sich artig für mein Angebot, ihr eine entsprechende Mail an die Miteigentümer zu entwerfen. Schreiben lag ihr weniger, sie hatte eine eindeutige Präferenz für das gesprochene Wort.

Ich griff erneut zum Hörer und wählte die Nummer von Herrn Hansen. Er betrieb offensichtlich ein größeres Architekturbüro und schien ein viel beschäftigter Mann zu sein. Ich wurde deshalb mit seinem Mitarbeiter Moritz verbunden, den ich auf der heutigen Baubesprechung ja gerade kennengelernt hatte. Er hörte sich mein Anliegen geduldig an und erläuterte mir dann überaus freundlich, dass sie für gutachtliche Betätigung weder die Expertise noch die Kapazität hätten. „Wir sind alle reine Architekten", erklärte er, „während Sachverständige häufig Handwerkermeister sind und nach langjährigen und einschlägigen Berufserfahrungen noch die entsprechende Zusatzausbildung durchlaufen haben. Nur so können sie als Praktiker vor Ort auch Mängel zu den verschiedensten Fragen aufdecken."

Sasel

Als ich am nächsten Nachmittag erneut auf der Baustelle erschien, hatte Elektriker Martin in der Küche und im Esszimmer bereits die aufgerollten Matten mit den Heizschleifen gelagert. Bevor er sie auslegen konnte, musste er hunderte von Klemmen mit spitzen Kunststoffdornen verbinden, mit denen sie auf der Trittschalldämmung befestigt werden sollten – sicherlich keine Arbeit, die ihn dereinst bewogen haben mochte, die Ausbildung zum Elektriker anzustreben.

„Sie haben das Kabel im Treppenhaus ja doch in Augenhöhe quer durch die Wand verlegt", begrüßte ich ihn. „Das muss da wieder raus!"

„Hab ich jetzt keine Zeit für", stöhnte Martin. „Fischer macht Druck, dass ich die Heizungen verlege, damit noch vor Weihnachten der Estrich geschüttet werden kann."

„Der soll nicht immer auf die Tube drücken, sondern lieber zusehen, dass nicht alles falsch wird und deshalb doppelt und dreifach gemacht werden muss", erwiderte ich mit einem Kopfnicken in Richtung seines unvorschriftsmäßig verlegten Kabels verärgert.

„Na ja, so ganz abwegig ist das ja nicht mit Weihnachten", gab Martin zu bedenken. „Denn es gibt dieses Jahr immerhin vier freie Tage am Stück, in denen hier sowieso nix passiert. Dann kann der neue Estrich schon mal schön trocknen, und wir brauchen keine extra Baupause."

„Meinethalben", räumte ich ein. „Aber was sind letztlich zwei gewonnene Tage, wenn dafür die Qualität darunter leidet?"

„Meine nicht", verkündete Martin selbstbewusst. „Ich habe hier eine super Einbauanleitung und einen präzisen Verlegeplan vom Hersteller und installiere Ihnen Ihre neue Heizung exakt nach Vorschrift." Irgendwie klang er sogar ein wenig stolz, dass er erstmals auch eine derartige Aufgabe erledigen durfte.

„Klingt gut", antwortete ich, nachdem ich inzwischen auf den Verpackungen der Heizmatten ausgemacht hatte, dass der Hersteller ein durchaus renommiertes und seit Jahrzehnten erfolgreich tätiges Unternehmen war. Zudem hatten die Heizdrähte einen höheren Querschnitt als unser früheres System, was sie sicherlich auch weniger störanfällig machte. „Dann will ich mal hoffen, dass hinterher auch alles einwandfrei funktioniert. Ein paar Schäden hatten wir ja schon mit der Vorgängerversion."

„Wieso, was ging denn kaputt?", fragte Martin.

„Och, alle paar Jahre einer dieser alten Aufladeregler, bei denen man ja eigentlich nie genau wusste, ob sie auf veränderte Einstellungen überhaupt reagierten. Und zwei Mal waren auch die Heizdrähte im Fußboden durchgeknackt."

„Oha", schüttelte Martin den Kopf, „das klingt ja richtig unangenehm. Und dann musste der ganze Fußboden raus, um das durchgebrannte Kabel zu finden?"

„Nein, überhaupt nicht", erklärte ich ihm. „Im besten Fall nur eine Fliese, denn die schadhafte Stelle lässt sich mit Lichtbogen und Infrarotthermometer auf wenige Zentimeter genau lokalisieren. Und dort macht man dann eine Kernbohrung."

„Nicht schlecht. Und weswegen brennen die Drähte überhaupt durch? Doch nicht etwa, weil sie zu heiß werden – dafür sind sie doch ausgelegt."

„Elektro-Busche vermutete immer, dass sie entweder schlecht verlegt waren und von vornherein einen Knick bekommen haben, wenn sie für die Gegenbahn umgeklappt werden mussten, oder die Estrichleger ihre Dreibeine für die Schläuche der Betonpumpe auf einen Draht gestellt haben. Und schon hat man die schönste Sollbruchstelle. Deswegen waren wir ja immer so sehr darauf aus, dass die Heizung nur von jemandem verlegt wird, der dies schon mal gemacht hat", sagte ich und schaute dabei Martin fest in die Augen.

„Ja, weiß ich ja", antwortete er ohne beleidigt zu sein. „Dann will ich mir mal umso größere Mühe geben, hier keine Fehler zu machen. Aber für den Estrichleger und seine Dreibeine übernehme ich keine Verantwortung", schloss er lachend und klickte den nächsten Befestigungsdorn auf eine Halteklammer.

„Dann sollten wir uns vielleicht noch darüber unterhalten, wo die einzelnen Heizschleifen überhaupt liegen sollen, bevor Sie hier Fakten schaffen", schlug ich vor.

„Hab Ihnen doch vorhin schon gesagt, dass ich mich strikt an den Verlegeplan halten muss, den mir die Firma mitgegeben hat", erläuterte er schulterzuckend. „Sonst stimmen die von denen berechneten Heizleistungen und Widerstände nicht. Da können wir nun nichts mehr dran ändern."

„Die konnten doch gar nicht wissen, wo Möbel, Badewanne, Kaminofen und Küchenschränke stehen werden!", rief ich entsetzt, weil ich befürchtete, dass der nächste Heizungsschaden durch Wärmestau vorprogrammiert war. Ich bat Martin um den Verlegeplan und studierte ihn eingehend. Das sah in der Tat ziemlich perfekt vorbereitet aus, und er musste nur noch die richtigen Matten in den richtigen Zimmern an die richtigen Stellen legen und anschließen. Manche Information musste sogar im Vorfeld gelaufen sein, denn sowohl unter dem Kamin als auch unter der Badewanne und der Dusche waren keine Heizdrähte vorgesehen. Dafür im Schlafzimmer flächendeckend, obwohl wir uns an der Wand zur Nachbarwohnung von Tischler Jungnickel einen zu unseren neuen Betten passenden großen Kleiderschrank einbauen lassen wollten – unter dem Riesenmöbel wäre eine Heizung zumindest überflüssig, wenn nicht sogar schädlich.

„Kann man diese Heizmatte nicht weglassen?", fragte ich daher Martin. „Dort wird ein sehr langer Einbauschrank stehen, den wir garantiert nicht beheizen wollen. Abgesehen davon, dass wir im Schlafzimmer eigentlich ohnehin selten heizen."

„Verstehe", nickte er. „Aber ich muss das hier so verlegen, wie es der Hersteller berechnet hat. Sonst übernehmen die später keine Gewährleistung, falls es irgendwo nicht anständig warm wird. Kann ja auch sein, dass ein späterer Bewohner das Zimmer ganz anders nutzen und genau dort heizen will."

„Früher waren die Heizschleifen in jedem Zimmer in mindestens zwei Kreise aufgeteilt", erläuterte ich ihm, „im Wohnzimmer waren es sogar drei. Die waren alle einzeln abgesichert und konnten somit auch einzeln an- und abgeschaltet werden. Jetzt ist nur eine Sicherung pro Raum vorgesehen – ist das nicht riskanter?"

„Ich vermute mal, dass Sie früher nur einen Querschnitt von 1,5 Millimeter hatten, die neuen Leitungen sind aber 2,5 Millimeter dick. Die kannst du natürlich auch höher absichern und brauchst die Kreise dann meist auch nicht aufteilen. Reicht bis 3.000 Watt."

„Können wir die Heizschleifen nicht wenigstens im Schlafzimmer einzeln absichern, damit ich unter dem Schank nicht heizen muss?"

„Dann ist es einfacher, ich bau oben im Zimmer einen Serienschalter ein, dann können Sie die linke und die rechte Seite des Fußbodens ein- und ausschalten wie Sie wollen", schlug Martin schließlich vor.

„Klingt gut, dann machen Sie das bitte", stimmte ich zu, obwohl sein Vorschlag nicht so recht zu seinem Argument mit dem festen Widerstand passen mochte. „Und was ist mit den Heizdrähten unter den Möbeln und in der Küche zum Beispiel? Droht dort nicht eine Überhitzung durch Stauwärme?"

„Kann ich mir bei den niedrigen Vorlauftemperaturen des Systems eigentlich nicht ernsthaft vorstellen", sagte Martin, „aber ich hab da zugegebenermaßen ja keine Erfahrung mit. Vielleicht kann Ihnen Elektro-Busche da weiterhelfen."

Achter Abschnitt: Endlich Freitag!

Kapitel 22

Hoheluft

Erleichtert wachte ich am Sonntagmorgen auf. Plötzlich konnte ich überhaupt nicht mehr begreifen, dass ich all die Wochen nicht an ihn gedacht hatte. Nun war er mir sozusagen im Schlaf endlich wieder eingefallen: Andreas Freitag. Vor einigen Jahren hatte ich den Bausachverständigen in meiner früheren Verwaltereigenschaft gebeten, unser Hausdach zu begutachten, weil Franziska und ich doch liebend gerne ein neues haben wollten, um so zu einer besseren Wärmedämmung unserer Dachgeschosswohnung zu kommen. Freitag hatte zwar eingeräumt, dass selbstverständlich unsere Fenster und unsere zehn Zentimeter Glaswolle unter den Dachpfannen nicht den damals noch deutlich niedrigeren Standards entsprachen; das 25 Jahre alte Dach selbst betrachtete er jedoch als tadellos und sah aus baulicher Sicht keinen Anlass, es auszutauschen. Als Sachverständiger war er gehalten, absolut neutral und objektiv zu votieren – das Argument der ungemütlichen Abendtemperaturen in unserer Wohnung ließ er nicht gelten:

„Dann müssen Sie eben zusätzliche Heizgeräte betreiben, solange es Ihnen nicht gelingt, Ihre Mitbewohner von einer Luxussanierung zu überzeugen", schloss er seine Bewertung unserer Situation ab. „Das Dach selbst ist jedenfalls in Ordnung, und zehn Zentimeter Dämmung sind doch viel besser als überhaupt keine.

Die anderen Eigentümer nahmen sein Urteil mit Freude zur Kenntnis, zumal sie angesichts ihres durchweg fortgeschrittenen Lebensalters wenig Begeisterung verspüren ließen, noch in ein neues Dach zu investieren. Und obwohl wir zwar nicht das gewünschte Ergebnis erreicht hatten, kannten wir nun einen ausgesprochen sachlichen, fachlich kundigen und in seiner Argumentation überzeugenden Bausachverständigen. Man wusste ja nie, wofür man mal wieder einen benötigte.

„Ich rufe morgen Freitag an", sagte ich zu Franziska beim Frühstück.

„Wen rufst Du morgen oder Freitag an?", fragte sie, die mir noch nicht ihre uneingeschränkte Aufmerksamkeit zuteilwerden ließ.

„Nein, morgen rufe ich Andreas Freitag an. Den Bausachverständigen, der sich vor ein paar Jahren unser Hausdach angesehen hat. Ich frage ihn, ob er die weitere Sanierung fachlich begleiten kann."

„Obwohl er uns kein neues Dach gönnen wollte?", grinste Franziska, die ihn damals nicht kennengelernt hatte.

„Stimmt, trotzdem halte ich ihn für sehr kompetent und objektiv. Es geht ja auch nicht darum, dass wir jemanden finden, der Partei für unsere persönlichen Interessen ergreift, sondern beurteilen kann, ob die Handwerker aus fachlicher Sicht das richtige tun. Und der Fischer Paroli bieten kann."

„Dann frag ihn", stimmte sie zu. „Muss das eigentlich nicht die Silves tun? Schließlich wollen wir keinen Sachverständigen nur für unsere Wohnung, sondern fürs ganze Haus. Und dafür ist doch sie zuständig."

„Ich kann ihn ja mal fragen, ob er es überhaupt machen könnte. Vielleicht hat er keine Zeit, oder das Projekt ist ihm eine Nummer zu groß. Und wenn er ja sagt, kann ich immer noch den Kontakt zur Silves herstellen. Die ist im Zweifel doch genauso froh wie die anderen Eigentümer, wenn wir endlich jemanden an der Hand haben, der uns etwas Rückendeckung geben kann."

„Stimmt. Den ewigen Kleinkrieg mit dem durchgeknallten Fischer hält man jedenfalls auf Dauer nicht mehr aus. Und wer weiß, was er nach dem Wassereinbruch, dem vermurksten Badezimmer und dem ganzen Käse auf dem Spitzboden sonst noch alles verpfuscht."

Es waren inzwischen nur noch gut zwei Wochen bis Weihnachten. Nach dem Frühstück stellte Franziska die gestern mitgebrachten Weihnachtssterne in unserem kleinen Wohnzimmer auf den Fußboden. Auch in der Interimswohnung sollte etwas vorweihnachtliche Dekoration die dunkelste Jahreszeit ein wenig verschönern. Und von dem fahlen Tageslicht, das in Hamburg Mitte Dezember zur Verfügung steht, bekamen wir hier auch nichts mit, denn nach wie vor stand das Gerüst mit seinen dicken Planen vor dem Haus.

Innenstadt

Im dritten Anlauf erreichte ich Andreas Freitag schließlich auf seinem Handy. In seinem Büro lief nur der Anrufbeantworter, was nachvollziehbar erschien, denn ein Bausachverständiger hatte sicherlich überwiegend vor Ort zu tun und war viel unterwegs. Zu meiner großen Überraschung konnte er sich sofort an mich und unser Hausdach erinnern.

„Und das ist jetzt alles abgebrannt?", fragte er ungläubig, obwohl er vermutlich häufiger mit Brandsanierungen konfrontiert wurde.

„Ja, Folge der nachträglichen Wärmedämmung, die wir in Auftrag gegeben haben, nachdem Sie uns ja kein neues Dach gönnen wollten", berichtete ich leicht ironisch. „Aber inzwischen haben wir nicht nur einen schönen neuen Dachstuhl und engobierte Dachpfannen oben drauf, sondern auch eine Wärmedämmung zwischen den Dachsparren, von der wir damals immer nur träumen konnten. Und als i-Tüpfelchen bekommen wir rundum neue Fenster mit einem zeitgemäßen U-Wert."

Zu meiner großen Erleichterung sagte Freitag nach grober Skizzierung des bisher erlebten Pfuschs sofort zu, als Sachverständiger für uns tätig zu werden und dabei nicht nur die bisherige Sanierung zu überprüfen, sondern auch die noch ausstehenden Arbeiten fachlich zu begleiten.

„Ich kann Ihnen für eine erste Baubesprechung erst Anfang Januar einen Termin anbieten", dämpfte er unter Hinweis auf die bald bevorstehenden Weihnachtstage und den Jahreswechsel meine Freude über seine Unterstützung. „Ich kann Ihrer Hausverwaltung in der Zwischenzeit aber schon mal ein grobes Angebot unterbreiten, damit Sie und Ihre Miteigentümer eine Vorstellung von den zu erwartenden Kosten bekommen."

„Das wäre schon deswegen nicht schlecht, weil wir Sie ja auch nur über unsere Hausverwaltung beauftragen könnten. Dann wünsche ich Ihnen schon mal fröhliche Weihnachten und einen guten Rutsch und freue mich, Sie Anfang Januar wiederzusehen!"

Ich legte den Hörer auf und wählte Franziskas Büronummer. Wie so häufig, meldete sich nur ihr Vorzimmer und vertröstete mich auf die Mittagspause, weil sie bis dahin in einer längeren Besprechung saß. Also rief ich zunächst Frau Silves an:

„Ich habe einen kompetenten Sachverständigen gefunden", verkündete ich stolz und erklärte ihr, warum ich mir ein erstes Urteil über Andreas Freitag erlauben konnte.

„Klingt gut", kommentierte sie meinen kurzen Bericht. „Dann will ich mal eine Mail an Ihre Miteigentümer aufsetzen und sie darüber unterrichten."

„Ja, gut. Die sollten möglichst bald hiervon wissen. Vielleicht schicken Sie die Mail besser erst ab, nachdem Sie von Freitag sein Grobangebot erhalten haben, das er mir soeben zugesagt hat. Dann könnte man schon eine ungefähre Hausnummer zu seinen Kosten nennen. Außerdem müssen wir bei den Miteigentümern und der GERESA den frühestmöglichen Termin Anfang Januar blocken."

„Wird erledigt", sagte Frau Silves, offensichtlich ebenso erleichtert wie ich über unsere künftige Unterstützung.

Um kurz vor zwölf rief Franziska zurück: „Was gibt's?", fragte sie kurz angebunden. Offensichtlich hatte sie mal wieder eine nervige Besprechung hinter sich und außerdem großen Hunger.

„Wir haben einen Sachverständigen. Freitag hilft uns."

Sasel

Mitte der Woche hatte Martin alle Heizmatten ausgelegt und an die Übergabedosen angeschlossen, die aber noch nicht mit der Verteilung verbunden waren. Als ich am Mittwochnachmittag die Baustelle betrat, war er gerade dabei, oben im Bad den letzten Restwärmefühler mit den Kabeln in der Revisionsdose zu verbinden.

„Na, hier konnten Sie wohl erst ganz zum Schluss rein", begrüßte ich ihn, nachdem ich schon von der Treppe aus gesehen hatte, dass der Flur nun wieder seine frühere Breite hatte und auch die Türausschnitte den beauftragten schmaleren Türen entsprachen.

„Klar, die haben hier ja bis vor einer Stunde gewerkelt. Musste offensichtlich alles wieder raus und neu", berichtete er kopfschüttelnd.

„War ja auch ganz offensichtlich alles wieder falsch", erwiderte ich. „Wer nicht hören kann, muss eben fühlen."

Ich holte meinen Zollstock aus der Tasche und maß die neu gestellten Wände nach. Die Türbreiten waren richtig, die Nische nun auch breit genug. So sollte es funktionieren. Gleichwohl war nicht zu übersehen, dass auch die dritten Wände in großer Eile und ohne Sorgfalt gestellt worden waren: An manchen Stellen klafften Lücken von bis zu vier Zentimetern zwischen zwei Platten, an Nahtstellen gab es Versatz von mehr als zwei Zentimetern, die Beplankung neben der Schlafzimmertür war so schief, dass man keine Wasserwaage benötigte, um dies festzustellen. Ich holte ein Stück Latte und bat Martin, es neben dem Türausschnitt senkrecht an die Wand zu halten. Dann machte ich ein Foto. Die Abweichung betrug mehr als sechs Zentimeter bei einem knappen Meter Lattenlänge.

Den Vogel freilich schoss die Dachschräge des Schlafzimmers ab, denn sie verlief zwischen dem Drempel und der waagerechten Zimmerdecke zum Fenster hin immer weiter nach innen, so dass die Zimmerdecke dort knapp dreizehn Zentimeter schmaler war als an der Tür. Wäre dies nicht völlig inakzeptabel gewesen, hätte man dem Trockenbauer beinahe zu seinen künstlerischen Fähigkeiten gratulieren können, denn es entzog sich meinem Vorstellungsvermögen, wie man eine dermaßen schiefe Beplankung überhaupt hinbekam.

„Sieht ja nicht wirklich gut aus", kommentierte der Elektriker das Arbeitsergebnis seiner Kollegen abfällig. „Und ich darf wieder zig Löcher in die neuen Wände schneiden, um die Anschlüsse für die Steckdosen und Lichtschalter zu finden."

„Ja, ganz schnell, ganz falsch", erwiderte ich verärgert. „Scheint die bevorzugte Maxime unseres jungen Bauleiters zu sein. Und der Trockenbauer macht auch am liebsten alles doppelt und dreifach – das übt!"

„Wenn ich so viel Mist abliefern würde, wäre ich meinen Job jedenfalls schon längst los", versicherte Martin.

„Kann ich mir gut vorstellen. Wahrscheinlich gibt es bei den Trockenbauern noch größere Engpässe als bei den Elektrikern. Die können es sich einfach nicht leisten, selbst die unfähigsten Leute rauszuschmeißen."

Innenstadt

In den letzten drei Tagen der zweiten Dezemberwoche wurde in beiden Wohnungen der Estrich gelegt. Zwei Tage vorher rief ich Fischer an, um ihn an den Verbundestrich unter dem Kaminofen zu erinnern und ihn darauf hinzuweisen, dass dort bislang noch die Trittschalldämmung lag, die vorher ausgeschnitten werden musste.

„Geht klar", meinte er in ungewohnt höflichem Tonfall. „Ist doch ein Selbstgänger. Sie haben mir ja neulich die Einbauanleitung nochmals zugeschickt."

„Eben. Ich wollte Sie eigentlich auch nur bitten, den Estrichlegern zu empfehlen, sich zur Abtrennung vom schwimmenden Estrich ein paar Verschalbretter mitzunehmen." Hierüber konnte Fischer nur laut lachen:

„So was haben die doch im Handgepäck dabei", war sein einziger Kommentar, bevor er auflegte.

Sasel

Ausnahmsweise hatte er für den Estrich einen uns perfekt passenden Zeitraum ausgewählt. Denn wir hatten bereits im Herbst beschlossen, uns kurz vor Weihnachten den seit unserer Rückkehr aus England ersten freien Tag zu gönnen und über ein verlängertes Wochenende nach Gut Panker an der Ostsee zu fahren. Dabei konnten wir es uns nicht verkneifen, am Freitag auf dem Weg nach Norden noch bei der Baustelle vorbeizufahren, um zu sehen, was die neuen Fußböden machten.

Im Vorgarten stapelten sich auf mehreren Paletten Zementsäcke. Daneben lag ein großer Haufen Sand. Vor diesem Materiallager rotierte eine kleine Mischmaschine, in der der Estrich offenbar portionsweise hergestellt und danach über lange Schläuche durchs Treppenhaus nach oben gepumpt wurde. Vorsichtig stapften wir die Treppen nach oben und konnten durch die offene

Wohnungstür sehen, dass zwei vor Schweiß triefende kräftige Männer gerade den letzten Meter Beton im Flur glattzogen. Sie schienen sich aufrichtig über unseren Besuch zu freuen und präsentierten stolz ihr jüngstes Werk, das wir ab Montag betreten dürften. Anschließend wollten sie noch mit der Nachbarwohnung beginnen. Abgesehen von ihrer ersichtlich sehr anstrengenden Arbeit konnten sie Mitte Dezember mehr als dankbar sein, dass sie ein paar trockene Tage erwischt hatten. Nicht auszudenken, was aus den Zementsäcken und dem Sandhaufen bei Regenfällen, wie wir sie im November erlebt hatten, geworden wäre. Eigentlich waren wir auch davon ausgegangen, dass Fertigbeton angeliefert und mit Hilfe einer Teleskoppumpe in die Wohnungen transportiert wurde.

Da es nichts gab, was wir hier noch erledigen konnten, starteten wir nach wenigen Minuten endgültig Richtung Ostsee, wo wir drei Nächte lang etwas Schlaf nachholten, tagsüber ausgedehnte Spaziergänge unternahmen und abends gut aßen.

Auf dem Rückweg am folgenden Montag fuhren wir erneut zur Baustelle, um zu schauen, ob die Estrichleger sorgfältig gearbeitet hatten. Vorsichtig vergewisserten wir uns der von ihnen zugesicherten Betretbarkeit der Fußböden und liefen sodann mit langen Wasserwaagen zunächst nach oben. Das sah alles gut und auf jeden Fall aber wesentlich besser aus als der frühere Estrich, bei dem unser damaliger Fliesenleger anlässlich der Erneuerung sämtlicher Fußböden Höhenunterschiede von bis zu vier Zentimetern ausgleichen musste, um die neuen Fliesen in die Waage zu bekommen. Im Schlafzimmer schlug auch Franziska die Hände über dem Kopf zusammen, als sie die völlig unbrauchbaren Ergebnisse des Trockenbauers entdeckte:

„Hier ziehe ich nicht wieder ein! Das muss alles noch mal gemacht werden."

Wir stapften über die quietschende Treppe nach unten und überprüften den Estrich in der Küche, im Esszimmer und im Flur.

Auch hier war sauber gearbeitet worden. Das Duschbad war jedoch vollständig ausgelegt worden, obwohl wir Fischer mehrfach darauf hingewiesen hatten, dass wir die neue Duschtasse möglichst tief in den Boden einlassen wollten. Da musste ich wohl noch mal mit dem guten Jens Wolgast oder seinem Chef Fuchs sprechen, ob unsere Vorstellungen sich auch wirklich mit den zu legenden Leitungen vertrugen, bevor ich mir von Fischer zum hundertsten Mal anhören durfte, dass es so völlig richtig war und anders nun mal nicht ging.

„Das kann nicht wahr sein!", rief ich, nachdem ich schließlich das Wohnzimmer betreten hatte.

„Was ist nun schon wieder passiert?", fragte Franziska, die noch in der Küche war und von besseren Zeiten träumte.

„Vor wenigen Wochen hat Fischer von mir zum zweiten Mal die Einbauanleitung für den Ofen bekommen. Daraus geht hervor, dass hier zwingend Verbundestrich gelegt werden muss, woran ich ihn zuletzt vor ein paar Tagen nochmals erinnert habe. ‚Geht klar', hat er geantwortet und gelacht, als ihn bat, den Estrichlegern zu empfehlen, ein paar Bretter zur Abgrenzung vom schwimmenden Estrich mitzunehmen."

„Und jetzt haben wir keinen Verbundestrich?"

„Nee, oder siehst Du hier irgendwo eine Fuge?"

„Und nun?", fragte sie auf die Frage, mit der ich ihre Frage beantwortet hatte.

„Muss eben auch wieder raus. Bin sicher, dass darunter auch noch die Trittschalldämmung liegt – warum sollte die auch jemand rausschneiden, wenn er nicht wusste, dass dort Verbundestrich geschüttet werden muss?", schloss ich mit einer rein rhetorischen Frage.

„Haben wir zusammen mit dem stümperhaften Trockenbau oben doch schon ein paar schöne Punkte für die Besprechung Anfang Januar mit dem Sachverständigen", stellte Franziska fest. „Lass uns jetzt nach Hause fahren und die Weihnachtstage nutzen, um eine gründliche Bestandsaufnahme zu machen. Wer weiß, welchen Mist Fischer bis dahin noch abliefert."

Wir kamen drei Tage später, am Vormittag des Heiligabend, nach dem üblichen Hindernisrennen – Auto aus der Tiefgarage holen, Schlüssel von der GERESA abholen – wieder und waren gespannt, ob inzwischen überhaupt irgendwelche Arbeiten durchgeführt worden waren. Erwartungsgemäß war an diesem Tag, ebenso wie am Montag schon, kein Handwerker auf der Baustelle, und vielleicht hatte Fischer ja die Anweisung erteilt, dass erst nach den Feiertagen wieder gearbeitet werden durfte, um den frischen Estrich unbeschadet aushärten zu lassen. Dann sahen wir, dass man im Bereich der Wohnzimmerdecke damit begonnen hatte, lange Bahnen aus Kunststofffolie zu verspannen, die auf der Fensterseite durch die Schrägen und die Gaube nach unten geführt wurden, auf der Flurseite aber unter der Decke abgeschnitten waren. Es handelte sich um die Dampfsperre, die angesichts der heute gut isolierten Häuser verhindern soll, dass aus den beheizten Räumen Feuchtigkeit in die gedämmten Bereiche diffundiert. Dies kann logischerweise nur funktionieren, wenn sie absolut dicht verklebt ist, um zu jeder Jahreszeit jegliche Luftzirkulation zwischen Wohnraum und Dachkonstruktion zu vermeiden.

Nach einer derartigen Lösung sahen die Folien in der Wohnzimmerdecke jedoch nicht aus. Vielmehr waren die einzelnen Bahnen nur oberflächlich durch Klebeband miteinander verbunden, an vielen Stellen konnte man bis tief in die Dämmung greifen und zwischen den gemauerten Wänden und der Folie munter Luft nach oben entweichen – dies würden auch die noch zu verklebenden Tapeten nicht verhindern. Da wir uns in unserem bisherigen Leben noch nicht mit dieser Thematik befasst hatten, konnten wir nur vermuten, dass das Ergebnis alles andere als fachmännisch war; für eine belastbare Mängelfeststellung mussten wir uns erst mal schlau machen. Damit durften wir auf keinen Fall bis zur Baubesprechung mit Freitag Anfang Januar warten, denn bis dahin waren sicherlich längst die Trockenbauplatten drüber geschraubt und kein Mensch hatte etwas von Fehlern in der Dampfbremse gesehen. Dann konnte nur der irgendwann fällige Dichtheitstest die Fakten ans Licht bringen – mit der mutmaßlichen Folge, dass alles wieder rausgerissen und neu gebaut werden musste. Und wie mochte es im oberen Stockwerk aussehen, wo die Trockenbauplatten bereits an den Wänden und unter der Decke hingen? Von der Dampfbremse hatten wir dort überhaupt nichts mitbekommen.

Also machten wir möglichst viele Aufnahmen insbesondere von solchen Stellen, die wir für falsch hielten und trösteten uns damit, nun ja zwei Tage Zeit zu haben, um alles über den korrekten Einbau einer Dampfbremse zu lernen. Mehr konnten wir hier und heute nicht tun.

Hoheluft

Schon bald nach ein Uhr stellten wir unser Auto wieder in die Tiefgarage, fuhren mit dem auch heute rappelvollen Bus nach Hause, duschten und widmeten uns unseren sparsamen Weihnachtsvorbereitungen. Traditionell gab es bei uns am Heiligabend stets mit Kalbragout gefüllte Pasteten, die wir in der Küche aßen, denn dort stand ja unser einziger Tisch. Dazu gönnten wir uns einen erfrischenden Riesling und versuchten mit Hilfe schöner Fernsehaufnahmen von Spitzbergen, zumindest für einen Abend die Baustelle zu vergessen. Um zehn Uhr fielen wir mal wieder todmüde ins Bett.

Bereits ab fünf Uhr beherrschten Bilder von schiefen Wänden, nasser Dämmwolle und zugigen Dampfsperren erneut meinen Kopf. Ich blieb noch eine Stunde ruhig liegen, dann stand ich auf, absolvierte meine Morgengymnastik und beschäftigte mich leise mit Ablage und dem regen Emailverkehr. Vormittags drehten wir bei kühlem Ostwind eine Runde am Kanal entlang, mittags gab es, wenig stilvoll erneut am Küchentisch, unser Festmenü, bei dem wir uns schmunzelnd daran erinnerten, uns vor ein paar Jahren im Rahmen einer Reise durch Neuseeland am 25. Dezember bei gemütlichen 28 Grad Außentemperatur ein ähnlich leckeres Filet Mignon mit Bohnen und Kroketten am Campingtisch vor unserem Wohnmobil gegönnt zu haben. Nachmittags bummelten wir noch etwas durch Eppendorf und bestaunten gleichermaßen die Kontinuität der einen wie den Wechsel der anderen Geschäfte. Alles schien jedenfalls hochpreisig – wir befanden uns ja schließlich innerhalb des Latte-Macchiato-Gürtels.

Am zweiten Weihnachtstag saß ich morgens um sieben Uhr am Küchentisch und lernte bei UTube und mit Hilfe der Montageanleitung eines renommierten Dampfsperrenherstellers alles zu ihrem korrekten Einbau. Dort wurde immer wieder darauf hingewiesen, dass eine absolut dichte Verlegung unbedingt erforderlich sei und hierfür nicht nur Durchbrüche wie für Elektrokabel völlig dicht abgeklebt werden müssten, sondern es auch auf die Verwendung eines entsprechend hochwertigen Klebebands ankomme. Und auch für den Anschluss der Kunststofffolien an die Zimmerwände gab es einschlägige Klebekomponenten, die gleichermaßen auf Kunststoff wie auf Stein eine dauerhaft sichere und dichte Verbindung gewährleisteten.

Nach dem Frühstück sahen wir uns die Filme gemeinsam erneut an und fühlten uns anschließend gewappnet, die meisten Fehler und Schlampereien aufzudecken. So vorbereitet fuhren wir mit dem am Feiertag erbärmlich selten verkehrenden Bus zur Tiefgarage, holten das Auto und machten uns erneut auf den Weg nach Sasel. Immerhin konnten wir auf den Umweg zur GERESA verzichten, weil wir den Schlüssel noch vom Heiligabend hatten und erst heute Abend wieder abzugeben brauchten.

Neben dem üblichen Zollstock und der Wasserwaage hatte ich heute auch meinen neuen Akkuschrauber – der alte war ja wie die anderen Geräte und Maschinen im Sommer geklaut worden – eingepackt, nachdem mir aufgefallen war, dass im Wohnzimmer über dem großen Stahlträger bereits die Beplankung verschraubt war. Wie viel Dämmung dort zur Vermeidung von Wärmebrücken eingebracht worden war, entzog sich jedoch unserer Kenntnis. Also nutzten wir das über Mittag beste Tageslicht, um Fotos zu machen und eine große Mängelliste anzulegen: Neben dem lückenhaften und schiefen Trockenbau im Schlafzimmer sowie im oberen Bad hielten wir die Schlampereien an der Dampfsperre im Wohnzimmer fest, dokumentierten das quer durch die Wand verlegte Kabel im Treppenhaus, monierten die fehlende Aussparung für die Duschtasse und insbesondere die dadurch verbaute Möglichkeit, hier überhaupt noch Zu- und Abwasserleitungen zu verlegen. Schließlich schraubten wir die Trockenbauplatte im Wohnzimmer wieder ab, hinter der der Stahlträger lag. Tatsächlich präsentierte er sich gut sichtbar und somit ohne wirksame Dämmung in der Dachschräge und hätte es im Winter dort wieder ähnlich kalt werden lassen wie vor dem Brand.

Kapitel 23

Innenstadt

„Sämtliche aufgelistete ‚Mängel' sind unhaltbare Aussagen, zum Teil Falschaussagen der Eigentümer. Baurechtliche ‚Mängel' liegen nicht vor. Die einzelnen Punkte lassen sich vor Ort klären."

Fischer hatte kurz und harsch auf unsere lange Mängelliste geantwortet, deren Übersendung an die GERESA und die Miteigentümer durch die Hausverwaltung wir zwischen den Feiertagen veranlasst hatten. Die in Anführungszeichen gekleideten Mängel sollten wohl verdeutlichen, dass es selbstverständlich keine gab. Und mit den „unhaltbaren Aussagen" sowie den „Falschaussagen" wollte er uns offensichtlich in unsere Schranken allenfalls laienhafter Fachkenntnisse verweisen. Das Wort „Baurecht" hatten wir in dem Begleitschreiben an die GERESA überhaupt nicht erwähnt. Offensichtlich war es Fischer wichtig, vorsorglich darauf hinzuweisen, dass sämtliche der von ihm nicht oder unzureichend überwachten Arbeiten den geltenden Vorschriften und Normen entsprachen und lediglich als nervige und seine kostbare Zeit raubende Nörgeleien der Eigentümer zu betrachten waren.

Mit Blick auf den nahenden Ortstermin mit Andreas Freitag konnten wir am vorletzten Tag des alten Jahres über diese ebenso unverfrorene wie unverschämte Hilflosigkeit nur lachen und uns entspannt zurücklehnen, weil nach unserer Einschätzung weder die EnEV 2015 noch zwingende Montagevorschriften beachtet worden waren.

„Können nur froh und dankbar sein," sagte ich zu Franziska, als ich sie telefonisch über Fischers Antwort unterrichtete, „dass bis Anfang Januar praktisch nicht gearbeitet wird und kein weiterer Pfusch entstehen kann oder versucht wird, alten Pfusch zu kaschieren."

„Ja, hätte ich auch nicht gedacht, mich irgendwann mal darüber zu freuen, dass der Wiederaufbau unserer Wohnung nicht vorangeht. Aber bis zur ersten Bestandsaufnahme durch den Sachverständigen wird es wohl das Beste sein."

Ich versuchte, die Baustelle aus meinem Kopf zu verdrängen und nutzte die ruhigen Bürotage bis zum Jahresende, um einen sehr lieblos formulierten und mit tausend überflüssigen Details verzierten Bericht in eine halbwegs interessante Lektüre zu verwandeln. Angesichts der zahlreichen praktischen und realen Probleme, mit denen wir uns im Rahmen der Sanierung seit nunmehr sieben Monaten auseinandersetzen durften, fragte ich mich zum wiederholten Mal, ob sich überhaupt jemand für die häufig formalen und eher theoretischen Abhandlungen interessierte, die einen erklecklichen Teil meiner Berufstätigkeit ausfüllten.

Vorsichtshalber wollten wir uns am 2. Januar davon überzeugen, ob zwischen den Feiertagen weitere Arbeiten in unserer Wohnung ausgeführt worden waren. Bei der GERESA war aber kein Bauschlüssel für uns hinterlegt worden, und der Pförtner sah auch keine Möglichkeit, einen zu beschaffen. Kein guter Start ins neue Jahr.

Sasel

In den ersten Januartagen trafen sich die Miteigentümer und die Hausverwaltung in Herrn Mohrs erst jetzt wieder hergerichteter Wohnung, um Herrn Freitag vorzustellen, ihn um eine Bestandsaufnahme zu bitten und mit der GERESA unsere jüngste Mängelliste zu erörtern. Fischer war nicht nur schon weit vor uns gekommen, sondern wurde auch von seinen beiden Vorgesetzten Neumann und Schröder begleitet. Das beruhigte etwas, denn so hofften wir, uns nicht nur von seiner Schnodderigkeit nerven lassen zu müssen, sondern die einzelnen Punkte sachlich erörtern zu können.

Der erste Eindruck, den Andreas Freitag bei den übrigen Besprechungsteilnehmern hinterließ, stand indes unter keinem guten Stern, denn er verspätete sich um mehr als zwanzig Minuten. Und seine ausführliche und mit großem Bedauern vorgetragene Entschuldigung unter Hinweis auf das hohe Verkehrsaufkommen änderte nichts an dem Umstand, dass ich bis zu seinem Erscheinen immer nervöser wurde und schließlich befürchtete, er würde überhaupt nicht mehr kommen.

Schnell war jedoch der Ärger über die Wartezeit verflogen, denn er strahlte zur Freude der Miteigentümer und Frau Silves schon aufgrund seiner stattlichen Erscheinung, seines freundlichen Gesichtsausdrucks sowie seiner klaren Sprache Kompetenz, Souveränität und persönliche Zugewandtheit aus, was die erwünschte Unterstützung erwarten ließ. Schröder beobachtete ihn indes durch schmale Augen und mit leicht gerunzelter Stirn, während unser schmächtiger Bauleiter mal wieder in enormem Tempo und kastagnettengleich mit den Augen plinkerte.

Bevor wir Freitag um eine Bewertung des erreichten Sanierungsstands baten, ergriffen Franziska und ich das Wort und erläuterten der kleinen Versammlung nicht ohne gelegentlichen Seitenhieb auf unsere Hausverwaltung, dass seit nunmehr sieben Monaten ausschließlich wir es gewesen wären, die sich auf Auftraggeberseite um die einzelnen Baufortschritte gekümmert und dabei zahlreiche Fehler und Mängel aufgedeckt hätten. Dies beträfe nicht nur unsere und die Nachbarwohnung, sondern das gesamte Wohngebäude. Der dramatische Wassereinbruch im Keller sei dabei zweifelsfrei als bisheriger Höhepunkt zu bezeichnen, wobei sowohl die Haftung hierfür als auch die längerfristigen Folgen gleichermaßen ungeklärt wären.

Als nicht minder gravierend müssten wir jedoch den nur uns betreffenden Pfusch – wir hatten uns zuvor darauf verständigt, dass Franziska exakt dieses Wort erwähnte – in unserer Wohnung betrachten: Dämm- und Trockenbaumaßnahmen zur niederschlagsreichsten Jahreszeit und bevor die Gebäudehülle durch den Einbau von Fenstern geschlossen wurde – sowohl Dämmwolle als auch Gipskartonplatten hätten deswegen ausgetauscht werden müssen; trotz aushängender Grundrisse und bekannter Maße für die Türausschnitte drei Anläufe für die Wiedererrichtung des Badezimmers; fehlende Trennwand zwischen den Wohnungen auf dem Spitzboden bei verschlossener Geschossdecke; vorschriftswidrige Verlegung von Elektroleitungen; Missachtung von vereinbarten und verbindlichen Vorgaben beim Verlegen des Estrichs; schließlich eine Dampfsperre, die sicherlich nicht abnahmereif sei, jedoch immerhin nachgebessert werden konnte, solange die Decken und Wände noch offen waren. Wie sie hinter den bereits verschraubten Beplankungen im Obergeschoss beschaffen sei, entzöge sich unserer Kenntnis, würde aber sicherlich der noch ausstehende Dichtigkeitstest zeigen.

Dabei sei von der GERESA zunächst jede unserer Mängelanzeigen in völlig unangemessenem Tonfall als überflüssige Mäkelei von fachlich Unkundigen bestritten und jeweils erst nach längeren Auseinandersetzungen aufgegriffen worden. Nach alledem hätten wir nun nicht nur den Vorschlag, die weiteren Baumaßnahmen durch einen Sachverständigen wie Herrn Freitag begleiten zu lassen, sondern zudem die Bitte an die GERESA, uns einen anderen Bauleiter wie zum Beispiel Herrn Svenzke zuzuordnen.

Wir hatten uns bemüht, unsere Kritik möglichst ruhig und emotionsfrei vorzutragen, was Franziska regelmäßig besser gelang als mir. Danach herrschte betretenes Schweigen, und man konnte bei Schröder geradezu hören, wie es hinter seiner Stirn klickerte. Fischer hingegen zwinkerte und grinste – wahrscheinlich aus Freude über die vielen Scharmützel, die er mit uns ausgefochten hatte.

Schröder war es schließlich auch, der als erster das Wort ergriff:

„Wo gehobelt wird, fallen leider auch Späne", begann er wenig einfallsreich, dafür umso theatralischer. „Leider lässt es sich bei Bausanierungen nicht immer vermeiden, dass Fehler passieren und manche Arbeiten auch doppelt gemacht werden müssen. Das hängt einerseits mit den jeweils vorgefundenen Rahmenbedingungen und Materialien zusammen, auf die der Neubau abgestimmt werden muss. Andererseits haben wir es seit einiger Zeit mit einer Vollauslastung fast sämtlicher Gewerke zu tun, weswegen man uns leider nicht immer nur die besten Leute zur Verfügung stellen kann. Dies betrifft im Übrigen auch unsere eigene Arbeitslage: Unsere Bauleiter haben alle bis zur Oberkante Unterlippe zu tun, da können wir nicht mal eben einen Bauleiter durch einen anderen ersetzen. Und selbst wenn ich es könnte, würde ich davon im jetzigen Stadium ausdrücklich abraten, denn Herr Fischer mag ja vielleicht manchmal etwas forsch auftreten, aber er ist wirklich ein guter Mann und mit all den vielen Kontakten und internen Kenntnissen, die er sich für Ihre Sanierung aneignen musste, durch niemanden zu ersetzen."

Ich erinnerte Schröder an unser Telefonat im November, in dem wir übereingekommen waren, dass Qualität Vorrang vor Schnelligkeit einzuräumen ist. „Leider haben wir seit vielen Wochen den Eindruck, dass – gleich, ob zum richtigen Zeitpunkt und auch, wenn sich die Gewerke gegenseitig behindern – möglichst viele Maßnahmen ganz schnell angeschoben werden sollen und die Qualität in erheblichem Maße darunter leidet."

„Kann ja sein", ergänzte Franziska, indem sie Fischer ignorierte und stattdessen Schröder direkt ansprach, „dass Herr Fischer organisatorisch etwas überfordert ist." Und nach einer rhetorischen Kunstpause fügte sie hinzu: „Im Übrigen haben wir seine fachliche Eignung nie in Frage gestellt."

„Sage ich doch", erwiderte Schröder aufatmend. „Ist ein richtig guter Architekt, der junge Mann. Auf solche Talente kann man doch nicht mal eben verzichten, nur weil die Chemie nicht stimmt."

Ich ersparte den Anwesenden eine weitere Kommentierung und schaute Freitag an. Er hörte unserem kleinen Disput zwar mit Interesse zu, sagte jedoch nichts. Wäre auch zu früh gewesen, sich hier einzumischen, bevor wir ihm überhaupt Gelegenheit gegeben hatten, sich vorzustellen.

„Ich denke, wir sind alle gut beraten", schob Herr Mohr schließlich die Kuh zumindest ein kleines Stück vom Eis, „wenn wir über die künftige Mitarbeit von Herrn Fischer erst entscheiden, nachdem Herr Freitag seine Bestandsaufnahme durchgeführt hat. Von allen Anwesenden kann nur er neutral beurteilen, ob die von der Hausverwaltung aufgeführten Mängel zutreffen."

„Ihre Wohnung ist ja auch gerade fertig geworden", knurrte Franziska gerade laut genug, um von allen Anwesenden verstanden zu werden.

„Okay", trat nun Freitag aufs Podest. „Dann will ich mich mal als Schlaumeier und Besserwisser vorstellen." Alle kicherten erleichtert über die kleine Stimmungsaufhellung. „Und ich würde vorschlagen, so zu verfahren, wie ich es in derartigen Situationen immer halte: Wir gehen Raum für Raum durch und anschließend um das Haus. Die Vertreter der GERESA und ich protokollieren meine Feststellungen, die wir zum Schluss abgleichen. Wie Sie mit den einvernehmlichen Ergebnissen dann umgehen, kann nur die Hausverwaltung als Auftraggeberin entscheiden. Gibt es Gesprächsbedarf für diese Wohnung?", wandte Freitag sich an Herrn Mohr.

„Ja, nein", antwortete der Gefragte überrascht. „Die Maler sind gestern Nachmittag gerade fertig geworden. Und die Abnahme erfolgt in Kürze durch einen befreundeten Architekten."

„Dann können wir also gleich nach oben in die hauptgeschädigte Wohnung gehen."

„Darf ich mich also verabschieden?", fragte Herr Mohr.

„Leider nein", antwortete Frau Silves, „wenn nach Ihrem Vorschlag verfahren werden soll, werden Sie später noch benötigt, um über einen Auftrag an den Sachverständigen sowie vielleicht auch den Wechsel der Bauleitung mit abzustimmen."

Also stapften wir alle durch das seit der Estrichlegung völlig versandete und schon seit den Abbrucharbeiten ohnehin stark verdreckte Treppenhaus in unsere Wohnung, wo Freitag seine Bestandsaufnahme im Wohnzimmer begann.

„Als erstes wüsste ich natürlich gerne", indem er abwechselnd Fischer, Neumann und Schröder anschaute, „welche zeitlichen Vorstellungen Sie zur Fertigstellung der Sanierungsmaßnahmen haben."

Schröder und Neumann schwiegen und blickten Fischer an.

„Ach so, ja, klar", fuhr Freitag daraufhin fort. „Herr Fischer ist ja der Bauleiter. Wann planen Sie also, mit der Sanierung abzuschließen und das Haus wieder an seine Bewohner zu übergeben, Herr Fischer?"

„Ich, äh, nun ja, also, so zügig wie möglich natürlich. Wahrscheinlich wären wir längst fertig, wenn wir auf Wunsch der Eigentümer nicht immer alles doppelt und dreifach machen müssten."

„Wenn es beim ersten Mal in Ordnung wäre, müssten Sie auch nichts doppelt machen", stellte Freitag knapp fest. „Aber mal etwas konkreter: Sie werden doch bestimmt einen Zeit- und Ablaufplan haben!"

Fischer lachte: „So oft, wie ich den schon hätte überarbeiten müssen, würde der mich noch mehr von der Arbeit abhalten als die ständigen Nachbesserungen."

„Das heißt also im Klartext, Sie sanieren das Gebäude hier seit über sieben Monaten und haben bislang noch keinen Zeit- und Ablaufplan aufgestellt? Abgesehen davon, dass man so ja kaum den verschiedenen Gewerken frühzeitig signalisieren kann, wann sie für welche Arbeiten benötigt werden – was haben Sie denn bislang den Eigentümern gesagt, wenn die gelegentlich mal wissen wollten, wann sie vielleicht ihre Wohnungen wieder beziehen können?"

„Mmh, äh, das müssen wir ja ohnehin ständig situativ entscheiden."

„Ach so, Sie entscheiden situativ. Also, dann schlage ich vor, dass Sie als erstes der Hausverwaltung als Ihrer Auftraggeberin bis zum nächsten Wochenende einen Zeit- und Ablaufplan vorlegen, aus dem am Ende auch hervorgeht, wann Sie das Haus abnehmen lassen und übergeben können."

Fischer blickte Neumann und Schröder an. Neumann hörte mit ersichtlichem Interesse zu, Schröder stand mit verschränkten Armen im rückwärtigen Teil des Wohnzimmers und verzog keine Miene. Freitag schrieb etwas auf seinen elektronischen Notizblock, Fischer kritzelte gleichgültig ein paar Worte auf ein Stück Papier.

„Dann wäre der Punkt also geklärt", fuhr Freitag fort. „Ich schlage vor, dass wir jetzt zunächst die Mängelauflistung der Verwaltung durchgehen. Hier steht, dass die Dampfsperre im Wohnzimmer nicht ordentlich verklebt und daher undicht ist. Das lässt sich", er deutete mit einer großzügigen Bewegung seines rechten Armes auf zwei Wände und die Decke, „in der Tat kaum übersehen oder gar bestreiten. Was meinen Sie, Herr Fischer?"

„Ähm, der Trockenbauer ist hier doch noch gar nicht fertig", brachte er in rasantem Stakkato hervor.

Neumann sprang seinem jungen Kollegen zur Seite: „Es handelt sich hier ja um eine zweigeschossige Wohnung. Die Dampfsperre muss daher erst an der obersten Geschossdecke dicht sein. Die Decke zwischen den beiden Geschossen ist eine Zwischendecke zwischen gleichmäßig beheizten Räumen und kann offen bleiben."

„Grundsätzlich richtig", antwortete Freitag, der mit Anfang fünfzig etwa ebenso alt war wie Neumann. „Aber dann hätten Sie hier eigentlich überhaupt keine Folien in die Decke zu legen brauchen. Allerdings liegt über dem Wohnzimmer genau dort, wo wir gerade stehen, ein Badezimmer, das nur den höheren Teil der Flachdachgaube ausfüllt. Wie kann ich dann bei offener Decke sicherstellen, dass nicht Luft in den nicht genutzten und auf alle Fälle kalten Teil der Gaube entweicht? Und die Gaubenfront hier drüben", er durchquerte den Raum mit wenigen Riesenschritten bis zu den schwarzen Unterspannbahnen, die immer noch anstelle der neuen Fenster Regen und Wind abhalten sollten, „muss auf alle Fälle dicht sein, denn sie bildet die Außenwand. Besser ist es in jedem Fall, Zimmer für Zimmer abzudichten. Wie wollen Sie beim Blower-Door-Test sonst undichte Stellen zuverlässig orten? Im Übrigen", deutete er auf das Abwasserrohr und die Wasserleitung für das obere Bad, die zwischen den beiden Aussparungen für die Fenster nach unten führten, „müssen diese beiden Leitungen weiter innen verlaufen, damit sie nicht ungedämmt vor der Holzbeplankung liegen. Nachbessern", forderte er knapp und widmete sich nach einer weiteren Notiz in seinen elektronischen Notizblock dem Stahlträger, der neben der Gaube nackt und blank in der Dachschräge lag. „Auch hier muss noch kräftig gedämmt werden. Sie können doch nicht 26 Zentimeter Mineralwolle ins Dach stopfen und daneben einen 25er Doppel-T-Träger ohne Isolierung laufen lassen. Eine schönere Wärmebrücke gibt es nicht!", rief er vorwurfsvoll Neumann und Fischer zu.

„Ist doch noch gar nicht fertig", versuchte Fischer zu rechtfertigen, „hier wird ständig etwas moniert, bevor die Arbeiten abgeschlossen sind."

„Umso besser", lächelte Freitag ihn freundlich an, „dann können Sie ja noch eine detaillierte Wärmebrückenberechnung durchführen, damit der Trockenbauer weiß, wie viel Material er einbringen muss, bis der Stahlträger keine Wärmebrücke mehr bildet."

Fischer verdrehte die Augen und schaute ihn und Neumann verständnislos an. Schröder stand mit seinen verschränkten Armen scheinbar interesselos weiterhin ganz hinten im Raum.

Freitag schien irritiert: „Detaillierte Wärmebrückenberechnung. Ist bei Wohnraumsanierung zwingend. Kann mir jemand folgen?"

„Machen wir eigentlich nie", versuchte Fischer die unheilvolle Aufgabe abzuwenden.

„Tatsächlich?", fragte Freitag. „Und weil Sie dann auch nicht wissen, wie viel Dämmmaterial Sie dort benötigen, dämmen Sie im Bereich von Wärmebrücken überhaupt nicht, sehe ich das richtig?", hakte er inzwischen etwas ungeduldig nach. „Nur, damit hier keine Missverständnisse entstehen: Auch im Bereich der Wohnraumsanierung sind die Vorschriften und Normen der EnEV 2015 zwingend zu beachten, hierzu gibt es keine zwei Meinungen. Und wenn dabei unterschiedliche Materialien aufeinander treffen, Herr Schröder, muss man sich eben ein paar Gedanken mehr machen, wie man die Probleme löst. Also macht Herr Fischer oder einer seiner Kollegen, der sich damit möglicherweise besser auskennt, bitte als erstes eine detaillierte Wärmebrückenberechnung. Nächster Punkt."

Fischer verdrehte die Augen. Schröder legte seine hohe Stirn in Falten. Ich wies auf den fehlenden Verbundestrich unter dem geplanten Kaminofen hin, der bei einem Eigengewicht von 500 Kilo nicht auf schwimmendem Estrich aufgebaut werden dürfte und bat Freitag um seine Einschätzung, ob dort entgegen meiner Vermutung möglicherweise doch Verbundestrich geschüttet worden sein konnte.

„Nein, natürlich nicht", lautete die erwartete Antwort, „sonst wäre ja eine Fuge zwischen dem schwimmenden und dem Verbundestrich zu sehen. Und die GERESA wusste, dass hier wegen eines Ofeneinbaus kein schwimmender Estrich gelegt werden durfte?", fragte Freitag sowohl mich als auch Fischer.

„Davon höre ich zum ersten Mal!", platzte Fischer heraus.

„Was sagen Sie da?", fuhr ich ihn lautstark an und blätterte in meinem Ordner zur Sanierung. „Hier ist es." Ich hielt ihm die entsprechenden Ausdrucke unseres Mailverkehrs unter seine weiße Nase: „Ich habe Ihnen bereits im August die Montageanleitung des Ofenherstellers zugemailt und Sie insbesondere auf Seite elf hingewiesen, aus der hervorgeht, dass hier Verbundestrich zu liegen hat. Und ich habe Ihnen die Montageanleitung sogar ein zweites Mal zugemailt, nachdem Sie mich im September angerufen hatten, weil Sie die erste nicht mehr finden konnten. Und schließlich habe ich Sie am 17. Dezember angerufen, Sie nochmals an den Verbundestrich erinnert und den aus Ihrer Sicht ebenso lächerlichen wie überflüssigen Vorschlag gemacht, die Estrichleger um Mitnahme von einigen Verschalungsbrettern zu bitten, damit sie die Fläche für den Ofen abtrennen konnten. Und jetzt behaupten Sie hier allen Ernstes, Sie hätten von dem Thema noch nie etwas gehört? Entweder leiden Sie unter juveniler Demenz, was Ihre mangelhafte Bauaufsicht zumindest teilweise erklären und Sie gleichzeitig absolut disqualifizieren würde. Oder Sie lügen selbst vor versammelter Mannschaft schamlos und dreist, was ebenfalls völlig inakzeptabel ist. Wenn Sie sich nicht umgehend entschuldigen, bekommen Sie Hausverbot für unsere Wohnung, dann kann Ihr Chef gleich auf die Suche nach einem anderen ‚guten Mann' gehen!"

Ich hatte mich wütend mächtig in Rage geredet und war immer lauter geworden. Nach einer kurzen Pause, in der niemand der Anwesenden und schon gar nicht Fischer etwas sagte, sondern gleichermaßen betreten wie gespannt wartete, wie dieses Theater wohl weitergehen würde, wandte ich mich nunmehr direkt an Schröder, der nach wie vor scheinbar anteilslos in der Ecke stand: „Sagen Sie, Herr Schröder, wie lange sollen wir Ihren Mitarbeiter allen Ernstes noch ertragen? Bis wir alle reif für die Klapsmühle sind – ist das Ihr Ziel? Ich fordere Sie nochmals auf, ihn mit sofortiger Wirkung von unserer Baustelle abzuziehen und durch einen verantwortungsvolleren Bauleiter zu ersetzen!"

Schröder konnte nicht länger den völlig unbeteiligten stillen Zuhörer spielen. Auch wenn er sich bislang überhaupt nicht eingemischt hatte, musste er sich nun irgendwie schützend vor seinen jüngsten Mitarbeiter stellen; schließlich hatte er ihn mit der Bauleitung für unsere Sanierung beauftragt.

„Selbstverständlich bekommen Sie Ihren Verbundestrich", kündigte er in jovialem Tonfall großzügig an, als handele es sich um ein verspätetes Weihnachtsgeschenk. „Ist ja wirklich kein Problem, den Fußboden nochmal aufzumachen. Und über alles andere", ergänzte er leise, „reden wir doch bitte, wie vorhin vereinbart, zum Schluss."

Freitag hatte die Szene mit Interesse verfolgt, ohne sie zu kommentieren oder gar Partei zu ergreifen. Als er merkte, dass er mit seiner Bestandsaufnahme fortfahren konnte, schüttelte er kaum merklich den Kopf und konzentrierte sich auf seine Notizen. Nachdem offensichtlich niemand mehr etwas ergänzen wollte, nickte er Fischer zu und sagte nur:

„Verbundestrich legen."

„In der Nachbarwohnung auch", fügte ich hinzu.

„Zu der kommen wir ja noch", beruhigte Freitag.

„Gut, dann bleiben wir einstweilen hier und auch beim Thema Estrich: Im Duschbad ist keine Aussparung für die möglichst bodentiefe Duschtasse vorgesehen, und auch die Abwasserleitung kann so sicherlich kaum installiert werden."

Freitag ging durch den Flur bis zu dem kleinen Bad und kam kopfschüttelnd wieder:

„Geht gar nicht. Muss geändert werden."

„Kann man doch wieder aufmachen", maulte Fischer, den Lösungsvorschlag seines Chefs aufgreifend, genervt.

Wir gingen ins Esszimmer, wo die neuen Veluxfenster etwas fahles Januarlicht in den Raum ließen und mir neulich nicht einfallen wollte, was mich an dem dort bereits abgeschlossenen Trockenbau eigentlich gestört hatte. Freitag fiel es sofort auf:

„Die Lichtaustritte in der Laibung sind falsch. Sie werden oben im Sturz parallel zur Zimmerdecke geführt und nicht, wie hier, im rechten Winkel zum Dachflächenfenster. So entsteht nicht so leicht Kondenswasser und außerdem kommt deutlich mehr Licht in den Raum. Wussten Sie das nicht, Herr Fischer?"

Statt einer Antwort zwinkerte der Angesprochene und kritzelte etwas auf sein Stück Papier.

„Sieht oben genauso aus", knurrte ich.

„Schauen wir uns ja gleich an", fuhr Freitag nach einem Blick in die Küche fort. Dort waren, wie auch im Esszimmer, noch die alten Fenster eingebaut, weswegen man sich über Abdichtungsfragen unter den künftigen Fensterbänken noch keine Gedanken zu machen brauchte. Als Freitag mit seinen sicherlich hundert Kilo einen Fuß auf die erste Treppenstufe setzte, quietschte und knarzte es gewaltig, und die gesamte Treppe begann zu wackeln.

„Die Antrittsstufe ist zu niedrig", monierte er, „außerdem ist die Treppe instabil. Muss ausgerichtet und befestigt werden", wandte er sich an Fischer.

„War neulich noch in Ordnung", gab der zur Antwort.

„Neulich? In Ordnung war sie, bevor der alte Fußboden rausgestemmt wurde", kommentierte Franziska bissig. „Das war im Sommer!"

Inzwischen waren auch Neumann und Schröder nach oben gekommen, wobei die Treppe insbesondere unter Schröders Gewicht bedenkliche Laute von sich gab. Er kommentierte dies jedoch mit keinem Sterbenswörtchen.

„Was ist denn hier passiert?", rief Freitag aus dem Schlafzimmer. Neugierig beeilten sich alle, ihm dorthin zu folgen. „Hier muss der Trockenbauer ja wohl mächtig einen im Tee gehabt haben", zeigte er auf die schiefe Beplankung der Dachschräge. „Halten Sie diesen Mangel auch für eine ‚Falschaussage der Eigentümer', Herr Fischer?"

„Ich, äh, das liegt an der Konstruktion des neuen Dachstuhls. Das kann man jetzt nicht mehr ändern. Da müssen die Eigentümer sich mit abfinden", stotterte Fischer zusammen.

„Da wären sie aber mit dem Klammerbeutel gepudert – seit wann bauen wir denn so schiefe Räume? Das muss alles wieder geöffnet und nach der Ursache gesucht werden. Und wenn der ganze schöne neue Dachstuhl wieder abgerissen werden muss."

„Würde den schönen neuen Zeit- und Ablaufplan etwas durcheinanderbringen", entfuhr es mir.

Fischers Gesichtsfarbe entsprach lupenreinem RAL 9010. Schröder runzelte die Stirn und pfiff kaum hörbar durch die Zähne. Neumann wippte unbehaglich von einem Fuß auf den anderen.

„Sicherlich haben Sie Fotos vom neuen Dachstuhl, Herr Fischer, nicht wahr?"

„Ich, äh, normalerweise machen wir nur Aufnahmen von Mängeln."

„Dann hätten Sie ja hier ein paar machen können", meinte Freitag, „denn hier liegen ja sehr offensichtliche Mängel vor."

„Der Dachstuhl hatte keine Mängel, der Zimmerer hat sauber gearbeitet", beharrte Fischer.

„Sicherlich", konzedierte Freitag großzügig. „Dann muss der Trockenbauer eben enorm gepfuscht haben. Ich sehe mir das nachher mal von außen an."

„Wie, von außen?", fragte Fischer. „Das Dach ist doch gedeckt."

„Man kann doch wohl trotzdem ein paar Dachpfannen hochnehmen und sich die Sparren anschauen, oder? Und hier drinnen", fuhr er fort, „sind wir wohl auch noch nicht fertig. Die Verwaltung hat Ihnen geschrieben, dass der Trockenbau mit zu großem Versatz und unzulässig breiten Zwischenräumen gestellt worden ist. Da lag sie ja nicht völlig neben der Spur", stellte Freitag fest, indem er auf verschiedene Wandabschnitte im Schlafzimmer und im Flur verwies. „Und das hier", er deutete auf den kleinen Ausschnitt in der Decke des Flurs, „soll doch nicht etwa das Loch für die Bodentreppe sein? Da passe ich ja gerade mit dem Kopf durch!"

„Nun warten Sie doch mal ab, bis es fertig ist", zischte Fischer den Sachverständigen in seinem uns wohl bekannten pampigen Tonfall an. „Noch ist keine Bodentreppe eingebaut – oder sehen Sie hier irgendwo eine, aye?"

„Doch, hier liegt eine", meldete Franziska, „schön verpackt in einem erstaunlich kleinen Karton – ach so: Steht ja auch ,Modell

Liliput' drauf, dann passt sie bestimmt in das kleine Loch in der Decke."

„Muss der Trockenbauer bestellt haben", erläuterte Fischer, „kann ich nichts für."

„Gut", kürzte Freitag weitere überflüssige Diskussionen um Schuldzuweisungen ab, „Treppe wird getauscht, der Deckenausschnitt muss ja ohnehin vergrößert werden, denn wie wollen Sie sonst die fehlende Trennwand zwischen den Wohnungen auf dem Spitzboden bauen, Herr Fischer? Passt doch wirklich kein ausgewachsener Mann durch das Loch!"

Statt einer Antwort kritzelte Fischer wieder etwas auf sein Stück Papier. Im Arbeitszimmer wiesen wir auf die im November stark durchnässte Dämmwolle in der Dachschräge hin, auf der inzwischen die Dampfsperre lag. Freitag holte ein Messer aus seiner Tasche, schnitt einen Schlitz in die Kunststofffolie und steckte seinen Arm tief in die Mineralwolle.

„Ist nur feucht, nicht nass", stellte er fest, nachdem er verschiedene Stellen abgetastet hatte. „Mineralwolle muss Feuchtigkeit aufnehmen können und gibt sie auch wieder ab. Nur wenn sie richtig nass ist, fällt sie zusammen und dämmt dann auch nicht mehr. Dann muss sie ausgetauscht werden. Hier haben Sie gerade noch mal Glück gehabt", wandte er sich an Fischer und ergänzte, indem er auf die Schnittstelle zeigte: „Muss wieder zugeklebt werden!"

Nachdem es hier oben keinen weiteren Besprechungsbedarf gab, zogen wir alle in die Nachbarwohnung, wo Freitag ähnliche Mängel wie in unserer monierte: Der fehlende Verbundestrich, der ungedämmte Doppel-T-Träger, die schlampige Dampfsperre sowie insbesondere eine falsch verlegte Dämmung im oberen Badezimmer, die nach seiner Einschätzung „todsicher bereits in wenigen Monaten" zu erheblichen Mengen an Kondenswasser auf der Rückseite der Gipskartonwand und in der Folge zu deren

Durchfeuchtung führen würde. Davon abgesehen war der Zuschnitt des Badezimmers kaum zu gebrauchen, weil der Wohnungseigentümer unseren Rat, auch hier schmalere Türen einzufordern, in den Wind geschlagen hatte. „Ich muss hier ja nicht wohnen", argumentierte er, denn er wollte die Wohnung nach Fertigstellung möglichst bald versilbern.

Nach einem Rundgang um das Gebäude, auf dem der Sachverständige den noch offenen Unterschlag, unverkleidete Holzfassaden und den ungestrichenen, aber der Witterung erheblich ausgesetzten Ortgang bemängelte, holte er sich eine Leiter und kletterte die drei Meter bis zur Dachrinne hinauf. Dort angekommen, legte er jeweils zwei benachbarte Dachpfannen beiseite und kraxelte auf den Dachlatten nach oben, bis er in Höhe des zweiten Obergeschosses die Stelle erreicht hatte, wo unsere schiefe Schlafzimmerwand sein musste. Er räumte weitere Dachpfannen beiseite und blickte nach allen Seiten in den Dachstuhl. Dann legte er die Pfannen wieder an ihre Plätze zurück und kam langsam wieder runter.

„Dachstuhl scheint okay", kommentierte er knapp seinen Ausflug. „Muss also von innen noch mal geöffnet werden, damit man den Fehler findet."

Inzwischen hatte es zu regnen begonnen, weswegen wir es umso mutiger von Freitag fanden, ohne weitere Sicherung auf einem nassen Dach herumzuturnen. Wird er wohl schon öfter gemacht haben, vermutete ich. Nach mehr als zwei Stunden versammelten wir uns erneut in Herrn Mohrs Wohnung. Alle Miteigentümer sowie Frau Silves schienen von Freitags Kompetenz und Durchsetzungsvermögen beeindruckt, und so gab es schnell ein einstimmiges Votum, ihn mit der Begleitung des verbleibenden Sanierungsvorhabens und seiner Qualitätssicherung zu beauftragen. Die hierdurch entstehenden zusätzlichen Kosten wollten wir gerne übernehmen, wenn dadurch gewährleistet war, dass das Haus ordentlich und nachhaltig wieder aufgebaut wurde.

Schließlich kamen wir auf unseren Antrag zurück, den Bauleiter auszuwechseln, was uns nach dessen Auftritt und Verhalten in den vergangenen Stunden als geradezu selbstverständlich erschien. Auch bei Schröder unterstellte ich, dass er sich heute ein zutreffendes Bild von der Gleichgültigkeit, Verantwortungslosigkeit und Rüpelhaftigkeit seines jungen Bauleiters machen konnte und einsah, dass man mit diesem Mann nicht länger zusammenarbeiten wollte. Umso überraschter war ich, als er erstmals seit Stunden wieder das Wort ergriff:

„Ich finde, Sie haben da soeben genau die richtige Entscheidung getroffen", wandte er sich ausschließlich an die leicht irritiert dreinblickende Frau Silves, „indem Sie Herrn Freitag mit der Qualitätssicherung der weiteren Sanierungsarbeiten beauftragen. Wir alle konnten uns in den vergangenen Stunden davon überzeugen, dass dieser Bausachverständige über herausragende Fachkenntnisse verfügt, die in dieser verfahrenen Situation nur von größtem Nutzen sein können. Eine echte Win-win-Situation also", unterbrach er, um zu beobachten, ob sein Honig bei allen Mäulern angekommen war.

Was hatte dies mit Fischer zu tun? Wollte Schröder etwa vorschlagen, dass unser neuer Bauleiter Freitag heißen sollte?

„Vor diesem Hintergrund", fuhr er fort, „schlage ich als Vorgesetzter von Herrn Fischer vor, dass wir ihn hier weiterhin als Bauleiter einsetzen, denn niemand könnte auf die Schnelle seine wertvollen Verbindungen zu den Gewerken und Zulieferern ersetzen, sondern müsste sich mühsam in alles neu einarbeiten. Abgesehen davon wüsste ich wirklich nicht, welchem anderen Mitarbeiter der GERESA ich die Aufgaben von Herrn Fischer übertragen könnte."

Was für wertvolle Verbindungen, dachte ich, wenn Fischer sie ganz offensichtlich überhaupt nicht pflegt. Und wir sollten uns weiter mit seinem unfähigsten Mitarbeiter abkaspern, weil die GERESA bis zum Eichstrich Aufträge angenommen hatte und alle anderen Bauleiter wahrscheinlich schon seit Jahren ein tiefrotes Überstundenkonto vor sich her schoben.

„Wir sind nun also in der glücklichen Situation", setzte Schröder schließlich zur Conclusio an, „weiterhin die wertvollen Grundlagenarbeiten von Herrn Fischer nutzen und zusätzlich eine großartige Qualitätssicherung durch Herrn Freitag in Anspruch nehmen zu können. Ich halte dies für einen ausgezeichneten und geradezu glücklichen Kompromiss und bin sicher, dass sowohl die Hausverwaltung als auch die Eigentümer", erstmals wandte er sich uns zu, „gut damit leben können."

„Stimmt, mit Herrn Freitag kann ich gut leben!", meldete sich Franziska zu Wort. „Mit Herrn Fischer hingegen sind wir fertig, und ich dachte eigentlich, dass dies nach seinem heutigen Auftritt alle anderen Anwesenden ebenso sehen. Kurz: Wir beantragen einen anderen Bauleiter!"

„Ich habe keinen anderen", erwiderte Schröder gedehnt, „und deswegen muss Ihr Antrag leider ins Leere laufen."

„Das grenzt, nein, das ist Erpressung!", stellte Franziska fest.

„Wenn ich also die Arbeit von Herrn Fischer qualitätssichern soll", versuchte Freitag, den größtmöglichen Nutzen aus Schröders Ausführungen zu ziehen, „und Herr Schröder meint, dass die GERESA davon profitiert, dann wäre es ja wohl nur recht und billig, wenn sie auch die Hälfte meiner Kosten übernimmt. Sonst würden Sie ja auf Kosten der Hausgemeinschaft von meiner Expertise profitieren, nachdem Sie offensichtlich keinen geeigneten Bauleiter einsetzen können", setzte er noch einen drauf.

„Machen wir meinethalben gerne", bot Schröder großzügig an, zumal er vermutlich ahnte, dass er diese Kosten auf die Versicherung abwälzen konnte.

Trotz der klaren Absage von Schröder zu einem alternativen Bauleiter forderte Frau Silves schließlich die Miteigentümer auf, über unseren Antrag abzustimmen. Im Ergebnis waren nur Franziska und ich dafür, Herr Mohr dagegen („sonst werden wir ja nie fertig, wenn sich da erst wieder jemand neu einarbeiten muss") und von unseren neuen künftigen Mitbewohnern gab es Enthaltungen, weil sie die Situation als persönliche Fehde zwischen Fischer und uns betrachteten.

Franziska und ich schauten uns einigermaßen enttäuscht an. „Bis Ende Februar schaue ich mir das noch an", sagte sie zu Schröder. „Wenn dann weiterhin so viel Mist passiert wie bisher, erteilen wir Herrn Fischer Hausverbot. Am besten machen Sie sich also beizeiten auf die Suche nach einem Ersatz!"

„Bis dahin ist längst alles fertig", grinste Fischer frech, der schon wieder Oberwasser sah.

Neunter Abschnitt: Tanz der Zitronenfalter

Kapitel 24

Rothenburgsort

„Mit diesem Freitag ist ja wohl nicht zu spaßen", eröffnete Schröder die Besprechung, zu der er Fischer, Neumann und Svenzke unmittelbar nach Rückkehr in die GERESA gebeten hatte. „Der scheint seine Schularbeiten gemacht zu haben und lässt sich nicht die Butter vom Brot nehmen. Ziemlich lästig, dass die Silves den ausgerechnet auf der Zielgeraden noch aufgetrieben hat!"

„Waren wohl eher die Eigentümer, die etwas Rückendeckung suchten – so viel Konfliktstoff, wie da heute in der Luft schwelte", vermutete Neumann. „Im Übrigen kann ich Peters Einschätzung voll bestätigen, denn ich war mit Andreas Freitag zusammen in der Ausbildung. Damals galt er als großer Streber, der nicht nur alles, sondern auch immer alles besser wusste. Na ja, hat ihm ja offenbar nicht geschadet. Braucht wohl nur selten ein Bauhandbuch, um einen Bau zu kontrollieren."

„Wie konnte denn nur so viel Mist passieren, dass wir heute so peinlich vorgeführt wurden?", wandte sich Schröder, dem der Hut nicht nach Anekdoten stand, an Fischer und Neumann. „Hatten wir nach dem Drama mit dem Wassereinbruch im vergangenen November, als es Spitz auf Knopf stand und wir sogar befürchten mussten, dass man uns den Auftrag wieder entzieht, nicht vereinbart, dass Ihr gemeinsam wöchentliche Baubesprechungen durchführt und protokolliert und mit Jürgens Hilfe mögliche Fehler unseres jungen Kollegen bereits im Keim erstickt werden? Ich kann mich nicht erinnern, bis heute auch nur ein einziges dieser Protokolle zu Gesicht bekommen zu haben! Haben die von mir angeordneten Baubesprechungen überhaupt stattgefunden?"

„Natürlich, Herr Schröder", beeilte sich Fischer, den aufkommenden Groll seines Chefs abzufedern. „Und die Protokolle dazu habe ich Jürgen, ähm, Herrn Neumann zur Abzeichnung und Weiterleitung zugemailt."

„Bei mir ist jedenfalls keins angekommen", wiederholte Schröder der guten Ordnung halber, der gleichzeitig eingestehen musste, dass er in den vergangenen sechs Wochen auch schon etwas eher auf die Idee hätte kommen können, bei seinen Mitarbeitern einmal nachzufragen. Wie immer, war er auch in diesem Fall davon ausgegangen, dass sein Laden auch ohne sein Zutun ganz gut läuft.

„Wie viele Besprechungen gab es in der Zwischenzeit eigentlich?", fragte er Fischer und Neumann, um von seinen eigenen Versäumnissen abzulenken.

„Ähm, ja, also, eigentlich nur zwei", räumte Fischer schließlich ein.

„Zwei? In mindestens sechs Wochen?", stöhnte Schröder ungläubig. „Haben denn die Eigentümer keine weiteren Termine eingefordert?"

„Ja, ähm, nein", legte sich Fischer, dankbar für das Stichwort, eine geeignete Antwort zurecht, denn er konnte seinem Chef ja nicht berichten, dass es ihm gelungen war, in den einzigen beiden Besprechungen jegliches Interesse der Eigentümer und der Verwaltung an weiteren Terminen zu vereiteln. „Tatsächlich gab es bislang keine Möglichkeit", berichtete er also stattdessen, „einen weiteren gemeinsamen Termin mit der Verwaltung und den Eigentümern zu finden."

„Heute hat es doch auch geklappt", sagte Schröder verwundert. „Selbst ich habe dafür Zeit gefunden!"

„Ja, schon", versuchte Fischer seine Haut zu retten, „aber mit den Eigentümern ist das immer schwierig. Haben ja überwiegend auch alle noch ihren Job zu erledigen."

„Warst Du denn wenigstens bei den einzigen beiden Besprechungen dabei?", richtete Schröder sich nun an Neumann.

„Leider nein", antwortete der Angesprochene schulterzuckend. „Hatte jedes Mal andere Termine, die ich nicht verschieben konnte."

„Egal", befand Schröder, der keine weitere Lust auf Vergangenheitsbewältigung verspürte. „Wir müssen nun nach vorne schauen und dürfen uns nicht ständig von diesem Freitag vorführen lassen. Eigentümer, die nicht vom Fach sind, sind meinethalben das Eine; ein zertifizierter Bausachverständiger hingegen kann einem nicht nur das Leben schwer machen, sondern auch heftig an unserem hübschen Image als erstklassiger Gebäudesanierer kratzen. Und das können wir uns nicht leisten!"

„Kann doch nicht mehr viel schief gehen", ließ sich Fischer ein, „wir sind doch bereits in der Schlussphase."

„Nicht mehr viel schief gehen?", brüllte Schröder plötzlich mit hochrotem Kopf. „Ist bisher nicht genug schief gegangen? Der Wassereinbruch, der verkehrte Estrich, die wackelige Treppe und nicht zuletzt dieser offensichtliche Vollpfosten von Trockenbauer, den Du vermutlich auf dem Pinneberger Weihnachtsmarkt geschossen hast und der wohl alles falsch macht, was man nur falsch machen kann? Aber nein, Du hast ja recht, jetzt kann nicht mehr viel schief gehen, denn nun gibt es ja den teuren Sachverständigen, der alles überprüft, was Du als Bauleiter übersiehst!"

Erschöpft von seinem Wutausbruch ließ Schröder sich in seinen schweren Schreibtischstuhl zurückfallen.

„Und ich kann Dir nur einen sehr gut gemeinten, väterlichen Rat geben: Schlag gegenüber diesem Freitag einen anderen Tonfall an, denn dem kannst Du fachlich nicht annähernd das Wasser reichen, und er wird jede Gelegenheit nutzen, Dich und uns nach Strich und Faden vorzuführen. Das ist mir heute Mittag mehr als klar geworden. Also setz Dich auf Deinen Hintern und bastel erst mal diesen Zeitplan zusammen."

Fischer studierte angestrengt seine Notizen, um Schröder nicht ansehen zu müssen.

„Bis wann soll ich fertig sein?"

„Na, bis zum Wochenende, wie Freitag verlangt hat", antwortete Schröder.

„Nö, ich meine mit der Sanierung."

„Natürlich so schnell wie möglich, schließlich haben wir noch mehr Baustellen zu bedienen. Einige Wochen werden da ja wohl noch ins Land gehen. Sind ja teilweise noch nicht mal Fenster drin. Wieso dauert das eigentlich so lange?"

„Keine Ahnung, die HTF hat wohl Probleme mit ihrem Lieferanten."

„Na, egal. Mach wie gesagt erst mal den Zeitplan und arbeite dann die Punkte ab, die Freitag heute moniert hat. Und dann überleg Dir, welche Gewerke Du möglicherweise zeitgleich in die Wohnungen schicken kannst, damit es zügig voran geht. Eigentlich sollte sich der Endtermin dann von selbst ergeben."

Nun meldete sich Neumann zu Wort:

„Sollen wir auch die Wärmebrückenberechnung machen, von der Freitag gesprochen hat?"

„Ja selbstverständlich, gut, dass Du daran denkst, Jürgen. Hätte ich glatt vergessen. Musst Du also auch noch machen, Fischer."

„Kann ich nicht."

„Wie, kann ich nicht?"

„Keine Ahnung, wie das geht. Hatten wir im Studium nicht oder hab gerade gefehlt."

„Hm, kann man bestimmt lernen, oder?"

„Kann schon sein, Herr Schröder, aber eigentlich habe ich wirklich zu viel um die Ohren. Könnte das nicht jemand anders machen?", fragte Fischer hoffnungsvoll.

„Ich glaube, dass sich niemand hier um zusätzliche Aufgaben reißt, denn nach meinem Eindruck haben wir alle ziemlich viel auf dem Schreibtisch. Ist das denn so ein Hexenwerk?", fragte Schröder, der ebenfalls nicht über das entsprechende Rüstzeug verfügte, seine beiden älteren Bauleiter.

„Eine Wärmebrückenberechnung eigentlich nicht", antwortete Svenzke, nachdem Neumann keine Anstalten machte, die erbetene Auskunft zu erteilen. „Im Bereich der Wohnraumsanierung ist hingegen, wie Herr Freitag zutreffend gefordert hat, eine detaillierte Wärmebrückenberechnung vorgeschrieben, das ist schon etwas aufwendiger. Ich denke, ich übernehme das mal, hab ja die passende Software auf dem PC, damit geht es ziemlich fix."

Sasel - Innenstadt

Enttäuscht über das Abstimmungsergebnis und die Perspektive, uns einstweilen weiterhin mit Fischer herumärgern zu müssen, fuhren wir zurück in die Stadt, um noch für ein paar Stunden unseren beruflichen Aufgaben nachzugehen. Zuvor hatten wir uns über die dreiste Schlussbemerkung von Fischer aufgeregt, bis Ende Februar die Sanierung abschließen zu wollen.

„Völlig unrealistisch", sagte ich zu Franziska. „Es fehlen ja immer noch die neuen Fenster und sämtliche Sanitärinstallationen. Vorher hat der Trockenbauer noch reichlich zu tun, bis alles fertig

und richtig ist. Und wenn er im Schlafzimmer wieder alles rück-
bauen muss, verzögert das die Fertigstellung sicherlich um mindestens eine Woche. Dann brauchen wir neue Fensterbänke und
einen Fliesenleger, bevor die Maler anfangen können zu tapezieren. Und bevor der Fliesenleger anfängt, sollte noch eine neue
Treppe eingebaut werden. Dann müssen noch Zargen und Türen
rein, alles muss gestrichen werden – unmöglich zu schaffen in sieben Wochen. Ich tippe eher auf Ende April."

„Ist mir allmählich auch egal", sagte Franziska, „lieber ziehe
ich später zurück als in eine vermurkste Wohnung, in der man
sich täglich über irgendwelche Schlampereien ärgern muss. Also
nehme ich heroisch mein Schicksal an und ärgere mich auch in
den nächsten Wochen über diesen unverschämten Spinner!"

Ich setzte sie bei ihrer Dienststelle ab, brachte das Auto in die
Tiefgarage und saß zehn Minuten später an meinem Schreibtisch.
Man hatte mir in der Zwischenzeit diverse Vorgänge auf den
Schreibtisch gelegt, die ich noch heute durchsehen sollte. Ein hal-
ber Tag auf der Baustelle und ein pünktlicher Feierabend ließen
sich eben nicht vereinbaren.

Hoheluft

Am nächsten Abend konnte ich etwas früher nach Hause gehen und klappte sogleich den Laptop auf, um unsere vielen Fotos
vom Brand und von den bisherigen Sanierungsarbeiten durchzusehen. Nach wenigen Minuten hatte ich gefunden, wonach ich
suchte: Eine Aufnahme vom fertigen neuen Dachstuhl im Bereich
unseres Schlafzimmers. Ich hatte sie gemacht, weil die Zimmerer
keinen vollständig neuen gebaut, sondern die alten Sparren nur
soweit abgesägt hatten, wie sie vom Brand beschädigt waren. An
den Schnittstellen hatten sie auf beiden Seiten jeweils zwei neue,
deutlich kleinere Sparren angeflanscht. Im vorderen Bereich des
Zimmers verliefen die neuen Hölzer bündig mit den alten Sparren

zum First. An den letzten fünf Balken jedoch schien es an den Verbindungsstellen einen deutlichen Versatz nach innen zu geben, der offensichtlich dem Thema „Pfusch" zugeordnet werden konnte, denn einen Grund für eine derartige Verzahnung konnte ich nicht ausmachen. Vielmehr war ebenfalls unschwer zu erkennen, dass die Zimmerer oder spätestens der Trockenbauer den Versatz mit einem Stück Holz leicht hätten ausgleichen können.

Ich schickte Freitag das Foto und fragte ihn, ob auch er einen Versatz im Dachstuhl erkennen würde und dies die Ursache für die schiefe Beplankung der Dachschräge sein könnte. Statt einer direkten Antwort erhielt ich am nächsten Morgen eine CC-Mail, die er an die GERESA sowie an Frau Silves gerichtet und mein Foto beigefügt hatte. Darin forderte er Fischer schlicht auf, den vorgefundenen Mangel „umgehend" zu beseitigen, „um weitere Arbeiten nicht zu beeinträchtigen."

Sasel

Bis zum Wochenende hatte Fischer tatsächlich einen Zeit- und Ablaufplan aufgestellt und der Hausverwaltung zugeschickt. Endtermin sollte der letzte Februartag sein, wobei er die Eigentümer anmahnte, bis Ende Januar „sämtliche noch ausstehende Bemusterungen" zu erledigen. Ohne einen Hinweis, wie und wo dies im Einzelnen erfolgen sollte, konnten wir diese Aufforderung nur als erneuten Versuch werten, den Bauherren mal wieder den Schwarzen Peter zuzuschieben und sich selbst schadlos halten zu können, sofern der geplante Termin nicht einzuhalten war.

„Völlig idiotisch", kommentierte ich angesichts der noch ausstehenden Arbeiten und Entscheidungen zu den Zimmertüren, Drückergarnituren, Deckenstrahlern, Tapeten, Lichtschaltern und Steckdosen sowie der Fensterbänke diesen erneuten Beweis seiner ebenso realitätsfernen wie untauglichen Ganz-schnell-ganz-falsch-Strategie. „Da müsste er wohl mindestens fünf verschiedene Gewerke und fünfzig Arbeiter gleichzeitig auf die Baustelle schicken", lamentierte ich während unserer nächsten Samstagsreise zur Baustelle. „Die würden sich nicht nur gegenseitig auf die Füße treten, sondern vermutlich sogar massiv behindern. Wir haben immer noch keine neuen Fenster und Türen, der Trockenbauer ist noch längst nicht fertig, tapeziert werden kann erst nach erfolgreichem Blower-Door-Test, nach wie vor müssen wir auf einer neuen Treppe bestehen, und der Fliesenleger wird die 120 Quadratmeter auch nicht mal eben in zwei Tagen verlegen."

In Sasel waren wir vor dem Hintergrund von Fischers Terminplanungen umso gespannter, was sich dort seit Anfang der Woche getan hatte. Nachdem wir wie üblich unsere Wäsche in den nach dem Wassereinbruch glücklicherweise noch funktionierenden Trockner geladen hatten, stapften wir hoffnungsvoll durch das verdreckte Treppenhaus nach oben in unsere Wohnung. Auf den ersten Blick war nicht zu erkennen, dass während der letzten drei Tage überhaupt irgendwelche Arbeiten erledigt waren; dann stellten wir im Obergeschoss fest, dass der Trockenbauer die größten Lücken und Verzahnungen beseitigt hatte und auch die Lichtaustritte der Dachflächenfenster nun waagerecht verliefen und damit Freitags Vorgaben entsprachen. Die Dachschräge im Schlafzimmer war jedoch immer noch schief. Und der Elektriker musste wieder zahlreiche Löcher in die fertigen Beplankungen schneiden, um die hinter den Trockenbauplatten liegenden Kabel zu finden und die Lichtschalter und Steckdosen anschließen zu können.

Wir beendeten unsere heutige Besichtigung und fuhren auf Empfehlung von Herrn Fuchs zu einem Sanitätsgroßhandel, um alles für unsere Badezimmer zusammenzustellen: Badewanne, bodentiefe Duschtasse, rahmenlose Duschabtrennung aus Vollglas, zwei Toiletten, zwei Waschbecken, davon eines mit Unterschrank, Armaturen, Handtuch- und Papierhalter, Toilettenbürsten. Selten waren wir in unserem Leben so fachkundig und geduldig beraten worden. Nach drei Stunden hatten wir alles beisammen und beauftragt.

Am darauffolgenden Donnerstag fuhr ich tagsüber erneut in die Wohnung, um nicht nur nach weiteren Fortschritten Ausschau zu halten, sondern weil ich insbesondere hoffte, ein paar Handwerker anzutreffen. Und davon gab es nun mehr als genug: Die HTF hatte oben endlich die neuen Fenster montiert und war gerade dabei, das große Küchenfenster auszubauen. Und auf ihrem Sprinter unten im Garten hatte ich schon das knapp vier Meter breite Schiebetürelement für den Balkon schon gesehen. Im Wohnzimmer stapelten sich knapp hundertfünfzig Quadratmeter der Fußbodenfliesen, so dass ich angesichts der vier Tonnen Gewicht, die die mehr als hundert Pakete Feinsteinzeug wogen, Sorge um die Tragfähigkeit der Zimmerdecke hatte. Im Arbeitszimmer und im Flur verspachtelten die Maler die Wände. Und statt des bisherigen Elektrikers Martin traf ich einen jüngeren Mitarbeiter der Firma Schachtschneider an. Er stellte sich als Klaus Kalinowsky vor.

„Na, hatte Herr Martin keine Lust mehr auf seine Lieblingsbaustelle?", fragte ich neugierig.

„Keine Ahnung", antwortete Kalinowsky. „Ich weiß nur, dass er andere Aufträge bekommen hat und ich hier die restlichen Arbeiten erledigen soll. Aber gut, dass Sie gerade kommen, denn ich habe jetzt sämtliche Lichtschalter und Steckdosen angeschlossen und wäre sonst wohl wieder in die Firma gefahren. Vielleicht können wir die Einbaupositionen für Ihre vielen Deckenstrahler festlegen, dann könnte ich hier noch etwas weitermachen. Dauert bei vierzig Lampen ja wohl ein paar Stunden."

„Klar, machen wir", antwortete ich. „Vorher würde ich aber gerne mal rumschauen, ob Sie denn überall die richtigen Lichtschalter eingebaut haben."

„Sind doch alle aus der Serie, die Sie haben wollten", guckte Kalinowsky mich ob meiner Zweifel etwas ungläubig an.

„Davon gehe ich aus, das meine ich aber nicht. Hier im Wohnzimmer zum Beispiel möchten wir wie vor dem Brand gerne wieder zwei getrennte Kreise schalten, also müsste da eigentlich ein Serienschalter rein. Außerdem sollen hier Dimmer eingebaut werden, und zwar für beide Kreise."

„Zwei Dimmer in einer Dose gibt es nicht", belehrte mich der junge Monteur. „Ich habe genau das eingebaut, was die GERESA meinem Chef aufgelistet hat. Dann müssten Sie sich mit Ihrem Bauleiter unterhalten, wenn es nun anders werden soll."

„Mit Herrn Fischer von der GERESA werde ich mich überhaupt nicht mehr unterhalten", antwortete ich, „der hat hier nämlich so viel Mist gebaut, dass man ein ganzes Buch darüber schreiben könnte. Und wenn ich das heutige Aufgebot an Handwerkern allein in dieser Wohnung betrachte, sträuben sich mir schon wieder die Nackenhaare, weil ich das nächste Chaos befürchte. Er schickt doch immer nur Leute auf die Baustelle und kümmert sich auf gut Deutsch einen Scheißdreck darum, was sie dort machen! Also", versuchte im meinen Frust wieder einzudämmen und sachlich zu werden, denn der junge Elektriker trug ja wohl als letzter Verantwortung für unseren durchgeknallten Bauleiter, „dann müssen hier eben zwei Dosen mit jeweils einem Dimmer rein. Hier im Flur", ging ich weiter durch die Wohnung, „ist es okay, das müssen drei Wechselschalter ohne Dimmfunktion sein."

„Sind drin", bestätigte Kalinowsky, der offen für meinen Kontrollgang zu sein schien.

„Hier in der Küche", fuhr ich fort, „und in diesem Zimmer müssen die einfachen Schalter wieder gegen Dimmer getauscht werden. Wahrscheinlich haben Sie auch in dem Zimmer über der Küche keinen eingebaut."

„Nee, natürlich nicht. Nirgends. Wusste ich ja auch nicht."

„Konnten Sie dann ja wohl auch nicht, tut mir leid, dass Sie dadurch Doppelarbeit haben. Wir haben inzwischen einen Bausachverständigen mit der Bauüberwachung und Qualitätssicherung beauftragt, dem werde ich mitteilen, was hier nicht stimmt. Soll er sich diesen unfähigen Bauleiter mal vorknöpfen. Ich gebe mich schon seit über sieben Monaten mit dem ab. Jedes Mal bestreitet er alle Mängel, die wir finden, und wenn er dann schließlich merkt, dass wir recht haben, wird er pampig."

„Oha", meinte Kalinowsky. „Kollege Martin machte neulich auch schon so ein paar Andeutungen, dass auf dieser Baustelle hin und wieder dicke Luft ist."

Wir gingen nochmals durch die Wohnung, und Kalinowsky markierte an den Wänden sowie an den Trockenbaudecken mit Bleistiftpfeilen die Positionen, an denen die neuen LED-Einbaustrahler montiert werden sollten.

„Solange hier nämlich noch nicht gespachtelt ist und die Schrauben noch zu sehen sind", erläuterte er, „weiß ich doch schon mal, wo ich kein Loch in die Decke sägen kann, weil darunter die Sparren verlaufen, an denen die Decke hängt."

„Gute Idee", lobte ich ihn, „hätte ich damals auch gerne gewusst, als ich in der Wohnung über fünfzig Einbaustrahler in die Decken gesetzt habe. Im Durchschnitt musste ich jedes dritte Loch wieder schließen, weil an der Stelle entweder kein Strahler reinpasste oder ich die Kabel nur auf Umwegen dorthin bekam, wo ich den Strom brauchte."

„Ja, ist manchmal etwas Fummelei", grinste Kalinowsky und wünschte einen schönen Feierabend.

Innenstadt

Ich fuhr zurück in die Stadt, stellte das Auto in die Tiefgarage und ging in mein Büro. Bevor ich mich wieder an meine Arbeit setzte, schrieb ich Freitag und cc Fischer eine Mail, dass entgegen der früheren Ausstattung und unserer entsprechenden Vorgaben in vier Räumen keine Dimmer installiert worden waren.

Am nächsten Tag rief Kalinowsky mich auf meinem Handy an, als ich gerade mit ein paar Kollegen in der Mittagspause war.

„Ich weiß ja nicht, wo Sie gerade sind und ob Sie das überhaupt einrichten könnten. Aber Sie müssten bitte möglichst bald noch mal auf die Baustelle kommen!"

Er berichtete, erst mittags zu unserer Wohnung gefahren zu sein, weil er vormittags noch einen anderen Auftrag zu erledigen hatte. Bis dahin hätten die Maler – offensichtlich mangels anderer sinnvoller Betätigungsmöglichkeiten – alles verspachtelt, was ihrer Meinung nach gespachtelt werden konnte. Von seinen Bleistiftmarkierungen und den Schrauben, mit denen die Deckenplatten befestigt worden wären, sei nichts mehr zu sehen.

„Also müssen wir jetzt bitte ein zweites Mal überlegen", endete er, „wo die Strahler eingebaut werden sollen. Das möchte ich lieber nicht alleine entscheiden."

„Na super", antwortete ich, „so geht das hier schon seit Monaten: Einer macht etwas, bevor der andere fertig ist. Ich bin in einer halben Stunde draußen!"

Ich war ohnehin gerade mit dem Essen fertig, bezahlte und lief zur Tiefgarage, die nur zwei Minuten entfernt war. Nach zwei Stunden saß ich wieder in meinem Büro.

Hoheluft

Als ich abends vom Bus nach Hause ging, meinte ich auf den letzten zweihundert Metern in der Dunkelheit irgendeine Veränderung in der Wohnstraße auszumachen. Tatsächlich hatte man die Plane vor unserem Wohnhaus entfernt und auch bereits die Hälfte des Baugerüsts abgetragen. Nach rund einem halben Jahr und Dank der nun wieder länger werdenden Tage bestand also doch noch Hoffnung auf etwas mehr Licht in unserem Interimswohnzimmer.

In der Zwischenzeit war eine Mail von Frau Silves eingegangen, in der Fischer angekündigt hatte, am kommenden Mittwoch den Blower-Door-Test in den beiden oberen Wohnungen durchführen zu lassen, „nachdem nun alle neuen Fenster eingebaut sind." Er stellte ihr und Freitag anheim, bei dem Termin anwesend zu sein, hielt dies jedoch für „grundsätzlich entbehrlich". Ich überlegte, ob der Test überhaupt schon Sinn machte: Der Stahlträger war immer noch ungedämmt und daher die Dampfsperre an der Stelle noch offen, die neuen Fenster waren zwar eingebaut und mit Bauschaum abgedichtet, aber unter den künftigen Fensterbänken mussten die Folien noch an die Wand angeschlossen werden. Und im Spitzboden hatte man die Bodenluke noch nicht eingebaut. Mit dieser Bestandsaufnahme hatte ich soeben am Donnerstag gegen 14 Uhr die Wohnung verlassen. Blieben Fischer also ein kurzer Freitag sowie zwei volle Arbeitstage. Könnte klappen.

Vorsichtshalber rief ich Freitag an und bat um seine Einschätzung.

„Lass ihn doch seinen BDT durchführen", argumentierte er völlig gelassen. „Wird erfahrungsgemäß ohnehin beim ersten Mal durchfallen. Aber dann kennen wir schon mal die wunden Punkte."

Jedenfalls verständigten wir uns darauf, dass ich ebenfalls zu dem Termin erscheinen würde.

Sasel

Wir ersparten uns ausnahmsweise unseren üblichen Samstagsbesuch auf der Baustelle und nutzten das klare Januarwetter lieber für einen langen Spaziergang über den Elbhöhenweg und am Elbufer entlang von Wedel nach Teufelsbrück. Von dort fuhren wir mit der Fähre nach Finkenwerder und aßen in den Finkenwerder Landungsbrücken gute Schollenfilets und Pannfisch. Am Sonntag drehten wir eine große Runde durch Planten un Blomen.

Mittwoch war ich pünktlich um zehn Uhr auf der Baustelle. Unten im Hof hatte man die provisorische Rampe aus Erde und Kies wieder abgetragen und stattdessen Fundamente für die beiden Garagen gelegt, die noch in dieser Woche zurückgestellt werden sollten. In unserer Wohnung traf ich Neumann an, der anstelle seines „leider verhinderten" Kollegen Fischer den Blower-Door-Test überwachen sollte. Tatsächlich hatte er Schröder diese Vertretung vorgeschlagen, weil er glaubte, mit seinem früheren Ausbildungskollegen Andreas Freitag besser klar zu kommen als Fischer. Mir sollte es recht sein, gegen Neumann hatte ich nichts.

Wenig später erschienen auch Freitag und ein Energieberater namens Ronneberger, der seine Gerätschaften für die Dichteprüfung erst mal im Flur abstellte und dann durch die Wohnung ging, um sich zunächst einen optischen Überblick zu verschaffen.

„Hätte ich mir ja ersparen können, den ganzen Apparatschik hoch zu schleppen", meinte er schulterzuckend, nachdem er einen kurzen Blick ins Wohnzimmer geworfen hatte. „Die Öffnung im Schornstein für den Kaminanschluss könnte ich ja noch zukleben, doch über der Balkonschiebetür", er nickte zu dem großen neuen Fensterelement, „ist mit Kleben nichts zu machen. Das ist noch nicht fertig."

Tatsächlich klaffte zwischen dem Türrahmen und der Zimmerdecke eine breite Lücke, die noch mit Dämmwolle und Trockenbauteilen ausgefüllt werden musste.

„Und hier das gleiche", stellte Ronneberger an der Außenwand der Wohnzimmergaube fest. „Hier fehlen ebenfalls noch Dämmmaterial und die Dampfsperre."

In der Küche wies Freitag Neumann auf eine Schwachstelle hin:

„Das neue Fensterelement stützt sich ja ausschließlich auf Bauschaum ab. Das mag zwar momentan vielleicht luftdicht sein; hierfür ist es aber zu groß und zu schwer. Der Rahmen muss auf einer tragfähigen Unterkonstruktion wie zum Beispiel ein paar Kanthölzern ruhen. Sonst wird der Bauschaum irgendwann brüchig und undicht."

„Ist doch in alle Richtungen verschraubt", sagte Neumann, der beflissen näher getreten war. „Das hält doch bombenfest!"

„Reicht nicht, ist gegen die Vorschriften. Muss geändert und neu verschäumt werden", ließ Freitag sich nicht beirren.

Im Obergeschoss hatte ich erwartet, dass immer noch das kleine Loch in der Zimmerdecke für die Bodentreppe Modell „Liliput" klaffte. Hingegen hatte der Trockenbauer die Miniausführung bereits eingebaut und verschlossen. Ich suchte nach der Bedienungsstange und zog die Luke herunter. Die ausziehbare Treppe hingegen vermochte ich nicht von der Luke zu lösen, weil ich schlicht zu klein war und von der Antrittsstufe der wackeligen Wohnungstreppe zu fallen drohte. Der hühnenhafte Freitag half mit Leichtigkeit aus und zog die Treppe nach unten. Sie reichte nur in nahezu senkrechter Position bis zum Fußboden.

„Oha", sagte Freitag. „Das sieht ja richtig gut gelungen aus!"

„Bitte", nickte ich ihm auffordernd zu, „Sie haben den Vortritt, nachdem Sie das gute Stück aus der Decke gezaubert haben. Außerdem bin ich hier ja gewissermaßen zu Hause."

Freitag legte seine Mappe ab und kletterte wie auf einer Strickleiter ein paar Stufen nach oben, mehr brauchte er ja nicht, um seinen Kopf durch die Öffnung stecken zu können. Weiter kam er nicht. Seine Schultern durch die Luke zu zwängen, war restlos ausgeschlossen.

„Ausbauen, Loch vergrößern, andere Treppe einbauen", lautete seine knappe Anweisung.

Nun stieg Neumann auf die kleine Treppe, hatte aber ebenfalls keine Chance, mehr als seinen Kopf in den Spitzboden zu hieven.

„Geht nicht!", verkündete er kopfschüttelnd, nachdem er sich eine Weile dort oben umgeschaut hatte.

„Sage ich doch, geht gar nicht!", bestätigte Freitag.

„Nein, eine andere Treppe geht nicht. Der Lukenausschnitt lässt sich nicht vergrößern, Andreas, da liegt ein Wechsel für die Gaube."

„Dann muss der Wechsel eben woanders hin!", rief Freitag nach oben. „Kann doch nicht angehen, dass ein normaler Mensch nicht auf den Spitzboden oder das Dach kann. Der Schornsteinfeger muss doch auch an den Ausstieg kommen. Geht nicht gibt's nicht!"

Mit besorgtem Gesichtsausdruck kletterte Neumann die paar Stufen wieder zurück auf den Flur. Bevor er zu einer Erläuterung ansetzen konnte, meldete sich Ronneberger zu Wort:

„Ich denke, wir sind uns alle einig, dass wir heute hier keinen Blower-Door-Test durchführen sollten, oder? Dann würde ich mich nämlich empfehlen und zu meinem nächsten Termin fahren."

„Ich bin mir einig", antwortete Freitag. „Jürgen?"

„Äh, ja klar. Wir melden uns, wenn es wieder losgehen kann. Danke und tschüss!"

Nachdem Ronneberger die Wohnung verlassen hatte, übernahm Freitag sofort wieder das Ruder. Er hatte keine Lust, sich von Neumann anzuhören, warum die Sache mit der Liliputtreppe nur so und keinesfalls irgendwie anders funktionieren könne und man sich eben damit abfinden müsse. Diese Platte wurde ihm nahezu täglich vorgespielt, weil irgendeine Schnarchnase mal wieder nicht aufgepasst hatte.

„Sag mal Jürgen, wie kann denn eigentlich so viel Mist wie auf dieser Baustelle passieren? Nach allem, was die Eigentümer und ich neulich in unserer ersten Besprechung hier entdeckt und moniert haben, kann doch Dein Kollege Fischer nicht allen Ernstes einen Blower-Door-Test veranlassen, solange bereits ein Blinder mit Krückstock sieht, was hier alles noch undicht ist. Und über dieses Puppenstubenexemplar von Bodentreppe haben wir neulich schon gelacht. Ich dachte eigentlich, wir waren uns alle darüber einig, dass es keinen Sinn macht, sie hier einzubauen. Wieso ist sie nun trotzdem drin? Wenn da oben wirklich ein Wechsel der Hinderungsgrund für eine größere Luke ist, müsst Ihr eben den Zimmermann noch mal vorbeischicken, damit er sich eine andere Lösung ausdenkt. Ich war vor dem Brand schon mal dort oben auf dem Dach, also war da eine Luke drin, durch die ich durchsteigen konnte. Und die kommt da jetzt auch wieder rein!"

„Sieht aus wie eine Verkettung misslicher Umstände, Andreas", erwiderte Neumann mit in Sorgenfalten gelegter Stirn. „Keine Ahnung, wie das alles passieren konnte. Da müssen wir wohl den Kollegen Fischer fragen. Ich bin ja hier nicht der Bauleiter", ergänzte er, um seine Unschuld zu unterstreichen.

„Ist mir schon klar, aber wenn der sich offensichtlich nicht um seine Baustellen kümmert und nach Aussagen Deines Chefs

Schröder angesichts Eurer Auftragslage nicht abkömmlich ist, warum kümmert sich dann niemand um Fischer?"

„Das wiederum kann nur Schröder beantworten. Ich bin ja nicht der Vorgesetzte von Fischer, sondern nur ein älterer Kollege."

„Ach so, verstehe", gab Freitag vor. „Dann sollte ich vielleicht mal mit Deinem Chef reden. Ich denke, dass es so nicht weitergehen kann und die Baustelle so auch nicht fertig wird. Pfusch nehme ich als der von der Hausverwaltung beauftragte Sachverständige jedenfalls nicht ab, damit das von vornherein klar ist."

Kapitel 25

Sasel

Inzwischen war der Januar ohne jegliche Aussicht auf unseren Rückzug in unsere Wohnung innerhalb der nächsten vier Wochen verstrichen. Auch der zweite Blower-Door-Test, zu dem sogar Neumann und Schröder sowie ein Vertreter der Brandversicherung erschienen, war wenig schmeichelhaft für den Trockenbauer und für Fischer ausgefallen, denn noch immer zog es durch die Auflagen der noch fehlenden Fensterbänke, im oberen Bad sowie an mehreren Stellen in der Nachbarwohnung. Ronneberger und Freitag hatten verschiedentlich verlangt, dass die Gipskartonbeplankung wieder abgenommen wurde, um die Dampfsperre auf Dichtheit zu überprüfen, und in allen Fällen berechtigte Treffer gelandet.

„Allmählich habe ich absolut die Nase davon voll", schimpfte ich beim zweiten Termin an Schröder gewandt misslaunig, „dass hier weiterhin irgendetwas zusammengebaut wird, was hinterher wieder abgerissen und zum zweiten, dritten oder sogar vierten Mal gemacht werden muss. Wann begreifen Sie eigentlich endlich, dass es mit Herrn Fischers Husch-husch-Methode hier nichts wird? Das Problem haben wir ja nicht erst seit gestern. Das Wort Qualitätsbewusstsein scheint ja ein Fremdwort für die GERESA zu sein!"

„Ist es denn wirklich so schlimm", antwortete Fischer an Schröders Stelle schulterzuckend, „dass hin und wieder etwas wieder aufgemacht wird? Wird ja hinterher auch wieder zugemacht."

Schröder fühlte sich durch meine Vorwürfe ersichtlich angefasst, schwieg aber eisern.

Unterdessen ging es auf der Baustelle zu wie in einem Tollhaus: Fischer hatte zeitgleich den Fliesenleger, den Maler, den

Elektriker und den Installateur angemahnt, ihre Arbeiten endlich zum Abschluss zu bringen, während der Trockenbauer seine von den Malern teilweise bereits verspachtelten Wände immer wieder öffnen musste, um die Mängelfeststellungen von Ronneberger abzuarbeiten. Und der Zimmerer war noch nicht erschienen, um im Spitzboden den Wechsel so zu verlegen, dass eine größere Bodenluke eingebaut werden konnte. Im Flur ragten dutzende von zusammengerollten Kabeln aus der Nische, in der früher unsere Verteilerkästen waren. Wahrscheinlich fiel dem jungen Kalinowsky hier die ehrenvolle Aufgabe zu, die passenden Kabel an die richtigen Sicherungen anzuschließen.

Als ich Fischer eines Morgens mitteilte, dass ich nachmittags mal wieder zur Baustelle fahren würde, wies er mich in halbwegs freundlichem Tonfall darauf hin, dass dort Musterbücher der Maler auslägen, in denen wir uns in den nächsten Tagen schon mal geeignete Tapeten aussuchen könnten. Davon wussten die Maler, die ich wenige Stunden später in der Wohnung antraf, hingegen nichts, und Musterkataloge hatte auch niemand gesehen. Am nächsten Morgen kam eine giftige Mail von Fischer an Frau Silves, die sie mir sofort weiterleitete. Darin ließ sich Fischer darüber aus, dass wir erneut zu massiven Bauverzögerungen beitrugen, weil wir die von ihm erbetenen Bemusterungen nicht vorgenommen hatten. Ich rief Frau Silves an, erläuterte ihr den Sachverhalt und ließ sie an meinen Zweifeln teilhaben, ob Fischer eigentlich nur unter Strom stand.

Freitag hatte von vornherein auf Baustellenbesichtigungen im vierzehntägigen Rhythmus bestanden, alles andere mache angesichts der chaotischen Zustände und der Vielzahl von Restarbeiten keinen Sinn. Beim dritten dieser Termine Anfang Februar ließ er auf meine Bitte hin im Wohnzimmer die Beplankung an der Stelle noch einmal öffnen, unter der sich der Stahlträger befand. Angesichts der nun ständig niedrigen Außentemperatur hatte ich nämlich gemerkt, dass die Platten genau dort empfindlich kälter waren als einen halben Meter weiter rechts oder links, oben und unten. Und Freitag hatte dies mit seinem Infrarotthermometer in wenigen Sekunden bestätigt.

Fischer, der wahrscheinlich überhaupt nicht wusste, wie es unter der Beplankung aussah, stand grinsend daneben, als der Trockenbauer die beiden fraglichen Platten wieder abschraubte. Dahinter befanden sich viel kalte Luft, die ordnungsgemäß verschlossene Dampfsperre sowie, nachdem Freitag sie mit einem Messer wieder geöffnet hatte, lediglich eine Lage Dämmwolle.

„Sieht doch gut aus", kommentierte Fischer als erster, „warum musste denn nun alles wieder zerschnitten werden? Sonst haben Sie doch auch immer was dagegen, dass alles doppelt und dreifach gemacht wird. So werde ich hier ja nie fertig!"

„Sieht gut aus?", fragte Freitag mit erhobener Stimme. „Entspricht das Ihrer Wärmebrückenberechnung, die ich im Übrigen bis heute nicht zu Gesicht bekommen habe? Angesichts der kalten Luft, die hier eben rausgekommen ist, denke ich eher, dass hier noch mehr gedämmt werden muss, zumal ja auch noch genug Hohlraum zur Verfügung steht!"

„Kann ich mir nicht vorstellen", antwortete Fischer, „handelt sich hier doch nicht um ein Passivhaus."

„Passivhaus? Die Beachtung der EnEV 2015 hat ja wohl nur begrenzt etwas mit den Standards für ein Passivhaus zu tun. Was sagt denn nun Ihre detaillierte Wärmebrückenberechnung, Herr Fischer?", fragte Freitag sichtlich genervt.

„Ähm, die ist natürlich längst fertig. Liegt auf meinem Schreibtisch. Wusste ja nicht, dass Sie das überflüssige Teil auch sehen wollten."

Svenzke hatte ihm Anfang Januar gleich am Tag nach ihrer Besprechung bei Schröder das Ergebnis seiner Berechnungen zugeleitet, wonach Dämmmaterial der Wärmeleitgruppe WLG 035 als

Dämmwolle oder Klemmfilz mit einer Stärke von insgesamt 58 Zentimetern oder als Hartschaum- oder PS-Platte entsprechend dünner um den Stahlträger gelegt werden musste, um eine Wärmebrücke zu vermeiden. Während er sein Computerprogramm mit den Rohdaten fütterte, hatte er sich gefragt, warum er seinem jungen Kollegen aus der Patsche half, obwohl er ihn schon wegen seines äußeren Auftretens sowie insbesondere aufgrund seiner Gleichgültigkeit und fachlichen Oberflächlichkeit nicht die Bohne leiden konnte. Bei dem vielen Mist, den Fischer im Zusammenhang mit dem Wassereinbruch gebaut hatte und den Svenzke im Rahmen seines Bereitschaftsdienstes ausbügeln durfte, ärgerte er sich mächtig, dass der junge Schnösel mit einem blauen Auge davongekommen war – und dies auch nur, weil Schröder den Hals nicht voll genug an Sanierungsaufträgen bekommen konnte. Nein, viel lieber hätte er es gesehen, wenn Schröder Fischers Probezeit verkürzt und ihn wieder rausgeschmissen hätte. Er selbst wäre dafür sogar bereit gewesen, das Sanierungsobjekt in Sasel zu Ende zu begleiten.

„Wieso überflüssig?", wollte Freitag mit schmalen Lippen wissen. „Und schon gar nicht gebe ich irgendetwas in Auftrag, damit es auf Ihrem Schreibtisch liegenbleibt. Was haben die Berechnungen denn nun ergeben?"

„Ähm, weiß ich nicht mehr, habe ich vergessen. Ist auch egal, war sowieso zu viel Dämmwolle. Hätte hier nie im Leben reingepasst.

„Schon mal was von PU-Dämmung mit Polyurethan gehört, junger Mann?", versuchte Freitag sachlich zu bleiben. „Also: Wärmebrückenberechnung sofort an mich zur Überprüfung. Wenn alles stimmt, dämmen Sie hier entsprechend dem Ergebnis. Und danach alles offen lassen, bis ich nachgesehen habe, ob Sie es dieses Mal richtig gemacht haben. Bei Ihrer Berufseinstellung muss man ja wohl bei jeder Schraube überprüfen, ob sie nicht zu locker ist", beendete er zweideutig seinen kontrollierten Wutausbruch.

„Ich verbitte mir diesen Tonfall!", fauchte Fischer wild zwinkernd den Sachverständigen an.

„Sie wollen sich hier etwas verbitten? Meinen Sie wirklich, Sie können sich das erlauben, nachdem Sie hier seit Monaten auf ganzer Linie versagen und immer dreister und unverschämter werden? Ich weiß ja nicht, wo Sie studiert und was Sie für ein Examen absolviert haben, bin aber sicher, dass ich jemanden mit Ihrer Auffassung von seinem Job nie und nimmer eingestellt hätte. Und für die GERESA und die Versicherungen sind Sie in meinen Augen ein wirtschaftliches Desaster, weil nichts beim ersten Mal klappt und alles doppelt gemacht werden muss!"

„Das ist eine Unverschämtheit", erwiderte Fischer wütend, wobei ich zum ersten Mal eine gewisse Röte in sein Gesicht steigen sah. „Das ist doch alles Pifferkram und Schikane. Und Sie nörgeln doch auch die ganze Zeit nur rum, weil Sie unter Beweis stellen müssen, dass Sie das viele Geld auch wert sind, dass Sie als sogenannter Sachverständiger verdienen!"

„Herr Fischer", sagte ich, bevor Freitag ihn sich zur Brust nehmen konnte, „langsam reicht es wirklich. Sie fliegen hier gleich raus. Sie wissen, dass wir Sie am liebsten schon vor Wochen ersetzen wollten, aber Ihr Chef scheint Ihnen ja eine Gnadenfrist nach der anderen zu geben. Von mir bekommen Sie jedenfalls keine mehr!"

„Sie haben mit Ihrer ständigen Klugscheißerei doch immer alles verbockt!", beschimpfte er mich unter Betonung des „Sie" in nie zuvor erlebter Wortwahl und Lautstärke. „Dabei haben Sie keine Ahnung von Baufragen und eigentlich sowieso nichts zu sagen, denn Sie sind ja nicht unser Auftraggeber. Ohne Sie wäre ich hier längst fertig!", zwinkerte er mich wütend an.

„Na toll, und das Haus wäre wahrscheinlich schon längst wieder zusammengebrochen. Nein, ich bin nicht Ihr Auftraggeber, weil es irgendeinem Schlitzohr gelungen ist, hierfür eine Unterschrift unserer Hausverwaltung zu ergattern. Aber ich habe Ihnen letztes Jahr schon mehrfach gesagt, dass hier so gebaut wird, wie ich es mir vorstelle, denn rein zufällig bin ich zumindest der Eigentümer dieser Wohnung und damit auch der Bauherr. Und ganz nebenbei bin ich, wie Sie ebenfalls wissen, auch noch mit einer Generalvollmacht für die Nachbarwohnung ausgestattet."

Ich holte tief Luft und sah Freitag an, der ganz leicht nickte: „Und in dieser Eigenschaft steht es mir frei, andere Menschen in meine Wohnung zu lassen oder es Ihnen zu untersagen. Ihnen, Herr Fischer, verbiete ich ab sofort, diese Wohnung, die Nachbarwohnung und die beiden dazugehörigen Kellerräume zu betreten, für das übrige Haus kann ich leider nicht sprechen. Gehen Sie, unverzüglich!", brüllte ich ihn an, als ich merkte, dass er erneut zu einer seiner unverschämten Erwiderungen ansetzen wollte, und ergänzte: „Ich werde Herrn Schröder sofort über die neue Situation unterrichten. Sie werden hier jedenfalls nicht mehr gebraucht. Raus!"

Fischer, der offenbar in einer Mischung aus unberechtigtem Selbstbewusstsein und unzutreffender Selbstwahrnehmung lebte, wollte sich trotz meiner deutlichen und unzweideutigen Worte nicht geschlagen geben. Abrupt wandte er sich mit verächtlichem Blick von mir ab und grinsend an Freitag:

„Ähm, Herr Freitag, können Sie…"

„Gehen Sie", würgte ihn der Angesprochene mit warnender Stimme ab. „Ganz schnell und bevor Sie eine Anzeige wegen Hausfriedensbruchs riskieren."

Als Fischer nach dieser Androhung endlich das Haus verlassen hatte, nickte Freitag mir anerkennend zu: „Gut gemacht! Der Junge war überfällig, und ich hätte ihn nach seinem heutigen Auftritt auch am liebsten rausgeschmissen. Aber als Wohnungseigentümer haben Sie zweifelsfrei die wirksameren Befugnisse."

„Wie kann man nur eine so unverschämte und rotzfreche Type als Bauleiter einsetzen? Mag meinethalben ja fachlich noch halbwegs geeignet sein; an Verantwortungslosigkeit, Gleichgültigkeit und vor allem Dreistigkeit ist er jedoch wohl kaum zu überbieten. Und die ganzen Monate frage ich mich, warum sein Chef Schröder ihm nicht stärker auf die Finger gesehen hat."

„Gutes Stichwort: Sie sollten besser erst mit Ihrer Hausverwaltung sprechen, bevor Sie Schröder anrufen. Dann haben Sie wohl eine größere Chance, dass Fischer auch für das restliche Haus als Bauleiter abgezogen wird, nachdem Sie das soeben für die erste Hälfte bereits realisiert haben."

Das schien in der Tat sinnvoll und vernünftig. Ich rief also Frau Silves an, die zum Glück auch am Platz war und sofort abnahm.

„Herzlichen Glückwunsch!", gratulierte sie erleichtert, nachdem ich in aller Kürze von den jüngsten Ereignissen berichtet hatte. „Ich setze sofort einen Umlaufbeschluss auf, damit alle Eigentümer zustimmen können. So sind wir formal auf der sicheren Seite. Herr Mohr wird sicherlich einverstanden sein, nachdem er gerade gestern seine Wohnung endlich abnehmen konnte."

Hatte ich gar nicht mitbekommen, ging mich ja eigentlich auch nichts an.

„Die Wohnung unter uns soll gestern endlich wieder an Herrn Mohr übergeben worden sein", informierte ich Freitag, nachdem ich aufgelegt hatte.

„Stimmt, wollte ich Ihnen überhaupt noch erzählen. Herr Hansen, der befreundete Architekt von Herrn Mohr, hat mich gestern Abend noch angerufen und mir dies mitgeteilt."

„Aha, und was haben Sie damit zu tun?", fragte ich neugierig.

„Eigentlich überhaupt nichts, da haben Sie Recht. Er wollte mich wahrscheinlich netterweise kollegial vorwarnen: Zum einen hat er Fischer eine Liste mit 43 Mängeln in den Block diktiert; zum anderen muss der sich wohl mindestens ebenso unverschämt aufgeführt haben wie vorhin."

„Daher rührt der Wind. Langsam sah er wohl seine Felle davonschwimmen. Da hatten wir ja heute eine schöne Vorlage, um das Fass zum Überlaufen zu bringen!"

Als nächstes rief ich Schröder an. Ich wollte ihn unbedingt erreichen, bevor Fischer ihm seine Version vortragen konnte, die nach meiner Einschätzung zu fünfundneunzig Prozent nicht der Wahrheit entsprechen würde.

„Tut mir leid", bedauerte die stets freundliche Frau Schönfelder, „Herr Schröder ist noch zu Tisch. Darf ich ihm etwas ausrichten?"

„Ja gerne, Frau Schönfelder. Könnte er mich bitte sofort nach seiner Rückkehr auf meinem Handy zurückrufen? Ich müsste ihn wirklich sehr dringend sprechen."

„Das machen wir sehr gerne", versicherte Frau Schönfelder. „Würden Sie mir vielleicht noch ein Stichwort verraten?"

„Klar. Herr Fischer."

„Verstehe", sagte sie. Irgendetwas in der Betonung dieses einen Wortes sagte mir, dass sie es auch so gemeint hatte.

Rothenburgsort

„Meine Herren", eröffnete Schröder die Krisensitzung, die er sofort nach seinem Telefonat mit mir einberufen hatte, „wir haben ein riesiges Problem: Die Eigentümer und der Sachverständige haben Fischer an die frische Luft gesetzt. Ist das richtig, Fischer?"

„Ja, ähm, nein, die wurden mal wieder pampig und wollten mich nur schikanieren. Ich habe die Baubesprechung dann abgebrochen, um das weitere Vorgehen gegen die beiden Besserwisser hier zu erörtern. Führt ja alles nur zu Verzögerungen."

Neumann legte die Stirn in Falten. Svenzke hob die linke Augenbraue leicht in die Höhe.

„Quatsch!", donnerte Schröder. „Einen Scheißdreck abgebrochen hast Du, Fischer. Die haben Dich nicht nur rausgeschmissen, sondern Dir auch Hausverbot erteilt, weil Du mal wieder offensichtliche Fehler nicht eingestehen wolltest und unverschämt geworden bist."

„Hausverbot konnten sie mir gar nicht erteilen. Der Typ hat auch nur gemeint, dass ich mich in seiner Wohnung nicht mehr blicken lassen soll. Ist ja schließlich nicht der Auftraggeber für die Gesamtsanierung."

„Vergiss Deine Spitzfindigkeiten und Halbwahrheiten! Richtig ist, dass die Auftraggeberin gerade einen Beschluss herbeiführt, wonach Du als Bauleiter insgesamt nicht mehr akzeptiert wirst, so wie die Eigentümer das Anfang Januar schon durchsetzen wollten. Dann hast Du Dein Hausverbot eben erst in ein paar Tagen, aber dass es kommt, ist ja wohl so sicher wie das Amen in der Kirche! Heute früh hat mich dieser Hansen angerufen und sich langatmig über Deinen unverschämten Auftritt gestern bei der Wohnungsübergabe an Herrn Mohr beschwert. Der wird jetzt mit größter Freude schon deswegen Deiner Entlassung zustimmen, weil Du ihm seine Wohnung mit einer ganzen Latte an Mängeln andrehen wolltest. Und zu dem Sachverständigen Freitag ich habe Dir immer gesagt: Fischer, geh vorsichtig mit ihm um, der ist eine Nummer zu groß für Dich. Den hast Du jetzt auch noch zum Feind!"

„Der hat mich ja nicht rausgeschmissen, der stand nur belämmert daneben und hielt Maulaffen feil."

„Das war ja auch die schlauere Rollenverteilung – Freitag hätte Dich zwar in die Wüste schicken können, weil er eine weitere Zusammenarbeit ablehnte, Dir aber kein Hausverbot erteilen können. Zu allem Überfluss hat der Eigentümer mir vorhin die Pistole auf die Brust gesetzt und ernsthaft verlangt, dass ich innerhalb von vierundzwanzig Stunden eine ‚für ihn und die Hausgemeinschaft akzeptable Alternative', wie er das ausdrückte, finde. Wie soll das denn gehen?", fragte Schröder hilfesuchend in die kleine Runde.

„Und was, wenn nicht?", wollte Neumann wissen.

„Dann würde er der Brandversicherung den Vorschlag unterbreiten, dass das restliche Sanierungsvorhaben unter der Aufsicht und Leitung von diesem Freitag zum Abschluss gebracht wird. Da können wir doch nicht mitspielen! Wie stehen wir denn bei der Versicherung und bei Krämer da? Wir bekommen doch nie wieder einen Auftrag von denen! Und das alles nur, weil unser Grünschnabel hier weder seine Baustelle noch sein loses Mundwerk im Griff hat!"

„Und wenn wir uns darauf nicht einlassen und abwarten, ob er wirklich bei der Brandversicherung anruft? Notfalls könnten wir ihr gegenüber doch so tun, als hätten Thorsten oder ich die Baustelle übernommen."

„Keinesfalls! Erstens bin ich felsenfest davon überzeugt, dass er nach Ablauf seines Ultimatums sofort zum Hörer greift. Das hat er ganz klar und ruhig gesagt, nachdem er sich das alles vermutlich zuvor gut überlegt hat. Und zweitens hat er noch einen anderen Trumpf im Ärmel, um den ich mir offen gestanden noch nie Gedanken gemacht habe."

„Und das wäre?", fragte Svenzke.

„Er faselte etwas davon, dass man eigentlich die Aufsichtsbehörde darüber informieren sollte, dass wir uns als öffentliches Unternehmen im privaten Wohnungsbau tummeln. Er scheint da jemanden bei der Beteiligungsverwaltung zu kennen."

Während er meinen Hinweis auf die unzulässige Sanierung von privatem Wohnraum durch ein städtisches Unternehmen und fernab jeglichen öffentlichen Interesses stark verkürzt wiedergab, erinnerte sich Schröder daran, wie im vergangenen November der Hausjurist der GERESA, sein Kollege Hochgreve, auch irgendetwas zu den besonderen Kontrollmöglichkeiten bei öffentlichen Unternehmen ausgeführt hatte. Zwar hatten er und die Kollegin Balkhausen sich bislang einen feuchten Kehricht dafür interessiert, ob ihre Aufträge aus dem öffentlichen oder privaten Bereich stammten – Hauptsache die Auftragsbücher waren voll, und die Brandversicherung bescherte ihnen wie bei einem Abonnement ständig neue Sanierungsfälle. Schröder hatte jedoch ein gutes Gespür für rote Linien, die zu überschreiten er nicht bereit war. Schon gar nicht, wenn die Gefahr bestand, dass ein frustrierter Eigentümer die Aufsichtsbehörde der GERESA gewissermaßen mit der Nase auf gewisse Ungereimtheiten stieß. Konnte man auch gleich das Abonnement aufkündigen.

„Scheint sich da ohnehin einigermaßen auszukennen", warf Neumann ein. „Jetzt, wo Du das Thema ansprichst, Peter, fällt mir ein, dass er mich bereits bei unserer ersten Begegnung am Brandtag gefragt hat, warum wir als öffentliches Unternehmen privaten Wohnungsbau sanieren."

„Und was hast Du ihm geantwortet?"

„Och, sinngemäß wohl, dass wir alles sanieren."

„Und das war noch nicht mal gelogen", versuchte Schröder den roten Faden wiederzufinden. „Also, gehen wir mal davon aus, dass wir innerhalb der nächsten – inzwischen nur noch dreiundzwanzig – Stunden eine Ersatzlösung für unseren Möchtegernbauleiter aus der Krabbelgruppe brauchen. Hat jemand eine Idee, wie wir die Kuh vom Eis kriegen? Ich kann Sasel doch nicht Jürgen oder Thorsten auch noch draufpacken, so viel wie Ihr ohnehin schon um die Ohren habt. Mit Deiner Teilnahme an den letzten Baubesprechungen, Jürgen, hat es ja wegen Terminschwierigkeiten auch schon nicht geklappt. Wie soll das funktionieren? Außerdem möchte ich Fischer eigentlich nicht davon befreien, seinen Schlamassel alleine aufzuräumen. Hat uns bislang ja genug Nerven gekostet, sein Ausflug in die hohe Kunst der Bauüberwachung und Kommunikation."

„Vielleicht hätte ich eine Lösung", meldete Svenzke sich leise zu Wort. Erwartungsvoll drehten Schröder und Neumann ihm ihre Köpfe zu. Nur Fischer kritzelte scheinbar unbeteiligt etwas auf seinen Zettel.

„Und wie lautet die?"

„Peterson."

„Wie, Peterson? Welcher Peterson?"

„Heiner Peterson vom gleichnamigen Architekturbüro. Klingelt da nichts?"

„Mein alter Freund Heiner?", fragte Schröder ungläubig. „Hab ja mindestens zehn Jahre nichts von ihm gehört. Und was sollen wir mit dem? Der hat doch bestimmt die Hucke voll zu tun und es sicher auch nicht nötig, für uns Bauleiter zu spielen."

„Soll er ja auch nicht", räumte Svenzke ein.

„Und welche Rolle soll er stattdessen spielen, wenn nicht die des Einwechselspielers für Fischer?"

„Der Kollege Fischer könnte hier weiterhin die Organisation und Koordinierung der Gewerke und der Bemusterungen, den Kontakt zu den Handwerkern und Lieferanten sowie die Terminplanüberwachung vornehmen – sozusagen als Back Office. Alles andere macht inzwischen auch keinen Sinn mehr nach den vielen Monaten, die er sich mit den Zulieferern und Gewerken befasst hat. Herr Peterson hingegen scheint mir nach allem, was ich von ihm gehört habe, eine Idealbesetzung für die Rolle des fachlich einschlägigen und erfahrenen Kommunikators gegenüber den Eigentümern und insbesondere dem Sachverständigen zu sein –

wenn man ihn dazu überreden könnte. Leider sitzt er mit seinem renommierten Büro ja seit einigen Jahren in Lüneburg."

„Scheint mir ein kluger Plan", lobte Schröder seinen besten Mitarbeiter, der sich mal wieder als Oberstratege erwies. „Steht vermutlich unter einer ganzen Reihe von Vorbehalten."

„Ich weiß", lächelte Svenzke, „ich denke, man könnte es mal versuchen", forderte er Schröder auf, den zu duzen er wie immer vermied.

„Na, dann will ich mich mal ans Telefon hängen und beim guten Heiner in Erinnerung bringen. Vielleicht ist er gar nicht da oder krank, hat gerade einen Termin oder Urlaub. Und dann müsste er für diesen Nebenjob ja auch genügend Zeit übrig haben und bereit sein, hin und wieder von Lüneburg nach Sasel und wieder zurück zu fahren. Kann mir nicht vorstellen, dass er da mitspielt."

„Versuch macht klug", grinste Neumann, der froh war, dass Svenzke eine Idee aufgeworfen hatte, von der er nicht betroffen wäre. „Ist im Übrigen alles eine Frage des Preises."

Schröder unterbrach die kurze Besprechung und bat Frau Schönfelder, ihn mit Heiner Peterson zu verbinden. Während sie die Telefonnummer ermittelte und selbst erst vom Sekretariat des Architekturbüros mit dem Chef verbunden werden musste, hatte Schröder grob überschlagen, dass er seinem früheren Weggefährten ein recht stattliches Honorar für seine Dienste anbieten könnte. Denn der junge Fischer verdiente mit seinem spärlichen Anfangsgehalt bei weitem nicht so viel wie die älteren, erfahrenen Architekten wie Svenzke oder Neumann. Und obwohl die Sanierung in Sasel sich nun schon seit über acht Monaten hinzog, hatte er mit Fischer von der „Servicepauschale", die die GERESA von der Brandversicherung erhielt, ein ganz hübsches Sümmchen zusammengespart. Überdies hatten sie es ja geschafft, die Schäden durch den Wassereinbruch den Versicherungen und sämtliche erforderlichen Doppelarbeiten den Gewerken aufs Auge zu drücken. Unterm Strich stand er also ziemlich gut da.

Sein Telefon klingelte: „Ich verbinde mit Herrn Peterson", meldete sich Frau Schönfelder mit ihrer sanften Stimme und stellte durch.

„Oha, das ging ja schnell! Schröder", rief er hoffnungsvoll in den Hörer.

„Hallo Peter", begrüßte Peterson ihn fröhlich, „das ist ja super, mal wieder von Dir zu hören! Was verschafft mir die Ehre?"

Nach zwanzig Minuten, von denen fünf auf das warming up in Form von ausgetauschten Anekdoten entfielen, versprach Peterson ohne Umschweife, Schröders Bitte zu entsprechen, „etwas Ruhe in eine ziemlich verkorkste Baustelle" zu bringen. Ungeachtet der erfreulichen Rahmenbedingung, dass er ihn mit einem erstaunlich hohen Stundensatz lockte, bildete die Distanz von sechzig Kilometern zwischen Lüneburg und Sasel kein ernsthaftes Problem, weil Peterson ohnehin nahezu täglich in Hamburg zu tun hatte. Und Schröder wurde in diesen zwanzig Minuten schnell klar, dass Svenzke mal wieder den richtigen Riecher gehabt hatte, denn Peterson erwies sich als noch freundlicher und entgegenkommender als er es früher schon gewesen war. Zudem musste er sich in nichts einarbeiten, denn er schüttelte jegliches Fachwissen locker aus dem Ärmel.

Innenstadt

Am nächsten Tag erhielt ich kurz vor der Mittagspause und damit eine Stunde vor Ablauf unseres Ultimatums eine Mail von Frau Schönfelder, deren Hauptadressatin unsere Hausverwaltung war. Freitag und die Eigentümer hatte sie cc angeschrieben. „Im Auftrag von Herrn Schröder" teilte sie uns mit, dass unser Ansprechpartner künftig ausschließlich Herr Heiner Peterson vom gleichnamigen Architekturbüro in Lüneburg sei. „Herr Peterson wird in den nächsten Tagen in die Baustelle eingewiesen und sich sodann mit Ihnen wegen eines Termins für eine Baubesprechung in Verbindung setzen."

Also bekamen wir keinen neuen Bauleiter aus dem Pool der GERESA, sondern einen „Ansprechpartner" aus einem privaten Architekturbüro. Wie sollte das nun wieder funktionieren? Und warum aus Lüneburg? Das war ja mehr als doppelt so weit wie Rothenburgsort. Immerhin war Schröder schlau genug gewesen, den Umlaufbeschluss der Eigentümer zur vollständigen Entlassung von Fischer als Bauleiter nicht erst abgewartet, sondern selbst Fischer offensichtlich komplett aus dem Geschäft abgezogen zu haben. Warum konnten wir das nicht Anfang Januar schon haben, anstatt bis Mitte Februar hierauf zu warten?

Ich erreichte Freitag auf seinem Handy und fragte ihn, ob er zufällig von einem Architekten Peterson aus Lüneburg schon mal etwas gehört hätte.

„Glückwunsch!", begrüßte er mich sogleich fröhlich. „Der Mann genießt seit Jahren fachlich und menschlich einen ausgezeichneten Ruf in der Branche. Wahrscheinlich kann ich mich jetzt zurückziehen."

„Abwarten", riet ich. Schröder gehörte nicht zu dem Menschenschlag, dem ich bedingungsloses Vertrauen entgegenbrachte.

Sasel

Am folgenden Samstag fuhren wir wieder zur Baustelle. Abgesehen von unserem Ritual mit dem Wäschetrocknen wollten wir in erster Linie wissen, ob inzwischen weitergearbeitet wurde und vielleicht neue Mängel entstanden waren. Und irgendwann mussten wir wohl oder übel die große Schrankwand im Keller endgültig leerräumen und abschlagen, um zu sehen, welchen

Schaden durch den Wassereinbruch vom November genommen hatte.

In den Wohnungen schien seit Fischers Rausschmiss vor knapp einer Woche nichts passiert zu sein. Ob die von Schröder avisierte Einweisung von Herrn Peterson in die Baustelle zwischenzeitlich erfolgt war, konnten wir natürlich nicht erkennen. Für alle Fälle nahmen wir uns ausgiebig Zeit für eine erneute Bestandsaufnahme:

Die vermurkste Dachschräge im Schlafzimmer schaute uns immer noch als Beweis hoher Trockenbaukunst an, wie auch das Modell Liliput in der Geschossdecke zum Spitzboden nach wie vor verhinderte, dass der Ofenbauer die vom Bezirksschornsteinfegermeister geforderte Schornsteinsanierung durchführen konnte. Die Maler hatten damit begonnen, die gemauerten Wände sowie die Zimmerdecken zu verspachteln – letzteres schien uns leichtsinnig, solange die Wohnung keinen Blower-Door-Test bestanden hatte. Im oberen Bad musste der Installateur noch sämtliche Leitungen in den neuen Estrich verlegen. Im unteren Bad und in der Küche hatte der Fliesenleger begonnen, ein paar Kacheln an die Innenwände zu kleben – nach einer tagesfüllenden Arbeit sah dies indes nicht aus. Um das Thema Fensterbänke hatte sich bislang noch niemand gekümmert, und sie waren in den Bemusterungslisten von Fischer auch nicht vorgesehen. Und schließlich blieb die Wohnungstreppe eine einzige Katastrophe, ebenso wie die Wohnungseingangstür noch ausgetauscht werden musste. Genug Arbeit für Wochen – in sinnvoller Reihenfolge!

Wir gingen in den Keller und räumten die Schrankwand aus. Sämtlichen Inhalt konnten wir nur auf dem Fußboden stapeln, soweit wir uns nicht entschlossen, einzelne Dinge jetzt und gleich den auf dem Hof stehenden Containern oder der Mülltonne zu überantworten. Bei einem dieser Gänge nach oben stellte ich fest, dass die Sonne es inzwischen geschafft hatte, diesen frühen Februarmittag mit nahezu frühlingshafter Wärme zu vergolden.

„Lass uns mittags nach draußen gehen und dort unser Brötchen essen", schlug ich Franziska vor, nachdem ich wieder im Keller angekommen war. „Ist herrlich sonnig inzwischen, und wir könnten dabei ein wenig auf dem alten Holzbalken vor dem Eingang sitzen, bevor wir hier in unserem dunklen Verlies weitermachen."

Das ließ sie sich nicht zweimal sagen, und so mümmelten wir schweigend nebeneinander sitzend unsere Brötchen, die sie samstags immer belegte, während ich das Auto aus der Tiefgarage holte. Nach den vielen trüben Tagen der vergangenen Monate genossen wir die inzwischen wieder kräftigere Wintersonne. Das Dixiklo stand wenige Meter weiter vor den beiden verbliebenen Garagen, störte aber im grellen Gegenlicht nicht wirklich, obwohl seine Tür nicht richtig geschlossen war. Bewegte sich dort nicht etwas? Oder litt ich nach den dunklen Stunden im Keller schon unter Halluzinationen infolge des vielen Lichts hier draußen? Nein, ganz sicher: Aus der kleinen Toilettenkabine flatterte fröhlich ein Pärchen gelber Zitronenfalter in die wärmende Sonne, die es offenbar geschafft hatte, ihre Winterstarre zu unterbrechen. Sie tanzten in der Luft und drehten munter Pirouetten, als dürften sie bereits endgültig das Frühjahr begrüßen.

Ich grinste Franziska an und gestand ihr, gerade eine Eingebung gehabt zu haben.

„Na, da bin ich ja wirklich gespannt", lautete ihre schläfrige Antwort, nachdem sie die Wärme offensichtlich mehr genoss als ihr Brötchen.

„Ja, wenn wir hier fertig sind, werde ich den ganzen Käse aufschreiben. Ich werde ein richtiges Buch darüber schreiben."

„Hast Du sonst nichts mehr zu tun?", fragte sie angesichts der vielen Arbeit, die noch vor uns lag, gelangweilt.

„Doch, mehr als genug! Aber irgendwann sind wir ja auch mal fertig mit dem ganzen Mist und hier wieder eingezogen. Und dann schreibe ich das Buch dazu. Den Titel habe ich jedenfalls schon."

Zehnter Abschnitt: Das guckt sich nicht weg!

Kapitel 26

Es wurde schließlich Mitte Februar, bis wir Heiner Peterson trafen und mit ihm das weitere Vorgehen besprechen konnten. Tatsächlich war er von Schröder und Neumann – Fischer hatte Schröder wegen unseres Hausverbots vorsichtshalber nicht mitgenommen – bereits zwei Tage nach Schröders Hilferuf in die Baustelle eingewiesen worden. Am nächsten Tag hatte sich Peterson mit einem Terminvorschlag bei Frau Silves, Freitag und uns gemeldet. An diesem Tag hatte Freitag jedoch eine Bauabnahme. Beim zweiten Termin war ich durch Vorstellungsgespräche blockiert und beim dritten musste Franziska zu einer ganztägigen Besprechung nach Kiel fahren. So verstrichen zehn Tage, wobei uns diese Verzögerung und Baupause nach knapp neun Monaten Sanierung inzwischen völlig egal war, Hauptsache, es würde alles fachmännisch, regelgerecht und nach unseren Vorstellungen fertiggestellt werden.

„Dafür sind wir da", antwortete Peterson, nachdem ich ihm diese Position in unserem dritten Telefonat dargelegt hatte. „Ihre bisherige Pechsträhne wird nicht fortgesetzt!" Klang gut.

Sasel

Schließlich hatten wir uns genau zwei Wochen nach Fischers Rausschmiss um zwölf Uhr verabredet. Außer Franziska und mir erschienen nur Frau Silves sowie Andreas Freitag. Herrn Mohr interessierten die weiteren Sanierungsschritte kaum noch, nachdem er inzwischen einen Makler beauftragt hatte, seine Wohnung zu verkaufen. Und die neuen Eigentümer der anderen Erdgeschosswohnung waren Tag und Nacht mit ihren eigenen Umbaumaßnahmen und Renovierungen beschäftigt, die im Wesentlichen eine völlig neue Raumaufteilung, den Einbau eines weiteren

Badezimmers, eine Umstellung von der elektrischen Fußbodenheizung auf eine gasbetriebene mit Konvektionsheizkörpern sowie den Ersatz der Fliesenfußböden durch das seit einigen Jahren
bei jüngeren Leuten geradezu uniform beliebte geölte Eichenpar-
kett umfasste; das ganze Programm also. Im März wollten sie mit
Kindern und deren Oma dort einziehen. Nichts deutete darauf
hin, dass bis dahin ihre Arbeiten zumindest zu einem akzeptablen
vorläufigen Abschluss gebracht werden konnten.

Als wir vor der vereinbarten Zeit in unsere Sackgasse einbogen, parkte hinter der Grundstückszufahrt ein älterer 3er BMW.
An den Wagen gelehnt wartete ein schlanker Mittfünfziger mit an
den Schläfen leicht ergrautem, blondem Haar, der die Zeit nutzte,
um sein Smartphone zu checken. Unter seinem modisch kurzen
Wollmantel trug er ein braunes Tweed Sakko und eine den win-
terlichen Temperaturen angemessene beige Stoffhose. Seine Füße
steckten in stabilen Halbschuhen von Clarks, die ihn mit ihrer dicken Sohle noch etwas größer als seine etwa eins achtzig erscheinen ließen. Schon rein äußerlich verkörperte er das hundertfünf-
zigprozentige Kontrastprogramm zu Fischer.

„Heiner Peterson", stellte er sich mit offenem Lächeln, das
zwei makellose weiße Zahnreihen entblößte, und einem warmen
Händedruck vor. „Schön, dass ich Sie endlich auch persönlich
kennenlernen darf!"

„Wir freuen uns auch", erwiderte Franziska seine freundliche
Begrüßung. Zweifelsfrei fand auch sie Peterson auf den ersten
Blick attraktiv, ließ sich aber selten vom optischen Erscheinungsbild anderer Menschen blenden. Nach unserer Odyssee mit Fischer musste sein Nachfolger nun erst mal beweisen, dass seine
Herzlichkeit ehrlich sowie sein Fachwissen und sein Organisati-
onstalent besser waren und er vor allem Bereitschaft erkennen
ließ, unsere Interessen zu vertreten.

„Sie wohnen ja in traumhafter Lage, und Ihre Wohnung selbst
hat ja auch jede Menge Charme", versuchte er mit etwas Smalltalk

die Zeit bis zum Erscheinen von Frau Silves und Freitag zu überbrücken.

„Wohnten", korrigierte Franziska. „Seit knapp einem dreiviertel Jahr wohnen wir im beliebtesten Stadtteil Hamburgs, wo sich die Leute gegenseitig auf die Füße treten."

„Na, Sie werden ja bald wieder hier einziehen können. Kann sich nur noch um Wochen handeln."

„Hat Ihr Vorgänger auch seit mindestens einem halben Jahr behauptet. Sollte immer alles ganz besonders schnell gehen – mit dem Ergebnis, dass das meiste doppelt und dreifach gebaut werden musste. Aber das werden Sie bei Ihrer ersten Begehung ja sicherlich schon alles gesehen haben", mutmaßte ich, um zu testen, wie gründlich er sich unsere Wohnung wohl schon angesehen haben mochte.

„Ja, stimmt", räumte er unumwunden ein, „das ist in der Tat eine ziemlich schlecht organisierte Baustelle. Zu viele Gewerke gleichzeitig vor Ort. Kein Zeit- und Organisationsplan, der irgendwo aushängt und an dem sich die Handwerker orientieren könnten. Am schlimmsten ist der viele Dreck, der überall rumfliegt. Mit Ausnahme des Installateurs scheint niemand jemals irgendetwas weggeräumt zu haben, überall liegen Holzreste, Dämmwolle, Trockenbauabschnitte, Elektrokabel und Fliesenstücke herum. Das ist wie mit der Theorie vom Broken Window: Wo Müll liegt, kommt neuer hinzu. Führt irgendwann dazu, dass niemand mehr motiviert ist, eine saubere Arbeit abzuliefern", beendete er seine Ausführungen zur ordentlichen Baustelle.

„Wo Sie's sagen…", kommentierte ich Peterson nachdenklich. Wo er Recht hat, hat er Recht, dachte ich. Hatten wir nie drüber nachgedacht, sondern uns immer nur über den vielen Dreck geärgert und regelmäßig im Keller und im Treppenhaus geputzt.

Ohne entsprechende Erfahrungen waren wir wohl davon ausgegangen, dass es auf Baustellen immer so aussehen muss wie bei uns.

„Klar, als erstes muss da mal aufgeräumt und gefegt werden", ergriff Peterson erneut das Wort.

„Dann sagen Sie mal bei der GERESA Bescheid", schlug ich vor, „Gebäudereinigung ist schließlich deren Kerngeschäft!"

Im nächsten Moment fuhr Frau Silves im Firmensmart der Hausverwaltung vor.

„Bin ich zu spät?", fragte sie, nachdem sie sich zu uns gesellt hatte.

„Nein, pünktlich wie immer. Wir waren zu früh hier. Darf ich Ihnen Herrn Peterson vorstellen, unseren neuen Bauleiter?"

„Ich freue mich, Ihre Bekanntschaft machen zu dürfen", lächelte Peterson Frau Silves freundlich und offen an und ergriff die ihm entgegengestreckte Hand. War da ein leichtes Erröten auf ihren Wangen auszumachen oder hatte sie heute einfach nur noch etwas tiefer in ihren Schminktiegeln gegründelt? Wahrscheinlich letzteres. Offensichtlich verunsichert über den charmanten Auftritt von Peterson zwinkerte sie uns etwas verlegen zu. Im nächsten Augenblick bog Freitag in seinem X 5 schwungvoll um die Ecke, wendete am Sackgassenende und parkte auf der anderen Straßenseite. Mit fünf großen Schritten war er bei uns:

„Sorry für die Verspätung, der Verkehr…", nickte er grüßend Franziska, Frau Silves und mir zu und drückte Peterson die Hand: „Andreas Freitag".

„Heiner Peterson, sehr angenehm, Herr Freitag. Na, dann wollen wir mal!"

Während wir auf das Haus zu- und die Treppe zu unserer Wohnung hinaufgingen, fragte ich Peterson, warum er als offensichtlich gut beschäftigter Lüneburger Architekt den Bauleiter für die GERESA spielen würde.

„Bauleiter ist vielleicht nicht völlig korrekt", erläuterte er, „denn Herr Fischer wird weiterhin die Kontakte zu den verschiedenen Gewerken halten und die bemusterten Materialien bestellen und liefern lassen. Ich werde hier nur Ihr neuer Ansprechpartner vor Ort sein und Sie gegebenenfalls fachlich beraten, nachdem es mit dem jungen Fischer ja offensichtlich – wie drückte Herr Schröder das neulich so nett aus? – etwas hakelte."

„Etwas ist gut", erwiderte ich stirnrunzelnd. „Doch das war, mit Verlaub, nur die Antwort auf den zweiten Teil meiner Frage…"

„Ach so, pardon", parierte Peterson blitzschnell, „Peter Schröder und ich haben uns vor gefühlt fünfzig Jahren bei unserem ersten Arbeitgeber kennengelernt, er als Bauingenieur, ich als Architekt. Nach einigen Jahren habe ich beschlossen, ein eigenes Büro aufzumachen, und er bekam nach einer Zwischenstation irgendwann seinen heutigen Job bei der GERESA. Seitdem hatten wir uns eigentlich nur noch selten getroffen, bis er mich neulich anrief."

„Um Sie zu fragen, ob Sie hier die Sanierung übernehmen würden?", wollte Frau Silves wissen.

„Ganz so konkret nicht. Zuerst meinte er nur, ich müsste etwas Ruhe in eine ins Stocken geratene Baustelle bringen. Später räumte er ein, dass es leichte Differenzen zwischen dem engen Kostenrahmen der Versicherung, an den sich Fischer strikt hielte, und den qualitativen Anforderungen der Eigentümer gebe."

„Hört, hört!", rief Franziska.

„Ja ja," lachte Peterson sie fröhlich an, „kann mir schon denken, was hier los war, nachdem ich Ihre Wohnung neulich besichtigt habe. Da liegt ja wirklich allerlei im Argen."

„Nämlich?", fragte ich Peterson scheinheilig und wandte mich zugleich an Frau Silves und Freitag: „Herr Peterson hatte vorhin übrigens die großartige Idee, dass die Wohnung mal aufgeräumt und gereinigt werden müsste, bevor es auch dem letzten Handwerker gleichgültig ist, welchen Pfusch er abliefert. Ich habe ihm daraufhin den Vorschlag unterbreitet, dies bei der GERESA zu veranlassen, weil sie sich mit der Reinigung von Gebäuden doch schon sehr lange und besonders gut auskennt."

„Kann ich nur lebhaft unterstützen! Und was liegt Ihrer Meinung nach nun im Argen hier oben?", fragte Freitag nach, als wir schließlich in unserem Wohnzimmer standen.

Peterson klappte seine Mappe auf und zog einen nagelneuen Kunststoffordner heraus.

„Die Beplankung im Schlafzimmer muss wieder runter und an drei oder vier Dachsparren anders unterfüttert werden. Die Dämmung im oberen Bad entspricht nicht den gültigen Normen, weil sie viel zu weit Richtung Trauf gelegt worden ist. Man dämmt heute hinter der Trockenbauwand und lässt hinter der Unterspannbahn die Luft zirkulieren, ähnlich wie man das ja seit Jahren mit den Spitzböden macht. Die Podeste für die Fensterbänke bilden ein einziges Provisorium. Kann mir nicht vorstellen, dass eines den BDT besteht. Die winzige Bodenluke ist ein Witz und geht gar nicht. Und auf dem Spitzboden müsste man ja wohl noch die Trennwand zwischen den beiden Wohnungen stellen, die es doch früher sicherlich gab, oder?"

„Gab es", antwortete Franziska, die mit Interesse verfolgte, dass Peterson sich offensichtlich einen ebenso kritischen wie zutreffenden Überblick verschafft und auf den heutigen Termin gut vorbereitet hatte. „Was noch?", ermunterte sie ihn, fortzufahren.

Peterson blätterte in seinem Kunststoffordner um. „Reicht Ihnen noch nicht, wie?", lächelte er Franziska freundlich an. „Na, über die Treppe gibt es doch wohl keine zwei Meinungen, oder?"

„Doch", sagte Franziska, „mindestens drei oder vier. Haben Sie das mit Ihrem Freund Schröder nicht erörtert?"

„Also vorab und im Vertrauen: Mein Freund ist Peter Schröder eigentlich nicht, sondern ein guter alter Kumpel, dem ich gerne helfe. Würde ich umgekehrt auch erwarten. Und erörtert habe ich mit ihm noch überhaupt nichts, sondern nur eine Bestandsaufnahme durchgeführt. Wahrscheinlich hat er mit mir den berühmten Bock zum Gärtner gemacht, denn Pfusch lehne ich ab. Könnte meinem möglicherweise halbwegs guten Ruf in der Branche schaden", kokettierte er.

„Dann kann ich mich ja empfehlen", meinte Freitag. „Zwei Qualitätssicherer sind vielleicht einer zu viel."

„Nein nein, Sachverständige und Architekten ergänzen sich geradezu symbiotisch", grinste Peterson ihn freundschaftlich an.

„Außerdem bleiben Sie bitte schon deswegen bei der Stange", forderte Frau Silves ihn auf, „weil ich von der Versicherung gerade eben die Zusage erhalten habe, dass sie Ihr Honorar zu hundert Prozent übernimmt."

„Dann gibt sie sich sicherlich auch noch den einen oder anderen Ruck und genehmigt hin und wieder einen Nachtrag zu ihrem Schadengutachten. War doch von vornherein alles auf knappste Kante genäht", nickte ich ihr zu. Nur sie als unsere Auftraggeberin konnte Forderungen stellen.

Schon am nächsten Tag räumte eine Putzkolonne der GERESA die Baustelle so gut es ging auf. Jeder Handwerksbetrieb bekam einen Raum im Keller oder eine Ecke in einer der beiden Wohnungen zugeteilt, wo er nach Feierabend seine Werkzeuge und Materialien möglichst kompakt zu lagern hatte. Peterson hängte außen an die Wohnungstüren eine jeweils für eine Woche gültige Liste, aus der hervorging, an welchen Tag welche Gewerke welche Arbeiten durchführen sollten. Auf dieser Basis musste Fischer ihren Arbeitseinsatz organisieren. Außerdem konnte man einer bis Ende April geführten Vorausschau grob die jeweiligen Restarbeiten entnehmen. Die letzten beiden Aprilwochen waren für Aufräumen, Reinigung, Kontrolle und Endabnahme vorgesehen. Und er stimmte sich mindestens täglich mit Freitag ab, wer von ihnen gerade eine günstige Gelegenheit sah, auf der Baustelle vorbeizuschauen. „Wir müssen die Handwerker doch möglichst oft für ihre gute Arbeit loben", verkündete er augenzwinkernd seine Philosophie. Welch glückliche Fügung, dass die beiden sich auf Anhieb prächtig verstanden und bereit waren, am selben Strang zu ziehen.

Die tägliche Überwachung der Arbeiten war schon deswegen erforderlich, weil Fischer aus seinem „Back Office" weiterhin sein Unwesen zu treiben versuchte. Schröder hatte ihm zwar in aller Deutlichkeit erklärt, dass bis zum Abschluss der Sanierung ausschließlich Peterson die Baustelle organisieren würde, während er sich nach dessen Anweisungen um die Koordinierung der Handwerker und Beschaffung der Materialien zu kümmern hatte. Fischer indes sah sich weiterhin als den zuständigen Bauleiter, während Peterson sich mit dem Klugscheißer Freitag und uns Schlaumeiern abgeben sollte. Deshalb schickte er in der dritten Februarwoche nach der großen Putz- und Aufräumaktion durch seine Kollegen aus dem Bereich Gebäudereinigung weiterhin Maler in die Wohnung, obwohl der Plan von Peterson eindeutig und ausschließlich den Trockenbauer, den Installateur und den Elektriker vorsah. Denn erst nachdem das Schlafzimmer neu gebaut, eine größere Bodenluke eingesetzt, die Trennwand zwischen den Wohnungen gestellt und die Podeste für die Fensterbänke vorschriftsmäßig hergerichtet waren, konnte man testen, ob die Wohnung dicht war. Zeitgleich musste der Elektriker sämtliche Kabel an die Verteilung angeschlossen und ihre richtige Zuordnung geprüft haben. Erst dann konnten die Maler mit den Spachtelarbeiten beginnen.

Freitag war es, der am Montagmittag als erster auf der Baustelle einen kurzen Boxenstopp einlegte. Der Trockenbauer hatte die schiefe Beplankung im Schlafzimmer wieder abgetragen und sich fluchend durch Dampfsperre und Dämmung gearbeitet. In der Nachbarwohnung fand er in der Ecke der Zimmerer eine passende Dachlatte, mit der er nun den Versprung ausgleichen wollte.

„Gute Arbeit", begrüßte Freitag ihn. „Hab doch schon vor Wochen gesagt, dass der Zimmerer hier gepfuscht hat." Der Trockenbauer grinste verlegen und schraubte die Dachlatten fest. Hätten seine Kollegen doch schon vor Monaten machen können.

Im unteren Stockwerk hatte Kalinowsky schicke neue Verteilerkästen in die Wände gesetzt und studierte gerade den Plan seines Kollegen Martin über die Zuordnung der einzelnen Sicherungen und Relais. „Hier sollte ich wohl besser nicht stören", murmelte Freitag voller Mitgefühl über die bevorstehende Puzzlearbeit.

Im Wohnzimmer saßen zwei Maler auf den Fliesenstapeln und lasen angestrengt ihre Bild.

„Was macht Ihr hier?", fragte Freitag.

„Wir? Och, eigentlich – im Moment haben wir gerade Pause", erläuterte der ältere.

„Pause von was?", wollte Freitag wissen und verwies sie auf den Arbeitsplan an der Wohnungstür, wonach Maler heute und in den nächsten Tagen nicht vorgesehen waren. „Hat Fischer Euch hergeschickt?"

„Fischer kann uns nirgendwohin schicken. Das macht ausschließlich unser Chef. Und der hat gemeint, wir sollten uns hier mal etwas umsehen, was wir schon erledigen könnten."

„Ach so, klar. Dann solltet Ihr ihn mal anrufen und fragen, was er sonst noch zu tun hat. Hier ist jedenfalls bis Ende der Woche Feierabend. Nächste Woche gerne wieder."

„Können Sie überhaupt – Sie sind doch nicht der Bauleiter?"

„Nee, bin ich nicht. Und Fischer ist nebenbei auch nicht mehr zuständig. Der neue Bauleiter heißt Peterson und den rufe ich jetzt mal an, damit er Fischer faltet. Ich bin nur der Qualitätssicherer."

Peterson erschien ein kurzer Anruf bei Schröder wesentlich effizienter.

Ende der Woche war der Trockenbauer mal wieder fertig. Oben im Spitzboden stand die Trennwand, und gemeinsam mit dem Zimmerer hatte er es tatsächlich geschafft, eine Bodentreppe im uns vertrauten Format einzubauen. Ich rief umgehend den Ofenbauer an und teilte ihm mit, dass er ab sofort die geforderte Schornsteinsanierung vornehmen konnte. Schließlich hatten wir den neuen Ofen bereits im Juli gekauft und nun war es Ende Februar geworden. Die Firma hatte zwischendurch schon drei Mal nachgefragt, wann der Einbau erfolgen sollte. „Wenn es technisch möglich ist", lautete meine lakonische Antwort.

Für Anfang März war der nächste Blower-Door-Test vorgesehen. Nach den Vorstellungen des Trockenbauers wäre dies auch bereits in der letzten Februarwoche möglich gewesen; Ronneberger hatte in seinem Kalender jedoch nichts mehr frei. Wir verbanden den dritten Test mit einer weiteren Baubesprechung zwischen Peterson, Freitag, Frau Silves und uns. Auch Burmeister, der unglückliche Trockenbauer, war anwesend.

„Wir haben uns nun ja seit etwa zwei Wochen nicht gesehen", begann Franziska, während Ronneberger nach erster Inaugenscheinnahme der Wohnungen den Rahmen mit dem großen Ventilator in unsere Wohnungstürzarge spannte. „Und neulich stand ja noch die Frage im Raum, wie die GERESA auf Ihre lange Liste mit Mängeln reagiert hat."

„Habe ich selbstverständlich gleich, nachdem wir uns hier getroffen haben, mit Schröder erörtert", antwortete Peterson, wobei er Franziska zuvorkommend anschaute.

„Und?"

„Hat alles anerkannt – und wir sind ja auch dabei, die Liste abzuarbeiten." Er hielt kurz inne, legte seine Stirn in Falten und räumte mit schmalen Lippen ein: „Nur die Treppe nicht."

„Ach so, wir sollen künftig also über eine wackelige und quietschende Treppe mit einer zu niedrigen Antrittsstufe und einer viel zu hohen Austrittsstufe stolpern, wobei alle Stufen angekohlt, voller Mörtel und tief verschrammt sind?"

„Das habe ich Schröder auch gefragt und ihm mehrfach verdeutlicht, dass diese Treppe so schlicht nicht abnahmefähig ist."

„Und was hat er geantwortet?"

„Sie würde selbstverständlich wieder hergerichtet werden. Danach sähe sie aus wie zuvor. Und mit den unterschiedlichen Stufenhöhen müssten Sie leben. Mehr", er zögerte, uns so weit ins Vertrauen zu ziehen, „mehr sei im Schadengutachten nicht vorgesehen."

„Weiß ich", bestätigte ich. „Ich kenne das Gutachten. Die Treppe hat Krämer schlicht vergessen. Aber hierfür gibt es ja das schöne Instrument des Nachtrags. Notfalls müssen wir eben gerichtlich vorgehen, das verzögert unseren Wiedereinzug mindestens um weitere sechs Monate. Ich denke, dass eine neue Treppe wesentlich preiswerter ist als ein halbes Jahr Nutzungsentschädigung für diese Wohnung."

„Könnte man die Treppe Ihrer Meinung nach denn überhaupt wieder herrichten?", wandte Franziska sich sowohl an Peterson als auch Freitag.

„Die Stufen ja. Man müsste sie um sieben bis acht Millimeter abschleifen und neu lackieren. Bei einer Stufenstärke von derzeit vierzig Millimetern wäre das wohl tolerabel. Das Geländer erfordert einen neuen Anstrich. Und die unterschiedlichen Stufenhöhen dürften darauf zurückzuführen sein, dass beim Rausstemmen des alten Fußbodens die Stützfüße unter dem Geländer abgerissen und mit entsorgt worden sind. Man müsste also den neuen Estrich wieder aufstemmen und neue Füße drunter setzen. Ich befürchte, das würde schlussendlich zu einer Schräglage der gesamten Treppe führen, weil der neue Estrich offensichtlich etwas dicker geworden ist als der vorherige." Freitag nickte zustimmend.

„Haben Sie das Schröder auch so schön erläutert und ihm vielleicht auch noch vorgerechnet, dass seine Vorstellung wahrscheinlich teurer wird als das ganze Ding zu ersetzen?"

„Klar. Er scheint das Thema allerdings einstweilen aussitzen zu wollen. Unter uns gesagt", Peterson winkte uns in die Küche, wo Ronneberger und Burmeister uns nicht so leicht verstehen konnten, „unter uns gesagt werde ich das Gefühl nicht los, dass Schröder einen ziemlichen Bammel vor der Brandversicherung hat. Irgendwie versucht er mit allen Mitteln zu vermeiden, sie mit Nachforderungen zu konfrontieren, um sie nicht mit der Nase drauf zu stoßen, dass hier allerlei schief gelaufen ist."

„Das werden sie wohl schon längst selbst gemerkt haben", lachte Freitag. „Spätestens als sie zustimmten, die Kosten für den Sachverständigen vollständig zu übernehmen, hatten sie sich doch ausgerechnet, was teurer wird."

„Wie auch immer", kürzte Peterson das Gespräch ab, weil Ronneberger ankündigte, den BDT ablaufen zu lassen, „ich bleibe da auf alle Fälle am Ball. Die Treppe kann nicht drinbleiben."

Zehn Minuten später waren die beiden Wohnungen auch beim dritten Blower-Door-Test durchgefallen. Nach wie vor strömte deutlich kältere Außenluft unten durch unsere Wohnzimmergaube sowie unter den neuen Fenstern im Esszimmer und in der Küche.

„Ist ja auch 'ne knifflige Ecke", bedauerte Peterson den Trockenbauer, als sie gemeinsam mit Freitag nach den undichten Stellen in der Wohnzimmergaube suchten. „Holz auf Kalksandstein, dazwischen Sanitärleitungen, das ganze Dämmmaterial und der Anschluss an die Unterspannbahnen unter den Fensterbankpodesten. Wüsste auf Anhieb auch nicht, wie ich das hinbekommen könnte."

„Wird so auch nichts", meldete Freitag sich zu Wort. „Gipskarton und Stein erfordern unterschiedliche Kleber für die Dampfsperre. Wird einfacher, wenn er unten noch ein massives Kantholz zwischenbaut", erläuterte er Burmeister.

Der nickte andächtig. „Also Wand wieder raus, Dämmwolle raus, Kantholz quer reinlegen und gekürzte Wand wieder drauf?"

„Richtig. Mit Dämmung und Dampfsperre", ergänzte Freitag vorsichtshalber.

„Und was für Fensterbänke sind in den Wohnungen eigentlich vorgesehen?", wollte Peterson wissen, nachdem der Punkt geklärt war. „Holz lackiert?"

„Nein nein", lachte ich, „hier gab es bisher überall hübsche Marmorbänke und die kommen auch wieder rein. Nur in der Küche nicht, da wird die Arbeitsplatte in die Fensternische integriert. Sind übrigens im Schadengutachten auch nicht vorgesehen."

Peterson ging im Kopf die Wohnung durch und zählte die erforderlichen Fensterbänke.

„Acht Stück pro Wohnung, richtig?"

„Exakt. Kennen sich ja schon bestens aus hier."

„Sechzehn insgesamt also. Kommt ja noch mal ein hübsches Sümmchen zusammen, wenn es denn Marmor werden soll. Und die Dinger wiegen ja etwas mehr als Holzbänke. Sollten wir hier vielleicht nicht nur durch Gipskarton abstützen, sondern noch etwas Styrodur unterfüttern. Verbessert übrigens auch die Wärmedämmung, nicht ganz uninteressant bei der dünnen Außenwand der Gaube."

Kapitel 27

Rothenburgsort

Schröder fluchte. Peterson hatte ihm von der letzten Baubesprechung nicht nur die eindringliche Mahnung mitgebracht, endlich die Freigabe für eine neue Wohnungstreppe zu veranlassen. „Alles andere macht schon technisch keinen Sinn und wird wahrscheinlich sogar teurer. Außerdem haben die Eigentümer gedroht, die Treppe notfalls auf dem Klageweg einzufordern. Dann hast Du die Baustelle mindestens acht Monate länger am Haken, Peter. Das rechnet sich für die Versicherung erst recht nicht, wenn sie ihnen so viel länger Nutzungsentschädigung für ihre Wohnung zahlen müssen." Peterson hatte Schröder auch darauf hingewiesen, dass im Schadengutachten offensichtlich keine Fensterbänke vorgesehen waren. „Bei sechzehn Bänken aus Marmor kommen da einige Tausender zusammen. Das wird ohne Nachtrag wohl nicht hinhauen."

Nachdem Peterson wieder zurück nach Lüneburg gefahren war, ließ Schröder Fischer kommen.

„Fischer, Herr Peterson hat mich soeben darauf hingewiesen, dass im Schadengutachten keine einzige Fensterbank vorgesehen ist. Ist das richtig?"

„Ähm, ja, jetzt, wo Sie es sagen. Ja, stimmt wohl."

„Und warum nicht?"

„Was hab ich damit zu tun? Muss Krämer wohl vergessen haben."

„Mist", brummte Schröder, „kommen mit Treppe ja wohl gut und gerne zwanzig Riesen zusammen! Macht uns die Brandversicherung doch die Hölle heiß, wenn wir zum jetzigen Zeitpunkt noch mit dieser Summe kommen."

Macht dreitausend für die GERESA, dachte Fischer, auch nicht schlecht. „Vielleicht hätte ich eine Idee, wie wir uns die zurückholen könnten", sagte er grinsend zu Schröder.

Sasel

In Abstimmung mit Peterson und Freitag hatte der Fliesenleger in der Folgewoche begonnen, die beiden Bäder zu verfliesen, nachdem Wolgast nun alle Leitungen verlegt hatte. Beide gingen nicht davon aus, dass hier der nächste Dichtheitstest zu neuen Mängeln führen würde, nachdem beim dritten dort alles in Ordnung gewesen war. Insoweit hofften wir, dass in Kürze auch die neue Sanitärausstattung installiert wurde.

Der vierte Blower-Door-Test war am Freitagnachmittag vorgesehen. Zu unserer großen Überraschung erschienen auch Schröder und Neumann, obwohl ich mir nicht vorstellen konnte, dass sie dieses Verfahren noch nie erlebt haben sollten. Die Wohnzimmergaube war mit Hilfe eines Tischlers nun endlich dicht, unter den Fensterbänken im Esszimmer zog es immer noch. Und Franziska meldete aus dem Obergeschoss, wo sie in ihrer Phantasie schon das neue Schlafzimmer einrichtete, dass kalte Luft durch die Spalten zwischen den Trockenbauplatten strömte.

„Kann doch nicht sein, haben wir doch neulich gerade wieder dicht gemacht", stöhnte Burmeister, der mir trotz des kolossalen Pfuschs allmählich leid tat.

„Aufmachen!", forderte Freitag ihn auf, der fassungslos auf die Schräge starrte. Nach fünf Minuten waren die vier Platten abgeschraubt und die Dampfsperre freigelegt. Ein einziger Blick genügte uns allen: Das Klebeband, mit dem die einzelnen Folien miteinander verbunden wurden, hatte sich an einigen Stellen bereits wieder gelöst. Es handelte sich auch nicht um das vorgeschriebene Tape des Folienherstellers, sondern um einfaches Paketband. Peterson und Freitag schauten Burmeister an, der angesichts dieses Unfugs seines Arbeiters kurz davor war, in Tränen auszubrechen. Peterson versuchte, die Situation zu retten:

„Ist doch 'ne Kleinigkeit, da war Ihrem Monteur wohl das richtige Band ausgegangen. Wenn Sie zufällig was in Ihrem Auto haben, Herr Burmeister, machen wir das eben dicht, dann können Sie die Sache wieder zuschrauben."

„Ähm, ich fürchte, dass ich das Spezialband nicht in meinem Privatwagen finde", antwortete Burmeister leise.

„Na, dann bis zum nächsten Mal", entschied Freitag. „Und dann ist bitte mal Schluss mit lustig!"

Schröder und Neumann waren im unteren Stockwerk geblieben und berieten sich leise. Nachdem der unglückliche Burmeister gegangen war, kam Schröder auf Franziska und mich zu:

„Herr Peterson hat Sie ja sicherlich darüber informiert, dass wir selbstverständlich Ihre Treppe wieder herrichten werden", begann er das Gespräch mit dem Hauch eines mühsamen Lächelns.

„Herr Peterson hat Sie ja sicherlich darüber informiert", griff Franziska seine Einleitung auf, indem sie ihre linke Augenbraue verdächtig weit in die Höhe zog, „dass die unterschiedlichen Stufenhöhen nur mit größtem Aufwand ausgeglichen werden können und eine neue Treppe wahrscheinlich günstiger käme." Peterson nickte freundlich.

„Kann ja verstehen, dass Sie in der bald schicken neuen Wohnung etwas Moderneres als dieses hässliche Stahlgestell haben möchten. Leider können wir Ihnen eine neue Treppe definitiv nicht..."

„Hören Sie, Herr Schröder", unterbrach ich ihn, „es geht uns ebenfalls definitiv nicht um eine neue oder modernere Treppe, sondern wir erwarten lediglich, dass Sie die Schäden, die durch den Brand und die Sanierung entstanden sind, beseitigen und unsere Gäste und wir ohne zu stolpern von unten nach oben und auch wieder zurück kommen."

„Verstehe ich, sollen Sie, klar. Wir kriegen das alles wieder so hin, dass Sie Ihre Treppe kaum noch wiedererkennen werden mit ihrem neuen Anstrich und den frisch lackierten Stufen. Und wenn es denn unbedingt eine neue Treppe sein soll, hätte ich einen sehr fairen Vorschlag für Sie."

Freitag und Peterson spitzten die Ohren, Franziska und ich hielten unsere Neugier im Zaume und schauten Schröder fragend in seine schmalen Augen.

„Ja, also", fuhr er nach längerer Pause fort, „wir möchten Ihnen vorschlagen, dass Sie sich mal umschauen und eine hübsche neue Treppe aussuchen, die Ihrem modernen Geschmack entspricht und gut hier reinpasst. Und Sie bekommen einen großzügigen Zuschuss von uns in Höhe der voraussichtlichen Herrichtungskosten."

„Und das wäre?", fragte Freitag.

„Tja, also, ich weiß, Sie müssten da mit Sicherheit noch eine Kleinigkeit drauflegen." Fischer hatte ihm ausgerechnet, wie hoch der Aufwand für die erforderlichen Tischler- und Malerarbeiten höchstens sein würde. „Aber auch wir würden die bei uns anfallenden Kosten noch nach oben aufrunden."

„Nun lassen Sie mal die Katze aus dem Sack", forderte ihn Freitag sichtlich genervt auf.

„Na gut, also: Wir gehen von tausendfünfhundert Euro aus."

Franziska und ich brachen in schallendes Gelächter aus. Freitag schüttelte fassungslos den Kopf. Peterson runzelte die Stirn.

„Was soll das denn werden?", fragte ich. „Sie wissen doch ganz genau, dass man hierfür auch nicht annähernd eine andere

Treppe bekommt, wahrscheinlich müssten wir mindestens das Dreifache drauflegen!"

„Dann richten wir die jetzige Treppe eben wieder her, und Sie tragen das Risiko, dass die Stufenhöhen vielleicht nicht hundertprozentig übereinstimmen oder die Treppe eine geringfügige Schieflage hat", meldete Neumann sich vorlaut zu Wort. Schröder warf ihm einen giftigen Blick zu.

„Peter", wandte Peterson sich an Schröder, bevor ich tief genug Luft holen konnte, um explosionsartig zu antworten, „wir sollten die Diskussion zu diesem Thema vielleicht an dieser Stelle unterbrechen. Ihr habt Euren Vorschlag auf den Tisch gelegt, und die Eigentümer werden darüber in Ruhe nachdenken und sicherlich auch Informationen zu einer anderen Treppe einholen wollen. Noch ist keine Gefahr im Verzug, und der Fliesenleger kann den Flur ja auch zum Schluss auslegen. Wir besprechen hier eben noch das weitere Vorgehen und melden uns in Kürze bei Euch!"

Mit diesen Worten hatte er seinem alten Kumpel die rechte Hand freundschaftlich auf den Rücken gelegt und ihn sanft zur Wohnungstür geschoben. Neumann blieb nichts anderes übrig als seinem Chef leicht verdattert zu folgen.

„Das hatte ja schon beinahe Fischer'sche Qualität!", entfuhr es mir, nachdem die beiden gegangen waren. „Gut, dass Sie ihn so elegant rauskomplimentiert haben, Herr Peterson. Ich wollte ihm als nächstes nämlich vorschlagen, dass wir uns zu guter Letzt von der GERESA insgesamt trennen und die Restarbeiten mit der Brandversicherung direkt abrechnen. Die dürfte sich freuen, wird ja fünfzehn Prozent günstiger."

„Das wäre keine gute Lösung", erläuterte Peterson ruhig. „Die GERESA würde aus Rache garantiert sämtliche Gewerke abziehen, weil die ja schließlich nur von ihr beauftragt werden durften. Und wir müssten uns erst mal auf die Suche nach eigenen Handwerkern machen, was angesichts der vehementen Bautätigkeit wahrscheinlich nicht ganz einfach werden dürfte. Abgesehen davon wäre damit vermutlich auch meine Rolle beendet, aber die restlichen Arbeiten könnten Sie selbstverständlich auch mit Herrn Freitag koordinieren."

„Ich wollte ja einstweilen auch nur drohen und ihm nicht ultimativ kündigen", räumte ich ein. „War ja nur so wütend über die unverschämte Friss-oder-stirb-Methode der GERESA. Ohne die dämliche Bemerkung von Neumann hätte ich ja noch geglaubt, dass dies ein Versuch des Hardliners Schröder werden sollte. Hat uns doch schön verdeutlicht, dass dies alles schon abgekartet war!"

„Mir ist übrigens während der Diskussion etwas eingefallen", berichtete Peterson. „Ich glaube, ich kann Ihnen versprechen, dass Sie Ihre neue Treppe bekommen. Und wahrscheinlich sogar auch zum Fielmann-Tarif."

Er berichtete von einer größeren Reihenhaussiedlung am Rande von Lüneburg, für die er vor wenigen Jahren den Wettbewerb gewonnen hatte. In allen Häusern sei ausnahmslos ein unserer Wohnungstreppe sehr ähnliches Modell eingebaut worden. „Und das hat nicht die Welt gekostet", erinnerte er sich. Nun wollte er bei dem damaligen Treppenhersteller – einem ebenso renommierten wie verlässlichen Unternehmen – anfragen, zu welchem Preis sie uns zu einer neuen Treppe verhelfen konnten.

Beim fünften – und letzten! – Blower-Door-Test freuten wir uns zwar, dass inzwischen in den Bädern auch die Fußböden verfliest waren; von der neuen Sanitärausstattung war indes nicht der Hauch eines Ansatzes zu sehen. Unsere Frage an Peterson, wann die neuen Toiletten, die Waschbecken, die Dusche und die Badewanne eingebaut werden sollten, konnte er uns erst nach zwei Tagen beantworten:

„Die GERESA wartet darauf, dass Sie Ihre Sanitärausstattung freizeichnen; anschließend kann sie sofort eingebaut werden."

Was für eine Trickserei sollte dies nun wieder werden?

Rothenburgsort

Peterson hatte nach unserer letzten Baubesprechung nochmals auf Schröder wie auf einen lahmen Gaul eingeredet, uns endlich eine neue Treppe zu genehmigen und sie im Rahmen eines Nachtrags gegenüber der Brandversicherung abzurechnen. Insbesondere sei Neumanns Bemerkung zu einer möglicherweise baurechtlich nicht zulässigen Herrichtung nicht nur juristisch unhaltbar, sondern bereits als Eingeständnis zu werten, dass es voraussichtlich nicht gelingen würde, die Treppe wieder in einen einwandfreien Zustand zu versetzen.

„Mag ja beim Rausstemmen der Fußböden oder beim Estrichschütten einiges schief gelaufen sein", räumte Peterson ohne persönliche Kenntnis der entsprechenden Vorgeschichte ein. „Entscheidend ist jedoch das Ergebnis, der derzeitige Zustand also im Vergleich zur Situation vor dem Brand. Und da wird es sicherlich keine wackelige Treppe mit unterschiedlichen Antrittshöhen in der Wohnung gegeben haben. Folglich haben sie ein Recht auf eine vollständige Wiederherstellung des früheren Zustands. Und das geht nur mit einer neuen. Da gibt es zwischen Freitag und mir keine zwei Meinungen, und im Grunde weißt Du das auch, Peter. Die Versicherung bezahlt es doch!"

Davon ging Schröder insgeheim auch aus. Doch er hasste Nachträge, wo immer sie sich vermeiden ließen, weil er sie als Schwäche seines Geschäftsbereichs betrachtete. Solange es irgendwie ging, erwartete er von seinen Mitarbeitern, dass sie sich bedingungslos an den Kostenrahmen des Schadengutachtens hielten. Selbst wenn der Gutachter sich geirrt oder etwas vergessen hatte, wie im Falle unserer Fensterbänke, weigerte sich Schröder, an die Brandversicherung heranzutreten, bevor nicht alle Tricks zur Beschaffung der erforderlichen Mittel ausgeschöpft waren. Denn ständig befürchtete er, die Brandversicherung würde der GERESA keine oder zumindest weniger Sanierungsaufträge anbieten, wenn der gutachtliche Kostenrahmen überschritten wurde. Und dies wiederum wäre nicht nur schädlich für den Ruf des Unternehmens in der Branche. Wenn schließlich die GERESA infolge rückläufiger Auftragslage am Jahresende nicht mal mehr die schwarze Null schreiben würde, könnte schlimmstenfalls sogar jemand auf die Frage kommen, warum sie eigentlich Verluste machte. Sein Geschäftsbereich würde dabei sicherlich als erster die Segel streichen müssen, denn er leitete ja nicht das Kerngeschäft des Unternehmens. Trotz mehr als guter Auftragslage stand daher bei Schröder der Kompass immer auf Wachstum.

Schon nach der Phase des Wassereinbruchs im vergangenen November hatte er zu seiner Freude festgestellt, dass der junge Fischer bei allem Schlamassel, den er im Rahmen seiner ersten Bauleitung verursacht hatte, ein auffallend gutes Talent besaß, Kosten auf andere abzuwälzen und die GERESA bislang völlig schadlos zu halten. Er scheute weder vor Märchen gegenüber Gutachtern und Versicherungen zurück noch interessierte ihn, ob der Trockenbauer Burmeister nach Abarbeitung sämtlicher Mängel Konkurs für seine ohnehin notleidende Firma anmelden musste. Als Schröder ihn nun beauftragte, eine neue Treppe zu bestellen, weil daran letztlich kein Weg mehr vorbei führte und ihm ferner anvertraute, dass die GERESA sich „irgendetwas einfallen" lassen müsste, um die Kosten von schätzungsweise viertausendfünfhundert Euro aufzufangen, schlug Fischer ihm wie aus der Pistole geschossen vor:

„Beteiligen Sie doch die Eigentümer!"

„Geht nicht mehr. Die haben über Deinen Zuschuss in Höhe der Herrichtungskosten gelacht und sowohl von Peterson als auch Freitag Rückendeckung, dass es mit der alten Stiege wirklich nicht funktionieren würde. Hat ja sogar Dein Kollege Neumann ausposaunt."

„Schon klar, eben dumm gelaufen. Sie sollen sich ja auch nicht mehr an der Treppe beteiligen, sondern an ihren Luxusbädern."

„Und wie soll das funktionieren?", fragte Schröder erstaunt.

„Sie haben sich auf Empfehlung von Sanitär Fuchs eine Ausstattung der gehobenen Mittelklasse – alles Villeroy & Boch, Kaldewei und so – ausgesucht, ohne dass wir davon Kenntnis hatten. Wir hätten ihnen garantiert einen niedrigeren Standard angeboten. Außerdem wollen sie eine neue Duschwand aus Vollglas haben, obwohl die alte völlig unversehrt im Keller steht."

„Na, irgendein Klo müssen wir ihnen wohl wieder einbauen. Was war denn vorher drin? Geht das nicht aus dem Gutachten hervor?"

„Keine Ahnung. Irgendetwas Einfacheres eben", log Fischer.

„Meinetwegen kannst Du ja mal zusammenstellen, wie viel man ihnen aufs Auge drücken könnte, wenn man eine Standardausstattung gegenrechnet. Aber so ganz primitiv waren die Bäder in der gut renovierten Wohnung sicherlich nicht!"

Fischer brauchte nicht lange. Er war gerade vorgestern über die Auflistung des Großhändlers gestolpert und hatte sich über die Gesamtsumme von mehr als sechstausend Euro gewundert. In seiner eigenen Wohnung waren in dem kleinen Duschbad wahrscheinlich Artikel für höchstens dreihundert verbaut. Na gut, er hatte auch keine Badewanne, nur ein Waschbecken und nur eine Toilette. Und keine Duschwand aus Glas. Rasch kam er zu dem Ergebnis, dass man uns in Höhe von rund viertausend Euro beteiligen könnte. Schröder schmunzelte zufrieden.

Sasel

Mitte März berief Peterson eine weitere Baubesprechung ein, zu der erneut auch Schröder und Neumann erschienen. Uns sollte es recht sein, hatten wir nach segensreicher Beendigung der Trockenbauarbeiten doch eine ganze Reihe Punkte, die noch angeschoben werden mussten, bevor Fliesenleger und Maler loslegen konnten. Der Ofenbauer sollte den Schornsteinzug sanieren, nachdem er endlich durch die größere Bodenluke dorthin gelangen konnte. Die neuen Fensterbänke mussten noch ausgesucht werden, ebenso eine neue Schwelle für die Wohnungstür, die ja auch erneuert wurde. Insbesondere aber warteten wir darauf, dass Schröder uns endlich seine Vorstellungen zur Finanzierung unserer Badezimmerausstattungen darlegte.

„Sie haben ja nun Ihren Willen durchgesetzt", begann er wie üblich in seiner jovialen Art und setzte die große Gönnermiene auf, „und werden von uns eine sehr schöne, neue Treppe bekommen. Kostet ja ein kleines Vermögen, so ein Schmuckstück."

Armleuchter, dachte Franziska. Er konnte ja wohl kaum ahnen, dass Peterson zwischenzeitlich einen engen Kontakt zum Treppenhersteller hergestellt hatte. Dessen Beratung war professionell, äußerst freundlich und von kompetentem Erfahrungswissen geprägt. Im Ergebnis riet er uns zu einer deutlich günstigeren Variante, die sogar wesentlich besser aussah als die alte Treppe, weil sie zu mehr Luft, Freiraum und Eleganz im Flur führte. Einem Großabnehmer wie der GERESA könnte man sie für etwas über dreitausend Euro anbieten, hatte der Treppenhersteller uns verraten.

„Sie erwarten jetzt aber nicht, dass wir uns für die neue Treppe und Ihre Bockbeinigkeit bei Ihnen bedanken, oder?", fragte Franziska ihn stattdessen, „zumal wir eigentlich immer davon ausgehen, dass der Gebäudeversicherer und nicht Ihr Unternehmen die Sanierung bezahlt."

„Das wäre im Fall eines öffentlichen Unternehmens ja wohl auch ein Fall für den Bund der Steuerzahler", murmelte ich gut hörbar. „Aber lassen Sie uns die Treppe nun endlich abhaken. Wir möchten gerne wissen, warum seit Wochen die Bäder nicht eingebaut werden, obwohl dies die gesamten weiteren Arbeiten ins Stocken bringt. Herr Peterson überraschte uns neulich mit der Botschaft, dass wir die Sanitärausstattung freizeichnen sollten. Ich vermute, dass Sie damit eine Übernahme der Kosten anstreben."

„Nicht ganz so schnell", sagte Schröder, „das Thema ist komplexer als Sie denken. Fest steht doch zunächst, dass Sie sich eine Ausstattung ausgesucht haben, ohne sich mit uns abzustimmen."

„Und warum hätten wir das tun sollen?", fragte Franziska.

„Nun, zum einen hätten wir Ihnen vorher den finanziellen Rahmen genannt, in dem Sie sich ohne Eigenbeteiligung hätten bewegen können. Zum anderen bekommen wir als großer Sanierungsträger zwangsläufig viel bessere Konditionen als ein kleiner Installateur wie die Firma Fuchs, die Sie ja offensichtlich vermittelt hat. Da hätte möglicherweise sogar der eine oder andere Artikel Ihrer gehobenen Ausstattung noch reingepasst."

„Was für eine gehobene Ausstattung?" fragte Franziska gereizt. „Wir haben exakt die gleichen Marken ausgewählt, die wir vor fünfzehn Jahren, als wir unsere Bäder sanierten, eingebaut haben. Dass es heute die Sachen auch vom gleichen Hersteller möglicherweise nicht mehr eins zu eins gibt, versteht sich ja wohl von selbst."

„Und im Übrigen, Herr Schröder, haben wir mit dem Großhändler dieselben Konditionen ausgehandelt, die er auch den großen Wohnungsbauunternehmen zugesteht. Und die bestellen vielleicht ein paar Klos mehr als die GERESA."

Fischer hatte Schröder gut vorbereitet und die frühere Ausstattung unserer Bäder dem Schadengutachten entnommen.

„Das Inventar Ihres Duschbads hier unten ist völlig unversehrt und könnte so wieder eingebaut werden. Stattdessen haben Sie jetzt nicht nur alles neu bestellt, sondern dabei eine Duschtasse aus Emaille statt vorher aus Acryl geordert, besonders teure Toiletten sowie einen Unterschrank, den es früher nicht gab. Auch Ihre Duschabtrennung aus Glas könnte wiederverwendet werden, eine neue schlägt ja allein mit über zweitausend Euro zu Buche."

„Die Glaswand wird garantiert nicht wieder eingebaut", antwortete ich, „nachdem Ihr ruppiger Abbruchunternehmer sie sicherlich nicht besonders umsichtig ausgebaut, in den Keller gestellt und dort mehrfach hin- und hergeschoben hat. Glauben Sie, wir riskieren, dass das Glas infolge irgendeines frischen Spannungsrisses explodiert, während wir unter der Dusche stehen – so wie es nach dem Brand mit einem unserer Glastische passierte? Da hätten Sie die Wand zumindest von einem Glaser fachgerecht herausnehmen und auf Sicherheit prüfen lassen müssen – vermutlich war dafür im Schadengutachten auch keine geeignete Position vorgesehen. Und was die flache Duschtasse aus Emaille sowie den Unterschrank statt einer einfachen Ablage angeht, zahlen wir den Aufpreis von weniger als tausend Euro selbstverständlich gerne, denn wir möchten weder etwas geschenkt bekommen noch uns dem Vorwurf des Versicherungsbetrugs aussetzen. Vorher machen ich Ihnen allerdings eine kleine Gegenrechnung auf aus der hervorgeht, was wir noch alles von der GERESA zu bekommen haben. Das dürfte Sie sicherlich interessieren, Herr Schröder!"

Freitag und Peterson schauten mich fragend an, Schröder wippte mit den Füßen und grinste überheblich:

„Was sollten Sie von uns zu bekommen haben? Da bin ich ja nun wirklich gespannt!"

„Na, dann schlage ich vor, dass Sie hierauf mal einen Blick werfen", antwortete ich und zog eine vorbereitete Aufstellung aus der Tasche. Franziska und ich hatten seit ihrer Aufforderung um Freizeichnung der Bäder damit gerechnet, dass die GERESA uns den Aufpreis für die echten Verbesserungen in Rechnung stellen würde. Allerdings hatten wir uns sehr gewundert, dass sie hiervon die Montage beider Bäder – und das obere war durch den Brand ja völlig zerstört und musste ohnehin komplett ersetzt werden – abhängig machte. Und schon gar nicht konnten wir uns vorstellen, dass sie uns die Ausstattung für das untere Bad vollumfänglich anlasten wollte. Dahinter konnte nur eine Verdrehung von Tatsachen stecken, die typischerweise auf Fischers Mist gewachsen war. Also hatten wir uns hingesetzt und eine kleine Tabelle zusammengestellt:

Neuer Kaminofen, Ersatz für rausgestemmten Kachelofen	*6.500,-*
Schornsteinsanierung (Anforderung des Bezirksschornsteinfegermeisters)	*1.500,-*
Granitlampenträger im Duschbad	*600,-*
2 Eckspiegel im Duschbad	*500,-*
3 Nischenspiegel im oberen Bad	*700,-*
Freie Reserve wegen Verzicht auf Mahagonifenster	*3.000,-*
Insgesamt	*12.800,-*

Während wir ihnen einige Minuten Zeit ließen, um die wenigen Positionen zu lesen, konnten wir in Ruhe die Mienen der vier Männer studieren: Freitag benötigte keine zehn Sekunden, ließ das Papier dann sinken und lächelte uns freundlich zu. Peterson war wenig später ebenfalls mit seiner Lektüre fertig, die er zunehmend stirnrunzelnd und mit wiederholtem Kopfnicken durchgeführt hatte. Schröder schaute sich die einzelnen Positionen kopfschüttelnd an und bekam nach weniger als einer Minute einen zunehmend roten Kopf – Zeichen innerer Unruhe und Wut, wie wir diese Hautverfärbung inzwischen zutreffend interpretieren konnten. Neumann las die wenigen Zeilen mit höchster Konzentration durch und schien dabei schwer nachzudenken. Er war es auch, der sich als erster zu Wort meldete:

„Lampenträger und Spiegel zählen nicht zur originären Wohnungsausstattung", verkündete er mit Sorgenfalten und in seinem üblichen Bestreben, die Bedeutung seiner Aussagen durch Schlüsselworte und gewichtige Mimik zu unterstreichen. „Hierfür müssen Sie Ihre Hausratsversicherung in Regress nehmen!"

„Das heißt im Umkehrschluss, die übrigen Positionen sind für Sie nachvollziehbar und stoßen auf Akzeptanz", stellte Franziska ohne jeglichen fragenden Unterton fest.

„Äh, nein, was meinen Sie mit der freien Reserve?", fragte Neumann unsicher.

„Ganz einfach", erläuterte ich den Anwesenden. Freitag konnte dies ebenso wenig wissen wie Peterson. Und Schröder hatte sich um derartige Details sicherlich auch noch keine abschließenden Gedanken gemacht: „Im Schadengutachten ist der Wiedereinbau der früheren Mahagonifenster außen braun, innen weiß, so wie wir sie vor ein paar Jahren mühsam umgestrichen haben, vorgesehen. Gibt es nicht von der Stange, müssten Maler machen. Kostet ein Höllengeld. Wir waren hingegen bereit, stattdessen wesentlich preiswertere Kunststofffenster einzubauen, dafür hatte uns die GERESA sogar noch eine neue Wohnungstür spendiert. Trotzdem sind gegenüber dem Ansatz im Gutachten immer noch dreitausend Euro Luft. Die können Sie nun gerne für unsere verbesserte Badausstattung und die neue Glasabtrennung verwenden oder wofür auch immer. Auf alle Fälle zu unseren Gunsten!"

Schröder schnappte mit zunehmend dickem Hals hörbar nach Luft: „So geht das nicht, das Gutachten nennt eine Obergrenze, muss aber nicht bis auf den letzten Cent ausgereizt werden!"

„Wird bei Ihrer knappen Kalkulation wohl kaum anders gehen", antwortete ich schulterzuckend. „Jedenfalls können vor Ausschöpfung der Obergrenze ja wohl nicht die Geschädigten zur Kasse gebeten werden." Freitag nickte zustimmend.

„Die Duschwand rechnen wir auf alle Fälle raus! Wir werden die alte wieder einbauen."

„Werden Sie nicht, solange Sie nicht wissen, ob sie unversehrt ist, was ich bezweifle. Können wir gerne gutachtlich überprüfen lassen, dauert wahrscheinlich nur vier Wochen. Zufällig haben wir ja einen Bausachverständigen hier, vielleicht hat er dazu auch eine Meinung."

„Eine ausgebaute Glaswand darf nicht wieder eingebaut werden", erklärte Freitag knapp. „Abgesehen davon ist zweifelhaft, dass sie auf die neue Tasse passt."

„Gut", sagte ich und nahm erneut meine Liste zur Hand. „Also 12.800 minus unsere Besserausstattung in Höhe von tausend minus sechs-, elf-, achtzehnhundert für Lampenträger und Spiegel, macht genau zehntausend. Ist doch 'ne schöne, runde Summe."

„Kann nur empfehlen, diesen Betrag in Ihrem Nachtrag an die Versicherung gleich zu verdoppeln", richtete Freitag sich mit ernstem Gesichtsausdruck an Schröder. „Dürften ja wohl weitere zehntausend für die Fensterbänke und die Treppe fällig werden. Und Salamitaktik lieben die bei den sich in letzter Zeit häufenden Schadensfällen überhaupt nicht."

Elfter Abschnitt: Rauchmelder? Wieso Rauchmelder?

Kapitel 28

Sasel

Am darauffolgenden Montag erschien der nette Jens Wolgast erstmals nicht alleine auf der Baustelle. Zusammen mit einem nicht minder freundlichen jungen Kollegen schleppte er unsere neue Badewanne erst durch das Treppenhaus in die Wohnung und dann über die wackelige Treppe in das obere Badezimmer. Zum Glück gab es noch keine Zargen in den Türausschnitten, sonst hätten sie die Wanne wahrscheinlich überhaupt nicht reintragen können.

Als ich nachmittags kurz vorbeikam, um nachzusehen, ob Tischler Jungnickel schon Aufmaß für die beiden Einbauschränke im Bad nehmen konnte, hörte ich auf der Treppe die vertraute Stimme des jungen Installateurs. Oben angekommen staunte ich nicht schlecht über die gerade eingebaute Badewanne und die an der Wand hängende neue Toilette. Schröder musste unmittelbar im Anschluss an unsere Besprechung vom vergangenen Mittwoch die entsprechenden Aufträge erteilt haben. Zuvor jedoch hatte er Fischer seinen gewaltigen Groll spüren lassen, dass nun noch mehr statt weniger Mittel benötigt wurden und er „wie ein Bittsteller bei der Brandversicherung zu Kreuze kriechen" sollte – mit einer Finanzierung unseres neuen Kaminofens und der Schornsteinsanierung hatte bei der GERESA bislang niemand gerechnet.

In der Tat hatten wir zumindest den schicken, modernen Ofen als echte Verbesserung gegenüber dem hässlichen bisherigen Kachelofen betrachtet und waren daher bereit gewesen, ihn aus unserer eigenen Tasche zu bezahlen. Der lange Nervenkrieg um die

Treppe hatte uns indes bereits wankelmütig werden lassen, und die Aufforderung der GERESA, unsere Badezimmerausstattungen frei zu zeichnen, hatte das Fass endgültig zum Überlaufen gebracht. Weswegen sollten wir auch einen neuen Ofen finanzieren, wenn sein Vorgänger im Rahmen des Abbruchs zerstört werden musste?

„Das Waschbecken haben wir auch mitgebracht", begrüßte Wolgast mich fröhlich, „das soll ja hier in dieser Nische von unten an eine Granitplatte geklebt werden, nicht wahr?"

„Stimmt. Und jetzt darf ich also mit dem Waschbecken zu unserem Steinmetz fahren und eine neue Platte mit dem entsprechenden Ausschnitt beauftragen?"

„Genau. Und wie soll die Granitplatte dann befestigt werden? In der Trockenbauwand hält sie doch sicherlich nicht."

„Nein, sie wird auf einen Unterschrank mit ein paar Schubladen gesetzt. Der Tischler hat sich das neulich schon mal angeschaut, nachdem der Trockenbauer endlich durch war und der Fliesenleger die Nische und den Fußboden hier verfliest hat. Ich wollte eigentlich auch nur kurz nachsehen, ob ich ihn nun für das genaue Aufmaß bestellen kann. Und oben wird die Nische an allen drei Seiten mit Spiegeln ausgekleidet. Muss ich mir wohl langsam mal einen pfiffigen Glaser suchen."

„Nicht schlecht", nickte Wolgast angesichts der Dachschräge und der hierdurch unterschiedlich hohen Spiegel anerkennend, „sieht bestimmt super aus. Da haben Sie ja noch eine ganze Menge zu organisieren in der nächsten Zeit. Eigentlich könnten Sie ja gleich die restliche Bauleitung übernehmen!"

Ich lachte über seinen scherzhaften Vorschlag und versicherte ihm, dass hierfür keine Notwendigkeit bestand, nachdem wir nun Peterson anstelle des chaotischen und dreisten Fischer hatten. „Der scheint sich ja wirklich herzlich wenig um seine Baustelle gekümmert zu haben, so wie das früher hier aussah und niemand wusste, was er eigentlich gerade tun sollte", umschrieb Wolgast seine eindeutige Meinung über Fischer.

Ich erreichte Peterson auf seinem Handy und kündigte ihm an, gleich zu unserem Steinmetz zu fahren, um die Granitplatte für den Waschtisch im oberen Bad zu beauftragen. „Würden Sie bitte mal bei der GERESA nachfragen, ob auch die neuen Fensterbänke bei der Firma Marmor Natursteine in Auftrag gegeben werden können? Neumann hat neulich Andeutungen gemacht, dass sie keinen eigenen Steinmetz an der Hand haben."

Wolgast brachte gerade den Karton mit dem Waschbecken zu meinem Wagen, als Peterson bereits zurückrief:

„Haben Sie richtig interpretiert. Die GERESA scheint noch nie mit Natursteinen zu tun gehabt zu haben, was ja eigentlich schwer vorstellbar ist. Neumann klang richtig dankbar, dass Sie das übernehmen wollen", kicherte er verschmitzt.

Bevor ich losfuhr, wählte ich die Mobilnummer der BreisaG und fragte Breitner, ob er zufällig auf seinem Lager in Kaltenkirchen sei.

„Klar, immer bei der Arbeit", antwortete er mit leichtem Galgenhumor und berichtete, während der letzten vier Tage den Keller eines sechzig Jahre alten Einfamilienhauses geräumt zu haben, in dem eine Wasserleitung gebrochen war, was die alten Bewohner jedoch mindestens drei Tage lang nicht bemerkt hätten. „Kann man an und für sich alles wegschmeißen nach dem vielen Wasser. Ihre Kinder bestehen allerdings darauf, dass möglichst viel aufgehoben und wieder hergerichtet wird. Werden hier also sicherlich noch bis Mitternacht archivieren und dokumentieren dürfen. Wollen Sie schon die ersten Sachen abholen? Ich hätte nichts dagegen, langsam platze ich aus allen Nähten, so lange wie Ihre Sanierung dauert."

Ich musste ihn enttäuschen, denn ich wollte nur die beiden Granitplatten aus dem oberen Bad mitnehmen, die er im Sommer noch aus der Ruine gerettet hatte, bevor sie dem Stemmhammer des Abbruchunternehmers zum Opfer fallen konnten. Für Marmor war es sicherlich kein großes Problem, sie an die neuen Maße des Badezimmers anpassen. Und wenn ich schon bis zum Steinmetz nach Henstedt fuhr, konnte ich auch noch die paar Kilometer nach Kaltenkirchen dranhängen. Nur keine doppelten Wege. Ich informierte mein Büro, dass ich heute nicht mehr reinschauen würde, und fuhr los.

Kaltenkirchen

Bei der BreisaG hatte mir Schulz bereits die beiden Granitplatten rausgesucht und vor die Eingangstür des großen Lagers gestellt. Bevor er mir half, sie ins Auto zu verladen, bat er mich in seine Tischlerwerkstatt, wo er mir voller Stolz den in neuem Glanz erstrahlten kleinen Schreibtisch aus unserem Arbeitszimmer präsentierte. Unglaublich, wie er das hingezaubert hatte, nachdem die Türen verrußt waren und die Arbeitsplatte diverse Brandflecken hatte.

„Das ist ja nicht zu fassen!", rief ich begeistert, denn wir hingen sehr an dem Möbel. „Wie haben Sie denn den wieder so gut hingekriegt? Der sieht ja besser aus als vorher!"

Schulz zuckte mit den Schultern: „Geschliffen und lackiert", antwortete er bescheiden und fügte hinzu: „Immer, wenn mal 'ne halbe Stunde übrig war. Kommt ja nicht so häufig vor hier."

Ich hätte den Mann knuddeln können. Franziska würde begeistert sein, denn sie liebte den Schreibtisch mindestens ebenso wie ich. Plötzlich hatte ich eine Idee:

„Können Sie mir eine Tür ausbauen und mitgeben?"

„Klar, für Sie sogar ohne Quittung." Er klickte kurz auf die beiden rechten Scharniere und reichte mir eine Tür ohne zu fragen, was ich damit wollte.

Ich machte mich auf den Rückweg, um meine beiden nächsten Stationen noch vor Feierabend der jeweiligen Betriebe zu erreichen: Marmor Natursteine am Südrand von Henstedt, wo ich das Waschbecken und die beiden Granitplatten auslud und Herrn Marmor einen Zettel mit den neuen Maßen überreichte. Von dort waren es gegen den Strom der zahlreichen bereits nach Hause strebenden Pendler zum Glück nur zwanzig Minuten bis zu Jungnickels Werkstatt im Poppenbütteler Bogen. Zwischen fünf und sechs saß er meist in seinem kleinen Büro, um die Arbeit für den kommenden Tag einzuteilen.

Poppenbüttel

„Störe ich?", fragte ich beim Eintreten.

„Gute Kunden stören nicht", antwortete er freundlich. Immerhin hatten wir nach der Anfertigung unserer neuen Betten im vergangenen Sommer inzwischen auch das restliche Schlafzimmer bei ihm in Auftrag gegeben. Prunkstück sollte zur Freude von Franziska ein fünf Meter langer Einbauschrank werden. Und schon im Januar hatten wir Jungnickel gebeten, auch die beiden Einbauschränke für das Badezimmer zu bauen. Heute kam ich mit einer weiteren Idee zu ihm.

„Was haben Sie denn da für eine hübsche Tür aus massiver Kernbuche?", fragte er mit fachmännischem Blick, nachdem ich ihm gegenüber Platz genommen hatte.

„Der Fliesenleger ist heute Nachmittag mit dem Schlafzimmerfußboden fertig geworden", berichtete ich zunächst. „Als nächstes sollen die Maler Tapeten an die Wände kleben und anstreichen. Dann muss der Fliesenleger noch die Sockelleisten setzen und versiegeln. In der Zwischenzeit könnten Sie schon mal das Aufmaß für den Kleiderschrank und den Schuhschrank in der Nische nehmen."

Jungnickel notierte etwas auf seiner Schreibtischunterlage. „Gut, mache ich gleich morgen früh, bevor die Anstreicher mit ihrem Kleister da rumpanschen." Wertschätzung für andere Gewerke war unter Handwerkern eher die Ausnahme, hatten wir inzwischen gelernt.

„Außerdem habe ich dem Steinmetz vorhin das Waschbecken und die Deckplatte aus Granit für den anderen Einbauschrank gebracht. Demnach müsste der Unterschrank elfhundertfünfzig breit und dreihundertsechzig tief werden." Wie alle Tischler pflegte Jungnickel in Millimetern zu kalkulieren. Erneut kritzelte er etwas auf seine Unterlage. „Wie viel Überstand haben Sie vorne vorgesehen?"

„Vierzig."

„Gut; könnte hinhauen."

„Und dann kam mir eben beim Hausratssanierer noch eine Idee, die ich allerdings noch nicht mit meiner Frau besprechen konnte: Wenn es Ihnen gelingt, passend zu dieser Kernbuche Holz aufzutreiben, dürfen Sie uns noch einen Schrank und eine Kommode bauen."

„Oha", antwortete er wie immer wortkarg und stand auf, um meine Schreibtischtür genauer unter die Lupe zu nehmen. „Gute Qualität. Wird vermutlich nicht ganz einfach werden."

„Hat Ihr Kollege beim Hausratssanierer wieder hinbekommen. War völlig verrußt und hatte Brandflecken. Der Schreibtisch stand ja oben in dem kleinen Zimmer, wo es am meisten gebrannt hat. Und nun könnten wir in demselben Holz die hässlichen Entlüftungen umbauen und hätten gleich noch einen Schrank mehr."

Jungnickel versprach, sein Bestes zu geben, wollte sich aber prioritär um den Schlafzimmerschrank kümmern. Hierfür wurden jede Menge MDF-Platten benötigt. Allein die Produktion und die Lackierung der Sichtseiten würden gut und gerne drei Wochen in Anspruch nehmen. Petersons aktueller Arbeitsplan sah – wie schon sein erster – Ende April für die Fertigstellung der beiden Wohnungen vor. Danach könnten wir endlich wieder umziehen. Das waren noch fünf Wochen. Damit wurde es langsam Zeit, dass Jungnickel sich an das Schlafzimmer machte.

Hoheluft

Um halb sieben stellte ich das Auto wieder in die Tiefgarage. Auf dem Weg zum Bus – auf das Rad hatte ich angesichts morgendlicher Temperaturen von nochmals um die Null Grad sowie inzwischen vierzehn anderer Räder unter der Kellertreppe des Jugendstilhauses keine Lust mehr – schaute ich noch kurz in meinem Büro vorbei, um zu sehen, ob noch irgendetwas bis morgen erledigt werden musste. Sämtliche Aufträge waren zu meiner größten Zufriedenheit abgearbeitet. Beruhigt fuhr ich nach Hause.

Beim Essen berichtete ich Franziska von dem perfekt restaurierten Schreibtisch und meiner Idee eines Einbauschranks aus Buche im Arbeitszimmer. Erwartungsgemäß bedurfte ihre Zustimmung keiner weiteren Überzeugungsarbeit. Anschließend blieben wir an dem kleinen Küchentisch sitzen und klappten unsere To-do-Liste im Computer auf. Seit Peterson die Baustelle mit ruhiger Hand und ständigen Aufmunterungen der Handwerker leitete, ging es zügig und vor allem geordnet voran. Auch Freitag trug bei seinen turnusmäßigen Besuchen erheblich zur Motivation der Arbeiter bei, indem er stets anerkennende Worte fand und Mängel im Tonfall freundschaftlicher Ratschläge erwähnte. Alle gaben ihr Bestes, denn das Finish blieb dauerhaft sichtbar – da wollte niemand Pfusch abliefern.

Trotzdem gab es für uns nun besonders viel zu bedenken und zu organisieren. Denn mit den Einbauschränken, den Granitplatten und Spiegeln für die Bäder, dem neuen Ofen, den auf Funkbetrieb umgerüsteten Rollläden und dem hoffentlich bald möglichen Wiedereinbau unserer Küche mussten wir privat allerlei koordinieren.

Darüber hinaus hatte ich nun auch die Beauftragung und Überwachung der neuen Fensterbänke für die beiden Wohnungen sowie vor einigen Wochen schon die Herstellung und Montage des von der Bauaufsicht geforderten Geländers für den zweiten Rettungsweg übernommen. Fischer hatte gegenüber Peterson zwar behauptet, dass er keinen geeigneten Schlosser hierfür finden konnte; in Wahrheit nutzte er aber jede Gelegenheit, um sich für seinen Rausschmiss zu rächen. Und die Schlosserei, die wir vor zwei Jahren schon um ein Angebot für die nahezu durchgerosteten Küchenbalkongeländer gebeten hatten, hatte sich nach gutem Zureden bereit erklärt, die so genannte Umwehrung unseres Notausstiegs auch zeitnah anzufertigen. Bereits am nächsten Tag war ich mit dem Juniorchef auf der Baustelle verabredet, damit er sich ein genaueres Bild machen konnte. Hinzu kamen in diesen Tagen zahlreiche von der GERESA veranlasste Termine, um Tapeten und Wandfarben, Türdrücker, Lichtschalter und Steckdosen sowie die unterschiedlichen LED-Strahler in den Wohn- und Nassbereichen zu bemustern. Alles keine Hexerei, nur jedes Mal mit einer Reise von der Innenstadt nach Sasel und zurück verbunden.

Meist wachte ich morgens nach wie vor zwischen drei und vier Uhr auf und grübelte, was ich vergessen haben könnte. Aus diesem Grund hatten wir nach Petersons Vorbild eine übersichtliche Exceldatei angelegt, aus der tagesscharf hervorging, wann wer angerufen, angemailt oder persönlich kontaktiert werden musste und welche Arbeiten in Abstimmung mit seinem Vorgehensplan zu veranlassen waren. Diese gingen wir Abend für Abend durch und schickten danach jeweils eine Kopie an Peterson und Freitag, damit wir mögliche Einwände oder Behinderungen von anderen Arbeiten beizeiten vermeiden konnten.

„Dieser Hintze macht mich noch halb wahnsinnig", sagte ich an diesem Abend zu Franziska, als wir an dem Punkt „Ofen" angekommen waren. „Seit Tagen versuche ich ihn auf seinem Handy zu erreichen, aber der Kerl geht ja nie an sein Telefon. Und eine andere Nummer habe ich nicht."

„Wer ist denn dieser Hintze nun schon wieder? Ständig redest Du von irgendwelchen Menschen, die ich nicht kenne. Macht mich auch ganz wahnsinnig!"

„Hintze ist der Schornsteinsanierer des Ofenbauers. Vielleicht gibt es ihn überhaupt nicht, wenn er nie an sein Handy geht."

„Wird ja hoffentlich nicht vom Dach gefallen sein. Wahrscheinlich mag er nicht freihändig stehend telefonieren, wenn er an seinen Schornsteinen rumbastelt; kann ich gut nachvollziehen."

„Aber er ruft ja auch nie zurück. Er muss doch sehen, dass jemand angerufen hat!"

„Dann versuch es doch jetzt noch mal!"

Ich schaute auf die Uhr: Bereits viertel vor neun. „Meinst Du, ich kann ihn um diese Zeit noch anrufen? Steht doch bestimmt vor Tag und Tau auf."

„Klar, Du doch auch."

Tatsächlich meldete sich Hintze bereits nach dem dritten Klingelton. „Kein Problem", beteuerte er auf meine Entschuldigung für die späte Störung, „geh' ja nicht mit den Hühnern ins Bett."

Ich erzählte ihm, dass nun endlich eine größere Bodenluke eingebaut war, durch die nicht nur er selbst, sondern sicherlich auch das erforderliche Material zum Schornstein gelangen könnte. Ein kurzer Blick in seinen Kalender zeigte ihm jedoch, dass er offensichtlich gut ausgelastet und reichlich in Norddeutschland unterwegs war. Frühestens am Freitag hätte er Zeit, sich „die Sache mal anzuschauen. Aber bitte gleich um sieben, um acht hab ich einen Termin in Elmshorn."

Sasel

Sieben Uhr morgens war ja ohnehin der übliche Arbeitsbeginn aller Handwerker. Zum Glück waren die Tage inzwischen wieder lang genug, um schon so früh auf das Hausdach steigen zu können. Auch ich saß während der gesamten Sanierungsphase meist vor sieben Uhr in meinem Büro, um die GERESA oder Handwerker zu erreichen. Sonst funktionierte dies unter Umständen den gesamten restlichen Tag allenfalls per Handy. Und das war ausgesprochene Glückssache, ob jemand während seiner Arbeit telefonieren konnte oder wollte. Um sieben Uhr morgens bereits in Sasel zu sein, bedeutete hingegen, dass ich um 5 Uhr 51 den Bus zur Tiefgarage nehmen musste. Als ich um zehn vor sieben vor unserer Baustelle vorfuhr, war Hintze schon dort.

Nachdem er aufs Dach geklettert war und sowohl die neue Boden- als auch die Ausstiegsluke für groß genug befunden hatte, erläuterte er mir den Hauptgrund seiner kurzen Inaugenscheinnahme:

„Wollte ja nur wissen, ob wir möglicherweise noch ein Gerüst stellen müssen. Manchmal kommst du an den Schornstein nicht anders ran."

„Dann hätten wir die Sanierung ja schon vor Monaten machen können", erwiderte ich. „Gerüst hatten wir hier reichlich und ein halbes Jahr lang."

Um zehn nach sieben düste er weiter zu seinem Termin in Elmshorn. Inzwischen waren auch der Fliesenleger und die Maler wieder bei der Arbeit, die damit begannen, aus Burmeisters

Patchwork-Trockenbau im Schlafzimmer glatte Wände zu spachteln. Der Fliesenleger bereitete gerade die Grundierung für die Fliesenschilde in der Küche vor.

„Das passt ja gut, dass Sie gerade hier sind! Wofür benötigen Sie denn das schmale Fliesenschild?", begrüßte er mich freundlich.

„Wir haben einen hängenden Backofen", erläuterte ich, „und der wird genau auf die Fliesen montiert. Darunter steht ein eins fünfzig breiter Unterschrank."

„Und wo sollen die Fliesen geklebt werden?"

„Genau mittig. Und sie müssen exakt oberhalb der Arbeitsplatten enden, da macht es vielleicht Sinn, erst den Fußboden zu verlegen, damit man die genaue Höhe ermitteln kann."

„Auch nicht verkehrt. Na, dann will ich mal die Grundierung für den Fußboden nehmen und einstweilen oben die Sockelleisten im Schlafzimmer setzen."

Bevor ich zurück in die Innenstadt fuhr, ging ich noch einmal ums Haus, um zu schauen, was wir am Wochenende im Garten machen konnten, nachdem die Gerüste an den Seiten abgetragen waren. Zwar mussten die breiten Dachunterstände noch gestrichen werden, das würde auch mit einer Leiter gehen. Auf der Rückseite stand das gesamte Gerüst noch bis zum First und wurde auch noch benötigt, um den Ortgang mit einem Schutzanstrich zu versehen. Anders war der Giebel nicht zu erreichen.

Am nächsten Tag fuhren wir in unserem üblichen Samstagsturnus erneut zur Baustelle und nutzten eine Woche vor Ostern das schöne Frühlingswetter für Gartenarbeit: Auf beiden Hausseiten mussten dringend noch Hecken und Pflanzen beschnitten werden, zu denen bislang das Gerüst den Zugang verwehrt hatte; in den Kellerkasematten türmte sich nasses Laub, das herauszunehmen sich als nicht ganz ungefährlich erwies, weil es mit Unmengen von Nägeln, Dachpfannenstücken und vor allem scharfen Zinkblechabschnitten vermischt war. Unterwegs hatten wir im Baumarkt eine neue Heckenschere sowie eine Kabeltrommel gekauft, denn alle Werkzeuge und Gartengeräte waren ja kurz nach dem Brand geklaut worden. Eine Leiter konnten wir von den Nachbarn ausleihen, die neugierig fragten, wann wir denn wieder einziehen würden. „In fünf bis sechs Wochen", verkündeten wir.

Bereits am frühen Nachmittag waren die Biotonnen voll, die Oberarme lahm, und die Pflanzen sahen wieder halbwegs manierlich aus. Nun konnten wir nur abwarten, ob und wie sie in wenigen Wochen wieder ausschlagen würden. Einige hatten das dreiviertel Jahr unter dem Gerüst nur mit schweren Blessuren überstanden, und wir hofften, dass sie sich überhaupt wieder erholten. Im vorderen Bereich des Gartens jedoch, der ja seit Monaten zum Parkplatz mutiert war, hatten die Handwerker manches um- und plattgefahren oder beim Rangieren Äste abgebrochen und kleinere Pflanzen mit den schweren Sprintern in den Erdboden gedrückt. Für weite Bereiche mussten wir ja ohnehin auf eine Neuanlage des Gartens warten. Wir packten die neuen Geräte in den Kofferraum und fuhren zufrieden über die Arbeit an frischer Luft wieder nach Hause.

Ostersamstag mieteten wir einen Hänger und brachten die Anfang Februar zerlegte Schrankwand endlich zum Recyclinghof. Anschließend statteten wir dem Baumarkt den nächsten Besuch ab: Ein neuer Bodenbelag aus PVC sowie witterungsbeständige Schränke aus Kunststoff wurden nun benötigt. Bis wir alles ein- und ausgeladen sowie hin- und hertransportiert hatten, war es fünf Uhr nachmittags geworden.

Ostersonntag wurde das Wetter noch schöner. Gleich morgens fuhren wir mit der S-Bahn nach Blankenese und marschierten bei reichlich Sonne und heftigem Westwind nach Teufelsbrück. Dort schlenderten wir leicht bergan durch den grünen Jenischpark und stiegen in Klein Flottbek wieder in die S-Bahn. Abends glühten unsere Köpfe – war wohl etwas zu viel Sonne gewesen.

Ostermontag schlug das Wetter zum Glück um, so dass wir unsere Kelleraktion auch ohne größere Wehmut zu Ende bringen konnten: Den Keller neu streichen, der insbesondere hinter der Schrankwand schlimm aussah, den PVC zuschneiden und auslegen, danach drei Stunden lang die neuen Schränke aufbauen. Erneut ein ganzes Tagwerk für zwei Personen. Danach konnten wir zumindest dort unten wieder Einzug halten.

Als ich Mittwoch nach Ostern am späten Vormittag erneut zur Baustelle fuhr, um mit Marmor die Zuschnitte der Fensterbänke zu besprechen, beluden Arbeiter des Gerüstbauers ihren Lkw gerade mit den letzten Bohlen und Rahmenteilen. Sollten die Maler gestern den hinteren Ortgang gestrichen haben? Ich lief ums Haus und stellte schnell fest, dass nichts passiert war – das Fichtenholz präsentierte sich unverändert roh und nackt von den Dachrinnen bis zum First. Der Lkw-Fahrer war der einzige in seiner Truppe, der der deutschen Sprache mächtig war. Er lehnte an der Fahrerkabine und rauchte eine Zigarette.

„Warum bauen Sie denn das Gerüst ab?", fragte ich aufgebracht, „das wird hier doch noch gebraucht!"

„Auftrag vom Chef", antwortete er, „Mietzeit ist abgelaufen".

„So ein Schwachsinn", stöhnte ich und wählte Petersons Nummer. Am darauf folgenden Samstag stand das Gerüst wieder.

Kapitel 29

Sasel

In der ersten Aprilwoche kam Hintze mit einem Kumpel und turnte einen halben Tag auf dem Dach herum. Anschließend hatten wir den feinsten Edelstahlzug im Schornstein, den man sich nur wünschen konnte. Mittwoch brachten die Ofenbauer den neuen Kamin, für dessen Aufbau sie stattliche zwei Tage benötigten. Die Maler und der Fliesenleger konnte ihre Begeisterung für das schmucke Stück nur schwer verbergen. „Wird noch schicker, wenn ich den tristen grauen Betonstein weiß angestrichen habe", versprach ich. Alle protestierten – grau war gerade „in".

Am Freitagnachmittag hatten wir einen Termin mit Herrn Muth, einem Mitarbeiter der Treppenbaufirma. Fachkundig nahm er einige wenige Maße und erläuterte sodann, wie die vorgeschlagene Wangentreppe ohne Stahlstützen auf dem Fußboden technisch konstruiert war und sich optisch günstig auswirken würden: „Dadurch wirkt Ihr Flur mit Sicherheit noch großzügiger." Er kündigte an, gleich am Montag eine Computeranimation zu mailen, dann hätten wir eine ziemlich realistische Vorstellung vom Aussehen und Wirken der Treppe.

„Wenn Sie uns dann den Auftrag erteilen, geht sie sofort in Produktion. Leider muss ich Sie darauf hinweisen, dass wir seit vielen Monaten extrem gut ausgelastet sind. Bis wir liefern und einbauen können, dürften wohl sechs Wochen vergehen."

„Sechs Wochen?", fragte Franziska ungläubig, „dann haben wir ja locker Mitte Mai. Eigentlich sollte hier bis Ende April alles fertig sein, und erstmals während dieser Sanierung kann ich mir sogar vorstellen, dass dies realistisch ist. Danach wollten wir eigentlich so bald wie möglich wieder zurückziehen. Und zwar in eine Wohnung mit neuer Treppe."

„Dann hätten Sie etwas eher auf uns zukommen müssen. Ich will zusehen, was sich machen lässt. Wenn Sie Glück haben, können wir auch schon in fünf Wochen liefern."

„Wir konnten nicht eher auf Sie zukommen", erläuterte Franziska. „Wir haben etwa seit Weihnachten mit dem Sanierungsträger gekämpft, dass er uns überhaupt eine neue Treppe zugestand. Wenn es nach uns gegangen wäre, hätte sie schon längst eingebaut werden können!"

„Was ist das denn für ein Gebäudesanierer?", runzelte Muth die Stirn. „Kann doch wohl keine zwei Meinungen geben, dass Sie hier eine neue Treppe bekommen müssen. Da kann man sich doch nicht mit Händen und Füßen gegen sträuben!"

„Haben Sie eine Ahnung, wofür wir in den letzten zehn Monaten kämpfen mussten! Wäre ja schön, wenn es nur die Treppe gewesen wäre", zuckte ich lapidar mit den Schultern.

„Ich verspreche Ihnen, mein Möglichstes zu tun, damit wir hier zu einer schnellen Lösung finden", verabschiedete sich Muth mit einem freundlichen Händedruck.

Drei Stunden später ging eine Mail von ihm ein. Im Anhang war die Computeranimation. Sah richtig gut aus. Wir hätten heulen können, dass er dies noch am späten Freitagnachmittag umgesetzt hatte und schickten ihm umgehend unsere Zustimmung und die Produktionsfreigabe.

Mitte der folgenden Woche war der Fliesenleger bis auf den Flur fertig. Dort hingegen machte seine Arbeit erst Sinn, wenn die neue Treppe eingebaut war, zumal wir alle nur hoffen konnten, dass das Herausstemmen der verbliebenen Stützen nicht die Fußbodenheizung verletzen würde. Immerhin konnten wir anhand des Verlegungsplans ziemlich präzise ermitteln, wie die Heizschleifen verliefen. Und Elektriker Martin hatte sich ja minutiös an die Vorgaben des Herstellers gehalten. In der Nachbarwohnung blieben die Fußböden ohne Beläge, um zu vermeiden, dass der künftige Eigentümer alles wieder rausriss, um sie nach seinem Geschmack auszustatten.

Die Maler nutzten nun jeden trockenen Tag, um die Außenarbeiten zu erledigen: Den hinteren Ortgang streichen, damit das Gerüst so bald wie möglich ein zweites Mal wieder abgebaut werden konnte; den vorderen Ortgang erreichten sie mit Hilfe eines kleinen Steigers, der sich in zwölf Meter Höhe als ziemlich wackelige Angelegenheit erwies. Nicht jedermanns Sache. An die beiden Dachüberstände des Satteldachs kamen sie nur mit Leitern ran, was über den großen Kasematten der Souterrainräume nur in einem abenteuerlichen und unter dem Aspekt der Arbeitssicherheit zweifelsfrei unzulässigen Anstellwinkel möglich war. Und auch die Gaubenüberstände, die Holzverschalungen auf den beiden Balkonen sowie die Balkonbrüstungen mussten noch mit einem Schutzanstrich versehen werden. Genügend Arbeit für eine knappe Woche, zumal das frische Holz jeweils drei Lagen Farbe erforderte.

Marmor hatte besonders schnell gearbeitet und legte Ende der Woche die neuen Fensterbänke in die Nischen. Als nächstes wurden die Zargen für die Zimmertüren eingebaut und die Eingangstür ausgewechselt. Nun konnten die Maler überall die Acrylanschlüsse zu den Wänden spritzen. Danach begannen sie in der Küche, die gesamte Wohnung zu streichen.

Ich rief Breitner an und sagte ihm, dass Schulz und ich ab Anfang nächster Woche die Küche wieder einbauen könnten.

„Sollten wir wohl zwei Tage für einplanen", meinte er und schaute in seinen Kalender, wann er seinen wichtigsten Mitarbeiter so lange entbehren konnte. Glücklicherweise schien es in der dritten Aprilwoche eine günstige Lücke zu geben. Also reichte ich drei Tage Urlaub ein und bat Marmor, am dritten Tag die Granitarbeitsplatten zu liefern und wieder einzusetzen. Der Kücheneinbau selbst erwies sich zwar als mittlere Herausforderung. Offensichtlich machte Schulz dies nicht zum ersten Mal und wusste um die Tücken und Stolpersteine, die es zu umgehen galt. Am Abend des ersten Tages hatten wir sämtliche Unterschränke gestellt, Elektrogeräte und Spüle angeschlossen und die Türen und Schubkästen eingesetzt. Den zweiten Tag benötigten wir für die Oberschränke und den hängenden Backofen. Dies war deutlich zeitaufwändiger, weil viele präzise Bohrungen durchgeführt werden mussten. Gegen fünf Uhr nachmittags waren wir fertig, und ich konnte Franziska abends stolz berichten, dass ihre schöne Küche völlig unversehrt wieder stand und nur noch auf die Arbeitsplatten wartete. Die lieferte Marmor zusammen mit fünf kräftigen Männern am nächsten Morgen an. Bereits mittags waren sie fertig, und ich bildete mir nach den vielen Monaten in der Interimswohnung ein, dass die Küche noch besser aussah als vorher.

In der letzten Aprilwoche beherrschte Tischler Jungnickel die Wohnung: Zusammen mit seinem Gesellen baute er knapp zwei Tage lang den riesigen Schrank im Schlafzimmer ein, montierte anschließend den Schuhschrank und stellte die Nachtschränke auf. Am dritten Tag schoben sie den Unterschrank für den Waschtisch in die vorgesehene Nische und bauten daneben den zweiten Einbauschrank ins Badezimmer. Ich teilte Marmor mit, dass er ab sofort den Waschtisch und die Deckplatte aus Granit für den zweiten Schrank liefern konnte. Am vierten Tag schleppten Jungnickel und sein Geselle die neue, schwere Kommode aus Buchenholz ins Arbeitszimmer und begannen anschließend, den Schrank um die Entlüftungen herum einzubauen. Jungnickel war es gleich am Tag nach meinem Besuch bei ihm gelungen, zur Kernbuche des Schreibtischs passendes Holz aufzutreiben und hatte sich sofort an die Produktion der einzelnen Bauteile gemacht:

„Macht doch keinen Sinn, dass wir da noch rumbasteln, wenn Sie wieder eingezogen sind. Da wird überall schon genügend anderes stören – können Sie nicht auch noch zwei Tischler brauchen."

Petersons schon Anfang Februar berechneter Plan ging hundertprozentig auf: Ende der dritten Aprilwoche hatten alle von der GERESA beauftragten Gewerke zumindest in unserer Wohnung ihre Arbeiten erledigt, und auch wir hatten es geschafft, die von uns zu steuernden Maßnahmen auf diesen Endtermin auszurichten und umzusetzen. An unseren Umzug war indes erst zu denken, wenn die neue Treppe eingebaut, das Stahlgestell mehrfach gestrichen und der Fliesenfußboden im Flur gelegt war.

„Jetzt kommt es genau zu der Situation, die wir uns und der Brandversicherung ersparen wollten", sagte ich zu Peterson, der sich über seine Punktlandung mächtig freute. „Wir sitzen weiter in Hoheluft, obwohl hier eigentlich alles fertig ist, und die Brandversicherung muss uns weiter Nutzungsentschädigung zahlen. Wahrscheinlich kommt es auf die paar hundert Euro jetzt auch nicht mehr an."

Immerhin nahm Peterson die Situation zum Anlass, beim Treppenbauer nachzufragen, wie lange er wohl noch benötigen würde, denn er sah ein, dass wir irgendwann auch dem Umzugsunternehmen mitteilen mussten, wann wir mit unserem Minihaushalt zurück nach Sasel ziehen wollten. Und Breitner scharrte ohnehin schon ungeduldig mit den Füßen und fragte ständig, ob er auf einer seiner Leerfahrten nach Hamburg schon mal ein paar Möbel mitbringen und abstellen könnte.

„Nicht, bevor die Wohnung abgenommen worden ist!", mahnte Freitag.

Abends erhielten wir eine Mail des Treppenbauers: Sie fragten, ob sie am kommenden Montag ab sieben Uhr die Treppe einbauen könnten. „Nur zu gerne", antwortete ich und nahm mir vorsichtshalber einen weiteren Tag frei. Anschließend schrieb ich Peterson und Freitag, dass wir die Wohnung am 9. Mai abnehmen und einen Tag später, am 10. Mai also, wieder einziehen wollten. Dies würden wir so auch dem Umzugsunternehmen und dem Hausratsanierer mitteilen. Peterson baten wir zu veranlassen, dass die Maler das neue Treppengerüst nach seinem Einbau strichen und anschließend die neuen Stufen eingebaut wurden.

Als ich am Montagmorgen um viertel vor sieben in Sasel vorfuhr, parkte im Garten bereits ein VW-Transporter mit einem langen, offenen Anhänger. Darauf lagen vier Teile der neuen Treppe in rostroter Mennige. In dem VW saß ein kleiner Monteur, der nicht den Eindruck erweckte, größere Lasten bewegen zu können.

„Wo ist denn Ihr Kollege?", begrüßte ich ihn. Ich konnte mir beim besten Willen nicht vorstellen, dass selbst ein größerer Mann ohne zumindest einen Handlanger eine Stahltreppe zusammenschweißen, geschweige denn in den ersten Stock tragen konnte.

„Och, wir kommen an und für sich immer alleine", antwortete er noch etwas müde. Schließlich hatte er zu früher Stunde schon eine lange Anfahrt hinter sich, denn seine Firma saß in Boizenburg.

„Und wie wollen Sie das große Stahlgeländer nach oben in die Wohnung transportieren und ausrichten? Das ist ohne Hilfe doch unmöglich!"

„Stimmt; wir gehen eigentlich immer davon aus, dass auf den Baustellen noch andere Handwerker sind, die gelegentlich mal anfassen können."

„Na toll", schüttelte ich den Kopf. „Hier sind heute zufällig keine anderen Handwerker. Trifft sich ja gut, dass ich mir den ganzen Tag freigenommen habe. Dann lassen Sie uns mal ans Treppenbauen gehen!"

Nachdem wir das Gestell nach oben geschleppt hatten, fragte ich:

„Und wo haben Sie die neuen Stufen?"

„Stufen? Welche Stufen? Stufen hat man mir nicht mitgegeben."

„Na, wir brauchen doch vielleicht auch noch ein paar Stufen! Die alten sind nicht nur stark beschädigt, sondern werden ja sicherlich auch nicht passen. Da gehören vierzehn Mahagonistufen rein!"

Er rief in seiner Firma an und murmelte Unverständliches in sein Smartphone. Nach wenigen Minuten legte er auf und berichtete:

„Man hat wohl vergessen, die Stufen zu bestellen. Haben sie natürlich eben sofort nachgeholt. Aber das dauert jetzt wohl noch fünf Wochen. Dann müssen wir die alten eben provisorisch draufschrauben."

Wir gingen ans Werk. Schweißen konnte der Mann, das machte er nicht zum ersten Mal. Und Pausen brauchte er auch nicht, dafür umso mehr Hilfestellung. Nach elf Stunden hing die neue Wangentreppe an der Wand und sah selbst in der hässlichen Mennige und mit den alten Stufen schick aus.

Am nächsten Tag kam der Fliesenleger und legte den Flur aus. Die Maler hingegen hatten Peterson davon überzeugt, das neue Treppengeländer erst zu streichen, wenn die Lieferung der neuen Stufen anstand. Sonst müssten sie zu viel ausbessern, weil die alten Bohlen sicherlich die frische Farbe verletzen würden.

„Dann müssen wir wohl für mindestens eine Nacht nochmals ins Hotel", erläuterte ich Peterson resigniert. Auf einem frisch gestrichenen Stahlgestell ohne Stufen wollten wir abends nicht ins Bett gehen müssen.

Am ersten Maiwochenende war wieder Hafengeburtstag, den wir uns nicht entgehen ließen. Sonntagnachmittag drängte ich Franziska noch vor der großen Auslaufparade nach Hause. Irgendwann mussten wir ja mal unsere Umzugskartons packen.

„Ist doch nur ein Minihaushalt", meinte Franziska, und tatsächlich waren wir bereits in zwei Stunden fertig. Immerhin stapelten sich in dem „Kellerzimmer" nun mehr als zwanzig große Kartons mit unserer Kleidung, den Schuhen und dem größten Teil des Kücheninventars. Ein paar Tage mussten wir hier ja noch leben; den Rest würden wir in zwei Koffern mit dem Pkw transportieren.

Nach Abschluss der Malerarbeiten kam die HTF mit den neuen Türen sowie Elektriker Kalinowsky mit den Einbaustrahlern. Um die Beleuchtung der Bäder würden wir uns wohl selbst kümmern müssen, nachdem er uns mit dem vorgeschriebenen hohen IP-Wert für Nassräume nur ein paar schummerige LED-Lampen anbieten konnte.

Am 9. Mai waren wir um zehn Uhr mit Peterson und Freitag zur Abnahme und Übergabe unserer Wohnung verabredet. Ich war mal wieder bereits um kurz nach drei aufgewacht, weil mir die gesamte Wohnung einmal mehr durch den Kopf ging und ich im Halbschlaf die Mängel auflistete, die mir bislang bekannt waren: Da gab es Kleinigkeiten wie einen falschen Griff an der Balkonschiebetür, verkehrt zugeordnete und falsch eingebaute Lichtschalter, die wir nicht selbst beheben mussten – noch stand der Sanierungsträger mit seinen Handwerkern in der Pflicht. Andere Dinge wogen schwerer wie zum Beispiel eine falsch gelieferte Zimmertür oder die Badezimmertür, die sich nicht öffnen ließ. Kurz bevor ich um halb fünf aufstand, um das Ergebnis meiner Grübelei zu Papier zu bringen, fiel mir noch ein weiterer Mangel ein, über den ich kopfschüttelnd grinsen musste. Als ich Franziska beim Frühstück davon berichtete, lachte sie und sagte:

„Auch nicht schlecht! Das heben wir uns bis ganz zum Schluss auf. Eigentlich müssten sie von selbst drauf kommen."

Peterson, der seine Arbeit schon seit Ende April als weitgehend erledigt betrachtete, sah beim Betreten der Wohnung die neue Treppe zum ersten Mal.

440

„Das tut mir sehr leid", meinte er angesichts des ungestrichenen Treppengestells und der alten, schäbigen Stufen, „dass Sie nun in ein ziemliches Provisorium zurückziehen werden. Wir hätten mit der Übergabe zwar auch warten können, bis auch hier die Malerarbeiten abgeschlossen und die neuen Stufen eingesetzt sind. Aber ich kann auch verstehen, dass Sie nach knapp einem Jahr nun wieder in Ihrer eigenen Wohnung leben möchten."

„Zumal hier ja noch genug Arbeit auf uns wartet", antwortete ich.

Wir gingen vier Stunden lang Raum für Raum durch und suchten nach Fehlern und Mängeln. Im Wohnzimmer sah Peterson sofort, dass an zwei Wänden die Sockelleisten fehlten und vermutete, dass der Fliesenleger sie vergessen hatte.

„Nein, das soll so sein", erläuterte ich, „an den beiden Wänden steht unsere große Bücherwand. Die passt nur ohne die Sockelleisten."

Im Übrigen war dort und im Esszimmer alles in Ordnung: Alle Türen und Fenster schlossen einwandfrei, die Einbauleuchten funktionierten ebenso wie die nun funkgesteuerten Rollläden. Leider waren immer noch keine Dimmer, sondern nur einfache Lichtschalter eingebaut. Außerdem mussten nahezu überall die Türbekleidungen und die Fensterbänke nachversiegelt werden, da hatten die Maler sich zu schnell davon gemacht.

In der Küche pfiff Peterson anerkennend, stellte aber schnell fest, dass sich die Tür nicht vollständig öffnen ließ, weil der Unterschrank unter dem Backofen zu weit links stand.

„Könnte man versetzen", kommentierte ich das Problem, das wir noch nicht entdeckt haben konnten, weil die Türen erst nach Einbau der Küche geliefert und eingehängt worden waren, „sieht aber bescheuert aus, weil der Schrank zentriert unter dem Backofen stehen sollte. Und der lässt sich eindeutig nur exakt auf dem Fliesenschild anbringen."

„Dann ist das Fliesenschild verkehrt gesetzt", schloss Freitag. Ich holte einen Zollstock und maß den Abstand zu den beiden Wänden: Links waren es fünf Zentimeter weniger als rechts.

„Stimmt", verkündete ich das Ergebnis. „Um fünf Zentimeter zu weit nach links. Ich hatte dem Fliesenleger auf seine eigene Nachfrage hin gesagt, dass er die Fliesen genau mittig anbringen sollte. Sonst geht entweder die Zimmer- oder die Balkontür nicht vollständig auf. Könnten wir vielleicht mit leben. Aber hier", ich schaute mir die Arbeitsplatte genauer an, „das Fliesenschild setzt außerdem zwei Zentimeter zu niedrig an. Es muss unbedingt oberhalb der Arbeitsplatte enden, sonst haben wir unten zu viel Abstand zur Wand."

„Wieder abreißen, neu setzen, neu tapezieren und anstreichen", lautete Freitags knappe Anweisung an Peterson. Der runzelte die Stirn und kritzelte etwas auf seinen Block.

Im Duschbad fehlten noch die Glasabtrennung sowie die von uns zu veranlassenden Glaserarbeiten für die Spiegel und das Glasregal. Zuvor musste zunächst die Duschwand eingebaut werden. „Ist beauftragt", berichtete ich. „Wurde neulich schon ausgemessen und ist in Produktion."

Im oberen Stockwerk häuften sich die Mängel. Zunächst stellte Freitag fest, dass der Flur nicht in der Waage lag, sondern eine Mulde bildete, wodurch die raumseitige Wange der Treppe eine gefährliche Stolperschwelle von bis zu zwei Zentimeter Höhe bildete. Ohne die Stahlwange der neuen Treppe hatten wir diese Abweichung bislang nicht wahrgenommen. „Geht gar nicht", lautete sein Kommentar, „ist ja lebensgefährlich."

In der folgenden Viertelstunde erörterten Freitag und Peterson, ob man wirklich die Fliesen wieder aufnehmen und neu verlegen musste oder die Stahlwange abfräsen und an das Niveau des Fußbodens angleichen konnte. Die zweite Lösung fand Franziska schlicht bescheuert und Freitag weigerte sich, die frisch montierte Wange zu zerstören.

„Außerdem wird man das überhaupt nicht sauber hinkriegen, ohne ein paar Fliesen zu verletzen. Murks plus Murks macht zweimal Murks", lautete seine sachverständige Einschätzung.

„Dann muss der Fliesenleger den Boden eben noch mal rausstemmen und neu verlegen", zuckte Peterson mit den Schultern. Ich konnte ja verstehen, dass er eine möglichst kurze Liste mit Mängeln bei der GERESA einreichen wollte. Schließlich musste er deren Behebung bis zum bitteren Ende überwachen.

„Hoffentlich, bevor die neuen Treppenstufen eingebaut sind", mahnte Franziska, „sonst haben die gleich wieder die ersten Kratzer von umher spritzenden Fliesensplittern!"

„Wird morgen gleich angemahnt", antwortete Peterson.

Freitag wackelte am oberen Treppengeländer und befand es für viel zu instabil.

„Hier brauchen wir eine zusätzliche Wandbefestigung", forderte er Peterson auf.

Gleich daneben deutete ich auf die Tür zum Arbeitszimmer: „Die Zimmertür hier ist verkehrt, sollte eine verglaste werden, damit Licht in den Flur fallen kann. Und nicht eine nur aus Holz."

Im Spitzboden hatte der Zimmerer den Wechsel für das große Dachflächenfenster im Bad zu tief gelegt. Nun stieß die Tür in dem niedrigen Raum gegen die sich dadurch hier nach unten neigende Decke.

„Kann man die Tür vielleicht unten noch etwas einkürzen", schlug Peterson vor.

„Bringt doch nichts", lehnte Freitag seinen Vorschlag ab, der hier ohnehin schon den Kopf einziehen musste. „Dann müsste man auch die Angeln versetzen, und das Türblatt fällt nicht mehr sauber in die Zarge. Muss die Deckenkonstruktion wieder aufgemacht werden. Vielleicht kann man die Beplankung auch fünf Zentimeter höher anbringen. Sonst muss der Wechsel eben verlegt werden."

Mir wurde etwas mulmig: Morgen wollten wir hier einziehen; danach sollten in der Küche Backofen und Unterschrank wieder ausgebaut, das Fliesenschild dahinter versetzt, die Fliesen im oberen Flur wieder rausgestemmt und die Decke im Badezimmer aufgerissen, schlimmstenfalls ein Teil des Dachstuhls neu gebaut werden. Das war definitiv eine andere Nummer als Schrankwand aufbauen, Bücher einräumen sowie Lampen und Bilder aufhängen!

Auch Peterson stand mit Sorgenfalten in der halboffenen Tür und starrte zur Decke, ob ihm eine einfachere Lösung einfiel.

„Auf alle Fälle", verkündete er schließlich, „könnte man erst mal versuchen, die Gipskartonplatten bis auf die Unterkonstruktion abzuschneiden und danach die beiden Bahnen neu zu tapezieren. Dadurch gewinnen wir mindestens zwei Zentimeter."

„Und wenn der Dachstuhl noch etwas arbeitet und sich um die zwei Zentimeter wieder absenkt?", gab ich zu bedenken.

„Dann können wir immer noch an den Wechsel gehen", antwortete Peterson. „Wir beginnen erst mal mit der einfachsten Lösung."

Im Bad selbst war die Toilette nicht eingesiegelt; in Jungnickels Einbauschrank fehlte der Wasserzähler.

Im Schlafzimmer staunten Peterson und Freitag über den fünf Meter langen und perfekt eingebauten Schrank.

„Macht sich ja wirklich großartig hier", nickte Peterson anerkennend. „Aber war das nicht etwas voreilig? Jetzt können wir nicht mehr sehen, ob sich dahinter irgendwelche Mängel verstecken", bedauerte er freundlich grinsend.

„Habe ich schon längst abgestellt. Tatsächlich hatte der Elektriker genau hinter dem Schrank ein paar Steckdosen gelegt. Ich habe ihm gesagt, dass wir sie erst vor dem Fenster gebrauchen können."

„Und – hat er?"

„Hat er. Sind wir durch?"

Freitag sah Peterson an. Beide nickten.

„Wir gleichen eben noch unsere Notizen ab, dann bekommen Sie und Herr Peterson morgen eine Mail mit meinem Protokoll", kündigte Freitag an.

„Nicht ganz so schnell, wir haben noch ein paar Punkte!"

„Was kommt denn nun noch?", wollte Peterson wissen, „ich dachte, wir sind fertig?"

„Sie müssten bitte noch festhalten, dass wir die Funktion der Heizung erst nach Beginn der Heizungsperiode überprüfen können. Bislang sind wir auch noch nicht in das neue System eingewiesen worden. Da sich die Regler grundlegend von den früheren Geräten unterscheiden, sehen wir uns bislang jedenfalls ohne Einweisung und Gebrauchsanweisung außer Stande, die Heizung zu bedienen und mögliche Fehler zu erkennen."

Wieder nickten der Architekt und der Sachverständige. „Geht in Ordnung", sagte Peterson. „Der Elektriker muss Sie noch einweisen."

„Nein, das reicht nicht. Wir werden im Zweifel erst während des Betriebs feststellen können, ob die Zimmer richtig zugeordnet sind und die Regler, der Außen- und die Restwärmefühler alle einwandfrei arbeiten. Wir müssen ausschließen, dass wir dafür verantwortlich gemacht werden, falls etwas defekt sein sollte. Die

GERESA schiebt uns doch alles in die Schuhe, was hier nicht stimmt. Im Zweifel war es dann eben ein Bedienungsfehler von uns!"

„Habe verstanden. Haben Sie noch weitere Punkte?"

„Ja, haben wir. Auf dem Balkon fehlt noch die Markise. Die alte haben wir nach dem Brand entsorgt, kaufen nun eine neue. Wir erwarten, dass die GERESA dafür sorgt, dass sie ordnungsgemäß angebracht wird. Wahrscheinlich weiß nur der Zimmerer, der den neuen Dachstuhl gebaut hat, wo sie sicher befestigt werden kann."

Peterson runzelte die Stirn, Freitag nickte.

„Habe ich notiert, werde es weiterleiten. Das war's dann?" Peterson schaute mit knurrendem Magen auf seine Uhr und seufzte.

„Nein. Kurz nach dem Brand ist im Keller eingebrochen worden. Sowohl die Stahltür zum Kellerflur als auch die Holztür zu unserem privaten Keller sind aufgestemmt worden. Herr Neumann hatte damals neue Türen zugesagt, weil die alten nicht mehr zu reparieren waren. Bis heute haben wir davon nichts gesehen."

Peterson machte sich kopfschüttelnd eine weitere Notiz. „Jetzt sind wir endgültig fertig?"

Ich nickte Franziska zu, die Freitag und Peterson mit ernster Miene ansah:

„Leider nein. Wir haben beim heutigen Rundgang festgestellt, dass in der Wohnung noch etwas sehr Wichtiges fehlt und nahmen eigentlich an, dass Ihnen als Fachleuten dies sofort selbst auffallen würde."

„Hier fehlt noch etwas? Was soll denn hier noch fehlen außer Ihren Möbeln?", fragte Peterson erstaunt.

„Gehen Sie noch einmal durch die Wohnung und schauen Sie sich in Ruhe um. In einigen Räumen fehlt etwas."

Auch Freitag schien langsam ungeduldig zu werden. Wir hatten ja auch knapp vier Stunden lang alles durchgesehen: „Also, die Türdrücker und Fenstergriffe sind alle dran, die Einbaustrahler drin, die Steckdosen und Lichtschalter eingebaut, auch wenn einige noch umgedreht werden sollen. Alles Weitere ist doch wohl wirklich Ihre Privatangelegenheit!"

„Herr Freitag, Herr Peterson", lächelte Franziska freundlich, „wir werden morgen Mittag hier wieder einziehen, nachdem diese Wohnung vor knapp einem Jahr abgebrannt ist. Bis morgen sechzehn Uhr hätten wir gerne ein paar zuverlässige Rauchmelder an den Decken. Sind ja wohl seit einigen Jahren ohnehin vorgeschrieben, oder?"

Der ewig blasse Fischer hätte die beiden Männer um ihre glutroten Ohren beneidet.

Lange danach

Nach unserem Wiedereinzug gab es im Frühsommer erneut sintflutartige Regenfälle. Monatelang wateten wir durch tiefe Pfützen und jede Menge Matsch, weil sich der von der GERESA beauftragte Gartenbaubetrieb erst im August in der Lage sah, einen neuen Weg zu bauen und danach den zerstörten Garten wieder anzulegen. Zuvor durften wir uns wochenlang mit Krämer und der Brandversicherung darüber streiten, ob sie auch einen neuen Zaun sowie neue Pflanzen bezahlen würde. Anfang Oktober war schließlich außen alles wieder hergerichtet. Vor diesem Hintergrund waren wir nicht böse, dass bis dahin niemand auf die Idee gekommen war, das nach wie vor verdreckte Treppenhaus von seinen Planen und Stufenabdeckungen zu befreien und gründlich zu reinigen. Unten im Keller lagen die völlig verstaubten Gartenlampen, und es dauerte Monate, bis Elektro Schachtschneider die Verkabelung zwischen den Garagen wieder herstellte. Auch im Treppenhaus gab es kein Licht; irgendwann wurden die Tage wieder deutlich kürzer.

Währenddessen nutzten wir jede freie Minute, um unsere Wohnung wieder so zu gestalten, wie sie vor dem Brand gewesen war. Mit den vielen Umzugskartons vom Hausratslager der BreisaG waren wir vorrangig und tagelang beschäftigt. Viele Wochen lang hingegen benötigten wir für unsere zahllosen Bildern, die nahezu ausnahmslos neue Rahmen erforderten, häufig sogar als Fotos neu abgezogen werden mussten, weil das Löschwasser sein Unwesen getrieben hatte. So ganz nebenbei wurden innerhalb der ersten sieben Monate nach unserem Wiedereinzug die mehr als vierzig Mängel, die sich aus der Wohnungsübergabe ergeben hatten, beseitigt. Die verkehrte Zimmertür ohne Glaseinsatz wurde erst im vierten Anlauf wunschgemäß geliefert, denn die zweite war zwar mit Glas, was leider auf dem Transport zu Bruch gegangen war, die dritte ebenfalls mit Glaseinsatz, jedoch befanden sich nun die Türangeln auf der falschen Seite. Und der Fliesenleger weigerte sich über viele Monate hinweg, die Kosten für den schlampig verlegten oberen Flur zu übernehmen.

Peterson bewährte sich auch in dieser Phase hervorragend, denn er wusste die verschiedenen Gewerke mit der Androhung von Ersatzvornahmen wirksam zu knebeln. Trotzdem versuchten alle Handwerker so lange wie möglich, die ungeliebten Termine für Kleinigkeiten und Nachbesserungen zu vermeiden, zumindest aber möglichst lange hinauszuzögern. Manchmal hatten wir das Gefühl, nach der Sanierung mindestens doppelt so viel telefoniert und Emails geschrieben zu haben wie während des gesamten Jahrs des Wiederaufbaus selbst. Und schon damals hatte sich die Email-Korrespondenz auf mehrere hundert Seiten summiert.

Zwei Jahre nach Wiedereinzug erhielten wir ein Schreiben von der bezirklichen Bauaufsicht: Im Rahmen des innerbehördlichen Datenabgleichs zwischen dem Bezirksamt und dem Finanzamt für Verkehrssteuern und Grundbesitz hätte man festgestellt, dass es unsere beiden oberen Räume überhaupt nicht gab, weil wir nur für die untere Etage Grundsteuer entrichteten. Unterzeichner war ein gewisser Herr Grot, der bekanntlich vor rund dreißig Monaten den zweiten Rettungsweg für eben diese beiden oberen Räume genehmigt hatte. Aus den hierfür ihm vorgelegten Unterlagen der KLM-Architekten war eindeutig hervorgegangen, dass sich im Obergeschoss zwei Räume, ein Flur sowie ein Badezimmer befanden. Nun schrieb Grot etwas von einem „ausgebauten Spitzboden", für den eine nachträgliche Baugenehmigung zu beantragen war, andernfalls er – erneut – mit einer kostenpflichtigen Nutzungsuntersagung drohte.

Ich rief ihn an und musste mich stark zurückhalten, um ihn nicht zu fragen, ob er eigentlich noch alle Tassen im Schrank hatte. Stattdessen scheiterten bereits meine Versuche, ihm unseren Wohnungsbrand und das langwierige Verfahren zur Genehmigung des zweiten Rettungswegs in Erinnerung zu bringen, kläglich: Bei der Vielzahl der bauaufsichtlichen Genehmigungsverfahren sei es ihm nicht möglich, sich detailliert an einzelne Fälle zu erinnern. Auch mein Hinweis auf den von ihm selbst genehmigten zweiten Rettungsweg für offensichtlich nicht genehmigten Wohnraum erwies sich als nicht zielführend: Nachträgliche Baugenehmigung beantragen oder Verzicht auf den Spitzboden als Wohnraum. Alternativlos. Der Amtsschimmel wieherte aus vollem Hals.

Wir bissen in den sauren Apfel und wandten uns erneut an die KLM-Architekten. Diese konnten sich über die Mühlen der Bürokratie auch nur wundern und beauftragten einen ihrer besten Nachwuchsmitarbeiter, den uns in guter Erinnerung gebliebenen Dirk Mallinckrodt, für viel Geld und unter süffisantem Hinweis auf seinen damaligen Antrag zur Genehmigung des zweiten Rettungswegs eben dieser Räume einen wunderbaren nachträglichen Bauantrag für die oberen Räume vorzubereiten. Leider scheiterte dieser im ersten Anlauf. Grot kündigte die Nutzungsuntersagung schriftlich an, weil wir eine nicht feuerfeste Treppe hätten. Ich rief ihn erneut an um zu fragen, wie er an diese unzutreffende Information gekommen war. Dabei stellte sich heraus, dass er unsere Wohnung mit der Nachbarwohnung verwechselt hatte, in der sich in der Tat eine Holztreppe befand. Allerdings waren dort die oberen Räume schon vor etwa dreißig Jahren genehmigt worden. Gleichwohl mussten wir ihm noch belastbare Nachweise vorlegen, aus denen hervorging, dass es sich bei unserer neuen Treppe um eine feuerfeste Stahlkonstruktion handelte, und nach weniger als weiteren zwei Monaten und einer Gesamtdauer von einem halben Jahr war das Genehmigungsverfahren endlich abgeschlossen. Nun sollten wir dem Bezirksamt nur noch mitteilen, wann wir mit den entsprechenden Bauarbeiten begonnen hatten und wann sie voraussichtlich abgeschlossen sein würden. Es lebe der Vorgang.